湖南省教育厅（重点）科研项目

湖南师范大学出版基金

湖南师范大学中国语言文学"十二五"省级重点学科

资　助

20世纪中国存在主义文学史论

杨经建 著

人民出版社

责任编辑：钟金铃
封面设计：汪　莹

图书在版编目（CIP）数据

20 世纪中国存在主义文学史论 / 杨经建 著 . －北京：人民出版社，2014.12
ISBN 978 － 7 － 01 － 014045 － 2

I.① 2…　 II.①杨…　 III.①文学史－研究－中国－20 世纪　 IV.① I209.7

中国版本图书馆 CIP 数据核字（2014）第 234365 号

20 世纪中国存在主义文学史论
20 SHIJI ZHONGGUO CUNZAIZHUYI WENXUE SHI LUN

杨经建　著

人民出版社 出版发行
（100706　北京市东城区隆福寺街 99 号）

北京中科印刷有限公司印刷　新华书店经销

2014 年 12 月第 1 版　2014 年 12 月北京第 1 次印刷
开本：710 毫米 ×1000 毫米 1/16　印张：25.75
字数：365 千字　印数：0,001 － 2,000 册

ISBN 978 － 7 － 01 － 014045 － 2　定价：52.00 元

邮购地址 100706　北京市东城区隆福寺街 99 号
人民东方图书销售中心　电话（010）65250042　65289539

目　录

第一章　特定历史文化语境中的
文学价值重构

　　"20 世纪比任何时代都富有世界主义的性质。"[①] 以"世界性"或"全球化"视域而观之，存在主义作为西方文化的一种现代性形态，其"西学东渐"至 20 世纪的中国是必然的。回溯 20 世纪中、西文化的交流历程，可以说影响整个世纪始终的外来思潮极少，以往人们认定的贯通 20 世纪中国或已"本土化"的西方思想文化形态只有马克思主义。当人们逐渐意识到马克思主义在某种意义上仅限于以哲学认识论和政治经济学价值立场来表述文学问题并构建文学体制，因而难以涵盖 20 世纪中国错综复杂、此起彼伏的文学状况时，便超越这种有限性而另辟思路去探究文学的"全球化"品性和"现代性焦虑"动因。正是通过对 20 世纪中国文学的重新审视，人们意识到，20 世纪初出现在西方的存在主义（文化）实际上以一种潜隐的方式影响着 20 世纪中国文学创作。学界已有的研究也分别从不同的角度印证了这一点。

　　事实上，从"五四"新文学运动开始中国文学事实上已被纳入文学的"世界性"或"全球化"的格局中，而 20 世纪中国文化的重建与文学的弃旧创新又总是互喻互补的，对存在主义选择因而成为 20 世纪中国文学追求现代性的"新"的生成点。由是，从存在主义与 20 世纪中国文学的价值关系的建构着手，以"世界性"的视野来考量 20 世纪中西文化和文学的交往史，从中探询作为一种文化哲学思潮的存在主义何以在几乎一个世

---

① 　[法] 马–法基亚：《比较文学》，颜保译，北京大学出版社 1983 年版，第 31 页。

纪内都能求同存异般历时性存在和发展，以至形成了一种世纪性的文化和文学现象，进而检视20世纪中国现代性历史演化进程，应该是一种可供尝试的探索途径和新的研究生成点。进而言之，在现代性语境中将20世纪中国的存在主义文学视为一种不可忽略的文学话语现象来研究，深入全面地探究其形成和发展的内在机制，阐释其之所以然的历史文化动因和艺术自律法则，在一种批判性反思中形成新的"问题"范畴和视野，重释20世纪中国文学价值结构形态的不同构成方式和元素，以及新的文学史的叙述方法，更新文学研究的视野。

情况往往是，作为"他者"的存在主义的出场对中国本土文化与文学发展产生了双重的影响：一方面，存在主义与其他文化思潮一道随着"西学东渐"逐渐步入20世纪中国文学的现代性发展轨道；另一方面，它又在与中国传统文化的内在呼应中逐渐融进20世纪中国文学的深层建设中。即，20世纪中国存在主义文学是在特定的文化语境中，通过外纳（对经典存在主义的吸纳）内承（中国传统文化）来完成本身的文化品质和艺术本质的重构的。

第一节　非理性主义的诗之"思"

一般认为，存在主义的思想渊源主要来自于克尔凯郭尔以个体主义和信仰主义为基本特征的非理性主义哲学，叔本华、尼采、柏格森的广义的生命哲学，而海德格尔、萨特也包括雅斯贝尔斯则借助胡塞尔的现象学的思维方法论将存在主义发展到成熟或经典形态；宽泛地说，谢林和伽达默尔的哲学思想也与经典存在主义有着精神血缘关系。对存在主义进行知识话语谱系上的条分缕析与系统性检视已超出了本书的阐释范畴。这固然是因为存在主义哲学与存在主义文学毕竟是两种不同话语表述形态，诚如鲁迅先生在《太炎先生二三事》中所说的："文学和学说不同，学说所以启人思，文学所以增人感。"也即，文学主要是一种情感话语，具有描述性、形象性和暗示性等特点；哲学则更多地属于反思话语，具有陈述性、抽象性和自明性等特点。更何况，存在主义文学一旦本土化，它已不再是由西往东的直接移植，而是对 20 世纪中国已有的哲学、文学话语资源的整合、重构基础上的"新生"。

鲁迅就曾认定"新文学是在外国文学潮流的推动下发生的"[①]，就 20 世纪中国文学的生成性而言，"对其产生影响的'世界之思潮'、'外国文学潮流'主要有三种：一是以易卜生为代表的以个性主义为特征的现代理性哲学思潮；一是以叔本华、尼采、柏格森、弗洛伊德等人为代表的标举'体验'的现代人文主义哲学思潮；再就是以杜威、罗素等人为代表的重实证的现代科学主义哲学思潮，即'赛先生'。虽然后来的发展表明，个性主义和科学主义思潮占据了压倒性的主流地位，但就五四时期对中国文学影响的深广度而言，叔本华、尼采等人的现代人文主义哲学思潮的影响更明显、更深远，这是与中国现代文学产生的特殊的历史文化语境密切相关的。鲁迅所指的'世界之思潮'、'外国文学潮流'，主要指的就是这种现代西方非理性文学思潮"[②]。这里所说的"标举'体验'的现代人文主义哲学思潮"实际上与西方现代非理性的人本主义互文对应。

问题的关键则是对非理性主义哲学的阐释和把握。

非理性主义（irrationalism）这个概念本身是"含混和泛化"的。[③] 美国学者加德纳（P. Gariner）认为，"与目前哲学中使用的其他语词诸如'历史主义'和'主观主义'一样，'非理性主义'也是一个极不精确的术语，人们在各种各样的意义和内涵上使用它。因此，任何想要在明确而严谨的表述范围内阐释它的意义的尝试，都立刻碰到重重困难。"因为非理性主义并非笼统地否定理性或反理性，"只有在他主张某种特定的学说，涉及像理性的地位和作用或哲理性标准在各种经验或研究领域内的适当性这些问题时，才可称他为非理性主义者。换言之，关键不在于无意不遵循公认

---

① 鲁迅：《集外集拾遗补编》（鲁迅全集单行本），人民文学出版社 1981 年版，第 399 页。

② 朱德发、温奉桥：《非理性视野中的现代中国文学》，《北方论丛》2003 年第 4 期。

③ 参见夏军：《非理性世界》，上海三联书店 1993 年版，第 2 页。

正确的规范，而在于根据某些考虑或联系某些情景而明确拒斥或怀疑这些规范。"① 加德纳还从不同的角度和西方历史文化背景中辨析了启蒙运动的非理性主义、19世纪的非理性主义、本体论上的非理性主义、认识论上的非理性主义、伦理学上的非理性主义，心理学和社会学意义上的非理性主义等等，尽可能地对非理性主义作了多方面的阐释。国内也有学者认为，非理性主义是指"人类普遍的一种思维方式与哲学态度，并非专指某些特定哲学流派，其直接反对的是认识论上的理性主义和经验主义，与怀疑论、不可知论、虚无主义、神秘信仰主义以及人生观上的享乐主义、禁欲主义与悲观厌世主义等有着密切的关系与联系"②。以此观之，非理性主义的外延和内涵是很宽泛的。可以这么说，从20世纪开始，非理性主义成了风靡西方的思潮，在哲学、伦理学、心理学、社会学、政治等领域广泛流传。其中除了弗洛伊德以外，尤以海德格尔、萨特等人的存在主义影响最大。

相对而言，我所指的非理性主义则主要限定在哲学（美学）范畴。柏拉图说过，哲学起自于人类对自然的惊异，起源于求知的欲望。人的一切活动都有两个指向和目的：一方面弄清世界的本来面目，属科学；另一方面，弄清人同世界的关系，属哲学，亦即哲学是对自然与人的关系的反思。或者说，哲学执着于从总体上解决自由与必然的问题，寻求人类安身立命的要义——对人类生存的终极关怀。在这个意义上，人本主义就是哲学的本质。

在西方，自古希腊哲学以降，哲人们一直把理性视之为人的本质并从中推演一切。法国哲学家夏特莱在《理性史》中讨论的首要问题是："理性是思想中固有的东西，还是被发明出来的。"③ 从词源学上来看，理性来自希腊文的"逻各斯"，其本源意义是指规律、道理。要言之，理性意指人们通过心灵和思维认识客观事物的规律和本质——一种借助于清晰的

---

① ［美］加德纳：《非理性主义》，陆晓禾译，《国外社会科学文摘》1991年第7期。

② 王治河主编：《后现代主义辞典》，中央编译出版社2004年版，第119页。

③ 朱德发等：《20世纪中国文学理性精神》，上海人民出版社2003年版，第580页。

概念和逻辑推理来把握事物本质的整合性思维。通常所说的本体论思维就是随着理性主义哲学一起产生的。亚里士多德在其《形而上学》中称本体之学是哲学的"第一范式"。问题恰恰在于，从亚里士多德到笛卡尔西方哲学都一直遵循着"第一范式"的原则，它从对感性的、具体的东西的追问到对抽象问题的理解，最终以普遍性概念为事物之根底。这是一种以"主体—客体"的思维模式为前提的追根问底的方式。

长期以来西方哲学发展史实则是一部理性发展史，举凡从理想理性到工具理性，从先验理性到实践理性，特别是近代唯理主义哲学的奠基人笛卡尔更是把理性推崇到了绝对本质的地步，所谓"我思故我在"。"整个西方哲学发展，从苏格拉底开始，无论从原因推出结果，还是从结果推出原因；无论是唯理论还是经验论，逻辑推演都扮演着十分重要的角色。因其在人类思维中不可或缺的地位，以及在人类生产劳动中所发挥的重要作用，它逐步嬗变为人类思想的目的和主宰。"[1]黑格尔甚至认为，人类理性和宇宙本体理性是直接同一的，包括自然、人的精神和社会历史都无条件地受理性支配，理性成为一种精神实体和价值结构，"一切都必须在理性的法庭面前为自己的存在作辩护或者放弃存在的权利"[2]。

毋庸置疑，理性主义一方面给西方社会带来了科学技术的繁荣和巨大的物质财富；另一方面却由于技术理性统治的社会犹如一架机器，人也成了"单向度的人"，个体成了机器上的零件，人类由此失去了精神的家园。举凡经济危机、两次世界大战、精神理念和价值信仰的瓦解，所有这些都极大地动摇了理性社会的信念，打破了理性万能的幻想，"这种对理性普遍失去信念的社会背景必然导致了理性主义哲学的危机"[3]。

肇始于西方现代哲学的转向是一种人类思维方式的变革，它是哲学自身发展的必然逻辑。从追求彼岸的绝对的、纯粹的自然存在到关注此时此地的人的现实生活，现代西方哲学不满足于以抽象概念为根底而转向现实

---

① 章忠民：《黑格尔哲学的当代意义》，上海财经大学出版社2003年版，第148页。

② 《马克思恩格斯文集》第3卷，人民出版社2009年版，第523页。

③ [美] 马尔库塞：《单向度的人》，张峰等译，重庆出版社1988年版，第2页。

性，认为任何在场的现实事物都是人们思考和关注的焦点，而不必到事物背后找东西。这意味着，西方现代哲学观念变革的关键在于，哲学关注的对象从自在世界向意义世界转化，这无疑是一种哲学范式的更替。"实际上，非理性无论是作为一种人的内在性精神结构，还是一种认知方式，几乎与理性同时被人们所察觉，其历史几乎与理性同样悠久，只是其意义长期被理性所遮蔽而没有像理性那样全面展开而已。"① 而西方现代哲学转向的标志正是非理性主义的崛起。

贺麟先生谓之："现代西方哲学应该上溯到近代承前启后的大哲康德，尽管后来的哲学家对他的学说备加非难，从各自不同的角度提出不同的意见来驳诘他，他却终不失为现代哲学的源泉。犹如投入大海的巨石，他在哲学界里激起了四向散开的巨大波浪和细微涟漪，现代西方哲学各派哲学家受他影响的程度容各有不同，但没有任何人是和他了不相涉的。"②

不言而喻，康德的哲学是西方近代理性主义哲学思潮发展的最高阶段，黑格尔的理性哲学则是这个发展阶段的最高峰。而通常认为与黑格尔哲学同时形成的叔本华的生存意志哲学则是现代西方非理性主义哲学思潮的源头。问题的实质在于，如果从发生学层面来看，两者其实源于同一个母腹——康德哲学。

康德的"三大批判"[《纯粹理性批判》(1781年)、《实践理性批判》(1788年)、《判断力批判》(1790年)] 的宗旨在于确立理性为人类的认识活动、意志活动和审美活动的先天原理或先天规律，并证明它们的有效性。在康德看来，理性以其先天知识形式在综合统一后天的感觉材料中创造自己认识的对象：以其先天实践（道德）规律在排斥感性的欲望、爱好等中创造自己追求的对象——善的意志；以其先天评判（反思）原理在诸认识能力的自由游戏中创造自己审美的对象——美和艺术。这就是理性的先天原理在各自领域中具有普遍必然的客观效力的根据。与此同时，康

---

① 朱德发等：《20世纪中国文学理性精神》，上海人民出版社2003年版，第580页。
② 曾艳兵：《康德：从理性到非理性》，《世界文化》2010年第7期。

德又限制理性的认识能力，认为理性为知识所立的法（时间、空间、因果性等先天知识形式）只适用于现象，而不适用于作为现象的基础的"物自体"，因而理性只能认识现象而不能认识"物自体"。在此意义上，康德哲学思想的核心是将世界分割为现象（phenomena）和本体（noumena），而不是主体和客体两部分。现象一词来源于希腊语，意为"显而易见的"，康德用来指称那些显而易见地呈现在感官面前的事物。因为，主、客体是不可分也无须分的，如果一定要划分界限也是没有意义的。正如时空是经验的前提一样，存在着人的感觉的先天形式，即先验理性形式。这种心灵结构或心灵范畴使人们可以描述现象界，却无法由此而描述本体。康德所谓的本体又称"物自体"（Ding ansich）、自由意志或上帝的自由创造。"物自体"既是认识的源泉又是认识的界限；既是思想的源泉又是对思想的限制，它不以人的意志为转移因而是不可知的彼岸世界。康德认为，人只能认识现象（此岸）而绝对不能认识本质，而对于客体的认识也只不过是感知它的存在状态罢了，至于它的本质我们不得而知。"从某种意义上讲，没有康德的批判哲学，就没有现代意义上的反理性哲学，因为前者在为人类理性划定界限的同时，也就为反理性的活动腾出了地盘。"①

质言之，在康德那里，现象和本体、自然（必然）和自由的分立是以认识和实践（道德）的分立为依据的，因而也就是由人类认识能力本身的性质决定的。为了把彼此分立或对立的双方结合起来，康德认为有必要设想一种人所不能具有而又与自然同一的"知性的直观"或"直观的知性"，由此自然的多样性无须任何思维（概念）的中介而直接是一个有机统一的整体，而这个整体本身即是现象和本体、必然和自由的统一，它可以被视为人类理性借以制定从现象反思本体、从必然反思自由的主观原理的根据。康德提出的这种作为"多样性的直接统一"的"知性直观"的思想既为理性主义的辩证思维说，也为非理性主义的直观说提供了进一步发展的

① 曾艳兵：《康德：从理性到非理性》，《世界文化》2010 年第 7 期。

契机。①

如前所述，黑格尔的理性主义哲学和叔本华的非理性主义的生存意志哲学来自同一个母腹——康德哲学。情况的确如此，但又并非尽然如此。实际上，在欧洲思想史上作为存在主义先驱的克尔凯郭尔最早站在非理性主义的立场上批判黑格尔的理性主义。

诚然，克尔凯郭尔哲学观的形成与他个人的生平，特别是他的极端孤僻、忧郁的个性有关——他的哲学的某些内容得自他个人反常的、非理性的经验，其中有的甚至还带有他个人的自传色彩。但另一方面或许更重要的是，克尔凯郭尔明确地把自己的哲学与传统哲学对立起来，特别是把对以黑格尔为代表的理性主义的批判当作自己的哲学的重要方面。克尔凯郭尔否定黑格尔的哲学体系并断定人的存在是唯一真实的存在，并以"孤独个体"的非理性的精神活动当作全部哲学的出发点来理解人的存在方式，从而实现了对人的存在予以阐释的一次重要的视角转换，呈现出他对整个西方哲学特别是近代人本主义理性传统的某种反拨。详而言之，他通过对"孤独个体"存在的诠释意在表明，所谓个体是一种精神性的个体，个体要实现自我的本真存在必然要诉诸其内在本质。他在《致死的疾病》一书的开篇就直截了当对人的存在予以规定：作为精神个体的人只与"它自身发生关系"，也就是自己领会自己。"孤独个体"是根据内在主观性即情意、感受、主观体验而行动，因此人的存在是一种自由选择的存在。虽然人都是以一个精神自我的存在作为最本真的存在，但人的本真自我的形成是一个不断选择不断完善的过程；而"或此或彼"的"选择"是决定人能否实现本真自我的关键所在，这也是改变哲学对人的存在的追问方式的一种有益的尝试。不言而喻，克尔凯郭尔的哲学表述与视角转换在消解抽象理性对人的本质形成的束缚上迈出了重要的一步，这也正是存在主义哲学建立的逻辑起点。而他对"孤独个体"存在的理解与叔本华、尼采一道为现代非理性主义哲学对人的存在的研究开启了基本思路。正因如此，詹姆

---

① 参见杨祖陶：《德国近代理性哲学和意志哲学的关系问题》，《哲学研究》1998年第3期。

斯·C.列文斯顿在其《现代基督教思想》中对克尔凯戈郭有这样一句评价："就其一生和著作的影响来看，克尔凯郭尔更多地是属于20世纪，而不属于他自己那个世纪。"

20世纪德国两位最主要的存在主义哲学家海德格尔和雅斯贝尔斯都承认自己与克尔凯郭尔的继承关系。海德格尔的存在论思想也是在反对传统的理性主义的思维方式上建构起来的。他认为传统的形而上学把"存在"和"存在者"混淆了并以后者代替了前者，存在的意义没有得到阐述，在其本质上是"存在"被"遗忘"的形而上学，无家可归的形而上学。其所以如此，就是它的理性主义思维方式的结果。海德格尔就此提出"此在"（Dasein）的概念，将克尔凯郭尔的"存在"概念进一步具体化；他断言不能用逻辑的定义方法去规定"存在"，只能用胡塞尔的现象学方法去"显露"、描述它。这正是非理性主义的真意之所在。雅斯贝尔斯的存在论则具有明显的与宗教神学合流的倾向，他主张追求上帝，认为哲学应从"存在者"——"人"出发，关心其在危机中的生存问题；他的有关个人的具体存在、绝对与无限超越的存在等方面，主要与克尔凯郭尔的本体观一脉相承。与海德格尔相似，萨特也将克尔凯郭尔的个体自由观和胡塞尔的非理性主义现象学结合，其巨著《存在与虚无》的副标题"现象学本体论"便清晰地点明了该书主旨：从一种消除主体和客体、精神和物质"二元对立"的"现象学"出发，为自由说奠定本体论基础。萨特关于"自由"的理论是其哲学的核心部分，所谓"自由没有本质，它不隶属任何逻辑必然性。"①其意无非是说，人不是先存在而后自由，人即自由，没有自由人则变成"虚无"，自由是人的命运。萨特的这种"绝对自由"观，建立在极端崇尚偶然性、绝对否定必然性的基础上。可见，萨特从"存在先于本质"出发推演出自由是人与生俱来的本性，是"现象学本体论"的另一种表达。

---

① ［法］让·保尔·萨特：《存在与虚无》，陈宣良译，生活·读书·新知三联书店1987年版，第563页。

接着康德说的除了克尔凯郭尔还有谢林。"事实上，德国古典哲学的代表人物之一谢林才真正是现代非理性主义的先驱。谢林的'理智直观'可谓是非理性主义的最初表现形式，而且在其论著中，谢林较早从哲学高度探讨了艺术创造中无意识的问题。谢林思想中所流露出的非理性主义为所有后来的非理性主义提供了方法论的样本。"①谢林清醒地意识到，为了解决康德哲学中现象和本体、必然和自由的矛盾，就必须把康德分开的认识和实践统一起来并进一步发现和阐明它们两者的共同基础。在其系统化表述哲学思想的《先验唯心论体系》中，他认为这种共同基础就是主观与客观的无差别的绝对同一，这个绝对同一可以通过对自我意识的原始建构机制的推演呈现。自我意识之所以有这种作用是因为它本身就是一种不断对象化自身的创造活动，同时又能直观这种活动的过程。因此，自我意识的建构过程就是绝对同一的直观、显现过程，谢林通过理论哲学、实践哲学和艺术哲学中的分析，具体阐述了直观级次的提高过程。

首先是形成与知性反思不同的对待自然的方法——理智直观。知性反思是从对立面中反观自身，并在主客对立中规定、把握对象的性质和特征；理智直观以本身既不是主观也不是客观的绝对同一性为对象，这种对象不是独立于直观活动的外在存在，而是与活动、直观与被直观的东西——也就是创造者和被创造者是同一的，因而是绝对自由的；如果没有理智直观，哲学就没有什么基础，就没有什么承担和支持思维活动的东西，一切哲学也都是绝对不可理解的。换言之，理智直观是一切哲学的官能。相对而言，艺术哲学是谢林哲学体系的拱顶，正是在艺术哲学中美感直观成为理智直观的转换方式。如果说，理智直观本身是内在的直观，哲学的创造活动是直接向着内部以便在理智直观中认识绝对的同一体；那么当理智直观诉诸直接经验、变得客观时，就是美感直观。谢林认为，只有艺术才能反映其他任何事物都反映不出来的东西，艺术能够不断地重新确

---

① 陈海燕：《谢林与非理性主义》，《淮北煤炭师范学院学报》（哲学社会科学版）2007年第2期。

证哲学无法从外部表示的东西；也唯有艺术才能以普遍有效性的方式把哲学家只会主观地表现的东西变成客体的；所以艺术是最崇高的东西。概言之，艺术哲学是理论哲学、实践哲学的最高形态，它克服了后者的片面性，直接以自然与自我、客体与主体、理想与现实的绝对无差别的同一为对象。也只有发展到艺术直观或美感直观这个层次，绝对同一体作为主观与客观的原始和谐的根据才最终显示和敞亮。

实质上，谢林的非理性主义以"绝对"或宇宙精神形式体现出意志生命的冲动，揭开了非理性主义哲学之序幕。叔本华和尼采则抛弃了这种形式的外衣，公开以生存意志论和权力意志论解释世界和说明人生，将康德的现象和本体、理性和感性的两重性说加以彻底的非理性主义化。这意味着，谢林的哲学为非理性主义生存意志说铺平了道路和准备好了一切必要的思想要素。

究其本质而言，哲学思维方式是人类思想成果最集中的体现。它以理论的形式表达着人的生存状态和存在方式。在西方，哲学思维方式大致经历了从古代本体论的思维方式到近代认识论的思维方式再到现代哲学人文论的思维方式。易言之，现代西方哲学的转向在其本质上是人文意义的转向，它是以价值意义和主体间性等重要范畴为支撑和指向的。需知，人文领域是一个意义领域，赫舍尔说："人的存在从来就不是纯粹的存在，它总是牵涉到意义。意义的向度（dimension）是做人所固有的……正像人占有空间位置一样，他在可以被称作意义的向度中也占据位置。人甚至在尚未认识到意义之前就同意义有牵连。他可能创造意义，也可能破坏意义；但他不能脱离意义而生存……对意义的关注，即全部创造性活动的目的，不是自我输入的；它是人的存在的必然性。"[①] 现代西方哲学的人文转向促成了现代人本主义思潮的形成。

如前所述，克尔凯郭尔和谢林作为康德哲学从近代到现代过渡的先声和前奏，他们认为理性主义本体论或本质论从主客二元分立的视角进行的

---

① ［美］A. J. 赫舍尔：《人是谁》，隗仁莲译，贵州人民出版社 1994 年版，第 46—47 页。

研究都只能及于现象界而无以通达人和世界的存在，为此必须超出二元对立、超出理性的界限转向非理性的直觉与意志。叔本华的生存意志论在西方哲学史上第一次把意志同理性完全对立起来，从人的非理性方面寻求万物之本，认为非理性的意志是世界的本体和万物的根源。与西方传统哲学相比，生存意志论从人的情感意志出发与非理性主义从人的非理性的精神活动出发在哲学基本倾向上是一致的。生存意志论探索人和世界真正的内在本性，要求哲学摆脱外在的虚幻世界的诱惑，回归到内心世界中去研究人和人的意志。受其影响，尼采的"超人"论以及德国、法国兴起的生命哲学思潮成为19世纪后半期非理性主义的重要思想流派。

生命哲学赋予生命本质以本体论的意义，既反对把世界上的事物还原为物质或精神存在，也反对把它们的特性简单地归结为某种物理特性。哲学所应探索的不是世界的物质或精神本原，而是内在于并激荡着整个世界的生命——超越理性、支配生命的创造力。由于生命哲学把生命看作是一种富有能动性和创造性的活力，生命哲学家都强调"生成"和"创造"。因此，生命哲学批判传统哲学的静止孤立、非连续性和机械性的世界观，强调生命本质是活动，活动本质是自由创造，而世界则是一个充满生机与活力的整体。在现代西方非理性人本主义发展过程中，生命哲学的地位后来逐渐被海德格尔和萨特的存在论或生存论哲学所取代。当代德国哲学家M.布尔就指出："在思想史上，存在主义是现象学，首先是生命哲学某些基本思想的继续，并使生命哲学更加彻底。"[1]

由海德格尔开启的以存在本体论为标志的人本主义认为，存在着的人并不是像理性主义时期人本主义者所想的那样，是抽象的、物质化的、无历史性的、无时间性的存在者，而是一种生存性的存在者，是历史关系中的具体的存在者，是一种时间性中的"此在"；人的这种特性证明着人只能是与历史相统一的存在者，人所有的本质、价值、尊严和意义等都是在

---

[1] 参见哲学译丛编辑部编选：《近现代西方主要哲学流派资料》，商务印书馆1981年版，第185页。

具体的历史条件和环境中得以发生和实现的。存在本体论对理性主义哲学中的主体进行解构和消解，终结了近代人本主义哲学中的"主体"，宣告了近代主客二分思维中的、本质主义视野下的人的概念和人的形象的死亡——实体化、物欲化、原子化和理性化的人的观念的死亡。统观海德格尔和萨特的存在论哲学，其共同的价值取向是：首先是把个人存在作为哲学研究的根本出发点。他们对传统哲学关于存在的研究持有激烈的批判态度，在他们的心目中，以往哲学最根本的缺陷就在于没有抓住存在这个根本问题，或者对存在没有作出正确的解释，因而主张从人本身的存在出发去理解存在及其意义；其次，对人的存在状态的揭示是存在论哲学的重要特点，存在论哲学从揭示人的存在情态出发，认为只有人的心理体验和情绪意志才是人的真正存在；最后，存在论哲学表现出对传统形而上学思维方式的批判和超越态度，它否定了实体本质论的理论形态，并汲取现象学的基本方法把人的存在还原为先于主客分离、心物分立的生命活动本身，主张回到本源同一性的存在中去。于是，人的超越和自由成为其共同主题。

总之，从19世纪的叔本华、尼采、柏格森等的广义的生命哲学，直至20世纪初由胡塞尔的现象学引导并开启的海德格尔、萨特、雅斯贝尔斯的存在本体论，正是这一非理性人本主义生成、衍发、演化过程指引了现代西方哲学的生存论方向，并形成了通常所谓的"存在主义"的知识话语构建。而存在主义作为现代西方非理性人本主义思潮，一方面它的出现反映了20世纪初期和中期西方社会的精神状况，表达了对西方社会现代化进程中人的异化状态的抗议以及对个体自由的追求；另一方面，存在主义力图超越西方传统哲学对人的存在的本质论或理性主义的思维方式，把存在论从认识论的遮蔽下解放出来。它对于人的生存状态的关注以及对人的存在意义的反省变革了西方哲学的发展方向，表现出对西方哲学思想传统的否定性和超越性。

当20世纪初五四新文化运动标示着中国文化和文学实际上已步入"世界性"和"现代性"进程后，无论是作家的主体精神结构还是作品的审美形态结构都与传统文学有着明显的差异，因为新文学从诞生之日起就受到现代西方哲学思潮的深刻影响——体现出一种"影响的焦虑"，即鲁迅所说的"外之既不后于世界之思潮，内之仍不失固有之血脉"。以至于 20 世纪中国文学中所出现的文学新现象大都对应着某种西方文化、文学思潮。"一种严肃的哲学总是既有现实性又有超越性，即使是一种唯心主义、主观主义、非理性主义的哲学，只要它确实严肃地触及特定的历史实际而又深刻地提出一些具有普遍性和根本性的问题，——哪怕它的提法是片面的，回答是不正确的，——这就仍然无害其为真正的哲学，就对人类永远具有启发意义。存在主义正是这样一种哲学。""存在主义的某些核心问题——如人为什么活着？人生的价值和意义是什么？个体如何达到本真的自我获得完美而丰富的存在？以及生命、死亡、自由、孤独等对人来说到底意味着什么——事实上是一些古老而常新的人本问题，是人类普遍关心的问题，对人类具有普遍的永恒的意义。而存在主义则在新的历史文化背景上，以前所未有的深度和强度重新提出了这些问题，做出了深刻、严肃和独到的解释，这就不但会在西方人士中引起热烈的反应，也会在现代中国知识分子中引起某种程度的共鸣和反应。"①

文学是"关于存在的诗性沉思"②，关注人的生存境遇和存在状态对文学来说永远具有本体论意义，这也就是所谓的"文学是人学"的真正含义。"五四"前夕周作人的《人的文学》（1918 年）的发表就基本具备了非理性人本主义的理论因质，尽管周氏的"人的文学"的内涵也包含文艺复兴时期的人学观念的因素，但更主要的表现出非理性人本主义的质素；他所说的人并不是世间所谓"天地之性最贵"或"圆颅方趾"的人，而是"从动物进化的人类"，"其中有两个要点，（一）'从动物'进化的，（二）从动物'进化'的"，进而反对传统的灵肉二元论："灵肉本是一物的两面，并非对抗的二元。兽性与神性，合起来便是人性"，在此基础上他提出了

---

① 解志熙：《生的执著——存在主义与中国现代文学》，人民文学出版社 1999 年版，第 36—37、241 页。

② ［捷］米兰·昆德拉：《小说的艺术》，唐晓渡译，作家出版社 1993 年版，第 36 页。

"人的文学"并非世间的"悲天悯人"或"博施济众"，"乃是一种个人主义的人间本位主义"，而人的文学又可分作两项："（一）是正面的，写这理想生活，或人间上达的可能性。（二）是侧面的，写人的平常生活，或非人的生活"，"这一类中写非人的生活的文学，世间每每误会，与非人的文学相溷"，而"人的文学"与"非人的文学"的区别便在作者的态度，即以人的生活为是还是以非人的生活为是，肯定人的自然欲望、强调神性与兽性的统一是其人学思想的核心。这使人很容易联想起巴雷特的言说："存在主义，如我们所见，企图把完整的人——整个日常生活场景里具体的个人，连同他的全部神秘性和可疑性——带进哲学。"① 在此，非理性主义从非法走向合法、从幕后走到台前。它不仅意味着传统理性的解体，更重要的是它昭示着中国非理性人本主义文学的来临。

问题更在于，存在主义天然地拥有一种诗学基因。如果说一般意义上的形而上学本体论可以被看作对世界的一种类科学知识式的介入，那么存在主义则是现代思想话语知识对世界的一种美学把握——具有难以用严密的理性逻辑进行分析和论辩的不可言说性。由于存在主义关注的是具体的个体人生，是个人的内在生活和存在体验而非抽象一般的东西，这就使它具备了诗性的哲学与感性的美学特质从而与文学有着天然的血缘关系。的确，在存在主义哲学（美学）的话语表述中，"诗"（艺术）与"思"（理性）以不同方式对同一本源加以言说，"诗"是人进入存在的开端，是穿透人的历史的诗性启悟——一种深刻的个体化理解和体验；"思"是对存在显现的本真领悟，存在之"思"是原诗（Urdichtung），一切伟大的诗篇总是沉醉于一种本源之"思"中——一种批判性创造，"诗"的本质因而以"思"为依据；而所有这些的最终归宿是"诗意地栖居"。"因此自克尔凯郭尔往后的存在主义哲学，趋向于回避甚至拒绝系统的说明，而宁愿用杂记、小品文、小说、戏剧以及与个人生活相关的一切写作方式来表达自

---

① ［美］威廉·巴雷特：《非理性的人——存在主义哲学研究》，段德智译，上海译文出版社 2007 年版，第 296 页。

己的思想"，以至于给人造成这样的印象："存在主义者所想做的某些事，做得最好的是表现在艺术而不是在哲学中。"① 故而，从存在主义先驱克尔凯郭尔、尼采到萨特每个人都兼有作家的特色，作为哲学家的柏格森以及作为思想家的萨特先后获得诺贝尔文学奖就并非偶然。这是一种严格意义上的"非理性主义"文学，也是一种真正的"文化诗学"。

在 20 世纪中国的现代性语境中，"以非理性为主要特征的现代人本主义思潮，是通过现代哲学和现代主义文学传入中国，并对中国思想界产生影响的"②。五四运动之前，梁启超、王国维、李大钊、蔡元培等先觉者们都较为详细地介绍过尼采、叔本华的学说，尤其是王国维率先接受并运用叔本华的生存意志论进行文学批评，在重理性的主流意识下彰显出非理性的抉择，以生命情感的张扬补充了社会启蒙中对人的本性的忽视，宣告了非理性思潮与中国现代文学的最初结缘。"而五四作家反抗封建文化理性主义束缚的有力工具，不是西方文艺复兴以来的理性主义传统，而恰恰是从西方世纪末非理性主义思潮中汲取灵感，继而形成一套特有的反传统思路的。这一点从鲁迅对尼采和弗洛伊德思想的接受和创造性转化中可以得到有力的印证。……鲁迅、陈独秀等人则已经从世纪末反理性主义思潮中看到了理性的虚妄，他们虽然也打出了'科学和民主'的大旗，但在这个科学主义的根基下却是反科学主义的土壤。也就是说他们追求的不再是注重理性分析和文化秩序，不再是像康梁那样主张通过社会结构的内部转换和调整求得历史的进步，而是提倡'价值重估'和'破坏偶像'，也就是一种非理性主义的怀疑和反叛精神。"③

以往学界对 20 世纪中国非理性主义文学的诸种表现形态，如象征主义、唯美主义、表现主义或"先锋派"、"新生代"、"新写实"、"第三代诗"等总是在相互并不相干的层面予以阐述，我以为如果从非理性的人本主义文学这个层面或许能提供一个统摄式或视野融合的解读平台。在这个意义

---

① ［美］W. 考夫曼：《存在主义》，陈鼓应等译，商务印书馆 1987 年版，第 44 页。

② 朱德发等：《20 世纪中国文学理性精神》，上海人民出版社 2003 年版，第 608—609 页。

③ 肖同庆：《世纪末思潮与中国现代文学》，安徽教育出版社 2000 年版，第 24、26—27 页。

上，20 世纪中国文学中被本土化的存在主义文学思潮也许是对 20 世纪中国文学审美现代性的一种最显在的确认，而现代性语境中的存在主义选择成为 20 世纪文学思潮的一个新的"问题意识"的生成点——一种真正具有"现代主义"特质的世纪性的文学现象。质言之，以存在主义为表征的"现代非理性文学思潮作为一种强大的异域文化力量，从一开始就参与了现代中国文学的建构过程。……这种非理性文学的存在，在一定意义上也构成了现代中国文学的'现代性'的一个重要标志"①。

第二节　中国传统文化与存在主义的精神契合

张岱年先生曾经指出，中国文化、中国哲学的基本精神主要包括四项基本观念：天人合一、以人为本、刚健有为、以和为贵，而天人合一被列为第一。"中国哲学可以称为'天人哲学'，以天人关系为主要问题。……这是传统哲学的基本特点。"② 所谓"天人关系"指的是人与世界之间的根本性关系，其含义可以从两个方面来理解：一是人与自然的关系相当于主观与客观、意识与存在之间；二是人与社会的关系类似于个体与群体、感性与理性之间。就话语概念的哲学含义而言，天人合一观实际上意味着人与自然、人与社会、主观与客观、感性与理性等的和谐统一，是人在社会实践中所获得的一种从必然王国走向自由王国过程中的特定精神境界或状态。

当代德国学者波格勒曾在考察了海德格尔与以中国传统文化为主导的东亚思想的关系后断定，海德格尔的存在主义立场在于把来自东亚传统文化的动力融进自己的思想努力中，为东西对话提供了一个决定性刺激，因而"在发起西方与远东之间对话上，海德格尔比其他任何欧洲哲学家都做

---

① 朱德发等：《20 世纪中国文学理性精神》，上海人民出版社 2003 年版，第 608 页。

② 张岱年：《中国古典哲学概念范畴要论》，中国社会科学出版社 1989 年版，第 15 页。

得更多"①。正是在天人合一观上，中国传统文化与以海德格尔为代表的西方存在主义有着明显的精神契合性。

哲学家张世英先生在《天人之际》一书中就以海德格尔《存在与时间》中讲的"此在"（Dasein）的"在世界之中存在（In-der-Welt-sein）"为思想线索，揭示了中国传统哲学天人合一观与西方存在主义的意义关联："如果说，黑格尔哲学是西方近代哲学中'主客二分'思想和旧形而上学的顶峰，那么，海德格尔哲学就可以说是西方现当代哲学中'天人合一'思想和反旧形而上学思想的一个重要开端。"当然，与中国传统的"天人合一"不同的是"海德格尔的哲学则可以说是经过了'主客二分'和包摄了'主客二分'的一种更高一级的'天人合一'"。②"海德格尔的语言比较晦涩，他的基本思想和意思还是比较清楚的：生活、实践使人与世界融合为一，人一生下来就处于这样一体之中；所谓'一向'如此，就是指一生下来就是如此，所以'此在'与'世界'融合为一的这种关系是第一位的。至于使人成为认识的主体，世界成为被认识的客体的这种'主体—客体'关系则是第二位的，是在前一种'一向'就有的关系的基础上产生的。'此在—世界'的结构产生'主体—客体'的结构，'天人合一'（借用中国哲学的术语）产生'主客二分'，生活实践产生认识。"③事实上，体现着中国传统文化和哲学精神的天人合一观不仅是认识论或思维方式问题，更是本体论或存在论问题。这是因为天人合一实际上是一种道德情感和精神寄寓的实体化境界，它能为人自身提供一种安身立命之本，具有本体论意义。中国传统的本体论哲学主要就是对天人合一这种人之根本存在方式的诠释，故天人合一观不啻为一种存在论的本体论。

很明显，如果从本体论维度观之，中国哲学的天人合一精神与存在主义具有一种异中趋同的相容性。

---

① ［德］莱因哈德·梅依：《海德格尔与东亚思想》，张志强译，中国社会科学出版社2003年版，第15—16页。

② 张世英：《天人之际——中西哲学的困惑与选择》，人民出版社1995年版，第6、7页。

③ 张世英：《哲学导论》，北京大学出版社2002年版，第7页。

　　国内外学术界对以老庄为代表的道家和海德格尔的存在主义之间的精神交合已有共识。这种交合"存在于海德格尔与道家思想之间的某种'前建立的和谐'"，而"海德格尔在写作《存在与时间》期间与道家思想之间的（至少是部分的）平行关联，很可能便是得自于他在这个时期对《庄子》的熟读"①。"海德格尔的作品曾受到东亚思想资源意义深远的影响。进而言之，在某些特例中，海德格尔甚至大规模地、有时几乎是逐字逐句地从德译道家和禅宗经典中挪用了主要观念。"②实际上，道家思想的元概念"道"和海德格尔的"存在"（sein）都关涉着"人"与"世界"的一种本源性关系——"世界"向人显现出来的一种本源性的"意义"。同样，"道"与"存在"都并不是一个存在者，因为它不是如同万物那样存在着，可以被看见和被听见，而是在"无"的意义上的"有"或不可名状不可言说。于是，"道"和"存在"自身就有了遮蔽和显现的问题。海德格尔一生中不断变换术语去解释主客体尚未分离对立的混然状态。按照他的解释，"存在"不是什么而是"此在"把自己交托、敞开、出离到存在者中去的那种境域、牵扯和关联，其归宿是重新回到人与自然万物相聚为一的天、地、人、神四方关联状态。道家作为万物本原和基础的"道"是天地万物作为自身存在的本然形态，也是素朴之心与万物本然相融相契的状态。老子指出"圣人抱一为天下式"（《老子》第22章），因此，道家探询的是先于万物并且作为天地万物的本源、基础和原初的统一，这个统一是使主体、客体相互对立成为可能的前提，是使天、地、人得以积聚的场所。对于老子和庄子来说，至道就是生存之道，而不只是求生存之道，因为生存本身的洪炉大冶必荡尽一切机心和人为规范，还万类一个本然的公道。选择什么样的角度才能够使人的本质按其本然状态显露出来并使人的生存获得其原初的基础，这是道家与海德格尔共同关注的问题。在这里他

① ［德］莱因哈德·梅依：《海德格尔与东亚思想》，张志强译，中国社会科学出版社2003年版，第121页。

② ［德］莱因哈德·梅依：《海德格尔与东亚思想》，张志强译，中国社会科学出版社2003年版，第3页。

们体现人类在体察本源性问题时的一种相同的倾向："去"（无、否定、使无）一切既定之"道"、"名"，把人们从聪明智虑主宰的主客观对立的状态中引回到那个欲求各种名分（万物、社会）出现之前之纯然境界。它不涉及与大千世界隔绝分离的超越的纯粹精神世界，只涉及游心游神、物我两忘的境域，只涉及心物交融相契的澄明，只涉及"此在"在世界中的存在。一切存在者包括人在内，只有在"诗意地栖居"的"澄明之境"，才能作为存在者显现出来获得本质。而对于庄子来说，当庄子之思由道论走向生存论直至审美超越论，并以这种审美超越作为个体生命自由的无限延伸时，方能达到《齐物论》中所称的"天地与我并生，万物与我为一"的真正自由境界，一种"天上人间"不分的生存境地。在此境界之中蕴含着庄子所谓的天地之大美。可见，海德格尔和庄子的共同点在于，他们均以美学意义上的"诗"作为走出形而上学的真正动力，诗的解蔽性、创造性和不追究性使存在豁然澄明。海德格尔的诗性思维因此成为西方现代思想的重要奠基之一，庄子的审美超越思维则成为中国美学思想的重要根基。

日本学者西谷启治曾就海德格尔的存在主义与道家、禅宗的关联这样说："关于形而上学，海德格尔试图深入一步来探询存在于其下的东西。虽然，这种努力与东方的智慧，诸如《老子》、《庄子》和禅宗，直接发生了关联。"[1] 傅伟勋先生称海德格尔与禅宗之间的差别是"学问的生命"与"生命的学问"[2] 之间的差别，深而究之，所谓"学问的生命"与"生命的学问"的同质异构的差别反倒姻合成相辅相成之妙，二者沟通融贯的意义基点正是存在论。

对"世界—我—佛"本为一体的体证，逻辑地蕴含着禅宗对待人与世界关系的情感态度和宗教立场。禅宗认为一切众生都有共同的"真性"，它是清净的并先天就有，且永恒存在的，是世间和出世间一切事物的本

---

[1] ［德］莱因哈德·梅依：《海德格尔与东亚思想》，张志强译，中国社会科学出版社 2003 年版，第 171 页。

[2] 参见傅伟勋：《学问的生命与生命的学问》，台北正中书局 1995 年版。

原，也是众生成佛的根据。故"真性"也就是"佛性"，亦称"实相"。实际上，禅宗的"真性"和"实相"在宇宙观和存在论上与海德格尔的"存在"是对应的。由于"真性"和"实相"或"存在"在现世中被遮蔽，因此"真性"和"实相"的蔽或显（悟得）与海德格尔的"存在"的蔽或显一样，要在"我"或"此在"的现世生活状态中去领悟和把握。它本不可言说亦不假外求，只能诉诸"此在"人世的体验，诉诸"此在"人世的"去蔽"或"敞开"和"顿悟"式的明心见性。在禅宗，明心见性的顿悟使人重新在感受自己所生存的世界，人的本真经验自动涌起将人趋向本真的存在。众生与佛归于一心，此心圆满具足一切，这是一片空灵深远、清虚绝肃的禅境：人、生活、世界都仿佛在这一刹中体验生命的深度和广度，在宁静的蕴涵中一往情深。而且，这种禅境更是超时空的永恒，天地如芥子，万物变为一瞬，刹那化为永恒，在无言的静默中，从有限领悟到无限，以无限灌注于有限，于是有限与无限、瞬间与永恒、静止与流逝交融在一起，达到从此岸世界对彼岸世界的充分把握和彻底超越，这正是意义的显明或存在的澄明。在海德格尔，通过倾听诗人传达的"神性"召唤而进入一种天地人神如一的化境，一种没有主客之分的人与世界浑然一体的苍茫境界。人与世界的关系表现为"此在在世界之中"，"此在"不是孤立地对立于客观世界的主体，世界是"此在"的"存在"的敞开状态，"此在"与世界浑然一体。"存在"的意义就是人生在世的栖息进入本真状态——"诗意地栖居"。

尽管儒家的天人合一观带有明显的道德理性基因，但在人对世界的总体态度和人与世界的基本关系上却可以与存在主义互参和对证。张世英先生认为海德格尔所说的人"在世界之中存在"（In—der—Welt—sein）颇似中国人的一句口头语"人生在世"。"在世界之中存在"或"人生在世"指涉的是人对于世界的态度或人生境界之学，它应是建立在"天人合一"、"万物一体"或"万有相通"基础上的，是真、善、美三者的统一。① 对

---

① 参见张世英：《天人之际——中西哲学的困惑与选择》，人民出版社 1995 年版，第 4—5 页。

儒家的天人合一观亦如是观之。

儒学的天人合一观无疑也是强调主客合一，但其主客合一却是以主客二分为先机的。这种观念明显地体现在被称为"六经之首"的儒家基本经典《周易》中。《周易》讲天、地、人"三才"，首先将作为主体的人与作为客体的天和地区分开来以"究天人之际"。然而"究天人之际"的认知目的则是指向"尽心、知性、知天"（《孟子·尽心上》），即主张心、性、天的同一，以为尽心便能知性，知性也就知天了——这便回归到主客合一。这里的主客合一，并非指主体与客体的消融与泯灭，而是在价值上实现人与天、地的三者合一。《中庸》在进一步发挥时强调通过主体对于客体的认识，从而在价值上与天、地合一，即"可以赞天地之化育，则可以与天地参矣。""与天地参"，即是"与天地三"。可见，儒家天人合一的哲学基础在认识论上是主客二分，在价值论上则是主客合一即"天人合德"，因而带有明确的道德论的价值预设，这是与道家的主客合一的明显区别。而另一方面，儒家承认人的生命（包括心性）皆来源于天，这是一个基本的前提，与西方传统的主体论哲学完全不同。更重要的是，天即自然界是有生命意义的，它是人的生命的唯一来源。人的生命不是由上帝创造的而是由自然界生成的，儒家中不乏称天地为父母者（如《易传·说卦传》："乾，天也，故称乎父；坤，地也，故称乎母。"北宋大儒张载的《西铭》也有类似说法），就是由此而生发的。在儒家看来，人是德性的存在而不是认识的主体。人的德性来源于"天德"，"天德"的意义不是别的就是"生"，即不断生成、不断进化、不断创造。即使是最具形而上学意味的宋明理学的"天理"说虽有多种含义，但根本意义在乎"生理"或"生生之理"。不少研究者指出理学家所说的理是指"所以然"与"所当然"，并且混而不分。其实，"所以然"与"所当然"正是在"生"即生命的意义上得到了统一，而"生理"归根结底是"自然之理"（程颢、程颐、朱熹、王阳明都有很多论述）。这是生命进化的思想，更有存在论的意义。按照儒家学说人是德性的存在，而人的德性来源于天地生生之"德"，因此人的根本目的和使命是完成德性，实现理想人格。正因为如此，人不能离开天而存在，所以最终要回到天，即自然界，实现"与天地合其德"的天人合一境界。这显然是一种超越但又不离人的存在的境界。值得一提的是，清代戴震创造性地继承程朱理学的合理价值，力倡并强化理学生命本体论的合理内容，提出"气化流行，生生不息"①的宇宙本体论，创造性地把气本体论与生命本体论结合起来，把"生生"确立为人的本质，把人类看成是"气化""生生"的产物，从而以"气化生生"的本体论重建了天人合一观在生存论哲学层面的建构。

有必要提到的是，中国传统哲学发展的成熟时期是宋明理学，而成熟在某种意义上是儒、道、禅的三家融会并体现在宋明理学后期的阳明心学中。"佛教源于释迦三十五岁时的涅槃悟觉以及四圣谛、十二因缘等说，就本源（历史起源与思维出发点）言，确实与儒道二家为主的中国传统迥然不同。但是，儒道二家与中国化（sinicized）之后的（天台、华严二宗为主流的）大乘佛学以及禅宗仍可殊途同归，而于'心性体认本位的（中国）生死学与生死智慧'契接会通。事实上，道家禅宗化而形成的禅道，以及深受禅宗影响而有三教合一强烈倾向的王阳明、王龙溪心学传统，乃为两大例证，有待我们现代学者的哲理探讨。"陈来先生指出王阳明"认为在生命境界上禅宗的生存智慧要高于儒家的道德境界。……归越之后，以四句为教法，公开提'无善无恶心之体'。可见，在阳明的整个思想中一直有两条线索，一条是从诚意格物到致良知的强化儒家伦理主体性的路线，另一条是如何把佛道（二家）的境界与智慧吸收进来，以充实生存的主体性的路线，而这两条线索最后都在'良知'上归宗。"②问题的实质在于，王阳明正是在"心性体认本位的生死学与生死智慧"上构筑了严密的哲学体系，成了中国哲学史上天人合一说之集大成者。

王阳明认为人与天地万物一气流通，"原是一体"，天地万物的"发窍

---

① 《戴震全书》第 6 卷，黄山书社 1995 年版，第 175 页。

② 傅伟勋：《儒道佛三教合一的哲理探讨——心性体认本位的中国生死学与生死智慧》，载《佛教与中国文化国际学术会议论文集》下辑，台北中华文化复兴运动总会宗教研究委员会 1995 年版，第 686 页。

之最精处"即是"人心一点灵明"(《传习录》下),人心即是天地万物之心,是人心使天地万物"发窍"而具有意义,离开了人心,天地万物虽然存在却没有开窍也没有意义。王阳明的天人合一思想使人与天地万物之间达到更加融合无间的地步。另一方面,王氏心学十分关注人的生存状态、生存体验,推崇人的自我行动,自我选择,心物一体("心未尝离却事物")的本体说明,又不至于导致人与实在世界的对立分裂。因而王氏心学的核心概念"良知"具有超道德性质:是道德范畴、生命本体、圣人境界的统一体,表现着人与自然、人与社会的统一或融合。依王阳明看,人不能在自身的存在之外去追问超验的对象,而只能强调以人为尺度,联系人的存在来澄明世界的意义。或者说,人应当在自身存在与世界的关系中而不是在这种关系之外来考察世界。在这一关系中,天对人全面给予,人对天积极认同,天人二物完全合而为一了。这样,王阳明之"心"是人类生存活动的本体依据。"心"作为"物"存在的根据,同时又是永不消歇的自我实现的力量,善恶在于"心"之动产生的"意"。经过这样的转换之后王阳明的先验结构"心",又变成情绪结构之"心",哲学于是转向人的存在。在此意义上,王氏心学"一方面强化了道德主体性的实践,另一方面表现出对人的深层存在的更大关切,使他的哲学明显具有存在主义的性格,及某种情绪现象学的特点"[1]。王阳明的弟子王龙溪更进一步推演出心性良知的存在论意义。他说王阳明的"良知"心体仍偏重"心外无物"的实存主体性境界,并跳过主客二元对立而把"良知"提高到贯通宇宙一切的终极真实,从而把王阳明"与万物同体"的"天人合一"观推进一步。[2]

要言之,王氏心学既为实存个体提供了理想层面的价值依托,同时又为心体的流用发明在现实中找到了落脚点,于是人的自由成为社会实践层

[1] 陈来:《有无之境——王阳明哲学的精神》,人民出版社 1999 年版,第 173 页。
[2] 参见傅伟勋:《儒道佛三教合一的哲理探讨——心性体认本位的中国生死学与生死智慧》,载《佛教与中国文化国际学术会议论文集》下辑,台北中华文化复兴运动总会宗教研究委员会 1995 年版。

面的可感之物，所谓心学的意义及其精神性的全部内涵被揭示出来，其所体现的儒家文化也成为"面对人的存在而揭示的生存智慧"——一种存在论或曰生存论哲学。正因为如此，"从朱熹到王阳明，儒学的变化被称为理性主义到存在主义的转向"①。张世英先生把王阳明与海德格尔做了比较后断定，由于王阳明关于"人与世界万物息息相通、融为一体的程度，比起程朱哲学来要深刻得多"，因此，"王阳明似乎是中国哲学史上'天人合一'说的一个最有典型性的代表，他的思想的地位同海德格尔的'此在—世界'的思想在西方哲学史所占的地位有点类似"②。借用另一种说法，这是一种不同于中国哲学又有别于现代西方哲学的"东方存在主义现象学"③。

倘若将天人合一精神与西方存在主义在认识论层面进行比照便会发现，两者之间同样具有求同存异的对话关系。有学者将这种对话关系概括为"前主体性的天人合一"和"后主体性的天人合一"，这也许就是"中西哲学的结合点"④，我认为不如用"主体间性"来表述更为真确。

主体间性（Intersubjectivity）是 20 世纪西方哲学中凸显的一个话语范畴。在国内文献中主体间性又译作"主体际性"，有时也译作"主观间性"。简言之，主体间性即交互主体性，是主体间的交互关系。这意味着，主体间性不是反主体性，不是对主体性的绝对否定而是对主体性的扬弃。事实上，主体是相对于客体而言的，因而主体性是在"主体—客体"关系中的主体属性。在西方，随着时代的发展主体性哲学的历史局限性日益凸显出来：首先是建立在主客二分基础上的主体性哲学不能解决人的生存本质问题。主体性哲学将人的生存活动界定为主体对客体的征服和构造，从而衍生出唯我论和人类中心主义，进而导致人口膨胀、资源匮乏、生态恶化等全球性问题。其次是作为主体性哲学的认识论仅仅关注主客体关系而忽视

① 穆南珂：《"国故新知"：王阳明的存在主义之发现》，《哲学研究》1996 年第 3 期。

② 张世英：《新哲学讲演录》，广西师范大学出版社 2004 年版，第 33 页。

③ 张清民：《阳明哲学是东方存在主义现象学》，《商丘师专学报》1995 年第 5 期。

④ 张世英：《天人之际——中西哲学的困惑与选择》，人民出版社 1995 年版，第 151 页。

本体论，忽视存在的更本质方面——主体与主体之间的关系。正因如此，现代西方哲学扬弃了主体性哲学而建立了主体间性哲学。主体间性首先涉及人的生存本质。在主体间性那里生存不是主客二分基础上主体征服、构造客体，而是自我主体与对象主体的交互活动。主体间性还涉及自我与他人、个体与社会的关系，主体间性不是把自我看作原子式的个体而是视为与其他主体的共在，在此意义上主体间性即主体与主体间的共在关系。

在哲学认识论层面，人们面对当前的事物有两种认识把握方式。一种是"主体—客体"结构的方式：外在的客体"是什么"（what）？这是西方传统的概念哲学所采用的从主客二分的模式出发，由感性到理解的追问方式。它主要靠思维实施对感性的纵深性超越——总想超越感性具体的现实对象而达到抽象的概念世界，以把握事物的"相同"。另一种是"人—世界"结构的方式：人"怎么样"（how）与世界万物融合为一？相对而言，这是一种横向性超越——主要经由想象、体验乃至直觉，让隐蔽的东西得以"敞亮"而显示出事物的意义。而这里的想象、体验乃至直觉不是排斥思维，而是超越了思维。比如天人合一观，即以内在的心灵和生活去体验、去直觉事物，重心在于主体的情感生活以及对世界人生真谛的彻悟，而不在于考察研究客观事物的内在普遍规律。庄子主张通过"坐忘"、"心斋"取消一切差别，以达到"天地与我并生，而万物与我为一"的境界。儒家如前所述，先是有了主体—客体之分并进而辨别善恶，也就有了道德意识和道德实践，经由道德实践达到高级的天人合一并最终超越道德意识：超越的意味不是不讲道德而是自然地合乎道德。显然，这后一种追问方式具有哲学上的"主体间性"性质。

进而言之，中国文化的天人合一观的主体间性具有自己的特点。首先，它是在主体性没有获得独立和充分发展的历史条件下形成的。无论在儒家还是在道家、禅宗那里，人与自然、个体与社会以及人道与天道都没有充分分离，都把自然和社会当作主体而不是客体（自然被人性化），自然和社会不是单一的认识对象而是与自我在道德情感上息息相关的另一个主体，可以与之交往，发生感应。所以它重在讲"合一"、"一体"而不注重主客之分。中国哲学中推求的"道"不是西方哲学的客观的理念或"逻各斯"，唯其如此才产生了天人合一、主客不分的哲学观，包括天人感应的自然观和仁爱合群的伦理观。

儒家注重社会伦理，主张通过文明教化调和人际关系，并使人达到圣化境界。孔子把"仁"作为最高境界，而"仁"就是把他人当成人，是对和谐人际关系的自觉。道家注重精神自由，主张通过人的自然化调和人与自然的关系以及人际关系。庄子神往的"逍遥"是通过人的自然化和世界的主体化而抵达主体与世界之间的和谐。禅宗结合佛教和道家思想，认为佛在天地万物，主张人在与天地自然的情感交流中悟道成佛。它们都把世界当作主体而不是客体，并以人与世界的和谐为最高境界。它们不主张主体征服客体，也不认同主体屈服客体，而是强调主体与客体相融合，而世界（包括社会和自然）不是死寂的客体而是有生命的主体，在一种类似于自我主体与世界主体的交流和体验中达到了"天人合一"。严格地说，在认识论层面上"天人合一"观的主体实际上没有获得独立，即主体性没有确立。用张世英先生的话来说，"中国传统哲学之所以缺乏主体性原则的哲学体系，主要原因就在于缺乏主客分离、对立的历史阶段，缺乏分裂彼岸世界与此岸世界的观念"[①]。至少可以说，"天人合一"观的主体间性具有不充分性。庄子把人与自然等同起来并通过人的自然化提升了自然的地位，自然成为与人平等的主体，二者交往契合、混融不分。禅宗主张"无我"和"无物"，实际上否定了主客对立，舍弃了现实的我和现实的物，而走向主客一体的超越境界。儒家的王阳明"似乎是中国哲学史上'天人合一'说的一个最有典型性的代表，他的思想的地位同海德格尔的'此在—世界'的思想在西方哲学史所占的地位有点类似"。但是，他讲的"人心"属于理性，具有道德意识，关注的是主体与主体的关系即人际关系，却没有个人的选择自由。所以，"王阳明作为中国哲学家和古代哲学家，与海德格尔作为西方哲学家和现代哲学家，两人的'天人合一'思想又有根本

---

① 　张世英：《天人之际——中西哲学的困惑与选择》，人民出版社 2007 年版，第 76 页。

的区别"①。由于个体没有独立，主体性没有确立，也就不可能深入到生存层次探求个体性存在的意义，因此建立在这个基础上的主体间性也必然是不充分的。另外，"天人合一"观的主体间性更多地关注道德情感关系，推崇的是天道与人道的合一、真理与良知的同一，从而使其思维方式在某种程度上被遮蔽在伦理话语中。显然，在哲学认识论上"天人合一"观属于主体间性，但准确地说，应该是古典式主体间性或前主体间性。至于这种古典式主体间性的彻底瓦解，那是"五四"以后的事情了。

然而问题在于，认识论首先要解决的是认识的可能性问题。而认识之成为可能的前提条件就是要有一个自我与对象相互通达的生存境域——认识论必须建立在生存论基础之上，只有从人的生存状况出发，才能真正解决思维与存在、主体与客体、自我与对象、理论与实践内在同一的可能性问题。主体间性所凸显的正是人的原本的主客未分、自我与对象相互通达的生存境域，是一切自我与对象、主体与客体、真理与价值等的生发之所。②

存在主义建立在主客体内在同一的主体间性思维方式之上，它从人的现实生存活动出发去探索人、世界、人与世界的关系，强调人的本源的生存方式是"世界"、"人"以及"人与世界关系"的奥秘和深层根据，从而使哲学重新回到了人间，为人类生存提供意义与价值支撑。如果说在主体间性概念的创始者、现象学家胡塞尔那里，主体间性旨在解决认识论上先验自我的唯我论，企图寻找先验主体之间的可沟通性，他把主体之间达成共识的可能性称为主体间性，主体间性概念也只限于认识主体之间的关系，即自我主体与其他主体之间达成共识的可能性而不是人与世界的关系；那么从海德格尔开始存在不再被视为主体性的存在，而是看作自我主体与世界主体的共同存在——主体间性成为存在的根据。存在主义的主体间性否定了西方传统的形而上学的实体论，超越了主客对立的思维模式从

---

① 张世英：《新哲学讲演录》，广西师范大学出版社 2004 年版，第 33 页。

② 参见王雅君：《从主体间性出发理解认识论问题的必要性》，《中共杭州市委党校学报》2004 年第 1 期。

而由认识论哲学转入存在论哲学。

　　存在为什么是主体间性的呢？因为现实存在是非本真的，作为主体的人与作为客体的世界的关系是对立的，人类征服世界，世界抵抗人类。这种主客对立的存在不是本真的存在而是异化的存在，因为在主客对立之中没有自由可言，不仅人与自然的对立没有自由可言，而且人与自然的对立也必然产生人与人之间的对立，从而也没有自由可言。本真的存在不是现实存在而是可能的存在、应然的存在，它指向自由。本真的存在之所以可能就在于超越现实存在，也就是超越主客对立的状态进入物我一体、主客合一的境界。这个境界不是像道家那样把主体降格为客体，而是把客体升格为主体，变主体与客体的关系为主体与主体的关系。在主体与主体的平等关系中人与世界互相尊重、互相交往，从而融合为一体。这就是主体间性的存在，存在的主体间性。① 海德格尔后期曾提出"诗意地栖居"、"天地神人"和谐共在的思想，这就由认识论哲学转入存在论哲学，即建立了本体论的主体间性。由于坚持一种"存在的真理"而非一种"认识的真理"，由于用一种践履的学说取代一种静观的学说（天不变道亦不变），比起中国传统的天人合一学说，海德格尔的存在主义学说可谓一种具有典型的现代性意味的主体间性学说。

　　存在着的主体既是以主体间的方式存在，其本质又是个体性的，主体间性就是个性间的共在。海德格尔指出："由于这种有共同性的在世之故，世界向来已经总是我和他人共同分有的世界。此在的世界是共同世界。'在之中'就是与他人共同存在。他人的世界之内的自在存在就是共同此在。"② 海德格尔认为有两种"共在"：一种是处于沉沦状态的异化的共在，这种存在状态是个体被群体吞没；另一种是超越性的本真的共在，个体与其他个体间存在着自由的关系。由此可以看出，主体间性并不是反主

---

① 参见杨春时：《本体论的主体间性与美学建构》，《厦门大学学报》（哲学社会科学版）2006 年第 2 期。

② ［德］海德格尔：《存在与时间》，陈嘉映等译，生活·读书·新知三联书店 2000 年版，第 137—138 页。

体性反个性的，而是对主体性的重新确认和超越，是个性的普遍化和应然的存在方式。需知，自我意识的形成是个人主体性发展的一个重要阶段，但一个人成为具有主体意识的自我并不是纯粹个人的事情。在个人还没有真正分化出来的早期人类群体中，没有个人主体也就没有自我。只是在群体中分化出个人主体，因而有了主体间的关系后，个人对于他人才成为自我。萨特由此设定了"自在的存在"与"自为的存在"，以及个性化主体"选择的自由"和"自由的选择"。与没有深入到生存层次探求个体性存在意义的中国哲学的主体间性相比，存在主义的主体间性的现代化意义也是不言而喻的。

对问题的进一步审视可以发现，存在论的主体间性从根本上解释了人与世界的关系，它对美学的建构具有根本的意义。事实上，审美原本就是自由的生存方式和超越的体验方式，因而能够真正地实现主体间性。存在论的主体间性解决了美学的根本问题，即审美何以可能的问题，也就是说它解决了审美的两个根本问题：审美作为生存方式的自由性问题，以及审美作为生存方式的超越性问题。在审美活动中世界的意义、存在的意义得以显现。特别是在艺术创作中，由于超越了世俗的观念深入到人类生存层次探求审美的意义，在对象中体验了自我，在自我中体验了对象，从而领悟到了生命存在的全部意义。这也意味着，审美是人与世界的主体间性关系，是人对世界的真正把握和自由的实现。因此只有存在论的主体间性才建立了艺术的哲学基础，从根本上解决了文学和审美的何以可能的问题。①

必须看到，以天人合一为核心话语的中国传统文化与以海德格尔为代表的存在主义之间呈现着一种带有时空差异的互参、互证和互融的文化"间性"（套用"主体间性"的话语表述方式），它一方面说明一切具备深远价值的文化（哲学）作为一种意识形态可以超越时空的界域而表现出其

---

① 参见杨春时：《本体论的主体间性与美学建构》，《厦门大学学报》（哲学社会科学版）2006年第2期。

普适性本质；另一方面它又需要撤除横亘在其中的历时态的时空差异而满足这种文化"间性"的"对话"状态，以实现其人类精神文明的超越价值。这其实就为 20 世纪中国文学之于西方存在主义的交合、转化乃至重构提供了历史的必然性和现实的可能性。

第二章 在"五四"新文学中崛起

第一节 从存在之维介入启蒙之域

很明显，对存在主义与"五四"文学之间的价值关系必须将其放置于现代性语境去考量。

毋庸置疑，从"五四"伊始有关"现代性"的全部文化设想几乎都与启蒙主义背景紧密相连。众所周知，"五四"启蒙运动的思想资源主要来自于西方。启蒙主义思想在西方经历了两个历史阶段：文艺复兴时代和启蒙哲学时代。前者以文学艺术的方式表达了一种新的价值、新的思想，具体说就是集中体现了人欲的解放——这是人的个性解放和对自由本性追求的最初形式。后者在承继前者思想脉络的基础上，将批判的矛头直指由绝对信仰主义构成的权力话语和专断性的意识观念。质言之，西方现代启蒙以人本主义为核心概念并确立了个体性自由的价值理性原则。个体性自由精神催生了人类社会中的宽容精神和民主制度，促进了人类和平地进步与发展。所以"启蒙"与"现代性"实质上具有一致的价值目标："现代性的基本精神特征，是个性解放和主体自由。"①

"五四"启蒙运动在中国兴起之时西方早已步入现代社会，其启蒙理想在建制化为自由秩序之后已出现新的现代性问题和现代性危机。而中西启蒙的时差导致了中国启蒙思潮内部之浑融乃至冲突。因为"五四"启蒙

---

① 高力克：《五四的思想世界》，学林出版社 2003 年版，第 289 页。

运动几乎浓缩了两百多年的西方思想进程，举凡洛克、卢梭、尼采、叔本华、马克思、易卜生、托尔斯泰、克鲁泡特金、杜威、罗素等西方哲人的启蒙、反启蒙、批判启蒙的学说共同汇聚于"五四"启蒙思想中。当这些历时态的西方思想资源转化为共时态的中国启蒙精神时，又在"现代性"的历史冲动中简约为科学主义与人文主义的两种表现形态。即如霍克海默、阿多尔诺在《启蒙辩证法》中说，辨析人类在现代性的初期面对着两种启蒙精神：一是致力于改变人类受奴役状态的人文理性；二是用于度量并驯服自然的工具理性（科学理性）。

所谓科学理性或科学主义精神就是认为宇宙万物的所有方面都可以通过科学方法来认识。20 世纪中国科学主义的启蒙意识是近代以来知识阶层从追求科学到崇拜科学的结果。如果说 19 世纪末中国的知识分子对科学的理解还是一种追求的话，那么到了 20 世纪初他们便进一步认识、理解到科学所具有的普适意义，进而从思维方法、价值体系上推崇：科学不仅仅是一种认识方法同时更是一种新的人生观、世界观，一种完全可以取代传统价值的新观念——完成了从"器"到"道"的演进、提升。具体说，中国的科学主义有两种形态：经验论的科学主义和唯物论的科学主义，前者主要是自由主义的，后者主要是马克思主义的。① 两者都力图用科学理性在中国重建一种包括宇宙、自然、社会和人生在内的新的信仰体系和意义世界。

问题在于，科学理性精神其实质不过是一种工具理性。在工具理性之下每个人的行为都有自己特定的目标，人们只能判断实现其特定目标的手段是否合理却无法判断目标本身的合理性。由是，20 世纪中国的科学主义把现代性启蒙直接定义在富强之上，认为强国富民就是现代化的根本目标。在此意义上，科学主义的精神实质在于把握事物的普遍同一，通过极端地简化世界的多样性与特性，将一切都视为其客体并寻求其中的普遍真理并泛化为意识形态的立场。"它成为可以取代旧文化的价值本体，成为

---

① 参见许纪霖：《二种危机与三种思潮——20 世纪中国的思想史》，《战略与管理》2000 年第 1 期。

一种形而上的文化命令。……这是一种'带有对社会、文化和历史都严格蕴涵的世界观认同'，它的基本特征表示为'在政治意识形态和理智立场上的对对立观点的不宽容，以及都声称自己对真理的唯一权威'。"而在于对中国的科学主义来说，在它的内涵中被灌注了太多的功利目的和社会期望，并在中国那特殊的、激烈震荡的年代被强有力的传统思想方式和急切的现实需求所整合。中国的科学主义是没有'自由'的位置的，'科学'的绝对真理性和权威性淹没了科学赖以存在的自身批判精神。"①需知，思维范式和由此产生的意识形态化的既定心态是比立场观点更具有稳定性和持久性的东西。它在相当长的时间内不会随着时代的不同和社会条件的更易而变化，只会通过集体性认同被绝对化为一种有关精神思维传统的抽象的传承。

对此鲁迅早在《科学史教篇》中指出，科学与理性虽然是消除愚昧和盲从的奴性主义精神状态所必需的，但若单向、偏颇地崇奉科学势必产生精神丧失、人生枯寂、美感浅薄、思想呆滞的后果。在《文化偏至论》中鲁迅更深刻地揭示，19世纪由"知识"、"科学"的高速发展所造就的物质文明，其失衡的状态给人类的生存所带来的巨大的恶果，"物欲"遮蔽了"灵明"，外"质"取代了内"神"，这是19世纪的社会弊病根源："十九世纪文明一面之通弊，盖如此矣"。由此鲁迅发出了"掊物质而张灵明，任个人而排众数"的呼声。无疑，作为"五四"启蒙运动开创者之一的鲁迅，已经意识到了感情／思想、审美／理性、物质／精神都必须服从于人性解放与进步的启蒙要求。

由此看来，有理由关注启蒙主义的另一价值维度——人文主义或人道主义。事实上，"人文主义"和"启蒙"被视为现代性叙事的两个主题，这在学界已形成了某种共识。汪晖先生曾引证了福柯的《什么是启蒙?》中的话语："人文主义……是一个主题，或者更是一组超越时间、在欧洲

---

① 严博非：《论新文化运动时期的科学主义思潮》，载许纪霖编：《二十世纪中国思想史论》上卷，东方出版中心2000年版，第189—190页。

社会的一些场合重复出现的主题；这些主题总是与价值判断连接在一起，在内容上，以及在它们一直保存的价值上明显地有巨大的变化。进而，它们一直作为分化的批判原则而起作用。"汪晖继而指出，在"启蒙"一词的背后，欧洲现代历史的过程已经被预设为中国现代性的规范和目标，中国人文主义总是与以启蒙为主题的现代性叙事有着极为含混的关系。而在中国语境下想明白地划分人文主义和现代性启蒙很困难，这是因为"启蒙"在中国语境下从未成为像福柯所指出的那样一种历史过程，而是在现代中国历史中持续不断出现的一个主题或一组主题。① 正是在人文主义下"启蒙"主题总是与价值判断联系在一起，并在内容上发生了明显的改变。张光芒在《启蒙论》中提出了"中国启蒙主义形而上建构图式"和"中国启蒙主义形而下运作图式"，并通过"这个形而下的实践过程与形而上的逻辑建构以双向互动的运行机制"，② 透过纷繁复杂的 20 世纪中国文化和文学历程，建立起了以人文主义为价值准则的中国现代启蒙思想史的系统理论体系。

就 20 世纪中国启蒙主题的人文主义话语蕴涵而言，其结构性要素显然是马克思主义和存在主义。因为两者都承接了以人本主义为核心概念的西方启蒙精神，同时又具有"现代"超越性意义的"启蒙后"话语特征，都对 20 世纪中国文化的现代性进程产生了实质性影响。

启蒙主义作为源于西方的一种文化话语形态和历史实践范畴"它是整个近代工业——资本主义文明确立过程中人类进步文化从萌生到确立的过程，从文艺复兴时期对抗神学蒙昧的人文主义，到法国大革命时期全面设计近代社会的基本权力与社会公正为核心的意识形态的启蒙主义运动，再到 19 世纪对资本主义文明所带来的异化后果与灾难悖论的激烈批判的各种思潮，包括在这一过程中所产生的各种文学思潮与现象，所贯穿其中的一种最基本的文化精神和所起到的主要文化功用，在本质上多是启蒙

---

① 参见汪晖：《死火重温》，人民文学出版社 2000 年版，第 359 页。
② 张光芒：《启蒙论》，上海三联书店 2002 年版，第 110、112 页。

主义的"①。而马克思主义或"现代社会主义，……就其理论形式来说，它起初表现为 18 世纪法国伟大启蒙学者所提出的各种原则的进一步的、似乎更彻底的发展"②。在这种关系性建构中马克思主义也表现出语义的复杂性。它一方面继承了启蒙运动的基本理念而认为人的解放"是从宣布人本身是人的最高本质这个理论出发的解放"。"任何一种解放把人的世界和人的关系还给人自己。"③ 共产主义是"以每个人的全面而自由的发展为基本原则的社会形式"④。同时又表现出对启蒙哲学的批判性，即，尽管强调人的解放，但其"人"是被包含在阶级和社会的整体的运动中的人。马克思将社会形态的演进即人的解放进程概括为从"人的依赖关系"到"以物的依赖性为基础的人的独立性"、复至"自由个性"的辩证历史过程⑤。在这个意义上，"马克思的共产主义作为自由主义的批判理论，仍是启蒙运动的精神后裔，亦即'启蒙后'的社会主义。其'每个人的自由成为一切人的自由的前提'的'自由人联合体'的终极目标，蕴涵着启蒙运动的精神成果。"⑥ 可以说，20 世纪中国的"现代性"进程基本上就是启蒙的历史叙事和马克思主义本土化的过程。

而同样作为现代西方文明危机意识的存在主义，其欧洲式启蒙主义的精神渊源或对启蒙主义最终目的思考、人的个性解放的终极目标，都适应了 20 世纪中国启蒙的时代要求。所谓"存在主义是一种人道主义"（萨特语），存在主义以人的个体性存在作为出发点，强调在人的"存在"和个体的"此在"中寻找人的价值所在，它直接诉诸个体的自由和解放。实际上，存在主义的哲学基础就是人学本体论，它是对人生的价值和意义施以终极关怀的知识话语，是相对于科学主义、自然主义、物质主义、神权以

---

① 张清华：《中国当代先锋文学思潮论》，江苏文艺出版社 1999 年版，第 5 页。
② 《马克思恩格斯文集》第 3 卷，人民出版社 2009 年版，第 523 页。
③ 《马克思恩格斯全集》第 3 卷，人民出版社 2002 年版，第 189 页。
④ 《马克思恩格斯文集》第 3 卷，人民出版社 2009 年版，第 683 页。
⑤ 参见《马克思恩格斯文集》第 8 卷，人民出版社 2009 年版，第 52 页。
⑥ 高力克：《五四的思想世界》，学林出版社 2003 年版，第 290 页。

及社会本位主义的一种"元叙事"。"存在主义的某些核心问题——如人为什么活着？人生的价值和意义是什么？个体如何达到本真的自我获得完美而丰富的存在？以及生命、死亡、自由、孤独等对人来说到底意味着什么——事实上是一些古老而常新的人本问题，是人类普遍关心的问题，对人类具有普遍的永恒的意义。而存在主义则在新的历史文化背景上，以前所未有的深度和强度重新提出了这些问题，作出了深刻、严肃和独到的解释，这就不但会在西方人士中引起热烈的反应，也会在现代中国知识分子中引起某种程度的共鸣和反应。"①

问题更在于，"当我们将启蒙与审美联系起来，问题就有所不同了。由美学的本质及其边界所决定，它只能分担启蒙的一部分任务（或康德所谓的'神圣权利'），就像文学主要是一种'人学'而非社会学，也像审美是一种形式而非政治精神的传声筒一样。换言之，启蒙主义文学精神承担的只是启蒙运动的一个层面、某种领域。这就意味着，当我们将启蒙作为一种审美精神时，就需要转移一下启蒙思想的重心，即从整体性的事件转移至与审美相关的精神领域。而另一方面，当我们将启蒙作为考察文学的一种精神视野即研究角度而非研究对象时，尤其需要抓住其'人学'的核心，即人性解放的层面与个体哲学的维度。或者说，这时我们要强调启蒙的生存论、伦理学等与个体'自我承担'相关的内在思想维度，而非其政治学、法学、社会学等相对于个体自身来说那些外在性的思想维度。由于启蒙在康德及其以后许多启蒙思想家那里是一个综合性的命题，因此当我们将启蒙作为一个审美问题，并试图从他们的理论体系中吸取思想资源时，就需要适当地有所取舍。而这种取舍显然恰恰可以避免受康德整个思想体系中的明显断裂的二元论的影响，也就少了纯粹理性批判与判断力批判之间某些纠缠不清的话题"②。就西方而言，从康德的"作为本体的人"③

---

① 解志熙：《生的执著——存在主义与中国现代文学》，人民文学出版社1999年版，第241页。

② 张光芒：《"新启蒙主义"：前提、方法与问题》，《人文杂志》2005年第1期。

③ [德]康德：《判断力批判》下卷，韦卓民译，商务印书馆1964年版，第100页。

即以人为目的以及对道德自律的崇拜，到黑格尔的"审美带有令人解放的性质"①的判断都暗含着对启蒙主义最终目的的思考。在此意义上，从存在之维介入人本主义之域是理解"五四"文学启蒙叙事的要径。亦即，在人道主义的话语指涉下存在主义在"五四"文化 / 文学中获得了"诗意地栖居"的可能性。

仍聚焦于启蒙精神与人道主义话语的意义关联，但转换一下审度视角亦可发现，20 世纪中国文学的启蒙精神实际上是在 19 世纪末 20 世纪初现代性危机下应运而生的。这一危机的主要表现是精神价值观念的失却与制度性秩序的脱序。"五四"启蒙运动正是期望以"民主"和"科学"精神克服现代性危机。自 20 世纪初直到世纪末，包括马克思主义和存在主义在内的各种"主义"话语就是在中国的现代性危机中"东渐"而至的。然而，中国式现代性危机是由"意识危机"与"制度性危机"组成的整体性危机。"20 世纪中国的危机是一个整全性的社会危机，从理论上说，它需要一个新的思想论域（intellectual discourse）尤其是一个整全性的意识形态予以回应。"②

当马克思主义被引进中国后，它实际上承担了在西方所没有的制度性（秩序）建构——政治经济学层面的民族国家的建构，以及在此基础上的意识观念重构的双重使命。"哲学家们只是用不同的方式解释世界，而问题在于改变世界。"③马克思的实践本体论指向现实世界，关注的是人的生存异化状态的消除，从而真正解决人与世界、存在与本质、自由与必然、个体与类之间的矛盾。这样，马克思便把本体论与人间的苦难与幸福、与共产主义理想结合起来了：使无产阶级和全人类的解放得到了本体论的证明，开辟了从本体论认识现实的道路，找到了哲学与改变世界的直接结合点。而在其客观效果上所对应的恰恰是对 20 世纪中国的意识危机与社会

①　[德] 黑格尔：《美学》第 1 卷，朱光潜译，商务印书馆 1979 年版，第 147 页。

②　许纪霖：《二种危机与三种思潮——20 世纪中国的思想史》，《战略与管理》2000 年第 1 期。

③　《马克思恩格斯文集》第 1 卷，人民出版社 2009 年版，第 506 页。

秩序危机的解决。

如果说，马克思主义是对"异化"了的现代西方文明危机的积极而主动的思想抗争，那么存在主义则是对"异化"了的现代西方文明危机的无奈而自为的精神反映。存在主义的话语形成机制源于生命的解放冲动——构成的动力从生存论的层面获取。它以表现人的生存困境、探索人的精神自由和创造性为鹄的，其文化整合、意识重构也是从个体的生命自立、自由及生命哲学的原初信念出发。至于如何从存在着的意义世界中推演出公共生活中有关民主和科学的价值理想，以及怎样解决现代性危机的现实救治方式，这从来不是存在主义的价值目标。需知，意识层面的重构或艺术的文化的救赎要改变的是人的思维结构和人格结构，即鲁迅所谓的"立人"，它是人的某种存在属性，更是一个漫长的过程。从客观上讲，20世纪初的中国处于生死存亡的历史情势中，外患内乱不断，国家主权面临危机，人们很难心平气和地探讨文化价值的建构问题。对于被诸多政治、经济、文化问题所困扰的中国知识分子而言，社会秩序和政治制度的型构是优先的和主要的，在这个意义上，存在主义中国化的局限性以及马克思主义中国化的可行性、优势性就显而易见了。

尽管，作为危机意识的存在主义仅仅是在存在本体论的语境中"解释世界"——对文明危机的沉思与追问，而无法对20世纪中国的现代性危机作出整全性的意识形态回应。但"一种严肃的哲学总是既有现实性又有超越性，即使是一种唯心主义、主观主义、非理性主义的哲学，只要它确实严肃地触及到特定的历史实际而又深刻地提出一些具有普遍性和根本性的问题，——哪怕它的提法是片面的，回答是不正确的，——这就仍然无害其为真正的哲学，就对人类永远具有启发意义。存在主义正是这样一种哲学。它在现代文明的基础上深刻地提出了人为什么活着，人生的价值和意义何在，个人如何达到真实的存在，获得本真的自我等深刻的哲学问题，而这些问题并不仅仅为西方人所关心，也为东方人所关心，它们曾令人困惑，也令我们今人困惑。通过对这些问题的独特考问和思索，存在主义突出地强调了人的存在的主体性，强调了个人的自为与责任，这不仅对西方人有现实意义，对我们也有启发意义"①。尤其是当"存在主义是一种人道主义"即以人道主义话语的启蒙姿态去表现并正视意义危机时，它在"五四"启蒙文化／文学中就具有了"存在"的合理性。

第二节 以"新浪漫主义"为文学创作症候

李欧梵先生在《中国现代作家的浪漫一代》中称"五四"作家是"浪漫的一代"，梁实秋在发表于1926年3月《晨报副镌》上的《现代中国文学之浪漫的趋势》一文中明确指出"现今文学是趋于浪漫主义的"，从而把"五四"运动以来的中国新文学统一定义为"浪漫主义"文学。而不管是"浪漫的一代"还是"浪漫主义"的文学，"五四"浪漫主义文学"一直又处于一种不成熟、不稳定的状态；它总是以强烈的扩张形态向现实主义或现代主义发散浸透"②。对此深究便不难发现，"五四"文坛所推崇的浪漫主义其实是所谓的"新浪漫主义"。

茅盾其时的言说颇具代表性："能帮助新思潮的文学该是新浪漫主义的文学，能引我们到正确人生观的文学该是新浪漫的文学，不是自然主义的文学，所以今后的新文学运动该是新浪漫主义的文学。"③考虑到目前学界对"五四"文学与存在主义的价值关系或"五四"文学的存在主义倾向已有初步的认定，其中最具说服力的如解志熙的《生的执著——存在主义与中国现代文学》（人民文学出版社1999年版）、王乾坤的《鲁迅的生命哲学》（人民文学出版社1999年版）等，因此，对新浪漫主义（理论）话语进行重新清理与诠释也许是进一步求证存在主义与"五四"文学的价值关系建构的必要一环。

---

① 解志熙：《生的执著——存在主义与中国现代文学》，人民文学出版社1999年版，第36—37页。

② 宋剑华：《论二十世纪中国浪漫主义文学运动》，《文艺研究》1999年第2期。

③ 《茅盾全集》第18卷，人民出版社1989年版，第44页。

　　"五四"时期流传于文坛的新浪漫主义一词主要来源于日本当代文艺评论家厨川白村的《近代文学十讲》（中译本由罗迪先译、上海学术研究会丛书部1912年8月出版），厨川北村在该书中广泛联系西方近代社会生活和文化思潮的变迁，评述了自19世纪中叶至20世纪初西方文艺思潮的演变；他将文艺的进化与人的成长相比拟，认为"浪漫主义"好比人生20岁前后的热情时代，"自然主义"好比人生30岁前后消沉、寂寥时代，而"新浪漫主义"则相当于人生40岁前后的圆熟时代。因此，厨川把"新浪漫主义"文学看作文学进化过程中最完美、完满的文学，认为它"并非是最近一切文艺的总括，它只是最近欧洲文坛的一个主要倾向而已"。这种倾向是"源于浪漫时代的那一股主观倾向的暗流"，一种"情绪主义"的抬头。[①] 他所提出的新浪漫主义的指称及其表现形态受到了"五四"作家普遍认同，并成为"五四"文坛描述、概括世纪初文学的特定话语概念。1921年汪馥泉将日本学者生田长江的《最新文艺讲话》节译成《最近欧洲文艺思潮概观》，发表在《学生杂志》第9卷第9—11期上，生田长江陈述的欧洲新浪漫主义思潮指的是颓废主义、神秘主义、象征主义、唯美主义，以及"以人道主义这词来表示的新理想主义的文学"。这种看法当时在田汉的《新罗曼主义及其他》、昔尘的《现代文学上底新浪漫主义》、汪馥泉的《文艺上的新罗曼派》等文中都得到转述和不同程度的赞许，以至于"1919至1922年间，茅盾、田汉都是把新浪漫主义作为一种新文学发展方向加以提倡"[②]。

　　在此需要阐明的是，所谓"主观倾向的暗流"和"情绪主义"、"人道主义"、"新理想主义"等表述，意味着新浪漫主义并不仅仅是一种单纯的文艺思潮。尤其是，当借思想文化解决社会问题已成为"五四"启蒙运动的基本思路时，新浪漫主义实际上也被置于启蒙现代性的历史语境中。

　　从现代性的起源和发展来看，以制度功能的理性化变迁为基础的社会

---

① 肖同庆：《世纪末思潮与中国现代文学》，安徽教育出版社2000年版，第33页。

② 肖同庆：《世纪末思潮与中国现代文学》，安徽教育出版社2000年版，第31—32页。

现代性与驻足于精神价值的解放性诉求的文化现代性，是现代性的两个相互伴生又彼此对立的维度。社会的功能现代性与文化的精神现代性在欧洲走向现代文化转型之初，曾一度在反叛古典主义的变革中携手并进。然而启蒙运动以后两者随着工业社会的生成而渐生抵牾，具体表现为科学世界观与审美世界观的紧张。现代化在使人类摆脱古典文明之自然、君主、上帝的奴役的同时，更使其陷入了理性化、技术化、组织化的牢笼之中，异化成了现代人新的精神困境。浪漫主义正是作为工业文明的精神反拨应运而生。罗素在他的《西方哲学史》中把"浪漫主义运动之父"的桂冠戴在了卢梭的顶上。卢梭的《论科学与艺术》一文其批判的矛头指向正在兴起的资本主义的工业文明。然而，传统浪漫主义一开始就包含着理性与感性、彼在与此在的张力：它以幻想和激情来抵抗理性的重压，以乡村和异国风情对抗工业化的城市，以主观性来对抗冷冰冰的客观现实。问题更在于，在其本质上传统浪漫主义依然拘阈于启蒙理性逻辑所施予的美学建构模式——创作主体性建构的合法性基础并不是感性而是理性；将理性的超越价值抬举到感性体验之上的观念是前现代性的特点。因为"在古代社会和现代社会，文学同样受制于现实文化而又超越了现实文化，但它们的超越方式是不同的。古代文学的超越方式是理性的超越，它并不质疑理性，也未走向非理性，而是通过对理性的理想化追求来超越现实文化，古典主义典型地体现了这种理性的超越。现代文学的超越方式是非理性的超越，它质疑理性，批判理性，并且以非理性的反抗来超越现实文化，现代主义典型地体现了这种非理性的超越"[①]。换言之，传统浪漫主义对理性超越的前现代性在 19 世纪开始走向终结，新浪漫主义之现代性主题就是以审美的个体感性去反抗现代化进程对人性的异化。"五四"时期郭沫若所写的被视为创造社"宣言"的《编辑余谈》便提出："我们所同的，只是本着我们内心的要求，从事于文艺的活动罢了。"[②] 成仿吾对此持一致的观点：

---

① 杨春时：《文学性与现代性——〈一个非文学性命题〉引发的理论问题》，《学术研究》2001 年第 11 期。

② 郭沫若：《编辑余谈》，《创造》季刊第 1 卷第 2 期（1922 年 8 月）。

"文学既是我们内心的活动之一种，所以我们最好是把内心的自然的要求作它的原动力。"① 郑振铎也认定："文学是人类感情之倾泄于文字上的。它是人生的反映，是自然而发生的。它的使命，它的伟大的价值，就在于通人类的感情之邮。诗人把他锐敏的观察，强烈的感觉，热烘烘的同情，用文字表示出来，使读者便也会同样的发生出这种情绪来。"② 以上种种无非是说，以审美之力重新激起对生命的直接存在和快乐幸福的渴望，将审美个体的现代性反抗引向与整个社会文化结构的关系，也即从个性主义与人的解放的启蒙语境出发来解析新浪漫主义。

正因为如此，在鲁迅的《文化偏至论》、《摩罗诗力说》中，拜伦、雪莱等浪漫主义精神和尼采、叔本华、施蒂纳以及克尔凯郭尔的新浪漫哲学熔为一炉，都被鲁迅视为重振"社会元气"、"立人"然后"立国"的精神资源。鲁迅希望能够"别求新声于异邦"——以一场中国的浪漫主义文学运动来改变中国文坛"污如死海"的沉闷现状。鲁迅认为，西方浪漫主义文学的精神实质在于"去其面具，诚心以思"，其"立意在反抗，旨归在动作"。即浪漫主义文学具有强烈的反叛意识和先锋作用，他们"大都不为顺世和乐之音，动吭一呼，闻者兴起，争天拒俗，而精神复深感后世之心，绵延至于无已"，最终达到"以起其国人之新声，而大其国于天下"的启蒙变革目标。

加之，"五四"的启蒙现代性一开始就是以"现代"与"传统"的分裂为价值取向的：它本身是从"创世"开始的，中国新文学亦以"五四"文学革命为"创世"的起始，"五四"知识阶层普遍用"新"字来表达其现代性的诉求，如《新青年》、《新潮》或者"新文学"、"新文化"等等。"进化"无形中已成为一种确定无疑的精神信念，这种信念又导致了一种意识形态化的思维模式和有关（文学）发展规律的既定心态，即"新"强于"旧"。于是，新浪漫主义便成为"五四"进化论文学史观的产物。而倡扬

---

① 《成仿吾文集》，山东大学出版社 1985 年版，第 90 页。

② 郑振铎：《新文学观的建设》，《文学旬刊》第 37 期（1922 年 5 月）。

新浪漫主义最得力的茅盾就在是文学进化论的思维逻辑里找到了新浪漫主义的位置："西洋古典主义的文学到卢梭方才打破，浪漫主义到易卜生告终，自然主义从左拉起，新表象主义是梅德林开起头来。一直到现在的新浪漫派，……从主观到客观，又从客观变回到主观，却已不是从前的主观，这期间进化的次序不是一步可以上天的。"新出现的事物就是进步的好的，所以"能帮助新思潮的文学该是新浪漫的文学，能引我们到真切人生观的文学该是新浪漫的文学"。① 这意味着，当新浪漫主义从西方语境中被抽取出来放置于"五四"现代性启蒙语境后，它不再是由西往东的移植而是对 20 世纪初中国已有的哲学、文学话语资源的整合、重构基础上的"新生"，即依郑伯奇评论郁达夫小说《寒灰集》中的话语："我们新文学运动的初期，不产生与西洋各国十九世纪的浪漫主义，而是二十世纪的中国所特有的抒情主义。"② 当今学者陈思和先生则从"五四"文学的"先锋性"着眼对新文学的发生进行精辟论述，他在"五四"文学中归纳出以创造社作家为代表的一种"先锋的运动"，"它们构成了推动整个 20 世纪文学发展的一种力量"；这个"先锋性运动"的意义是通过激烈的反叛、撞击，将传统断裂，"在断裂中产生新的模式、新的文学"。③ 显然，所谓"先锋的运动"其实主要就是指新浪漫主义文学。在这个意义上新浪漫主义实质上是 20 世纪初中国文学在"现代性焦虑"中所导致的文学现象，也因此成为"五四"新文学运动的有机组成部分。

如前所述，所谓"标举'体验'的现代人文主义哲学思潮"是指西方现代非理性主义思潮。长期以来西方哲学发展史实则是一部理性发展史，特别是近代唯理主义哲学的奠基人笛卡尔的"我思故我在"更是把理性推崇到了人类本质的地步。然而，"现代人类须藉理性以提高其控制生活条件的能力而趋达自由，而理性化的社会分工所成就的经济（工业化）、政治（官僚化）的科层组织，在促进社会进步的同时，又反过来成为人性异

---

① 《茅盾全集》第 18 卷，人民文学出版社 1989 年版，第 2 页。

② 《郑伯奇文集》，陕西人民出版社 1986 年版，第 96 页。

③ 陈思和：《试论"五四"新文学运动的先锋性》，《复旦学报》（社会科学版）2005 年第 6 期。

化的根源，现代人的异化劳动和异化生活表征着人的片面化、非人化和机械化。这样，'理性'就从解放人的工具蜕变为奴役人的枷锁，现代化反成为人的精神自由的敌人，于是有浪漫主义、现代主义之非理性的文化现代性的反拨"①。现代非理性主义所揭示的一个基本事实就是，人不仅是理性的更是非理性的，人的本质是非理性的实体，而理性只具有工具性质。人的直觉、感觉、本能、情感、欲望、需求、信仰、审美以及实现它们的愿望等无一不是非理性的，这是一个永远无法改变也无需改变的事实，是人类社会和人本身不断发展的基本动力，同时也是人与人之间平等的一个自然基础。"自尼采之后，非理性作为一种重要的表现对象，整体性地进入哲学、美学视野，成为现代主义表现的重要主题。如世界是荒谬的、人性异化等。……在尼采身后，人类进入了一个非理性言说的时代。"②

如果说传统的形而上学本体论可以被看作对世界的一种类科学知识式的介入，那么存在主义在很大程度上则是被当作现代思想视域对世界的一种诗性把握，这就使它具备了诗性的哲学与感性的美学的特质。这是一种严格意义上的"非理性"文学。由此，新浪漫主义——非理性主义——存在主义便成为一种具有家族相似性的意义关联话语。

准确地说，"五四"文学由于其时段性所限，对应的恰恰是19世纪末至20世纪初以克尔凯郭尔、叔本华、尼采、柏格森等代表的前期存在主义阶段，也即前述的所谓标举"体验"的现代人文主义哲学思潮。尼采在20世纪汉语思想文化界的接受史就是证明：尼采刚去世不久就潜入王国维、鲁迅这样的"中国魂"乃至掀起了一种世纪性的"尼采热"。的确，鲁迅对于叔本华、施蒂纳、克尔凯郭尔尤其是对尼采的推崇，说明他将这些非理性主义者当成自己的同道。

不言而喻，"五四"期间所提倡的新浪漫主义更是一种典型的非理性主义的文学话语诉求。在田汉的眼里，"所谓新罗曼主义，便是想要从眼

---

① 高力克：《分裂的现代性：社会与文化》，《浙江大学学报》（社会科学版）1998年第1期。

② 朱德发等：《20世纪中国文学理性精神》，上海人民出版社2003年版，第592页。

睛看得到的物质世界，去窥破眼睛看不到的灵的世界，由感觉所能接触的世界，去探知超感觉的世界的一种努力"①。至于茅盾所力倡的新浪漫主义则包含有象征主义、未来主义、印象主义、表现主义、颓废主义、唯美主义、新理想主义等。这是对"现代性焦虑"的一种真切而不乏超越意味的艺术感受方式。要言之，新浪漫主义所吸取的主要是西方19世纪末以来的非理性主义哲学、美学和文学思潮的种种质素，诸如叔本华、尼采、柏格森等人的哲学思想和美学主张，强调文学的创作本体由物到人、由客观到主观、由理性到非理性、由人的意识世界到感觉世界的转变。

必须指出，以新浪漫主义为症候的非理性主义文学并没有脱离现代性赖以建立的启蒙主义知识框架。倘若从现代性方案的整体建构来进行分析，以新浪漫主义为症候的非理性主义文学既是现代性的肯定因素，又同时具有否定意味。就前者而言，它通过彻底肯定人的感性生存来确立人的主体性，从中凸显的是一个更侧重于人的感性发展与生命自由的现代性方案；这或许意味着，在韦伯意义上的"理性化"的现代性线索之外还能发现一条从"感性主体"出发的现代性线索。从否定的层面观之，它实际上在现代性话语本身设定了一个很有意义的对照性的话语系统：当20世纪初知识界在谈论如何通过现代科学、现代政治与法律以及现代经济操作方式来使中国走向现代化的时候，作家们从自身的话语知识系统出发来思考现代性进程中人们的感性个体精神样态的问题，提示了所谓现代性不仅是科技的发展与民主制度的建立，更是人的精神性内质的革命性变化；进而从审美维度对现代性本身提出责疑：与其把审美现代性作为一个取代其他现代性的方案，不如说它是整个现代性工程中的"异己"的成分——对现代性本身具有潜在的批判力量。

综上所述，新浪漫主义——非理性主义——存在主义，或者说，以新浪漫主义为美学症候、以存在主义为文化底蕴的"现代非理性文学思潮作为一种强大的异域文化力量，从一开始就参与了现代中国文学的建构

---

① 田汉：《新罗曼主义及其他》，《少年中国》第1卷第12期（1920年6月）。

过程。……在一定意义上也构成了现代中国文学的'现代性'的一个重要标志"①。

第三节 生命诗学及其创作实践的现代性开启

一般认为，生命哲学是有关人的生命价值意义的学说。广义的生命哲学探究人的生命存在或者生存问题，它赋予人的生命一种存在论意义——把生命意向提升为宇宙世界的本原和本质。在西方现代文明进程中生命哲学的影响是极其广泛的，它不仅对哲学思维具有重要的影响，而且对于文学、历史、艺术等人文社会科学乃至自然科学都具有一定的影响。尽管不同的生命哲学家的理论学说存在着差异，但都赋予生命的本质以本体论的意义：生命并非一种物质或精神的实体，而是一种富有能动性和创造性的活力；把握这种生命存在状态主要取决于诸如"直觉"、"观"、"领悟"等非理性方式，而不是理性逻辑的思维方式。诚如国内学者蒋孔阳所言："因为人是一个生命的有机整体，所以人的本质力量不是抽象的概念，而是生生不已活泼泼的生命力量。"②这使生命哲学具有非理性主义倾向。具有非理性主义倾向的生命哲学强调，人的非理性特征决定了人在世界中的存在地位，非理性特征表现为人在世界中的求生存的意志（叔本华），表现为人在世界中追求强大的力量体现（尼采），表现为绵绵不断的生命体验（柏格森），表现为人本真的对死亡的恐惧（海德格尔），表现为人追求自由而又虚无的生命存在（萨特）。导致这种结果的原因在于：世界本身具有不确定性，人要通过自身非理性的情感或意志来追求世界的确定性，来体现人自身的生命价值所在。这便是生命哲学被确认为存在主义的思想资源的原因。

---

① 朱德发等：《20世纪中国文学理性精神》，上海人民出版社2003年版，第608页。
② 蒋孔阳：《美学新论》，人民出版社1993年版，第171—172页。

"最狭义的生命哲学，所指的当然是西方20世纪以狄尔泰、柏格森为代表的哲学流派，以至包括以叔本华、尼采为代表的意志主义，乃至于以海德格尔、萨特为代表的存在主义哲学。"① "存在主义，如我们所见，企图把完整的人——整个日常生活场景里具体的个人，连同他的全部神秘性和可疑性——带进哲学。"② 具体说，以非理性人本主义为标举的生命哲学分为两个主要发展阶段。一是叔本华、尼采生存意志论及柏格森的生命创化学阶段，其思想特征是与黑格尔式绝对理性截然对立但却处于边缘态势。接下来是受胡塞尔的现象学哲学影响的以海德格尔为代表的成熟期的存在主义哲学阶段。胡塞尔的继承者们舍弃了其现象学的超验本性，将现象学发展成为一种经验现象学或感性现象学。非理性仍然是这一阶段人本主义的核心精神。

"从文学的精神特质和价值内蕴而言，20世纪现代中国文学呈现出两种基本艺术倾向，即追求对现实真实的再现性文学和以表现自我情感、张扬人的价值和力量为追求目标的表现性文学，前者以传统理性和科学理性为其哲学基础，后者则以现代西方非理性为特点的现代人本主义为哲学支撑，这两种基本倾向，既相互冲突对峙，又相互交融渗透，共同深层次地内在制约着现代中国文学的发展轨迹和精神特质，并最终共同形成了现代中国文学的独异的审美风貌。"③ 很明显，我所说的"五四"文学的生命诗学及其创作实践形态与前期存在主义（叔本华、尼采、柏格森）的生命哲学处于相互应和的状态。实际上，早在"五四"新文化运动之前，作为存在主义先驱者的尼采、叔本华和克尔凯郭尔就已进入汉语文化界，而就"五四"期间影响思想文化界最大的西方思想家尼采和叔本华而言，两人都是以西方现代生命哲学来否决西方哲学的理性主义传统，并开启了存在

---

① 黄玉顺：《生存结构与心灵境界——面向21世纪的中国哲学》，《周易研究》2002年第4期。

② ［美］威廉·巴雷特：《非理性的人——存在主义哲学研究》，段德智译，上海译文出版社2007年版，第296页。

③ 朱德发等：《20世纪中国文学理性精神》，上海人民出版社2003年版，第607—608页。

主义的思想源头。美国学者 W. 考夫曼在其著名的《存在主义哲学》中断言："在存在主义的演进过程中，尼采占着中心的席位：没有尼采的话，雅斯培、海德格尔和萨特是不可思议的……"①

问题也许在于，自王国维以叔本华的生存意志说阐释《红楼梦》开始，中国生命哲学和生命诗学的现代转型就已经开始。王国维的生命哲学与西方生命哲学当然不能简单地画上等号，但是，作为中国近现代史上在本土化背景中求索生命哲学的起点，王国维的思考无疑开启了 20 世纪中国文化、文学探寻生命哲学和生命诗学的思路。

中国文化哲学由传统向现代的转型是在与西方文化的冲突和对话中完成的，现代中国生命哲学自然也生成于这个过程。20 世纪初的中国现代性启蒙无形中使得"西方化"处于强势话语地位，西方化也对"五四"文学的生命诗学内涵有着明确的构成性影响。西方生命哲学强调宇宙的本质是向上的生命冲动，比如，柏格森的创造进化论在 20 世纪初期风靡西方哲学界，其强调宇宙中生命的进化不是用适应环境能够说明的，所谓进化如同艺术家的作品具有真正的创造性。② 这种思想在 20 世纪初期传入中国时，既暗合了中国人当时求进化的意志，又与中国传统文化的生命意识有相通之处。《周易·系辞传》云："天地之大德曰生"，"生生之谓易"。"生生不息"的哲学观把整个世界看成是大化流行的生命现象，即对整个世界的生命化理解。由《周易》推演而来的生命哲学揭示了人道为发展变化之道，发展变化的根源在于尚同天志汲取普遍生命的精神，又在于人类本身的刚健有为的创造精神。

"五四"批判传统文明的理论基点之一便是一种静动二元对立的东(中)西文化观，由于尚"静"而导致的消极、因袭、保守、柔顺、依附等传统文化的弊病被认为正是中国近现代陷入困境的内因，所以尼采、柏格森的倡扬强力意志、生命力创化的生命哲学思潮等在现代中国大行其道。当

---

① [美] W. 考夫曼：《存在主义哲学》，陈鼓应译，中国社会科学出版社 1987 年版，第 16 页。

② 参见谭桂林：《现代中国生命诗学的理论内涵与当代发展》，《文学评论》2004 年第 6 期。

时的启蒙知识分子接受了西方的生命哲学观点,把"生命"理解为一种改造"国民性"的创造活力,想借西方这些"动"的精神来"立人"以使中国文化的病体"复苏",李大钊就曾说,"竭力以受西洋文明之特长,以济吾静止文明之穷"。① 在某种程度上,这可以看作是对生命哲学的本土化、现代性重造。尤其是,上述言论反对将人的本质定义为理性而忽略个体价值和感性存在,把人的本质归结为生命本体欲望和激情,因而适应了"五四"文学个性解放的主题诉求。

几乎与 20 世纪中国文学同步,"五四"文学的生命诗学已显露出良好的肇始趋势。"中国的生命诗学是在 20 世纪的新文学运动中才开始发轫,并在 20 世纪中西文化的碰撞与交织中得以充实与发展。……'五四'时期郭沫若、宗白华、田汉等在西方诗学影响下张扬起了生命诗学的旗帜,……它的源头可以直溯郭沫若对尼采的'艺术生理学'、宗白华对柏格森的创造进化论、田汉对厨川白村的苦闷象征说的接受。""就生命诗学理论的发生而言,如果说尼采的'艺术生理学'首先将肉体的生命引进现代中国诗学的理论视域,柏格森的创造进化论使中国的新诗人明白了生命意志是一个巨大的活力冲动,而弗洛伊德的精神分析学说则将这一生命冲动的内涵界定在生命遭遇压抑的痛苦及其能量的爆发与转化上。正是这三种影响了 20 世纪世界文化发展趋向的重要思潮的涌入,奠定了中国现代生命诗学的哲学基础,拉开了现代生命诗学建构的帷幕,使得现代中国诗学不仅关注诗自身生命的内部结构,而且开始关注诗与人的生命之联系。"②

众所周知,鲁迅对叔本华、尼采的生命哲学是强烈认同的:"时乃有新神思宗徒出,或崇奉主观,或张皇意力,匡纠流俗,厉如电霆,使天下群伦,为闻声而摇荡。""知主观与意力主义之兴,功有伟于洪水之有方舟者焉。""惟有意力轶众,所当希求,能于情意一端,处现实之世,而有勇

---

① 《李大钊文集》,人民出版社 1984 年版,第 562 页。

② 参见谭桂林:《现代中国生命诗学的理论内涵与当代发展》,《文学评论》2004 年第 6 期。

猛奋斗之才，虽屡踣屡僵，终得现其理想：其为人格，如是焉耳。故如勖宾霍尔所主张，则以内省诸己，豁然贯通，因曰意力为世界之本体也。"①鲁迅的独异性就在于他以生命自由来构建人的主体性；而理性自由意味着世界与人的和谐一致，生命自由却是对理性秩序的质疑、否定，是意识到世界与人的对立性而产生的。在《野草》中，"那种怀疑一切、撞击一切的勇气和力量，那种不断向人倾诉内心体验，哪怕是黑暗体验的真诚冲动，那种敢于虚无而独自在荒原上舞蹈的自由精神，……只有这种生命世界观才能提供丰厚的资源。如果不联系到这种生命世界观，就很难接近他"②。

1920 年 2 月郭沫若在《学灯》杂志上发表题为《生命底文学》的论文，明确指出："生命是文学底本质。文学是生命底反映。离了生命，没有文学。"郭沫若"五四"时期的诗歌就是以其生命感受为轴心和统摄，在创造主体的考虑上首先着眼于生命意义与情绪层面上的人，而不是人的文化身份的归属。郭沫若从泛神论那里吸取哲学灵感，指出神其实存在于自然的角角落落。神即自然本身，神性即人性，人性的特征便是艺术创造，要懂得生命的意义就应发扬艺术创造，通过意志力发挥生命的最大作用。《女神》郁积着几乎爆裂的生命冲动，其创作诉求的目标是使有限的个体生命与无限的宇宙和永恒统一起来。尽管郭沫若对生命哲学的吸纳还停留在较为肤浅的层次，"但郭沫若所强调的诗人人格主要是指诗人生命的冲动与诗歌精神的一致，诗与生命在信奉生命诗学的人看来，是必须融合为一的"③。

如果将"五四"时期的生命诗学稍加辨析，至少有以下几点值得关注。

当"五四"作家以生命诗学来展示个人的生命创造力并创造一种审美化生存时，在封建传统积习依然深厚的环境中陷入了孤立无援的境地，感

---

① 《鲁迅全集》第 1 卷，人民文学出版社 1981 年版，第 54 页。

② 王学谦：《青年鲁迅生命世界观结构及其文化类型分析》，《中国现代文学研究丛刊》2006 年第 2 期。

③ 谭桂林：《现代中国生命诗学的理论内涵与当代发展》，《文学评论》2004 年第 6 期。

受到一种悲剧式的人生体验。典型者莫过于鲁迅，他在黑暗险恶的社会环境中极力强调尼采的强力意志精神，用生命意志去抗争一切邪恶，比如《过客》中的过客，无论前面是"坟墓"或"鲜花"对于前行的"过客"都无所谓。"尼采的意图就是要人走向悲剧艺术，通过悲剧意识去开掘生命本能中所有丰富的内涵，特别是通过悲剧艺术去唤醒生命艺术，使两者合为一体，进而提升生命，实现生命最自由自在的活动。"[1] 唯其如此，个体生命才能在生命自觉意识观照下呈现出存在论意义，文学也便成了超越现实超越压抑获得自由的生命存在方式。与鲁迅有所不同，田汉、郭沫若（主要是其小说）、郁达夫、庐隐以及"浅草—沉钟社"诸成员在体验到现实的悲剧性纠缠时，其创作固然是在觉醒了的生命意识与强大的传统文化的束缚之下作痛苦的挣扎，却不是像鲁迅那样去发挥尼采的生命意志精神，而是更逼近叔本华——由对现实的厌倦回归到生命本身，体验着生存的"焦虑"，咀嚼着存在的"忧郁"，"这种忧郁和颓废更多的是一种形而上的本体焦虑，是对个体生存的意义、灵魂归宿乃至时间流逝的恐惧与诘问"[2]。他们的笔下展示着所谓的"生的苦闷"和"性的苦闷"，生命存在的本身借助这样的"苦闷"深植于"人生究竟是什么"的问题意识中。这是"五四"作家直面生存现实对个人生命偶在性和属己性的生、死、爱、欲等人生问题的自我辩难，明辨答案的渴望表现为带有时代症候的"世纪病"。它极似其前辈王国维的那种"望断天涯路"的文化追询，具有明显的叔本华的生命哲学的意味。

客观地说，这是在一种沉沦化生存处境中对诸如"苦难"、"死亡"等存在状态的一种无奈的领受和无力的挣扎，因为生命的存在对于存在者来说只能被动地接受，而人存在的被动性决定了人类的命运是从挫败开始的：从生的困惑或性的苦闷到对死的恐惧，生死之间是一条狭长的幽暗地带，人介于存在与虚无（即非存在）之间惶惑于生死两头，每个人皆不由

---

① 周春生：《悲剧精神与欧洲思想文化史论》，上海人民出版社 1999 年版，第 139 页。

② 肖同庆：《世纪末思潮与中国现代文学》，安徽教育出版社 2000 年版，第 187 页。

自主地从中不知所然地走过,个体生命内部的无法遏止的本能性欲求甚至把对苦难的承受和对死亡的领会作为一种既是必然性存在又是可能性的生存,这种悲剧性创作在其本质上连通的是叔本华有关悲剧意识的表述。叔本华认为,"如果人生当下和直接的不是痛苦(灾难),我们存在的目的就必然完全失败,而事实上世界不能不是痛苦,存在不能不是失败。既然世界到处充满着痛苦,人从生命的欲望产生痛苦,痛苦既与生命不相分离,我们若把痛苦看作一种偶然和无目的性的事件,人的荒谬也就莫过如此了"①。在此,叔本华的艺术解脱说与尼采的艺术拯救说不同:前者的本质是以否定生命意志为前提,因此叔本华最终遁逸于佛教的空无境界也就不难理解了。

进而言之,诸如此类的对生命感觉的现代性表达与叙述使文学创作呈现了新意义:文学有关生命意识的叙事视生命为有意识的存在,其结果便是用生命来抗拒传统的理性主义规范对生命的异化。在此,生命这一哲学和艺术的中介牢牢地把生命哲学与生命意识联结起来,以生命自我作为理解世界的认知点,完成了从"我思"到"我在"的艺术救度。于是,当生命意识从生存价值论的向度上弥合了"终极"理论与"当下"感性的生存距离时,对"生的苦闷"和"性的苦闷"的书写与叙事使得文学在存在价值论上获得了现代性品质。

其次,由于生命诗学兴发于文化启蒙主义运动中,所以呈现出的不是严格意义上的非理性主义的文学形态,而是非理性的人本主义审美诉求与启蒙理性的文化冲动的融合。实际上,从"五四"时期的标志性刊物《新青年》的言论中,可以看到一系列相互对立的词语:"人的生活"与"非人的生活","人的文学"与"非人的文学","人的道德"与"吃人的道德","人国"与"奴隶的国度"……这正是"五四"启蒙运动的标志。它鲜明地昭示着人们:"五四"启蒙运动的目标是人的解放,人的解放的终极目

---

① [德]叔本华:《论痛苦与意志的煎熬》,载《爱与生的苦恼》,金玲译,光明日报出版社 2002 年版,第 1 页。

的是生命的自由和权利。"'五四'时期的'人道主义'或'个人主义的人间本位主义'思想以这种逻辑上先于社会而存在的理性原则来批判和否定中国的传统制度习俗和伦理体系，从而在理性的基础上建立了关于'灵肉一致的''完善的人的理想'。……'五四'启蒙思想的特点就在于：一方面，它必须为中国的社会变革提供理性主义的思想体系，另一方面，'五四'人物对引导二十世纪西方文化思潮的现代思想体系的敏感和认同，必然使得这一启蒙思想呈现出不同于十八世纪西方启蒙主义哲学的精神特点：他们必须把尼采等非理性主义者的名字同启蒙运动的理性原则融为一体。"[1]汪晖先生就曾在《反抗绝望》中认为鲁迅早期思想具有悖论性：西方生命哲学与启蒙理性的矛盾性结构。

按照张光芒先生在《启蒙论》一书中的阐述，世纪初启蒙主义者的思路首先是从立国入手：欲立国必先立人。而立人的关键是让人能达成自律的创造的生命自我，这就必须直接鼓动起人的自由意志，在自由意志的统率下让理性与非理性（情感）都充分地相互激荡。这种激荡的深层的根源就是生命的本能。"中国的启蒙主义者由于将自由意志作为人的价值建构的支点，因此将理性与非理性、情感等人性与人生的对立因素纳入一体；同时由于自由意志创造性与自律性的内涵特质，又决定了它既要从人的欲望、情感、直觉等非理性入手以激发人的生命本能、生命强力和个体自我的独特价值，又要以理性净化、提升人的生命强力，使之向着创造的方向运动。……我将此现象称为启蒙过程中的理性的非理性化策略，这又是中国近现代启蒙主义的一大特色，由于其理性与非理性相交织的特色，故可称其为自由意志主义。""中国启蒙则通向'自律'的、同时更是'创造的'生命自我，如前所述，这将是中国启蒙主义完成'立人'实践的根本性标志。"[2]情况也的确是，"五四"文学的启蒙叙事从释放肉体生命力的角度接受了西方生命哲学的影响，同时又将思想文化启蒙的"理性"精神

---

①　汪晖：《中国现代历史中的"五四"启蒙运动》，《文学评论》1989年第4期。

②　张光芒：《启蒙论》，上海三联书店2002年版，第74—75、181页。

取代了具有窒息人类生命力的封建思想与伦理道德的价值理念。周作人所言的"辟人荒"也就包含了这样的思考。启蒙文学在批判"国民性"时发现，在传统规范下中国人久而久之形成了一种病弱素质和病态人格，文学的启蒙需要将国人从懦弱驯顺、麻木不仁、羸弱不堪的生命存在状态中解放出来，使其在被祛蔽、澄明后处于一种存在主义式生命本真状态。

鲁迅之于世纪初文学的启蒙意义也在于，其创作能穿越一般社会现象和生活状况而直抵生命过程深处，真诚地、深入地、大胆地写出人生的血和肉，写出人的生命过程的真实状态，进而将人的生命过程置于中国历史文化体系中去思考和表现。而"一切都是中间物"① 则集中表达了鲁迅对生命的觉解——对生命本真的领悟：一种强大的精神"无物之阵"与个体生命的对垒，一种渗透在生命过程中的集体无意识认同。唯其如此，才能唤醒中国人和中国文化中所缺乏的有关生命的深刻的民族忏悔和危机感。"鲁迅在《野草》中深刻地揭示了人的本源性虚无、在世的荒诞性，以及由此而来的那种刻骨铭心的绝望感；……这一切或多或少都与存在主义的实存状态有关。另一方面，存在主义的自由选择以及全面负责的思想则成为上述作家的基本人生态度，或成为他们在创作中着力张扬和暗示的人生精神导向。"②

而在郁达夫们等有关"性的苦闷"、"生的苦闷"的创作中，展示出的是"现代人"独特的生命体验和精神感受——孤独的生存和生存的焦虑；而孤独的生存和生存的焦虑恰恰是西方存在主义文学的基本主题话语。在西方，现代性来临的一个问题就是价值的失落和生命虚无感的到来。"五四"作家更是遭遇史无前例的尴尬的生存困境和精神上的无所归依，所以作家们笔下的人物孤独、徘徊、痛苦、忧郁、悲观、绝望纷纷袭来。虽然郁达夫们缺乏鲁迅那种对人的生命状况进行持续追问的勇气，但从那些既是作者"自我"同时又是与"自我"同病相怜的"零余者"或精

① 《鲁迅全集》第 1 卷，人民文学出版社 1981 年版，第 286 页。

② 解志熙：《生的执著——存在主义与中国学代文学》，人民文学出版社 1999 年版，第 242 页。

神流浪者形象身上，表现出的是人的生命意识的自我觉醒。这种生命意识首先是与社会处于对立状态的存在者的主体意识，它追求自我生存方式的确立和人生价值最大限度地敞开；还有是与封建意识形态相对立的生命自我本能的觉醒，它要求冲破封建伦理体系使感性生命欲求得以实现。两者所表现出的社会主题与文化精神共同加入了文学以"立人"为核心的启蒙协奏曲之中。

即便是活跃于"五四"后期的早期"新月派"诗人，"他们在五四新文化运动后的艺术活动，目的就是生命启蒙，人生的启蒙，重新恢复生命原本的意义。……五四新文化运动，作为一次伟大的'启蒙'运动，其中就包含新的生命的启蒙。'新月'诗人，尤其是像徐志摩这样的诗人，在五四新文化运动后的艺术活动就是生命启蒙，人生的启蒙，恢复生命原本的意义。这样一来，'新月'诗人的生命的启蒙便超越了传统意义上的那种通过标举'性灵'而申述生命的诗歌观念，具有了全新的意义——在新的文化制高点上对生命进行了新的审美"①。在某种意义上，"五四"文学的生命诗学及其创作实践对于启蒙文学来说已具备了创作本体论的意义，它关涉到群体生命与个体生命或民生与人生，身与心或生命的存在与超越等有关存在主义话语言说的基本问题。

最后，"五四"时期的生命诗学对于西方生命哲学具有一种本土化的吸纳功能，这样的本土化的吸纳基于东方生命哲学上。

可以说，以"生"为本体的思想是中国文化的鲜明特征。儒家经典《周易》是中国生命哲学的源头，其"生生不息"的生命哲学观把整个世界看成是大化流行的生命现象，即对整个世界的生命性的理解。由《周易》抽象而来的生命哲学揭示了人道为发展变化之道，发展变化的根源在于尚同天志，汲取普遍生命的精神，又在于人类本身的刚健有为的创造精神。随着儒教伦理化功能日盛其生命哲学也逐渐体现在"中和"观念中：消除心

---

① 程国君：《"以生命的眼光看艺术"——"新月"诗派的生命诗学》，《文学评论》2005年第4期。

和物的对立，达到天人合一、心物合一、知行合一，达到一种中道、中正、中行、中节的最高境界。这不仅是生命追求也是审美追求的最高境界，它强调美善和谐统一、形神和谐统一等。如果说儒家的生命哲学主要是侧重于道德伦理化，那么道家强调的是生命个体的价值与自由。道家的理想人格是"人貌而天虚"（《庄子·田子方》），所谓"天虚"（"虚"者，心也）是指宇宙自然的生命。所以庄子论道要求人们从各种人为的束缚中解脱出来感受人与自然融通的无上快慰，体验宇宙生命自由自在的无限乐趣，从而达到人与宇宙生命的完全契合，使自我复归于真实生命的本体。天道的运行因此必然落归于人道，与"道"冥一的境界正是生命存在的终极归依。在道化生万物、人复归天道的循环运动内关注的核心即是人的真实生命和现世存在，故而道家思想与海德格尔的存在主义最为接近。庄子提出"达生"之说就是要恢复人的真实生命，让人的存在呈现出一种本真状态。而正是"达生"之路使主体的自由飞升指向绝美的极境，亦即一种体悟之路并进而演化为"道妙自然"之美，所谓贯通了大道的障碍——达到了人生自由解放的"达道"境地，这便是人生诗性栖居的状态和体悟美感的境界。如果说"生命"意识是庄子思想的主体，那么禅宗所谓的"禅"是以生命为主体，禅宗的"心"正是生命的开关，而心心相印是印证整个生命，"以心传心"也就是生命的感应。事实上佛教的意旨是助众生了解生命的意义，以充实生命的内容。至于如何充实生命，禅宗强调圆融之境——生命意义的圆满，佛家所说的最高的体悟境界。在禅学看来，圆就是禅，也就是生命本体与宇宙本体是圆融一体的，人生境界与审美境界是冥然合一的。因此，心本就是圆，只有圆融无碍，才能体悟到天地之心，才能去伪存真、圆悟圆觉，才是一种活生生的人的生命活动和最高存在方式，才能达到与天地一体的圆通禅境，领悟和把握自己的本心。

由此可见，中国传统生命哲学更多的是强调对生命的艺术化观照——在艺术实践和审美体悟里寻求生命存在的意义——一种严格意义上的生命诗学。就"五四"生命诗学的创作实践层面而言，以鲁迅和田汉领衔大致可分为"生命艺术化"和"艺术生命化"两类。

《野草》之"反抗绝望"是为"立人"而张本，鲁迅以深刻的"中间物"意识创建了一个独特的生命世界。乃至可以说，"中间物"论是鲁迅生命哲学的根基，其创作中所有蔚为大观的生命气象都有可能从这里说开去。既然一切都是"中间物"便意味着在鲁迅那里，无论是历史、现实，还是东方、西方都呈现出"在"而又"不属于"的张力状态。"如果从承续性来讲，将鲁迅的生命哲学主张看成充满张力的天人合一、道法自然、道成肉身、佛我合一，也未尝不行。"① 当鲁迅将柏格森的"生命创化说"、尼采以"酒神精神"为驱动的生命意志论"拿来"并化合到其生命诗学中后，《野草》呈示的生命诗学"既没有'物我齐一'来得轻松与逍遥，也没有神人一体的狂妄，但是却无形地消化了这样一类生命哲学遗产。……鲁迅以这样一个动态的生命，同各种思想遗产和思潮处于复杂的纠缠关系中。他也许不是自觉而为，更没有准备去营造一种体系，而不过是以生命扑过去，在生命之行中感应这个世界给予他的一切。也许正因为如此，他才能克服逻辑之嫌，以一种整全的方式去领会这个世界，从而把握存在"②。

鲁迅创作的生命艺术化谕示着艺术是生命存在的一种基本需要，而田汉创作（早期剧作）的艺术生命化则宣示着艺术是一种生命存在的根本方式。事实上，艺术生命化基于叔本华的生命意志论。生存意志的本质就是痛苦，叔本华寻找着解脱人生苦难的良方：只有否定生存意志，其途径则是艺术创造和审美直观以及哲学沉思。而狄尔泰的生命体验方式和柏格森的生命直觉方式恰恰能达致主体"自失"于体悟中，由此把握生命的实存意义也就滤却了叔本华式的虚无主义人生观。而所有这些再通过心物俱冥、物我统一（道家），天人合一、形神和谐（儒家）以及圆融无碍、人生与审美冥合（禅宗）的境界——具有典型的东方意味的生命哲学观的融渗并构建为艺术生命化的创作现象。艺术生命化以存在本身或生命本体为创作构思的逻辑起点，在对唯美传统、超越情怀、感伤气质以及对生命意

---

① 王乾坤：《鲁迅的生命哲学》，人民文学出版社 1999 年版，第 40 页。

② 王乾坤：《鲁迅的生命哲学》，人民文学出版社 1999 年版，第 40 页。

义的追问、存在价值的追寻中，借助"感性本体论"或"此岸生存论"将（外在的）理想社会和（内在的）理想生命境界通过想象性关系连接起来。它更重视人的生命过程的感悟和体验以及"心灵的悲剧"而非外部世界的冲突形式，并借审美之途来安顿此岸的生存。正如面对解除生命存在之痛苦的哲学沉思又使叔本华最终与海德格尔所说的天、地、人、神的"四方联体"栖居之所契合那样。

　　具体地说，田汉"五四"时的剧作以人的个性生命的独立为追求目标，尤其崇拜英国唯美主义王尔德"以全生命求其美"的生命意识。《梵峨嶙与蔷薇》塑造的是为爱、为艺术牺牲，以自己身体助恋人"攀登艺术之宫的台阶"的歌女；《名优之死》描绘的是为艺术理想，为美和爱而倒在舞台的一代名优。相对而言，田汉最为专注也最为哀婉地叙写艺术家的追求与失落，总是让其戏剧主人公在灵与肉的冲突中苦苦挣扎，在一种"人生错失"和"生命有憾"的深层情节结构中表现生命的内在律动。"心在这一世界，而身子……在另一个世界，身子和心互相推诿，互相欺骗"（《湖上的悲剧》）；"不知向灵的好，还是向肉的好？"（《咖啡店之一夜》）；以此来构成其早期戏剧生命冲突的内在张力。在这样的张力结构中，生命内部灵与肉的冲突转化为外在的现实与理想、社会丑恶与人生之美的冲突。也是在这样的充满张力的生命冲突中，他为那些浪漫的、感伤的、漫无目的而且顾影自怜的诗人、艺术家，以及幻灭而孤独的年轻的"波希米亚人"展示了殊途同归的生活方式。从中表现历史转型期的青年人不满于现状、追求着什么而又莫可名状的灵肉冲突的感伤情调。这是敏感孤傲、有压抑、叛逆倾向的现代文人对自我认知的生命价值的不断探寻过程中必然出现的情绪，因而具有强烈的时代表征。

第三章　早期象征诗派的存在主义
诗学本色

第一节　"神话"、"游戏"与"象征"的互文见义

加缪的《西西弗神话》的副标题就是"论荒诞",其所指涉的"荒诞"无疑是现代人生存境况的象征。而在尼采看来,现代人的"荒诞"处境在某种意义上却是失去了神话:"没有神话,一切文化都会丧失其健康的天然的创造力。唯有一种用神话调整的视野,才把全部文化运动规束为统一体。……神话的形象必是不可察觉但又无处不在的守护神,年轻的心灵在它的庇护下成长,成年的男人用它的象征解说自己的生活和斗争。"① 由此可见,失去了神话的现代人只能指望从新的神话那里获得一种彻底的拯救。问题的关键在于,以神话来表述象征化的生命存在,正是存在主义哲学和文学特定的诉求方式。

自从哥白尼的"日心说"确立后,西方文化对客观世界的认知分化为"神话世界"和"科学世界"两大板块。人类文化之所以与神话思维结下不解之缘,是因为神话实属人类最初感觉世界和把握世界的方式:神话本来就产生于人要求把浮现在自己面前的历史现实上升为一种文化理念的需要,它企求的不是要找出某种客观规律,而是要造成一种幻境、一种外

---

① 周国平编译:《悲剧的诞生——尼采美学文选》,生活·读书·新知三联书店 1987 年版,第100页。

观，甚至一种假象。如果仅仅依靠对技术的改造以及与科学的结合，现代人仍然难以解决人之为人的根本问题，即人的安身立命的价值和意义问题。现代神话的目的就是人要为自己提供一个人可以在其中居住的有意义的家园。

对此，当代德国学者埃利亚德（Mircea Eliade）的专著《宇宙和历史》（1953 年）曾作出解释。埃利亚德认为，人们之所以对神话产生兴趣，是因为人类对于存在的流失（Verlust des Seins）怀有恐惧。用中国话说，就是人生如梦，美景韶华全都转瞬即逝。而在神话中与原型保持一致者支配生命，只有在神圣的重复中获得的体验才具有本真的意义。通过与神话中永久重复的原型认同，人们可以获得一定程度上尽管是幻想式的满足①。同样是德国学者的许布纳尔（Kurt Hübner）在《科学理性批判》（1978 年）和《神话的真理》（1985 年）这两部著作中明言，神话与科学解释世界的模式之根本区别仅在于它们与实在的关系。一般认为神话否认我们所熟悉的主体与客体的分野，同时也否认科学能发现真理的假设，但物质和意识之间只有程度上的差异，而如果（像在神话中那样）客体通过变化失去其物质性，主体和客体之间的关系就不是界线分明，而是互相渗透、互相包容了。大千世界不仅变化无常，而且变化无止、生生不息，所以刻意区分主、客体之间的差异不仅不明智，也是不必要的。许布纳尔在这里强调的混淆主、客体界线的神话思维很容易使人联想到"中式思维"。他认为，正因为神话思维混淆了物质和意识之间的绝对界线，即不但使物质意识化也使意识物质化，就可以解释何以神话中的原型总是在不断地变幻着面貌；因为在这种不断的变幻中原型才能逐渐完善自己。易言之，新出现的种种事物也不过是神话的新变化而已。由此观之，神话中的实在则是无所谓前因后果，也更没有什么不可能的事。"实在本身是充满了神话般矛盾的……这当然并不是说某个神话自身不可能矛盾百出，而是说它表明了各

---

① 参见 Eliade Mircea, Kosmos und Geschich te. Der Mythos der ewigen Wiederkehr, Frankfurt/M, 1984, p.157。

种矛盾的千变万化。对于生机勃勃的、为人的思维所无法阐述无余的大千世界，神话具有一种强烈的感应能力。"①这种观点显然与非理性主义的存在本体论如出一辙。

神话问题同样是恩斯特·卡西尔文化哲学的重要内容。从早期的《神话思维的概念形式》、《语言与神话》、《符号·神话·文化》到最后一部著作《国家的神话》，神话问题都是一个贯穿始终的主题；在其学术专著《符号形式哲学》中更是单独将第二卷《神话思维》用来专门论述神话的问题；在他的后期著作《人论——人类文化哲学导引》中，神话批判位居整个文化批判的开端。由此可见，神话的批判位于卡西尔整个文化批判的前端。卡西尔认为，人与动物的主要区别是人能运用符号（象征）来创造文化。他的人类文化哲学实际上就是"文化象征"的哲学，他通过对原始人类创造的符号世界的象征分析把文化象征追溯到"神话思维"。他认为，神话表达了人类最初的取向，是人类意识的一种独立构建，象征最古老的类型是神话创作。在早期，神话和语言与艺术是独立的文化象征形态。而要研究综合性的人类文化系统就必须追溯到神话。神话作为一个封闭式的象征体系呈现于世，其形成体系既仰赖于神话的功能性，又取决于对周围世界加以象征模式化的手段。卡西尔把神话的象征起源归于民族幻想的功能和结构的形态，世界之被认识，是在对其的认识过程中而不是在其物的规定中。而象征的构成性特点是跟原始文化的实践相一致的。"按照他的意见，只有诉诸象征所创造的事物，才可被认识。"②卡西尔认定，只有在艺术领域，形象和意义之间的对立才得以解决，因为只有在审美意识中，形象才得到承认，将自己完全奉献给纯粹沉思的审美意识，最后终于达到象征表达的纯粹精神化状态以及最高的自由境界。

海德格尔的学生伽达默尔曾在《真理与方法》中询问："当科学发展成全面的技术统治，从而开始了'忘却存在'的'世界黑暗时期'，即开

---

① Hübner Kurt, Die Wahrheit des Mythos, München, 1985, p.279.

② ［苏］叶莫·梅列金斯基：《神话的诗学》，魏庆征译，商务印书馆 1990 年版，第 47 页。

始了尼采预料到的虚无主义之时，难道人们就可以目送傍晚夕阳的最后余辉——而不转过身去寻望红日重升时候的最初晨曦吗？"[1]这表明，单纯的技术文明并不能确证人的意义。或者说，它所能生育的充其量是"单向度"的人。既然这个世界没有意义，那么就要创造出意义。人之为人，并不只是在于他能征服自然，而在于他能在个人或社会生活中，构造出一个符号化的天地——象征性之所，这个符号化世界提供了人所要寻找的意义。而这个符号化的意义世界在一些存在主义那里就是"神话"——它能给予人们一种存在本体论意义。

从神话的超验原则来设定世界，在某种意义上就是诗意化世界。以超验的原则把世界诗化，最早是由柏拉图在"理想国"中提供的；柏拉图在"理想国"中逐出他所认定的世俗意义的诗人。而他的"理想国"本身就是以象征方式来设立的。曾身体力行地试图创造一种新的"神话"的尼采说："只要想一想这匆匆向前趱程的科学精神的直接后果，我们就立刻宛如亲眼看到，神话如何被它毁灭，由于神话的毁灭，诗如何被逐出理想故土，从此无家可归。"[2]

这就是说，神话是人类感觉世界和把握世界的方式，是对一种特定意义的揭示。它表明人总是想要有限地穷竭实在，敞明自身存在的意义。也许，神话并不是严格意义上的符号形式，虽然它可以通过转换变为一个符号，但事物本来是什么样子这完全无关紧要，重要的是要把它们纳入与被体验为超时间的神话相一致的范围内，才可以与人的有意义的存在相一致。因此，神话至今没有消失只不过隐入诗中，它在人与世界、人与人之间建立起一种几乎察觉不到但又基本上可以言说的关系，为诗提供了在敌对的科学入侵时的一个不可侵犯的避难所。如果说，现代人能够期待一种新的神话的出现，那么，这就应该是关于人的关系审美化的神话；换言之，审美的象征化就是超时空、超逻辑的新神话，一种海德格尔的"诗意

---

① ［德］伽达默尔：《真理与方法》，王才勇译，辽宁人民出版社1987年版，第48页。

② 周国平编译：《悲剧的诞生——尼采美学文选》，生活·读书·新知三联书店1987年版，第73页。

地栖居"的处所。存在论哲学（美学）正是从这一出发点来思考重建神话的问题。由此也就不难理解，存在主义作家加缪的《西西弗神话》言说的其实就是现代人荒诞存在的象征。因而，以神话形态来表述象征化的生命存在是存在主义哲学和文学非理性表述的特定方式。

严格地说，神话的现代性复兴只是到了存在主义的先驱谢林那里才真正实现。谢林打破了启蒙运动所严守的"哲学与神话的对立"，在德国思想史上第一个建立了完整的神话哲学。更重要的还在于，谢林的神话学与荷尔德林的酒神颂、尼采的《悲剧的诞生》以及海德格尔晚年的思想都有血脉相承的关系。

谢林遵循柏拉图模式把诗推崇为人类的世界之本原。他在《先验唯心论体系》一书的结尾处曾说，只有艺术才得以把哲学家只会主观表现的东西展现成客观的，但这"必须期待哲学就像在科学的童年时期，从诗中诞生，从诗中得到滋养一样，与所有那些通过哲学而臻于完善的科学一起，在它们完成以后，犹如百川江海，又流回它们曾经由之发源的诗的大海洋里"①。诗不但是原初的根基，也是历史的归宿和人的天命的去所。现代世界是一个科学的世界，但科学必须要复归于诗；这种复归又不能是直接的返回，它必须得有一个中间环节，这个中间环节就是神话。质言之，在谢林那里神话远远不只是一种人类原初的艺术现象，或艺术地把握客观外界的原初方式，更多的是人的存在本身的问题。

在《艺术哲学》中谢林纵览了人类艺术史，其出发点是古希腊艺术。神话是古希腊艺术的基础，古希腊的神话是淳朴自然的东西，它在一种循环的完满性中构成了艺术的有机发展的整体循环。因为神话是"神 故事之自成一体的总和"，是"对作为自然宇宙之普遍的直观"，所以，每个神话形象是整体在局部的、特殊的截面中的呈现。"就此而论，既然绝对者在每一形象中有限制地呈现，那末，正因为如此，每一形象则以其他形象为前提，每一个体又间接地或者直接地以其他一切为前提，而一切则以

---

① ［德］谢林：《先验唯心论体系》，梁志学等译，商务印书馆 1976 年版，第 277 页。

每一个体为前提。因此，她们必然构成某种一切在其中全然相互规定的世界、有机的整体、总体、（某一）世界。"神话的这种性质对于理解艺术具有重要意义，因为"希腊神话乃是诗歌世界的最高原型（原译中的"初象"改为"原型"——笔者注）。艺术产生于神话，一切时代的艺术、至少是最杰出的艺术具有神话的性质："任何伟大的诗人理应将展现给他的世界之局部转变为某种整体，并以其质料创造自己的神话。"①谢林强调神话是艺术的必要条件和原始材料，是艺术作品得以生长的土壤，没有神话就没有诗，创造的个性永远在建立自己的神话，艺术家就是伟大的神话创造者，堂吉诃德、麦克白斯、浮士德都是"永恒的神话"。

的确，蕴含于艺术最深层的神话因素乃是人类自身欲望的历史文化积淀，因而能够引起普遍的、久远的共鸣；更由于艺术与神话在情节、主题、人物和意象上共通，两者探询的都是与人类自身的存在关系最为密切的话题，所以文学研究选择神话作为入口显然是可行的。已有研究者指出，西方文学的发展轨迹大致经历了：神话传说演变成英雄故事，英雄故事汇成悲剧喜剧情节，再由悲剧喜剧情节进一步翻新成为写实的虚构文字。虽然世道沧桑时过境迁，但是讲故事的框架万变不离其宗——各种文学形态不外是一系列以不同面貌出现的神话而已。②

问题在于，神话在谢林那里并不是作为一种艺术形式种类提出来的，而是作为人的存在方式提出来的。按照刘小枫的说法，谢林的整个哲学体系都是从一种说不清楚的绝对同一体来设定的，这个绝对单纯、绝对同一的东西是不能用描述的方法来理解或言传的，也是绝不能用概念来理解或言传的。对那个东西，人们只需设定它为体系的开端和终结就行了。③这个"绝对"在哲学上是"本原"，在艺术中就是"原型"，它包含着主观和

---

① [德]谢林：《艺术哲学》，魏庆征译，中国社会科学出版社1996年版，第57、49、109页。

② 参见盛宁：《"关于批评的批评"——论弗莱的神话—原型批评理论》，《外国文学评论》1990年第1期。

③ 参见刘小枫：《诗化哲学——德国浪漫美学传统》，山东文艺出版社1986年版，第86—88页。

客观在内的原初状况。谢林认为，以这样的东西作为"本原"只有"美感直观"、"天才的直觉"才可达到，只有"诗的语言"才可描述。因为，绝对的同一体具有绝对的超验性，超验性是不能加以丝毫损害的，它处于思维之外不能用逻辑方法去接近。而且，那种绝对是超越一切差别的，它绝不可能是客观性的东西，只是一个没有主观和客观区别的浑然的自我。要把握到这一绝对同一体，就只有依靠同样是没有主观和客观区别的一种独特的直观能力。而在艺术中这只能是审美的直观。审美直观把意识和无意识的成分统一于自身，这当然是在诗中体现出来的。这里的诗不是单单指诗歌，而是类似于海德格尔的"诗意"（the poetic）。"语言本身在根本意义上是诗……诗在语言中产生，因为语言保存了诗意的原初本性。"① 不仅语言与艺术拥有这种"诗意本性"，全部艺术在本质上也都是诗意的。实际上，诗的东西就是神话学的东西，神话的世界本身就是想象的世界；也即，神话不是别的只是原型世界本身，只是对宇宙的最初的一般直观，这种直观才是接近无条件者、全体、绝对的唯一方式；通过它思想才在自身之中消除了简单的和客观的超验性，进而确立起真正的客观的超验性。唯独如此，神话／艺术可以作无限的解释，意义不可穷尽。这就是"神话"与"象征"的互文见义。

尼采对神话研究也有浓厚的兴趣，在他心目中神话和象征融为一体。在尼采心目中，神话的重要性不仅在于它是"一切宗教的必要前提"，更是"民族早期生活的无意识形而上学"，正是借助神话个人和民族才能"在某种意义上成为超时间的"，"给自己的经历打上永恒的印记"，显示"对生命的真正意义即形而上意义的无意识的内在信念"，神话"作为一个个别例证，使那指向无限的普遍性和真理可以被直观地感受到"② 。尼采之所以看重神话缘于其激进和彻底地反叛西方传统哲学的形而上的概念思维，试图恢复被概念思维抽象掉了的人与现实世界的真切关系。他忧虑："人

---

① ［德］海德格尔：《诗·语言·思》，彭富春译，文化艺术出版社 1990 年版，第 69 页。
② 周国平编译：《悲剧的诞生——尼采美学文选》，生活·读书·新知三联书店 1987 年版，第 78、102、74 页。

们不妨设想一下没有神话指引的抽象的人，抽象的教育，抽象的风俗，抽象的权利，抽象的国家；设想一下艺术想象力不受本地神话约束而胡乱游荡；设想一下一种没有坚实而神圣的发祥地的文化，它注定要耗尽一切可能性，发育不良地从其他一切文化吸取营养，——这就是现代，就是旨在毁灭神话的苏格拉底主义的恶果。……贪得无厌的现代文化的巨大历史兴趣，对无数其他文化的搜集汇拢，竭泽而渔的求知欲，这一切倘若不是证明失去了神话，失去了神话的家园、神话的母怀，又证明了什么呢?"① 怎样才能让现代人和艺术摆脱这种冰冷而枯燥的"抽象"呢? 尼采给出的答案是让哲学回到它的源头："东方。作为神话和祭仪指导者的哲学的开端：它组合宗教。"回到神话和象征的世界中去，那也就是直觉与艺术的世界。与概念的骨灰间相比，它像"梦的世界一样丰富多彩、变幻不定、无所顾忌、令人迷醉和永远新鲜"。从尼采的这些狂放而诗意的文字背后，依稀可见的是一位以象征为思维的诗人哲学家。②

至于与谢林、尼采同被称为"诗人哲学家"的海德格尔，他对存在的"诗"之"思"完全可以视为有关神话的象征诗。众所周知，海德格尔进入大学之后首先研习神学，后来因为身体缘故改学哲学。在海德格尔的哲学思想之中，"诸神"、"神性"与基督教体系之中的"上帝"没有任何直接联系。较于"上帝"或者"诸神"，海德格尔认为"神性"更加具有"本源"特性，所以，他的"诸神"、"神性"概念更加接近"前苏格拉底"(Pre-Socrates) 时期希腊神话之中的神灵，或者"早期希腊人所理解的自然和人的概念"。故而，"认为海德格尔对神话没有批判态度，或者认为他保持原样不加批判地崇敬神话事物，这种看法是幼稚的。……这并不意味着海德格尔有意识在他自己的作品中寻求建立一种神话语言，他的大部分基本术语……都是在一种为展开存在的隐蔽领域而制定出一套严格的词汇的努力中使用的，而并不仅仅是一位神话作家的浪漫表达。海德格尔对于为了表

---

① 周国平编译：《悲剧的诞生——尼采美学文选》，生活·读书·新知三联书店 1987 年版，第 100 页。

② 参见叶舒宪：《比喻的文化价值与人性意义》，《民间文化论坛》2004 年第 4 期。

达存在之运作而追寻一种关键性语言是极端严肃的"。① 海德格尔哲学话语中的神话倾向反映了他一贯的思想路径——对于现代技术的严厉批判；与尼采相似，海德格尔坚持认为只有"前苏格拉底"时期才是人类置身"四重整体"（das Geviert），实现天、地、神、人和谐共生的诗意栖居的时代，海德格尔借助"诸神"、"神性"的隐晦概念表达对于现代技术时代的批判。

在海德格尔对存在的"诗"之"思"中，"栖居"是一个十分重要的话语概念，这一概念阐明了人在世间存在的真理，也设定了艺术与诗价值判断的出发点。人作为短暂者生存于大地上就是居住。存在本身应该是诗意的，即敞亮的、澄明的、本真的。海德格尔引用荷尔德林的诗句"人，诗意地栖居"，指出的正是人类存在的诗意化的理想境界。"诗意地栖居"意味着与诸神共在，接近万物的本质；而自然大地才是人真正的家园，人应深切地看护着"自然的自然性"，而不能让自然彻底消失在数字的计算和欲望的考量之中。这种看护要领悟人这个短暂者是居住于天空下，居住于大地上，居住于神圣者前。可见，"诗意地栖居"是一种与技术性栖居或数字化生存艰难抗争的本真栖居，其本质则有关存在的现代神话，更是一种象征性存在。

不过，这个象征性存在却是"语言"的世界，只有"语言"才能使人有可能居住于天、地、人、神的四联体中。当然，这是海德格尔后期的思想核心。后期的海德格尔认为"语言"在本源上是诗，一种原诗。而"诗是存在的神思"，人可以通过"思"（存在的神思）领悟存在之境界——"诗通过词语的含意神思存在"②。如此，"作为四元世界整体的开辟道路者，道说把一切聚集到相互面对之切近中，而且是沉默地，如同时间到时，空间空间化那样宁静，如同时间—空间展开的游戏那样宁静。……我们把这种沉默地召唤着的聚集——道说就是作为这种聚集而为世界关系开辟道

---

① ［美］查尔斯-巴姆巴赫：《海德格尔的根——尼采，国家社会主义和希腊人》，张志和译，上海书店 2007 年版，第 198、95 页。

② ［德］海德格尔：《荷尔德林和诗的本质》，载《荷尔德林诗的阐释》，孙周兴译，商务印书馆 2000 年版，第 52 页。

路——称为宁静的排钟。它就是：本性的语言"①。犹如老子《道德经》开篇即言的"道可道，非常道。名可名，非常名。"通过"诗"（神思的存在）观照存在之本源，通过"语言"之途到达"诗意地栖居"。"它纯然沉浸于想象之域而非囿于现存的现实；它无涉利害，超乎功利，唤出一个与可见的喧嚣现实全然对立的非现实的梦境世界。在这里，人完全摆脱了外物和他人的羁绊，完全自由，达到了直接聆听神祇心声的人神对话的境界。"②

无疑，在此"诗意地栖居"实现了一种象征性存在——一个类似于柏拉图"理想国"的现代神话。毋庸赘言，在海德格尔高度抽象的、被人称为"哲学呓语"的背后，透显的正是诗意的象征法则。象征于此已成为本体性所在：一种生命存在的方式，也是人类智慧的结构和知识的体系，这一结构体系的思维本质只能是诗性的。概言之，海德格尔有关"诗意地栖居"的诉求本身就是一首伟大的象征诗。

伽达默尔宣称："我的著作在方法上是立足于现象学基础上的，这是毫无疑义的。但这似乎又有些矛盾，因为，我对普遍的解释学问题的阐述又是以海德格尔对先验问题的批判和对'翻转'的思考为基础的，但我认为现象学证明的原则也适用于海德格尔那种最后揭示了解释学的用法，因此，我们保留了海德格尔早年所使用的'解释学'这个概念。"最重要的是，伽达默尔运用了海德格尔关于"此在"的论述。因为，在海德格尔看来，"此在"是具有本体地位的，专指"此时此地存在着的人"。因而，人作为"此在"也就显示出时间性和历史性。伽达默尔就此指出"理解并不是主体诸多行为方式中的一种，而是此在自身的存在方式"③。伽达默尔和海德格尔一样，都喜欢言"诗"胜于说"艺术"。依海德格尔之见，艺术的本质是诗，诗的本质是真理的奠立，艺术是为历史奠基（馈赠、奠基、

---

①　Martin Heidegger, *On the Way to Language* (Translated by Peter D. Hertz), New York: Harper & Row Publishers, 1982, p.108.

②　周国平主编：《诗人哲学家》，上海人民出版社1987年版，第358页。

③　[德] 伽达默尔：《真理与方法》，王才勇译，辽宁人民出版社1987年版，第45—46、37页。

创始）的本源的历史。

如前所述，怎样去探索美和艺术的本真意义，海德格尔主张抵达象征化的神话之所——"诗意地栖居"，伽达默尔虽然没有择取神话之途，但也没有弃却神话精神："作为一种成功的作品和创造物，诗不是理念，而是一种能再次激起无限生命的精神。……它不是对一种实体的描述或标记，而为我们打开一个神和人类的世界。"① 伽达默尔其实是以"游戏"置换了"神话"。问题在于，游戏原本是人类的一个普遍现象和人生的存在方式之一。正如荷兰学者胡伊青加在《人：游戏者》中所说，文明是在游戏中并作为游戏兴起而展开的。从存在论意义上说，游戏是生存实践的最本真样态，是本真的人以最轻松的态度做的最严肃的事情；它源于审美并能创造与超越，因而关涉人的生命本质活动的理解。所谓"在人的一切状态中，正是游戏而且只有游戏才使人成为完全的人"。"只有当人是完全意义上的人，他才游戏；只有当人游戏时，他才完全是人。"② 即，只有在游戏冲动中，人才能克服来自内部和外部的强制，在无限创造和精神超越中达成对存在本真的敞亮和对自由本质的理解，这种境界也就是审美的境界。它颇似海德格尔所说的存在的本然状态——"此在"的澄明。

对于"游戏"海德格尔也有精辟的言说。1958 年海德格尔在《语言的本质》一文中指出："时间、游戏、空间的同一东西 [das selhige] 在到时和设置空间之际为四个世界地带相互面对开辟道路，这四个世界地带就是天、地、神、人 世界游戏 [weltspieal]。"③"这就是海德格尔的'天地神人四方游戏说'美学观的提出。"④ 海德格尔曾在多篇文章中从不同的角度谈到"四方游戏说"，使其成为后期哲学与美学理论的一大亮点。

---

① ［德］伽达默尔：《真理与方法》，洪汉鼎译，上海译文出版社 1992 年版，第 428 页。

② ［德］弗里德里希·席勒：《审美教育书简》，冯至等译，上海人民出版社 2003 年版，第 120—121 页。

③ ［德］海德格尔：《走向语言之途》，孙周兴译，台湾时报文化出版企业有限公司 1993 年版，第 184 页。

④ 曾繁仁：《试论生态美学中的生态中心主义原则》，《河南社会科学》2003 年第 6 期。

　　"四方游戏说"又缘于海德格尔的"诗意地栖居"。"人,诗意地栖居在大地上"是诗人荷尔德林的一句诗,海德格尔之所以引用该诗句是因为他认为"诗意地栖居"是一个自我人性显现、自我人生敞开、自我生命实现的体验过程。"栖居乃是终有一死的人在大地上存在的方式"。但现代技术对大地进行"促逼",已使人类居住的根基受到严重破坏,人要诗意地栖居首先就要"拯救大地",只有"在拯救大地,接受天空、期待诸神和护送终有一死者的过程中,"人类栖居才能发生为"诗意栖居"。① "人居于其中生存着,同时人看护着存在的真理而又属于存在的真理。"② 所谓"存在的真理"也就是达到天地人神四方世界的自由游戏或称"世界游戏"。达到"世界游戏"也是达到"诗意地栖居",一种自由而本真的存在的境界。问题也在于,在海德格尔那里,真理的本质就是"自由",自由的本质就是从游戏中"闪现"出的"真理"。这也是人类的"诗意地栖居"或"审美性的存在"。③

　　"游戏"在西方美学中历来有"无所束缚,交互融合,自由自在"的内涵,在海德格尔的"天地神人四方游戏"境界中,万物浑然一体并处于生机勃勃的涌动和不停息的运化之中;没有僵化的体系也无现成的方法,海德格尔将这种新境界谓之"Ereignis"(大道)。④ 只有在这种本真存在状态中人才能走向真正的澄明之境。当作为其中的"人"乐此不疲地嬉游于"栖居"之境时,恰似庄子的"逍遥游"。"逍遥游"的境界实则与神话境界相通。

　　进而言之,在海德格尔的思想中要想保护天地人神四重整体必须首先能够倾听"大地"的语言——倾听天地人神四重整体的"道说",从而为通达"天地人神四方游戏"的诗意生存开辟道路。"作为世界四重整体

---

① 孙周兴选编:《海德格尔选集》下卷,上海三联书店 1996 年版,第 1191、1192—1194 页。

② 孙周兴选编:《海德格尔选集》上卷,上海三联书店 1996 年版,第 377 页。

③ 参见赵奎英:《海德格尔后期语言观对生态美学文化研究的历史性建构》,《文学评论》2009 年第 5 期。

④ 参见孙周兴选编:《海德格尔选集》下卷,上海三联书店 1996 年版,第 256 页。

的开辟道路者，道说把一切聚集入相互面对之切近中，而且是无声无阒的——这种无声的召唤着的聚集，我们把它命名为寂静之音（das Geläut der Stille）。它就是：本质的语言。"①"道说"作为"本质的语言"，缘于它以有限语言表达"寂静之音"，一种不可言说之奥秘；类似于中国古典艺术的"顿悟"、"冥想"等感悟方式，更是一种与天地感应以找到把握世界的尺度和诗意生存、诗意栖居的方式。在这里，"道说"对应的是象征化言说。

与此相应，伽达默尔在《美的现实性》中指明，艺术存在的特点就是以其独特的"存在"显明了意义，这种独特的存在性决定了艺术的价值。因此，从"象征"入手是理解艺术性质的基本途径。"在艺术作品中不仅只是指示出某种东西，在被指示的东西那里还有更加本原的东西存在着"——"艺术作品意味着一种存在的扩展。"②"存在的扩展"就是艺术的象征性的体现。艺术并不像形而上学一样给出答案，形而上学热衷于研究具体的存在者，而遗忘了本源的存在；艺术通过不确定性达到了存在，是对本源（本真）存在的追忆和怀念，它使存在是其所是。即，通过象征召唤人们进入诗与思的境遇。它在向着存在的自由的敞开中实现了无限的可能性——保藏了激发生命、开启世界的丰富的关联性。伽达默尔把艺术中的不确定的东西称之为"象征"。象征并不单纯是指示出一种意义，而是使意义出现，赋予多样的意义。

不仅如此，伽达默尔在《美的现实性》中将艺术与游戏融为一体，断言艺术作品本身的存在方式即游戏。具体说，游戏的存在方式不允许游戏者像看待一个客体对象那样去对待游戏，而应该在游戏中完全沉入游戏自身，成为整个游戏的一个有机部分。因此游戏和艺术并不是主观的也不是客观的，而是主客体交融为一。"艺术作品就是游戏"，游戏是"艺术作品本身存在的方式"；在艺术中"游戏表达了它那使存在增长的独特品格"，

① ［德］海德格尔：《在通向语言的途中》，孙周兴译，商务印书馆 2004 年版，第 212 页。
② 胡经之等主编：《西方二十世纪文论选》第 3 卷，中国社会科学出版社 1989 年版，第 285 页。

也表达了"力争存在的独特品格"。①　在游戏中艺术自我呈现出其象征性。"在加氏那里，不仅艺术是游戏，象征也是游戏，……他明确指出，理解艺术的象征特性可以与对游戏的最初考察结合起来。因为在他看来，一切象征（包括艺术象征）都是以自身的'在场'方式，让意义'自我表现'：'象征物或象征性的本质恰好在于，它并不涉及用理智来补充的目的意义，而是它的意义就永驻于象征本身'。正是象征的这种以其本身存在来召唤意义的方式说明了它与游戏以及艺术之间根本的同一性。"②

　　总之，艺术以游戏的方式"激起无限生命的精神"，"打开一个神和人类的世界"；艺术又借助神话召唤人们进入存在的诗与思的境遇，为人类构筑生命的诗意栖居，使终有一死的人达到无限生成和本真存在，进入永恒、拥有本己的时间。神话和象征就是这样以非理性主义的审美途径给出了存在本体论的含义。显然，以存在论观之，在人与自然的关系、人与人的关系以及个人意识与个人自身存在的关系中，秩序的建立和保持是维护人的肉体存在和精神存在的基本前提。正是对秩序的心理需求以及在意识活动中再现或创造秩序，成为神话创作和神话存在的理由。而以"无所束缚，交互融合，自由自在"或"逍遥游"为规则的"游戏"方式理应成为存在论神话说的自然秩序。即如海德格尔，他关心的也并不只是人的自由生存问题，而是天地人神四方世界自由游戏的问题，是人与天地万物的和谐共存的问题。这意味着，在存在本体论层面，神话与游戏有了意义贯通之处，乃至可以说，游戏已经成为神话的某种象征形式。在此，一方面神话学转化为象征学，另一方面价值论转化为存在论。

　　唯独如此，在现代科技社会中仍然不断有人延续着存在主义有关神话和象征的命题，竭力借此寻回人为自身及其周围世界揭示出意义的那样一种存在方式。其最典型的审美转述形式当属法国象征主义诗潮。

---

① 胡经之等主编：《西方二十世纪文论选》第 3 卷，中国社会科学出版社 1989 年版，第 158、130、288 页。

② 何林军：《西方象征美学源流论》，湖南师范大学出版社 2008 年版，第 251 页。

第二节　与法国象征主义诗潮的感应和通约

众所周知，法国象征主义诗潮是西方现代主义文学的源头与主要流派，袁可嘉曾就西方现代派文学评价说，现代派就其思想特征而言是对西方现代文明的危机意识、变革意识，特别是它在四种基本关系上所表现出来的全面的扭曲和严重的异化：在人与社会、人与人、人与自然（包括大自然、人性和物质世界）和人与自我四种关系上的尖锐矛盾和畸形脱节，以及由之产生的精神创伤和变态心理、悲观绝望的情绪和虚无主义的思想。[①] 情况的确是，法国象征主义诗人是以现实社会和文化传统的叛逆者的身份出现的。他们自居于社会的对立面，扮演着社会的局外人、流浪者、世纪病患者的角色，不屑于现存的价值观念与审美意识。也因此，法国象征主义诗学包含着这样的基本内容：其一，万物以象征对应的形式存在，而象征则是由此岸的实存世界通向彼岸的存在之所的必由之途，所以，象征在本体论上直接关涉着对人类安身立命意义的阐发；其二，诗人的责任在于从万物"应和"的召唤中去发现"启示"，以诗去启示人类存在的意义；其三，诗人必须从自然的和谐中去发现"语言的和谐"，并使语言具有超越现实规定性以领会生命本真状态的功能。

中国早期象征诗派发端于 20 世纪初的现代性肇始期，而且在人与社会、人与人、人与自我几种关系的对应中表现出对法国象征主义诗潮的某种必然的联系与呼应。"有人在论析 20 年代初期西方现代主义思潮在中国文学界正式发生影响的原因时曾指出：'丧失目标、意义和价值标准的苦闷和返回个人内心甚至潜意识'，这种'五四'运动的落潮和思想界的低压，是西方现代主义思潮'趁虚而入'的历史契机。而西方现代主义思潮从 20 年代大量引入至 40 年代持续发生影响的一个重要原因，则是现代主义思潮所共同表现的那种现代人的孤独苦闷心理情绪，与对社会、人生的

---

① 参见袁可嘉：《关于欧美现代派文学》，《外国文学评论》1992 年第 2 期。

失望而归向内心的倾向所致。在这种深沉的思考与心理体验中体现出的是对现实的深刻的理性批判，对人类自我的冷峻反省。在这一方面，中国现代主义诗歌较多地受到西方象征主义诗潮的影响。"①

对于 20 世纪初的中国文学而言，"现代性"是一个复杂的问题。正如韦伯、舍勒等人所指出的那样，现代性社会的来临主要不是以实际的经济形态为指标，而是以时代的精神与整个社会的心态作为衡量的尺度。虽然思想界对"何为现代性"争议颇多，但一般认为现代性的社会具有以下的特点：传统以社会整体作为本位的价值观逐渐消解（去魅），以个体自我作为本位的心态观念与气质结构得到确立，趋利成为社会的普遍目的；随着个人主义与主体主义的价值观确立，人的感观欲望被空前释放；现代性社会缺乏传统社会的稳定性而且是一个充满风险的社会；怨恨取代了传统社会温情脉脉的关系，成为人际之间的普遍关系模态；现代性来临的一个问题就是价值的失落和生命虚无感的到来，孤独、荒诞成为现代性的基本情态，这是一种现代性的时代症候；等等。

而以破旧立新为己任的"五四"文坛正是借助外来诗学力量，进行偏激乃至矫枉过正式的"新诗革命"的；包括法国象征主义诗歌在内的西方现代主义诗歌也因"新诗革命"的需要被移诸中国。李欧梵如是说："李金发所实践的二度解放，至少曾暂时把中国的现代诗，从对自然与社会耿耿于怀的关注中解放出来，导向大胆、新鲜而反传统的美学境界的可能性。正如欧洲的现代主义一样，它可以说是反叛庸俗现状的艺术性声明。"② 由此看来，20 世纪 20 年代早期象征诗派的异军突起是"新诗革命"使然。

早期象征派诗人大都留过学，并直接置身于西方现代派文学的背景和亲身体验到法国象征主义诗潮的氛围，如法国对李金发、王独清、梁宗岱，日本对穆木天、冯乃超，都构成了某种"艺术故乡"的原型，浑融为

---

① 王泽龙：《法国象征主义诗歌对中国现代主义诗歌的影响（上）》，《湖北经济学院学报》2003 年第 2 期。

② 李欧梵：《中国现代文学中的现代主义》，（台湾）《现代文学》1981 年第 14 期。

其生命存在的一部分。加之早期象征派诗人大多游离于社会斗争之外，或远离故国亲人情思苦闷，心理结构与审美趣味上对法国象征主义诗歌容易生出亲近。在此需要申明的是，我之所以将梁宗岱也放置在早期象征诗派的谱系中予以阐述，考虑到的是他与早期象征诗派精神血缘上的维系。实际上，梁宗岱欧游七年期间曾先后就读于法国的巴黎大学、瑞士的日内瓦大学、德国的海德堡大学、意大利的佛罗伦萨大学，与保尔·瓦雷里和罗曼·罗兰等文学巨匠过从甚密，对法国文坛有相当精深的了解，以至于有学者用"精神之子"来表述梁宗岱对法国象征主义诗歌精髓的接受；尤为重要的是，梁宗岱回国后相当系统地将在法国所受到的后期象征主义诗学影响释放出来了，先后写出了《保罗·梵乐希先生》、《象征主义》、《歌德与梵乐希》、《韩波》等。[①] 概言之，梁宗岱完全可以被视为早期象征诗派的理论代言人。

在接受法国象征主义诗潮的过程中，早期象征派诗歌处于本土文化由传统向现代转型的过渡时期。当然，这种现状同法国象征主义思潮所处的欧洲的情况有着显著的不同，即文学的发展缺乏欧洲那样完整的连续性。象征诗学的勃兴对于欧洲而言是一种自然渐进的过程，它的成熟是与这种新的艺术形式和艺术精神的逐步深化相伴随的。但对于文学正处在"现代性"萌芽时期的中国来说，早期象征派诗歌的成型却明显地呈现出多种因素的混融与交织。事实上，20 世纪 20 年代汉语象征诗学的探索一直潜存着两种不同路径：一种是周作人试图借"象征"这一范畴将现代文学批评与中国文学的传统联系起来，以实现古典文论的现代转型；另一种则以早期象征诗派为标志。虽然中国早期象征诗歌亦不可避免地会以自身民族文化传统的内核去置换外来文化中的异质成分：法国象征主义诗潮对于现世的否定被演变成了早期象征诗歌中"弃妇"般的背弃和悲郁，前者作为理想所追求的"彼岸世界"也被后者那种无所适从的去路所替代，如此等等；但是，"象征诗学关于'恶'的观念直接来源于波德莱尔的《恶之花》。波

---

① 参见孙军鸿：《梁宗岱象征主义诗论的现代性视阈》，《语文学刊》2010 年第 1 期。

德莱尔始终坚信：人的善必须走向恶，变为恶，才能从自身的被遮蔽的状态向明朗敞开的状态发展。……当然，这一切都是以西方自文艺复兴'人的解放'到高扬理性，又从非理性主义到对人自身的全面怀疑等等文化过程为背景的。诗人以诗向人类作出启示，以求得人类的自救或救赎之路，所以，作为抒情主体的诗人更多地显示出一种'先知'者的身分与职责。'恶'的观念在中国早期的象征诗中则主要指示着一种现实世界的丑陋和苦难，那些屡屡被借用的自然意象，诸如冷风、碎石、野花、流萤、短墙、枯树、落叶、芦苇、游蜂、荒岛、饿狼、朽兽、坟墓、夜鸟、枯草、荆棘、残月、阵雨、池沼、深渊等等，无不暗示出一种几乎恶劣到极点的生存境况。……早期象征诗中的那些悲怜的，感伤的，四处寻找自己的慰安之所的诗人形象，就是这种转换的突出代表，这个形象已与他们所师从的欧洲象征诗人们笔下的愤嫉的，高傲的，勇于拥抱苦难的诗人形象大异其趣了。"[1]尽管如此，早期象征诗创作在其本质上与鲁迅所译的厨川白村之《苦闷的象征》相一致，诗作中既没有中国古代自然山水诗歌所包含的理想主义的乐观情调，也绝无"五四"期间郭沫若式浪漫主义那种天马行空的狂放，更没有20世纪30年代普罗诗人甘当"普罗米修斯盗火以人间"的英雄姿态与襟怀；而是强调"文艺是人间苦的象征，其笔下的抒情主人公形象无不深刻积淀着忧郁感伤的心理情绪，或徘徊于时代激流之外唏嘘慨叹，或身处人生十字路口茫然不知所向而心神焦虑"。李金发诗中的抒情形象正如其刻画的"弃妇"，"隐忧堆积在动作上"，"夕阳之火"不能将"烦闷化成灰烬"，孙玉石先生所以这么说："作者在自己创作的最初动因里，已经将弃妇的意象赋予了自身命运不幸与悲苦的感慨的内涵。作者是在个人的人生存在意义上思考着不公平的世界带给自身生命的痛苦悲哀和孤独的。"[2]这样的诗作无疑直接将象征引向了对于自身生命的体验，所关注的焦点是人的存在论的价值意义。

---

[1]　贺昌盛、黄云霞：《早期象征诗学理论在汉语语境中的转换》，《华中科技大学学报》（社会科学版）2003年第3期。

[2]　孙玉石：《中国现代主义诗潮史论》，北京大学出版社1999年版，第81页。

深而究之，早期象征派诗歌建构在怀疑精神和否定意识的哲学底蕴上。众所周知，怀疑精神和批判意识是以非理性主义为根基的存在主义的思想特质，它集中体现在存在主义及其文学对人被传统理性精神或现代文明所"异化"的否定和批判上。尼采的"重估一切价值"是"因为我们对现代性已无可奈何"，① 所以转而对"理性"和"文明"的怀疑和批判——一种对被"异化"的现实和对稳固的秩序、和谐的形式的破坏和瓦解。这也决定了尼采哲学（美学）必然以怀疑主义为起点，又以批判精神为终点，即站在"积极虚无主义"立场上重估一切价值，以实现生命本体存在的重建。根据哈贝马斯的解读，尼采的酒神既是艺术家又是哲学家，这使尼采对现代文明的批判分化为两条潜在的路线：艺术批判通过怀疑主义的重估从而生成反形而上学的历史科学，后来由巴塔耶、拉康和福柯所追随；而哲学的批判试图从哲学内部揭示形而上学的思想根源，这是海德格尔所继承的路线。② 海德格尔的《存在与时间》则从个体的人出发把异化理解成人的生存的普遍形式，并着眼于"自己与他人"的共在关系——从他人对自己的异化角度谈人的非本真生存方式；晚期的海德格尔则主要从"自己与他物"的共存关系的角度谈人的非本真生存方式，重点研究人在技术中的异化。而不管是他人对自己的异化，还是人在技术时代的异化，都着眼于从个体的人：从"此在"的"烦"的结构和"向死而在"出发去论述存在的历史性，把异化领悟成人的存在的普遍的命定的形式。相对而言，萨特从物的"匮乏"去追寻异化的根源，试图通过人的实践的总体化来克服异化。但他并不是像马克思那样把异化看作私有制度的特有现象，而是看作存在于人类始终的普遍而永恒的存在状态。在萨特看来，个体的人在匮乏的环境中首先失去人性，然后又起来反抗以求恢复人性。但是反抗或革命一旦被组织起来就会被制度化而重新陷入分散状态和惰性状态，以致丧失人的意志，如此的反抗或革命也就失去了原来应有的意义；反抗或革命

---

① [德] 哈贝马斯：《现代性的哲学话语》，曹卫东等译，译林出版社 2004 年版，第 99 页。

② 参见 [德] 哈贝马斯：《现代性的哲学话语》，曹卫东等译，译林出版社 2004 年版，第 113 页。

因此不可能消除异化，相反只能导致新的异化。要言之，当萨特和海德格尔都认为异化是人的永恒的存在状态时，其怀疑精神和批判意识便具有了虚无主义质素。

与此相应，法国象征主义诗人正是在一种荒诞乃至虚无的存在状态中企图通过对"恶"或世纪末症候的掘发，在一种对本体性存在的怀疑意识——本体存在的无方向性与本体存在的无根性中来重新打量、追询生命的意义。这种怀疑精神和否定意识同时也获得了遥远东方国度的中国早期象征诗人的呼应与认同。

李泽厚曾对19世纪末20世纪初中国知识阶层的精神状态做过这样的描述：当历史跨入巨大的转型期时，人们面临着"对'渺茫不可知的前途'的惶恐、困惑、寻觅、苦闷、彷徨……，传统的框架、规律、标准已在这新一代知识者心中打破，但新的生活、道路、目标、理想还未定型，路怎么走？走向何处呢？一切都不清楚。感受体验到的只是自己也说不清的各种苦恼、困惑和彷徨。正因为还没有确定目标、道路和模式，也还没有为可确定的将来而奋斗的行动、思考、意愿和情感，于是一切便都沉浸在当下纷至沓来繁复不定的各种自我感受中意向中"[1]。

更因为，中国"现代性"进程是一个被动的由西方现代性激活的外源性的启蒙运动，"现代性"的外发性特征必然与中国文化传统冲突，也必然缺乏本土文化传统资源的支撑。因此，"现代性"及其衍生的观念在唤起人们的文化变革热情的同时，也引发历史转型期的一种普泛性的思想文化危机或意识危机。这里所谓的"意识危机"是指文化思想危机深化到某一程度以后所导致的宇宙观与价值观的动摇乃至崩毁，人的基本文化取向感到失落与迷乱。尤其是，中国文学历来缺乏那种对人的生存环境和状况进行持续追问的勇气，缺乏解决人的灵魂归属问题的能力。20世纪中国作家更是遭遇了史无前例的生存困境的尴尬和精神上的无所归依：已然逝去的传统无法为其提供精神的家园，还没来得及充分发展就不断暴露危机

---

[1]　李泽厚：《中国现代思想史论》，东方出版社1987年版，第222—223页。

弊病的西方现代文明也难以让知识者安妥自己的灵魂。连 20 世纪初堪称一代文化伟人的鲁迅也置身于"无物之阵"的荒诞处境和历史"中间物"的孤独感受中，并发出"荷戟独彷徨"的慨叹。恰恰是从法国象征主义诗潮那里，中国早期象征诗派开始获得并知道以直面存在的方式来打量自己的生活，开始了生存的追问和灵魂的挣脱。

李金发的诗要表现的是"对于生命抑揄的神秘及悲哀的美丽"①。诗人的内心有着"一切的忧愁 / 无端的恐怖"（《琴的哀》），《风》给他"临别之伤感"，《雨》告诉他"游行所得之哀怨"，生命是"死神唇边的笑"（《有感》），只有"美人"与"坟墓"才是真实（《心游》）。"一切生命流里之威严"最终都将成为"无牙之颚，无色之颧"，并"为草虫掩蔽，捣碎"（《生活》）。至于穆木天、王独清和冯乃超，则不约而同地汇集在被"象征"所虚拟的那个世界中——"象征"是他们艺术生命的存在之境，诗人们于此自由地诉说着无所不在的生命的悲愁与忧伤：孤独的体验、荒凉的境遇、期待与寻找的灵魂以及生命倔强的坚持。借此化解本己的无所适从的惶惑和"此在"难以澄明的焦虑。

在创作主题上，早期象征派诗人是从时间性或历史性的方面揭示生存的虚无性、荒诞性，以描述"此在""在世"的生存体验以及"此在"孤独性存在的展开。在李金发的笔下，"夜色笼罩全城，/ 惟不能笼罩我的心。"（《心》）在黯淡无光的生存处境中诗人只能接受如此残酷的现实："我全是沈闷，静寂，排列在空间之隙"（《远方》）"我觉得孤寂的只是我"（《幻想》）。而认识到生存空间的无所依凭又导致了时间的虚脱感，他时而感到光阴在恍惚之间飞逝而去，只给生命留下无穷的伤痛，"呵，漂泊之年岁 / 带去我们之嘻笑，痛哭，/ 独余剩这伤痕（《故乡》）"。时而又觉得自己真实的时光已为过去所封存，在漂泊的羁旅中，不再有属于自己的独立的时间，只有"借来的时光，/ 任如春华般消散么？"（《下午》）

就此而言，早期象征派诗人往往将人置于一种生存的荒诞或"极限

---

① 黄参岛：《〈微雨〉及其作者》，《美育》1928 年第 2 期。

境遇"① 中去承受、领认孤独的存在，通过自觉或无奈的选择去寻求存在的意义。"以海德格尔之见，现代世界的根本危机不是别的什么，而是现代人远离了自己诗意的生存根基，悬于无底的深渊之中而不自知。……现代人正走在远离人的命运的途中，如此之'远离'被海德格尔看成'离家'。"② 现代人的无家可归本质上就是人的存在意义的本体性缺失。

由生命存在的本体性缺失而衍生的孤独，作为一种生命事实并不是所有的人都能意识到。对于那些沉沦于常人状态的生命而言不可能产生什么孤独感，因为这样的孤独缘于人生的根本困境，它体现为个体对世界的一种出离状态。当世界被本体化为存在的根本困境——荒诞的生存时，人失去了外在的根本依靠只能孤独在世。孤独者具有强烈的身份归属感和精神失落感，灵魂寻找其他灵魂而不可得，感到自己是人世间的一个没有旅伴的漂泊者，体味到个体的渺小乃至人生的虚无。诗人们因此常常把孤独者放在某种不可理喻的处境中，让主人公面临具有荒诞性的两难化局面，凸显孤独者面对不可理喻的生存处境时生命的潜能和可能性被诱发而出，人类所面临的真正的生存现状也得到真实的呈现。相对而言，它缺乏波德莱尔们的那种对丑恶生存现状的悲愤的抗争，抗争是为了本真"此在"的祛蔽与澄明；也没有"等待戈多"的决绝和意志，因为"戈多"本身就是一个缺乏明确意义的意义所在。它所需要的主要是一种对于世界的重新开始的指盼：既可以是现实世界，又可以是精神世界。所以，对孤独存在所形成的生存荒诞的苦吟或悲叹，既是诗歌创作的起点又是其归宿。

李金发始终有着一种漂泊无依的感觉，觉得自己像一个奔波在无尽路途的旅行者，周围是自己完全"不识"的地方，"我背负了祖宗之重负，裹足远走，/ 呵，简约之旅行者，终倒在睡路侧。/ 在永续之恶梦里流着汗，/

① 参见刘小枫编：《人类困境中的审美精神——哲人、诗人论美文选》，知识出版社1994年版，第475页。

② 余虹：《艺术与归家——尼采·海德格尔·福柯》，中国人民大学出版社2005年版，第176页。

向完全之'不识'处飞腾，/如向空之金矢"（《我背负了……》）。"窗外之夜色，染蓝了孤客之心，……"（《寒夜之幻觉》）总以为自己"永远在地壳上颠沛"（《"因为他是来惯了"》）。正因为找不到属于自己的坚实的立足之地，诗人感觉到生命存在的根基是如此虚浮，与现实世界的联系也只能是"靠一根草儿，与上帝之灵往返在空谷间"（《弃妇》）。穆木天也似乎总是在寻找什么，他要"奔遥遥的天边/奔渺渺的一线"，要"前进/对茫茫的宇宙"（《与故人》），在细雨和薄烟里去寻觅"水的故乡"（《水声》）、"人生的故家"（《落花》）；然而寻找却更使他目标迷惘，心里"是永远的朦胧"（《献诗》）；尽管如此，他仍然要"我愿热热的热热的奔着那远远的灯光而越奔越奔不上"（《我愿……》）。对本真存在的难以自我确证又导致穆木天留置在徐志摩式"我不知道风是在哪一个方向吹"的存在焦虑中，在这个意义上穆木天其后的"左"倾转向又是必然的。

早期象征派诗人笔下众多漂泊者形象的破碎般叙述，一方面固然是对荒诞的"共在"的有意解构，另一方面他们的身上透露出的波西米亚气质又体现了一种有所用心、有所操持的"自由的选择"——选择漂泊和流浪何尝不是超离荒诞生存的存在方式。这也许只是一种人对世界的被迫而无奈的自由，所面临的精神困境是连自己的本真所在都暧昧未明，但其中却包含着萨特式"自由的选择"：人是自由的，应超越荒诞的现实，通过行动来创造自己的本质。君不见，那些无家可归的异乡客经历着不可理喻的荒诞历史与荒谬人生，他们丧失了爱情、青春、理想和家园，以及生活的位置和生命的勇气，成了行走在别处的伤心幽灵。于是，早期象征派诗人们深刻地发掘被荒诞所攫取后人的痛苦或麻木。其中的怜悯、自悼、悲愤之深切，使漂泊流浪不仅具有永远"在路上"的存在着的价值，更是人"活过"、"有意义"的证明。

与此同时，早期象征诗派虽然在创作观念和艺术思维上的重要因缘是法国象征主义诗潮，但也不能忽视中国传统文化中的"象征"话语对其的构成性影响。

近年来学界已注意到"象征，是中国文化中最为普遍但又未被充分重视和理解的文化现象之一"①。一方面，象征是人类最古老、最基本的一种认识世界的思维方式，皆因在人类的思维过程中，无论是表达抽象的理念还是表达抽象的概念或者表达不可见的神秘之物，只有象征才成为可能。而汉语概念中的"象"最初指事物的形象，如《尚书》"乃审厥象，俾以形旁求天下"，指外貌；再如《老子》"惚兮恍兮，其中有象"，指"道"之可感知的外在形式。《周易》之"象"比较复杂，主要有三种含义：卦象、征兆和事物的外在形式。"象征"概念语出《汉书·艺文志》："杂占者，纪百事之象，侯善恶之征。"指各种占卜家通过观察事物之征兆或利用卦象的组合而察知自然人事的变化、运行规律。对后世的文学理论影响比较大的是王弼《周易略例·明象章》中的"触类可为其象，含义可为其征"，在王弼看来，《周易》之"象"既是事物类特征的抽象代表，又是对"圣人之意"的具体展现。就符号的意义大于其本身的意义这个方面，王弼的"象征"非常接近西方的象征（symbol）概念，也与中国古典文论中的"言外义"、"兴寄"、"滋味"等概念有着相当密切的理论联系。

　　另一方面，不少研究者更点明中国象征文化主要指涉的是传统哲学的一个核心话语概念"道"。其中叶维廉先生的阐释最具启迪性。叶氏的《无言独化：道家美学论要》和《言无言：道家知识论》两文提出道家的"道无所不在"之说在理念与现象之间关系上，不但不存在着对立性思维，而是提供了"以物观物"的哲学基础，正是基于"以物观物"的观照方式和表达程序，道家美学才得以呈现——悟道。"道家的'心斋'、'坐忘'的意识，不如西方企求跃入形而上学的本体世界；对道家而言，宇宙现象本身'便是'本体世界。"②而道家的"齐物"、"与道冥合"、"天人相通"提供了"以物观物"的哲学基础，在这种体认思维里物与人息息相通，具有某种"异质同构"关系，这就是说，道家的"物我为一"乃至泛神论思维在某种意义上就是象征的达成。因为"物我为一"即是一种创作方式，它

① 居阅时等：《中国象征文化》，上海人民出版社 2001 年版，第 1 页。

② 叶维廉：《无言独化：道家美学论要》，载《叶维廉文集》第 2 卷，安徽教育出版社 2003 年版，第 137 页。

能在纯粹的主客体泯然合一中相互观照相互映现，进而取得一种无利害的冥然融汇，获得优美的化境，这无疑是一种象征化运思。尽管它最终的着眼点是人与自然的和谐，但"悟道"与象征主义的思维方式——感性的人本世界与理想的超越世界的融洽在本质上是一致的。

问题还不仅如此，叶氏认为庄子的"现象哲理"是对西方哲学传统的一个最为有力的反拨。[①] 他用"现象哲理"来概括道家哲学的意义，是在于胡塞尔关于意识活动的意向性思想启发了他从物我关系入手考察中西美学之差异。在叶氏看来，现象与本体的差异是西方传统哲学的基本精神，但在庄子哲学那里却不存在这种差异。他实际上是以道家美学与现象学之间的汇通为理论架构：西方的现象学特别是海德格尔的存在主义现象学是他反思中国美学的参照，而中国的道家美学思想是对西方哲学的一个有力反拨。存在主义现象学与道家美学之间能够实现这种沟通，全在于现象学从本质上是反形而上学的；而中国的道家主张"道无所不在"，在对待理念与现象之间的关系问题上现象学与道家美学具有方向的一致性。[②] 这意味着，中国传统文化体系中的"象征"话语为 20 世纪中国存在主义文学积蓄了可供传承的文化资源，而存在主义现象学更为中国式存在主义文学提供了为其提供了创作生成的可能性。

对问题进一步考量便发现，中国古典诗学实际上已存在与象征主义的核心话语"象征"相对应的范畴"兴"。20 世纪前期的某些学者已谈论到这个话题："从周作人、梁宗岱到闻一多等人，兴与象征之间的相似性大致已成为一种共识。"[③] 其中梁宗岱更是对象征主义作了学理性思考并进行中西对比式阐述。他不赞同象征主义是舶来品，"只是因为这所谓象征主义，在无论任何国度，任何时代底文艺活动和表现里，都是一个不可或缺

---

① 参见［美］刘若愚：《中国文学理论》，杜国清译，台北联经出版事业公司 1981 年版，第 27 页。

② 参见阎月珍：《现象学与中国文艺理论沟通的可能性——以刘若愚、徐复观、叶维廉的理论探索为例》，《文艺理论研究》2005 年第 2 期。

③ 吴晓东：《象征主义与中国现代文学》，安徽教育出版社 2000 年版，第 57 页。

的普遍和重要的原素罢了"。中国自古就有象征主义，《文心雕龙》云："兴者，起也；起情者依微以拟义。"象征可以用"依微拟义"来阐释。这与王国维在《人间词话》中所言的"有我之境"与"无我之境"如出一辙。他甚至指称法国的马拉美酷似我国宋代的姜白石。① 概言之，他试图从"兴"、姜白石到王国维这条古典文论的线索中找出象征的源流，以证实新文学中所出现的象征派是受了西方影响而挖掘中国传统文学中蕴含的象征理论而发展起来的。这与周作人在为刘半农《扬鞭集》作的序言不谋而合："新诗的手法，我不很佩服白描，也不喜欢唠叨的叙事，不必说唠叨的说理，我只认抒情是诗的本分，而写法则觉得所谓'兴'最有意思，用新名词来讲或可以说是象征。……凡诗差不多无不是浪漫主义的，而象征实在是其精意。这是外国的新潮流，同时也是中国的旧手法，新诗如往这一路去，融合便可成功，真正的中国新诗也就可以产生出来了。"② 或许可以说，"兴"与"象征"是源于中国诗学和哲学两个领域中的不同概念，"兴"虽然也同样体现了立象尽意的语言精神，但主要以人的言说为主，因此跟注重语言超越性的"象征"有所不同。不过，随着佛老思想的融汇和以禅论诗的盛行，二者逐渐在"意象—意境"概念中得到整合，在人与物的先天共感的基础上，实现了有关象征的诗性言说。

如前所述，20 世纪初有关象征诗学的探求出现了以周作人等趋向于传统的诗学理念和以早期象征诗派更接近于象征艺术的现代意旨的两种路径，而能否将这两种思路结合起来就成为了贯穿于汉语象征诗学的创作实践及批评之始终的核心问题。客观地说，早期象征诗派的理论发言人梁宗岱对此作出了完满的解答。同样是引进并倡导象征主义诗歌理论，梁宗岱之独异之处就在于他的本体意识：象征主义诗学是与个体生命在世界中的生存有着切身关联的事件；而作为艺术本体的象征，是沟通自我与世界，将刹那凝定为永恒，将个体生命的破碎与宇宙的完整联结为一个大和谐的

---

① 　参见《梁宗岱文集》第 2 卷，中央编译出版社 2003 年版，第 60、62—63、85 页。

② 　杨扬编：《周作人批评文集》，珠海出版社 1998 年版，第 222 页。

生存世界的根本途径。梁宗岱以为，个体生命是一痛苦的生存，而痛苦的根源就在于死亡。如何超越个体生存的有限性，进入永恒的世界，是人类最根本的生存论难题。"一切文艺的动机或主题，说到是处，并非爱而是死；并非欲望底文饰而是求生的努力。"① 诗何以能沟通个人与世界，化解个人与世界之间的冲突而产生的痛苦呢？其关键在于通过象征而建造一个独立自足的世界。换言之，艺术是将生命中痛苦与破碎转化为一个和谐与完美的生存世界的生存事件。不言而喻，梁宗岱这种将死亡视为个人生存中最根本的事件，并且尝试用诗歌来化解个人与世界之间的分裂和冲突的思路，已经突破了近代美学的基本框架，与叔本华、海德格尔对艺术的阐释互为印证。至少，在将欲望和死亡当作个体生命最根本的特征、借助于诗歌来抵达存在的本真境界上，两者是一致的。这就是梁宗岱象征主义诗学的生存本体论。

毋庸赘言，中国作家对生命现象和个体生存的哲理思考在世纪初的文学中更明显地体现在早期象征派中。因为象征化创作在现代性视域中担任的是审美地描述现代感受之变迁（无论是肯定还是否定）的重要任务，所采用的手段就是"借助符号来隐喻"人的现世生存和存在状况，并使这一隐喻的过程清晰地被展示出来而不是被遮蔽。这也是海德格尔所说的"真理在艺术中自行呈现"的意思。这种话语诉求方式同时又成为了作品对存在的追问与怀疑的一部分。所有这些无非意味着，早期象征诗派的文学渊源和思想虽然源于西方现代主义文学或法国象征主义诗潮，但同时也不能忽视中国传统文化体系中的"象征"话语亦为其提供了创作生成的文化资源。

第三节　象征之艺与存在之思

从存在主义诗学层面来检视早期象征诗派与法国象征主义诗潮的对应

---

① 梁宗岱：《梁宗岱批评文集》，珠海出版社 1998 年版，第 239 页。

性关系，可以从"契合论"、"纯诗观"、"神秘性"等话语范畴着手和阐释。其中，"契合论"有关象征诗歌的诗兴，"纯诗观"指涉象征诗歌的诗质，"神秘性"涉及象征诗歌的诗思。两者在诗质、诗兴、诗思等艺术层面的对应性使得象征诗学扩展为艺术哲学——获得存在本体论的意义。

其一，关于"契合论"。如果说，波德莱尔引领了法国象征主义诗歌的潮涌，那么，对"契合"的推崇成为法国象征主义诗潮重要的诗学诉求。波德莱尔《恶之花》的开创性意义也就在于其提出了"象征派的宪章"[①]——"契合论"（契合——Correspondances，也译为"应和""感应"乃至"交响"）。在《恶之花》中的《契合》一诗中波德莱尔吟咏道："自然是一座神殿，那里有活的柱子／不时发出一些含糊不清的语音；／行人经过该处，穿过象征的森林，／森林露出亲切的眼光对人注视他。／仿佛远远传来一些悠长的回音，／互相混成幽昧而深邃的统一体，／像黑夜又像光明一样茫无边际，／芳香、色彩、音响全在互相感应……"[②] 可以认为，这首诗是一种典型的双重文本：修辞的和哲学（美学）的；它触及法国象征主义诗潮的重要美学观念：诗歌不是再造自然而是创造与自然具有"契合"关系的理想世界；自然和艺术之所以成为象征是因为诗人具备了"类乎神赐的才能，它顿时洞彻了哲学方法所无从企及的事物的密切隐秘的关系、对应物和相似物"[③]。"波德莱尔这里所说的'对应物和相似物'很值得注意，或许可以理解为诗人面对自然时作为'洞观者'、'猜测者'以一种心灵的非凡的想象力所找到的语言意象，在含义上可能与后来马拉美说的'客观事物'与'意象'、艾略特说的'客观对应物'相同。波德莱尔在自己的诗歌创作中正是凭借这样的'对应物和相似物'使自己成为'洞观者'与'猜测者'，并奇异地使艺术（诗）与自然（也可扩展为艺术所表现的一切

---

① 郭宏安编译：《波德莱尔美学论文选》，人民文学出版社1987年版，第5页。

② ［法］波德莱尔：《恶之花——巴黎的忧郁》，钱春绮译，人民文学出版社1991年版，第21页。

③ ［美］韦勒克：《近代文学批评史》第4卷，杨自伍译，上海译文出版社1997年版，第516页。

对象）相'应和'。"① 不难发现，在法国象征主义诗歌中，诗人主观世界向客观世界的融入以及客观世界向主体世界的内化构成了双向的流动，这种双向的过程使象征主义诗歌一方面避免了浪漫派诗歌情感宣泄式的外倾倾向，另一方面也避免了现实主义诗歌对于外界事物的写实主义的客观描摹。它所构建的是诗人的主体心智与客观外物之间融和无间的契合，它体现了一种用个体的感性生命去同化万物的宇宙观。

而在象征主义诗学层面把握"契合说"，便使得契合不再是一种修辞手段，一种隐喻和寓言，而是具有了哲学（美学）存在论的地位：将诗歌艺术赋予生命化的本质，生命个体的存在也在诗歌中获得对象化的确证。学界一般将法国象征主义诗潮的"契合论"溯源于18世纪瑞典哲学家斯威登堡的"对应论"。斯威登堡把宇宙看作象征体系，认为在自然界中万物之间存在着相互对应、感应关系，在可见事物与不可见精神之间存在着互相契合关系，其学说含有基督教神秘主义成分。严格地说，倒不如将"契合论"在哲学层面与存在主义对通连接。"'契合论'作为象征主义诗学的核心范畴，是与象征主义诗人的哲学观与世界观紧密联系在一起的。……这种'契合论'有着深刻的认识论根源。从发生学意义上看，人类主体对于客观世界的认知，正是通过主客体间的联系和作用实现的。"②

作为现代哲学话语形态的存在主义建立在主客体内在同一的主体间性思维方式上。换言之，存在主义作为现代西方哲学的转向，这种转向在某种意义上是从主体性的消退开始的。由于传统哲学确立了理性主体对世界的支配地位，倘若要达到人与世界的主体间性关系就是使人自然化——包括主体的退让和人的非理性化。叔本华提出了"世界是我的表象"和"世界作为意志"的命题，认为意志是世界的内在本质。他一方面把意志抬高到本体的地位，另一方面又认为生命意志的本质是痛苦，人生就是在欲望的追求与满足中经历痛苦与无聊的轮回；因此，摆脱痛苦的唯一途径是

---

① 陈太胜：《象征主义与中国现代诗学》，北京大学出版社2005年版，第18页。
② 吴晓东：《"契合论"与中国现代诗歌》，《中国文化研究》1995年第1期。

否定生命意志。叔本华在否定了理性主体的同时，也否定了非理性主体。柏格森把实在世界归结为"绵延"或"生命冲动"，人类社会和自然界都是"绵延"的一种形式；他把理性主体转化为生命冲动主体，把理性认识转化为一种非理性的本能直觉——将主体非理性化；由于生命冲动成为本体，是人与自然的本原，因而在一定程度上消解了主体对客体的支配性，具有潜在的主体间性倾向。如果说在主体间性概念的创始者、现象学家胡塞尔那里，他把主体之间达成共识的可能性称为主体间性，主体间性概念也只限于认识主体之间的关系，即自我主体与其他主体之间达成共识的可能性而不是人与世界的关系；那么，从海德格尔开始所谓"存在"不再被视为主体性的存在，而是被看作自我主体与世界主体的共同存在——主体间性成为存在的根据。这意味着，海德格尔的主体间性是一种本体论的主体间性。"本体论的主体间性意指存在或解释活动中的人与世界的同一性，它不是主客对立的关系，而是主体与主体之间的交往、理解关系。本体论的主体间性关涉到自由何以可能、认识何以可能的问题。现代哲学否定了实体论，超越了主客对立的思维模式，由认识论哲学转入存在论和解释学哲学。海德格尔的存在论哲学提出了此在的共在问题，已经涉及了本体论的主体间性问题，但仍然限于'此在'的范围，没有进入存在本身。后期他提出了'诗意地安居'、'天地神人'和谐共在的思想，这就建立了本体论的主体间性。"① 由于坚持一种"存在的真理"而非一种"认识的真理"，由于用一种践履的学说取代一种静观的学说（"天不变道亦不变"），比起中国传统的"天人合一"学说，海德格尔的存在主义学说可视为是一种具有典型的现代性意味的主体间性。

　　存在论的主体间性从根本上解释了人与世界的关系，它对美学的建构具有根本性意义。事实上，审美原本就是自由的生存方式和超越的体验方式，因而能够真正地实现主体间性。存在论的主体间性解决了美学的根本

---

① 杨春时：《本体论的主体间性与美学建构》，《厦门大学学报》（哲学社会科学版）2006年第 2 期。

问题即审美何以可能的问题。审美是人与世界的主体间性关系，是人对世界的真正把握和自由的实现。只有存在论的主体间性才建立了艺术的哲学基础，从根本上解决了文学和审美何以可能的问题。①

梁宗岱曾说过："像一切普通而且基本的真理一样，象征之道也可以一以贯之，曰：契合而已。"② 从中可见早期象征诗派对"契合论"这一诗学原则的重视。"以李金发、穆木天为代表的初期象征派诗人，在哲学观的层面上是深得象征主义思潮的个中三昧的。象征主义的'契合论'影响的不仅仅是他们诗作中的创作技巧，更重要的是影响了他们的世界观和把握世界的方式。"③ 李金发的《弃妇》通过"烦闷化为灰烬"、"衰老的裙裾发出哀吟"、"战栗子无数游牧"、"黑夜与蚊虫联步"……这些不协调、不相关的搭配，造成一种感官的交错互通以便抵达波德莱尔所说的"象征的森林"，形成与"恶之花"世界相应的整体性的"客观对应物"。李金发曾在《琴的哀》中这样吟哦："我有一切的忧愁，无端的恐怖。"这"忧愁"和"恐怖"并不是"无端"产生的，李金发所表现的任何"恶之花"都是以自己的生存体验和生命意识的坦露为原动力和内驱力，在诗人的心灵颤动与宇宙的神秘精神之间寻找到某种对应，使诗思的运行变为诗人心灵世界与自然物事的一种交响或合奏。我以为，孙玉石先生对李金发的诗作《律》的解读其实完全可以扩展延伸到他的绝大多数诗作中："读者可以在这首诗里的月光凄冷、树叶凋零的描写中，听到诗人自身生命消逝的感叹，也可以味出这种现象，也包括你我、包括各项事物在内的生命哲理，自然之律，生命之律，万物之律，都可以说隐藏在这个象征的意象组合中了。"④

穆木天在《谭诗》一文中写道："故园的荒丘我们要表现他，因为他

---

① 参见杨春时：《本体论的主体间性与美学建构》，《厦门大学学报》（哲学社会科学版）2006 年第 2 期。

② 梁宗岱：《梁宗岱批评文集》，珠海出版社 1998 年版，第 69—70 页。

③ 吴晓东：《"契合论"与中国现代诗歌》，《中国文化研究》1995 年第 1 期。

④ 孙玉石：《中国现代主义诗潮史论》，北京大学出版社 1999 年版，第 83 页。

是美的，因为他与我们作了交响（Correspondance），故才是美的。因为故园的荒丘的振律，振动的在我们的神经上，启示我们新的世界；但灵魂不与他交响的人们感不出他的美来。"[1] 穆木天对"故园的荒丘"的型构与法国后期象征主义诗人艾略特的《荒原》神似。《荒原》将一系列互不相连的"图景"拼接起来，把许多不相干的意象组合起来并形成一幅幅表达主观情感的"客观对应物"，纳入到"荒原"的象征性结构中；进而在其中安置了充满了"荒原"气息的现代人，提示了西方现代文明衰退的必然趋势。"可以看出，穆木天激赏的审美对象：'败墟'、'腐水'、'废船'，连同'故园的荒丘'与传统意义上的美感是有很大距离的，起决定作用的因素并不在于对象本身，而在于这些观照对象与诗人的灵魂之间产生了一种共鸣与契合。'故园的荒丘'在常人眼里未必是美的，但因为'荒丘的振律，振动的在我们的神经上，启示我们新的世界'，'与我们作了交响（Correspondances）'，于是在诗人眼里才显示出美感来。可以说，'契合'是穆木天诗歌思维中的沟通主客体的媒介和桥梁。"[2] 穆氏的《苍白的钟声》、《朝之埠头》、《雨丝》等诗篇，都"托情于幽微远渺之中"[3]，表达的是诗人的心律与自然界的律动之间幽深而神秘的契合。冯乃超深得穆木天赞赏的名诗《消沉的古伽蓝》透视出波德莱尔的《契合》（*Correspondances*）中描绘的自然的"神殿"的关系，冯乃超之所以在四十八行诗中运用了二十四种类比，其目的无非是想表现"事物和我们的感觉"之间的契合。[4]

早期象征诗派上述的努力被梁宗岱概括为"象征之道也可以一以贯之，曰，契合而已"。问题就在于，象征诗歌能揭示事物之间隐含的各种契合关系，以及这些关系之间的先定和谐，它缘于诗歌文本本身具有的整体性和关联性。"梁宗岱这种物我相契的境界已经超越了一般意义上的诗学原

---

[1] 穆木天：《谭诗——寄沫若的一封信》，《创造月刊》1926 年第 1 卷第 1 期。

[2] 吴晓东：《"契合论"与中国现代诗歌》，《中国文化研究》1995 年第 1 期。

[3] 《中国新文学大系·诗集》，上海良友图书公司 1935 年版，"导言"（朱自清撰）。

[4] 参见［捷］马立安·高利克：《中西文学关系的里程碑（1898—1979）》，伍晓明等译，北京大学出版社 1990 年版，第 174 页。

则，而达到一种主客体的精神世界互为交感与认知的认识论的哲学高度。这使梁宗岱所主张的'契合'论，不仅仅成为象征主义诗歌的基本特征，而且成为一种人类主体世界感知客体世界的方式。在这种把握世界的方式中，客观世界不是一种无生命的被认知的被动存在，而是具有自己的生命律动的'自由活泼的灵魂'，当这种自由的灵魂与人类的灵魂发生共振与交响的一刹那，梁宗岱所谓的物我无间的契合境地就藉此而得以实现。"①

　　这与海德格尔的相关表述不谋而合。海德格尔早期通过对"此在"的考察来探讨存在的意义，本身就带有主体性间性倾向。不过这种主体间性是"此在"的规定而不是存在的规定，仍然没有提升到本体论高度。只有在海德格尔晚期的哲学（美学）思想中主体间性才具有了本体论的意义。在晚期的海德格尔看来，人对事物的任何认识都无法摆脱人在世界中存在这一根基，都无法甩开人把自己的心、自己的情敞开并出离到万物中的生存论结构。当人处身在世界中、处身在与事物的关联中，当人回归到人与物的原初的聚集之所，回归到人赖以生存的根基之处，让万事万物作为本身显露出来，"此在"才能够把他的心、他的情自然而然地伸展到万物之中。海德格尔晚期提出"诗意地栖居"是因为他洞察到"安居是凡人在大地上的存在方式"，"安居本身必须始终是和万物同在的逗留"，"属于人的彼此共在"。具体地说，就是"大地和苍穹、诸神和凡人，这四者凭源始的一体性交融为一"。② 它类似于梁宗岱的"生存不过是一片大和谐"③，体现出的是一种典型的主体间性思维并走向审美主义——解决了审美的两个根本问题：审美作为生存方式的自由性问题；审美作为生存方式的超越性问题。在这样的审美活动中，世界的意义、存在的意义得以显现④。

---

① 吴晓东：《"契合论"与中国现代诗歌》，《中国文化研究》1995 年第 1 期。

② ［德］海德格尔：《人，诗意地安居》，郜元宝译，上海远东出版社 1995 年版，第 114—117 页。

③ 梁宗岱：《梁宗岱批评文集》，珠海出版社 1998 年版，第 70 页。

④ 参见杨春时：《本体论的主体间性与美学建构》，《厦门大学学报》（哲学社会科学版）2006 年第 2 期。

其二，关于"纯诗观"。"纯诗"说最早源于美国诗人埃德加·爱伦·坡。他在《诗歌原理》里认为诗的效果与音乐相同，是一种"纯艺术"。爱伦·坡的有关"纯诗"的理论直接启迪了法国象征主义诗人，并在法国象征主义诗潮中呈现了三个阶段的发展：一是波德莱尔；二是马拉美；三是瓦雷里。要言之，音乐是"纯诗"的前提，也是"纯诗"的最主要的因素。波德莱尔认为语言"纯粹"、"有力"、"优美"、"韵律和和谐"联系"密切"，"纯粹的旋律线条和一种完美地持续着的鸣响"；波德莱尔的诗歌对音乐性的贡献，主要在他所创造的心灵与自然的交感中构成的一种和谐律动的音响；自然景物的运动、声音、光亮、色彩的混合构成一种朦胧、和谐的全感观的音乐美效果，其中那首形象表现了他的象征主义美学主张的诗歌《感应》（有的译为《应和》、《交感》）就是他音乐美追求的典范之作。魏尔伦在《诗艺》开篇的一句统领性名言则是："音乐先于一切"；他与兰波（韩波）都把那些不具备含蓄、暗示和音乐特质的诗称为"押韵的散文"。马拉美宣称在听觉上"低沉、平匀、没有丝毫造作，几乎是对自己发的声音"，"在它那最源泉的亲切处，是这么美"。瓦雷里认为"象征主义"不管有多少区别，但有一点是共同的："从音乐中重行获取诗人们本有的一切。这种运动的秘密便在这点，并无其他的东西"。显然，瓦雷里把音乐看成是象征主义也是"纯诗"的生命线。[①] 完全可以说，象征主义诗歌理论中的"音乐"既是形式命题，而更多的则属于本体论的范畴。瓦雷里在其堪称"纯诗"宣言的文章"前言"中向往音乐奇妙的力量，认为音乐的纯粹性和感染力能使人获得艺术最高享受，诗歌之纯粹在于自觉和特意地创造一种像音乐那样自足的存在，达到绝对的澄明。总之，对"纯诗"中音乐境界的追求成为象征主义诗艺中的至高理念。

在此，"音乐"这一话语大致有两个方面的含义：首先是指由音乐艺术特性所营造的意象氛围和审美境界；其次可以在哲学层面上对音乐进行

---

① 参见曹万生：《30 年代现代派对中西纯诗理论的引入及其变异》，《文学评论》2003 年第 2 期。

抽象、概括和扩张，提炼出"音乐精神"的概念。问题的实质在于，音乐精神在存在主义那里是世界的本原和创造的原动力。叔本华认为，别的艺术都是让人们感知理念，而音乐则跳过理念不依赖现象世界，是全部意志的直接客体化。在叔本华心目中，音乐是一种对人的生存产生强烈震撼作用的艺术表达，是生命体验的极致和灵魂的升华。而且，音乐是无形的、不需要外在的凝固的东西，它就是最原本的意义构成，只能在直观与顿觉中感悟它存在的力量——一种"纯粹"的艺术存在方式。这或许就是法国象征主义诗潮热衷于从音乐精神上来建构"纯诗观"的灵感冲动。叔本华还把音乐分成低音、噪音和高音。低音是表象世界，即普遍的物质世界；噪音是生命中的诡异的存在；而高音才是人真正追求的音乐，高音有着强劲的节奏与旋律，给人一种类似于希腊日神与酒神的力量，只有高音才能谱写生命的旋律，才能浓缩思想的精华与隐秘的意愿。在这一点上，尼采与叔本华是一致的，借音乐的艺术感来摆脱或化解悲剧与痛苦。

实际上，"音乐精神"这一术语源于尼采的成名作《悲剧的诞生》（作品全名译为《源自音乐精神的悲剧的诞生》）。尼采是叔本华唯意志哲学的继承者，但尼采在叔本华的基础上对意志和艺术作出了更深的思考。在《悲剧的诞生》中尼采从日神阿波罗和酒神狄奥尼索斯的关系入手，分析了希腊悲剧形成和衰落的原因，探讨了艺术的原动力、诗歌与音乐、音乐与神话的关系等问题。尼采提出，日神和酒神都是人的至深的本能，属于非理性的领域。日神是个体的人借助幻觉而进行自我肯定的冲动，酒神则是个体的人自我否定而复归世界本体的冲动。日神通过创造美的幻觉来使人逃离无意义的旋涡，进入叔本华所谓的"审美静观"中，使人忘掉生存的虚无进而肯定生命的存在。酒神精神则通过毁灭个体的强大力量让人认识到自身的渺小和虚无，认识到意志本身，认识到自己就是整个意志、整个世界，在否定自身的同时，获得对于世界的更大的肯定中获致痛苦和喜悦的极限。在此意义上，"音乐精神"就是酒神精神——狄奥尼索斯精神。尼采认为是酒神精神而非日神精神决定了音乐的真实特性。"所以，音乐是本原性的艺术，在一切艺术类别中处于中心地位。"①

　　问题还在于，在尼采的艺术哲学中悲剧是最高的、最纯粹的美学形态（颇似法国象征主义诗潮的"纯诗"），一种"肯定生命的最高艺术"。悲剧艺术把个体的痛苦和毁灭演示给人看并使人生出快感。而按叔本华的说法，悲剧快感是认识到生命意志的虚幻性而衍生的听天由命感，尼采则指出在看悲剧时，"一种形而上的慰藉使我们暂时逃脱世态变迁的纷扰。我们在短促的瞬间真的成为原始生灵本身，感觉到它的不可遏止的生存欲望和生存快乐。"实际上，"希腊的悲剧艺术作品确实是从音乐精神中诞生出来的。""在艺术中，音乐是纯粹的酒神艺术，悲剧和抒情诗求诸日神的形式，但在本质上也是酒神艺术，是世界本体情绪的表露"。② 悲剧之所以能够让精神得到升华——"形而上的慰藉"，是因为音乐的力量对个体化原则的突破，音乐精神体现在悲剧性和永恒生命中。如此，酒神精神作为意志自身借由音乐表达，而悲剧中的形象只是作为酒神的象征而诞生于音乐精神，悲剧因而给了音乐最高的自由。也就是说，音乐并不像叔本华讲的只是对生命痛苦的抚慰，它就是最深刻的生命存在的真实呈现，因为意志（意欲）或酒神精神的冲动并不只引起痛苦，它同样带来人生的欢乐与意义。悲剧作为一种崇高的、纯粹的艺术，它的灵魂只能在音乐中，不在情节中、也不在结构里。所以尼采宣称，只有在古希腊悲剧中酒神精神才变成了一种艺术的欢呼，酒神音乐才表现出权力意志的精神。只是，当音乐精神不在之后人生也就失去了美丽和丰盈，蜕变得贫乏、虚弱且无意义。正是表现权力意志的酒神精神将现代人从音乐的不在中拯救出来，成就了一种更为崇高更为纯粹的悲剧艺术。

　　法国象征主义诗潮对"纯诗"的追求与尼采对悲剧艺术的推崇具有异曲同工之妙："纯诗"话语体系中的音乐精神具有统摄性的价值功能，

---

① 周国平编译：《悲剧的诞生——尼采美学文选》，生活·读书·新知三联书店 1986 年版，第 15 页。

② 周国平编译：《悲剧的诞生——尼采美学文选》，生活·读书·新知三联书店 1986 年版，第 346、71、3 页。

诗人们把音乐精神等同于原生力、永恒、运动、宇宙节奏、生命律动等等。他们要表达的是这样的观点：音乐精神是一种无法言喻的自在之物，由于音乐精神的存在，整个世界便不再是一片沉寂静止的死水，而是呈现出"恶"之"花"的状态。在法国象征主义诗潮中，"恶"或"恶魔性"在某种程度上是作为一种与现存秩序并存的、不和谐的强大力量而被受到赞许。这其实也就是尼采说的由酒神所体现出的音乐精神的诗性展示。

问题还在于，与古典主义、现实主义、浪漫主义利用语言来指称外物的方式不同，象征主义诗歌的语言具有"内指性"——它自身就构成了一个自足的魅幻世界。音乐既是时间又是运动的艺术，在"纯诗"中具有最高地位。至于它在物质媒介方面的抽象性更使它葆有一种纯粹性，音乐的形式仅仅通过各个元素之间的内在关系而产生，最逼近象征诗歌的艺术本质：具有象征主义诗歌所需要的整体性、朦胧性、多义性。由此来理解"音乐是本原性的艺术"关涉到的是海德格尔有关"语言是存在之家"的"诗之思"。

如果说前期海德格尔主要是从"此在的存在"重新解释"语言"，那么后期的海德格尔则主要是从天、地、神、人四重整体的存在解读"语言"，并把"语言"看作四重整体境域的"显现"。海德格尔痛感诗以外的人类语言遭受了难以估量的"污染"，那些逻辑语言哲学、人工语言乃至计算机语言遮盖了"大道之说"的"存在之言"，而"道说意味：显示、让显现、既澄明着又遮蔽着把世界呈示出来"。"作为世界四重整体的开辟道路者，道说把一切聚集入相互面对之切近中，而且是无声无阒的——这种无声的召唤着的聚集，我们把它命名为寂静之音（das Geläut der Stille）。它就是：本质的语言。"① 它在生成中有所遮蔽，在黑暗的角落又依然存有些微期待澄明的亮光。世界既在"语言"中出场，也在"语言"中保持它

---

① ［德］海德格尔：《在通向语言的途中》，孙周兴译，商务印书馆 2004 年版，第 210—211、212 页。

的神秘悠远。

"Gehör"在现代德语中指"听觉；辨音力；倾听"，其动词"gehören"有"属于、从属、归属"之意。海德格尔在存在论语境中兼顾该词的动词与名词之意，将其理解为对"事物自然而然涌现"的"寂静之音"的"听"，并认为"人之说话的任何词语都从这种听（Gehör）而来并且作为这种听而说话。终有一死的人说话，因为他们倾听"。① 倾听就是对将天、地、神、人共在融通之境域显现出来的物之言说的倾听，而"物之说"又是一种"寂静之音"，如何才能倾听一种无声之说呢？海德格尔认为任何对象化的思维或态度的转变都不足以达到"倾听"，所谓"倾听"必须敬畏并呼应"大道语言"对人类生命内在旋律的召唤。这种召唤犹如陶渊明的"采菊东篱下，悠然现南山"，而"现"的妙处在其本质上就来自对"自然而然涌现"的世界"寂静之音"的倾听和有声应和。② 当人们屏息凝心、收视反听淳朴而本真的存在时，就会像一片天籁从四面八方悠悠而起，洋洋乎盈耳。这就是澄明幽深的音乐境界。

用宗白华先生的话语表述则是："灿烂的'艺'赋予'道'以形象和生命，'道'给予'艺'以深度和灵魂。""反过来说，也只有活跃的具体的生命舞姿，音乐的韵律，艺术的形象，才能使静照中的'道'具象化，肉身化。"③ 作为中国现代美学大师，宗白华很早就发现了宇宙旋律、生命节奏的秘密，以平和的音乐般心境去呵护艺术，将美学建立在"宇宙生命论"基础上；而"流动的生命"、"生命情调"构成其美学本体。由于"哲学就是宇宙诗"，宗白华把从莱布尼兹到歌德的动感宇宙论、康德的时空唯心观、叔本华的生命意志论、柏格森的绵延创化说都看作"宇宙图画"。与此同时，他又把《易经》的"生生之德"、老庄的"道"化宇宙、气化哲学的和谐境界都视为生生不息的"宇宙旋律及生命节奏"，一同纳入宇宙生命化的理论

---

① ［德］海德格尔：《在通向语言的途中》，孙周兴译，商务印书馆 2004 年版，第 26 页。

② 参见任华东：《试论海德格尔"道说（Sage）"语言思想中的生存智慧》，《广西师范大学学报》（哲学社会科学版）2010 年第 1 期。

③ 叶朗等编选：《宗白华选集》，天津人民出版社 1996 年版，第 181 页。

之中①。质言之,"宗白华透视中国哲学的视角建立在生命哲学基础上的艺术本质观。这种艺术本质观认为,艺术的作用在于引人由'美'入'真'。什么是'美'?'美'是充实的生命流动在谐和的形式中。什么是'真'?'真'是人类不可言传的心灵姿态和生命律动。'由美入真',就是以生动的形式为导引返回到'生命节奏的核心'。顺着这样的逻辑,音乐自然被奉为'众艺之尊':诗是'灵魂的音乐',绘画和雕塑是'音乐的形相(外观)'。不仅如此,音乐还被诗人看作是'宇宙的灵魂(anima mundi)',……在宗白华看来,艺术表演着'道'——宇宙的创化,一种有节奏的生命创化。一切艺术以音乐为旨归,中国艺术更是以音乐为其'本体'、为其'最后根据'。"② 由是,宗白华艺术哲学的基础说到底是一种生命艺术化和宇宙音乐化。这个命题包涵着丰富的意蕴,它一方面道出了中国艺术的本质特征,阐发了存在主义生命哲学的价值内涵,同时也与"纯诗"的艺术诉求契合。在这样的存在主义视域中,音乐是一种有意味的形式,这形式启示着生命的境界和心灵的幽韵。艺术或诗就在宇宙旋律及生命节奏的象征背后隐伏着永久深沉的意义,或一种天、地、神、人共在融通境域中的"诗意地栖居"——这不仅是生命存在的最高境界,也是审美追求的最高境界。

毋庸赘言,早期象征诗派吸纳了法国象征主义诗潮有关"纯诗"中"音乐至上"的审美理念,将音乐视为"纯诗"的理论核心并与本土资源(如宗白华的生命艺术化和宇宙音乐化)通洽,赋予了"音乐精神"在象征诗歌创作中的无限可能性。

梁宗岱就认为,"纯诗"是诗的绝对独立的世界之存在的体现:"所谓纯诗,便是摒除一切客观的写景,叙事,说理以至感伤的情调,而纯粹凭借那构成它底形体的元素——音乐和色彩——产生一种咒符式的暗示力,以唤起我们感官与想象底感应,而超度我们底灵魂到一种神游物表的光明

---

① 刘悦笛:《实践与生命的张力——从 20 世纪中国审美主义思潮着眼》,《人文杂志》2004 年第 6 期。

② 胡继华:《宗白华文化幽怀与审美象征》,文津出版社 2005 年版,第 176—177 页。

极乐的境域。像音乐一样，它自己构成为一个绝对独立，绝对自由，比现实更纯粹，更不朽的宇宙；它本身底音韵和色彩密切混和便是它底固有的存在理由。"① 梁宗岱心目中的"纯诗"之典范便是兰波和马拉美、瓦雷里等人的作品。在谈及自己的词集《芦笛风》之写作体会时，他反复强调音乐的重要性，甚至将音韵看得比意义和情感更重要。毋庸讳言，梁宗岱对诗歌音乐性的强调在某种程度上可以说是过分重视法国诗歌经验，而忽略了汉语诗歌艺术特征；由于法语所特有的音乐性特征，使得以音韵为主构成一个完整的艺术世界成为可能，这在马拉美和兰波等人诗作中都有不少成功的典范之作。但对汉语诗歌来说，其音韵体现为"意义—顿歇"节奏，音乐性很难从意义中独立出来构成一个完整的审美世界。唯其如此，早期象征诗派关于"纯诗"以"音乐精神"为内核的言说才更具有独特的美学意义。

在新诗现代化趋向的导引下，早期象征诗派的"纯诗"观念从克服"五四"以来的新诗"散文化"的流弊出发，经过自身的积极建设与适时反思，在对"音乐精神"的不断强化中一方面完成了观念内涵的诗学创新，另一方面随着"纯诗"批评体系的确立，在为自身赢得了新的生存空间的同时，使"纯诗"观成为新诗批评领域的一种现代性的评价准绳。其中，穆木天、王独清等更是把"音乐精神"当作拯救新诗"散文化"的重要途径。

在穆木天看来，将"音乐精神"视为"纯诗"的主导元素，固然在于音乐能体现灵魂的奥妙、情感的幽秘，但更重要的是，它能对"五四"以来新诗形式上的混乱、格律上的松弛乃至混乱——"散文化"的一种反拨。很明显，中西诗歌都经历了与音乐相伴到独立成诗的阶段，所以诗歌韵律学（prosodie）这一话语概念的保留有其发生学意义。"五四"新诗革命对诗歌格律的相对忽略，以及诗人们将宇宙、社会、人生的一切题材都纳入诗笔的做法，尤其是郭沫若们那种无节制倾诉与极端散文化倾向的浪漫主义，既扩建了诗歌无比广阔的创作疆域，也让人感到形式的松弛和诗情的

---

① 梁宗岱：《梁宗岱批评文集》，珠海出版社1998年版，第79—80页。

泛滥——"音乐精神"的流失。以梁宗岱、穆木天为代表的早期象征诗派对"纯诗"的诗学建构就是希冀弥补"音乐精神"匮乏的明显弊端，为诗歌重新找回"诗歌"本性。

实际上，音乐的本质为早期象征诗派提供了重新审视诗歌作为生命存在方式的角度。因为音乐在所有艺术中是最远离"再现性"的，"音乐的形式仅仅通过它的各个元素之间的内在关系而产生，所以更适合于一种'纯粹性'、'纯洁性'的思考，强调诗歌语言的独立性，以及它与其他日常交流语言相比时的自足性"[①]。"五四"诗坛胡适的"作诗如作文"的诗论和类似于分行散文的"尝试"之作影响巨大，郭沫若、朱自清、冯文炳等人或从理论上或从创作上推波助澜。所谓"散文化"，其实是白话诗注重破旧而忽视立新的产物。朱自清有云："新诗的初期重在旧形式的破坏，那些白话调都，趋向散文化。"[②]周作人也在《扬鞭集》"序"中明确表示了对于新诗如玻璃球，缺乏"余香与回味"的不满。而在《谭诗》中穆木天借助于当时流行的生命哲学来阐释"纯诗"，把"诗"与"散文"的不同归于"内生命"与"外生命"的根本区别。《谭诗》反复强调诗"是内生活（内生命）的真实的象征"，是"内生命的反射"，"诗是要暗示出人的内生命的深秘"。穆木天还将法国象征主义诗潮在倡导"纯诗"时所强调的音乐性或形式感问题放大为诗歌文体意义上的一种举足轻重的艺术方式，其中"律动"是《谭诗》的主题性话语，所谓诗歌是"一个有统一性有持续性的时空间的律动"，"诗是数学的而又是音乐的东西"，"纯粹诗歌"要成为"立体的，运动的，在空间的音乐的曲线"；他举出杜牧的《泊秦淮》，称其是"象征的印象的彩色的名诗"，因为在这首诗中"一切的音色律动都是成一种持续的曲线"。为了让诗更好地体现出流动的"律"，他主张"句读在诗上废止"，而且用韵越复杂越好；他还强调诗歌的"律"要与内容相统一："雄壮的内容得用雄壮的形式律去表。清淡的内容得用清

---

① 董强：《梁宗岱——穿越象征主义》，文津出版社 2005 年版，第 171—172 页。

② 《朱自清全集》第 2 卷，江苏教育出版社 1988 年版，第 399 页。

淡的形式律去表。思想与表思想的音声不一致是绝对的失败。"这既反映了他对诗歌本身的音乐形式感与宇宙节奏、生命律动之间内在契合的思考，也是对法国象征主义诗潮关于诗的音乐性问题的呼应。

穆木天所言的"律"其实就是诗歌的音乐性的问题，而且已将"音乐性"推举为"纯诗"的唯一性特征。这种诗学主张给穆木天创作实践带来的首先是诗歌主体角色的变化：抒情主体不再是"五四"时期像郭沫若们那样抒发豪情壮志，而是一个灵魂代言人以音乐般小调形式表达出来；不再是诗歌中权威话语的拥有者，而是转化成某种"音色"，一种难以辨认却可以回味的情调："他的诗大体实现了这种主张，以微风雨丝、暮霭轻烟、远山幽径等渺远迷濛意象的律动，与朦胧哀怨、惆怅情思的心之律动契合。"① 如《雨后》一诗中出现的"田里"、"水珠"、"稻波"、"云纱"、"水沟"等意象清新明朗，但含义却具有多重指向，体现出暗示与朦胧性；诗人用复沓、回环手法促使诗思在一种幽远绵邈的象征意境中流淌着朦胧和谐的音乐的声响，以传达雨后诗人"内生命的交响和律动"。在《苍白的钟声》中，诗人用独特的"断句"式排列模拟钟声的悠扬播散，而深秋日暮时节的旷野钟声的直觉印象，因"断句"而营构出孤寂缥缈的意趣和氛围："苍白的钟声衰腐的朦胧 / 疏散玲珑荒凉的朦朦的谷中……"在感觉的挪移下一切都被随时空律动的"钟声"所感化，苍凉疲惫、古老悠扬的音韵恰如诗人自己对"纯诗"创作的一种审美诉求："在人们神经上震动的可见而不可见、可感而不可感的旋律的波，浓雾中若听见若听不见的远远的声音，夕暮里若飘动若不动的淡淡光线，若讲出若讲不出的情肠……"②

王独清也是"纯诗"的极力弘扬者并把音乐视为"诗的主要条件"，进而认为"这正是代表象征主义底最高的心向"："音乐最能起那种使人一瞥间忘却眼前现实的作用的，同时，又最适宜于传达'不明了'的或'朦胧'的心理状态，这便使象征主义底艺术获得了理想的成就。"他声称"很

---

① 罗振亚：《20 世纪中国先锋诗潮》，人民出版社 2008 年版，第 25 页。
② 穆木天：《谭诗——寄沫若的一封信》，《创造月刊》1926 年第 1 卷第 1 期。

想学法国象征派诗人，把'色'（Couleur）与'音'（Musique）放在文字中，使语言完全受我们底操纵"。① 王独清同样十分注重诗歌文本的"纯粹"质地，像他的《玫瑰花》、《但丁墓旁》等就是他追求诗歌的"纯粹性"，讲究"音画"交契效果的代表作。他不仅倾心魏尔伦所说的音乐美，更推崇兰波的"唤起五个母音的色彩的观念"，主张"色"、"音"感觉的交错以实现一种诗歌中的"色的听觉"和"音画"的效果："我们应该努力要求这类最高的艺术；我们应该要求郑伯奇所说的'水晶珠滚在白玉盘上'的诗篇；我们应该向'静'中去寻'动'，向'朦胧'中去寻'明了'；我们唯一要人的是真的'诗的世界'。"② 如，《我从 Cafe 中出来》一诗便犹如一个醉汉恍惚不已的身心行程的展现，其中呓语般的倾诉无疑是现代人迷茫中无家可归的心灵碎片的外显；诗歌前后两段有意识、有规律的回环复沓，既强化了音乐节奏又拓长了情调空间；要言之，音色、律动、情调在此实现了统一。所有这些都契合了他"表达感情激动时心脏振动的艺术"③的创作主张。

尽管李金发对"音乐精神"的理论阐发基本阙如，但却在创作实践中表现出意气相通之处；他对音画交契的音乐美的追求是十分自觉而明显的，如《里昂车中》、《希望与怜悯》、《夜之来》等诗篇，纯西方式的繁杂意象与对寻常章法的忽视，固然导致了某种程度的佶屈隐晦，但那些表达着爱恨和情仇、希冀和决绝、想象和欲望、幻觉与通感的象征意象，其意义的申发多依赖于诗歌文本的语调口气、速度节奏、顿挫转折以及在声音和感觉之间不断徘徊的旋律音色。这种音乐精神的强化彰显了诗人对生命存在的深沉体验——深切的心灵哀戚与绝望无告的忧伤。

总之，早期象征诗派继承了法国象征主义的诗学观点：音乐能更完美地表现出生命存在的内在律动，音乐能更有效地帮助人们触摸到"此在"的本相。不同的是，早期象征诗派向音乐的"靠近"止步于诗学层面，而

---

① 王独清：《如此》，上海新钟书局 1936 年版，第 101—102 页。

② 王独清：《再谭诗》，《创造月刊》1926 年第 1 卷第 1 期。

③ 王独清：《再谭诗》，《创造月刊》1926 年第 1 卷第 1 期。

法国象征主义诗潮则将诗歌延伸到哲学、宗教文化层面。其实，无论哪一种音乐都要求凭借海德格尔的"倾听"或"聆听"来抵达诗之思。

其三，关于"神秘性"或早期象征诗派的诗思观。神秘主义从根本上来说，是一种对世界和宇宙的审美化运思方式。这是因为，神秘主义坚信世界的本质和意义超乎人的思考和言说能力之外，然而这个不可思议的本质和意义又是生命存在必不可少的内容，人只能在理性思维和逻辑表述之外，即以自己的生命去体悟、贴近、想象世界的本质和意义——诗意地把握，所谓"此中有真义，欲辩已忘言"。"神秘主义认为现存的事物仅仅是宇宙无限广大、神奇之生命存在的象征，人类不应以现象为满足，而应在自己的生命感性中时时聆听宇宙的神秘而又亲切的启示。"①在存在论意义上，就是以有限的存在方式（语言）指向无限的存在意义（神秘），从而实现对现存的超越。

尼采曾在《偶像的黄昏》有句格言："凡需证明的东西都是无关紧要的东西。"尼采本人在某种意义上就是一个神秘主义者，其深度的生命体验在思想中处于至关重要的地位，"尼采的神秘主义是清除了形而上学和道德评价的'生命神秘主义'（美学神秘主义），它赋予'生命意志'（诗化创造力）以终极本体地位，对生命的感性把握和诗意直观更成为真理性透视"。尼采以诗性话语作为言说方式是为了通过拥抱神秘性来最大可能地接近真理："尼采的神秘主义，从哲学批判出发，最终来到了诗意神秘主义将有限物推向永恒存在、代代重现的无限审美之境，他的'永恒轮回'说实际上是有限存在的人，凭借天然想象力和过剩的生命欲，内心深处必然渴望无限和永恒的形而上冲动的心理表现和文化证明。"②

从诗化的"思"到诗意的"栖居"是海德格尔存在论美学的演化逻辑。在海德格尔那里，人不仅要学会"思"，更重要的是学会"栖居"，进入"栖居"的途径是诗化；而人的本质就在于他能趋向神性，用神性来度量自身

---

① 毛峰：《神秘主义诗学》，生活·读书·新知三联书店 1998 年版，第 76、271 页。
② 毛峰：《神秘主义诗学》，生活·读书·新知三联书店 1998 年版，第 271 页。

且跨越大地和苍天之间的向度进入自己的本质，如此而敞亮"栖居"的面貌，此一敞亮就是诗意。因此，诗化是一种度量，即以神性来测度自己的安居；神既是不可知者，又是尺规，它作为不可知者显现于人。而"语言是存在的家"①，此处的"语言"绝非可以直接说出的语言，而是那种面对存在时只能沉默的无语的语言，这种语言把存在与人共属一体地收拢于自身，并把存在与人共属一体的纯一性派送给作为终有一死者的人及其"栖居"之所。世界的亮敞和存在的澄明表现为语言给万物和人自身命名；只有当语言给所有应呼出声名的东西命了名，存在才亮光朗照。第一次命名的活动（使人的世界敞开）就是诗，它是人类最初的一次自由的赠与。"诗并不是随便任何一种讲述，而是特别的讲述，它首先引出了对我们所讨论以及日常语言中关涉到的一切的敞开。因此，诗决非是把语言当作在手边的原始材料来运用，毋宁说，正是诗首先使语言成为可能。诗是历史的人的原初语言，所以应该这样颠倒一下，语言的本质必得通过诗的本质来理解。"②如前所述，海德格尔痛感诗以外的人类语言遭受了难以估量的"污染"，遮盖了"大道之说"的"存在之言"，因而极力推崇本源性语言——诗："诗是用词语并且是在词语中神思的活动。以这种方式去神思什么呢？恒然长存者。……诗人给神祇命名，也给他们存在于其中的一切存在物命名。……诗就是词语的含意去神思存在。"③"一切凝神之思，就是诗；而一切诗，就是思。两者从道说而来相互归属，这种道说正把自己允诺给未被道说者，因为道说乃谢恩的思想。"④而"道说"又归属于"未被道说者"，"根本上必然保持不被说状态的东西，乃被抑制在未被道说者中，作为不可显示者而栖留于遮蔽之域，这就是神秘。"⑤唯有诗人才真正珍爱语言，他总是恭而倾听语言，听从它的召唤。倾听就是有限生命把握自己的人生意义

①　[德] 海德格尔：《诗·语言·思》，彭富春译，文化艺术出版社1991年版，第4页。
②　伍蠡甫等主编：《西方文艺理论名著选编》下卷，北京大学出版社1987年版，第582页。
③　毛峰：《神秘主义诗学》，生活·读书·新知三联书店1998年版，第76、271页。
④　伍蠡甫等主编：《西方文艺理论名著选编》下卷，北京大学出版社1987年版，第581页。
⑤　孙周兴编译：《海德格尔选集》下卷，上海三联书店1997年版，第1135页。

的一种特殊的认识功能。它应是人以本己的心性去体味、去感受永恒的意义和价值。"海德格尔如此强烈地唤起了我们对存在与自身状况的神秘感，这种神秘感启示着：现代人类为可见物所惑所遭的历史正接近某种诗意的转折：那与我们陌生的不可见者正以某种'神秘形象'（诗的意象）的方式向我们靠近。"①

　　法国象征主义诗潮将诗与神秘主义思维连接起来，所谓"现代人类为可见物所惑所遭的历史正接近某种诗意的转折"。波德莱尔信奉瑞典神秘主义哲学家斯威登堡的"通灵论"，认为万物能相互"通感"——神秘地相互感应从而形成"幽昧而深邃的统一体"（《恶之花》），并称诗是"富于启发的巫术"。②马拉美则在给象征主义诗歌所下的定义中掘发了神秘化象征的要义："诗写出来原就是叫人一点一点地去猜想，这就是暗示，即梦幻。这就是这种神秘性的完美的应用，象征就是由这种神秘性构成的：一点一点地把对象暗示出来，用以表现一种心灵状态。"③兰波自称"通灵者"，他的"灵"乃是活跃于宇宙万物之间神秘精灵，为了与这个神灵相通他决意摒弃现代文明的病态生存状况，使自己的感官和心智处于彻悟观照中，在超越世俗基础上与万物的神灵合而为一：超越有限的自我而汇入神奇的宇宙生命中，"那是为不朽而创造的诗！"④而瓦雷里将一种特殊的神秘主义——词语神秘主义引入后期象征诗歌中，确认理想的诗是一个无法用散文加以改写的、拒绝了任何一厢情愿地对之加以阐释的企图的紧密织体，其中词语如音符般依靠一种神秘旋律自由游动，这种词语绝缘体的神秘性源于远古的"符号崇拜"："一个词就是一个无尽的深渊！"词语的神秘主义有其充分的历史文化渊源："我是在深知内情的情况下说这

①　毛峰：《神秘主义诗学》，生活·读书·新知三联书店1998年版，第308—309页。

②　参见罗振亚：《20世纪中国先锋诗潮》，人民出版社2008年版，第21页。

③　[法] 马拉美：《关于文学的发展》，载伍蠡甫等主编：《西方文论选》下卷，上海译文出版社1979年版，第262页。

④　[法] 兰波：《致保尔·德梅尼》，载孟庆枢等主编：《西方文论选》，高等教育出版社2007年版，第280页。

番话的：当时我们觉得一种以诗为本质的宗教类型可能会产生。"① 瓦雷里因此宣称："无知是一种无价之宝！"②"无知"在此是"陌生化"词语造成的神秘效果，它使人超越现实纯粹想象的玄妙境界——神秘的"非存在"境界。③

概言之，法国象征主义诗人作为世界乃至宇宙的"洞观者"和"通灵者"，当他们将神秘主义思维视为把握世界的独特方式时便发现了，理性的"黑暗"恰恰是灵性、悟性的"光明"。由是，语言成了人的"存在的家"，诗歌成为"语言的家"。而象征主义的诗歌创作也就体现出领悟宇宙存在和生命存在的诗性智慧。

早期象征诗派的理论阐释者梁宗岱在论及法国象征主义诗潮时已敏锐地意识到这点，"梁宗岱深受象征主义的影响，他特别反感'只知道用常识或报章主义来处理一切事物和现象'的批评方法，而是喜欢用生命的神秘性与诗的神秘性进行对应性的论断。他论瓦雷里所重视的是瓦雷里'置身灵魂底深渊作无底的探求'，论马拉美赞许的是马拉美的诗句都是'心灵冥想出神时偶现的异光'，论韩波称其为'闪烁莫测的深渊'，论魏尔伦则描绘其诗句是'亲密的感觉以及那神秘的情绪和肉感的热忱的模糊的混合'，从这些本身就具有象征性特征的诗论中我们看到的当然是梁宗岱对诗本体的不可知的神秘性的重视"④。

穆木天在《什么是象征主义》一文中说道：有人认为象征在中国是从来就有的，"然而，象征派以前的诗人所用的象征，是与象征派诗人的象征不相同的"。"在一般的作家身上，象征只是好些的表现手法之一"。而在象征主义诗人们看来，"那是他们的创作上的主要的方法"。他还明确指

---

① ［法］保尔·瓦雷里：《象征主义的存在》，载胡经之等主编：《西方 20 世纪文论选》第 1 卷，中国社会科学出版社 1989 年版。
② ［法］保尔·瓦雷里：《人与贝克》，载胡经之等主编：《西方 20 世纪文论选》第 1 卷，中国社会科学出版社 1989 年版。
③ 参见毛峰：《神秘主义诗学》，生活·读书·新知三联书店 1998 年版，第 395—396 页。
④ 谭桂林：《论现代中国神秘主义诗学》，《文学评论》2008 年第 1 期。

出，象征主要是通过"暗示"来表现（是一种类推的暗示法），象征不表现生活现象、现实世界，是对另一个永远的世界的暗示。这个永远的世界是一个"永远朦胧的世界"。① 这个神秘的艺术世界在《谭诗》中被形象地描述为："在人们神经上振动的可见而不可见可感而不可感的旋律的波，浓雾中若听见若听不见的远远的声音，夕暮里若飘动若不动的淡淡光线，若讲出若讲不出的情肠才是诗的世界。我要深汲到最纤纤的潜意识听最深邃的最远的不死的而永远死的音乐。诗的内生命的反射，一般人找不着不可知的远的世界，深的大的最高生命。"这就不难理解穆木天何以把象征主义的"契合"译介为"交响"：译为"交响"强调的是人与自然万物或天、地、人、神四联域（体）作为不同的存在物之间游戏般存在状态；这部宏大的交响乐曲所标举的生命境界是个体性存在最终超越自身，与无限的、神秘的宇宙本质——海德格尔所说的"世界"和"大地"融为一体，一种生命存在的天籁之音。所以海德格尔总是强调"倾听"，"倾听"比"看"更关乎人的存在的意义；而天籁的"交响"也只能倾听——通过诗性超越去领受。《易传》云："神而明之，存乎其人"，只有尽心、澄情才能存神。倾听的最终目的无非是见"道"不见"物"。

李金发的诗歌总不免给以一种突兀的"异质感"，很大程度上在于其汲取了法国象征主义诗潮的神秘主义诗学基质。李金发在为林英强的《凄凉之街》作序时承认，用生僻的古字和文言虚词为的是"使人增加无形的神秘的概念"，并在自己的诗作中自觉追求"生命揶揄的神秘与悲哀的美丽"风格。李健吾说："李金发先生仿佛一阵新颖，过去了，也就失味了。但是，他有一点可贵，就是意象的创造。……内在的繁复要求繁复的表现，而这内在，类似梦的进行，无声，有色；无形，朦胧；不可触摸，可以意会；是深致，是涵蓄，不是流放，不是一泄无余。他们所要表现的，是人生微妙的刹那，在这刹那（犹如现代欧西一派小说的趋势）里面，中外古

---

① 穆木天：《什么是象征主义》，载郑振铎等主编：《文学百题》，生活书店 1935 年版，第 114 页。

今荟萃，空时集为一体。他们运用许多意象，给你一个复杂的感觉。一个，然而复杂"。① 孙玉石曾就李金发的具体诗作指出"李金发的《永不回来》这首诗，重视创造新奇的陌生化的象征意象，它们超出隐喻的范畴，引起了人们丰富的联想，因此在产生惊奇感的审美效果的时候，就具有叶芝所说的一种神秘性"②。

在李金发最具盛名的诗篇《弃妇》中，他将苦闷的忧郁和梦幻的哀伤，以及内心追求不能实现的骚动一并混融于纷繁奇诡的意象嵌合中：散发、鲜血、枯骨、黑夜、蚊虫、荒野、狂风、衰草、游蜂，悬崖飞泉，红叶飘零，夕阳如火，游鸦悲鸣，海啸击石，舟子哀吟，裙裾窸窣，荒冢阴冷……。借此创造缥缈不定朦胧幽深的诗歌意境；从字面看，词语或意象间缺乏连贯性，亦有违于语法、逻辑的规范；然而它有意造成的字面意义与丰富内涵的巨大距离，一旦为读者"悟"出就会给人以突破障碍、揭去神秘面纱的审美感知和发现的惊喜。"象征主义的诗歌意象常常是晦涩含混。这是一种故意的模糊，以便使读者的眼睛远离现实集中在本体理念上。"③ 也即，《弃妇》以沉醉、紊乱、越轨乃至自毁的方式使个体进入神秘的自弃状态，骚动的心灵由此平静下来；在神秘的幻觉中，原先的明暗界限溶解了，黑暗或"丑"发出隐秘的光明，那种变异的恶魔意象不再只是追寻真理和现实意义，而导向直觉、情感和灵魂层面，从而获得与宇宙本体融合为一的有关生命存在的审美体验。所谓"其言神秘，不酿于漠然的梦幻之中而发自痛切的怀疑思想，因之对于现实，不徒在举示他的外状，而在以直觉 intuition、暗示 suggestion、象征 symbol 的妙用，探出潜在于现实背后的 something（可以谓之为真生命，或根本义）而表现之"④。

---

① 刘西渭：《鱼目集——卞之琳先生》，载《咀华集》，文化生活出版社 1936 年版，第 102 页。

② 孙玉石：《中国现代主义诗潮史论》，北京大学出版社 1999 年版，第 104 页。

③ ［英］查尔斯·查德威克：《象征主义》，周发祥译，昆仑出版社 1989 年版，第 5 页。

④ 田汉：《新罗曼主义及其他》，《少年中国》1920 年第 1 卷第 1、2 期。

穆木天更像一位黄昏中的行路人，以异常敏锐的感觉捕捉自然界纤若毫发的神经颤动，自己的心弦也就和这种颤动合拍。其《苍白的钟声》、《朝之埠头》、《雨丝》等诗篇，都是在追寻孤寂、迷濛、渺茫的意韵中表现诗人心律与自然界的律动之间幽深而神秘的冥合，"朦胧的憧憬着那里，那里，那里，那里的虚无的家乡"(《我愿……》)。其诗作的独特价值在于：打通有限与无限并将它们视之彼此的象征，在此，有限世界诗化了，而无限世界心灵化了；作为无限时空中的有限一极的诗人，把握难以触及的无限自然的方式便是以"有限之象"征兆"无限之义"，用梁宗岱的话便是："这大宇宙底亲挚的呼声，又不单是在春花底炫熳，流泉底欢笑，彩虹底灵幻，日月星辰底光华，或云雀底喜歌与夜莺底哀曲里可以听见。即一口断井，一只田鼠，一堆腐草，一片碎瓦……一切最渺小、最卑微、最颓废甚至最猥亵的事物，……无不随在合奏着钧天的妙乐，透露给你一个深微的宇宙消息。"①

相对而言，冯乃超以诗集《红纱灯》为范本的象征诗钟情于"梦"的抒写。青春的寂寞和生存的忧郁是诗人生命的情感基调，"梦幻"成为冯乃超诗歌的"独语"。"梦曾作为主题游动在许多诗人的笔下，但不曾有谁像冯乃超这样专心致志地描绘它的色彩。……冯乃超诗中是一种普遍的、泛泛的苦恼，并不曾有质的硬度。由这苦恼，他寻到一条超脱之路，即死亡和梦幻。"②梦幻与现实的错位又不能为世人所理解，梦幻者于是只能将幻想寄存在灵魂之中；然而灵魂只能与自己的影子对话，诗人愈发感到一种不可理喻的悲戚与荒凉。其中《红纱灯》、《消沉的古伽蓝》等诗篇堪称思忆迷惘之作：晦涩幽邃、迷离恍惚的意绪，瑰诡凄冷、虚玄混融的氛围，使人遐思无穷中更显精奥含蕴，从中传达了诗人内在灵魂的悸动——"灵魂的日暮"。③有理由相信，《红纱灯》在对唯美传统、感伤气质以及

① 梁宗岱：《梁宗岱批评文集》，珠海出版社 1998 年版，第 69 页。

② 张同道：《探险的风旗——论 20 世纪中国现代主义诗潮》，安徽教育出版社 1998 年版，第 158、161 页。

③ 参见罗振亚：《20 世纪中国先锋诗潮》，人民出版社 2008 年版，第 11 页。

对生命意义的追问、存在价值的追寻中，"它们超出了自身，指向万物那神秘的终局，一切生命存在的温柔天命。在此天命中，一切对立两极都不可思议地相互指涉，合成为一幅圆形的宇宙图景：阴和阳、生和死、短暂和恒久、存在和虚无……"①

第四节 "废墟美学"上的象征化创作

对于早期象征诗派的创作，我想借用本雅明的话语——"废墟美学"上的象征化创作来指陈或道说。

法兰克福学派的代表人物本雅明的思想蕴含呈现出一种张力性内置：被改写的马克思主义与根深蒂固的弥赛亚主义在艺术理论中的革命性结合，乐观主义的或技术主义的文化观与顽固的怀乡情绪的纠缠等；但从美学观上说本雅明却是一个具有存在主义倾向的现代派。牛宏宝先生在他的《西方现代美学》中认为本雅明的思想在先锋现代性和市民现代性之间游走，本雅明把现代都市作为先锋和市民的现代性艺术的发源地和罪源地来揭示；本雅明对"寓言"形式的追索体现出他先锋现代性的一面；本雅明还把自波德莱尔开始起源的现代性审美经验与都市经验和现代工业制造，以及机械复制艺术关联起来，显示出他市民现代性的立场。牛宏宝先生倾向于本雅明"本人就是一个先锋现代主义者"，"作为一个先锋现代性者，他表现出了一个真正现代主义思想家的痛苦和矛盾，他一方面揭示市民资本主义文化的碎片化、颓落和'光环'的失落，因此面对已经丢失的统一性、经验的普遍沟通性甚至原始崇拜仪式的神性心存'乡愁'，另一方面他又对先锋现代性存在着迷恋，把'废墟'和寓言中的裂隙看作是某种统一体，神性共同性降临的场所"。② 这一点在《德国悲剧的起源》(1928 年)

---

① 毛峰：《神秘主义诗学》，生活·读书·新知三联书店 1998 年版，第 261 页。
② 牛宏宝：《西方现代美学》，上海人民出版社 2002 年版，第 554 页。

一书中有明显的体现。在该书中，本雅明通过对德国巴洛克悲剧的研究提出了一种与古典主义的"象征美学"完全不同的"寓言美学"。在他看来，象征或者说黑格尔的古典主义象征所表现的是一个生机勃勃、和谐完整的人性的世界，而寓言或者说巴洛克艺术所表现的却是一个破碎的、残缺的、混乱的世界，是一个"废墟"的世界。本雅明认为，现代主义的艺术就是一种寓言，一种有关现代社会以及生活在这一社会中的人的真实处境的寓言；寓言并非一种隐喻的道德训导，而是一种体现了赎救功能的东西——它通过舞台所显示出的废墟、尸体、死亡的形象，通过对一切尘世存在的悲惨、世俗性和无意义的彻底确信，使人有可能透视出一种废墟中升起的生命通向拯救的天国的远景。因此，在寓言的深层意义中呈现出整个悲剧时代与"震惊"体验的内在真实图景：只有苦难和死亡，人的灵魂才能获得拯救。就文学作品而言，本雅明指出，作品中的美仅仅是本质之美的一种外在的显现，只有剥开这种美的幻象才能真正进入艺术作品象征的隐在结构深层，显出"真理的内涵"；而现实社会生活的灾难使艺术家无法从四散残破的世界里找到和谐的规范，只能通过寓言这种"易逝的腐烂与死亡的形式"向永恒的神圣吁求。在这个意义上，悲剧本身就是"废墟"，它的寓言性的形式就是美的幻象被彻底打破，现实形式与艺术形式在悲剧中达到一种奇妙的对应。

刘象愚先生在《本雅明思想述略》中表示，本雅明的寓言思想是一个审美概念，一种绝对的表达方式。在寓言中意义与形象处于分裂状态，形象又展现出 20 世纪特有的衰败景象，这种形象是毫无意义可言的，它只能期待着形象的创造者赋予它以意义，这恰恰是寓言的本质特征。[①] 朱立元先生对本雅明的"寓言式批评"的定位是对现代资本主义"异化"现实所造成的战争灾难、废墟世界的深刻感受与批判；进而深刻地阐释了本雅明寓言式批评的三个原则：残破性、与古典象征的对立、忧郁的精神氛

---

① 　参见陈永国等编译：《本雅明文选》，中国社会科学出版社 1999 年版，"前言"（刘象愚撰）。

围。残破性说明寓言不是一般的修辞学或文体学范畴，而是有着具体的历史与社会内容的美学范畴；与象征的对立昭示了寓言的现代主义本质，古典主义衰败之时正是寓言得以生成之刻；忧郁则是寓言家为无意义的世界灌注意义的核心方式。①

问题的实质在于，本雅明的"寓言"是针对于古典型（黑格尔式）"象征"的现代意义上的"象征"，它主要来自于一种存在主体的建构：本雅明只是从传统话语知识谱系中拿来一个符码或一个能指，而能指背后的古典意义却被本雅明彻底抛弃并赋予其一个新的含义，这个新的能指根植于西方 20 世纪之初的那个独特的语境——面临着个体、历史、文化、传统等自我分裂的状态，它以一种彻底破碎的形象展示在 20 世纪的"废墟"中。客观地说，本雅明的"象征"与"寓言"的概念及其阐释对于现代艺术的意义是：象征的总体性与连续性变为片段的、多义的寓言；本雅明的寓言批评给出的启示则是，古典象征艺术的自足性和完满性遇到"现代性"叙事的抵制，这种抵制不是来自象征艺术本身而是来自现实与意义之间的分裂，来自艺术文本与社会文本之间的错裂。所以，象征性遭到本雅明的寓言性的分裂打击，这就是象征艺术的历史遭遇。

客观地说，在本雅明的弥赛亚式时间观中，虽然将来不再是希望之所在，但他为"现在"却保留下了重要的位置：每一个孤立和停顿的"现在"都可能被历史的弥赛亚所"引用"，以打破空洞的线性时间，拯救出被遗弃的过去。② 本雅明的"撒旦天使"就是立足"现在"而面朝"过去"的；至于对"现在"的留恋也体现在本雅明对 19 世纪巴黎的现代性沉醉般的体验上，实际上他并不仅仅满足于"沉醉"而更要打破这种梦幻，发掘出现代性所遮蔽的内涵。因此，象征艺术在"现代性"叙事中似乎只有两条出路：第一，视艺术文本与社会文本之间错裂于不顾，执守于象征艺术自身的完满性的美学理想，其最终归宿就像"为艺术而艺术"；第二，被寓

---

① 参见朱立元等：《法兰克福学派美学思想论稿》，复旦大学出版社 1997 年版，第 156 页。

② 参见陈永国等编译：《本雅明文选》，中国社会科学出版社 1999 年版，第 414 页。

言世界所瓦解（如陀思托耶夫斯基的创作）并在文学发展史中被另一种象征世界所取代（如卡夫卡、加缪的象征世界），后者显然属于一种"现代性"的文化史现象而不仅仅是一个诗学或文学派别。

由此所得出的结论是，本雅明的"寓言化"在某种意义上也可转喻为早期象征诗派的"象征化"，一种在古典式象征"废墟"中的重构。抑或，20世纪中国的"现代性"叙事点化了"废墟"，因而，只有在现代文明存在的喧嚣中"废墟"的艺术才有价值；也只有在现代人有关存在的沉思中"废墟"才能上升为象征（寓言）。

如果说法国象征主义诗人将自己的生命忧思倾注在写作中，用笔去活脱脱地展现包括自己在内的现代人苦闷的灵魂，将人被异化这一现实撕开来，以"恶之花"去揭示人类的处境和撞击理性主义的大门，艺术成为生命本真的敞开和澄明；那么早期象征诗派按照契尔卡斯基的分析，其象征性创作"往往兼有浪漫主义和象征主义两种倾向"，"要在中国的这两个流派间划一条界线也是困难的。"① 因此，"废墟美学"上的象征化写作在兼而有之中体现出东方化色泽：偏重于灵魂的忧郁、心理的压抑、情绪的体验以及感伤的抒发、神秘的意念和唯美化的言说。在艺术审美素质上极似解志熙对穆木天"表现败墟的诗歌"的论述："在创作'表现败墟的诗歌'过程中，颓废意识、唯美情趣和象征诗艺发挥着综合互补的作用，三者构成了相辅相成的关系——浓重的颓废意识使诗人把表现的兴趣集中于败墟的题材和形象，唯美的情趣则使他们在超然的审美静观态度下进一步发扬和肯定'败墟'所蕴含的美学价值，而最后，象征诗艺则给人们提供了一种切实可行且行之有效的艺术方法，使他们得以实现化腐朽为神奇、变败墟为艺术之美的目标。"②

早期象征派诗人注重描绘由于存在的惘然与生命的困惑所引起的感

---

① ［苏］Л.Е.契尔卡斯基、理然：《论中国象征派》，《中国现代文学研究丛刊》1983年第2期。

② 解志熙：《美的偏至：中国现代唯美——颓废主义文学思潮研究》，上海文艺出版社1997年版，第425页。

喟、感叹与感怀。其精神的迟暮和幻灭的悲哀缘于"梦醒了无路可走"，这与法国象征主义诗潮缘于丧失了信仰、失去了生存依据所生发的末世的绝望有着"质"的不同。波德莱尔的"恶之花"式颓废和阴暗至多唤起了中国诗人对于当下生存处境的某种相类似的感觉，并在不断的情绪性"玩味"之中强化了这种感觉，但它却不可能成为那个时代的美学原则和精神取向的主体，所以，它最终的败落和转向就只是迟早的事情。

尤其是，早期象征诗派还吸纳了中国传统艺术如晚唐诗歌"言情"弥益"言志"，"重美"胜于"重善"的创作取向，且将唯美艺术传统和现代人对生命意义的追问结合起来，通过向艺术创造索取意义的方式来解决生命存在的困惑。

此外，早期象征诗派的唯美—颓废主义并不单纯是从法国直接传入中国的，在某种程度上还与彼时的日本文学相关。因为，日本文学界比中国文学界更早接触西方唯美—颓废主义，并在 20 世纪初形成了一个影响较大的以谷崎润一郎、永井荷风为代表的唯美派创作。其实准确地说，早期留学海外的中国作家去日本的要多于去欧美的；这些作家首先是从日本接受到西方文学的。这种接受往往表现为三种情形：一是直接从西文阅读；二是阅读日文译文；三是从吸收了西方文学观念的日本作家的作品中感受西方文学。这样，日本文学便成为西方文学传向中国的一个重要的媒介。早期象征诗派中除了李金发、梁宗岱外，像穆木天、王独清、冯乃超都曾在日本的文学氛围中感受或接触到了唯美—颓废主义文学。

倘若细加辨析，"废墟美学"上的象征化创作在早期象征诗派的诗作中又可细分为以李金发为代表的"恶之花"和穆木天、王独清、冯乃超等人的"花之恶"两类。

"五四"时期田汉论及波德莱尔时曾称其为"恶魔诗人"。① 近年来也有学者论及文学创作中的"恶魔性"因素。所谓"恶魔性"是在环境的诱逼下，从人性深处产生的一种异常强大而神秘的非理性的本能力量，它能

---

① 田汉：《恶魔诗人波陀雷尔的百年祭》，《少年中国》1921 年第 3 卷第 4—5 号。

够将个人完全置于其控制之下，在一种创造性与破坏性俱存的运动过程中表现出超常态的毁灭倾向（包括自我毁灭和毁灭他人）。"恶魔性是指人性中有一种阴暗的因素，以创造性与毁灭性同时俱在的狂暴形态出现，常常被正常道德观念理解为'邪恶'，但在社会发展中又是不能忽视的人性因素。"[①] 李金发从波德莱尔的"恶之花"中移植了"恶魔性"美学品格或审丑，从"丑"中发掘"美"，于荒谬的现实生存中发露生命存在的痛苦本相；在诗歌中刻意表现病态、丑恶的事物和狰狞、怪异之美。李金发曾写过一首名为《生活》的诗，诗中不但匮乏鲜活明亮的生活信息和生命色彩，相反"荒榛、坟冢、蝼蚁、无牙之颚、无色之颧"等关于生命的死寂与窒闷的意象密集而至，充分透露了诗人心中积压的浓郁的凄苦、悲凉和哀怨，以及由"丑"衍生的狰狞、怪异之美。总之，李金发喜欢将目光投向生活中丑恶和异化的现象：《死者》、《弃妇》、《月亮的哀愁》、《忧郁》、《恸哭》、《生之疲乏》……他用诗句建造了一个"恶之花"世界，与波德莱尔如出一辙。

李金发的诗歌便致力于揭示在"花"与"恶"的对比和反差背后的不协调的美，在"恶"或美的"偏至"的诡异光芒中显示出它的价值合理性，乃至把"恶"这样的美的"偏至"形态提升为一种诗学形态。不难发现，他在诗中以死亡、腐败、绝望等否定性意象为美的怪异，来唤醒人生的诗性追求，因而体现出与当时的诗人不同的异质性，就像"他的雕刻都满足人类作呻吟或苦楚的状态，令人见之如入鬼魅之窟"[②]。它使人感受到早期象征派诗人挣扎于人生的幻灭、虚妄和绝望中的情绪以及语言的极端变形，这是精神深度抑郁焦灼后的挣扎和发泄。

李金发的"恶之花"式创作在诗学表现上包含两层含义：一是承接了尼采的酒神精神对生命本体的肯定；二是深化了酒神精神对"恶"的生命境遇的审美化，特别是洞察了"丑"的美学指向。这不啻为一种美的"偏

---

① 陈思和：《欲望：时代与人性的另一面——试论张炜小说中的恶魔性因素》，《文学评论》2002 年第 6 期。

② 黄参岛：《〈微雨〉及其作者》，《美育》1925 年第 2 期。

至"，"偏至"无异于一种绚烂极致、艳丽无比却又惊惧异常乃至近似邪恶的美，一种即将破界又欲破不能的美的状态。诚如波德莱尔的像撒旦一样令时代战栗与恐惧的"恶之花"，它示露并分担现代人的痛苦与绝望，使生命的深层意义在极其平常的生活场景中完全坦现，从恶的胚胎中孕育出一种别样的美。这是一种耽沉于"废墟"中的审美之思，它一方面表现为面对荒谬世界与疲乏自我的退避，另一方面却又透露出一种骚动不安的生命意识与灵魂搏斗中的"倔强"。这样，诗歌创作（花）便是审美实践是对现世生活（恶）的否定中的肯定。

还应该看到，李金发尤其擅于以冷僻的气质与怪异的感觉方式虚拟出一个幽闭而梦魇的世界。比如《远方》一诗这样悲吟："血的狂奢、/ 骨的迷恋和坟的酷爱：/ 我沉浸在恶魔之血盆里 / 渴望长跪在你膝下"。他的诗中绘写的是种种孤苦无依的人生经历和忧郁阴暗的情感体验，强烈的被遗弃感，沉重的孤独感，无法排遣的恐惧，对家庭和社会的陌生感，还有奇妙幻想失落后的心灵创痛，在总体上给人噩梦般的印象（至少在相当长的时间内是这样）。《弃妇》中的"弃妇"犹似海德格尔所说的"此在"的"被抛状态"：她被无缘无故地抛掷乃至沉沦在世，绝对地孤独无助，不知何来亦不知何处而又不得不在此——生命从根本上没有任何存在的根据和理由；这种由"弃妇"为中心构成的总体意象实则是诗人本身生存体验的绝妙概括或最高象喻。问题的实质在于，"恐惧"与"绝望"这些纯属消极悲观的情绪概念在克尔凯郭尔那里具有生存本体论的意义，克氏认为只有孤独的个体才能在生命体验中领悟到自己的存在，因为只有孤独个人的存在才是真正的存在；这种存在对个人来说也仅仅是瞬间性的，瞬间性的"存在"不能为科学认识和理性知识所把握，只会当人内心感到无常的、生命攸关的颤抖、痛苦和绝望情绪时才可望体验到它。

有人称李金发是中国新诗史上描写死亡的第一人，认为其写死之恶已经淋漓尽致。无独有偶，波德莱尔对死亡有一种罕见的憧憬，认为死安慰人们活下去："是生的目的和唯一的希望。"（《穷人之死》）乃至在《腐尸》中波德莱尔把壮丽的尸体比喻成开放的花苞，即使白骨归于腐朽，旧爱已经分解，可是爱的形姿和神髓却会得到永生。而在李金发的诗集《微雨》中，有关"死"的描述和意象就在 60 首诗中出现过。虽然李金发也从死亡中看到了恐怖：有悲愤纠缠的死草，被死神疾视的荒凉土地，令人战栗的死叶以及死的木板上有睁开的可怖的双眼；但与此同时他更倾心于去咏唱"死神唇边的笑"（《有感》）。如《死》一诗，诗人从东京水里浮肿的尸体明白了死，但浮尸并没有让诗人可怖，反而认为他们点缀了宇宙的一角，继而赞美死"如同晴春般美丽／季候之来般忠实"，面对死亡，"无需恐怖痛哭"，因为死亡"终究温爱我们"。尸体因而成为风景，死亡亦可温暖人生，而生命不过是死神的善意发布。李金发在反复慨叹生与死近在咫尺的同时，又将死亡视为生命存在的必然方式，并让生命在死神的唇边绽放出怪异之美。

由此可以推论，李金发的诗对于死亡景象的奇异关注、对墓地和枯骨的令人震惊的描写，具有从形而上的生命层次所发出的询问。死亡作为一种诗的意象，它包含的生命内容是"活着"所不能具有的。在《弃妇》中"弃却"或"被抛掷"作为一种生存基本方式和存在隐喻方式，其中隐含着一种话语意义的陈述：生命是加速走向衰老和死亡的，"弃却"频率的加快与人的生命节律的衰变过程非常近似，并辐射为一种无奈却又无惧的生命存在感。而在梁宗岱看来，个体生命是一痛苦的生存，痛苦的根源就在于死亡；如何超越个体生存的有限性进入永恒的世界，是人类最根本的生存论难题；人类的一切文明的根本主题——从宗教到艺术都是为了消除死亡对个体生命的威胁，将死亡转化为一个可以接受的事实。梁宗岱亦是在这个意义上来看待文学艺术与个体生命之关系的。"死，是的，这才是一切艺术底永久的源头。……死，是的，还有死的前驱与扈从：疾苦和忧虑，哀残和腐朽，难弥的缺陷，蚕食生命的时光……一切最高的诗却是一曲无尽的挽歌哀悼我们生命之无常，哀悼那装点我们这有涯之生的芳华与妩媚种种幻影之飞逝。"[①]梁宗岱将死亡当作个体生命最根本的特征和借助

---

① 梁宗岱：《梁宗岱批评文集》，珠海出版社 1998 年版，第 239 页。

于诗歌来抵达本真存在，这与海德格尔对诗歌的阐释相当接近。

海德格尔是从"此在"的基本结构展开死亡所具有的意义：死亡完全是一种生存论上的概念，唯有从死亡出发，"此在"作为整体存在才是可能的。也就是说，海德格尔的死亡观受生存论指引：死亡指向存在的境域且由存在而道出。海德格尔认为人最大的"畏"就是"畏死"，但"畏死"不等于日常生活中的贪生怕死，而是人对"向死而生"的认知。所谓"向死而生"就是提前到死中去，不要等到死到临头了才去思考死亡。唯其如此，他才能筹划自己并设计自己。但普通人是认识不到这一点的，普通人仅仅是怕死，想逃避死亡。而本真意义上的"向死而在"，是把死看作是"最本己"的可能性，是人的一种真正的本质。懂得了这一点，就可以从沉沦中清醒过来，这样，他就能够敢于面向死亡，不怕死，也就有了高度的自由，就可以自由地选择自己，实现他的一切可能性，并从对死亡的体验中，反顾人生的价值及意义。

也是在此意义上，李金发与波德莱尔一样，死亡在两位诗人笔下都不再作为生命终结的判词，而是具有海德格尔的"向死而在"的存在论意味。

与李金发的"恶之花"创作不同，"花之恶"创作是在"美"——贵族化的艺术体验和精致优雅的象征意趣中寄寓一种"季世之叹"，一种"废墟"般的生存感受：生命存在的变异感或"丑"。在穆木天、冯乃超、王独清的诗作中，"在异化的情境中，设身处地的体验与感受，使他们不自觉地染上了都市忧郁症，视丑、梦、恶等颓废的事物为生命、生活的原态与本色。于是，人生如梦、命运无常、生活幽暗等情调，便蜂拥着潜向诗人笔端，使诗美发生了变异。"[1] 如王独清的《圣母像前》将存在的"病态"——描绘得通体透明，如憋闷至极的压抑感，行动上的无能为力，精神上的苦闷与孤独，无可拂去的厌倦，等等；但王氏更习惯于在"美"的陶醉与依恋中糅合进死亡或坟墓的阴影。简言之，他们不再追摹浪漫主义的风花雪月，而是在奇特、怪诞、神秘之事物中发现诗意的品质，并将崇

---

[1] 罗振亚：《20 世纪中国先锋诗潮》，人民出版社 2008 年版，第 11 页。

高与卑下的事物并置，在审美陌生化中使其错愕颤栗呈现出一种"病态的愉悦"。[①] 与李金发相比，他们的诗作少了怪异、冷僻和晦涩，多了感伤、神秘和朦胧。如冯乃超的诗集《红纱灯》共分 8 辑，诗人在诗中反复咏叹着存在的荒谬和空虚，以及颓唐的生命情调。也许，只有当一个人独自面对纷扰而荒凉的世界时，才能真正沉潜到生命的本质深处，去思考人的存在和人的处境。其实冯氏自己就在该诗集的"序"中坦承这是一个"畸形的小生命"。朱自清说，冯乃超歌咏的是颓废、阴影、梦幻、仙乡，用丰富的色彩和铿锵的音节构成艺术氛围。[②] 这种"艺术氛围"产生的就是"花"一般诗意诱惑。

他们也不再像李金发那样以晦涩、生冷的意象抒写生命的悲剧意识，而是用优美的意境包裹淡淡的愁绪，以缥缈的梦境营造荒凉而凄清的意象，并以此为据——与现实脱离而遁入个人的审美世界，追求极端的感官刺激。然而无法填补的空虚感让他们同时也厌倦了逃离本身，于是在极度的自恋中他们甚至不惜以某种自渎方式来表达精神深处的痛苦和对真实生命体验的渴望，"如果说唯美主义为深刻地意识到生命之颓废性的人们提供了一种超然静观以逃脱颓废命运的审美态度的话，那么，象征主义则进一步为唯美地对待颓废的人们揭 了一条化腐朽为神奇、将颓废升华为美的（其结晶即所谓'病之花'或'恶之花'）的艺术方法。就此而言，穆木天把象征主义看成'世纪末的一种濒死的世界的回光返照，也就是在抒情的文学上的点金术的最后复活'，确是再确切不过的了"[③]。

问题更在于，当荒诞的生存感受和精致完美的艺术体验融合在一起后，那种形而下的实存感便升华为形而上的生命立场和审美方式。在这种立场和方式的观照之下，象征化创作趋于一种没有明确的话语所指，而只

---

① 参见何云波：《陀思妥耶夫斯基与俄罗斯文化精神》，湖南教育出版社 1997 年版，第 85 页。

② 参见《中国新文学大系·诗集》，上海良友出版公司 1935 年版，"导言"（朱自清撰）。

③ 解志熙：《美的偏至：中国现代唯美—颓废主义文学思潮研究》，上海文艺出版社 1997 年版，第 384 页。

停留在话语能指层面的境界，从而逼促着存在的荒诞感向着虚幻的世界极端地推进。所以穆木天才说："我喜欢用烟丝，用铜丝织的诗。诗要兼造型与音乐之美。在人们神经上震动的可见而不可见可感而不可感的旋律的波，浓雾中若听见若听不见的远远的声音，夕暮里若飘动若不动的淡淡光线，若讲出若讲不出的情肠……"穆木天们诗中所表现的那些关于自然、情爱、女性的梦幻性想象在现实中往往会被击碎，但当它们停留于诗的世界时却会产生奇异的意象，其奇异性就在于理想与现实的矛盾被变成了一种艺术关系。在这里，诗人可以将他的生存现实与生命幻想熔化为诗，独享着把一切都变为生命象征的权力。乃至于他们诗作中的疯狂和放纵，自厌与自恋，渴望摆脱痛苦却又陶醉于痛苦，不经意中涨溢出人性存在的内蕴和紧张、神秘与感伤。所有这些都是以一种"有意味"的方式呈现出来，生命"本真"的存在由此显示出前所未有的深度。

"恶之花"与"花之恶"的差异更在于，"在初期象征诗人群体中，李金发的西化色彩是颇为浓重的，这与他失望于本民族文化传统，醉心于西方文化的价值取向是轩辕不分的。显然，正是这种骨子里的'西化'倾向使得不但他的诗成为'对于传统的最富挑战性的叛离，同时又是中国现代诗歌发展中最大胆的创新'，也使得他的所谓'余于他们的根本处，都不敢有所轻重，唯每欲把两家所有，试为沟通，或即调和之意'的良好理想和愿望每每落空"[1]。李金发对中西沟通、调和的理想和愿望的"落空"，却在"花之恶"式创作中得到某种程度的落实与兑现。

可以说，"花之恶"式创作兼有古典主义的典雅和精致，但没有它的刻板和拘谨；也具备浪漫主义的奔放、热情和绚丽，但没有其理想激情与美好憧憬。比如冯乃超的《月光》可视为魏尔伦《月光》的翻版，冯乃超并没有像浪漫诗人那样倾诉衷肠，而是由浪漫主义的直抒情怀变为象征主义的隐藏不露，从中展示一种泛泛的淡淡的生存的焦虑；于是，诗中湖水

---

[1] 陈旭光：《中西诗学的会通——20 世纪中国现代主义诗学研究》，北京大学出版社 2002 年版，第 141 页。

的光影、女人的幻影以及月影、古梦都融化在忧郁的月光中，诗人的生存的焦虑由此寻到一条解脱之途——梦幻般的忧郁。与魏尔伦相比，冯诗的情绪色彩与审美情调则更接近中国古典诗歌，将心灵敏锐的触角伸入幽秘而温婉之境。

客观地说，与其说冯乃超们受了象征主义的影响，不如说象征主义对于生存感受的精神化表现和对生命存在的美学把握，和他们内心深处由中国传统文化背景下形成的文人气质以及个性心理结构相当吻合。当诗人们笔下种种伤感、颓废的人生形态，衰飒、幽深的生命体验无法用"五四"式新诗来直抒、亦不能用古典诗词来表述时，就只能借象征主义将可见的生存景观和不可见的存在体验融为一体。而展现于诗中的那些现实的痛苦和丑恶都被融化变形为另外一种情景——象征主义艺术不将之作为现实情绪加以化解，而是当作一种审美创造和美的品质加以追求。这种既与浪漫主义更与中国古典诗歌完全不同的表达方式，使诗人们尽兴地把诸如此类的生存感受和生命情怀推上与以往完全不同的极端，将对于浪漫主义、中国传统诗学来说完全是陌生的事物和感觉写进了高雅的诗中，产生了象征主义美学的陌生化效果。

如前所述，梁宗岱的象征主义诗歌论认为，作为艺术本体的象征，是沟通自我与世界，将刹那凝定为永恒，是将生命中痛苦与破碎转化为一个和谐与完美的生存世界的生存事件，那么梁宗岱的这种表述在很大意义上更适用于"花之恶"式诗作；如果说，梁宗岱是带着自己特定的"期待视野"、特定的文化创造动机来接受法国象征主义思潮，那么"花之恶"式创作亦是。

第四章　作为存在主义前卫性创作的
新感觉派

第一节　新感觉派之"新"与存在主义之"本"

20 世纪 30 年代的新感觉派小说之"新",体现在它"在文学上具有某种前卫的先锋性质"①。这固然因为,20 世纪二三十年代期间,上海作为文化中心的地位日益明显,诸多知识分子来到上海,使文化中心的南移成为定局。更由于上海文化的开放性在文学上形成了向世界文学开放的姿态,使得上海文学自觉地承担着引进西方文学的重要职责,并引领着 20 世纪中国文学的新潮流。而新感觉派小说就是在日本新感觉派、欧洲现代派的影响下出现的,它以一种既是崭新的也是成熟的文学姿态构成了上海文学的现代性特质,也彰显了 30 年代中国文学的先锋性。准确地说,新感觉派小说是一种存在主义思潮下的前卫性创作。

无疑,在对新感觉派小说的考量和审视中,"感觉"是其创作的关键词。如果说,日常生活的感觉大多是功利性的,它关注的只是所感觉到的物(对象)的有用性,和所感觉到自身对物(对象)的占有感;换言之,只有当物被感觉到是有用的时候,它才是物,只有当人感觉占有的时候,人才是人;在这样的感觉的限制内不仅物失去了物自身,而且人也失去了人自身——无论是"物"还是"人",这里所展露的是一种本质上不自由

---

① 　吴福辉:《都市漩流中的海派小说》,复旦大学出版社 2009 年版,第 2 页。

的感觉。那么，文学创作中的感觉恰恰在于它是对于自由存在的感觉：文学本身所具有的自由存在的特质，在美感中便转化成自由的感觉特性；同时自由的感觉也形成了感觉的自由；它表明，感觉能解放、消除自身的束缚和限制，感觉让存在、让感觉作为自身去感觉。人于此不仅调动全部感觉机能——视觉、听觉、嗅觉、味觉和触觉等，而且展开其感觉意向的一切维度，在如此这般的感觉中，感觉的相关物就会无限度地敞开自身的本性，与此同时敞开的则是人的本性的发现。正是在这样的认知逻辑上，"我感觉故我在"就是对新感觉派小说的最为确切的描述。

刘呐鸥的小说集《都市风景线》便是以前所未有的感觉化方式——将视觉、幻觉、触觉、听觉综合运用来调动读者的感官神经，开掘了潜藏在都市人灵魂深处的欲望本能、现实幻觉及变异的生存体验，向人们展示出新旧文明撞击下的都市人精神碎裂的影像；其中情节的片段性、结构的跳跃性完全按照作家或作品中人物的情绪需要而恣意拼接，在一种灵魂困境的方式中去感受生存的可能性和存在的意义，从而描绘他的"都市风景线"。穆时英的《上海的狐步舞》与其说是小说，不如说是电影的"一个断片"，小说开篇便用从远景到近景的电影画面和镜头语言再现了沪西的月亮、原野、村庄、林肯路的街景和行人，然后以蒙太奇的手法对歌舞厅和大饭店里的灯红酒绿、纸醉金迷的场景进行剪辑和组接，电影的镜像思维和舞曲的旋律节奏把都市的情绪和作者的感觉演绎得淋漓尽致。而在《夜总会里的五个人》中，那些声、色、光、影的交叉出现，把稍纵即逝的都市生活节奏用具体可感的方式呈现出来，如"红的街，绿的街，蓝的街，紫的街……强烈的色调化装着的都市，霓虹灯跳跃着——五色的光潮，变化着的光潮，没有色的光潮——泛滥着光潮的天空，天空中有了酒，有了烟，有了高跟鞋，也有了钟……"，将真实的物象与虚幻的感觉融为一体，都市在这样的感觉中更加声色并茂、媚态毕生，现代都市人在丧失了传统的整体感和安稳感之后的焦虑不安、躁动不已的心态亦坦露无遗。尽管，施蛰存更富于弗洛伊德化，但与典型的意识流小说或心理分析小说不同，施氏作品中人物的心理错觉和情感错位依附于感官刺激的形象化，以及形神俱备的情绪氛围中，比如《梅雨之夕》就是在黄昏的朦胧和梅雨的朦胧叠加一起的模糊氤氲的环境中，交织了主人公视觉、听觉的朦胧以及情欲的朦胧；反过来也可以说，主人公掩藏在内心深处的情欲和囚禁中的潜意识，是通过撑伞闲行的"我"在濛雾晕迷的"梅雨之夕"，和一闪即逝的少女邂逅情境的感觉化诉说外溢出来的。施氏善于将感官刺激装饰化，把人物的情欲世界撕扯成一片片碎布条坠落，在人物当下感受的浮动中不断地掺融往昔意识的残简断片以表现心灵的分裂性。而不管是刘呐鸥、穆时英还是施蛰存，"中国新感觉派尤其突出地描写了人的身体、运动和各种感官与人造的大都市之间隐秘的、内在的关系，勘破了人与人造的都市之间的相似性和整体性，由语言构成的这种'新现实'本身即包含着他们对于都市本质的深刻知觉"①。

　　这意味着，在新感觉派小说中"感觉"被置于了言语与概念、理性意识以及个别原理之上——具有了创作本体论的内涵。"问题的关键在于，对什么是真正的本体究竟该作出何种解释。从传统哲学来看，所谓本体，也就是存在，实在之源，世界的本原，它在很大意义上是自然存在论的。但我们也可以把本体解释成指的是人的价值存在，人的超越性生成，指的是人的意义的显现，因为，这才是人所生活于其中的世界的本原。如果本体一词一定要标指一种实在的存在的东西的话，那么它就应该是指人的感性的诸感觉，人的想象、激情、盼想、思念、回忆、爱怜等实践的感觉，人所能把握的，都把握在感觉之中，人所能超越的，也都只有通过感觉去超越。刹那中的永恒，时间中的超时间，都不过是感觉的一种超然发悟（审美直观），不过是一种超验性的情绪的把握，或者干脆说，就是一种纯爱的获得。感觉应该是浪漫化、诗化的绝对中介。"②如果依此推演，那么在新感觉派小说中，"存在"就是"感觉"，这里的感觉是指感觉主体——"我"——通过感觉证明了"我"必然是存在的，所谓"我感觉故我在"。

---

① 李今：《海派小说与现代都市文化》，安徽教育出版社 2000 年版，第 338、208—209 页。
② 刘小枫：《诗化哲学——德国浪漫美学传统》，山东文艺出版社 1987 年版，第 51 页。

所有这些都指向存在主义的"艺术生理学"。

在叔本华的生存意志论中，意志既是现象界的表征也是本体界的表征。而且，这种意志与思维、意识毫不相关，其本质是一种生命延续的本能存在，一种求生存的欲望冲动。叔本华之所以断定"世界是我的表象"，就是因为他的哲学所涉及的是生命的世界，这一本体论上转向是至关重要的。也就是说，真正的本体不是绝对的实在，不是上帝，而是生命意志；生命的世界的最终根源就是欲求、冲动（意志），是超出人类认识范围以外的、不受充足理由律支配的非理性的存在。所谓人生如梦，万事皆空。这与新感觉派小说中世界只是"感觉"的表象完全一致。由于世界是人的表象性存在，所以现实世界的存在同人的感觉到的东西就没有多大区别。"感觉"便成为"存在"与"虚无"的界面，可谓存在即虚无，虚无即存在，进入与否都在同一个界面——"感觉"上。新感觉派小说家其实也像叔本华的"世界是我的表象"那样宣称：世界是我的"感觉"的表象。"穆时英高度评价人类的生存意志，并把反应与鼓吹它奉为文艺的终极使命，和普罗文艺所说的求大多数人的幸福的观念相比，他剔除了阶级的内容和意识，而代以人类的视野。与叔本华把求生意志看做是宇宙的普遍意志的观点相比，他抹去了悲观的色彩，而代以积极的肯定人类求生意志的人生态度，也正是在这点上穆时英和新感觉派以及海派显示了与建立在康德、叔本华、尼采的哲学基础上的西方现代主义文学精神的异趣。……新感觉派放弃文学家作为社会启蒙者的使命，放弃'天才'的特殊身份而把自己置身于常人的位置，把文艺的表现和反映的领域集中在'生存'的层次，'日常生活'和日常生活的意识，反映了文艺服务对象以及功能在现代社会的一种变化。"①

尼采则干脆宣称："美学不是别的，而是应用生理学。"②"美学生理学

---

① 李今：《海派小说与现代都市文化》，安徽教育出版社 2000 年版，第 214—215 页。

② 周国平编译：《悲剧的诞生：尼采美学文选》，生活·读书·新知三联书店 1986 年版，第 9 页。

是一个到现在还鲜为人接触和阐释的课题。"①尼采认为，艺术的起源在于各种非理性的状态，他一再运用生理学的观点来解释艺术，解释美。由于尼采是在最宽泛的意义上使用"生理学"的概念，所以他的"美学生理学"完全不同于李普斯等人的心理学美学，其突破处在于：更多的不是关注艺术欣赏与心理的关系，而是让"生理"或肉体进入审美领域。在尼采思想中，"生理"、"肉体"、"生命力"指称的是同一个东西。由于美是人的生命力的映照，因此美所标志的是生命力本身，"一切艺术有健身作用，可以增添力量，燃起欲火（即力量感），激起对醉的全部微妙的回忆，有一种特别的记忆潜入这种状态，一个遥远的稍纵即逝的感觉世界回到这里来了"②。而审美观照内含着由生命本能进行的价值评价——美和丑的价值判断是以生命本能的强弱为前提，当肉体状况介入到艺术创造后艺术才真正感性化了，从这个意义上说，尼采的"美学生理学"——感性化了的美学是对以形而上学为基础的传统理性主义的反动。

海德格尔是这样理解尼采的："艺术的知识是'生理学'，艺术被从自然科学的角落加以解释，从而被逐入事实科学的领域。对艺术的美学追问在其结果上需要一个最后终点，感受状态因此被回溯为神经系统的兴奋，为肉体状态。"实际上，如果美学是以这样的方式终结的话，毕竟不符合海德格尔本人为美学所规定的存在本体论宗旨，所以他对此予以创造性提升：借助于感性情绪或感受状态（感觉）的意义阐释把问题导向存在论："感受意味着我们发现我们与自身同在，因而也就同时与事物同在，与我们所不是的存在者同在。……感觉作为某人自己所是的感受，恰恰就是我们肉体存在的方式。……我们并不拥有身体；""相反，我们因身体而'是'（也就是存在）。感觉，作为感受某人自身之所是，属于这一存在的本质。"③这无

①　尼采：《道德的谱系》，周红译，生活·读书·新知三联书店1992年版，第83页。

②　周国平编译：《悲剧的诞生——尼采美学文选》，生活·读书·新知三联书社1986年版，第357页。

③　Martin Heidegger, *Neizsche.Volume1: The Will to Power as Art*, Translated by DAVID FARRELL KRELL, Routledge & Kegan Paul Ltd.London 1981. pp.91, 100.

疑是《存在与时间》思想的延续，是存在本体论的另一种表述。海德格尔把情绪、感受（感觉）作为基本的生存论规定——人对自身存在的意识恰恰来自不可言说的情绪、感受（感觉），在这种茫然无措、无所适从中，"此在"发现了自己已然存在这个事实。所以感性情绪或感受状态（感觉）就是对存在者之存在的经验，是存在者的存在向"此在"显现自身的方式。如此，尼采"美学生理学"的基本话语概念——"生理"、"肉体"、"生命力"以及"醉""快感"、"欲望"等就获得了存在论意义上的赋予：因为它们都在同样的广度上指示着审美状态，而审美状态作为感性情绪、感受形态（感觉）就是存在者之存在的显现或敞亮。在此，当艺术的探求回到了人的最基本的生理状态时，美学则成为对这种感受状态（感觉）的研究；当它直接指向并触及基础存在论底蕴、进而提升为对存在者之存在的提示时，艺术创造再次实现了存在自身的敞亮——存在的澄明。从尼采出发并由海德格尔提升的"美学生理学"的全部价值，就在于对"存在"的把握。

事实上，尼采对存在主义的影响是全方位的。其后的存在主义者从尼采的"美学生理学"中汲取营养，把人的情绪体验和感觉状态予以本体化并用来解说人的生存样式。除了海德格尔外，萨特把恶心、厌恶等当作人在世中生存的重要内容；雅斯贝尔斯的"临界"感觉、"瞬间"感受成了其哲学的核心概念。总之，把感官性的身体当作生命存在的根据和最后的凭借，让感性崇拜或身体崇拜占据哲学的本体位置，以向理性主义和形而上学发起挑战，并极力将艺术审美的原则贯彻到生活实践中去。

而新感觉派之"新"一个重要的原因是将存在主义的"美学生理学"发挥到了文学创作的极致，拔高到了"终极使命"的维度。吴福辉先生肯定了新感觉派的"感觉化"，并指出其意义在于："现代都会要用现代情绪来感受，都市男女的故事也不单单是个过程，而在于对都市中人的生存处境的一种体验。"[①] 质言之，新感觉派的感觉主义乃是现代性进程中生存信念的危机表达，它的内部充满了世俗化与反世俗化、都市文明与乡土文明

---

① 吴福辉：《都市漩流中的海派小说》，湖南教育出版社 1995 年版，第 75—76 页。

或现代性与反现代性的矛盾，也交织着深刻的启示与疑难。"从新感觉派和张爱玲的创作活动中可以看出，他们既要大众，也要艺术，既要创造常人的存在价值和意义，也要批判常人的日常在世的沉沦和无谓，他们既反映了在现代社会大众创造着自己的存在价值，要求平等地进入文化的中心地带的努力和尝试，也代表了知识分子本身在现代社会中的世俗化的心态和倾向，他们的文艺观和创作在文艺领域树立了一种新的维度。"①

当然，新感觉派之"新"是相对于"旧"而言。这首先体现在，新感觉派之"新"在某种程度上与"五四"时期的非理性主义文学——新浪漫主义之"新"有异曲同工之妙。

学界公认新感觉派小说是中国最完整的一支现代派小说，它的出现表明现代主义文学在中国的引入并发展至鼎盛与独立。其实，这里所说的"现代派"、"现代主义"完全可以与"新浪漫主义"之"新"，以及"新感觉派"之"新"进行话语置换。"'新浪漫主义'概念是一个特定历史的产物，是对现代主义萌芽状态的文学思潮初步的、感性的认识的结果，在西方'新浪漫主义'所概括的文学思潮现在基本上被纳入了'广义的现代主义思潮'中。新中国成立后，茅盾曾就此做过说明'新浪漫主义这个术语，20 年代后不见再有人用它了，……现在我们总称为现代派的半打多的主义，就是这个东西。'当代学者乐黛云先生把它与现代主义概念相等同。……袁可嘉先生也认为'五四时期所称的新浪漫主义，其实即是我们今天所称的广义的现代主义，包括唯美主义、印象主义、象征主义'。"②

如前所述，"五四"时期流传于文坛的"新浪漫主义"一词主要来源于日本学者厨川白村的《近代文学十讲》，他在该书中提出的新浪漫主义的指称及其表现形态受到了"五四"作家普遍认同，并成为"五四"文坛描述、概括世纪初文学的特定话语概念。"1919 至 1922 年间，茅盾、田汉都是把新浪漫主义作为一种新文学发展方向加以提倡。"③究其实质，茅

---

① 李今：《海派小说与现代都市文化》，安徽教育出版社 2000 年版，第 214—215 页。

② 肖同庆：《世纪末思潮与中国现代文学》，安徽教育出版社 2000 年版，第 32 页。

③ 肖同庆：《世纪末思潮与中国现代文学》，安徽教育出版社 2000 年版，第 31—32 页。

盾等人所提倡的新浪漫主义是一种典型的非理性主义或感性论文学话语建构。在审美表述上，新浪漫主义的特点在于以情绪化、情感化、感性（感官）化为艺术手段与表现方式；其实质则是凸显了以人的艺术直觉和审美体验为解放动力的非理性主义文学精神，更是人类把握和认识世界方式的深刻变革。然而问题在于，"五四"时期提倡新浪漫主义理论的人不少，而真正以创作践履了新浪漫主义文学理念的作家却寥若晨星，仅仅就是鲁迅和田汉等人。或者说，由于"五四"文学启蒙主义理性的过于强大，以新浪漫主义为标志的非理性主义文学并没有展现出自觉而强势的群体性或流派式创作样态，用鲁迅的话说是一种"荷戟独彷徨"式写作。在这个意义上，新感觉派才可以称得上是具有明显的文学流派性质的创作形态——以自觉的"类"或群体的方式真正完成了新浪漫主义文学的创作使命：体现了一种以人的艺术直觉和审美体验为解放动力的非理性主义文学精神。

在新感觉派小说中，"新"的"感觉"就是剥去自然的表象进入事物本身的主观而直感的触发物。感觉即是存在，是联结生命与现实的唯一通道；通过主观感觉向客观世界的延伸，可以把客观物体的性状、色彩等植入感性的世界。新感觉派作家写出了"现代人在现代生活中所感受到的现代的情绪……。所谓现代生活，这里面包含各式各样独特的形态：汇集着大船舶的港湾，轰响着噪音的工场，深入地下的矿坑，奏着 Jazz 乐的舞场，摩天楼的百货店，飞机的空中战，广大的竞马场……甚至连自然景物也和前代的不同了。这种生活所给予我们的是人的感情，难道会与上代诗人们从他们的生活中所得到的感情相同的吗？"[①] 施蛰存所说的"现代生活"无非是高度发展的科技文明和机械化生存的都市现实生活，"现代情绪"则是这种都市社会的生存状态与存在方式的心理感受。为表现这种"现代情绪"，新感觉派作家将日本的新感觉派文学以及新浪漫主义所涵盖的诸如象征主义、未来主义、印象主义、表现主义、颓废主义、唯美主义等融为一炉，熔铸出一种感觉化的叙事模式。在这样的感觉化叙事中，作家

---

① 　施蛰存：《又关于本刊中的诗》，《现代》1933 年第 4 卷第 1 期。

们无视既有的现实主义创作所具有的把握世界的能力，他们笔下的现实存在是一个无序、偶然、不可理喻甚至荒诞的所在，生存在其间的现代都市人的心理复杂紊乱不可捉摸无法认识，只有凭感觉去体验和把握。比如刘呐鸥，"他'感觉'的都市，是五光十色的，有时混沌不清、黑暗莫测的，是充满活力、生命四射的，也是冷漠、孤独，像月球一般荒凉无边的，这更接近于现代物质文明下的都市本体"①。穆时英的小说更擅长于用"感觉"的东西将现实隐去，以便展示一个循环往复的、主观时间和客观时间相混合、主客观事物的空间失去界限的世界。在作家们的感觉化叙事中，大量的超自然因素——奇迹、幻觉、梦境乃至极度夸张的淆乱视听的声、色、光、影被引入小说文本中，时序关系常被打乱，叙述富于跳跃性，场面带有象征色彩，所有这些意在展现出"天堂"混同"地狱"的都市化景观。如同尼采在《查拉图斯特拉如是说》中说的，现代人已沦为"碎片和断残的肢体和可怕的偶然品"，"我的全部心力，全部创作和追求，就是把残片、谜团和可怕的偶然性诗意地编织起来，集为一体"。②

要言之，20 世纪 30 年代以"上海"为标识的现代都市生活的种种躁动不安、疯狂沉迷、变幻莫测、流光色影的生存体验，诱使新感觉派作家在一种"我感觉故我在"的创作思维中以灵魂困境的方式检视生存的可能性和存在的意义。在新感觉派小说中，"存在"只能是"感觉"出来的，只能由感性直觉去体悟（真），如此体悟到的存在便是一种永远生成变化着的自然，一种由欲望和本能构成的自然。中国古代所谓"越名教而任自然"是它的基本教义，撒旦主义和酒神精神是它的典型面相，感性生命（感觉）的极乐是它的最高（审美）追求。也因此，它导致了"现实"和"艺术"的一个有趣逆转：现实变成了艺术。如果说传统艺术凭借理性方式去膜拜价值，那么新感觉派小说却是通过非理性途径来展示价值——现实在"感觉"中得到了价值的展示。

---

① 吴福辉：《都市漩流中的海派小说》，湖南教育出版社 1995 年版，第 65 页。
② ［德］尼采：《查拉图斯特拉如是说》，孙周兴译，上海人民出版社 2009 年版，第 179 页。

另外，追究新感觉派之"新"不能不提到其重要的影响之源——日本的新感觉派。倘若对中国新感觉派与日本新感觉派进行对比性观照便可发现，前者的感觉化方式在本质上趋于西方化质素——杜衡所谓的"非中国"和"非现实"，[①] 后者在某种程度上则更偏向民族化底蕴。

如前所述，中国新感觉派通过一种强烈的、破碎的、主观的个人意识，通过描述闪现各种印象的环境——都市——来表现人的孤独与忧郁，以此提供对生存状态无所适从以及在无所适从中体验存在的荒谬，导致出一种否定性的情绪宣泄——刘呐鸥感受到的"战栗和肉的沉醉"，[②] 其中不无波德莱尔那种对现代性体验的绝望。如果说波德莱尔笔下的现代性的体验是由都市的闲荡者发出的，那么刘呐鸥、穆时英、施蛰存等本身就是活跃于洋场的"浪荡子"，他们像波德莱尔一样观察城市及人群而且将自己也融入其中，"现代主义在都市之中的存在更多的是指向了都市的日常生活，将这些日常生活加以美化，它映射出的不仅有都市人群的体验，也有作家自己对于都市的体验。这些体验正如西方现代主义者所体验到的那样，对城市的变化发展感到震惊、惊奇，也有深陷其中的对流行风物的变化以及时尚的风行的反应，同时产生身在其中的感觉和想像。这种身临其境既表现出作家对自己身在都市的确定感，也恰当地传达出都市本身的魅力或者说诱惑力"[③]。

相对而言，中国新感觉派小说中最能体现出"新感觉"形象的是作家笔下那些都市女性或摩登女郎。"城市是一种文本，它通过将女性表现为文本来讲述关于男性欲望的故事。"[④] 如果说充满着感觉化的都市物欲景观——"都市风景线"构成了新感觉派小说中独特的审美意象核心，那么，

① 参见杜衡：《关于穆时英的创作》，《现代出版界》总第 9 期（1933 年 2 月）。
② 参见孔另境编：《现代作家书简》，花城出版社 1982 年版，第 55 页。
③ 管兴平：《从新感觉派到"身体写作"：西方经验的渗透及回应》，《湖南大学学报》（社会科学版）2008 年第 1 期。
④ 张英进：《都市的线条：三十年代中国现代派笔下的上海》，《中国现代文学研究丛刊》1997 年第 3 期。

都市女性或摩登女郎则是"都市风景线"的标志性象征符号。穆时英的《白金的女体塑像》写一个禁欲的中年男性医师在一次给病人的诊治过程中遇到了一位早期女肺病患者，这个女患者在医师眼中是一具"白金的人体塑像"，她的病相表现其实蕴含着特别的寓指：肺病，微喘、盗汗、贫血、神经衰弱、脸上的红晕等，这一早期肺病是身体败坏的征象。问题更在于，肺病的隐喻在林纾所翻译的《巴黎茶花女遗事》中女主角身上就可以看见，这一隐喻明显地带有西方文化经验。皆因这种疾病的隐喻不再指向华小栓那样的"东亚病夫"，而是迫近对波德莱尔式"恶之花"观念的认同。刘呐鸥笔下的都市女性虽然其"摩登"形态各不相同，但都带着异国的浪漫情调；当这些物质化的东方女性在文本中被塑造成西式美人形象后，无形中都成为都市男性主体眼中的欲望客体；更重要的是，她们又能把自己的客体地位和身份转换为主体的位格，从而将男主人公玩弄于股掌之间。显然，在她们身上集中表现了西方经验和西方文化的影响。

即便是与刘呐鸥、穆时英具有创作差异的施蛰存，其小说也体现出明显的西方化特征，如在《石秀之恋》中作者借用精神分析放大石秀被潘巧云诱惑的情欲冲动，使爱欲与死亡、禁欲与纵欲、诱惑与恐惧，天使与魔鬼、美丽与邪恶构成反讽的张力。小说最后写石秀用唯美的眼光打量着潘巧云这朵"恶之花"，从暴力中得出美感，从血腥中读出奇丽，并借此达到情节的高潮。简言之，《石秀之恋》这样的小说不但带有莎乐美式颓废色彩，而且还显现出"非中国"和"非现实"的质地。

完全有理由说，中国的新感觉派"它积极地吸收、大胆地借鉴西方现代主义的主观性、内向性、感觉化、抽象化等特征，来表现三十年代中国在资本主义文明冲击下的精神危机和人性异化"[1]。其异域情调的虚妄美感与都市文明话语中的世界主义在这里具有逻辑上的同谋结构，两者的融合造就了一种西方化质素。

日本的新感觉派形成于 20 世纪 20 年代初。1924 年 10 月川端康成、

---

[1] 朱寿桐等：《中国现代主义文学史》上卷，江苏教育出版社 1998 年版，第 309 页。

横光利一、中川与一、片冈铁兵、今东光等 14 人创刊了《文艺时代》，次月千叶龟雄为其命名为"新感觉派"。川端康成同时也是新感觉派文学运动的理论家并曾这样表述过："如果产生划时代的新艺术，那必定是某种程度上以独特感觉为先导的作品。"[1] 他的《新进作家的新倾向解说》更是新感觉派的理论宣言。日本新感觉派认为，第一次世界大战后物质文明迅速发展，人们要以视觉、听觉来认识世界和表现世界，不再注重直接的明朗的感觉方式，而是侧重感官因素和身体经验，强化印象和顿悟，依靠直观来把握生命存在的本相和人生的底蕴，然后再给现实做精美的加工。

与中国新感觉派不同的是，作为一个以现代主义姿态而面世的文学流派，日本新感觉派作家自觉或不自觉地将浸润了传统艺术精髓的笔墨与新的感觉方式融合，呈现出细腻、感伤的艺术格调。对此，川端康成的小说最具典范性："在'新感觉派'作家中，只有川端康成实现了所谓'完成的美'。"[2] 诺贝尔文学奖评选委员会在授予川端康成文学奖的授奖词中强调："在川端先生的叙事技巧里，可以发现一种具有纤细韵味的诗意。"这里的"纤细韵味的诗意"和"独特感觉"在某种意义上就是对川端康成将"新感觉"与日本传统艺术中的"幽玄美"和"物哀美"熔铸一体的注解。

的确，川端康成的小说一方面继承了以"幽玄"为根基的余情美传统，注重以感觉去把握美，认为美就是感觉的完美性；另一方面他又强调："平安朝的'物哀'成为日本美的源流。"[3]《雪国》是川端康成最具代表性的作品，其中涉及的人物很简单，似乎只有岛村、驹子和叶子；其双线式的情节结构述说了已有妻室的岛村一年一度到雪国与艺妓驹子幽聚。这里自然有男女之间的性爱关系，但川端康成并不像中国的新感觉派那样注重性爱关系在创作中至关重要的构成性意义，而是着力表现基于性爱关系之

---

① 高慧勤编译：《川端康成十卷集》第 10 卷，河北教育出版社 2002 年版，第 240 页。
② 魏大海：《东方文学简史》（日本部分），海南出版社 1993 年版，第 126 页。
③ 叶渭渠、唐月梅：《物哀与幽闲——日本人的美意识》，广西师范大学出版社 2002 年版，第 87 页。

上的特殊感觉与情愫；小说文笔幽雅，字里行间包含有轻烟般忧愁——类似于作品主人公岛村所感触到的"一种虚幻的魅力"，它别具哀婉、细腻、幽美的格调，但又不至于使人沦入一种愁而无度的地步。尤其是，《雪国》描绘、展示了岛村所深深体悟到的那种砭骨浸肌的"生存本身就是一种徒劳"的缺憾美，它不仅来自川端康成对生命存在本身的参悟，更与日本传统的"物哀"和"幽玄"美学内质相契合：言情却又蕴愁，很有节制而含蓄地照顾了东方人的审美情趣。

相对而言，中国的新感觉派小说在"新"的姿态和形象中展现出明显的精神紧张性，一种内在超越性和外在虚无性的结构性冲突。尤其是，当它以极端的方式发展感性主义审美时，自身也有成为另一种艺术专制的危险。何况，一旦消费主义文化和技术文明失去了应有的理性和神性的限制，一个纯然的跟着感觉走的、诗意的创造匮乏的时代就离人类不远了。

第二节　都市的感觉和存在的异化

从 20 世纪 20 年代中期开始，金融资本的迅猛来势已使上海这个城市顷刻间跻身于国际大都市之列。新感觉派作家作为"都市"的先知先觉者，他们在创作实践中用一种新异的现代形式来表现这个东方大都会"城"与"人"的神韵。毋庸讳言，他们的写作有着明显的"舶来"气味，但无论如何，新感觉派的写作不啻为一种特定的文化想象的产物：都市的陌生化诱使他们从"感觉"上体验现代性生存的要求，逼促他们对"上海"的"都市"形态作出富于现代感的表述。

无疑，在中国现代文学中新感觉派小说是现代都市文学的开端，杜衡对此颇为称许："中国是有都市而没有描写都市的文学，或是描写了都市而没有采取了适合这种描写的方法。在这方面，刘呐鸥算是开了一个端，但是没有好好地继续下去，而且他的作品还有着'非中国'即'非现实'

的缺点。能够避免这缺点而继续努力的，这是时英。"①显然，在对新感觉派的"都市的文学"进行检视之前需要厘清的一个关键性话语是"都市"。

严格地说，对现代都市生活的文化研究始于现代德国思想家西美尔。在西美尔1903年写于柏林的论文《大都会和心灵生活》中，他捕捉到了由柏林这个现代大都会带来的新颖性、奇异性以及新的自由和约束。不过，西美尔关注的不是马克思主义的由生产（活动）所体现的社会关系，而是个人的内在主体和赋予都市具象的客观文化形式之间的张力关系，及其精神层面的结果。他认为，都市的现代性就是一种呈压倒趋势的经验感受；而这样的都市化创造了一种拒绝叙事的复杂的文化模式，它缺乏英雄主义也不再指向传统的叙事结构。在这个意义上，公共文化是肯定差异存在和非匀质性的一种表现，在宏大的公共空间和富于表现力的文化里，大都会在所有多样性里实现对自我的呈现。以此为前提，特定的都市现象为艺术家和知识分子提供了主题——例如对西美尔来说，人群就是一个主题，主观性、疏离感和真实的都市经验为处于新的大都会中心的现代主义者所探求。"由此我们接触到西美尔美学现代性中一个久决不下的张力：人类行为中普遍因素和瞬息因素、主动因素和被动因素，永远无法得到和谐。只要这个张力一日不得解决，那么现代性就只能是被动接受一个支离破碎、瞬息变幻经验世界的结果，这当然是一出悲剧。西美尔指出了现代性的一个悖论：现代城市的增长鼓励在社会交互关系的形式扩展中来发展个性、自主和个人自由，但与此同时，它制造了冷漠无情和社会孤立。有意思的是，不论是波德莱尔、本雅明还是西美尔，三人都期望现代城市涌现的大众群体能够消解这冷漠和孤立，对于此颇有一种大隐隐于市的自信。"②而且，西美尔不同于韦伯致力于用理性来描述现代性（都市）的方法，他强调整个文化都漂浮在感觉性之中，同时瞄准个体生活的感受来建构社会（都市）整体，这就是美学现代性的意义。

---

① 杜衡：《关于穆时英的创作》，《现代出版界》总第9期（1933年2月）。

② 陆扬：《论美学现代性——关于波德莱尔、本雅明和西美尔的联想》，《中国美学》第1辑，商务印书馆2004年版，第53页。

西美尔在相关言说中屡屡提到法国象征主义诗人波德莱尔。不过，波德莱尔作为一个现代派诗人的不衰的影响力很大程度上归功于本雅明的独到阐释，其中一个重要原因就是本雅明对波德莱尔为之着迷的巴黎有着切身体验。本雅明不但出版了专著《波德莱尔：发达资本主义时代的抒情诗人》，还撰有《论波德莱尔的若干主题》、《波德莱尔与十九世纪的巴黎》等多种论文，几乎将波德莱尔看作先知一类人物。本雅明认为波德莱尔的抒情诗抛弃了传统的单纯而加入了反思，且将反思提升到主导地位，从而在晦涩费解中见出强烈的惊颤效果，它所呼应的其实就是现代都市人的惊颤体现，同样它也是马克思《资本论》第 1 卷里议及"商品拜物教"时所涉及的话题。本雅明还指出，波德莱尔是以一个"游荡者"（flâneur）的眼光并隔开一段距离来对资本主义城市生活作寓言式的观察，其体验和表现方式也是典型的寓言方式。这里有波德莱尔本人的诗《天鹅》为证："脚手架、石块、新的王宫 / 古老的市郊，一切对我都成为寓言。"波德莱尔笔下现代生活的典型环境是拱门街和市场，他通过对出没于这类场景的人群的描写，揭示了商品麻醉灵魂的现代都市景观。"游荡者"隐身于人群之中却不同流合污，他是英雄而不是乌合之众。故此，巴黎的流浪汉、阴谋家、政客、诗人、乞丐、醉汉、妓女、人群、大众、商品、拱廊街、林荫道等目不暇接的现代都市形象，就是波德莱尔也是本雅明的寓言。艺术的使命即是表现此一现代生活的节奏，用看似表面化的描写深刻揭示都市化生存状态下人的自我价值的存在与否，以及"此在"本真的缺失或遮蔽。亦如新感觉派作家刘呐鸥致戴望舒的信中所说："电车太噪闹了，本来是苍表色的天空，被工厂的炭烟布得黑蒙蒙了，云雀的声音也听不见了。谬塞们，拿着断弦的琴，不知飞到哪儿去了，那么现代的生活里没有美的吗？哪里，有的，不过形式换了罢，我们没有 romance，没有古城里吹着号角的声音，可是我们却有 thrill，catnalintoxication，就是战栗和肉的沉醉。"[1]

---

[1]　孔另境选编：《现代作家书简》，花城出版社 1982 年版，第 55 页。

随着现代人文化观念和审美意识的转化，文学家笔下的"都市"也脱离了其单纯的物质属性而成为人类生存的境遇和存在的象征，所谓用"不真实的"城市取代了"真实的"城市："'真实的'城市是物质支配的一切环境，这里有血汗的工厂、旅馆、商店的橱窗和期望；左拉和德莱塞很形象地把它描绘为人类欲望和意志搏斗的整个战场。'不真实的'城市则是放纵和幻想奇特地并列在一起的各种奇特自我的活动舞台。……而在大多数现代主义艺术中，城市则是产生个人意识、闪现各种印象的环境，是波德莱尔的人群拥挤的城市，陀思妥耶夫斯基的死屋遭遇，科比埃（和艾略特）的万物混生的环境。"① 从发生学的角度来看，新感觉派小说诞生于现代都市文化语境。一方面，都市既是现代人沉溺于声色犬马的名利场，又是人类文明的生息地，人性的真正特征和生命存在的本真只能在开放的态势中而不是在收敛乃至遏制中体现；另一方面，都市的吸引和排斥为新感觉派小说提供了一种背景、主题和美学。新感觉派因其体现出独特处：它脱离了当时的社会政治斗争以及主流文学如左翼文学的"红色叙事"，依凭刚刚崛起的"都市"——一种发达的商业文化和物质文明环境，表现现代中国"自然人"的衰落和"文明人类"继起之初所遭遇到的生存困境和精神蜕变。

如同波德莱尔抒情诗中的巴黎闲逛者，新感觉派笔下的人物也常常是上海街头漫无目的闲逛者，而这些都市人群的任何一个偶然事件都可能会引起作家们的"惊颤"体验，导致其创作冲动的最终去向。"应该说，这是一种'文学城市'观念的巨大变化。它不再把城市仅仅当作一种典型现实来反映，而是作为一种生存境遇来进行描绘和升华。人与城市的关系也不再仅仅是生存物及其环境的关系，而是作为一个整体，人类进化或者存在的象征来得到表现。"② 新感觉派作家正是通过对都市文明"恶之花"的透视来凸显生命异化主题，展现荒诞畸形的都市文明和现代人的生存焦虑

---

① ［英］马尔科姆·布雷德伯里：《现代主义的城市》，载［英］马尔科姆·布雷德伯里等：《现代主义》，胡家峦等译，上海外语教育出版社1992年版。

② 肖同庆：《世纪末思潮与中国现代文学》，安徽教育出版社2000年版，第222页。

感，探索现代人自我存在的证明和生存空间的延展。

"从文本来看，新感觉派小说作品中基本就是四个文化符号：物化的环境、物化的人物、物化的人际关系和观望者。'物化'这个概念在这里不单单指金钱物质崇拜、拜金主义，也包括人的动物本能、生理欲求或感官享受。与之相对的是人的精神、信仰和伦理道德规范。"① 作为新感觉派的始作俑者，刘呐鸥是以一个处于都市文化漩流中心的"现代都市人"的身份与视角切入都市的，其小说集《都市风景线》书写了一个被机械文明和商业文明冲击得支离破碎、光怪陆离的社会，其中所描述的如影戏院、赛马场、舞会、酒馆等鲜明地构成了现代都市人物质欲望的符号、化身和表征；他笔下的人物活跃在这些场所且演绎出一幕幕人欲与物欲、希望与绝望、沉沦与再生的人生悲喜剧。如《礼仪与卫生》写律师姚启明去探望妻子的妹妹，但妻子却被妹夫秦画家看中，并愿意以一间古董店来和姚启明作为交换，他的妻子也很乐意地随秦画家出去换换生活的空气，还告诉丈夫说在她不在家的时候让妹妹来代陪他解决寂寞，并拿出卫生保健作为解释的理由。荒唐由此成为"礼仪"，糜烂因而成为"卫生"。"在这都市的一切都是暂时和方便"。刘呐鸥通过描写这样的人生形式来展露现代都市人赤裸裸的"真实感情"：他们可以在陌生人的邂逅中实行肉体的消费，人际感情可以像钞票一样随意流通，朝夕之间数易其手。可谓"都市人的魔欲是跟街灯一块儿开花的。"（《方程式》）穆时英在对兼具"地狱"与"天堂"的上海的都市症候进行"感觉"式速写时，把都市母题具体演化为人与物的角色倒置：交际花把她的恋人看作是 sunkist（橘子）、上海啤酒、糖炒栗子、花生米，被抛弃的男友是排泄出来的朱古力糖渣；而女人在男人的心中只是装饰性手杖，上街时"把姑娘当手杖带着"，漂亮的太太不仅是丈夫类似"一条上好的手杖"一样的装饰品，更被丈夫看作是他时髦的"苹果绿的跑车"；更有甚者，女性身体居然成了"一张优秀的国家地图"的"风景线"。质言之，这是人的本质的丧失，也是穆时英对都市文明中

---

① 袁振喜：《在另一种视野中看新感觉派小说的历史地位》，《河北学刊》2002 年第 6 期。

人的生命异化的现代性描绘和理解。

从文化哲学层面来考量，"异化"可以简单地理解为对人的本质的否定。在西方哲学史上，对人的本质的规定是各不相同的。理性和感性、精神和肉体、理智和直觉，这些都曾被规定为人的本质。但对人的本质有一个最根本的规定，那就是自由或对自由的关怀或追求。而对待异化有三种哲学态度和见解，其一是把异化看成一种正常现象，认为异化是实现自由的必然环节和阶段，并且异化会随着自由的实现而被消除，如费尔巴哈等人的哲学；其二是把异化看成一种不正常现象，认为它限制了人的自由和幸福，只有努力消除异化的根源人才能实现彻底的自由，这种观点集中地表现在马克思的《1844年经济学哲学手稿》和卢卡奇的《历史与阶级意识》以及法兰克福学派的社会批判理论之中。如果说上述两种观点的共同点在于：都认为异化必然会消失或可能被消除，那么与其不同的第三种态度和见解就是存在主义的异化观。在《存在与时间》中海德格尔关注的是"自己与他人"的共在关系，即从他人对自己的异化角度谈人的非本真生存方式，晚期的海德格尔则主要从"自己与他物"的共存关系的角度谈人的非本真生存方式，重点研究人在技术中的异化，而不管是他人对自己的异化还是人在技术时代的异化都立足于个体的人。在海德格尔看来，"此在"被异化为"常人"这是生存的真实状况："此在"作为一个现实的人生活在世界之中就必然被异化为"常人"，必然在周围世界和公众意见中去寻找寄托；这种异化并非把人的自由掩盖和锁闭起来，反而为"此在"的真正自由提供了可能。何以如此？因为这里的自由指"此在"在生存的可能性面前进行选择的自由：一旦"此在"意识到了"常人"生活的非本真性，也就看透了这种生活的异化本质，从而把本真和非本真作为两种生存样式进行自己的选择。进而言之，"此在"被异化为"常人"并不是历史的偶然阶段，也不会随着社会的进步被克服，异化将是"此在"生存的必然结构和永恒状态。萨特的异化观独具一格——介乎于两者之间，或者说他把两种相互抵牾的异化观合为一体。就他从物的"匮乏"去追寻异化的根源和要求、通过人的实践的总体化来克服异化而言，类似费尔巴哈和马克思的异化观；然而另一方面，萨特又迥异于马克思把异化看作私有制度的特有现象，而是看作普遍存在于人类的永恒的存在状态，这使他最终与海德格尔携手。萨特以存在主义哲学家和文学家的双重身份告诉人们：人生是无意义的，世界是荒谬的。恰似吴福辉先生在阐述以新感觉派领衔的海派小说对异化主题的解析："'现代人性'的文学表现——文化的'压迫'——自然人性、自由人性的失落——衣食无忧后的时代病——疲劳症——嫌恶症——夹缝虚空症——孤独忧郁症、冥想症——生存体验。"[①]

穆时英的《PIERROT》即是一篇凸显存在主义异化主题的小说范本，作品中的潘鹤龄渴望真挚的爱情，却被女友欺骗；酷爱文学创作，却连挚友也不能理解；回到父母身边，又被当作摇钱树；投身革命，又被视为叛徒。潘鹤龄从自身坎坷的际遇中始终"不明白人是什么，人生是什么？"在对存在终极意义的追问中迷失了自我，生命的异化成为他生存的必然结构和永恒状态。又如《夜总会里的五个人》，落魄感、幻灭感、疯狂感驱使"五个从生活里跌下来的人"在同一时间聚合到同一个疯狂迷乱的空间———星期六晚上的夜总会里；他们以恣意的疯狂来寻找并企图填补精神的空虚，但狂欢并未使他们得到精神的满足，金子大王胡均益最后拔枪自杀，其他人则成了他的送葬人。情况也许是，只有夜总会这一公共场所的变幻不定的场景才容留着这些灵魂自我放逐的族类。正是在对现代都市人醉生梦死的生存情境的叙写中，穆时英以极其紧张、亢奋的神经感受着一种难以排除的梦魇，写出了"天堂"般都市在诱惑、怂恿人的同时又把人推向生命异化的"地狱"。刘呐鸥曾翻译过日本新感觉派作家片冈铁兵一篇标题为《色情文化》的小说，其中的男主人公在反省他们的生存境遇时自白道："我们几个人是像开在都会的苍白的皮肤上的一群芥醉的存在。"这何尝不是中国新感觉派小说中那些人物的自我言说？他们虽然在都市中生存着享受着，但在精神上却永远是一个本真存的缺席者。

如前所述，新感觉派的直接影响因子是日本的新感觉派。而日本的新

---

① 吴福辉:《都市漩流中的海派小说》，复旦大学出版社 2009 年版，第 154 页。

感觉派给予中国新感觉派及其同人的启示主要表现在两个方面：一是让其认识到缺乏诗意的现代都市生活同样可以作为文学的表现对象；二是描写都市要有适合于描写的新的形式。问题却在于，其实日本新感觉派主要作家的作品几乎没有一部可称得上是严格意义上的"现代都市文学"作品。比如，同样是致力于表现畸形病态的现代社会，探索现代人自我存在的证明和生存空间的延展，日本新感觉派作家倾向于将艺术触角伸向大大小小的城镇和乡村，伸向历史文化深层的悠久资源，在远离都市喧嚣的创作领域开拓新的疆土。横光利一是日本文学界公认的新感觉派的心脏和灵魂，而他发表在《文艺时代》创刊号上的小说《头与腹》叙述一列满载旅客的客车因前方铁路发生故障而被迫中途停车，何时开动不得而知；于是，无数的"头"都在紧张地判断究竟应该坐在车上等待还是另外换车；一个大腹便便者晃着大"腹"决定换车绕道而行，无数的"头"也跟着挤下了车。这个小说颇具象征意义。显然，日本新感觉派小说即便是涉足于"现代都市"的创作语境，却转向描写人与社会、人与人、人与自然和人与自我等关系上的矛盾和脱节，以及由之产生的种种精神现状和现代情绪。

　　而中国的新感觉派诞生在中西文化形态激烈碰撞、交织形成的东方大都会——上海，感受到的是瞬息万变，充斥着诱惑刺激的时代脉搏，作家们一味沉缅于都市化写作中并通过强烈的主观个人意识，通过描述闪烁着各种"印象"的环境——都市——来表现现代文明沦落的末日情境，反映现代都市文明中人性被扭曲的异化感、生命本体失落的惆怅感，艺术地转述了有关存在主义的异化主题。比如与刘呐鸥、穆时英创作有异的施蛰存，在叙写都市病态生活时尤其注重感觉层次上的心理脉搏和直感节奏，其《梅雨之夕》写男主人公下班以后从不坐车回家，"我不是为了省钱，我喜欢在滴沥的雨声中撑着伞回去，""况且，尤其是街灯初上，沿着人行路用一些暂时安逸的心境去看看都市的雨景，虽然拖泥带水，也不失为一种自己的娱乐"。这是一个不想回家的城市男性，现实生活的重负使他希望寻找一份属于自己的快乐——只靠雨中漫步寻找能超逸出都市生存压抑的一点儿乐趣。如果说，重视感觉、表现异化仍不失为施蛰存小说的创作本色，那么他更擅长的是，"叙述都市人身处现代都市的内心感受，深入到都市人的心灵深处，表现都市人的孤独、寂寞和恐惧，以及对都市的厌倦情绪"①。人就生存于这种异化状态之中，从中感到生活的荒谬，由此产生无边无际的焦虑。于是人的存在就成为悖论：一方面人注定是要自由的，但另一方面，人对自由的追求却只能是绝望和空虚的。就像萨特的哲学和文学就时常表达着这样的主题："他人即地狱"，世界因其空洞而让人感到"恶心"。

应该注意到的是，"在对都市现实的表达中，他们所要达到的'拟像'（simulacra）的效果多于模仿的幻觉（mimetic illusion）。拟像创造了一个变形和异化的社会空间，在其中，所有的情境都是被文本模拟出来的，我们可以说它们摆脱了追求'逼真性'的'现实主义'对我们在认识世界时所强加的限定。如果冷眼观之，则'拟像'并不提供有关这个世界的连续图像，随之而来的必然是身份的无力感，在这样一个彻底主体化的世界中，个体的经验已经蜕化为封闭的局部现象，而不再介入民族的命运，超越个体的集体经验的真实性将不复存在"②。就此而言新感觉派的"感觉主义"不免带有浮掠性特征。

其实刘呐鸥在其翻译的《色情文化》"序言"中就说过："文艺是时代的反映，好作品总要把时代的色彩和空气描出来的"，又说，"在这时期里能够把现在日本的时代色彩描给我们看的也只有新感觉派一派的作品。这儿所选的片冈、横光、池谷三人都是这一派的健将。他们都是描写着现代日本资本主义社会的腐烂期的不健全的生活，而在作品中露着这些对于明日的社会，将来的新途径的暗示"。③刘呐鸥似乎想表明日本新感觉派的作品仍然担当了文化批判者的角色，即：日本新感觉派作家体现出一种对于"人"自身的深刻怀疑，以及力图超越于"感觉"之上来反观这种感觉，或者尽可能地从"人性"的自然形态之中来开掘"存在"的价值意义。

---

① 杨迎平：《永远的现代——施蛰存论》，光明日报出版社 2007 年版，第 196 页。

② 杜心源：《都市空间与新感觉派的身份认同危机》，《中文自学指导》2006 年第 5 期。

③ 刘呐鸥：《刘呐鸥小说全编》，学林出版社 1997 年版，第 211 页。

不妨再以横光利一为例，其小说《苍蝇》以一只苍蝇的视角审视现代社会人与人之间在自我封闭和对他者的抗拒中形成的冷漠关系，以及由于自我极度膨胀酿成的悲剧，流露出作者对于人类的渺小和无法掌控自身命运的悲哀。由于深受存在主义非理性思维方式的影响，日本新感觉派作家也拒斥理性的道德审视，从感官捕捉的画面当中升华出形而上的智慧思考，追求心灵对于现实的超越，从现实题材中抽象出现代精神，以此来曲折地反映现实世界的不协调状态。如果说波德莱尔的"巴黎的忧郁"形塑的是一个现代西方的都市文化症候，而日本新感觉派小说则在言说着一种典型的"东方的忧郁"；那么，中国新感觉派小说表现出来的却是一种颇具暧昧的、我称之为"东方的巴黎的忧郁"。这固然由于中国的新感觉派小说一方面采取"以美的观照态度"和"更为通情达理的生活方式"暗示和描写对"战栗和肉的沉醉的现代美的诱惑"。① 但另一方面，中国新感觉派小说创造出来的"东方的巴黎的忧郁"却在异域情调的文化气氛和畸形病态的现代都市景观笼罩下，呈现出文化身份上的某种暧昧。尽管以下论断近似苛刻，但还是有其道理所在："新感觉派的创作表明，他们不仅自居为普通人，也的确写的是普通人的心态；不仅缺乏赋予非理性以价值的反叛勇气和力量，也缺乏揭示非理性的神秘和魔力所需要的感受生命的深度的能力和表现'阈下'经验的艺术功力。"② 似乎可以说，日本新感觉派表现出一种现代性的焦虑，其焦虑作用于灵魂；中国新感觉派则展现出一种个体性生存的"当下性"焦虑，其焦虑作用于心理。尤其是，它匮缺那种对生命价值的终极追问和对生命存在进行深刻体验的灵性。或许可以这么说，新感觉派小说"它们完成的只是对存在的一种暧昧乃至失望的言说和命名，由此而显露的本真生存状态和本然存在状况也仅仅是充满缺憾的'此在'——一种沉沦未明的存在。它无力穿越世界之夜黑暗的遮蔽而达到一种存在的澄明。即，它缺乏的恰恰是经典存在主义文学的超越性

---

① 李今：《海派小说与现代都市文化》，安徽教育出版社 2000 年版，第 96、99 页。

② 李今：《日常生活意识和都市市民的哲学——试论海派小说的精神特征》，《文学评论》1999 年第 6 期。

品格"①。

简言之，新感觉派的创作在本质上只求超越但并不求升华：用非升华的方式来解除生存的压抑，用艺术化的创造方式来实现人生之醉。

第三节　欲望叙事和欲望哲学

生命被叙述为非理性的存在，个体在寻求欲望的满足中确认自身的价值，这是存在主义对于欲望的言说，也是新感觉派小说"欲望叙事"的表达。面对着作为历史与现实"缝隙"间的一块"飞地"的"上海"，充满着感觉化的都市物欲景观构成了新感觉派小说中独特的审美意象核心。在穆时英的《PIERROT》中，大街充斥着人的各种欲望和神情，"街有着无数都市的风魔的眼：舞场的色情的眼，百货公司的饕餮的蝇眼，'啤酒园'的乐天的醉眼，美容院里欺诈的俗眼，旅邸的亲昵的荡眼，教堂的伪善的法眼，电影院的奸猾的三角眼，饭店的朦胧的睡眼"。这些浓重的色调、混杂的气息和炫目的动感拨弄着都市人的感官世界，诱发出人们压抑的欲望，都市的诱惑和人物的欲望一起催生出典型的"都市风景线"。穆时英还常常不断变换视角运用各种感官，捕捉并发掘现代都市光怪陆离的纷繁变化和都市人颓废放纵的心理；致使小说中的主人公形同波德莱尔笔下的"浪荡子"，漫步街头，闲坐舞场，不知从何而来，也不知去往何处，在没有背景也不见前景的都市空间飘荡。"他们的愉悦与厌倦都是物质和欲望的符码。"② 更如丹尼尔·贝尔所称，"一个城市不仅仅是一块地方，而且是一种心理状态，一种独特生活方式的象征。"③

---

① 杨经建：《存在与虚无——20 世纪中国存在主义文学论辩》，人民出版社 2011 年版，第 133 页。

② 包亚明等：《上海酒吧——空间消费与想象》，江苏人民出版社 2001 年版，第 48 页。

③ ［美］丹尼尔·贝尔：《资本主义文化矛盾》，赵一凡等译，生活·读书·新知三联书店 1989 年版，第 155 页。

随着欲望话语合法性的确立，欲望被剥离了历史价值和道德价值的框架，作为人性最基本的形态赋予了自足性。欲望叙事便成为新感觉派小说的基本叙事方式。"在这个欲望的时代，在这个强大的欲望逻辑的笼罩下，实用主义的现代主义者已然堕落，理想主义的浪漫主义者已然过时，补天主义的现实主义者已然无力。"[①]

就"欲望"这个话语概念本身而言，它是人类生存和延续的必要条件，是生命存在的本质属性。"首先，它是对生命的肯定。没有欲望就没有生命，没有人的欲望就没有人的生命；没有了人的生命，世上的一切都将失去对人而言的价值和意义。不仅如此，欲望还与创造力、活力紧密相连。欲望寻求满足的过程，就是创造力产生的过程。"[②]的确，人类文明的创造实际上是为了更好地满足自身欲望，并使这种欲望满足的过程纳入可控性和渐进性。亚当和夏娃被逐出伊甸园堪称人类文明史上的一个象征性事件：作为区别于动物的人类之觉醒，正是从自觉地满足自然欲望开始；至于那条蛇何尝不是人之欲望的隐喻或外化，在《圣经》中它无异于撒旦，在《浮士德》中又化身于靡菲斯特，而在波德莱尔的《恶之花》中便成为人自身。由此观之，与其说是上帝把人逐出了伊甸园，不如说是生命个体对欲望的追求促成了人的觉醒。在某种意义上，欲望的存在是人的故事的开端，也是人类文明的前提。而对于欲望，文化哲学的要义就是进行一种欲望"如何"获得满足的叙述，并从这"如何"的叙述过程中构建一套有关欲望的价值、一种有关欲望的意义。"中国现代性问题意识来自西方，所谓'欲望'更是西方文化中的老话题。舍勒（M. Scheler）指称现代性即是'本能造反逻各斯'，这其实说的是反抗现代性，'本能'即'欲望'，'逻各斯'即'理性'。西方现代性的历史一直包含着反抗现代性的历史，也即是'欲望'反抗

---

① 张光芒：《从"启蒙辩证法"到"欲望辩证法"——20世纪90年代以来中国文学与文化转型的哲学脉络》，《江海学刊》2005年第2期。

② 程文超等：《欲望的重新叙述——20世纪中国的文学叙事与文艺精神》，广西师范大学出版社2005年版，第3页。

'理性'的历史。"①

　　相对而言，叔本华的生存意志论堪称现代西方哲学中最为典型的欲望叙事。在叔本华的思路中，世界上的万事万物都是作为表象而存在的。而作为其基础的不是康德所说的"自在之物"，更不是黑格尔所说的"理性"或"绝对精神"，而是一种非理性的、永不疲惫的欲望冲动。这种欲望冲动是一种求生存的欲望冲动，也就是叔本华所说的生存意志。因为叔本华发现，康德把人叙述为理性的人是不对的，人不仅有理性，而且有欲望与情感，即意志。而且，人最本质的东西是意志或意欲（Will）。叔本华的意欲并不限于贪嗔痴之类，而是将一切生命力量都归纳为欲望，所有那些"确立自我"（identification）的"冲动"（libido）都是欲望。这样，人的自我欲望就不仅是痛苦的来源，更成为了实现／超越自我，成为尼采式超人的必然途径。在此，每个人的生命都是意志的一个表象；而意志总是冲动的，它在每个人身上的表现形式就是欲望。叔本华的逻辑无非是：人具有欲望，这是生命的本性；有欲望，就证明想去得到一些现在还没有的东西；然而，欲望说明缺乏，缺乏则意味着痛苦；这种痛苦只要你活着就得承受；如果欲望得不到满足，你会痛苦；如果欲望得到了满足，你又会无聊，还是痛苦；在欲望得到满足后，又会有新的欲望产生，新的欲望意味着新的痛苦。生命意志是无限的，而个体生命是有限的，生命意志在个体生命身上不可能得到满足……这一发现对叔本华来说，却是给自己找了一个难题：发现人的本质是欲望与情感之后怎么办？怎么安顿人心与社会秩序？叔本华令人意想不到地走向了禁欲。这似乎是一个悖论——从传统理性文化的迷雾中敞亮欲望是对生命意志的肯定，而禁欲却是对生命意志的否定。从肯定生命意志开始，以否定生命意志结束，这是一个否定之否定的过程。其中亦有佛教的含义，叔本华确实也受了印度宗教的影响；只不过他认为这绝不只是宗教的问题，对于意志的内在矛盾及其本质上的虚

① 程文超等：《欲望的重新叙述——20 世纪中国的文学叙事与文艺精神》，广西师范大学出版社 2005 年版，第 351 页。

无性，教徒和哲学家都应该去认识。必须看到，叔本华的欲望叙事理论是对西方的整个理性传统的无情打击。虽然最终他走向了禁欲，但他毕竟是从与理性不同的另外一个路向上——从生命哲学的角度去叙述人和人的欲望。

从叔本华出发又超出叔本华，尼采的权力意志可能是有史以来的最为强势的欲望叙事，甚至可以说，在现代西方思想界最"纵欲"的还是尼采。众所周知，"身体"是尼采哲学的有机组成部分，尼采明确地为身体疾呼，从身体出发而肯定肉体生命以及对生命本能的张扬。与叔本华的"禁欲"诉求不同，尼采所要求的是无限扩张个体的意志力，追求身体原始快感的横流旁溢。由此而展现的是个体生命意志的疯狂和残酷，是绝对的粗暴和毁灭。在《悲剧的诞生》中尼采说，在审美状态中人们置光彩和丰盈于事物，且赋予其诗意，直到它们反映出生命意志的丰富和生之逸乐。这些状态是性冲动、醉、宴饮、春天、克敌制胜、嘲弄、残酷、宗教感的狂喜。其中性冲动、醉、残酷是三种主要因素，它们都属于人类最古老的节庆之欢乐。

尼采的欲望叙事旨在为生命意志卸下千年的重负，重寻狂欢的酒神。由是，作为生命本能的欲望不仅开启了人们对于身体的关注，更开启了审视艺术与美的新通道。而此三者——身体、欲望、艺术的共舞又使人类的生命意志得到最大程度的彰显。尼采力图从生命存在的本质、人和世界的关系来认识与理解身体、欲望和艺术的本质与价值。如果说，弗洛伊德的心理学是一种生命原欲的升华论，那么尼采所做的就是生命原欲的还原论，两者在实质上是一码事。尼采明确地表示，艺术是一种生物机能，它被置入"爱"的天使般的本能之中，它是生活最强大的动力。美属于有用有益、提高生命等生物学价值的一般范畴之列，它很久以来就提示着、联系着有用事物和有用状态的种种刺激给人们以美感，即权力感增长的感觉。①

---

① 参见刘小枫：《诗化哲学——德国浪漫美学传统》，山东文艺出版社 1986 年版，第 136 页。

　　法国当代哲学家、新尼采主义者德勒兹将"欲望"界定为构成主体或社会存在的一种基本实体；其有关欲望的概念是对尼采的"权力意志"的直接发展——把尼采的"权力意志"的要素定义为"激情"（affectivité）、"感性"（sensibilité）和"感官"（sensation）。德勒兹认为，被传统哲学或心身二元论的两分法所割裂和对立起来的身体、身体感觉或感性经验，不只是构成一切语言或命题的基本内涵，也是衡量一切事物的主要尺度，或者说，在感觉不可还原的意义上，它是没有陷入观念形态的可见事物的经验性尺度，"一种无形的、复杂的和不可还原的实体。它虽位于事物的表面，却是陈述中所附着或存在的一种纯粹事件"①。德勒兹指出，黑格尔的辩证法实际上是一种总体化的、还原主义的思维模式。问题是，这个世界则不仅是由大小不同的各种力量组成，构成这个世界的动态现象也为一种内在意志所驱动。由此，只有尼采的谱系学才能够对世界和价值的诸多分化性质、生产性和创造性力量作出恰当说明。德勒兹以"欲望在其本质上是革命性的"这一原理作为研究的出发点，将尼采的权力动力论（dynamism）和对主动力量的肯定，转译为一种有关构造性欲望的理论。在这种理论中，欲望作为一种自由的生命冲动、生理能量追求一种包容性的、而非排斥性的关系，"欲望的唯一客观性就是流动"，就是柏格森所谓的"生命之流"、"内在绵延"及其内在的不确定性和创造性。人类为了获得更多的自由，除了诉诸一种更为平衡的技术运用之外，还要用欲望、意志、想象、激情来改变我们的生活与世界。"因为欲望和无意识要比需要、利益以及物质生产更为重要。"为此，德勒兹坚决反对"那些过滥的、阻碍着无意识之流的各种机制、话语、制度、专家和权威"；在认知和实践领域主张一种"非固定的、解辖域化的、游牧式的运动"；认为"它出现于生产性欲望的微观生理（microphysical）平面上"。②德勒兹一如尼采将生命哲学中突出的身体、力量、欲望、意志和感觉等要素置于意识存在和实在论之

---

① Gilles Deleuze, *The Logic of Sense*, New York: Columbia University Press, 1990, p.19.

② 参见［美］道格拉斯·凯尔纳：《后现代理论》，张志斌译，中央编译出版社 2001 年版，第 119 页。

上；并断定，一旦人的欲望得以解放、激情得以自由流淌，一种集体的主体，一种非法西斯主义的主体，也即一种反俄狄浦斯的主体得以形成，那么"这样一种主体，即其欲望自由奔流的主体，将会形成一种爆炸性的和革命性的力量"①。

　　总之，德勒兹抛弃以往的原子论形而上学和静态存在哲学，以一种关于自然力量和生物力量的理论为基础，对以往的一切价值、包括对身体中的原始力量和欲望的创造力等都予以重新评估，试图创造一种新的思维和生命形式及其可能性。②

　　中国近代国学大师王国维与叔本华的精神对接在某种程度上也是在"欲望"这个节点。王国维在接触叔本华之前已深深体验到人生的辛劳与失望，茫昧于生命意义的晦暗不彰。叔本华关于生活、欲望与痛苦三者合一的悲观主义证实了、强化了王氏深植于心的悲观情怀。"吾人之知识与实践之二方面，无往则不与生活之欲相关系，即与苦痛相关系。"③生活的本质是欲望，欲望的后果只能是痛苦，这既是叔本华的推论，也是王国维的体验。在王国维看来，生活的本质是欲，追求欲望必然会带来痛苦，欲偿之不足，是苦痛；如愿以偿，是倦厌也是一种苦痛；要追求"快乐"的努力，是苦痛；"快乐"以后又回复"快乐"，又是苦痛，而这种苦痛随着文化愈进，知识弥广，苦痛更深。结论只能是世界是地狱，生活是无穷的苦痛。过去是这样，现在是这样，将来还是这样。所以说王国维的欲望言说具有明显的存在主义意味。而王国维之所以像叔本华那样将"生命—欲望—痛苦"视为"人生之问题"的核心，是忧虑于个体生命存在本身被遮蔽，使得"我国无纯粹之哲学，其最完备者，唯道德哲学，与政治哲学耳"④。或者说，是源于对个体生命困惑的"忧生"：个体的生命存在如何

① ［美］乔治·瑞泽尔：《后现代社会理论》，谢立中等译，华夏出版社2003年版，第176页。
② 参见张之沧：《论德勒兹的非理性认知论》，《江海学刊》2009年第1期。
③ 王国维：《王国维美学论文选》，湖南人民出版社1981年版，第31页。
④ 《王国维文集》第3卷，中国文史出版社1997年版，第7页。

可能? 而欲望成为与生俱来的本体意味着人之存在的根源不在"忧世"而在"忧生", 因而, 它思考的不是社会的缺陷而是生命本身的缺陷。对于个体性自我存在的拒绝曾经使得中国文化长期滞留于"我们的世界", 并导致知足常乐的人生体验, 甚至以取消向生命索取意义的方式来解决生命的困惑。但是王国维的文化思考却并非如此, 它是对于个体性自我存在的见证, 是从悲观主义、痛苦、罪恶的角度看世界, 也是通过向生命索取意义的方式来解决生命的困惑。哲学由此也就进入了"我的世界"——海德格尔的"此在", 并且力求为"我的世界"立法。

既然生命的真实是个体, 审美活动无疑就大有用武之地; 审美活动本来就应该是个体的对应形式, 只是在理性主义的重压下它才不得不扭曲自己的本性去与理性主义为伍。一旦生命回归个体, 审美活动也就顺理成章地回归本性, 成为生命个体的通道。于是王国维的文化思考延伸到"生命—欲望—苦痛—解脱或慰藉"的美学境地——艺术慰藉或解脱论: "美术之务在描写人生之苦痛于其解脱之道, 而使吾侪冯生之徒于此桎梏之世界中, 离此生活之欲之争斗, 而得其暂时之平和。此一切美术之目的也。"[1] 可谓个体生命活动只有通过审美活动才能够得到显现、敞开, 审美活动只有作为个体生命活动的对应才有意义。而固守着生命的感悟, 洞察了人生悲剧, 生命的痛苦、凄美、沉郁、悲欢才有史以来第一次进入思想的世界。王国维之所以最终以生命为代价来确证和索取"此在"的意义——解决存在之困惑, 是因为他的选择自杀并非通常所说的最终走向叔本华的以死"解脱论"和对悲观主义的归宿, 而是萨特的选择的自由或海德格尔的自我的筹划——实现了一种纯粹的"此在"方式: "Heidegger 认为最能体现独一无二的个体存在是他(她)的前行到死亡中去。因为只有在这个此在中才能体认到存在, ……只有前行到死之中取得此在才能体认到真正的人生的价值、意义和存在。""依据 Heidegger……领会着死亡而生存, 并不只是意识到自己有限时间性的存在, 也不只是'真我'自觉选

---

[1] 《王国维文集》第 1 卷, 中国文史出版社 1997 年版, 第 9 页。

择的可能性，重要的是，它是站在前行到死亡中的基点上去决断客观性的明天。"[①] 王国维将自己的生命化作一个"存在"的问号，并且通过对这个问号的解读来重新探询欲望诉求的可能性。质言之，正是从王国维的《红楼梦评论》到穆时英等人的新感觉派小说，非理性主义欲望叙述在中国文化／文学中显露出某种现代性演变的轨迹。

"新感觉派的叙述特色之一，便是探讨都市与人的关系，以及欲望在现代物质文明冲击下的发展路向。刘呐鸥、穆时英等人的小说，善于截取生活的横断面，从不同侧面透视欲望在都市社会中的表现形态。"[②] 毋庸赘言，"在刘呐鸥和穆时英的小说中，存在着一个欲望对象的象征系统，这个系统很庞杂，……这几乎是一个可以无限开列下去的象征清单，到后来我们会发现，原来这一切所构成的大都会本身，就是欲望的巨大的化身、表征和符号"[③]。如，穆时英的《黑牡丹》中的主人公便"是在奢侈里生活着的，脱离了爵士乐，狐步舞，混合酒，秋季的流行色，八汽缸的跑车，埃及烟"，"便成了没有灵魂的人"。实际上，穆时英笔下的摩登男女大多是现代都市的产物，他们是"Jazz，机械，速度，都市文化，美国味，时代美的产物集合体"（《被当作消遣品的男子》），是在充满诱惑的都市背景下，迷恋于声色之间的"浪荡子"。生活的压抑、都市的浮华、时光的易逝，让他们明确了"此刻"与"瞬间"的重要意义，甚至成为他们确证生命存在的唯一方式。刘呐鸥的《热情之骨》描写男主人公比也尔邂逅一位卖花女子不禁心中滋生爱意，当他终于赢得女子的欢心并与之做爱时，那女子向他索要五百元钱，比也尔顿时堕入震惊、自怜和愤怒的状态中；事后那女子写信告之："你说我太金钱的吗？但是在这一切抽象的东西，如

---

① 李泽厚：《实用理性与乐感文化》，生活·读书·新知三联书店 2005 年版，第 92—93、80 页。

② 程文超等：《欲望的重新叙述——20 世纪中国的文学叙事与文艺精神》，广西师范大学出版社 2005 年版，第 157 页。

③ 张新颖：《20 世纪上半期中国文学的现代意识》，生活·读书·新知三联书店 2001 年版，第 135—136 页。

正义，道德的价值都可以用金钱买的时代，你叫我不要拿贞操向自己所心许的人换点紧急要用的钱来用吗？……"至于《两个时间的不感症者》更是让两个希求性爱满足的男女失去了对"时间"的感觉，表露了欲望沉沦中人的自我失却。

如前所述，施蛰存的《梅雨之夕》描写了一个男人与一个路过的女子雨中不期而遇时所体验到的欲望冲动，在很大程度上颇似戴望舒的《雨巷》。然而，《雨巷》吟咏的是在具有古典意境的幽深小巷中一对忧郁男女的诗意邂逅和心灵洽和，《梅雨之夕》中强调的是"淫雨"中的相遇，正是从"淫雨"的双关语义中人的欲望得到既暧昧又尽兴的释放。在施蛰存的笔下，欲望一方面通过陈述进行表达，另一方面也可以指谓事态属性，德勒兹所谓的"欲望的唯一客观性就是流动"，或柏格森所谓的"生命之流"、"内在绵延"及其内在的不确定性和创造性。在他的另一篇小说《鸠摩罗什》中，一代宗师在欲与道之间冲突并煎熬着，最终象征人的生命力的本能欲望战胜了宗教对人性的扭曲与压抑。施蛰存之所以写古代的高僧、名将、英雄、美人等，实际上是以他们为"历史"载体表现"现代"都市人的复杂的心理体验和人生况味。新感觉派小说家就是从幻象般的感觉中开掘都市生活的现代性和都市人灵魂的喧哗和骚动，对这"造在地狱上面的天堂"充满了无法释怀的心理欲求。

如果说都市化的物质空间充分勾画了欲望化的"都市风景线"，那么摩登女郎则是都市欲望的象征符号。李欧梵先生将新感觉派小说中的都市摩登女郎称为"性感尤物"，这些张扬着肉感穿梭于各个暧昧空间、对男性产生致命诱惑的"尤物"最能体现都市的欲望化特质："这种女人是超现实的，是男人——特别是像刘呐鸥那种洋化的都市男人——心目中的一个幻象。"① 乔以钢先生则将这样的小说样态称为"尤物叙事"，在"尤物叙事"文本中，男性人物一方面将"尤物"等同于"物（欲）"用以检验自身存在，结果却是被"物（欲）"所异化，丧失了自身存在

---

① 李欧梵：《现代性的追求》，生活·读书·新知三联书店 2000 年版，第 118 页。

的意义。① 而刘呐鸥的小说集《都市风景线》中，那些风采独异的摩登女郎无异于"近代都会的所产"(《风景》)，女性常常被视作欲望化的尤物，成为男性直接感受都市和消费人生的对象。她们不但甘于把自己的身体等同于商品以换取生活所需，而且在"游戏"中常常处于主动位置，支配和嘲弄着自以为是的猎艳者。李欧梵因此指陈刘呐鸥的作品建构了"以'现代尤物'为代表的都市辞藻系列"，而且是"中国第一个建立这个意象的现代作家"。② 施蛰存的《特吕姑娘》中的秦贞娥是永新百货公司的化妆品部的服务员，为了尽可能地推销商品而谋取高薪酬，她不知不觉中成为了 Missde Luxe（英法语：奢侈小姐），常常劝导顾客（大多是男性顾客）购买贵重的东西而上了流行小报，其后被人们无聊甚至不无色情地品评她的姿态和容貌，作为一个女性本身就成为被"欲望"消费的商品。在穆时英的笔下，都市女性的躯体特征和精神气质完全消解了传统东方女性含蓄内敛、温柔娴静的特点，呈现出性感妖娆、张扬放纵的异域风情特征；这些摩登女性或是具有"蛇的身子，猫的脑袋"和"一张会说谎的嘴，一双会骗人的眼"(《被当作消遣品的男子》)；或是具有"希腊式的鼻子"，"嘉宝型的眉"，"红腻的嘴唇"和"天鹅绒那么温柔的黑眼珠子"(《骆驼·尼采主义者与女人》)；或是具有"丰腴的胴体和褐色的肌肤"(《红色的女猎神》)。《被当作消遣品的男子》里的蓉子是"Jazz，机械，速度，都市文化，美国味，时代美的产物的集合体"。她向来把男子当作"消遣品"，无聊时当作"辛辣的刺激物"，高兴时当作"朱古力糖似的含着"，厌烦时就成了被她"排泄出来的朱古力糖渣"。她们即便有"辽远的恋情和辽远的愁思和蔚蓝的心脏"，"也只是一种为了生活获得方便的商标"。(《PIERROT》)《CRAVEN"A"》更是一个在男性视角下完成的典型的欲望叙事文本——女性始终无法挣脱被欲望化和符码化的命运。小说写"我"在舞场的一角

---

① 参见乔以钢等：《论新感觉派文本的"尤物叙事"》，《湘潭大学学报》(哲学社会科学版) 2007 年第 6 期。

② ［美］李欧梵：《上海摩登——一种新都市文化在中国 1930—1945》，毛尖译，北京大学出版社 2001 年版，第 205 页。

窥视着一位抽着 CRAVEN"A"香烟的女性，而作者却透过"我"的偷窥并借以国家地图来隐喻女性身体——沿着地图从北到南的不同方位，从上到下地描述着女性的躯体部位，"作者用'黑松林'隐喻头发，用'火山'隐喻嘴，用'小山'隐喻乳房，用'海堤'隐喻双腿，用'汽船入港'隐喻男女交合。此外值得重视的还有那段关于'大都市夜景'的描绘，分明喻隐着 30 年代作为殖民入侵地和冒险家乐园的上海城市形象。由此，地图、女体和城市在文本中达成了同构性的共谋，都指向了潜文本的欲望。"① 这种富有色情意味的喻指明显地带有性幻想的特征。

显然，当女性被欲望话语"编码"进入新感觉派的叙述与想象中后，她们对于新感觉派作家的意义在于建构感觉，并通过这种感觉来表达现代都市人生命的躁动和存在的焦虑。

"中国现代文学叙事中，'欲望'并不简单地就是对'理性'的反抗。五四时期启蒙理性催生的'个性'张扬往往是'欲望'的张扬。现代文学中的'欲望'叙事所要逃避或反抗的，其实是文学中趋向整体主义历史理性的启蒙理性以及整体主义历史理性本身。"② 换言之，"五四"时期以郁达夫为代表的文学的欲望叙事指向了传统儒家伦理，从而抨击封建礼教专制和现实压抑，即欲望叙事和启蒙理性共生。新感觉派小说的欲望叙事逐渐游离"五四"启蒙理性和"整体主义历史理性"，作家们采取了一种独特的叙述策略：以"感觉"的方式对欲望话语进行了伦理改写。不少研究者曾指出新感觉派小说有关"欲望"的叙述只是表现出一种创作姿态，它本身并不具有建构性，建构性的事业仍然需要"理性"来成就。其实，问题不尽然如此。无论是施蛰存旨在以性爱动机去消解历史对象的光环，还是刘呐鸥、穆时英以人的生物性来注释人的生命形式，现代人的生存真相和存在本相在他们看来，都毫无神圣感而是关乎"财色"根性。所谓"感

① 李洪华：《现代都市的"颓废"书写——穆时英小说创作新论》，《南昌大学学报》（人文社会科学版）2008 年第 2 期。

② 程文超等：《欲望的重新叙述——20 世纪中国的文学叙事与文艺精神》，广西师范大学出版社 2005 年版，第 351 页。

性的生活—欲望的转移或释放—价值理念的崩溃—精神的幻灭，成为新感觉派小说触目惊心的现象，传达出那个时代特有的'危机意识'"①。

在这样的价值前提下，文学建构首先必须面对欲望，然后才能去寻找有创造性的文化表述。由是，文学的欲望叙事其实是在对"整体主义历史理性"的疏离和反思中，为了期待一种建构，而不是意在沉沦。它意味着，当欲望的文化价值被如此重估，欲望叙事不再囿于神、理性、道德规范等范围内，而是展开其另外一面——"负面"的"欲求"内涵，原欲被看作是生命的本质力量。也许它在主观上并没有直接关涉存在本体论问题，但在客观上它所践履的是舍勒式"本能造反逻各斯"的路径：思考人在"欲望"层面上作为生命存在"主体"的自觉是否可能，也就是以"欲望主体"颠覆或取代"认识主体"，在一定程度上凸显了欲望对"文化"——存在主义叙事的意义。唯独如此，随之而来的不是欲望叙事的枯竭，而是欲望的文化生产性和创造性力量。

第四节　"刹那主义"感觉和空间化叙述

正如没有巴黎和布拉格就没有昆德拉和卡夫卡的创作一样，现代都市文明是存在主义文学产生的土壤。在新感觉派小说出现之前或同时，也曾有过书写上海都市化生活的，如茅盾的《子夜》和丁玲的《莎菲女士的日记》。不过，"《子夜》只是'写都市的文学'，而非'都市文学'，它是把上海作为乡土中国的异己文化，……《子夜》的题旨欲以表明上海这座'城市是解放的前沿，是通向希望和可能性的转折点'"②。至于《莎菲女士的日记》，严格地说，其都市性书写被时代性诉求所取代。抑或，《莎菲女士的日记》虽然也显示出与现代都市文明有关联的个性化意识，然而，作品

---

① 程文超等：《欲望的重新叙述——20世纪中国的文学叙事与文艺精神》，广西师范大学出版社2005年版，第162页。

② 肖同庆：《世纪末思潮与中国现代文学》，安徽教育出版社2000年版，第222—223页。

中的人物如莎菲持续不断的内心斗争的结果却是扭转了个性化意识的"泛滥"并将其驯服，以致在小说的结尾作者在否弃了都市文明和物质现实的同时引进了"时代"或"社会"的观念，将人物投入到为未来而奋斗的革命洪流中去——对"时代"的理解与"斗争"、"人生"、"革命"等话语概念关联一体。"而作为现代都市文学的'新感觉派'，则是解释了一种意识，一种强烈的、破碎的、主观的个人意识，……在这种现代主义精神观照下，都市不再仅是一种环境，不再仅是一种生存空间，而是成为人存在的一部分，文化存在的一部分，或者说是人类命运的象征。"①

不止于此，新的"世界"（都市化时空）必将改变作家感知和描述这个世界的表达，新感觉派作家就是通过感觉对象化和对象感觉化的方式，将令人眼花缭乱、难以琢磨的不可读的"都市"转换为可读的"文本"。就新感觉派小说赖以成名的感觉化叙事而言，其中很值得关注的是一种"刹那主义"叙述或空间化展述。

诚如西美尔所指出的，都市生活所创造的心理状态以瞬间印象为主，是由"快速转换的影像、瞬间一瞥的中断与突如其来的意外感"② 所构成。刘呐鸥的《两个时间的不感症者》中的男女主人公便是从紧张的赛马场到热闹的吃茶店，再到繁忙的大街，最后到微昏的舞场，由艳遇到分手不过前后三个小时：场景频繁而速捷的变换导致文本叙事还没来得及展开、读者也跟"呆得出神"的男主人公一样还未明白过来时，小说便在女主人公"我还未曾跟一个 gentleman 一块儿过过三个钟头以上"的嘲弄中结束了。无独有偶，穆时英的《CRAVEN"A"》中的余慧娴"每天带着一个新的男子，在爵士乐中消费着青春"，可是每个说爱她的男子都把她当作"一个短期旅行的佳地"。

实际上，刘呐鸥的《都市风景线》中的大多数作品都是通过场景的快速转换，闪现现代都市瞬息万变的"繁复感"和生活秩序的紊乱乃至虚幻，

---

① 肖同庆：《世纪末思潮与中国现代文学》，安徽教育出版社 2000 年版，第 222—223 页。
② ［德］齐奥尔格·西美尔：《时尚的哲学》，费勇等译，文化艺术出版社 2001 年版，第187 页。

传达出一种缺乏生命逻辑的存在荒诞感——现代都市人的惊颤体验。如《游戏》这样写夜总会："探戈宫"空间上的不断变幻使得时间几乎处在停滞的状态，创作者也以此而获得细致描摹种种细微感受的机会，"一切都在一种旋律的动摇中——男女的肢体，五彩的灯光，和光亮的酒杯，红绿的液体以及纤细的指头，石榴色的嘴唇，发焰的眼光。中央一片光滑的地板反映着四周的椅桌和人们的错杂的光景，使人觉得，好象入了魔宫一样，心神都在一种魔力的势力下"。穆时英小说的叙述更像电影镜头的聚焦运动，这种写作风格以高速的、间断性的图像的连接方式出现，致使所演示的对象在高速的运动中输发了一种强烈的流动感和急剧的冲击力。"上了白漆的街树的腿，电杆木的腿，一切静物的腿……revue 似地，把擦满了粉的大腿交叉地伸出来的姑娘们……白漆的腿的行列。"（《上海的狐步舞》）快速而强烈的流动感是都市生活的特征，而现代都市生活阴暗、琐碎的种种细节正是在这快速聚焦的镜头中被逐一记录。在《夜总会的五个人》中，作者写出夜总会充满动感的刺激强烈的狂欢场面，小说不断地、迅速地在黑白两色之间进行切换："白的台布，白的台布上面的黑的啤酒、黑的咖啡；黑头发，白脸，黑眼珠，白领子，黑领结，白的浆褶衬衫，白背心，黑裤子；一条条白的腿在黑缎子裹着的身子下面弹着……"作品采用"空间并置"的结构并辅之以整体切割的手法，达到场面跃动的艺术效果，从而突出声、色、光、影在人的心理上产生的令人眼花缭乱又尽情追逐的感觉。

很明显，在新感觉派小说中都市人存在的明确指向便是空间化生存——不再是以往乡土中国的日出而作、日落而息的时间性或历时性生活方式，而是蜕变为一种难以用时间测度的都市化空间形式。于是，那些"太荒诞、太感伤、太浪漫"的瘦弱的男性永远是"时间的不感症者"（《两个时间的不感症者》）。空间化的小说叙事也不由故事或人物的发展变化的内容组成，而是尽力捕捉瞬息万变的刹那般感觉而享受当下的存在性，它能给现代都市人的生命形式带来一种想象性乃至幻觉式填补。恰如穆时英在《白金女体塑像》"自序"中所说："人自身变化的欢乐、悲哀、幻想、希望……全万花筒似的雾散起来，播摇起来……"颇似 20 世纪 20 年代朱自清宣称的"刹那主义"① 人生观。

朱自清说："我所谓的'刹那'，指'极短的现在'而言。"② 刹那的产生是因为人生的意义与价值横竖寻不着，但求生存的意志却是人人都有，"既然求生，当然要求好好的生"；而"好好的生"不能停留在寻找"全人生的意义与价值"这样大而无当的问题上，"要求好好的生，须零碎解决，须随时随地去体会我生'相当的'意义与价值；我们所要体会的是刹那间的人生，不是上下古今东西南北的全人生！"③ 要体验"刹那间的人生"就不但不能离开，而且要执着于现在。"你们'正在'做什么，就尽力做什么吧；最好的 -ing，可宝贵的 -ing 呀！你们要努力满足'此时此地此我'！——这叫做'三此'，又叫做'刹那'。"而"每一刹那在持续的时间里，有它相当之位置；它与过去、将来固有多少的牵连。但这些牵连是绵延无尽的！我们顾是顾不了许多，正不必徒萦萦于它们，而反让本刹那在你未看明这些牵连里一部分之前，白白地闪过了！"与朱光潜所说的人生意义在于要"用出世的精神做入世的事业"相比，朱自清却认为人生就是现在，所以他的现在是"舒服"的现在，"我既是活着，不愿死也不必死，死了也无意义；便总要活得舒服些"。"舒服"的具体要求是"生活的每一'刹那'有那一'刹那'底趣味，使我这一'刹那'的生活舒服。""不必哲学地问他的意义与价值"，"总之，现在只须问世法，不必问出世法；在出世法未有一解决以前，我们便只问世法罢了。——话又说回来了，出世法果真有了解决，便也成世法了。我所谓世法，只是随顺我生活里每段落的情意底碎发的要求，求个每段落的满足！"④ 朱自清的诗歌《匆匆》抒写的就是这种感觉：与其伸手遮挽流动的时光，不如抓住刹那好好地去享受；至于能享受什么，就如萨特说的，选择根本就是没法躲避的，不选择本身就

---

① 朱金顺主编：《朱自清研究资料》，北京师范大学出版社 1981 年版，第 311 页。
② 《朱自清全集》第 4 卷，江苏教育出版社 1988 年版，第 126 页。
③ 《朱自清全集》第 4 卷，江苏教育出版社 1988 年版，第 126 页。
④ 《朱自清全集》第 11 卷，江苏教育出版社 1997 年版，第 125—127 页。

是一种选择。虽然朱自清并没有详言他的"舒服"或享受与及时行乐有什么不同，但其"舒服"是在"刹那"的意义和价值基础上获得实现的，其中既有身体感官上的享受，更有对精神痛苦的一种掩饰。

　　实际上，朱自清"刹那主义"的话语内涵上体现出内承外应的特征。一方面，"刹那"本是佛教用语，《辞海》解释为：刹那（梵 ksana）。佛家认为，刹那之间具有生、住、异、灭四相，称为"刹那无常"，因此每一刹那中都包含着丰富的生命历程。现在之刹那称为"现在"，前刹那称为"过去"，后刹那称为"未来"，是为"刹那三世"。它强调一切因缘和合的事物都时时在变，永无静止。前刹那不同于后刹那，异灭的刹那也永不返回。事物转化无常，生命刹那流逝。从根本上说，佛家的刹那有一种悲观主义的幻灭感。另一方面，朱自清的"刹那主义"更受英国早期唯美主义者佩特的影响。佩特主张使感觉敏锐而强有力地接受"刹那的印象"，而"一刹那"的印象和感受、热情和见解是人的生命、思想和感情实际存在的形式；人生就是要拼命激起"一刹那"尽可能多的脉搏的跳动，尽可能多的热情的跳动，无论是感官的还是精神的、肉欲的还是情感的，实利的还是不为实利的，总之是加快生命存在的感觉。在佩特看来，艺术欣赏所获取的只是刹那的美感，因为对某一形式或纯美的感受，是由无限多的印象组成的，然而每一个印象被时间所制约，它不断产生又不断飞逝。这样，对形式和纯美的印象永远不可能同时出现。而人生有限，形式和纯美无限，以有限追求无限就如同蚂蚁追赶大象一样徒劳无益。与其如此，倒不如充分利用这有限的时间，经营个人刹那间充实了的生活，即"人生的意义就在于充实刹那间的美感享受"。①

　　如果说，佩特的"刹那主义"仅仅局限于艺术审美层面，那么在存在主义的话语表述中，刹那主义所代表的是一种与传统理性主义——历史发展进步论与文明发展进化论的不同的时间观念，一种"此时此地此我"的生存观。

---

① 参见赵澧、徐京安主编：《唯美主义》，中国人民大学出版社 1988 年版，第 75—78 页。

19 世纪末以来西方现代文明所导致的高速度、高效率的现代生活打破了传统社会的循环时间体验，基于未来信仰的"发展"、"进步"观念已成为压倒一切的价值取向。问题在于，由这种"时间之矢"所产生的对现时的无意义感与对未来的逐求尚难企及的焦虑感，随着"现代"的推移不但难以排解且日渐显露，这一现象被称为"现代性时间危机"。传统理性主义、启蒙进步主义的客观矢量时间主要诉诸未来而非过去，相反，作为现代文明"危机意识"而出现的存在主义则以个体性存在之时间体验对"现代性时间危机"作出反应，构成其特定的文化的、审美的时间体验和时间逻辑：只有在纯粹现时中人们才能不去追赶时间任由客观时间摆布与挟持，而是让时间穿越自身并使人的自我在刹那一瞬中得以实现。它所关注的是存在的焦虑感和生存的荒谬感——现代人普遍的生命感受，在这样的共时态的生命感受中时间意识被虚化和消解了。犹如穆时英在《夜总会里的五个人》中的喟叹："星期六的晚上，是没有理性的日子。星期六的晚上，是法官也想犯罪的日子。星期六的晚上，是上帝也想进地狱的日子。"在此，"星期六的晚上"是一个时间性确指，当这一时间矢度既什么都可以是、又什么都不是时，它仅仅成为一个空乏的不及物的能指，承载的是一种没有时态之分的普遍的生命存在的感受。

"这就是说，'现在'作为'过去'与'未来'之间的永恒过渡的消逝点，本身即具永恒意义，此一'现在'尽管从时间三维中独立出来，然而却以其永久的偶然性、过渡性与独创性信心满满的'在时间中扬弃时间'，并以短暂即永恒的辩证时间体验与业已困顿的客观矢量时间分庭抗礼。"① 波德莱尔曾给现代性下过一个众所周知的定义：现代性就是过渡、短暂、偶然，就是艺术的一半，另一半是永恒和不变。波德莱尔有一首题为《给一位》的诗："大街在我的周围震耳欲聋地喧嚷。/ 走过一位穿重孝、显出严峻的哀愁、/ 瘦长苗条的妇女，用一只美丽的手/ 摇摇地撩起她那饰着花

---

① 李立：《关于纠结与断裂——大众文化审美时间体验的现代性内涵及其困境》，《湖北大学学报》（哲学社会科学版）2010 年第 1 期。

边的裙裳；//轻捷而高贵，露出宛如雕像的小腿。/从她那像孕育着风暴般铅色天空/一样的眼中，我像狂妄者浑身颤动，/畅饮销魂的欢乐和那迷人的优美。//电光一闪……随后是黑夜！——用你的一瞥/突然使我如获重生、消逝的丽人，/难道除了在来世，就不能再见到你？//去了！远了！太迟了！也许永远不可能！/因为，今后的我们，彼此都行踪不明，/尽管你已经知道我曾经对你钟情！"诗中抒写的是在都市的街头与一位女郎的即时邂逅演绎成一场美妙的相遇。这其实也就是波德莱尔在《现代生活的画家》一文中指明的，现代都市文明最显著的特征是感觉的当下性，是在转瞬即逝的刹那间被感官把握的东西，具有自生自发的特点。尽管，这种擦身而过表现的也许是都市人冷漠眼中的无限距离感，只能堕入一种空空如也、飘忽无定的美，只能是无限的疏远，无限的寂寞；隐含在其后的分明是一种生存的忧患和存在的焦虑。而在穆时英的《上海的狐步舞》中，与瞬间式体验相应的是"重复"的感觉——对同一动作或运动的印象般重复，用以捕捉扑朔迷离的时刻、破碎断裂的情境和变幻莫测的空间；既然都市的时间是破碎无序而空间又被迅速时间化，那么在"重复"中所感觉到的就常常不是同一事物而是"置换"了的事物；小说在演奏着华尔兹旋律的舞厅情境中，主体和客体反复置换：儿子可以对继母和新认识的女影星说着同样亲热的话；继母对儿子和不认识的珠宝商作出同样的调情反应；而其他人如比利时的珠宝商、女影星亦不例外。严格地说，在舞厅这一典型的都市符码中，主体和客体的反复置换一方面表明了都市人努力的虚妄：都市就像人类一座临时的旅舍，一切都是短暂的、稍纵即逝的；另一方面，它更显透出作者内心深处那种因空间（生存场所）变幻莫测、事物易逝、人生苦短而始终挥之不去的孤独感和寂寞感，以及不甘心承认这一切且力图寻找自我存在意义的心态。

从存在主义本体论层面考量，如果"本体"一定要标指一种实在的存在的东西，那么在新感觉派小说中本体所指的无非是人的想象、激情、欲求、思绪、忆念等生存性感受。这是因为，在新感觉派小说家的笔下，人所能把握的都把握在感觉之中，人所能超越的也都只有通过感觉去超越。

刹那中的永恒不过是感觉的一种超然发悟（审美直观），一种超验性情绪的把握。"这一现象的结果是，文学中的城市不再是实实在在的、前后一致的，而变得破碎、透明，成了有碎片、变幻的情绪构成的地方，它不再是代表共同体的符号，而是代表不连续性与断裂的符号。"①

穆时英的《夜总会里的五个人》中的"五个人"都是现代都市病患者，他们在一种确定了的生存形式——"跳舞"中去体味一种连自己也无法琢磨和难以确定的生命存在状况，这种存在状态在电影般跳跃的文本结构、令人目不暇接的场面、近似疯癫的精神状态中表露无遗。刘呐鸥《游戏》中的移光对情人直言不讳地表达了现代都市爱情的短暂和虚假，"你这个小孩子，怎么会在这儿想起他来了？我对你老实说，我或者明天起开始爱着他，但是此刻，除了你，我是没有爱谁的"。陈思和先生如下陈述是有道理的："刘呐鸥的海派小说里呈现的都市文化图像自然不会离谱于繁华与糜烂的同体模式，但他并不有意留心于此道，更在意的是都市压榨下的人心麻木与枯涩，并怀着淘气孩子似的天真呼唤着心灵自由的荡漾，一次偷情、一次寻欢、甚至一次男女邂逅，在他的笔底都是感受自由的天机，以此来抗衡社会的高度压抑"②。

在这样的感觉化叙事中，时间停止了，所持有的只是人感觉世界和体验生命一种方式，一种非理性的、常人无法企及的方式。施蛰存的《散步》全篇由四个人物和两个场景构成。青年绅士刘华德先生在自家的阳台上邀请妻子去散步，希望通过公园散步来重温恋爱时光；然而没有得到妻子响应的刘华德独自在公园里漫步，不料先后邂逅了昔日情人和邻居寡妇，在重拾了浪漫的同时又有了新的艳遇。表面上看起来，刘华德对"历史"的纠缠和执迷不悟是悲剧产生的缘由，但从根本上说，却是他对一段美好记忆的执意挽回。然而他在"现在进行时"中对情感的失而复得，以及即刻

---

① 张英进：《中国现代文学与电影中的城市：空间、时间与性别构形》，秦立彦译，江苏人民出版社 2007 年版，第 160 页。

② 陈思和：《论海派文学的传统》，《杭州师范学院学报》（人文社会科学版）2002 年第 1 期。

的复而失得打破了关于"永恒"的梦想。时间实际上已经在这种反复的失而复得或复而失得中被消解，并向情境（空间）形式转化，其结果是过去被否定了，未来也被否定了。而把当前与过去和未来切断并孤立起来的结果，就是主体对现在的体验深度和强度的增加，感觉、视觉、听觉本身也由此得到充分地发展。它反映了现代人在虚无缥缈、不知身在何处的迷离感中，对荒谬、错位的时空体验背后的一种存在的焦虑。

其实，存在主义先驱谢林就曾强调过，"艺术不仅自发地存在，而且还作为对无限的描述站在与哲学相同的高度：哲学在本相（Urbild）中描述绝对，艺术在映相（Gegenbild）中描述绝对"。而艺术作为自由与必然性的相互渗透，其任务不是自然的摹仿而是去表现"真正存在的东西"；自然界的每一个创造物只是在一瞬间才是真正完美的，完满的定在（或海德格尔的"此在"）也只有一刹那。在这一刹那之中具有在整个永恒之中所具有的东西。艺术则把这一瞬间中的本质鲜明地表现出来，把它从时间之流中抽出来；而感性个体（"此在"）可以在一刹那中把握着永恒。艺术使本质在它的纯存在中，在其生命的永恒之中显现出来。这就是艺术的存在价值，也是人的存在价值，甚至是整个世界的存在的意义[1]。

在后期存在主义思想家雅斯贝尔斯看来，人生有三种界限：身体界限、心理界限、灵魂界限，这三种界限出现时便是人必须思考存在的价值、作出人生抉择的时候。决定生命存在是否有意义的既不属于身体也不属于心理，一个人有可能在身体健康，心理正常的情况下不快乐，这就意味着一定还有第三个因素决定人们是否快乐，而这第三个因素姑且称之为"灵"——只有灵魂才代表着"精神"，关系着"意义"，如此而已。当人面对灵魂界限时，就是在刹那中可以把握到永恒，在瞬间能够感受到生命的永恒意义。或者某一个瞬间发现了一个真实的自我，觉得人生完全不一样了，人的全部生命力量一下子异常猛烈地振奋起来——生命存在获得

---

[1]　参见刘小枫：《诗化哲学——德国浪漫美学传统》，山东文艺出版社 1986 年版，第48—50 页。

穿透力的瞬间。正是这个刹那让自己前后的生命截然不同。灵魂不再在习惯的诱引下沉睡，存在的真实境况瞬间清晰地呈现出来。与古希腊享乐式的刹那主义和佩特的唯美式刹那主义不同的是，这种灵魂的内在震撼使感性个体感受到剧烈的情感冲击，它荡涤了人的生命情感的自然状态，灵魂的苏醒带来个体生命的价值信念的苏醒，从而接近一种近乎宗教般的神圣境界，使震颤的人心连带着整个生命获得更新和再生。而灵魂唤醒只是那撼人心魄的一瞬，当艺术使人达到生命存在的醒悟时，这种醒悟展露出人的生命的全部悲剧性。因为，通过艺术而使生命敞亮之时，存在的醒悟仅仅获得短暂的闪烁，而人又会重新陷入他的日常存在的麻木之中。甚至，更走向灵魂的虚无和肉体的沉重。对此，雅斯贝尔斯认为，摆脱这悲剧性的出路在于，把人同绝对和永恒的世界联系起来，使光从绝对王国透过日常存在的深处而使人醒悟。人最终只有依靠信仰的力量才能获得超越。在此意义上，雅斯贝尔斯的存在主义与克尔凯郭尔相似，带有明显的宗教特质。

以此观之，倏忽的都市生活是新感觉派小说追逐的目标，而人们又必须面对每一个可消逝的生存瞬间，把它定格成变幻莫测的艺术画面；刹那的顿悟、片刻的梦魇；感官的游动和加速、上升和下降，凝视和漠视都会使现实得到相应的扭曲和呈现，更不用说这一切还将随着个体的情绪状态的起伏而变化。如此的创作不仅直接标示出艺术存在与生命存在的同形同构，更传达出的人的生命存在无所依持的不安定思绪。新感觉派小说家面对的是既无法承受之"快"、又难以逃避之"异"的都市化的生存感受和存在状态；其笔下的"都市风景线"是五光十色的、亦真亦幻、短暂难以持久，如穆时英在《白金女体塑像》"自序"中所说："人自身变化的欢乐、悲哀、幻想、希望……全万花筒似的雾散起来，播摇起来……"但对生命存在的焦虑感却是永存的。转瞬即逝的是"感觉"，而不逝的是存在的"感觉"。刹那主义的感觉在此变成了一个价值概念，唯有生命的感性直觉，方能把它拼命追求的不确定之物确定下来。然而，"给不确定者以确定"，必然包含着它的反词："给确定者以不确定"，这不仅是生命的本质，也是存在之所以存在的根基。因为只有生命才能完成非存在向存在的转化。作家们所做的其实就是企求以"有意味的形式"——用"感觉"来把握那种不能为理性（现实主义反映论）所认知的生命存在的意义。

问题的关键还在于，新感觉派小说在瞬间之存在的绝对意义上揭示出了，这个世界更多的是不美妙和荒诞——"恶之花"。这就是新感觉派小说所表征出的生命存在的本真处境：在"存有"的界面上同样还有"虚无"。

第五章　存在主义文学的里程碑式标志

——西南联大作家群及其创作

当 20 世纪初中国文学被纳入"现代性"语境和"世界性"格局后，对存在主义的选择也成为"现代性"文学思潮新的生成点并形成了一种若隐若现的世纪性文学现象（思潮）。其中一些关键性节点具有明显的里程碑式标志。已有学者指出，"在二十年代到四十年之间，正是由于冯至的存在，遂使存在主义与中国现代文学的关系构成了一条虽然薄弱但却没有间断的线索"，以至"在四十年代后期，中国现代文学中的这股与存在主义相关的涓涓细流终于形成了某种势头，有可能获得较大发展"。[①]我以为，其实不止是冯至，以冯至领衔的西南联大作家群的创作才真正彰显出中国存在主义文学的里程碑式标志，其中包括身为教授的冯至、卞之琳、沈从文和钱钟书，以及受他们影响被其引发的学生、后来分别成为著名作家的穆旦、郑敏、杜运燮、汪曾祺诸人。这个作家群体并无组织、纲领，其关系性构成有赖于同仁之间以及师生之间文化精神的相通和创作旨趣的相似。可以说，正是西南联大作家群的创造性工作使得中国存在主义文学进入完全成熟的阶段——一种严格意义上的存在主义文学样态。

---

① 解志熙：《生的执著——存在主义与中国现代文学》，人民文学出版社 1999 年版，第 66、255 页。

第一节　自由主义和民族主义的交集

西南联大的成立缘于战争环境中为了保存中国现代正规教育之脉息，其"国立"的性质也意味着"联合"是战时政府行为的实施。"联大存在的大部分时间里，整个中国都处于抗日战争的氛围中，联大最后不到一年的时间，抗战虽然胜利了，但内战的威胁又起，'两次战争之间'成了战争氛围的一种独特派生状态。"① 无疑，西南联大的建制是战争背景和国家体制结合的偶然性产物。问题在于，不管意识到与否，在联大人那里，战争的现实已无情地摊现在每一个人的面前，以往习惯于隔着一定距离看待现实的知识者和青年学生却不能不承受着和现实发生剧烈摩擦的切肤之痛。

萨义德在《知识分子论》中说："在黑暗时代，知识分子经常被同一民族的成员指望挺身代表、陈诉、见证那个民族的苦难。……除了这些极为重要的任务——代表自己民族的集体苦难，见证其艰辛，重新肯定其持久的存在，强化其记忆——之外，还得加上其他的，而我相信这些只有知识分子才有义务去完成。……我相信，知识分子的重大责任在于明确地把危机普遍化，从更宽广的人类范围来理解特定的种族或民族所蒙受的苦难，把那个经验连接上其他人的苦难。"② 冯至曾在 1937 年 5 月为里尔克的《给一个青年诗人的十封信》译本作序指出："人在遇见了艰难，遇见了恐怖，遇见了严重的事物而无法应付时，便会躲在习俗的下边，去求它的庇护，它成了人们的避难所，却不是安身立命的地方。谁若是要真实地生活，就必须脱离现成的习俗，自己独立成为一个生存者，担当生活上的种种问题，和我们的始祖所担当过的一样，不能容有一些代替。"在《工

---

① 程波：《西南联大诗人群与新诗的现代性转变：个案研究与主题学研究》，《南京师大学报》（社会科学版）2003 年第 2 期。

② ［美］爱德华·W.萨义德：《知识分子论》，单德兴译，生活·读书·新知三联书店 2009 年版，第 40—41 页。

作而等待》一文中，冯至有感于奥登创作的《战时中国作》犹如"把中国的命运和里尔克融汇在一首美好的十四行"，进而感慨"里尔克的世界使我感到亲切，正因为苦难的中国需要那种精神"。这是因为，里尔克在第一次世界大战的紊乱现实里自觉以"沉默"担受"寂寞"，以"'不显著'之生活"的方式"居于幽暗而自己努力"地从事艺术工作，从而在 10 年沉默和痛苦之后得到升华，一切"都有了个交代"。里尔克对"苦难"的承担、对"工作而忍耐"的精神，正是战时中国最需要的品格和精神。于是在冯至那里，怎样使"自己独立成为一个生存者"，同时又能在烽火连天的岁月用个体生命去体验民众的苦难和民族的命运，被铸造为《十四行集》的主题倾向。

对于西南联大作家群而言，民族本身的存在先验地决定了他们的身份认同——一种无条件、无选择的认同；而共同的历史记忆和文化底蕴成为在危机时刻可资依赖的情感资源。在西南联大任教的教授们虽然大都具有留学欧美的经历，但在伦理道德层面却明显带有儒家文化的色彩，这个特征使他们有可能成为萨义德所谓的"黑暗时代"——外寇入侵民族危亡年代现代知识分子"代表自己民族的集体苦难"的承担者。任之恭回忆当年的经历时写下了这样的话："首先，战争时期为保存高等教育而奋斗的主要动机来自于中国传统的对学识的尊重，在以儒家为主的传统中，中国学者被认为是社会中的道德领袖，从某种程度上说，也是精神领袖，那么，从这一观点出发，战时大学代表着保存知识，不仅是'书本知识'，而且也是国家道德和精神价值的体现。"①

当战争毁灭了一切，不仅危及国家、民族的生存，而且实实在在威胁到每一个具体的个体生命时，人们就会重新关注在太平岁月被忽略、遗忘的身边的东西，发现正是个人的琐细的日常生活构成了最基本、最稳定、也更持久的生存本相；而个人的生存又构成了整个民族、国家以至人类的生存基础。比如，"穆旦的青春时代是在和民族的苦难中一起度过的。作

---

① 任之恭：《一个华裔物理学家的回忆录》，山西高教联合出版社 1992 年版，第 101 页。

为一个文化先觉者，他经历了文化先觉的苦难；作为'人民的一员'，他又真切感受到民族的苦难与忧患。……'我'与'人民'、苦难与'拥抱'、美丽与忧患、上升与降落……在穆旦充满土地气息与现代气息、充满生与灵挣扎的带血的诗歌中，我们可以看见中国知识分子在现代与传统、光明与黑暗间所背负历史的种种沉重复杂"[1]。

　　毋庸置疑，西南联大作家群的民族意识中的一个核心话语范畴便是"归属"感。这种"归属"在特定的历史阶段（如战乱时期）已演变为前所未有的情感态度。而无论是归属于一个家庭、一个氏族、一个部落还是一个民族，它所对应的是安东尼·史密斯所说的"民族基本上是个文化的和社会的观念，指一种文化和政治的纽带，此纽带把享有共同神话记忆象征和传统的人们连结为一个有声望的共同体"[2]。的确，当战乱瓦解了一切现实的归属所指后，民族便成为基本归属的替代物和隐喻。何况，知识分子本身就是一个社会和民族的"价值的保存者，价值的守护者"[3]，这里既有知识分子传统的"有所不为"，也有他们在当下环境中的自我"角色定位"。用与西南联大作家群在创作精神上具有明显相似性的诗人唐湜的话语表述则是："我们必须以血肉似的感情抒说我们的思想的探索。我们应该把握整个时代的声音在心里化为一片严肃……我们应该有一份浑然的人的时代的风格与历史的超越的目光，也应该允许有各自贴切的个人的突出与沉潜的深切的个人投掷。"[4] 由此可见，在绝大多数西南联大的知识分子心目中，民族意识对他们有不可抗拒的道德感召力，正如夏志清所说的充满了"道义上的使命感"[5]。情况往往是，西南联大的九年不仅在知识传承和学术研究方面取得了突出成就，而且培植了一种心系天下、富有道德意

---

① 符杰祥、张光芒：《"受难的形象"——论穆旦诗歌的人格价值与文化意义》，《淄博学院学报》（社会科学版）2001年第1期。

② 许法明、武庆玲：《民族特征与欧洲统一观》，《欧洲》1994年第1期。

③ 崔卫平：《知识分子的自身相关》，《经济观察报》2010年8月7日。

④ 王圣思选编：《"九叶诗人"评论资料选》，华东师范大学出版社1996年版，第366页。

⑤ 夏志清：《中国现代小说史》，刘绍铭等译，香港友联出版社有限公司1979年版，第434页。

识的知识分子的人格气节。

冯至在《十四行集》中曾为尤里西斯、歌德、梵高、杜甫、鲁迅和蔡元培各写了一首诗，借一种向其他人倾诉的口吻为他们描绘了一幅幅思想肖像。冯至从他们的某个具体关联物（作品或言语）入手阐发诗意，向内找寻自己小宇宙中与这些人物的精神特质的共鸣点，向外升发出对包括时代生活、民族苦难的大宇宙的关怀。钱钟书的《围城》描写了抗日战争如火如荼的时代，他在原著的序中曾这样感慨：写作的两年里（1944年至1946年间）总不免"忧世伤生"。何以如此？作品中方鸿渐的一句话点破迷津："我近来对人生万事，都有'围城'之感。"其实在写作《围城》的两年里，钱钟书与方鸿渐一样，除了没有爱情的坎坷、家庭的风波外，举凡人事的倾轧、生活的煎熬、尘世的纷争、社会的矛盾、国族的战乱……，都和《围城》的情况相仿佛。按理，彼时正是抗战即将转向胜利的时期，作者理应转忧为安才是。细加琢磨便可体会到，钱钟书的"忧世伤生"来自于外乱息而内乱将起的纷繁世相，体味到了"知识分子的重大责任在于明确地把危机普遍化，从更宽广的人类范围来理解特定的种族或民族所蒙受的苦难"的责任意识。可见，西南联大作家群的创作"也许能够加强一种感性认识：它与艰苦的磨难、巨大的创伤、甚至是深刻的危机紧密相连，而不是躲避在象牙塔内的文字制作"[1]。

在此，秦晖先生提出的"合理的民族主义"的说法值得咀嚼。"合理的民族主义以公民权利的实现为前提。……民族主义所要捍卫的民族利益只能是民族中每个成员个人利益的整合，因而民族利益的体现者只能通过自由公民意志的契约整合程序（即民主程序）产生。……换句话说，合理的民族主义是以民主主义为前提的。"[2] 事实上，在西南联大作家群那里，当"国（国君之国）"被置换成现代民族国家——源于家国兴亡的焦虑变

---

① 张新颖：《学院空间、社会现实和自我内外——西南联大的现代主义诗群》，《当代作家评论》2001年第1期。

② 秦晖：《自由主义与民族主义的契合点在哪里？——回应盛洪先生的挑战》，《东方》1996年第5期。

为来自民族存亡的焦虑，他们的道德使命感亦得到彻底的现代转型：从修德达道的内在慨兴和身—家—国的外向寄兴，转向对文明解体时精神何以适从的省悟，以及历史前行中道德（人性）主体如何践行"道义上的使命感"的体察。因此，我以为西南联大作家群所体现的"民族主义"更多的是一种道德情怀或情感态度上的民族主义；这种道德情怀在某种意义上只具情感价值而与政治制度无关，即所谓"民族认同或文化（文明）认同的本质不是制度认同，不是'思维方式'或'价值体系'认同，更不是对特定权力的认同，而是纯粹审美符号的认同。……那么为什么要认同这些符号，或者说为什么要认同民族或文明呢？这没有道理可讲，因为我们已判定民族不可比，文化无优劣。因此我们认同此而不认同彼就完全是感情问题而不是学理问题，或者说是前定条件问题而不是选择问题。"[1]

　　不妨回看一下当时任教西南联大哲学系的贺麟所写的《德国三大哲人处国难时的态度》，贺麟怀着景仰之情对三位伟人——歌德、黑格尔、费希特的人生态度加以评述，其实隐含着对当时知识分子身处国难时的生存态度的期许，直言之，是希望大家坚守生命立场、文化立场和民族立场，安然而又昂扬地度过国难。相对而言，西南联大作家群更似贺麟所述的歌德，歌德在拿破仑大兵入侵时独自留下，使耶拿大学的教学如常进行，尤其是他在任何情况下都能保持"诗的生活"，对生命本真进行探索，拥有自由的意志和独立的思想，体现了积极的生命立场。

　　另一方面，地理和文化上的边缘状态使得西南联大所处的地域——云南境内统治者的思想控制又是相对放松的，这自然形成了极有利于创作生存的社会环境。"云南的地方统治者龙云与中央政府矛盾甚深，一直警惕中央力量的渗透，同时，思想开明的龙云深知西南联大寄寓昆明对当地的文化建设和未来发展有着不可估量的积极影响，所以为联大提供了较为宽松的外部环境，从一个侧面保证了联大抵御权力干涉的有效性。处于战争

---

① 　秦晖：《自由主义与民族主义的契合点在哪里？——回应盛洪先生的挑战》，《东方》1996 年第 5 期。

与权力斗争缝隙中的联大因此获得了自我精神成长的空间。正是有三校各自脉流汇结而成的西南联大的民主氛围、尊重学术独立的学风，学校内部体制的优化与良性运转，以及战争缝隙间觅得的自由使得联大知识分子群体形成了视学术创造为安身立命的重要方式，忧患世事的人间情怀，和自由洒脱、达观智性的文化气质。"①质言之，西南联大作为最敏感于时代风云变幻的处所聚集了一批现代知识分子精英。这些人比一般社会公众能更自觉地将艰难时势投射在个体心理上。西南联大作家群用现代知识者丰富而复杂的想象力、经验与感觉注视着现实世界，对于艰难时势和民族危亡有着自己独特的观照视角，这就导致了其艺术观念和写作方式的变化和调整。"他们将这种现实与灵魂的逼视上升为既保留个体的独特性，又是普遍、超越的人类经验和形而上的生命体验。"②而"忧患世事的人间情怀，和自由洒脱、达观智性的文化气质"，实际上就是将民族主义情怀和自由主义理念汇融在一起。其结果则是西南联大作家群对民族共同体抱有特殊的情感态度——群体（民族）归属的情感诉求与个人自主的观念意识处于相互倚重、彼此互补的状态。

在这种相互倚重、彼此互补状态中，民族主义是一种将自由主义作为精神理念的民族主义，自由主义是一种将民族国家作为文化选择的想象共同体的自由主义。张东荪说："中国接受西方文化虽只短短将近50年，然而却居然在思想界文化界中养成一种所谓：LIBERALMIND。此字可译为'自由胸怀的陶养'，乃是一种态度，或风格，即治学、观物，与对人的态度或性情，亦可说一种精神。"③就西南联大作家群而言，自由主义在大部分时候意味着一种文化理念的持守；支撑它的是一种价值多元主义的立场，这种立场倡导的是以思想自由和意志独立为核心的个人基本权利的实

---

① 刘晓林：《动荡与困厄中的精神守望——西南联大知识分子文化性格论》，《延安大学学报》（社会科学版）2004年第3期。

② 王燕：《西南联大外文系的文化精神——外文系与联大诗人群》，《廊坊师范学院学报》2004年第1期。

③ 张东荪：《知识分子与文化的自由》，《观察》第4卷第14期。

施。唯独如此，西南联大作家群的民族主义才更多限定在情感态度或道德情怀上而不是政治倾向。他们坚信：信念与价值观不能作为政治原则的根据，它们本身并不具有社会政治意义，对于政治生活也并无直接的贡献。这也许就是许纪霖指陈的"观念的自由主义"："我们也可以将现代中国的自由主义者划分为两类人。观念的自由主义者与行动的自由主义者。所谓观念的自由主义者，大都是知识体制里面的学院派人物，有着固定的职业和稳定的收入，通常都留学过英美或在国内清华、燕京、圣约翰等大学接受过英美文化的熏陶。……观念的自由主义者作为一种社会道义和公共良知的存在，在自由主义运动中的作用相当巨大。"[1] 显然，"观念的自由主义"的核心在于个人自由，它是在确认人的本质是自由的这一命题基础上，对如何确保人的精神自由而无待进行的追问；在此意义上，它又是一种不证自明的基本生存方式。康德的自我实现和发展个性是理解这种自由价值的核心所在，其背后蕴含的话语含义是：人的最高层次的利益在于选择、认定一项理想来安顿生命。虽然，一个人当下认定或追求的理想人生或许无法确认是否具有真正的最终价值，但当事人不能确定的问题更不能由其他人（包括政府或者宗教权威）来代替和判断；人的价值抉择、生命的安排只有经由当事人自己来认定才真正具有价值意义。

有诗为证。冯至在《十四行集》中，称赞渺小的"个体"生命呈现出的精神坚守的独特价值："我常常想到人的一生，／便不由得要向你祈祷。／你一丛白茸茸的小草／不曾辜负了一个名称；／／但你躲避着一切名称，／过着一个渺小的生活，／不辜负高贵和洁白，／默默地成就你的死生。"（《十四行集》之四）以个体的苦难承担来完成时代赋予的职责，这是冯至在战争与贫穷、恐惧与失望交织的年代所担当和坚守的首要意义，最终目的是要为国家和民族"从绝望的爱里换来新的发展"（《十四行集》之十三）。冯至把这样的存在意愿凝结成简洁然而恢宏的诗句："给我狭窄的心／一个

---

[1]　许纪霖：《社会民主主义的历史遗产——现代中国自由主义的回顾》，载李世涛主编：《知识分子立场：自由主义之争与中国思想界的分化》，时代文艺出版社 2001 年版，第479—480 页。

大的宇宙!"(《十四行集》之二十二)有论者曾将穆旦和田间彼时的诗歌作了比较后指出,穆旦所做的工作,他的冷静、凝重和心灵巨大的搏斗活动正是坚忍顽强地要求存在的价值。他的诗就是以自己的价值向我们保证的一种情境。因而,同样为解放、自由呼号,绿原、田间是社会的、空间的、代言的,是趋向集体英雄主义的,穆旦却是个人的、时间的、心理的、是个人英雄主义的。①

西南联大作家群的成功,在很大程度上正是得之于民族主义和自由主义的完美结合。当这样的结合在自觉状态下完成后,便促成作家们从对家国命运的寄兴转向对人生境遇,乃至人类文化价值和人性心理困境的体察。一个简单的事实是,相对于其他或主流作家于民族危亡之际的"救世",他们更执着的是"救心"。他们固然将民族国家看成是一个有最高意志的有机体,然而这里的国家并非黑格尔的那种忽视个人自由的绝对至上的国家,而是像康德那样将人看成是目的而非手段,从个人自由出发来赋予国家存在的合理性。

尤其是,战乱的年代和民族生存的危机使他们真正体验到现实苦难的沉重和生存的困惑,他们将全部的精神关注凝结在如何在这个时代自处,如何确立民族自信心和生命个体意志,如何寻找民族文化的独特性、差异性和本原性,而最重要的是同中求异。对此沈从文有着自己的设计,那就是"用美育来救治德育上的弊病",来"代替政治,代替战争,凌驾一切"。②"美育"便是通过文学艺术建立起"一种美和爱的新的宗教,来煽起更年轻一辈做人的热诚,激发其生命的抽象搜寻,对人类明日未来向上合理的一切设计,都产生一种崇高庄严感情。国家民族的重造问题,方不至于成为具文,为空话"③。苏雪林说沈从文"就是想借文字的力量,把野蛮人的血液注射到老迈龙钟颓废腐败的中国民族身体里去使他兴奋起

---

① 参见杜运燮等编:《丰富和丰富的痛苦》,北京师范大学出版社 1997 年版,第 94 页。

② 金介甫:《凤凰之子:沈从文传》,中国友谊出版公司 2000 年版,第 388—390 页。

③ 《沈从文全集》第 17 卷,北岳文艺出版社 2002 年版,第 362 页。

来，青春起来，好在二十世纪舞台上与别个民族争生存权利"①。

　　故而，民族主义在文化（艺术）重造的意义上得以彰显，独立的思想和自由的意识也在民族生存意志的语境中得到重释。易言之，西南联大作家群身上所显露的民族主义与自由主义是一体两面的东西：文化个体总是在一定的语境下反思自己的民族身份而进行选择，但这种在境性并不妨碍选择，而是为个体提供了选择的评价标准和参照对象；因为个体要对一套塑成自己身份的价值进行重新评价和批判性的反思，必须诉求于我们的"评价视野"之外的价值。现代个体越是生活在文化多元的环境中，就越是能够实践他们的文化选择权利，而这种权利位于个人自决和民族自决的核心，也是自由主义文化理念的奠基石。西方著名的自由主义者、《自由的两种概念》的作者以赛亚·伯林这样说，人的尊严与自尊也并非主要依赖于拥有个体权利与自由，它们还依赖于我们每个人摆脱作为某一民族的成员或作为某一文化传统的实践者所可能遭受的压迫的自由，依赖于我们所处的社会、政治机构所体现的独特价值观念和生活方式。"对柏林来说，个人的幸福不能与所属的共同文化形式分离开来，因为他们所选择的对象、追求的幸福均由这些文化形式提供和构成，这些文化形式破损的程度也是与个人幸福降低的程度相适应的。而能够使我们在归属问题上的各种选择成为可能的，是自由，特别是柏林所谓消极自由。"②

　　必须看到的，西南联大作家群的学院化背景对自由主义的文化理念形成具有不可忽略的意义。客观地说，中国第一批有着独立思想的知识分子是在西南联大聚集和成长起来的。实际上，西南联大对中国教育乃至知识文明的贡献，不仅在于为战时及后来的中国培养了许多专业人才，也在于融汇东西文化的优长并为中国现代化进程提供了自由主义的范例。的确，在西南联大，教授治校、思想自由、学术自由、兼容并包已成为公认的价值标准。"在联大教室里，一个教室里在讲唯物主义，另一个讲的可能是

---

① 苏雪林：《沈从文论》，《文学》1934年第3期。
② 应奇：《从自由主义到后自由主义》，生活·读书·新知三联书店2003年版，第168页。

尼采哲学。联大学生回忆起梅校长时，总是怀着感激的心情忘不了，他始终以民主思想、学术自由的开明政策为治校原则，他对左右派的思想兼涵并容，从不干涉。"① 北大的"兼容并蓄"、清华的"厚德以载物"和南开的务实精神在这种特殊的历史条件下和谐地融入一体。完全可以说，西南联大首要的价值其实就在于它对人文主义、学术自由和通才教育的推崇，这才是其"学院精神"的意义所在。

这一价值观依托于一批沉毅德厚、安贫乐道、学识卓越、极富人格魅力的知识者，以及由他们的学识行止孕育而成的注重学术独立、关怀人间、自由宽容的文化氛围。而陈寅恪的"独立之精神，自由之思想"堪称"联大精神"的神髓所在，"独立和自由"无疑也成为西南联大作家群的创作精神准则：作家们对于文学的热情和执着完全以"独立和自由"的精神去完成。"联大崇尚自由的精神风尚为现代主义文学的年轻作者所珍爱。以至于汪曾祺多年以后回忆对联大最深刻的感受竟只得'自由'二字。"② 自由主义在西南联大作家群那里主要不是一套哲学话语而是一种精神信念和人格持守，它已经内化为个体的生命，一种从道而不从君、问道而不问贫的人生意志；所有这些造就了他们雍容、从容、自信的气度。

"一般而言，文人群体的派系传承所在不少，但在现代学院体制下，以一批身兼大学者和创作家的名家为精神统领，力行垂范，集聚一批初具现代意识的青年并最终促其成长为有深远时代影响的诗人群体，却不能不说是一种独特的景象。很明显，联大师生间代际相传的除了一般意义上的学识，更重要的似乎是创作中的价值取向、审美趣味乃至创作样式的承延发扬，这种发生在现代学院中，线索鲜明、环环紧扣的精神谱系图景在文学史上即便不是告之阙如，也为数寥寥，正缘于此，作为一种历史遗产，它显得弥足珍贵，只能由后人在想象中重构。"③

作为中国文学史上第一个严格意义上的学院派创作，西南联大作家群

---

① 　张彦：《西南联大民主精神长存》，《炎黄春秋》2003 年第 3 期。
② 　周鑫：《联大精神与现代主义诗风》，《海南大学学报》（人文社会科学版）2001 年第 3 期。
③ 　周鑫：《联大精神与现代主义诗风》，《海南大学学报》（人文社会科学版）2001 年第 3 期。

的自由主义创作取向与中国现代文学史上的"论语派"、"新月派"等"革命文学"论争中的所谓"第三种人"、"自由人"，以及与著名的"京派文学"不同。如果说，"论语派"、"新月派"尤其是"京派文学"已构成现代文学史上主流状态的自由主义文学，那么，西南联大作家群的自由主义创作是以"异类"形象出现的：一方面它固然置身于当时的文学话语场域的中心并与主流自由主义文学形成了某种互补的格局，但另一方面又始终处在自由主义文学边缘地位，既没有引起文坛关注也没形成明显影响。也即，他们在主流以外建构起自成一体的精神价值体系，并在这价值体系内实践并完成现代知识分子的历史责任感、文化承担感和艺术使命感。

伯林曾将"自由"区分为"消极自由"和"积极自由"，前者是一种不被干预、不受强制，是"免于……"的自由——消极自由，后者是一种"去做……"的自由——积极自由；两者又分别相当于贡斯当的"现代自由"（私人生活的自由）与"古代自由"（社会或政治参与的自由）。伯林认为，"价值多元论支持自由主义，正是受消极自由所保护的这种选择，我们才能在不可通约的价值中确定我们的生活方式。一句话，自由的内在价值，特别是消极自由的内在价值，就在于它是选择的'基本自由'的具体化。同时，对伯林来说，人类幸福的实质内容不是参与任何政治单位，比如国家政权，而是参与一种'集体个性'（collective individuality），即具有自己的历史、习惯、艺术，具有自己特定的习惯表达方式的活动的文化生活的一种共同形式。……伯林指出，'多元主义'，以及它所蕴涵的'消极'自由，是比较真确，比较合乎人性理想的主张，要比那些大规模的，受控制的权威结构中，寻找阶级、民族或全人类积极自我作主的理想的人士，所持有的目标，更为正确，也更合乎人性。"[1]很明显，西南联大作家群处于伯林所谓的"消极自由"一端。因为，西南联大作家们偏居于大学的相对"清闲"的一隅，学院派固有的安宁、稳定、自成一体的生活方式让他们处于政治形态关注点之外；与此同时，退居于大后方校园又有利于他们

---

① 应奇：《从自由主义到后自由主义》，生活·读书·新知三联书店 2003 年版，第 233 页。

浸润于精英文化氛围。"学院"于是成为西南联大作家群创造性空间和文化场域两者合一的一种隐喻。

进而言之，西南联大作家群的创作不是一种"自由主义文学"，而是一种"自由主义"的文学。中国现代文学史上从"论语派"、"新月派"与鲁迅的论战开始，"自由主义"作为文学主张才开始自觉——从此开始也才有了中国的"自由主义文学"的问题。然而问题在于，西南联大作家群并不是像"自由主义文学"作家那样基本上以文学创作为安身立命的本职和身份地位的表征，而是或有授业（教职）或有学业的"业余"创作者，用陈思和的话说，这是一批"岗位型"的知识分子，他们不仅仅是在具体专业里工作，作为一个知识分子有能力通过这个岗位来传播自己的理想，而且还通过这些工作发挥出更大的人格力量，正是这种人格力量在社会上保持了一种个体存在的批判张力。典型者如钱钟书就是以"一种业余消遣者的随便和从容"的态度，用"随时批识"①的方法来写作。西南联大作家群因此具备了不以文谋生的超脱的、自由自在的创作心态。其实，超脱或自由自在的创作心态更是一种高深的文化姿态，一种自由主义精英立场。张充和女士在为沈从文写的挽联上的文辞"星斗其文，赤子其人"，其实亦可视为西南联大作家群的精神、性情的写照。他们在自己的文学创作或专业领域内造诣极深并构筑了一个个渊深宽阔的世界，而在日常生活中却显得异常单纯乃至心地一片"纯白"——显示出生命的本真圆融。因为他们对文学有感觉，对世界有识见，唯其如此才显露了他们独特的作家本色：自立、自信和自是。钱钟书之所以将当时创作的散文集命名为《写在人生边上》，就像他在《一个偏见》中陈述的"只有人生边上的随笔，热恋时的情书等等，那才是老老实实，痛痛快快的一偏之见"。其实，"偏见"之为"偏见"完全是独立意志和个性气质使然。须知，"自由"在英语中有两种表述：liberty 和 freedom，相比之下，liberty 含义比较明确，多指政治权利方面的保障，而 freedom 含义比较模糊，多指人的意志自主

---

① 钱钟书：《写在人生边上》，福建人民出版社 1983 年版，"序"。

性，没有公认的标准。西南联大作家群倾向于后者——freedom，或，陈寅恪的"独立之精神，自由之思想"。亦即，西南联大作家群的创作更多的是对精神自由的一种执着追求，他们甚至有意忽视文化重建与社会结构整体变革的结合；如此，在他们的创作中方能自为地生成一个想象的"共同体"——审美创造的空间，"人生边上的写作"才能在这样的审美创造空间中把战时当作人类历史的常态环境来对待，在战争的喧嚣中以里尔克式"工作"态度进行自由率性的艺术创造。

总之，在山河破碎、民族危亡的特定历史文化条件下，西南联大作家群的创作将忧患重重的民族情怀与对思想自由的执着追求融合在一起。在这种融合中自由主义与民族主义规定了对方的边界：自由主义规约了民族主义不能背离个人权利和独立意志的基本价值并限定为一种道德情怀，民族主义限定着自由主义的文化选择和意义承当不能脱离民族国家的道义立场。两者的连接和交集点则是个体价值与民族利益、个体自由与现实关怀的兼顾。

第二节　现代主义与存在主义的通融

学界习惯将西南联大作家群的主导性成员——冯至、卞之琳、郑敏、穆旦、杜运燮等诗人群称为现代主义诗派，诸如"西南联大现代主义诗群的崛起，显示了中国新文学发展至此日日明朗起来的一个新现象，……特别是，对比于当时中国抗日战争的大背景，对比于在这一大背景之下涌现出来的力图直接服务于抗战的大量文学创作，这一认识就会得到加强。……我们要问的是，为什么这一群诗人会和异域的现代主义文学相当迅速、相当强烈地产生出超乎寻常的亲近，甚至是心心相印的感觉？"① 而我要究察的则是，怎样从现代主义切入而导向特定的逻辑

---

① 张新颖：《学院空间、社会现实和自我内外：西南联大的现代主义诗群》，《当代作家评论》2001 年第 1 期。

思路。

　　20 世纪 60 年代以后，西方人文社会科学界特别是文艺界兴起了一股被称作"后现代主义"的思潮，并于 20 世纪最后 10 年也在中国学术界与文艺界流行开来。不过很快人们就意识到，后现代主义其实是一个很难界定的术语。尤其是，一个令人信服的后现代主义概念在某种意义上取决于如何阐明现代主义——只有现代主义才是一个具有确切的言说可能的话语知识概念。以下我要完成的则是，借助现代主义的思路并将其与存在主义进行话语联姻，从中探究两者的内生性关系，实际上是对现代主义的一种"狭隘化"审视和考量。

　　现代主义作为一种文化思潮和艺术运动，曾经是并且仍将是全球化历史事件的一部分。哈贝马斯指出，现代主义艺术与批评的主要问题无非是：作为专家文化，它们与日常生活实践相脱离；其解决办法不是单方面地想要人为地将艺术重新整合进生活，如前卫艺术所做的那样。而是一种系统的解决办法。这一系统的解决办法一方面涉及科学、道德与艺术诸领域的专家文化之间的对话与合作，另一方面涉及各个领域本身与日常生活实践领域的重新联结。其前提又取决于两个层面的转换：在社会学的层面，出路在于从工具理性向交往理性的转换；在哲学层面，出路在从主体哲学（或意识哲学）向主体间性哲学（或语言哲学）的转换。[①] 如果说，在哈贝马斯之前现代主义往往被当作一种单纯的风格或运动，在他之后人们才认识到，现代主义其实是对现代性的一种回应。

　　之所以说现代主义是现代性的一种回应，是因为它首先是对传统理性主义的全面反叛。人们一般把现代非理性主义追溯到康德的哲学革命，认为康德的唯心主义的不可知论和意志论开了非理性主义的先河。据卢卡奇的《理性的毁灭》的说法，非理性主义这个概念最早出现在库诺·费舍尔的《费希特》一书中，后来文德尔班的《哲学史》在"非理性主义的形而

---

① 参见于尔根·哈贝马斯：《现代性——未完成的工程》，载汪民安等主编：《现代性基本读本》，河南大学出版社 2005 年版，第 107—109 页。

上学"标题下讨论谢林和叔本华，标志着这一概念正式诞生。卢卡奇全面讨论了帝国主义时期非理性主义的流变，从谢林到叔本华、克尔凯郭尔，从尼采到狄尔泰、齐美尔，到存在主义……西方非理性主义哲学家和流派几乎被一网打尽。在文学批评和美学上，卢卡奇用"非理性"和"颓废"两个相关概念概括乃至非议现代主义文艺，则成为整个 20 世纪人们批判现代主义最为重要的理论模式。

　　毋庸置疑，理性主义一方面给西方社会带来了科学技术的繁荣和巨大的物质财富，然而另一方面由于技术统治的社会犹如一架机器，人也成了"单向度的人"①。这极大的动摇了现代理性社会的信念，打破了理性万能的幻想，"这种对理性普遍失去信念的社会背景必然导致了理性主义哲学的危机"②。哈贝马斯也断言："尼采将现代性的概念发展为权力的理论，这其实是对理性的揭露和批判，因为原来的理性将自身置于理性的批判之外"，这使得"理性本身摧毁了使理性成为可能的人性"。③"自尼采之后，非理性作为一种重要的表现对象，整体性地进入哲学、美学视野，成为现代主义表现的重要主题。如世界是荒谬的、人性异化等。……在尼采身后，人类进入了一个非理性言说的时代。"④当理性时代随着那些庞大理论体系的纷纷倒塌而终结，人文领域进入了一度由"非理性"思潮独领风骚的阶段，存在主义更标示着文化哲学领域古典主义向现代主义的转折。

　　由于现代主义一方面将个别自我的生命经验主体化，另一方面又把个别自我的生命经验本体化；于是现代主义的审美之途通常是以艺术去发展人的感性生命力，通过艺术使世界转换成一幅形式图画，使现代人骚动不安的灵魂得以宁静地栖息——只有艺术审美才能维系、颂扬、确立生命本体。现代主义艺术也由此开始了艺术探讨生命存在本身的进程。而现代主

---

① ［德］马尔库塞：《单向度的人》，张峰等译，重庆出版社 1988 年版，第 2 页。

② 刘放桐：《新编现代西方哲学》，人民出版社 2000 年版，第 12 页。

③ 参见［英］威廉姆·奥斯维特：《哈贝马斯》，沈亚生译，黑龙江人民出版社 1999 年版，第 139—140 页。

④ 朱德发等：《20 世纪中国文学理性精神》，上海人民出版社 2003 年版，第 592 页。

义文学运动可由波德莱尔、福楼拜、陀思妥耶夫斯基追溯到尼采、易卜生和克尔凯郭尔，它在本质上是以卢梭肇始的浪漫主义运动的精神后裔，其要旨是以审丑的"矛盾性"反讽来表达审美的"解放性"精神，它表现了现代人精神异化的存在困境，以及克服异化的精神解放诉求。这意味着，将现代主义与存在主义进行艺术审美上的对接，并从中探究两者的内生性的关系，具有了理论上的可能性。

如果说，19世纪出现的现实主义文学以及之前的各种"反映论"和"模仿论"文学观在把握社会现实方面固然是成功的，那么，现代主义文学已不满足于对社会、历史和道德等进行认识论式的反映、思考和批判，而是从本体论上追问世界、时间和存在的问题：文学开始由对社会生活现象的揭示转向对世界存在本体的探究，由对具体现实中的人的描写变为对人的形而上存在状态的追问。在尼尔·拉尔森（Neil Larsen）的《现代主义与霸权：审美中介的唯物主义批判》中，现代主义的意识形态性被提到了最新的高度；而此书的基本论题也很明确：现代主义作为一种由审美领域主宰，却并不局限于审美领域的意识形态，是一种历史性的客观的"再现中的危机"的倒置；这一危机是在19世纪特别是在导向从"古典的"自由市场向垄断/国家资本主义转型期的现代化结果；现代主义就是从这一危机中起源的——它反过来又抓住了再现，把它当作一种内在的、位于一种纯粹的概念运作中的虚假性——并倒置了它；再现中的（in）危机于是成了一种再现的（of）危机：再现不再"有效"，不再能提供主体任何进入客观的手段。[①] 拉尔森的意思是，在从自由资本主义（个体、私企资本主义）向垄断（国家）资本主义的过渡中，社会高度复杂化了，阶级的划分也不再是工人与资产阶级这样的一清二楚的阵营，而是"国家"这种抽象；它的最大后果便是历史主体性的缺失；由是，出现了再现中的危机（crisis in representation）。然而，现代主义文学家与艺术家由于认识不到事情的

---

① 参见 Neil Larsen, *Modernism and Hegemony: A Materialist Critique of Aesthetic Agencies*, Minneapolis: University of Minnesota Press, 1990, pp.xxiii-xxiv。

本质，反过来将这一"再现中的危机"误认为是"再现的危机"（crisis of representation），并宣布"再现已不可能"：文学与艺术从此决定性地走向了抽象与表现；"抽象与表现"无非是指以人的艺术直觉和审美体验为创作动力的文学表现方式。正如在现代主义小说中，高老头式具有生动鲜明性格的人物让位于没有明显性格特征，但却具有人类普遍特征的"K"等具有概括性或抽象性人物。

"众所周知，现代主义艺术的理论基础是叔本华、尼采、克尔凯郭尔、萨特、柏格森、弗洛伊德等人的非理性主义的哲学思想，其主要表现内容则是世界的非理性图景和人的'非人化'的生存状况。一是人的小写。正如现代主义连正常的情感也不流露一样，它连正常的人也不寄予希望，更不用说去塑造传统的大人物或英雄。二是非人的处境：非理性世界。非人的存在和自我意识的丧失缘起于这个世界的非理性或过度理性。"[1]正是在非理性主义的思想座基上，现代主义艺术（文学）与存在主义文学艺术（文学）实现了互文见义。现代主义虽不乏虚无和悲观色彩，但它仍有对意义的召唤，或者说它并不否定在遥远的某处有一种更高的意义存在，从而开启了意义追问的空间。当现代主义充分地将审美经验解释为价值的一种导向或一种认可时，它与存在主义之间在话语含义上的价值关系就不言自明了。

从时段上来考量，以存在主义为哲学底蕴的西方现代文化的典型审美形态正是现代主义文艺。"无论在西方还是在中国，这样的现代主义文学一般都以近代以来颇为流行的康德主义、弗洛伊德主义、尼采和叔本华理论以及萨特的存在主义等为思想基础和哲学基础，以现代工业文明和现代都市生活背景为直接或间接的表现对象，以人的内宇宙的深入开掘（例如深彻到潜意识和集体无意识）及人与外宇宙终极关系的理性展示（例如人的存在含义的探究）为指归，并在艺术手法上作相应的实验性创新。"[2]情

---

① 何林军：《现代主义艺术精神论略》，《中国文学研究》2008 年第 3 期。

② 朱寿桐主编：《中国现代主义文学史》上卷，江苏教育出版社 1998 年版，第 10 页。

况往往是，现代主义文学的兴起几乎与存在主义的先驱克尔凯郭尔的以非理性主义为基本特征的神秘主义哲学，以及存在主义前期思想家叔本华、尼采的意志论哲学、柏格森的生命哲学的出现是同步的。这些产生于19世纪下半叶的学说有力冲击了以往人类对世界的认知方式，使一切传统的旧价值都在非理性主义价值准则下被重估。而对工业文明的批判和对生命意义的思考这一现代主义本色便是它与之前文学在文化哲学上的分野。所以，现代主义艺术家不再模仿现实而是与之相对立。他们公开甚至夸张地把现实加以变形，打碎人的形象并使之"非人化"，旨在摧毁艺术和日常现实之间的"桥梁"，进而把人们禁锢在一个艰深莫测的非理性主义世界中。

威廉·巴雷特说得很清楚："马克思·舍勒说过，我们时代首开先例：人相对他自己已经完全彻底成问题了。因此，这些困扰着现代艺术和存在主义哲学的主题，乃是他在他的世界里的异化与陌生；人的存在的矛盾、脆弱和偶然；以及时间对于那些已经丧失了对永恒世界安全寄托的人的中心的和压倒一切的实在性。……通过现代艺术，我们时代把它自己显现给它本身，或者至少显现给那些愿意平心静气、不带任何先见和盲目性透过艺术这面镜子看他们自己时代的人。在我们时代，存在主义哲学是作为我们时代的理智表达而出现的，而这种哲学还显示出它同现代艺术有许多接触点。我们越是密切地把这两者连在一起考察，存在主义哲学是我们时代真正理智表达的印象就越是强烈，正如现代艺术以形象和直观形式表达我们时代一样。"①

而"以非理性为主要特征的现代人本主义思潮，是通过现代哲学和现代主义文学传入中国，并对中国思想界产生影响的"②。"五四"时期没有现代主义这个语词，人们普遍用"新"字来表达现代性的诉求，如《新青年》、《新潮》或者"新文学"、"新文化"，等等，最初现代主义就

---

① ［美］威廉·巴雷特：《非理性的人——存在主义哲学研究》，段德智译，上海译文出版社2007年版，第68、67页。

② 朱德发等：《20世纪中国文学理性精神》，上海人民出版社2003年版，第608—609页。

是以"新浪漫主义"的名义进入中国文论的视野和论域的。"其实'中国现代主义'这一概念最早应该体现在理论方面，即中国现代主义最早是以理论形态呈现出来的。而叔本华、尼采学说被看作是'现代主义文化重要的观念基础'。尼采'是最早引入的西方现代主义哲学家'。"① 一个耐人寻味的问题是，在中国现代文学传统的价值构成中倒是现代主义确立了较为稳固地位，"与浪漫主义在中国现代文学传统建构中的尴尬遭遇完全相反，现代主义在中国现代文学传统的形成过程中至少赢得了较为普遍的观念认同，因而它成了中国现代文学传统的系统构架中不可忽略的一环。"②"四十年代的现代主义对于三十年代也同样体现着一种巨大的进展。虽然从表层面上看现代主义的创作规模较之三十年代有所减缩，可另一方面，特别是在与现实战争较为疏离的文学世界，那些即使不对现代主义表示倡扬的意向，甚至有意皈依现实主义文学传统的作家，也难免以存在主义之类情怀关注人的生存状态，以心理主义的艺术手法展示人的潜在灵魂，从而在一种更深的层次上显示出现代主义因素的普遍性。……另一方面，现代主义因素对于各类文学作品的渗透却又异常地普遍，特别是在战乱、危亡的灾难性遭际面前，人们沉寂的心灵里唤起的荒诞、幻灭感受总无可避免地带上了现代主义特别是存在主义的质地。"③

这种具有存在主义质地的现代主义创作最为显要地彰显在西南联大作家群的创作中，冯至的《十四行集》本身就是一个智者之思的象征整体，是关于"我们的实在"（《十四行集》之十五）、"我们生命的暂住"（《十四行集》之二十一）的无限追问和没有止境的抵达。它"无论是对'客观联系物'的自觉运用，还是使意象在凝定的过程中升华为象征的表现技巧，都使得冯至的十四行集作为中国现代哲理抒情诗代表着现代诗歌借鉴西

---

① 　王洪岳：《启蒙的多维度与中国现代主义文论的启蒙性质》，《福建论坛》（人文社会科学版）2007 年第 8 期。

② 　朱寿桐：《论中国现代文学的伟大传统》，《中国社会科学》2002 年第 1 期。

③ 　朱寿桐主编：《中国现代主义文学史》上卷，江苏教育出版社 1998 年版，第 10 页。

方象征主义诗艺已臻于一个相对成熟的阶段"①。《十四行集》有关存在主义的哲思在现代主义的精神诉求、东方"物我一体"式表达，以及西化的"十四行"体中达到了完美的和谐。

穆旦的诗歌中包蕴着众多互为异质的元素：极端的"现代"体验与深厚的现实关怀相纠结，富于理性的自我内省与具有爆发力的情感扩张相叠合，犀利的历史意识与无限的质疑和探询相渗透，错杂的主题意向与高度的形式感相协调；此外，希望与绝望、赞美与控诉、光明与黑暗、创造与毁灭、完成与未知，仿佛无数矛盾交织在一起。这些都形成了穆旦诗歌中无所不在的张力：一方面是个人意志向历史、时代的强力突入而激起的热忱欢呼，另一方面是在现实的强大挤压下个体的孤独感和"被围困"感。所有这些导致穆旦的诗歌在表达一个民族"无言的痛苦"时所渗透的个体声音——穆旦作为现代知识分子在历史旋涡中的心灵挣扎与搏求，并通过"丰富的痛苦"（《出发》）的展示和自我反省来完成对社会现实的批判。

要言之，西南联大的诗人们更注重把在特殊时期含混、暧昧、冲突的生命体验以及由这种体验转化的经验作为书写对象，"更多地关注在时代风云际会探讨自我——我们自身——灵魂与肉体的内部搏斗，探首那自己无法掌握的黑暗"②，以便同混乱的时代争夺自我。如郑敏的《寂寞》这首诗在对"自我"的坚守中品尝寂寞，为的是"我也将在'寂寞'的咬啮里/寻得'生命'最严肃的意义"，"我把人类一切渺小，可笑，猥琐/的情绪都抛入他的无边里，/然后看见：/生命原来是一条滚滚的河流"。

钱钟书的《围城》以反讽化叙事来表露一种极具现代主义意蕴的主题诉求：人生就像一个个被围困的城池，不在其中的人总是竭力挤进这个包围圈，而一旦挤了进去却又会想方设法冲出它的包围；这是人的存在的悲剧而不是哪一个人的精神缺失。"从作品的表现方法来看，《围城》更像一部象征小说，其中蕴含的否定性的超验的象征意义要远远大于一部寓

---

① 吴晓东：《象征主义与中国现代文学》，安徽教育出版社 2000 年版，第 235 页。

② 张同道：《探险的风旗———论二十世纪中国现代主义诗潮》，安徽教育出版社 1998 年版，第 321 页。

言式小说的涵盖量。它的隐喻性主题探讨的是人类生存困境的根源。作品的特点是叙述与隐喻间的特殊关系，无论是‘围城’、‘破门’还是‘老钟’都构成了一种象征体系。它所隐喻出的现实情景描绘了现代人的根本处境。”①事实上，在经典现代主义文学中，波德莱尔笔下的“巴黎城”和“拾垃圾者”，卡夫卡笔下的“城堡”和“变形人”都是一些寓言的形象——作家对身处的这个异化世界的绝望表达。可以这么说，《围城》和《城堡》一样，都是在对现代文明的危机、人生困境的历史审视中揭示人之存在的本体论悲剧，“《围城》更是以其‘格式特别’和深厚复杂的存在主义含蕴在中国文学史上确立了不容替代的历史地位，并为四十年代现代主义文学的发展作出了特殊的贡献”②。

　　即使最不具现代主义本色的沈从文也写出了典型的现代主义的作品。实际上，西南联大期间是沈从文人生旅程中最痛苦、灵魂最受煎熬的日子，他将这时期所写的一些自传性散文集结为《烛虚》。《烛虚》一改沈从文早期作品中乡土牧歌的模式，展现了一个极具现代意味的抽象世界：以“我”对生命存在意义的追寻而展开，描画了一个不同于早期湘西“乡下人”的主体形象。《烛虚》中出现的“抽象”之域以及“我”在“抽象”与“具象”间的对立冲突，昭示出沈从文复杂而深刻的精神世界。美国学者金介甫因此称沈从文为学院派现代主义，并以他西南联大时期创作的《看虹录》和《水云：我怎么创造故事，故事怎么创造我》进行解析，指出这些作品通过“以分解主观性的方法探索主观性”、“叙事的分解”和“文体的分裂”来“充分证明沈从文的现代主义一面”；更重要的是，“某种始终一贯的主题，使得这些作品不仅在中国学院派现代主义中显得独特，就是在沈从文丰富的创作中也别具一格。这些作品关涉人们的宗教信仰：探索生活中看到的神—事实上，是一种沈从文称之为‘生命’的生命力，而不是仅仅‘活着’的生活。”沈从文之所以自称是个泛神论者，是因为他并没有把人

---

①　肖同庆：《世纪末思潮与中国现代文学》，安徽教育出版社 2000 年版，第 274 页。

②　朱寿桐主编：《中国现代主义文学史》上卷，江苏教育出版社 1998 年版，第 590 页。

性置于宇宙的中心，在某种意义上这其实出于一个现代主义者的认识，即现实并不完全就是物质表象所显示的东西。他的上帝在生命里，一种非物质的生命力，一种艺术"抽象"里。① 的确，文学对于沈从文来说则是一种超越的活动，他从中发现、创造并向读者传递出其独特的生命哲学（诗学）——典型的存在主义探求。

以往学界对现代主义仅仅停留在"形式"表现层面予以阐述，忽视的恰恰是现代主义的文化精神和哲学根基是存在主义。正因为这样，西南联大作家群对现代主义的倡导和张扬是对文化自由主义的一种最显在的现代性确认。乃至可以说，在西南联大作家的文学创作中，没有存在主义，现代主义显得很不合理；没有现代主义，文化自由主义理念同样令人不解。

第三节　自由抉择的理性与特立独行的互洽

"人的觉醒"和"个性解放"是"五四"文学的启蒙主题话语，转用周作人在《人的文学》中一个特殊的话语概念就是"个人主义的人间本位主义"。人的存在价值构建在"个体"本身的独立、自由和幸福上。"五四"文学反对将人的本质定义为理性实体而忽略其个体价值和感性存在，倡导由立"文"而立"人"，"人"立而"国"兴。质言之，个性独立的启蒙所建构的现代民族国家最终还是"人"之"国"。最具说服力的创作文本就是鲁迅在"五四"后期从"孤独个体"的存在体验中升华出来的诗之思——《野草》，鲁迅以个体化启蒙叙事去追问生命存在的意义，并以原创性姿态和存在主义进行对话、沟通。

"五四"后由于"救亡"主题的迫近，致使启蒙的历史语境与价值语境、启蒙话语的历史理性与价值理性出现了内在紧张状态，即社会启蒙与

---

① 参见〔美〕金介甫：《沈从文与三种类型的现代主义流派》，黄启贵译，《吉首大学学报》（社会科学版）2005 年第 4 期。

个性启蒙的互否互存性，它反映了韦伯所说的工具理性与价值理性冲突的现代性困境。内在紧张性或现代性困境导致了启蒙话语出现历时性的转折和分离，一种价值选择上的裂变。具体说，启蒙主题强化"民族的觉醒"而舍弃"个人的觉醒"，用李泽厚的话即"救亡压倒启蒙"。"救亡"作为一个社会改革运动必须超越个性解放的范畴，而扩展到经济平等以及社会和政治进程中的大众参与问题。在"救亡"主题下中国化的马克思主义着重于文化建设和思想实践乃至社会运动，它以急速变革和社会动荡的形式来进行，因而也是比较初步和表层的、很难持久深入的、无法抵达"立人"的意义层面。简言之，以"救亡"为主题的启蒙叙事已简化为社会启蒙。"在中国，两条线索——社会启蒙和个性启蒙或者说是理性启蒙与审美启蒙——的表现方式跟西方启蒙运动有重大的区别。在西方，社会启蒙跟个性启蒙是相互关联、相互依存的。""中国的现代性启蒙的重点不在于确立个体的独立价值和个体感性的健全发展，不在于对个体人格的培养、心智的塑造，而在于从国家民族的整个生存状况出发寻求民族独立和国家富强的道路。其他一切都必须围绕这一总体目标来进行。失去了这个根基，就失去了其存在的现实合法性。……因而，虽然中国的现代性启蒙的最重要阶段——'五四'运动是以对科学与民主这两种现代社会最核心的价值观念的呼吁为旗帜的，但很快，这种呼吁就被另一种更为激进的主张所取代，这就是经由苏联十月革命所传入的马克思主义所代表的革命诉求。"[1]在"救亡"主题的"压倒"下启蒙话语从"人"的运动逐渐蜕变为"运动"的人："从'人的运动'到'运动的人'，这是一个关于人文终极关怀失落的命题。"[2]当文化实践过渡到社会实践且知识群体不复成为社会主体的时候，知识分子个体是否继续保持自身的主体性、维持自治的原则，是否继续保持独立身份和批判立场，是否继续以自己的专业知识和思考为打破现状——社会改革提供可靠的精神文化资源，实际上已成为一个与启蒙原

---

[1] 徐碧辉：《美学与中国的现代性启蒙——20 世纪中国的审美现代性问题》，《文艺研究》2004 年第 2 期。

[2] 张宝明：《自由神话的终结》，上海三联书店 2002 年版，第 123 页。

创精神相关的时代命题。与此相对的是出现了对启蒙话语的另一种价值选择：在被"压倒"却未坍塌的启蒙原创精神支撑下，为持守"个人的觉醒"和"此在"的本真对自由意志的寻求。这种价值选择体现在文学创作上，便是从对个体的心灵改造——"立人"入手进行启蒙（其实启蒙的真义更侧重于文化心理、思维方式的革命），通过艺术来改造人心、拯救社会，这正是审美启蒙的使命。

客观地说，20 世纪 30、40 年代中国的社会启蒙压倒审美启蒙之际，中国文化界尤其是文学界对存在主义的"转译"和接受并没有因"救亡"而中断，反倒出现某种新的态势：除了尼采、叔本华、克尔凯郭尔外由于海德格尔和雅斯贝尔斯的崛起而引发的曾雄踞日本当时哲学主流的存在主义哲学思潮——"不安的哲学"，[①] 引起了中国思想文化界的关注；而且，"在四十年代里中国文学界对法国存在主义表现出了足够的敏感和热忱。"[②]1943 年 11 月出版的《明日文艺》第 2 期，发表了展之翻译的萨特的《房间》。不久，作家荒芜和诗人戴望舒也翻译了萨特的《墙》。1947 年和 1948 年间，一批法国文学研究家和现代作家如孙晋三、盛澄华、罗大冈、吴达元、陈石湘、冯沅君等人发表了多篇有关法国存在主义哲学和文学的文章，成为我国早期对存在主义文学介绍最为集中的时期。

如果说"五四"时期鲁迅们的存在主义思考主要体现为执着于个体性存在以及存在的个体性对于"立人"——人的解放的价值诉求，那么，20 世纪 30、40 年代的存在主义创作仍然坚守个体性存在的价值立场，只是生命的意义不再与历史的或形而上的终极目标发生关联，而是承认虚无，随后超越它——一种"自由抉择"的"此在"显现，以便在心灵废墟上重获生命存在的意义。

其实，对于启蒙话语出现的历时性转折和分离可以借用鲁迅的一首诗

---

① 王修诚：《现代日本哲学——京都学派与"不安的哲学"之剖析》，《清华周刊（现代思潮特辑）》第 42 卷第 8 期。

② 解志熙：《生的执著——存在主义与中国现代文学》，人民文学出版社 1999 年版，第 66 页。

喻之："寂寞新文苑，平安旧战场。两间余一卒，荷戟独彷徨。"此种存在境遇正是鲁迅的"中间物"意识滋生的历史情境。王乾坤在《鲁迅的生命哲学》中把汪晖在《反抗绝望》中指称的"历史中间物"概念处理成"存在论中间物"，必须承认，后者比前者的表述更为确切而合理。这是因为，集体溃散后的空缺固然使个体变得孤独，但也因此获得前所未有的自由。由存在的孤独个体激发、张扬自由意志是西南联大作家群的存在主义创作对世纪初启蒙精神的传承和光大。

顾名思义，自由意志是指人的意志不受自然的、社会的和神的约束，是完全自主、绝对自由的。自由意志论最早是作为反对封建等级制和神学统治而提出来的。问题的实质在于，"人是设计存在的存在者。设计存在归根结底是组建以身体为中心的世界。个体在设计中组建一个世界，并因此成为这个世界的起源。这正是自由的最原始涵义：自由就是自—由，即主动地成为自己存在的原因。个体造就世界并把其设定为自由的领域"①。从一般含义来说，自由意味着人之个体性的充分自我实现，如马克思所说："自由不仅包括我靠什么生存，而且也包括我怎样生存，不仅包括我实现着自由，而且也包括我在自由地实现自由。"②

诚然，几乎所有的西方人生哲学都涉及自由的话题。而西方哲学史上有关自由的观点大致可分为两类，一种是认识论意义上的，另一种是伦理学意义上的。前者以黑格尔为代表，后者以康德为代表。黑格尔在《哲学史讲演录》的"导言"里推出了"自由"这个命题，在黑格尔看来，由于人都是有理性的，所以就形式来说人是自由的，当人能运用理性以及这种理性反观世界及自我时人就是自由的；自由既是人的本性也是对必然的掌握。康德则不然，他认定自由不是对必然的顺从，恰恰是对必然的反叛，"自由诚然是道德法则的存在理由（ratio essendi），道德法则却是自由的认识理由（ratio cognoscendi）"③。存在主义的自由观也是建立在伦理学

---

① 王晓华：《个体哲学》，上海三联书店2002年版，第95页。

② 《马克思恩格斯全集》第1卷，人民出版社2008年版，第77页。

③ ［德］康德：《实践理性批判》，韩水法译，商务印书馆2001年版，第2页。

而非认识论基础上，但已不再是康德式理性主义的，而是非理性主义的自由观。

克尔凯郭尔认为，当一个人想到自己的存在方式将由自己的选择来决定时，这种自由选择就会成为一个沉重的精神负担；"对一个人来说，他认为最可怕的事情就是：选择，自由"①。然而，自由选择对人具有极其重要的意义，它决定着人的存在方式，决定着人能否达到真正的"存在"，选择因此是一个本体论问题。依尼采的见解，世界是永远生成、永恒轮回的无意义的世界，人就生存于这个无意义的世界里；世界的无意义致使生存充满了艰辛和痛苦，也决定了人生的悲剧性质；面对这样的世界具有充分个体意识的人有两种选择，一种是发现自我和实现自我并以自己的强力意志来进行创造和给予，创造就是给予，就是为万物命名，将无意义的世界赋予意义；只有赋予世界万物以意义的人才能真正地实现自我，这样的人才实现了"自由"，才能成为"超人"。不言而喻，尼采自由观是一种生存论意义上的。有研究者指出，尼采的自由观具体表现为以强力意志为基础统一起来的"自由精神"、"自由境界"、"自由行为"的有机体。"自由精神"就是用铁锤探向偶像底细的精神，是"重估一切价值"的精神；这种自由精神总是对那些不证自明的真理质疑，总是试图摧毁那些人们坚信不疑的不自觉的理论前提，因此它又是一种破坏的精神。"自由境界"是酒神狂欢的境界，是克服阻力的欢乐，是午夜的洪钟，是查拉图斯特拉的圆舞曲。"自由行为"是大创造与大毁灭，是大肯定与大轻蔑，是创造意义的行为，是不断地自我超越的行为，是不断地超越人生之痛苦、虚无和泥泞的行为，因此，"自由的行为"是艺术化的存在本体论的行为。② 总之，"自由精神"、"自由境界"、"自由行为"的统一构成尼采自由理论的核心，将这三种"自由"合一的便是"自由人"。"自由人"不是一个结果而是一个过程，他总是在途中：在自我超越的途中。所以说，尼采的自由是存在

---

① 参见解志熙：《生的执著》，人民文学出版社 1999 年版，第 18 页。
② 参见何仁富：《尼采的自由人生观》，《学术交流》2003 年第 2 期。

论意义上的而不是认识论意义上的。

　　海德格尔与尼采的相同之处在于，他们都将"真实的自我"——个体与自由联系在一起，尼采将具有真实自我的人称为"主人"和"超人"，与之相对的是"奴隶"、"贱民"等没有自我的人；海德格尔也将人的生存状态分为"本真"与"非本真"，处于非本真状态中的人称为"常人"，"常人"就是从存在的本真状态中跌落而"沉沦"于"世界"的人，"常人"因为"沉沦"而与存在者相遇并有所关联，因此遗忘了本真的"我"，在日常的状态中不但遮蔽了真实的自我，而且遮蔽了存在者的"存在"。在海德格尔的哲学中，"常人"显然比尼采的没有自我的人范围更加广泛；在"本真"存在状态中，人处于一种与"有"相对的"无"的无关联状态，因此，存在者对于人来说不再是"什么"，也不再具有一种"有用"性，而是以其存在的本真状态来呈现出来，"涌现"其自身，向作为此在的本真状态的人"敞开"和"澄明"。

　　无疑，在所有的存在主义者中萨特的"自由选择"学说是最完整最有影响的，以至于人们干脆将其哲学称为"自由哲学"。萨特认为人生来就是自由的，人的存在是自由的；自由对于人来说具有本体论意义。萨特的自由观念实际上是以人失去宗教支持（被上帝遗弃）为前提，包含了一种本源性的焦虑和绝望感。在这个前提下自由意味着个体必须选择和创造他自己，把他存在的责任全部放在自己的肩膀上。这就是所谓"存在先于本质"。人的自由先于人的本质并且使人的本质成为可能，人的存在的本质悬置于人的自由中。所以，人是孤独的而人也是自由的，正是因为人孤独所以才更自由——自由是孤独的自由。萨特的《墙》中的主人公伊比埃塔认为生死之间其实只是一道墙，越过了墙就是生存；而孤独和自由之间也只是一道墙，超越了隔墙，超越了孤独，就获得了自由。在存在主义巨著《存在与虚无》中萨特提出一对基本概念："自在的存在"和"自为的存在"；"自在的存在"是意识的外在对象（即现象的存在），而"自为的存在"是指意识的存在；如果说"自在的存在"最大的特征是"是其所是"，它只是无条件地存在着并与自身是绝对同一的，从根本上说它是偶然地、不可思议地、荒诞地存在；那么"自为的存在"被规定为"不是其所是，是其所不是"。在此，"自为的存在"乃是存在的缺乏，永远只是存在的可能性，它纯粹是预谋和意向，因而它往往不是（无）什么东西而又不断地要成为什么东西，总是不断地否定和超越自身跃向未来，不断地追寻和选择其可能性。相对而言，萨特强调人是"自为的存在"，并借此揭示了人这种个体性存在与其他一切存在的根本性区别：其他存在物只是自在地存在着而人却通过意识而能动地筹划自己、创造自己并超越自身。"显然，萨特把海德格尔笔下的那个意识与存在保持原始同一状态的'此在'（人）转化为意识与存在呈对立统一状态的'自为的存在'，这是一个进步。"① 萨特在《存在与虚无》中这么说："自由是选择的自由，而不是不选择的自由，不选择，实际上就是选择了不选择"，② 人处在客观环境中就要作出不断的选择，人没有选择环境的自由却有如何作出自己的选择的自由，并且人要承担自由选择之后的结果，这就是萨特"自由选择"的原则。萨特断定大多数人在大多数时间因为承担不了这种令人苦恼而焦虑的自由因而陷入"自欺"——凡是用以逃避自由选择、逃避责任，拒绝证实不合理的现实且否认自己能改变现状的言行，即为自欺。萨特鄙弃那种人生的逃兵，鄙弃"不自由者"。当人意识到自己是自由的，神就无法控制他们了。萨特也憎恶"悔恨"，因为悔恨是一种自欺；意识到了自由而又不敢去正视它，认识了而不行动，行动了又不敢承担后果，这是懦夫的表现。自欺是不真诚的，自欺者总是使事情处在若明若暗、不明不白的模棱两可的状态，在必须作出的选择面前不选择，将选择不断往后推而不能勇敢面对，这是一种最不负责任的状态。在 1960 年所写的童年自传《词语》中，萨特写道："我写作，故我存在。"虽然萨特后期哲学转向马克思主义，肯定个人的实践是历史运动的基础，但他的个人实践仍然是由个人的自由意识决定的，

---

① 解志熙：《生的执著——存在主义与中国现代文学》，人民文学出版社 1999 年版，第 8 页。

② ［法］让·保罗·萨特：《存在与虚无》，陈宣良等译，生活·读书·新知三联书店 1987 年版，第 708 页。

历史的基本动因仍是个人自由。

尽管，存在主义者对"自由"的解释各有其独异之处，但其共同点是将个体本位的自由理念张扬到本体论的高度。存在主义哲学认为个体在人世间的本然处境是绝对的孤独无助，"此在"融身于其中的实在世界无法为他的生存提供坚实的根基和意义根据，孤独个体想要获致本然的自我或本真的存在，只有对其生存负有全责，独自担当生命的全部问题。存在主义者在诸如个体的自由、选择的重要性、承担作为真实的人类存在的义务、人类生命除人类所赋予的以外没有其他意义等观点上，观点都基本相同。

"中国的启蒙主义者由于将自由意志作为人的价值建构的支点，因此将理性与非理性、情感等人性与人生的对立因素纳入一体；同时由于自由意志创造性与自律性的内涵特质，又决定了它既要从人的欲望、情感、直觉等非理性入手以激发人的生命本能、生命强力和个体自我的独特价值，又要以理性净化、提升人的生命强力，使之向着创造的方向运动。""可以说，近现代时期，情感——理性——自由意志三个互相交织彼此渗透的层面组成了一个独特的逻辑框架，启蒙价值与启蒙思想就是在这一中心框架之中展开的。无论说它是感性的启蒙，或政治的启蒙，或是理性的启蒙，等等，都不是全面的和恰当的，它体现着自己的独特的启蒙思想体系。"[1]邓晓芒先生断定鲁迅是个特异的例外："自由意志的个性在中国大地上的首次诞生。"[2]虽然时至20世纪40年代鲁迅式存在主义言说方式所承载的启蒙原创精神逐渐居于边缘状态，乃至呈现出某种鲁迅所说的"文化偏至"性。但唯其"偏至"方能通过孤独个体对自由意志的张扬并被西南联大作家群续接、光大——他们在被"压倒"却未坍塌的启蒙原创精神支撑下为持守"个人的觉醒"和"此在"的本真而展开对自由意志的追询，以抵达萨特的"我写作，故我存在"的自由境界。其实，这种蔚为大观的存在主义创作也只能出现在西南联大独特的历史文化语境中。

---

① 张光芒：《启蒙论》，上海三联书店2002年版，第75、77页。
② 邓晓芒：《灵之舞：中西人格的表演性》，东方出版社1995年版，第252页。

这直接关涉到西南联大作家群所直面的现实情境和艰难时世中的生存状态。诸如，由于战乱而两次校址迁移所导致的"新移民"的生活姿态，在经历了许多生命的死亡和生存的挣扎之后来到了大后方才获得了一块生命的栖息地，西南联大人从民族危机和个人内心痛切地体验到了生命"沉沦"的状态。还有就是艺术氛围的感化与诗性生命力的冲动。像闻一多、朱自清、冯至、卞之琳、钱钟书等人都是学贯中西的学者，其中闻一多、朱自清、冯至、卞之琳等更是继承了"五四"文学尤其鲁迅探索文学现代化的历史使命；与此同时，当时在联大任教或讲学的英国诗人和理论家燕卜荪、奥顿都以现身说法方式把作家们带到别有新意的西方现代主义文学的世界，使穆旦、郑敏等年轻一代作家在以艾略特、瓦雷里、里尔克、奥登等具有存在主义倾向的西方当代作家那里探寻到了与其内在生命要求相适应的艺术观念和形式。于是，作为西方现代主义文学重要精神资源的存在主义和西南联大作家们的处境和心境发生了一种奇妙的契合。

当然，这一切离不开西南联大的精神传统。联大精神即如冯友兰撰写的"国立西南联合大学纪念碑"上的"碑文"所述："以其兼容并包之精神，转移社会一时之风气，内树学术自由之规模，外来民主堡垒之称号，违千夫之诺诺，作一士之谔谔。"其要义在于：庸常之辈（"千夫"）被裹胁在时代潮流之中唯唯诺诺、无所作为（"诺诺"），联大的知识分子（"士"）则敢于坚持自由独立的精神品格（"谔谔"）。这一"碑文"被视为联大精神最为重要的话语资源。在这样独特的语境中，由战争文化心理衍生的实用主义意识形态被联大民主自由的氛围、独立公道的学术立场屏蔽了，宽松的文化环境可以让作家们相对自由地把内心中的种种焦虑与不满、抗争与思考的状态表达出来——言说的理由和言说的自由同时具备了。

作为西南联大作家群旗帜性人物的冯至曾经在德国留学，并深受存在主义哲学家海德格尔、雅斯贝尔斯的思想影响，尤其迷恋于具有存在主义倾向的德语诗人里尔克。其《十四行集》里的叙述主体即是一个克尔凯郭尔式孤独的个体，甚至孤单到如此的程度：在暴风雨夜的孤灯下"我们在这小小的茅屋里／就是和我们用具的中间／／也有了千里万里的距离"（《十四行集》之二十一），弥散着孤独的存在、独自去成就的勇气和高贵。犹如在里尔克身上所看到的那样，《十四行集》中对生命存在的深刻而孤独的体验不是因为隔绝造成的——隔绝也没有能力造成生命体验的深刻孤独，恰恰相反，诗人所要做的就是最大限度地把自身敞开，自身向世界敞开，世界把自身充满，冯至把这样的存在意愿凝结成简洁而恢弘的诗句："给我狭窄的心／一个大的宇宙！"（《十四行集》之二十二）如此的精神祈求既包含着独与天地相往还的宽阔、深邃的境界，也蕴蓄着"孑然一身担当着一个大宇宙"的责任和勇气。它意味着冯至从里尔克那里承接了一种可称之为敞开的诗思："'选择和拒绝'是许多诗人的态度。"① 自由选择又使得冯至从克尔凯郭尔那里懂得了生命的孤独与虚无以及如何应对生命的孤独与虚无，"基尔克郭凯尔使人深深感到，人们在他们的时代里立在这个广大的虚无面前。但是他说，人们不应该永远对着虚无，要越过虚无，去寻求生存的本质，人的地位和价值"②。问题还在于，冯至从存在主义哲学中得到了启示，对于生命存在的悲剧意义的着眼点是生，所以对死亡的担当乃是出于对生存的决断。冯至说："活，需要决断，不活，也需要决断。"并转述他所敬重的克尔凯郭尔的话说："选择（决断）赋予一个人的本质一种庄严，一种永久不会完全失却的寂静的尊荣。"③ 如果说"担当"是从死这一维度撑起生命（存在）的沉重，那么"决断"则直接进入生的内部，一种在本体意义的高度体现生命（存在）的庄严，也即"正当的死生"和"认真的为人"。④ 有研究者认为，在《十四行集》中生命（存在）个体时时刻刻都要对自我处境作出断然定夺和择取。决断显示人的存在方式、境界和走向，同时也决定他能否抵达本真存在。正是透过决断生命更崭露出崇高的旨意。由此决断也同"蜕变"联系起来：决断之后，人仿佛

① 《冯至选集》第 2 卷，四川人民出版社 1985 年版，第 158 页。

② 《冯至选集》第 2 卷，四川人民出版社 1985 年版，第 145 页。

③ 《冯至选集》第 2 卷，四川人民出版社 1985 年版，第 145、149 页。

④ 解志熙：《生的执著——存在主义与中国现代文学》，人民文学出版社 1999 年版，第154 页。

抖落了一件重负，从晦暗不明的境遇中一下进入豁然开朗的谐和境界。所以人面对困境时便会摒弃无谓的态度，而毅然作出决断。冯至将决断视作至高之举：决断是生之最艰难的课题，是最郑重的精神行动。决断的艰难性、严肃性与决断本身所体现的价值对等：越是艰难的决断，其中含有的意义越重大；越是艰难的决断，越能体现生命（存在）的珍贵和庄严。①

整部《十四行集》都是诗人冯至"决断"的反应和结晶，它以诗的方式宣喻了在苦难深重的时代一个诗人怎样执守信念、怎样思考存在、怎样对存在的意义作出决断。

穆旦的诗作在较为冷峭的外表下涌动着噬心、悲怆的生命冲动。张新颖颇为称许道："而特别突出的，就是穆旦的诗深切地描述了敏感着现代经验的现代自我的种种不适、焦虑、折磨、分裂，这样一个现代自我的艰难的诞生和苦苦支撑，成就了穆旦诗的独特魅力和独特贡献。"②穆旦早在少年时写的《神秘》一诗就已开始了对人类世界的发问和质询，其中那种反复质疑和追询精神不断地向前顽强延伸以至贯穿了诗人创作的始终。穆旦因而"在过去和未来两大黑暗间"，"以不断熄灭的现在，举起了泥土、思想和荣耀"。（《三十诞辰有感》）这不啻为诗人一生的精神自况：既有探索真理时所处的精神灼痛和黯然神伤，更有面对强大的黑暗现实时所做的痛苦质询、申辩、自省和孤独的抗争。它蕴含着穆旦为"真正自由、独立的知识分子"所给出的注解。"'追究自己的生活'，忠实于'非诗意的'经验，写出'发现底惊异'，从这一类的立场和取向来看，我们觉察到，诗的书写者力求把自我扩大成一个具有相当涵盖力和包容性的概念，自我充分敞开着，却又一直保持着独特的取舍标准和一己的感受性。"③如果从知识分

---

① 参见张桃洲：《存在之思：非永恒性及其魅力——从整体上读解冯至的〈十四行集〉》，《名作欣赏》2001 年第 6 期。

② 张新颖：《20 世纪上半期中国文学的现代意识》，生活·读书·新知三联书店 2001 年版，第 223 页。

③ 张新颖：《20 世纪上半期中国文学的现代意识》，生活·读书·新知三联书店 2001 年版，第 219—220 页。

子自身建设来说，穆旦的诗展示出中国知识分子在现代化转型中开始真正走向成熟。须知，知识分子的现代性标记首先是现代独立人格与文化本位立场的坚持，虽然穆旦和国统区所有进步的知识分子一样在当时都被看作是"左"派，但是穆旦并不依附任何政治意识；在此，摆脱依附的自觉意识并不是淡漠现实，而是知识分子本位与独立思考立场的自觉坚守。"重新发现自己，在毁灭的火焰之中。"（《三十诞辰有感》）颇似尼采的"如是说"："如果有谁为了自己的学说而走向烈火——这证明什么呢？真正重要的是为了让自己的学说在自己的灵魂中诞生。回归与超越，它的意义在于找到了文学文化建设的新的起点、新的高度。"①

西南联大时期的郑敏深受冯至的影响，并在冯至的引导下通晓了里尔克诗歌之真义。由于郑敏学的是哲学，所以她的诗歌从哲学出发且侧重对生命哲学的审美沉思，在她的诗思中"死亡"这一话语关键词在很大程度上是生命哲学获得诗化的依托点。1995 年夏天在接受王家新、臧棣等人访谈时，郑敏首先就强调"死对于我来说本身就是一个重要的主题"②。当战乱直接而迫切地把生和死推送到诗人面前时，郑敏也如里尔克那样以言说死亡来体现诗思深度。里尔克将死亡视为把人引向生命之巅、使生命第一次具有充分意义而出现："死背向我们，它是我们光线照不到的生命侧面。我们生存在生与死这两个无限的领域里，必须努力地克尽从这两个领域中摄取不尽的养分，这个最广大的自觉。真正的生命横跨这两个领域，贯穿这两个领域，进行着最大的血液循环。"③与此相应，郑敏的《死》（二首）、《时代与死》、《死难者》、《一九四五年四月十三日的死讯》、《寂寞》等作品就抒写了对死亡的感悟和洞察。在郑敏的诗笔下，生存与死亡的过程正是生命无比清晰的"存在"体验，诗人期待在生与死的两极透视生命的本义；《我不会颤抖，死亡》一诗将死亡看成是生存

---

① 符杰祥等：《"受难的形象"——论穆旦诗歌的人格价值与文化意义》，《淄博学院学报》（社会科学版）2001 年第 1 期。

② 杨淑平等：《试论郑敏早期诗歌的死亡主题》，《现代语文》（学术综合版）2010 年第 1 期。

③ 林郁编译：《里尔克如是说》，中国友谊出版公司 1993 年版，第 103 页。

的另一种状态:"我不会颤抖 / 当一个早晨,你突然来到 / 我每天都知道你就在我身边 /……/ 当你像瑞士高山的云雾 / 缠绕着我的身体 / 我的眼睑慢慢垂下……"正视死亡也就是直面生命,生固然重要但没有死,生命存在就无法体现出完整性:"你不会更深的领悟到生的完全 / 若不是当它最终化成静寂的死。"(《墓园》)生命只有在生死两端衔接后才能敞开"此在"本真的一面,正像在《舞蹈》里我们"在一切身体之外 / 寻到一个完美的身体,/ 一切灵魂之外 / 寻到一个至高的灵魂"。死亡在其本质上无异于生命在完善自己的使命后,超越狭隘的自身,回归浩然天宇的必然过程。

同时,郑敏抒写的死亡由灵魂震撼而获得生命的洗礼,存在的真实意义就在于人们必须越过终有一死的事实性界限,通过生命的自由抉择来追问并担当存在勇气和人生苦难,就像诗人在《时代与死》中的吟诵:"在长长的行列里 / '生'和'死'不能分割 / 每一个,回顾到后者的艰难 / 把自己的肢体散开 / 铺成一座引渡的桥梁 /","不再表示毁灭 / 恐怖 / 和千古传下来的悲哀 / 不过是一颗高贵的心 / 化成黑夜里的一道流光 /","'死'也就是最高潮的'生'",因为高贵的心化成的"每一道光明,/ 已深深溶入生者的血液,/ 被载向人类期望的那一天。"在死亡这样的"永远不存在的存在"(《成熟的寂寞》)的底处,"埋葬了虚假的等待 / 死亡可能是最富生命的"(《对春阴的愤怒》)。在郑敏的诗作中,对死亡的领受乃是出于对生存的决断。如果说领受是从死的存在方式支撑生命的沉重,那么决断则在存在本体意义上体现生命的真实,因为决断尤其是自由抉择最能彰显人的存在方式、境界和走向,"决断是自由意志的抉择,一旦作出自由抉择后人也如担当死亡后的从容。作为对追问的回答,担当与决断互为依托,共同支撑起生命(存在)的意义"①。出于对生命自由抉择的思考郑敏写道:"我想起有人自火的痛苦里 / 求得虔诚的最后的安息,/ 我也将在'寂寞'

---

① 张桃洲:《存在之思:非永恒性及其魅力——从整体上读解冯至的〈十四行集〉》,《名作欣赏》2001 年第 6 期。

的咬啮里／寻得'生命'最严肃的意义。"(《寂寞》)

　　显然，战争摧毁着一切价值并制造一个"没有信仰的世界"(《静夜》)，郑敏对死亡的诗思有意地拉开了与当时主流文学的距离。郑敏通过对死亡的存在意义的召唤，将死亡升腾为超越现世有限性的"绿色希望的旗帜"(《村落的早春》)。郑敏曾在《荷花》一诗中以拟人化手法写出人类生存的基本形态后追问："但，什么才是那真正的主题／在这场痛苦的演奏里？这弯着的／一枝荷梗，把花朵深深垂向／你们的根里，不是说风的摧打／雨的痕迹，却因为它从创造者的／手里承受了更多的生，这严肃的负担。"这里所言说的无非是，对生存或死亡的坦然领受来自于对民族和时代的"严肃的负担"，这样的生命存在通向的是海德格尔"向死而在"状态。"Heidegger 认为最能体现独一无二的个体存在是他（她）的前行到死亡中去。因为只有在这个此在中才能体认到存在，……只有前行到死之中取得此在才能体认到真正的人生的价值、意义和存在。""依据 Heidegger……领会着死亡而生存，并不只是意识到自己有限时间性的存在，也不只是'真我'自觉选择的可能性，重要的是，它是站在前行到死亡中的基点上去决断客观性的明天。"①

　　沈从文称自己为"二十世纪最后一个浪漫派"②。这个"浪漫派"就"浪漫"在 20 世纪 40 年代的沈从文仍"不识时务"地恪守着人性启蒙的文艺观："我所要表现的本是一种'人生形式'，一种'优美、健康、自然，而又不悖乎人性的人生形式'。"③他主张文艺应该贴近人性、攻击黑暗，并将新文学看成"经典重造"，为承担此时代重任他决定"我自己来支配一下自己"，而取得生命支配的主动权。④为此，他极力呼吁并坚定地主张作家应保持自己的人格和思想艺术的独立，把文学作为精神自由的理性工具和

---

① 李泽厚：《实用理性与乐感文化》，生活·读书·新知三联书店 2005 年版，第 92—93、80 页。

② 《沈从文文集》第 10 卷，花城出版社、香港三联书店 1982 年版，第 294 页。

③ 《沈从文文集》第 11 卷，花城出版社、香港三联书店 1982 年版，第 45 页。

④ 参见《沈从文文集》第 9 卷，花城出版社、香港三联书店 1982 年版，第 223 页。

实践工具且"建筑在对生命能作完全有效的控制"上，"取得生命的完全自由"。① 也就是说，"在主体心灵的层面上，他则坚守知识分子独立人格的理性自觉、自醒与自救。……在他看来，能否形成一个'五光十色的人生'，这取决于'人的意志力'，进言之，我们真正需要的是一种哲学，一种'表现这个真正新的优美理想的人生哲学'。在沈从文这里，所谓意志力，既接近于西方启蒙家所谓'自由意志'，又被赋予了更为独特而深广的内涵"②。而这种独立的人格和创造所表现出的绝对自主性只能从审美和艺术中去寻找。汪晖因此说："美之于沈从文，不只是艺术的技巧，不只是自然的属性，而是整个存在的根基，是一种人生观和宇宙观。"③

从个体性选择的非自由状态来凸显个体自由意识的作家是钱钟书和汪曾祺。夏志清先生曾说："《围城》是一部探讨人的孤立和彼此无法沟通的小说。"④ 的确，《围城》在对人生存在的思考中将人性的荒诞和虚无推向极致的巅峰，就此创造了一个可与卡夫卡的《城堡》和加缪的《局外人》比肩的"围城"世界。"但与其说是萨特和加缪影响了钱钟书，毋宁说是钱钟书在尼采、克尔凯郭尔等存在主义思想先驱的启发下，站在与萨特、加缪相同的思想起点，面对着同样关心的现实问题，遵循着相近的思路，进行同步的哲学思考和艺术创造的结果。"⑤ 诚然，借凭方鸿渐这个人物小说着力揭示了人的存在的荒诞性，以及人在失却信仰和意义之源后的畏怯与迷惘。问题在于，存在的荒诞与人生的虚无在某种意义上对人来说又是一种自由和解放：既然人的整个存在状态是根本上的虚无，就意味着人已没有什么先定的本质和固定的束缚，存在有无意义以及成为什么就全靠其自由选择和决断：他必须独自承担存在的全部责任并赋予自身以存在的意

---

① 《沈从文文集》第 10 卷，花城出版社、香港三联书店 1982 年版，第 159、327 页。

② 张光芒：《沈从文的理性文学观初探》，《人文杂志》2002 年第 3 期。

③ 参见赵园编：《沈从文名作欣赏》，中国和平出版社 2001 年版，第 544 页。

④ [美]夏志清：《中国现代小说史》，刘绍铭等译，复旦大学出版社 2005 年版，第 286 页。

⑤ 解志熙：《生的执著——存在主义与中国现代文学》，人民文学出版社 1999 年版，第 210 页。

义。"钱钟书敢于通过《围城》的创作来表达他对人生之虚无与存在之荒诞的认识，这本身就意味着对这虚无和荒诞的蔑视与反抗；……这足以说明，即使人生从根本上说是虚无的，存在是荒诞不稽的，但勇敢而富创造性的个人，仍可望在这荒诞世界和虚无人生中通过自觉的努力创造出不朽的价值，确证自身存在的意义。"①

按照解志熙先生的说法，西南联大时期的汪曾祺曾一度受到萨特、加缪的存在主义思想的启发，其创作的《复仇》、《落魄》、《礼拜天早晨》、《疯子》"这几篇作品从不同角度揭示了人的某些存在体验，而其共同主题是人在存在上的自欺及其扬弃这一问题"②。比如在《复仇》中，复仇者与仇人终至和解所谓"泯除恩仇，化敌为友"，从而超越了主题伦理化的层次深潜到对人的存在意义上的表述。"在复仇中汪曾祺关注的不是复仇者在伦理上的自觉，而是存在上的自觉。这种存在的自觉在复仇者身上的表现，就是他对'复仇者'这一自欺的(被动的、事务性的、为他的、自在的)存在状态的扬弃，从而成为一个自为的亦即自觉地存在。……不管这一选择有什么伦理意义和宗教意义，都无法掩盖它的首要也是根本的意义：这是他做为一个自为的存在的自由选择。……由此汪曾祺也就把扬弃自欺走向自为这一问题，非常尖锐地摆到了每个读者面前。"③

第四节　独特风格与个性形态的荟萃

存在主义的自由"理性"与现代知识分子特立独行的"率性"的融

---

① 解志熙：《生的执著——存在主义与中国现代文学》，人民文学出版社1999年版，第242。

② 解志熙：《生的执著——存在主义与中国现代文学》，人民文学出版社1999年版，第234页。

③ 解志熙：《生的执著——存在主义与中国现代文学》，人民文学出版社1999年版，第145页。

合，固然是西南联大作家群的家族性精神气质，而作家们个体形态的异彩纷呈、风格别致更意味着中国现代存在主义文学已抵达成熟状态。为了概括的简明与阐述的精确，我拟将西南联大作家群予以分类辨析，并将其建构在与存在主义经典作家进行对位性解读的基础上。所谓对位性着眼于彼此之间从审美风貌到创作观念的整体性相通；而以存在主义经典作家为类比、参照坐标，亦有向经典靠拢、敬仰经典的含义；毕竟，存在主义文学的源发地和原创性都在西方。

其一是冯至与里尔克。冯至与里尔克的关系一直为学界所关注，如果从存在主义视域来考量会获得新的思路和启示。

首先，里尔克试图在"存在"的世界通过"事物诗"的创造，赋予艺术永恒的品质。作为海德格尔在《诗人何为?》中称为"贫困时代的诗人"的里尔克，他从一开始就把写诗看作是一种生存的方式，是生活和存在的召唤，而不纯粹是一种审美需要。在他后期的《致俄尔甫斯十四行》和《杜依诺哀歌》这两部巅峰之作中，里尔克明确地把诗人的使命规定为向"存在"转变，将可见的在者转化为不可见的"内在世界空间"，其审美承载体则是"事物诗"。里尔克的"事物诗"亦如海德格尔在《艺术作品的本源》中对梵高油画中的一双农鞋的分析，并不在意这幅油画是否真实地描摹了现实，而是关注这个作品揭示了农鞋的存在，使存在者整体（"世界"和"大地"）进入无蔽中；这其实正是艺术永恒的生命力之所在：艺术是真理的自行呈现，美是真理（"无蔽"）的现身方式，是真理的显现和发生。这也是理解里尔克"事物诗"的要旨。

冯至本人多次表明过，《十四行集》是在里尔克的《致奥尔弗斯的十四行》直接影响下写成的，不仅格律上采用了十四行变体，在精神内涵上也深受里尔克存在主义诗思的影响。"从这个角度看，《十四行集》中二十七首诗全都可以被看成是一种特殊的咏物诗，冯至的与他者的'对话'包括：动物（驮马、初生的小狗）、植物（尤加利树、鼠曲草）、历史人物和艺术家（一个战士、蔡元培、鲁迅、杜甫、歌德、画家梵高）、城市印象（威尼斯）、旅途感受（一个亲密的夜）、形象而安宁的场面（景）（原野的器声、郊外）等等。"①

《十四行集》不只是一些诗作的量的集合，而是一个新的艺术世界的呈现。其间各种"事物"——不仅是人（也包括人的某个具体的关联物，比如作品或言语）与人之间，还有人和其他动物之间、有生物与无生物之间、植物与动物之间、植物与植物之间、无生物与无生物之间，它们与诗思、意象的交错与关联形成了一种艺术上的相互转化和呼应……生与死、人生与艺术、有限与无限，一切都存在于那个"敞开"的世界中。比如在《十四行集》之三中，"有加利树"成为生命永恒的象征，诗人以此肯定人的生命的自觉有为，肯定生命的坚韧充实，表现了正视生命、超越生命的哲学态度。而《十四行集》之四则通过对一丛丛白茸茸小草——"鼠曲草"的客观描绘，传达了自己对于何谓存在这个本源性问题的思考。在此意义上，创作《十四行集》的冯至不再像早期作为一个"中国最杰出的抒情诗人"（鲁迅语）那样表现自己主观的情感，而是在存在本体论的意义上发现宇宙间万事万物的相互关联、呼应、汇合、交流，路、水、风、云、城市、山、松树、浓雾、蹊径上行人的生命……，在这里全都成了关联、呼应的"事物"。在《十四行集》之十八中，诗人抒写着，"我们的生命就像那窗外的原野"，生命的过程中有无数个这样存在的境遇：有时在一间"生疏的房里"一起"度过一个亲密的夜晚"，而"亲密的夜"是那么偶然和短暂，除此之外别无所知；似如这个房子并不认识"它白昼时 / 是什么模样"，更不要说它的过去和未来，就在这样的一种日常的体验中，有限的存在中最重要的乃是生命中经历的存在——"亲密的夜"本身；于是，无限与永恒，超越与本体都获得了。这种在创造中得以开敞的作为存在物之存在的"纯粹之物"，尽管可能像梵高油画中的农鞋一样普通甚至寒酸可怜，但在海德格尔的心中、也在冯至的笔下获得了坚实的不可毁损的真实存在：体现出整个宇宙、一切幸福和全部庄严。这样的"事物"已经不同于一般的物，因为这种本真之物在日常生活中往往是处于遮蔽状态，受到

---

① 吴允淑：《冯至诗作中的基督教因素》，《道风：基督教文化评论》（香港）2003 年第 7 期。

偶然性、模糊性和时间的流变性的支配；如何将物从常规习俗的沉重而无意义的关系中提升出来，恢复到本质的巨大关联之中，这是对诗人提出的一个重要任务。在冯至看来，这就是"创造物"，他把这个任务交给了自己的"事物诗"写作。

在冯至的诗意创造中，"事物"宁静安详，既与外物绝缘又把它的环境包含于自身，聚拢着存在的丰盈和厚重。它源于存在的艺术应答着存在之天命的召唤，为人类建造了一个历史性栖居的世界，成为人的历史性生存的本源。如《十四行集》之四所描绘的那一丛白茸茸的"鼠曲草"，那么静默那么不引人注目，但是冯至告诉人们："但你躲避着一切名称 / 过一个渺小的生活 / 不辜负高贵和洁白 / 默默地成就你的死生。"在"鼠曲草"对自己死生的默默担当中，冯至看取了它的伟大；在真实生命过程中体味了存在的庄严。"里尔克在《图象集》和《新诗集》中写动物、植物、艺术品，神话和圣经中的神和人，人世的沧桑变幻。咏物诗形式描绘典型形象、历史人物、传奇人物和圣经人物，对人类命运作要言不烦的总结。'表达人世间和自然界互相关联与不断变化的关系'，是《十四行集》与里尔克诗歌的接榫之处。"①

冯至《十四行集》与里尔克诗歌的对应性关系，还体现在对诗歌表现方式、诗歌功能的共识。冯至在《里尔克——为十周年祭日作》一文中发现，里尔克的《新诗》已臻于天人合一、物我两忘之境界："这集子里多半是咏物诗，其中再也看不见诗人在叙说他自己，抒写个人的哀愁；只见万物各自有它自己的世界，共同组成一个真实、严肃、生存着的共和国"。换言之，诗并不像一般人所说的是"情感"（情感人们早就够了）而是"经验"。这种"经验"不是一般意义上的经历和体验，它被赋予了存在主义的特定含义。在里尔克看来，诗歌并非在"经验"或"存在"之外，从根本上说，诗歌本身就属于"经验"和"存在"——是在"经验"和"存在"中涌现出来的。这样的"经验"绝不是诗人激情的喷涌、感伤的抒发，它

① 吴允淑：《冯至诗作中的基督教因素》，《道风：基督教文化评论》（香港）2003 年第 7 期。

是经过大脑反复思考、心灵再三过滤的知性之思、冷静之思，已和人的生命融为一体，在生命中积淀下来的真实存在。所以，这样的"经验"既是冷静的、不动声色的体验，更是富有本体论意义的生命存在。因此，诗人必须对艺术抱有一份虔敬和忠诚，必须学会让自己的心灵沉潜下来，去体验身外的宇宙万物，从生命存在的深处与它们发生关联融为一片，方能沟通主体与客体、自我与外物的界限，才可产生一首好诗。在里尔克的诗笔下，世界只是一个可供观察的存在，它既没有表象，也没有本质；它甚至不能作为一个整体来感知，它只是一些珍贵的时刻和或隐或现的图像。他用这两种想法命名了自己的两本诗集《时辰之书》和《图像集》，这两种命名似乎可以用海德格尔的"存在与时间"和萨特的"存在与虚无"来互证。

里尔克关于以"经验"代替"情感"去"观看"、感应宇宙光色影的见解对冯至产生了深刻的影响，反映在《十四行集》中便是诗人与世界的关联方式——在理解世界的态度上从与自我的"表现"走向智性的"观照"，体察与把握世界的方式也就从"情感"迈向"经验"。由是，诗人在表达世界时自然会选择从"抒情诗"转为"事物诗"。

同样是在《里尔克——为十周年祭日作》中，冯至谈到里尔克的对于艺术的虔敬态度、他的重视观察和体验的美学原则："他开始观看，他怀着纯洁的爱观看宇宙间的万物……他虚心侍奉他们，静听他们的有声或无语，分担他们人们都漠然视之的运命。一件件的事物在他周围，都象刚刚从上帝手里作成；他呢，赤裸裸地脱去文化的衣裳，用原始的眼睛来观看"；"他在那时已经观察遍世上的真实，体味尽人与物的悲欢，后来竟达到了与天地精灵相往还的境地"。这何尝不是对《十四行集》的描述和注释。

《十四行集》在面对自然万物、永恒时间时，就是通过"观看"或沉思的方式，以"事物"为中介完成一种揭示和转化。具体说，事物既不存在表象也不存在本质，有的只是一种敞开，诗人的任务只是使"事物"，使存在的秘密敞开并澄明。《十四行集》之二十七中便凝注了诗人的这种艺术哲学追求，诗中写道："从一片泛滥无形的水里，/取水人取来椭圆的一瓶，/这点水就得到一个定型；""向何处安排我们的思想？/但愿这些诗象一面风旗/把住一些把不住的事体。"泛滥的潮水和小小的水瓶，一面单薄的风旗与深邃的宇宙构成一种对立的情势；无形的潮水在椭圆的小水瓶里呈形，广袤宇宙中不可把握的风声在飘扬的旗帜上凝定；对自由不羁，浩大无形的东西或不可捕捉的思想给以凝定、规范、有形化，在智性的观察、感性的品悟、有形的描绘中显露出诗情的深厚张力。

应该说，《十四行集》中诗人对于"事物"的"观看"、"揭示"并非是主客分离后而形成的片面的知识范畴与理性认识，而是主客的同一状态——它超越时空与主客界限抵达澄明之境，一种与海德格尔的"此在"的无蔽状态的内在相通。冯至在寻求存在的意义和生命价值时，在"事物"的感性生命和日常情境中寻找到了意义与价值本身。比如《十四行集》之二中以秋日的树木作譬，在对自然万物蜕变轮回的理解、体验中走向生命的沉静和成熟；其间自然与生命相互参证，生命意义与价值旨归都在具体的经验生活与感性的"事物"中获得再现与把握。该诗的起首两句"什么能从我们身上脱落/我们都让它化作尘埃"，从中领略到的是诗人在对生命本体存在的把握上与东方式禅意的融通；诗中的最后两节"我们把我们安排给那个/未来的死亡，像一段歌曲//歌声从音乐的身上脱落，归终剩下了音乐身躯/化作一脉的青山默默"，展示的是一种典型的存在主义式描述，颇具海德格尔的"向死而在（生）"的神韵；同时，无论从意象生成和内涵表达上来说，那种返归自然、物我两忘的禅道精神，与"向死而在（生）"的存在主义思想实现了完美的对接和整合。《十四行集》出版后，李广田指出，冯至"在那最日常的道路与林子中发现他的诗，……他却是像里尔克所说的是那'第一个'发现的人"。"因为作者认识到万物一体的大化之流行，一切都在关联变化中进行，所以一方面是积极的肯定，而另一方面就是那否定的精神，然而这种否定也正是那积极的精神之另一表现，因为自己与一切共存，故不想占有任何一部分，因为自己的灵魂与天地万物同其伟大而光灿，故毫无执着而固执的念头，自己有其实，正如一切有其实，故不沾沾于名相。"①

毋庸赘言，《十四行集》对里尔克的诗歌表现出的是一种创造性转化。存在主义哲思固然让冯至脱离了浅层的诗意缠绕而走向了生命存在的深度，而中国传统审美文化精神也使其诗作摆脱了里尔克诗歌的玄奥与抽象，为冯至接受里尔克存在主义的诗歌理念提供了本土化可能性。即《十四行集》的创作无异于一种"外启内发"的双向生成过程。

作为一个具有存在主义倾向的诗人，里尔克一生都在拷问人自身的存在境遇。并且，里尔克深受克尔凯郭尔的影响并服膺其"孤独个体论"。对于他来说孤独显现的是一种本性，其价值在于他在孤独中真正寻找到了富含存在意味的人生答案，并深深地委身其中。"孤独"赋予他"无家"的宿命，他的诗歌也体现了海德格尔的"在无家可归的现代世界"的"归家诗"的艺术哲学特质："深蔽于技术对本真家园的隐瞒的现代人如何才能发现自己的家呢？这一问题引出了现代处境中诗人的使命问题。在无家可归的现代世界，诗人的使命就是引领人们归家，就此，海德格尔说现时代之一切伟大的诗都是'归家诗'。"②说他"孤独"因为他是少数的先行者，说他"自觉"是因为他早就预感到了"无家可归"的悲凉结局，却依然把自己交给深不可测的虚无："有自己的幸福，有自己的痛苦／有一切的一切，却感到孤独"、"我挣得的／永久权力是——没有归宿"（《最后一个承继者》）。

相比之下，《十四行集》中主体性"孤独"的自觉意识要淡化一些，它主要缘于面对命运压迫时的紧张以及疏解紧张时所表现出的担当的勇气。"在冯至那里，这种孤独所具有的社会意义十分突出，它意味着一种沉静的高傲的精神境界：抵制社会习俗和历史势力的侵蚀，通过语言自身的命名力量反抗人类生活的世俗化趋势。实际上，经过中国诗人的转述，这种孤独凸显了一种本土化的文化内涵：它反映的是中国诗人兼知识分子

---

① 李广田：《沉思的诗》，《诗的艺术》，开明书店 1943 年版，第 27 页。

② 余虹：《艺术与归家——尼采·海德格尔·福柯》，中国人民大学出版社 2005 年版，第 176 页。

的自由主义倾向。希望与社会现实保持距离，并由此衍生一种独立的精神传统。"① 亦如冯至在《十四行集》之四中表述的"你躲避着一切名称 / 过一个渺小的生活 / 不辜负高贵和洁白 / 默默地成就你的死生。/ 一切的从容，一切喧嚣 / 到你身边，有的就凋落 / 有的化成了你的静默"。这种理解是通过对鼠曲草的感悟、比拟而实现的，其中的个体生命的主体性也得到了确立，但与里尔克的那种先行者无家可归的"孤独"有着明显的区别。所以说，这并不是真正意义上的纯粹的孤独——冯至把这种"孤独"与古典情怀相结合，表现为一种和谐与宁静。冯至在散文《礼拜日的黄昏里》中将其称为"孤臣孽子的心肠"。

我觉得，叶维廉先生的如下评判是精辟的，冯至在"掌握了里尔克'凝注的艺术'同时，拒绝了西方式的形而上的焦虑，而落实在道家式的'即物即真'和'物物庄严'"②。虽然在《十四行集》中"孤独"个体的"无家可归"意识也并不难寻，"好像鸟飞翔在空中，/ 它随时管领太空，/ 随时都感到一无所有"（《十四行集》之十五），"你会像是一个古代的英雄……归终成为一支断线的纸鸢"（《十四行集》之九），甚至直接在诗中使用了一些极富存在论意义的语词："谁能把自己的生命把定 / 对着这茫茫如水的夜色"（《十四行集》之二十）。然而，里尔克的"孤独个体"和"自然世界"对话并以"事物"为中介寻求超越存在的模式，在《十四行集》里是很少发现的，"个体"与"自然"的整合模式倒相当多见；里尔克的那种超越式对话关系在《十四行集》中被转化为体现出冯至式整合关系。如，《十四行集》之五通过对"威尼斯"这座水城的回忆，形而上地思考了人与人之间的相互关系，每一个个体应该担当自己的寂寞，但个体与个体之间相互关联，相互交流；其中，对话的距离被取消了，特定的"事物"——"威尼斯"成为"个体"与"自然"沟通的象征。

总之，无论是"个体"与"自然"的化合，还是"事物"对社会沟通、

---

① 臧棣：《汉语中的里尔克》，《郑州大学学报》（哲学社会科学版）1999 年第 3 期。

② 叶维廉：《被迫承认文化的错位》，《创世纪》（台湾）1994 年第 100 期。

历史创造的趋同，都显示了由"对话关系"向"整合关系"的转变。这背后有着特殊的历史语境的塑造。在某种意义上，这种话语叙述模式要求的是集体经验对个人的包容。冯至终究是一个脱却不了中国传统文化的东方诗人，他不可能像里尔克那样在西方哲学思想的支撑下把"无家可归"意识铺展、升华，去思考生命存在的终极意义。他只能选择与中国文化相融合，把这种意识转化成一种沉默的智慧，以此重构人类精神家园的艺术天地。

其次，里尔克的诗凝重苍凉，充满孤独、痛苦的情绪和悲观、虚无的思想，凸显了德语文学冷与硬的特点。一般来说，这样的诗是排斥青年读者的，只有经历磨难的人才准许进入。比如其带有浓厚精神自传色彩的《马尔特手记》，最为集中地抒写了"匮乏时代"的个人体验，诸如夜的体验、死的体验、爱的体验等，不一而足。就像加缪在他的哲学随笔《西西弗斯的神话》中开篇就写："真正严肃的哲学问题只有一个：自杀。判断生活是否值得经历，这本身就是在回答哲学的根本问题。"《马尔特手记》也是带着沉重的死亡意识开篇的："虽然，人们来到这里是为了活着，我倒宁愿认为，他们来到这里是为了死。"

《十四行集》也表现出存在主义创作特有的悲剧性色彩，具体说，这是一种包括冯至在内的现代知识分子的普适性的生命体验和存在忧思。但与里尔克诗歌的悲剧精神相比，《十四行集》的悲剧品格只能是准悲剧品格，因为它是东方化的产物——生于斯"悲"于斯。在《十四行集》中，虽然绝大多数诗作都体现了生与死、形与神、瞬间与永恒、空虚与实在、有限与无限等因素的对立与冲突，但创作主体并未将诗歌表现张力简单地建立在两者的冲突与矛盾之上，而是将两两对立的诸多因素融化在生命的"气象"中；不是以拒斥、敌对、征服的方式去面对，而是以生命的宽容与博大去承接与拥抱。情因事生、理由事发，智慧也就油然而生，却没有任何生硬之处。在《看这一队队驮马》中，诗人探究着"虚无"与"实在"的矛盾，但却又在一种通达中领悟到生命是在"随时占有"与"随时又放弃"的统一中拥有存在的意义和价值，没有消极和绝望，也没有焦灼与困感，澄明与旷达的生命感悟让整首诗歌充满一种雍容的朗照。唯其如此，《十四行集》不奇肆、不怪诞、不抑郁沉重、不幽茫伤感，在中正淳朴中有一种通达宁静、明澈朗悟的智慧。《十四行集》让冯至在芜杂浮躁的现代语境中造就了一种极为难得的"平淡和谐"之美。①

这固然与冯至睿智温和的人生态度和悲悯宽厚的人格情怀相关，但更要看到，《十四行集》从"事物"入手阐发诗意，向内寻觅自我小宇宙与"事物"的共鸣点，向外又升腾出对包括时代生活、民族苦难的大宇宙的关怀。或许，每一时代人们对意义的渴求不一样，在战争与贫穷、恐惧与失望交织的 40 年代，冯至所追求的首要人生意义就是要为国家和民族"从绝望的爱里换来新的发展"（《十四行集》之十三）。"具体来说，冯至体验到的生命存在悲剧性包括：生命的渺小和短暂、生命的孤独和无助、生命的无法把定和虚无、生命的必死性。但是，冯至对生命存在悲剧性的体认并没有使自己走入悲观主义的泥淖。"②

其二是穆旦与陀思妥耶夫斯基。

毋庸讳言，穆旦是一位诗人，而陀思妥耶夫斯基主要是小说家，但这不妨碍彼此之间基于存在主义诗学意义（在陀思妥耶夫斯基那里则体现为小说诗学）上的对应和通融。

陀思妥耶夫斯基作为存在主义文学的先驱者是不言自明的。当代西方学界研究存在主义的两本最为权威的经典著作是 W. 考夫曼的《存在主义——从陀思妥耶夫斯基到沙特》（商务印书馆 1995 年版）和威廉·巴雷特的《非理性的人：存在主义哲学研究》（上海译文出版社 2007 年版）。前者的副标题即开宗明义地宣示了陀思妥耶夫斯基在存在主义（文学）中的先行者地位。

而穆旦与陀思妥耶夫斯基的对位性，首先体现在借助尼采式"酒神精神"来张扬"灵魂的拷问"或"丰富的痛苦"。

---

① 参见王钦欣等：《潜隐与超越》，《文学评论》2009 年第 2 期。

② 辛禄高等：《生命存在的悲剧——冯至〈十四行集〉新论》，《东华理工学院学报》（社会科学版）2006 年第 3 期。

同为存在主义作家的昆德拉 1985 年 1 月 6 日曾在《纽约时报书评》刊登了一篇题为《一个变奏的导言》的文章，提及他阅读《白痴》后的感觉："陀思妥耶夫斯基夸张的姿态、黑暗的深刻、富有侵略性的伤感的世界，都使我很不舒服。"昆德拉反感的不是作品的美学价值而是陀思妥耶夫斯基小说中的"氛围"，那是"一个一切都变成了情感的世界。换句话说，在这儿情感被拔高到了价值和真理的地位"。陀思妥耶夫斯基的小说因而带有"狂热"的特征，它所关涉的正是尼采的酒神精神。

在《悲剧的诞生》中尼采创造性地发挥了叔本华的哲学思想，以古希腊艺术为研究对象，认为它并非产生于希腊人精神上的和谐与静穆，而是根植于他们所意识到的人生苦难和冲突；这种与生俱来的苦难和冲突亦不必然地指向人生悲剧论，也没有因为生命的悲剧性而消极厌世，而是以艺术为媒介来对抗存在的荒诞，为苦难和冲突中的生命形式寻找价值意义和存在的合理性。因而，无论是戏剧还是神话古希腊都是文明的源头，艺术都在这里找到璀璨的原型。在这个基础上尼采概括出"酒神精神"、"日神精神"的概念。酒神与日神之分虽然涉及宇宙本原的推测，但尼采却重在对人类生命存在状态的描述。尼采用酒神精神和日神精神论述了悲剧的诞生与衰落，且扩延到对艺术审美问题的阐释。这是因为，通过酒神精神和日神精神、借助悲剧可以洞见人了生的虚幻，懂得生命的痛苦及其悲剧式的短暂。所谓"只有作为审美现象，人世的生存才有充足理由"①。

20 世纪 40 年代专攻西方文学史的中国学者常苏波曾在《尼采的悲剧学说》中将酒神和日神的本质在中国语境中作了很有意义的解剖和对比：一方面，日神对世界所持的哲学般冷静的态度，与酒神所具有的沉溺的态度形成的绝好的对照；另一方面，日神以一种对梦的自觉来享有梦境的精神，实际上是一种审美乌托邦，与酒神完全让自己变成一件艺术品，在忘我境界中投入自然和艺术的做法不同，日神始终保持着与这个世界的距

---

① 周国平编译：《悲剧的诞生——尼采美学文选》，生活·读书·新知三联书店 1986 年版，第 275 页。

离，处于一种以审美的方式来认识世界的地位，而不像酒神那样，将自身直接化为世界的一部分。至于审美，实际上就是世界的全部表征与意义之所在。进一步说，也可以看作是将康德特别是叔本华意义上的审美认识论与尼采意义上的审美本体论的区别，转换成了悲剧意义上日神与酒神精神的区别。① 朱光潜则将尼采的"只有作为审美现象，人世的生存才有充足理由"的命题，经过东方化改造和重构后表述为静与动、冷与热、想象与情感、潜意识与意识的区分，转化为艺术品种、创作倾向和审美形态等的分类。以此观之，昆德拉的"陀思妥耶夫斯基夸张的姿态、黑暗的深刻、富有侵略性的伤感的世界"以及"情感被拔高到了价值和真理的地位"，无异于酒神精神的另一种表述。换言之，导致昆德拉对陀思妥耶夫斯基反感的其实是日神（艺术）精神与酒神（艺术）精神的异见。

很明显，在《卡拉马佐夫兄弟》中陀思妥耶夫斯基的创作初衷是要把多年探索而未得到解决的"我是谁"、"人是什么"，以及质问永恒的存在的问题作一明确的回答。他按照自称为"接近虚幻的现实主义"或"幻想现实主义"②的美学观选取最奇特的现象——畸形的父子、兄弟关系和弑父案，将笔触潜沉到下意识领域中——描写直觉、幻觉、梦幻等非理性行为，然后以敏锐的洞察力和惊人的准确性刻画人物的精神状态——"卡拉马佐夫气质"。在此，陀思妥耶夫斯基面对"旧俄国"那种"地下室"乃至"死屋"般荒谬生存情境追问着：俄罗斯将走向何方？如果说，陀思妥耶夫斯基曾患有的癫痫症实质上是他与现实生存世界的独特相遇方式，那么，整个现存世界的癫痫症的病相呈现——社会的抽搐、精神的抽搐、个人肉体的抽搐在陀思妥耶夫斯基的小说世界中都得到了诗学显现，而以往完整的社会历史结构、自足圆满的价值体系就此全部瓦解了。这意味着，他和尼采一样凭借"酒神式"精神症状成为19世纪最伟大的"病人"——试图用自己的疯癫和病态救赎那些貌似健康的人，用鲁迅描述陀思妥耶夫斯基

---

① 参见张辉：《尼采审美主义与现代中国》，《中国社会科学》1999年第2期。
② 参见 [英] 马尔科姆·琼斯：《巴赫金之后的陀思妥耶夫斯基：陀思妥耶夫斯基幻想现实主义解读》，赵亚莉等译，吉林人民出版社2004年版。

的话则是"这确凿是一个'残酷的天才',人的灵魂的伟大的审问者"①。在陀思妥耶夫斯基的小说中,有人类最复杂的一面,也有人性最深刻的一面,还有灵魂最痛苦的一面,更有最接近良心的一面。可以说,陀思妥耶夫斯基的小说最接近诗。或许,这也是穆旦的诗与陀思妥耶夫斯基小说的诗学切合点。

有学者如此描述穆旦:"看清了平庸,于是要和平庸分手;体悟了绝望,又试图绝处逢生。他近乎恶魔般地呼喊:让我们自己就是它的残缺,比平庸要坏才能打破平庸。只有首先给他们以失望才能给麻木沉沦的常人以震动。只有这一群真正的存在者翻转,才会有新的灌注和觉醒。"②一种既类似陀思妥耶夫斯基更切近尼采的"恶魔"因素——酒神式狂欢勃发在穆旦的诗作中。穆旦与西南联大作家群的其他作家最大的区别亦在乎此:自由意志对生命现象的强力肯定,这种肯定以酒神式狂欢来呈现。王佐良曾在《一个中国新诗人》的文章中说穆旦以"非中国"的形式和品质表达的却是中国自身的现实和痛苦,也可以由此得到诠释。

当穆旦从"丰富的痛苦"(《出发》)"出发",透过20世纪40年代战乱景象看到了如此沉沦着的存在本相:大地上充满着"不幸的人们",他们的"命运和神　都失去了主宰"(《不幸的人们》),"在一条永远漠然的河流中,/生从我们流过去,/死从我们流过去,/血汗和眼泪从我们流过去,/真理和谎言从我们流过去"(《隐现》);所以"无数的人活着,/死了"(《漫漫长夜》)。"活着"和"死了"并列在一起,极大强化了"不幸的人们"生命的荒谬与存在的悲哀。"穆旦着重揭露了两种虚无荒诞的生命存在方式,描绘了'灵魂饥饿'的病人们的两种症候。"③更重要的是,对于穆旦来说"自我与世界的破毁"迫使他对"阴暗的生的命题"(《蛇的诱惑》)进行了陀思妥耶夫斯基式沉痛的自我追问。比如在《被围者》中穆旦质询着:"这是什么地方?"这个"地方"就是荒诞所在——人的神智与努力都

---

① 《鲁迅全集》,人民文学出版社1981年版,第461页。

② 王毅:《围困与突围:关于穆旦诗歌的文化阐释》,《文艺研究》1998年第3期。

③ 张德明:《拯救灵魂:穆旦宗教选择的精神指向》,《重庆三峡学院学报》2004年第1期。

在这个平庸虚假的社会中无一例外地变异，最终都将成为空虚和枉然，人生和存在也最终不过呈现出令人绝望的完整，因而在诗作的结尾处明显地透现出"地下室"般氛围，将在现代中国"地下室"中孤独存在的"被围者"推向灵魂搏击的极致。而在《蛇的诱惑》中，穆旦对严酷现实和存在困境发出的追询则是"我是活着吗？我活着／为什么？"，这种质询显露出一代人的困惑："我将承受哪个？阴暗的生的命题……"。显然，这是一条仿若陀思妥耶夫斯基的省视之路。"他的诗不是闲情的游戏，而是以浓密而坚硬的情感、血肉郁勃的感官去重新思想，以回复原人甚至野兽一般的生之热望去抒写。将苦难与屈辱推诿给外在压力的轻薄与敷衍为穆旦所不取，他更多地关注在时代风云际会中探讨自我——我们自身——灵魂与肉体的内部搏斗，探讨那自己无法掌握的黑暗。"①

不仅如此，穆旦诗歌中的悲剧意识中还充满了生命的力感。他总是被"现在"所逼迫，不肯放弃"自我"和"生命"，到处寻找"拯救"。在一种陀思妥耶夫斯基式"幻想现实主义"的撮合中他返归了尼采的生命意志。"穆旦以'自我'生命强力向险恶现实突进挑战宿命，抗拒生之虚空和荒芜，由此来体现生命（存在）的意义。尽管'自我'也是破碎的、不可捉摸的……但生命（存在）的意义正是在'自我'不断'希望——幻灭'、'再希望——活下去'的内在循环。穆旦的全部诗之思即以自我的剧烈毁弃与新生为基点得以展开。"② 至此，"黑暗"和"毁灭"中的"重新发现自我"（《三十诞辰有感》）是诗人／"被围者"面对强大的黑暗现实进行孤独抗争后的发现：一种独立于"黑暗"与"毁灭"之外的另一种存在——"此在"。由是，"对着漆黑的枪口，你就会看见／从历史的扭转的弹道里，／我是得到了二次的诞生"（《五月》）。"二次诞生"预示着诗人"此在"的敞亮与澄明。亦即，凭借着强健的生命意志穆旦才免于在"现在"／"共在"中沉沦，才能摆脱现世的种种纷扰而成为观审者，在对世态和人生悲剧的体认

---

① 张同道：《带电的肉体与搏斗的灵魂：穆旦》，《诗探索》1996 年第 4 辑。
② 张桃洲：《现代汉语的诗性空间——新诗话语研究》，北京大学出版社 2005 年版，第167 页。

中意会到酒神式愉悦——获得形而上的慰藉。"我们希望我们能有一个希望，/然后再受辱，痛苦，挣扎，死亡，/……然而只有虚空，我们才知道我们仍旧不过是，/幸福到来前的人类的祖先。"（《时感》之四）而无论希望如何令人绝望，诗人仍然希望"活下去，在这片危险的土地"（《活下去》）。穆旦表达了一个孤独的追询者对生命和时代的担当，他以灵魂的自我搏击抗击着生命的软弱，犹如孤独而痛苦的陀思妥耶夫斯基，一种"受难的品质，使穆旦显得与众不同的"[①]。

与陀思妥耶夫斯基创作中的酒神精神相应的是其小说诗学中的复调性。众所周知，巴赫金在对陀思妥耶夫斯基的论述中，其中的一个重点的阐释点就是讲"狂欢化"/酒神冲动与"复调性"联系在一起。

所谓复调小说的主导要素是"对话性"或"对话关系"，陀思妥耶夫斯基小说艺术的一切因素都具有对话的性质；而不同生命个体和思想主体之间声音相互的争辩、斗争——作品的复调性质、对话的未完成性构成了陀思妥耶夫斯基作品艺术形式和创作风格的基础。小说结构的所有要素在陀思妥耶夫斯基的作品中，均有其深刻的独特之处。所有这些要素都取决于一个新的艺术任务，而这个艺术任务只有陀思妥耶夫斯基能够提出来，并在极大的广度和深度上加以解决。这就是：创造一个复调世界并以此作为对世界进行艺术观察的原则。

在《地下室手记》中作者首先是故事的讲述者，又是思想者，还是独白者；陀思妥耶夫斯基将"地下室人"病态的固执、受虐般的神经质表现得淋漓尽致。在《罪与罚》里，陀思妥耶夫斯基让主人公处在无法解脱的矛盾中并将其生活经历拉进内心世界去完成——在拉斯科尔尼科夫不断地与自我进行对话中体现了"罪"的主题；作者只是在现场文本里担当平行叙述的角色而不是权威评判者或独裁者。这样，陀思妥耶夫斯基的小说"确立他人意识作为平等的主体而非客体，成了决定小说内容的伦理的、宗教的基础。这就是作者观察世界的原则，他正是按照这个原则来理解自

---

① 王佐良：《一个中国新诗人》，《文学杂志》1947 年第 2 卷第 2 期。

己主人公们的世界的"①。在一种复调式或多声部合奏中陀氏的小说构建了生命存在的另一种真实。

复调性也是穆旦诗歌的一种抒写方式。不过，穆旦是在一种非自觉的状态下——对复调性的创作感应出于一种心灵遇合与艺术冥合。也许，认定穆旦诗歌与陀思妥耶夫斯基小说诗学在复调性上的对位缺乏通常所说的实证性依据，只能从穆旦诗歌的创作实践中进行间接性推演、归纳。正如陀思妥耶夫斯基首先是个小说家然后才是个哲人，穆旦首先是个诗人然后才是一个沉思者；缘于对存在的沉思，穆旦的诗歌中包蕴着众多互为异质的元素并聚合为极具艺术张力的对话关系，对话关系又是借助诗作中的那些具有某种人格分裂、内省自剖特征的抒情主人公——"不断分裂的个体"（《智慧的来临》）来完成的；当穆旦诗歌的抒情主体以自我不断撕裂、不断质疑的方式、在存在的焦虑与现实的生存状态间体验着"丰富的痛苦"时，类似于陀思妥耶夫斯基小说中不同生命个体和思想主体之间声音相互的争辩、斗争的复调性写作。

指出穆旦诗歌以其抒情主人公的灵魂分裂和心灵搏击来显示，着眼的是穆旦的生命之思方式体现了尼采式酒神冲动——一种巨大分裂中深刻而浑然的表达。"身受自我—现实冲突和灵—肉分裂这双重撞击的穆旦，产生了强烈的生命（存在）焦灼感和悲剧意识，这些感受经体验进入一种根本性沉思（纯然的现代主义），然后此思又更深地返回、投入到生命（存在）的各种矛盾冲突的激流中。"②究其缘由，这首先在于穆旦那种现代知识分子冷静的智性与超人般觉醒的冲突性融合。在穆旦的诗歌中，诗人所表现的梦魇般的历史轮回感和人生深层的悖谬之处是"希望在没有希望、没有怀疑的力量里"（《中国在哪里》）；面对无边的个体生命的旷野，穆旦咀嚼着人生的虚无（无意义，无信仰）和存在之荒诞（非理性，偶然性），这

---

① ［俄］巴赫金：《陀思妥耶夫斯基诗学问题》，白春仁等译，生活·读书·新知三联书店1988 年版，第 37 页。

② 张桃洲：《现代汉语的诗性空间——新诗话语研究》，北京大学出版社 2005 年版，第168 页。

是人类生存的终极困境。它无所不在，不可逃避也不可超越。颇似鲁迅所谓"绝望之为虚妄，正与希望相同"。诸如"我们是廿世纪的众生骚动在它的黑暗里，/ 我们有机器和制度却没有文明 / 我们有复杂的感情却无处归依 / 我们有很多的声音而没有真理 / 我们来自一个良心却各自藏起"（《隐现》），矛盾乖悖的心理分析、陌生的语境转换、充满力度的抽象，都以顽固的方式存在于诗歌之中。"希望与绝望、赞美与控诉、光明与黑暗、创造与毁灭、完成与未知——仿佛无数矛盾交织在一起，这些都形成了穆旦诗歌中无所不在的张力。"①

就其自身——作为思想行动的主体而言，穆旦的生命意志是强悍的，虽然他时常会感到"疲弱"，但探求的脚步却从来没有停止过。正如《野兽》一诗中鼓涌的生命原力在现实的摧残下并未消亡，而是不断的分裂与变异那样。事实上，在穆旦40年代的诗歌中，"诗中不再是一种单纯的热情，而是几种力量的冲突，平面架构转化为立体架构，实现了矛盾的综合与平衡—甚至并不平衡，和谐不再是至高无上的诗美标准，而是在个体与实现世界之间裸露矛盾，展示冲突，让灵魂和肉体以各自的原始面目自我呈现，甚至自我发生裂变，生成第一自我、第二自我、第三自我等，这正是诗的包容性与戏剧化所带来的变革。穆旦诗中呈现的是残酷的世界，也正是真实的世界"②。

20世纪40年代是一个充满着知识者的灵魂冲突、自我怀疑与自省的时代。这种背景为穆旦诗歌艺术的开放性提供了契机。他的诗中总是有一种残酷和冷静的自我分析，在哈姆雷特式"活着，还是死去"的人生选择里，抒情主人公精神人格的二重性不仅表现在无法把握的结局上，更触目地出现在"新的分裂"取代"新的组合"上。《从空虚到充实》所描述的，就是在宏大的战争与琐屑的日常背景中诗人的挣扎、幻灭与新生的历程。它通过多种人物、场景的切换，让读者置身于诗中主人公意识复杂的流

---

①　张桃洲：《论穆旦"新的抒情"与"中国性"》，《首都师范大学学报》（社会科学版）2008年第4期。

②　张同道：《带电的肉体与搏斗的灵魂：穆旦》，《诗探索》1996年第4辑。

动中；这种心理历程不是一条方向明确的坦途而是始终处于矛盾和困扰之下，处于现实与理想、过去与未来、希望与绝望、光明与黑暗等多种力量的冲突之中："在我们的来到和去处之间，/ 在我们获得和去失之间。"（《隐现》）这种复调式表述甚至延伸到了个体最隐私的情感深处，《诗八首》便是范例。在这个系列诗作中，人生神圣的意义"游离"在幽灵的恐怖和混乱的人生秩序之间；在《五月》中，诗人于时代的宏大合唱里听到了集体的欢乐，但同时发现"流氓，骗子，匪棍，我们一起，/ 在混乱的街上走……"用穆旦的校友、诗友郑敏的话说："它扭曲，多节，内涵几乎要突破文字，满载到几乎要超载。"郑敏接着还有一句结论："这正是艺术的协调。"① 所谓"艺术的协调"无外乎复调式形态。

的确，穆旦一方面以自我不断撕裂、不断质疑以及个人无望的孤独感和多少带有的虚无悲观色彩的写作方式在诗的炼狱里穿行；另一方面，受难的内在精神使他的诗穿透了现实表象的遮蔽与现存文化的拘役而突入生存本质去关注生命本体。而在存在的焦虑与现实的苦难间的游走、奔突，使得他"重新发现自己，在毁灭的火焰之中"（《三十诞辰有感》）。这种海德格尔"向死而生"的存在状态只有在穆旦所亲历的残酷真实、苦难体验的生存困境中，以一种复调式抒写才得到体认和彰显。

问题还在于，陀思妥耶夫斯基是要在复调化的众多声音中寻找一种权威的声音，"寻找"说明主体的一种先在结构的存在，这种先在性存在给小说文本提供了自由对话的最大空间，也把陀思妥耶夫斯基推向生命的绝境和写作的巅峰。而陀思妥耶夫斯基所信奉的基督教的统一意志本身就包括着对个性多样化、存在的多元性与复杂性的肯定。《卡拉马佐夫兄弟》其实蕴含了一个关于人类的寓言。小说中任何一个人都没有力量证明人类性格和精神出路的所在，因为人类为获得自身进步时又杀死了自身并重新陷入迷惘，唯有走向神性才能拯救自我。虽然，陀思妥耶夫斯基直到生命结束也没有弄清个性的自由选择与上帝必然意志之间的悖谬关系，然而作

① 参见杜运燮编：《一个民族已经起来》，江苏人民出版社 1987 年版，第 33 页。

家这种充满辩证精神而未完成的思考却在其艺术创作中留下了一种崭新的形态，这就是统一价值关系中的自由对话。穆旦20世纪40年代诗歌中屡屡出现的基督教色彩亦可作如是观。

不难发现，穆旦诗歌里的上帝的形象是十分复杂的。比如在《他们死去了》这首诗中，"上帝"在这首诗中意义是二重的："孤独的上帝"和"无忧的上帝"。后者是人们因自己的软弱而伪造的上帝，"痛切的孤独"的上帝是为无法可救的人们感到痛苦的上帝。这样做的目的是要排斥那些以上帝为名而被偶像化的价值体系的上帝。穆旦以此表达了个体在历史戕害之下的虚无、荒谬体验，甚至将世界终极价值的代表——"上帝"或"真理"也推上了拷问的法庭。就像《出发》中所吟咏的，"上帝"、"历史"（"犬牙的甬道"）、"真理"都成为否定的、异质性的存在，欺骗又引领着"我们"在不和谐的冲突中增添着生存的"丰富的痛苦"；另一方面，穆旦与陀思妥耶夫斯基一样试图寻求某种神性的拯救："事实上，穆旦充满了'丰富和丰富的痛苦'，他寻求自我解脱的努力可以说是并不成功的，但他在诗中建构一个上帝的努力却生成了一些优秀的作品；在现实中，穆旦并未找到个人价值的最后基点，未能重构个人的价值信仰，但在诗歌中，这种未完成的突围，未有结果的抗争却成了诗人真正的安身立命之所。"[1] 与陀思妥耶夫斯基不同的是，穆旦尝试着"上帝死了"后人类精神价值的重建，陀思妥耶夫斯基则关注于"上帝死了"后对人类存在状态的灵魂的拷问。也是在这里，穆旦又倾向于尼采。

其三是钱钟书与昆德拉的对位。

昆德拉作为举世公认的存在主义文学的标范性人物，他在《小说的艺术》中就强调小说家的使命是对"存在"的"发现"和"疑问"，小说创作是让人类免于海德格尔所谓的"存在的被遗忘"，并认为"小说不是研究现实，而是研究存在。存在不是已经发生的，存在是人的可能的场

---

① 程波：《西南联大诗人群和中国新诗的"现代性"转变》，《南京师范大学文学院学报》2002年第4期。

所，是一切可以成为的，一切人所能够的。小说家发现人们这种或那种可能，画'存在的图'"，"小说家是存在的勘探者"。①"昆德拉的小说也许不能用存在主义来概括，但他对存在的研究却可以纳入存在主义的大传统。……昆德拉的独特之处在于他对'存在'有他自己的理解。他认为，存在并不是已经发生的，存在是人的可能的场所，'人物与他的世界都应被作为可能来理解'。这就为我们提供了'存在的可能性'的范畴。了解这一范畴是理解昆德拉小说学的关键，也是理解昆德拉构想小说中人物的关键。"② 国内学者李凤亮先生在《诗·思·史：冲突与融合——米兰·昆德拉小说诗学引论》③ 一书中将昆德拉的小说诗学置于存在本体论层面进行考量和阐释：昆德拉的小说诗学包含了革新文体的形式诗学，探究存在的思辨诗学，剥离情节的历史诗学——所有这些最终都熔铸为一种审美存在论诗学。以此观之，钱钟书早期创作的艺术理念和审美意识与昆德拉具有明显的对位性。

如果说，海德格尔是从哲学的角度反思了"存在"，那么，昆德拉则是从小说学的意义上抵达了"存在"，它构成了昆德拉思考笔下人物的情境以及人的存在的重要维度，也使他的小说具有了独特的魅力。

钱钟书与昆德拉的最为相似之处在于：小说不仅仅是文学家对存在的描摹、寻找和希冀，并且更多蕴含着思想者对存在的追问、解蔽和道说。

昆德拉的《生命不能承受之轻》直指现代社会人类生存的困境，以此来实现"小说家是存在的勘探者"的创作理念。在小说中昆德拉叙写了托马斯、特蕾莎、萨比娜以及弗兰茨等以不同方式存在的个体怎样对生命之"轻"与存在之"重"的探索。以昆德拉之见，生命中的"轻"是一种临近"虚无"而产生的无处着落的感觉。所谓"重"则是当人感觉到生活

---

① ［捷］米兰·昆德拉：《小说的艺术》，孟湄译，生活·读书·新知三联书店 1992 年版，第 42、43 页。

② 吴晓东：《对存在的勘探》，《天涯》1999 年第 3 期。

③ 李凤亮：《诗·思·史：冲突与融合——米兰·昆德拉小说诗学引论》，商务印书馆 2006 年版。

有质地，生命有特定的使命和意义，甚至还拥有与之相匹配的苦难与不幸时，他便意识到自己的存在之重；也许最沉重的负担同时也是生活最为充实的象征，负担越沉，人的生命存在也就越贴近大地，越趋近真切和实在。因此，昆德拉在小说中进行了存在主义式追问："沉重便真的悲惨，而轻松便真的辉煌吗？"也即，在《生命不能承受之轻》中，生命之轻与存在之重的冲突显示了人类对把握自我的无能为力，最终却只能以灵与肉的妥协、调和来谋得现实的安适。

　　与此相应的是，《围城》中的方鸿渐们也始终徘徊乃至挣扎在生命之"轻"与存在之"重"中，只不过，方鸿渐们对于"轻与重"的徘徊与挣扎更因为在一个给定的情境——"城"或卡夫卡式"城堡"中。至于"进城"与"出城"/"轻"与"重"的生存方式，借用作品中曹元朗的一句话则是"不必去求诗的意义，诗有意义是诗的不幸"。因而，"轻"与"重"/"进城"与"出城"才成为勘探生命存在的艺术哲学。小说在对方鸿渐人生最为基本的四个阶段——教育、爱情、事业和婚姻（家庭）的描述中揭示了其"进城"与"出城"/"生命之轻"与"存在之重"之间的徘徊、挣扎，作品特意写了方鸿渐一行赴三闾大学途中遇到的一家火铺屋后的"破门"讽喻人生恰似"一无可进的进口，一无可去的去处"。有学者点明"整个《围城》就是这样，进城、出城、进城，好像这种进和出，不断重复的动作，都是盲目的，受一种本能支配的，甚至可以说神差鬼使的，进来又想出，出去又要进，就是在做'无用功'。好像人生，往往就是这样：无用功。整个小说给人的一种感觉，如果你往深里分析，整个人生处处都是围城，但是每个人都是本能的驱使，要去寻找，要去寻梦，每个人都在寻梦，到哪一天你完全没有梦了，什么梦都没有了，特别清醒了，清醒得简直是那个境界一般人达不到，也就没意思了"[①]。方鸿渐虽然知晓"选择"在生命存在过程中的重要性，但他又意识到自己比不上别人有"信念"，所以没有足够"勇气"去"选择"。按照萨特的说法，不选择实质上也是一种选择——

---

① 温儒敏：《〈围城〉的三层意蕴》，《中国现代文学研究丛刊》1989 年第 2 期。

自觉地逃避了存在之重和自为地选择了生命之轻。最终他半推半就地走进了生存的荒诞之所——"围城",使人联想到昆德拉在《生命不能承受之轻》中的思考:在没有永劫回归的世界上,人的生命只有一次,但人在各种关头面临的选择,却可能具有多重的"可能性"。他必须为自己最终决断。那么,人的存在的意义是什么?《围城》的结尾曾写到一口老是延时的时钟:"这个时间落伍的计时机无意中包含对人生的讽刺和感伤,深于一切语言,一切啼笑"。海德格尔终其一生探索着"存在与时间":时间组成了人生,生命的状态在于时间——时间使得生命获得了"存在"的意义;而钱钟书笔下这口老是延时的钟以其对时间的混淆暗示着"存在"无异于"虚无"(时间)。"出城"和"进城"/"生命之轻"与"存在之重"升华到"存在"与"虚无"的人类境况,钱钟书也因此完成了"生命不能承受之轻"的诗之思。

钱钟书的创作与西南联大其他作家不同之处,还在于他的小说流露出一种与昆德拉神似的幽默艺术。

准确地说,钱钟书其实对幽默艺术有独到的把握,他在《关于上海人》(Apropos of The "Shanghai Man")一文中谈到他本人偏好幽默文风,但他对林语堂式的"新幽默"却评价甚低,认为此类幽默脱离社会环境,充斥怀旧意识,既无"拉伯雷的强健"(Rabelaisian heartiness),也无"莎士比亚的博大"(Shakespearean broadness),不过是上等文人的小把戏。无独有偶,昆德拉在被授予"耶路撒冷文学奖"时的讲演中说:"在 18 世纪,斯特恩和狄德罗的幽默是拉伯雷式欢乐的一种深情的、还乡般的追忆。……我喜欢想象某一天拉伯雷听到了上帝的笑声,遂生出要写欧洲第一部伟大小说之念。"关于"莎士比亚的博大"在此难以深究,而对于"拉伯雷式幽默"的共同感应则在某种程度上将钱钟书和昆德拉牵扯到一起。可以这么说,两者幽默的通约性就是向着已知与未知世界表明姿态:小说就是一种质询的力量——对既定规则的否定,对流行于世俗之间的道德伦理包括知识道德的嘲弄,对一切藩篱和秩序的冲破,最终,是对生命存在的探询。

昆德拉在《被背叛的遗嘱》中这样解说"幽默":"幽默是一道神圣的

光，它在它的道德含糊之中揭示了世界，它在它无法评判他人的无能中揭示了人；幽默是对人事之相对性的自觉迷醉，是来自于确信世上没有确信之事的奇妙欢悦。"实际上，昆德拉只关注人类的存在以及存在的可能性，而不去审断它。为此，他擅长于从"生命"与"存在"的错位关系中型构幽默世界，把一切都置于雅斯贝尔斯所谓的"极限情境"①中展开一种悖论语境，以"游戏"方式切入存在的主题，探索和发现存在的可能性和不确定性。"在昆德拉关于小说幽默的论述和实践中，对小说认识功能的本体探求、对幽默在现代条件下审美价值的理性思辨是密切交融的，它们共同奠基于昆德拉关于人类存在境况的'生命之悟'。……昆德拉式的幽默除了揶揄，谐趣等之外，更多的则是基于'诗性沉思'的那种睿智的自嘲和反讽。这种睿智的自嘲和反讽常与深沉的感伤和冷峻的怀疑相交织，构成一种形而上的幽默。"②沉思的质问（质问的沉思）是昆德拉小说构成的叙事基质。而沉思的质问无非是，揭示生命的遗忘和被遗忘，描述存在并通向幽默——通过幽默才能揭示全部的存在。

相对而言，钱钟书的幽默不同于鲁迅的匕首和投枪的那种幽默冷峻，老舍的笑中含泪的幽默诙谐，亦非林语堂《论幽默》中所指称的广义的东方式幽默，从而与"昆德拉式幽默"互通相应——在悖谬与反讽当中亦有一种忧郁和透明的诗情。

钱钟书不仅在《围城》和短篇小说集《人·兽·鬼》中融入无限的生机和情趣，随笔集《写在人生边上》亦极尽睿智的自嘲和反讽。其幽默表述一方面可视为古人所说的解颐语，由人生经验随兴而出，使微妙达于极点，一旦针对世相与艺术遂成新解；另一方面，他的创作又以其独特的生命视角凝视人类灵魂的空虚与充盈、存在的轻飘与沉重，作者对生命存在困惑的目光触及种种两疑的悖论，关于媚俗和抗俗，关于自由和责任，关于自欺与欺人，以及每个人都在按着各自的生活目标而努力，但每个目的

---

① ［德］亚斯贝尔斯：《悲剧的超越》，亦春译，工人出版社 1986 年版，第 45 页。
② 李凤亮：《诗·思·史：冲突与融合——米兰·昆德拉小说诗学引论》，商务印书馆 2006 年版，第 111、95—96 页。

却都有着其本身的空虚。就像方鸿渐们反复地"进城"与"出城",最终也许像卡夫卡《城堡》中的 K,现实世界中有无"城堡"还是个待解的存在之谜。昆德拉的那种"形而上的幽默"在钱钟书这里表现出一种深入骨髓的洞见和通达超脱的生存智慧的融汇,一种超脱精神乃至游戏心态下去究察存在的本相;这可视为作家面对悖谬与错位的世界时诗性地沉思存在的方式。

在《围城》中钱钟书置身于局外去描绘、讽喻"城内"的生命困惑与存在悖谬,表现了对世态人情的精微观察与高超描写。这些都构建在作者的"世事洞明皆学问,人情练达即文章"的入世态度上。在小说中,方鸿渐们疲于应付日常琐碎的一切,背着精神包袱与各种不得不打交道的人事周旋;于是最初那个轻蔑世俗、心高气傲的方鸿渐最后又只能在世俗的洪流中逐渐没顶。用昆德拉的话说,这是一种"媚俗"的人类存在境况;正是在描摹方鸿渐们的"媚俗"——无论是直接的讥讽还是隐含的反讽中,小说幽默的笔触将各种"媚态"发掘得无处遁逃。"围城"固然是人生困境的隐喻,但"围城""围"住的何尝又不是"名利场"?进城——出城——进城,受一种本能支配的甚至可以说神差鬼使的,无外乎三个字:"无用功"。正是在这里,钱氏幽默与昆德拉一样实现了存在本体论上的审美要旨:"从昆德拉所发出的智者的笑声中,我们既能感受到处于窘境中的现代人类所特有的生存尴尬,也能从审美的角度领略幽默在现代小说中所担当的多重使命。"①在此意义上,幽默不仅仅属于叙事风格范畴,它更是小说的主体精神,一种审美存在论意义上的价值所在。

昆德拉有一部《生活在别处》的小说,西南联大时期的钱钟书写了一本《写在人生边上》的散文集。其实无论是"生活在别处"还是"写在人生边上",彰显的都是一种创作精神的超脱性。

尽管昆德拉反对在他小说中寻找所谓的意义,他认为小说只是在探寻

---

① 李凤亮:《诗·思·史:冲突与融合——米兰·昆德拉小说诗学引论》,商务印书馆 2006 年版,第 111 页。

被"遗忘"的"存在",存在之所以被遗忘,是因为生命在理性与非理性的冲突中分裂和异化。"那么面对这一存在本态,昆德拉告诉我们不妨以'捉弄'的眼光来对待一切。什么是捉弄?昆德拉告诉我们就是'一种不把世界当回事的积极方式'。捉弄意味着一场游戏,一切都不当真,作家惯常于以游戏的方式对待笔下的故事。通过游戏的召唤来促使我们跟他一起思考世界之中人的可能存在之图。"①"一种不把世界当回事的积极方式"体现在昆德拉的创作中则是一种观照世界和体认人生的方式——赋予生命存在以超越性意义。

我之所说的"超脱",并不是超然物外、遗世独立,而是与自己在人世间的遭遇保持一个距离。严格地说,昆德拉式超脱在某种程度上是一个精神漂泊者的超脱。20世纪末学界有关昆德拉与哈维尔之争尤为引人瞩目。在这场关于"谁更有勇气"的争论中,其中的一种说法是,昆德拉是"智者",哈维是"圣人",此言不一定十分准确,但有其道理所在。显然,昆德拉是一个永远"生活在别处"的旅者。他从一个国度到另一个国度,诚如他在《解放的流亡,薇拉·林哈托瓦的说法》中通过摘抄和评价林哈托瓦的一些话语给自己的精神流亡加以注释:"依照薇拉·林哈托瓦的说法,流亡生活经常可以将放逐变成一次解放的开始,'走向他方,走向就定义而言陌生的他方,走向对一切可能性开放的他方'。"而昆德拉流亡到西欧后再反观祖国一切荒谬透顶的事件,这才具有了"距离的美感"。易言之,昆德拉采取的是冷眼看人间的方式,历史已然如此,他得出的结论是:不参与才是真正的参与。这就使他同时又能超脱于现实境况,因而有一种很强烈的置身于事外的态度。"昆德拉反复将自己小说的历史情境与现实基础确立为'极限悖谬(terminal paradox)'的时期。……生存悖谬成了无所不在的东西,错位感成了人的基本存在感受。置身于世界的荒谬性之中,小说家所能做的,就是揭示它的荒谬性,保存人性中仅有的一丝

---

① 吴海霞:《遗忘与记忆——论米兰·昆德拉的三部曲》,《名作欣赏·文学研究》2008年第8期。

尊严。"① 问题在于，昆德拉并没有局限于描写个人的和民族的那种"极限悖谬"的存在境况，而是将其普遍化，表现为世界性的存在感受，这样的存在感受在小说中被转化为"人的生存状况"与"人的可能性"两个相关但不同的指向。

倘若一个作家清醒地知道世上并无绝对真理，同时他又不能抵御内心那种形而上的关切，他该如何向本不存在的绝对真理挺进？昆德拉用他的作品和文论表述着，小说的智慧是一种非独断的智慧，小说对存在的思考是疑问式的、假说式的。在《生命不能承受之轻》中昆德拉充分演示其艺术"游戏"特征：随意拆解故事的连贯性、时空的游移不定、视角的变换灵动、融各种文体于一炉，甚至将音乐成分引入文本构思和人物型构中——小说中的四个主要人物就是四种乐器的化身，作者凭此描述出于不同制度和情境中的知识分子生存的多种可能性和生命存在的暧昧性。

这是超脱中的昆德拉才能体会到的，即如他的小说中对政治和性爱的主题诉求。在他看来，政治是人们公共生活的核心，而性爱则是人类最隐秘最私人的部分，两者其实是处于人类存在的两极区域。作家完全可以从政治这个公众领域中发现了个人的无意义和荒诞，更能从性爱这个私人领域中寻找到了人类存在的意义和真实。因此，昆德拉将政治伦理与性爱叙事并举，使放荡故事与哲学思考为邻，深邃的东西被置于故事与非故事之间；在作品中调侃历史、政治、理想、爱情、性、不朽，乃至调侃一切神圣和非神圣的事物，不惜把一切价值置于问题的领域。将生命的沉重化为文字之轻盈，存在的思考变成轻逸的虚构，即使是对"现代性"的抗争也诉诸精彩的嘲弄。唯其如此，他的作品具备了独特的超脱气质——在上帝的笑声中勘探存在。究其实质，昆德拉身处生命存在的精神困境中以超脱的方式言说一种人生态度与生活方式，同时也使小说成为勘探人之存在的多种可能性的艺术。

---

① 李凤亮：《诗·思·史：冲突与融合——米兰·昆德拉小说诗学引论》，商务印书馆 2006 年版，第 209—210 页。

与昆德拉相似，钱钟书也体现着一个"智者"的超脱而不是"圣者"的伟大，或者，一种"爱智者的逍遥"。[①] 准确地说，钱钟书其实是一个纯粹的现代中国文人。而现代中国文人总是有意或无意地遵从着"格物、致知、诚意、正心、修身、齐家、治国、平天下"等《大学》谓之的八条目，典型者如冯友兰一生身体力行着这八条目所规定的一个完整的过程（尽管最终他并没有能做到），或者像顾准那样重在"修身、齐家、治国、平天下"，认为自己腰杆是硬的，肩膀是铁的，可以担尽天下的忧乐，挽狂澜于既倒。钱钟书显然不像冯友兰那样认为自己应该而且能够"为帝者师"、"为王者师"，更不似顾准那样；钱钟书十分明晓自己的生命存在的价值只坚守于"格物、致知、诚意、正心"。基于这个前提，"边缘性"不仅是散文集《写在人生边上》更是其整个创作探颐索隐的价值取向，这种有别于冯友兰和顾准的、甘于"边缘"的超脱性成为钱钟书自得其"乐"的精神空间；也因此，钱钟书的洞察与豁达是一般人难以企及的。

在钱钟书的笔下，人生有如一部大书，很多人因太过执着于尘世间的得失却从此失去了更纯粹的快乐，而只有"写在人生边上"才能将这个世界看得清清楚楚、明明白白、真真切切。其间既有置身其中的困惑，更有超脱之外的清醒。"今天我们看《写在人生边上》，它无疑是一次自我意识的狂欢行为，对自我精神的张扬是'五四'散文传统的特征，但钱钟书散文里的'自我'又是极为特别的，它不再是卿卿我我的'我'，不再是沉沦苦闷的'我'，也不再是意气风发的'我'，这里的'我'是'众人皆醉我独醒'的'我'。具体说来，这个'我'看透了人生的一切荒诞，独尝着一种冷寂的孤独，真正树立了一种独一无二的散文风格。"[②] 钱钟书因而泰然任之地进入"人生边上"的"此在"世界；泰然任之不仅关涉到人的心理气质和性格，也不只是人的某种认识、意愿和情感的表达，而是显示了人与世界真实关系的一种存在状态。在如此的存在中人不再征服万物，

---

① 参见龚刚：《钱钟书：爱智者的逍遥》，文津出版社 2005 年版。
② 范培松等：《钱锺书杨绛散文比较论》，《文学评论》2010 年第 5 期。

因此终断了与物相互奴役的关系；人不再囿于利害，也不会由于对物的占有和物的丧失而惊喜和忧虑；人的自身便是物，其生与死也不将成为人贪生怕死的根源。其结果则是，万物因此而存在，自身因此而存在，"此在"因此而澄明。

王国维在《静庵文集》"自序二"中曾说："哲学上之说，大都可爱者不可信，可信者不可爱。"王国维所说的"可信"一类，如知识论上的实证论、伦理学上的快乐论、美学上的经验论，皆属于哲学上的经验主义话语范畴；属于"可爱"一类的，如伟大之形而上学、高严之伦理学、纯粹之美学，则属于理想主义的话语范畴。由于"两难"王国维才感叹："余知真理，而余又爱其谬误。"甚至以取消生命存在的方式来解决存在的困惑。问题在于，王国维的生命存在困境何尝不是钱钟书也必须面对的。钱钟书化解这一存在困境的举措则是将"可爱"之业与"可信"之学融为一体：其创作和治学就是为了向世界证明：真理与乐趣是能够和谐统一的，是出世的逍遥与入世的从容、内在心境的旷达与外界事功的淡漠完满的结合。在这样的结合中，钱钟书化作现代知识分子一个邈远虚幻而不甚可及的理想人格的文化符号。

还应该看到，钱钟书到英国留过学，这使他感染上英国绅士风度的温和与宽厚；但在精神气质和文化情趣上，他更接近中国传统文人的范型。准确地说，钱氏的超脱在某种程度上彰显出南朝名士的风度。南朝名士的风度意指贵族化文人身上所表现的精神面貌和人生姿态，它既不是正始时期、竹林时期的狂放不羁，亦不及正始时期和竹林时期之高蹈玄远，而是追求自由、洒脱的心灵和高雅、稳定的人格。用杜牧《润州二首》谓之即是："大抵南朝都旷达，可怜东晋最风流。"如果把历史的发展视为人的发展的历程，那么南朝士风就是人的个性品质由外扬到内敛，从挥扬蹈厉到潇洒文雅，从对外部世界的征服到内心世界的体味，这是一个转折、凝缩进而沉淀的过程。

而杜牧所说的"风流"（包含有灵气、睿智、飘逸和洒脱，是外在的风姿也是内在的气韵）和"旷达"也可用来概述钱钟书的精神气质和文化情趣。就此论之，钱氏的超脱讲究人的灵性气质和人格风范，它是一种温柔的东西、恭敬的东西。所谓无心而顺有，游外以弘内，虽终日挥形而神气无变，俯仰万机而淡然自若，故能以主体的虚怀应和客体的虚无。钱钟书的创作因而将人情世故艺术化，把文学转化为转述其风流潇洒的话语空间，在表面不甚在意的游戏心态中却撞见生命本真的美好，进而沉湎于个人式的存在——离所处时代越远，就离自己内心越近。事实上，钱氏的清醒与睿智使其并不拘泥于个体生命的美化雕琢，而是在着眼于左右时运的势力权衡中表现出一种自制的超然：静观与实践、艺术与事功尽在一种平衡通融中。这正是他能巧妙地将"可爱"之业与"可信"之学融为一体的关键所在。

钱钟书与王国维、与昆德拉的"为人"也是"为文"的不同在于，钱钟书的超脱在某种意义上是一种"游于艺"（《论语·述而》）——艺术创造与知识学层面上的"逍遥"姿势。如果说，孔子的"游于艺"在其本质上是政治失意后所采取的一种生活和心灵安顿方式，"游于艺"是朝着超越世俗、恢复自我的天性发展，以致身心自适、顺畅而入优游之境——达明道（仁道）之功；那么，钱钟书的"游于艺"也不是指从事于"艺"（礼、乐、射、御、书、数等"六艺"）这些活动所要求达到的心灵手巧，而是强调"游"这种身心的自由状态——类似于孔子的心灵安顿方式。杨绛谈到钱钟书在创作《围城》的过程中他们夫妇的"笑"："每天晚上，他把写成的稿子给我看，急切地瞧我怎样反应。我笑，他也笑；我大笑，他也大笑。有时我放下稿子，和他相对大笑。"[1]这里有解嘲、有嘲世，却少有自嘲，体现出的是由"游于艺"所呈现的创作超脱精神，以及因此而衍生的精神优越感和智力玩味感。李泽厚在《先秦美学史》云："孔子'吾与点也'的这段著名的对话，形象地表现了孔子'游于艺'的思想，它说明孔子所追求的'治国平天下'的最高境界，恰好是个体人格和人生自由的最

---

① 杨绛：《将饮茶》，中国社会科学出版社 1992 年版，第 119 页。

高境界，二者几乎是合一的。"① 倘若将其中的"治国平天下"转换为"格物、致知、诚意、正心、修身"，便可显出孔子与钱钟书的殊异。钱钟书在此追求的是生命内涵的广度和人格的稳定性，要求在任何情况下也不为外力(无论成与败、荣与辱)所动摇——海德格尔的坚守"此在"而不于"共在"中"沉沦"。这是极具优越感的精神气质，虽不免带有某些贵族式做作。这也是钱钟书与王国维的区别，其中的关键在于一种"出世心"的精神依托，对生命个体独立性的体认：所谓因为置身事外，是以自适从容。钱钟书的写作之所以绝不像其他作家那样写得那么艰辛和劳累，那么心力交瘁，其原因全在乎此。尽管《围城》也是在忧患之中创作的，但是你会觉得他写得很从容。人之群体生活在钱氏看来亦囊括于天地万物之中，当他从"人事"蛛网中出离后再看待众生纷扰的世俗生活——"共在"也便具有了"此在"的超然。具体表现为了悟世事人生的超越感，和对人生、命运采用"一笑置之"的游戏态度。《围城》中被人称道的想象力欢愉、叙述性欢愉（反讽叙事）和哲理欢愉等，实际上都缘于"游戏"态度所赐。

钱钟书创作的"游于艺"给人启示的是：只有当文学（艺术）在充分意义上是文学（艺术）的时候，它才游戏；只有当作家游戏的时候，他才是真正的创造者。"游于艺"不啻为一种强调生命自由和自我去蔽或敞亮"此在"的价值论命题。

有必要补充的是，钱钟书的家族门户地位如富绰的物质生活、高雅脱俗的精神境界，亦间接地促成了其创作超脱心态和贵族式的个性气质。毕竟，完满自足的优裕环境与偏安于"艺"和"学"之一隅之间也有着某种必然的联系。或许，偏安于一隅未必就不是另一种执着；而入世有为却无所着染，"应物而不累于物"，何尝不是更深一层的看透？

其四是与上述作家有异，或者说，没有以存在主义经典作家为参照、对应的沈从文及其创作。

西南联大时期沈从文的存在主义创作一如此言："他从自我的生命

---

① 李泽厚等：《中国美学史》第 1 卷，中国社会科学出版社 1984 年版，第 121 页。

体验出发，抒写生命之真，思考生命之理，这成为他全部创作的基调和底色。"①沈从文自道："我是个对一切无信仰的人，却只信仰生命。"②1943年他更是在《绿魇》里提出了"生命的本体"这一生命诗学的核心概念。质言之，从生命诗学切入方能真确地考量沈从文其时的存在主义创作。

尽管沈从文西南联大时期创作的《湘西》和《长河》已经不能够保持《边城》的那种舒缓的调子和柔和的心态，但沈从文对生命存在的本真形态的探索和召唤一如既往。在沈从文20世纪40年代的小说和散文中，"生命"、"人性"、"神性"构成生命诗学的主题话语。其中的"人性"和"生命"都是指人的非理性，区别只在于，"人性"是对非理性在现象层面的还原，是与人的社会属性的分隔；而"生命"把非理性提升到本体论的高度，直指人之目的本身，也扩展到宇宙万物。至于"神性"则是对非理性在"生命"层面的终极描述，在沈从文看来，单纯、神圣、庄严、灵异、从容、和谐的"神性"质素更多存在于乡下人的自然质朴和谐宁静的人生中，都市人被压抑、被扭曲而萎缩的生命，变态的人生无疑是生命"神性"丧失的表现，它从相反的向度表征了人的非理性的力量。

问题更在于，沈从文创作中的生命诗学是以感性的方式对西方生命哲学进行本土化改造后的意义重构。所以"我需要清静，到绝对孤独环境里去消化消化生命中具体和抽象。……我必须同外屋完全隔绝，方能同'自己'完全接近"③。这里的"接近"实则东方化之谓。

---

① 吴投文：《沈从文的生命诗学》，东方出版社2007年版，第6页。
② 《沈从文散文选》，人民文学出版社1982年版，第315页。
③ 《沈从文文集》第11卷，花城出版社、香港三联书店1982年版，第269页。

第六章　20 世纪 50—70 年代文学：存在主义文学的反证式形态

　　20 世纪 50—70 年代中国文学（以下简称"50—70 年代文学"）即通常所说的"文化大革命"前 17 年文学，是否表征着中国式存在主义文学的创作断裂期，这是追究存在主义文学作为一种世纪性文学思潮时难以回避的问题。对此，我尝试从反证式层面进行辨析。

　　显然，对任何命题的言说都有既定的价值立场和话语范畴，这就意味着，只有从存在主义的立场和范畴去考量 20 世纪 50—70 年代的中国文学，才能得出前述的结论。正如尼采通常被看作是一个反柏拉图主义者，海德格尔却认为尼采的反柏拉图主义只是在以下意义上才是真实的：他颠倒了柏拉图的思维价值模式（仍然陷入了权力意志的永恒轮回），在其本质上他并没有超出柏拉图主义，因为他只是"颠倒"而并不是"摒弃"柏拉图的思维价值模式："尼采哲学的特征是颠倒的柏拉图主义。"[①] 即，海德格尔是在双向逆反语境中理解尼采和柏拉图的。

　　海德格尔的这种思路犹如阿多尔诺的"否定辩证法"。据阿多尔诺之说，"否定辩证法"的核心话语和思维方式是"非同一性"，"辩证法倾向于不同一的东西"。"同一性"作为传统哲学的基础在本体论上表现为对终极实在的寻求，其实质便是主体和客体的分离。情况却是，主体与客体"这两个概念是作为结果而产生的反思范畴，是表示一种不可调和性的公式。它们不是肯定的、原始的事实陈述，而是彻底否定的且只表达非同

---

① 参见余虹：《艺术与精神》，社会科学文献出版社 2000 年版，第 333 页。

一性"①。作为结果的反思范畴，主体与客体已经远离了事物且对事物的个别性作出确定无疑的否定；问题在于，主体与客体这两个范畴各自都包含着对自身的否定，在任何情况下都不能够对主体和客体作出绝对的理解：主体不完全是主体，客体也不完全是客体；主体包含着否定自己的客观因素，客体也包含着否定自己的主观因素。正是在主体和客体总是不确定的这一意义上，它们各自的否定性构成其本质。这恰恰意味着二者的不同或非同一性。②

阿多尔诺意在将辩证法从历来的肯定性质中解放出来，通过否定之否定不再是达到综合而是固守于矛盾的阶段以便对其进行思考，且保留"非同一性"事物甚至欠缺概念的事物的位置，"辩证法是始终如一的对非同一性的意识"③。具体说，"非同一性"意指所有同一性思维的盲点：客体或事件被遮蔽的一面，而它的另一面则被思想与话语所照亮。

由此类推可以说，50—70年代文学一方面以逆向悖反的方式维持着与存在主义文学的价值关联，否则它就失去了否定的"对象"；另一方面否定的思维方法（"非同一性"）体现了哲学、美学的批判性，而批判性中蕴含着创造性冲动——否定辩证法的"否定"目的在于创造，且对创造进行了"非同一性"之规定。这里的"创造"在本义上是指诞生了一个在性质上不同于既定世界的世界，但却不一定是一个可以取代既定创造成果的世界，更不是一个没有问题和缺陷的世界，否则文化就是淘汰的关系而不是延续的关系。在此，所有的创造都是等值的，"一切成功的作品，从内在的批判的角度来看，不是那种在一种折衷的和谐中的客观矛盾的解决，而是否定地表达和谐的理想，同时不加损害地将纯粹的矛盾体现在它的深刻的结构中"④。也就是说，50—70年代文学是为了创造一个与时代语境和文化建设相适应的文学体系，所以它又生存于自身创造的那个世界的"否

---

① ［德］阿多诺：《否定的辩证法》，张峰译，重庆出版社1993年版，第150、172页。

② 参见王凤才：《为什么说否定辩证法是"瓦解的逻辑"》，《学习时报》2004年第3期。

③ ［德］阿多诺：《否定的辩证法》，张峰译，重庆出版社1993年版，第3页。

④ T.W.Adorno, *Prism*, trans by S.Werber, New York and Landon：sheed & ward, 1970, p.27.

定性"结构中。问题的关键是,"颠倒"或"否定"本身就具有"建构"的意义:它是一种具有破坏性、颠覆性的"肯定",它能使人以反举对证的方式从否定性中最终认同一种异己性存在,其实质是构建起对被否定的"不在场"对象的价值重现,也就是阿多尔诺强调的"揭示非同一性的存在,是为了确立客观事物本身具有的特性和力量。个体性的主体需要做的,是在认清体制化强力介入思辨化强力的同时,感受和确信同强力对立的客体本身的力量。因此否定辩证法的筹划不以主体的解放为目标,而以客体的解放为目标。"①

尤其是,当被"否定"的对象循着物极必反的事理逻辑,从被"否定"状态中创化而出并再度被获得"在场"的意义,所谓"以客体解放为目标"实现后,便促成了50—70年代文学的历史刚刚尘埃落定、接踵而至的80年代文学就呈露出存在主义之相。在这个意义上,20世纪中国的存在主义文学并没有在50—70年代出现创作上的断裂,只是以"非同一性"的形态存在,一种"不在场"的"在场"。

实际上,阿多尔诺的否定辩证法在哲学蕴含和思维特征上与存在主义有着明显的呼应和纠结。如前所述,"否定的辩证法"颠覆的是"同一性","同一性"是传统哲学的基础,在本体论上表现为对终极实在的寻求,在认识论上表现为对"第一性"的强调。阿多尔诺的"否定辩证法"就是把第一性问题和本源问题作为否定对象的,"一旦辩证法成为不可拒绝的,它就不能像本体论和先验哲学那样固守它的原则……在批判本体论的时候,我们并不打算建立另一种本体论,甚至一种非本体论的本体论"②。不言而喻,阿多尔诺所否定的正是整个西方传统哲学在远古时代得以确立的基础——"一",而"一"就是万物(像)背后的本质,西方传统哲学本体论之发轫,这才有了柏拉图的"理念说"、亚里士多德的"第一哲学"和中世纪基督教的"上帝"。质言之,"一"不啻为西方传统理性主义哲学

---

① 张弘:《西方存在美学问题研究》,黑龙江人民出版社2005年版,第299页。
② [德]阿多诺:《否定的辩证法》,张峰译,重庆出版社1993年版,第14页。

"同一性"的逻辑前提。阿多尔诺以面向事物的首要态度，反对任何对事物的先验的、概念性的、固定性的涵盖，"假如那是我们的目的，我们就纯粹是设定另一种彻头彻尾的'第一'——不是绝对的同一性、存在、概念，而是非同一性、存在物、事实性；就是在使非概念性的概念实在化从而违反它的意义"[①]。其面向事物本身的思维方法与胡塞尔的现象学是一致的。正是从现象学的方法论出发，阿多尔诺确立的是人的感性和非理性世界——"否定辩证法"中的矛盾运动主要是指与人的感性生命有关的矛盾运动。

毋庸讳言，辩证法中作为核心力量存在的"否定"在阿多尔诺的"否定辩证法"中被绝对化，一种矫枉过正的绝对化，它缘于西方传统理性主义哲学对人的生命状态的长期合理压抑所导致的逆反。阿多尔诺认为，由于"概念不能穷尽所认识的事物"，由于人们对对象所作出的总体的、同一的认识只不过是事物的"整体的幻象"，所以"否定之否定"不会导致肯定，而只是说明第一次否定的不彻底；所以，哲学只能进入持续的否定状态并对任何确定性的状态持怀疑态度："哲学将不放弃的东西是那种使艺术的非概念方面充满生气的渴望。"[②]"否定辩证法"利用事物的自否定功能来对付任何对事物的肯定性把握，反对利用概念来把握事物的相对性而否弃其把握的意义，因而将生命、感性、经验等反理性、反概念的内容作为哲学的唯一通道。由是，"否定"成为生命的非理性活动的同义语——理性主义在阿多尔诺的辩证法中宣告结束。

由于艺术最足以体现"否定辩证法"，阿多尔诺既不赞同贝尔那种通过纯粹形式封闭自己而逃避现实的艺术观，也不赞同萨特那种艺术介入现实的艺术观——因为艺术介入现实会使艺术失去其自律和独立性；即或，阿多尔诺的艺术否定论的立足点不是艺术性而是现代性，具体地说是现代非理性。他赞扬卡夫卡、毕加索的原因即在于：他们的创作具有明显的反

---

① ［德］阿多诺：《否定的辩证法》，张峰译，重庆出版社1993年版，第133页。
② ［德］阿多诺：《否定的辩证法》，张峰译，重庆出版社1993年版，第14页。

秩序或无序、反确定性或变形的反理性主义的艺术特征。这表明"否定辩证法"的反建构性主要是否定既定的世界观和价值观支配的艺术世界，而非理性及其艺术之"长"就意味着理性及其艺术之"消"。①

不言而喻，用阿多尔诺的"否定辩证法"来阐述 50—70 年代文学的"以客体解放为目标"的"非同一性"样态，得出的结论便是：50—70 年代文学是存在主义文学的反证式形态。

第一节　艺术理念上的"否定性"关联

如前所述，存在主义是现代西方非理性主义的主要思潮流派。存在主义的先驱者克尔凯郭尔被认为是使欧洲哲学发生方向性转折的重要人物之一。他所实现的转折主要是以孤独的、非理性的个人存在取代客观物质和理性意识的存在来当作全部哲学的出发点，以个人的非理性的情感、特别是厌烦、忧郁、绝望等悲观情绪代替对外部世界和人的理智认识的研究，反拨黑格尔主义对纯思维、理性和逻辑的研究。在随后的尼采哲学中，非理性思维表现为"强力（权力）意志"。尼采认为，人都具有实现个人欲望、释放内在精神能量的冲动与创造的原始本能；这种把哲学的本体、认识的对象从客观世界转移到人的意志上来的观念是非理性主义思维的最典型范式。而将哲学追问的切入点从西方传统的实体转向类似东方式的"道"，从"什么"转向"是"，这个转向在海德格尔那里完全自觉和成熟了。海德格尔的工作就是要让哲学从"存在者"返回"存在"本身，从"存在者"的"在"中理解"存在"，而对"存在"的领悟是生存状态上的领悟，具体说在"沉沦"、"烦"和"畏"中领悟"存在"。这种理解不是形而上学的抽象，它需要的是直觉而不是理性。萨特认定世界上并不存在什么超越

---

① 参见吴炫：《论"本体性否定"与阿多诺及黑格尔否定观的区别》，《江苏社会科学》2002 年第 4 期。

现象的本质，现象本身就是"存在"；而"存在"的现象是不能靠思维的力量揭示出来的，只能通过诸如"烦恼"、"厌恶"、"焦虑"等非理性体验来显示。

存在主义文学用非理性的世界观和美学观对世界、人生进行自省与观照，卡夫卡一向被视为克尔凯郭尔以来存在主义思想体系在文学创作中的转译，其小说反映了诸如充满荒诞性的现实、非理性和自我存在的徒然、苦痛、孤独感等存在主义的主题。加缪的《局外人》与贝克特的《等待戈多》则用截然不同的手法描述了"荒谬"这一生存状态：前者用莎士比亚式内心独白将精神的延宕发挥得淋漓尽致，后者则用不合逻辑的语言隔断怪诞行径；两者相通处在于，事理逻辑（理性）被情理非逻辑（非理性）"摁倒"：戈多似乎没有来，莫尔索似乎被处决。存在主义文学因而探索世界超验本体的真，揭示生命个体心灵奥秘，展现世界的荒谬或不可理喻的存在及其意义。

对存在主义文学的非理性主义的"否定性"正是50—70年代文学（政治）理性主义的价值诉求。究其原因，文学的（政治）理性主义受制于几项关键的因素：一是民族国家建立的需要；二是强烈的意识形态工具需求；三是中国传统的经世致用、体用合一的实用理性意识的现代化转换。

"五四"以来中国现代性的历史任务是建立现代民族国家；为此必须动员一切政治的、文化的力量。特别是在现代民族国家的形成阶段——"绝对主义（absolutist）国家"[①]时期，更需要包括文学在内的文化的参与，以造就民族国家这个"想象的共同体"。主导"绝对主义国家"文化建构的正是政治理性。而且，50—70年代文学的政治理性主义与17世纪法国的"新古典主义"存在着某种精神相似性。"无论是中国还是欧洲，新古典主义都是对现代民族国家的回应，这是新古典主义的根本性质。法国路易十四时期，适应加强中央集权的需要，宰相黎塞留大力提倡新古典主

---

① [英] 安东尼·吉登斯：《民族—国家与暴力》，胡宗译等译，生活·读书·新知三联书店1998年版，第5页。

义，推动了新古典主义的形成和发展。在英国的王政复辟时期也产生了新古典主义。新古典主义有几个基本特征：第一，高扬理性，认为理性是人的本质，也是文学的本质。……这个理性是群体理性。新古典主义的群体理性是对建立现代民族国家的正面回应。它强调个体情感、欲望必须服从国家、社会的责任。"①"新古典时期关注的是被历史和新生活所忽略的秩序。秩序被当作是古典的真正价值所在。这个时代的旗帜是高扬理性。理性的外化便是秩序。这时候条理、系统、类型、规定等等概念被思维从头脑中拔出来，进入历史的永恒的行列，进而弥散为自然的本性。"② 与"绝对主义国家"时期的"新古典主义"所表达的政治理性主义异曲同工的是，对50—70年代文学意义阐释的根据是毛泽东对中国革命道路"真理性"的解释："在'五四'以前，中国的新文化，是旧民主主义性质的文化，属于世界资产阶级的资本主义的文化革命的一部分。在'五四'以后，中国的新文化，却是新民主主义性质的文化，属于世界无产阶级的社会主义的文化革命的一部分。"③ 事实上，毛泽东的这段论述已不单单是一个政治文化范畴，还是一个文学审美范畴。

当20世纪中国构建民族国家的现代性进程选择了"革命"这种激进的历史实践方式，尤其是当现代民族国家的初级形态——"新中国"出现后，对"革命"的历史叙事和对"继续革命"的形象演义成为文学被赋予的艺术使命。如果说，"革命历史题材"创作通过讲述"革命历史"来提供新的现实秩序赖以成立的合法性资源，解决"革命"从哪里来的问题；那么，几乎能与"革命历史题材"相媲美的"农村题材"创作在某种程度上则回答了"革命"向哪里去的问题，或，借助主体本质的建构来建立现实意义秩序，用柳青的话说就是《创业史》之类的作品回答的是"中国农村为什么会发生社会主义革命和这次革命是怎样进行的"。正是在极其明

① 杨春时：《现代民族国家与中国新古典主义》，《文艺理论研究》2004年第3期。
② 吴予敏：《绝对主义国家与新古典主义的哲学美学基础》，《深圳大学学报》2003年第5期。
③ 《毛泽东选集》第二卷，人民出版社1991年版，第698页。

确的政治理性主义的导引下文学产生了一整套的话语体系和情感结构，进而延展为一种完整的文化理念，其意义在于建构一种强烈的政治认同感和文化整合感，为国家统治的意识形态合法性服务——在全民中形成新的价值体系和社会凝聚力。

50—70年代文学的（政治）理性主义与欧洲新古典主义也有其明显的差异。首先是它摒弃了后者欧化的贵族气质和高雅风格，转而强调工农大众所喜闻乐见的平民气质和通俗化风格，这当然是由现代中国语境中的"民族国家"的社会性质所决定的。在这个意义上，蕴含着强烈的政治理性主义精神的50—70年代文学创作无论从内容到形式都具有极大的本土性、时代性和原创性，因为它仅仅属于那个时期的中国。

其次，正如欧洲新古典主义继承了古希腊、罗马文学的理性精神一样，50—70年代文学在很大程度上也传承了中国古典文学的理性传统，所谓越是"现代"的便越是"古典"的。

中国文学原本就具有强大的理性传统，只不过这个理性不是现代理性而是前现代的道德理性——在"经世致用"理念规训下的"文以载道"意识。"五四"时期引进的"科学"和"民主"最终只体现在文化重构的实用层面，从而造成中国文化的结构性缺失——超越维度的缺失以及救亡图存的实用理性意识的抬升；随后从苏联接受的马克思主义将救亡图存的实用理性意识升华为意识形态化的政治信仰，它对社会前景的来世瞻望（共产主义社会）和历史理想主义的进化观，适应了通过救亡图存、富国强民以最终构建现代民族国家的民族主义期待，体现出比西方现代民族国家形态更强有力的救世功能；它对基于历史发展必然性之上的社会政治秩序的设计提供了重建秩序的现实方案，并迅速转变为可以简便操作、根本解决问题的社会动员。当这种理性主义诉求与传统文化的实用理性精神在"现代性"语境中耦合并传导到文学创作中后，便转化为具有东方特色的政治理性主义内核。"十月革命后苏联建立了一个'国家社会主义'的社会制度，其基本特征是国家对社会生活的全面控制。这是吉登斯说的'绝对主义'国家的基本特征。这种'绝对主义'国家要求政治理性的支持，而苏联式的马克思主义即列宁—斯大林主义就成为国家意识形态。文学也不可避免地成为国家意识形态的一部分。于是，按照国家意志，就造就了苏联的新古典主义文学思潮。这个文学思潮是以'社会主义现实主义'的名称出现的。"①以"社会主义现实主义"为基本原则和创作方法的 50—70 年代文学的政治理性主义的精神实质也就顺理成章了。

杨沫写《青春之歌》、梁斌写《红旗谱》、柳青写《创业史》，都意识到他们是在谱写中国知识分子的成长史或民族国家和阶级斗争的史诗。在《青春之歌》中，林道静的个人"成长"叙述、她对"革命"道路的历史选择与小说文本对现代民族国家的预设叙事是一致的；《红旗谱》写的是乡土中国与现代革命的互动，其独特之处在于它将只为"公理和正义"的民间信仰与现代革命追求自由、平等和人类的解放的理想嫁接起来，实现了民间传统的现代性转换和融合；倘若将《创业史》中的"创业"视为社会主义革命的现实意义秩序的创建，那么，从《三里湾》、《山乡巨变》、《创业史》直到其后的《艳阳天》，诸多作品通过"革命"话语组构成了一个巨大的社会主义（农村）"创业"——创设现实意义秩序的文本。其中，政治理性主义精神在"社会主义现实主义"创作中被置换为意识形态化的话语叙述。"当代文学的'审美内涵'被确定为：一、用新的、'朝气蓬勃'的文学形象，替代旧的'腐朽没落'的文学形象，以实现批判旧文化和封建主义'糟粕'的目的；二、使文学作品发挥'震撼人心'、'形象生动'的审美作用，成为一部'影响'、'规范'人民群众思想和社会生活的'教科书'。"②这种政治理性化的意识形态就像阿尔都赛指称的意识形态无处不在，而政治理性化的意识形态不能直接作用于个人，必须诉诸"审美仪式"才能实现自己。于是，在 50—70 年代文学中，"政治"与"艺术"之间并不存在真正的对立，"意识形态"的审美化和"审美"的意识形态化也便成为必须面对的文学事实和历史事件。客观地说，这两种意识形态

---

① 杨春时：《现代民族国家与中国新古典主义》，《文艺理论研究》2004 年第 3 期。

② 程光炜：《左翼文学思潮与现代性》，《海南师范学院学报》（人文社会科学版）2002 年第 5 期。

对个人的"询唤"力量是无比强大的，个人向这两种意识形态寻求情感上的认同力量也是源源不断的。①

质言之，50—70年代文学作为民族国家文化建设的主要部分，它确立了一整套的话语体系和文化生产方式，深刻影响了中国人的情感结构乃至生活方式、表达方式，同时也为当时的社会提供了极强的文化认同感。处于现代化建设中的当代中国人，曾一度在这套话语体系之中熏陶和教养。这意味着，文学创作的（政治）理性主义实质上揭示了中国从"现代民族国家认同"到"无产阶级国家认同"的历史进程中的现代性宿命。

只不过，以崇高精神信仰的名义进行的"文化大革命"中野蛮愚昧的反理性现象不仅彻底粉碎了文学中曾经有过的种种乌托邦梦想，也使一厢情愿的（政治）理性主义信仰受到质疑。恰恰是这种（政治）理性主义的衰落提供了20世纪80年代中国存在主义文学创作复兴的契机。

第二节 审美思维上的"否定性"并存

50—70年代文学对存在主义文学的另一种"否定性"是审美思维方式，我将其称之为文学反映论的运思方式与主体间性的诗之思的"否定性"并存。由此展开的讨论首先牵涉到哲学认识论。

在哲学认识论上存在着两种认识把握方式。一种是"主体—客体"结构的方式：从主客二分的模式出发依凭思维实施对感性的纵深性超越，通过超越感性具体的现实对象而达到抽象的概念世界以把握事物的"相同"，西方传统的理性主义哲学便如此。另一种是"人—世界"结构的方式：相对而言这是一种横向超越，它主要经由想象、体验乃至直觉，让隐蔽的东西得以"敞亮"且显示出事物的意义；其中的想象、体验乃至直觉不是排

---

① 参见李扬：《〈红灯记〉——"镜像"中的"自我"与"他者"建构》，载《50—70年代中国文学经典再解读》，山东教育出版社2003年版。

斥思维，而是超越了思维。比如中国传统的"天人合一"观便以内在的心灵和生活去体验、去直觉事物，重心在于主体的情感生活以及对世界人生真谛的彻悟，而不在于考察研究客观事物的内在普遍规律；这种认识把握方式具有哲学上的"主体间性"性质。与"天人合一"观的前主体间性相比，严格意义上的主体间性哲思形式则是存在主义。

存在主义的认识论首先要解决的是认识的可能性问题；认识之成为可能的前提条件就是要有一个自我与对象相互通达的生存境遇——认识论必须建立在生存论基础之上，只有从人的生存状况出发才能真正解决思维与存在、主体与客体、自我与对象、理论与实践内在同一的可能性问题。主体间性所凸显的正是人的原本的主客未分、自我与对象相互通达的生存境域，是一切自我与对象、主体与客体、真理与价值等的生发之所。① 当存在主义从人的现实生存活动出发强调人的本源的生存方式是"世界"、"人"以及"人与世界关系"的奥秘和深层根据时，便使哲学重新回到了人间，为人类生存的可能提供了意义与价值支撑。存在主义的主体间性超越了主客对立的思维模式，完成了由认识论哲学到存在论哲学的转向。

进而言之，存在论的主体间性对艺术审美的建构具有重要意义。存在论的主体间性关注的是审美何以可能的问题，即审美作为生存方式的自由性问题；审美作为生存方式的超越性问题。所有这些表现在存在主义文学中，就是昆德拉所谓的文学是"关于存在的诗性沉思"。② 文学对人的最为深刻的洞析莫过于在具体可感的形象世界投注形而上的沉思。卡夫卡在《城堡》一开始便给"城堡"的意象预设了双重含义，既是一个实体的存在又是一个虚无的幻象——像一个迷宫，小说开篇就营造了一种近乎于梦幻的氛围，这种氛围对于读者介入艺术世界有一种总体上的提示性。

存在主义文学的"诗性沉思"有赖于其广博的艺术哲学背景：强大的内在思辨以及智慧的诗性转化。加缪的小说历来都是形象的哲学，诗性哲

---

① 参见王雅君：《从主体间性出发理解认识论问题的必要性》，《中共杭州市委党校学报》
2004 年第 1 期。

② [捷] 米兰·昆德拉：《小说的艺术》，唐晓渡译，作家出版社 1993 年版，第 36 页。

思的深度使其创作更多地关注人的生命本质、生存意义之类的终极性命题；加缪作为一位存在主义作家对于"存在"本体的追究，也就与对文学本质奥秘的叩问水乳交融地结合到一起。存在主义的"诗性沉思"因而具有感性的抽象化和抽象的感性化特点，是感性的智力提升和理性的形象领悟：一种思维的悟性。在卡夫卡的《变形记》中，格里高尔早晨起来突然发现自己躺在床上变成了一只大甲虫，这当然不是寓言而是小说，读者当然也是把它当成小说来接受；而且它肯定不是在描摹现实，卡夫卡式想象呈现的只能是人的存在的可能性——蜕变为大甲虫不过是对人的存在可能性的极端化拟写而已；人们也不会把它当成寓言而是作为自己的生存的可能性境遇来认同。"在这里，作为本体性言说的文学与作为本体性言说的哲学具有了同一性，它们都是关于人的生存的本体性情感体验的言说，即都是对于我们的生存本体的觉与悟。而生存本体言说的文学要能够作为哲学存在，则应该更清醒地意识到，在充满生命的、丰富的感性体验之中，必须有着更为深沉，更为整体性的领悟、悟解，亦即本体之思。"①

与之相反，50—70 年代文学的创作思维方式立足于主客二分的认识模式上的文学反映论。实际上，从亚里士多德的"摹仿说"到马克思的物质存在反映于人的头脑并转化为思想形式，再到列宁把托尔斯泰比作"俄国革命的一面镜子"，将文学当作再现文学之外的现实（生活）的反映论思维模式在文艺史上源远流长。

就 20 世纪中国文学而言，"五四"时期的写实主义文学（如以"文学研究会"为代表的"为人生"的创作）便以西方早期现实主义的"镜子说"、"摹仿说"、"再现说"为准则，强调文学对于现实生活的依赖关系，要求创作主体以纯客观的态度去反映被表现的对象；文学与现实生活的直接对话自然会要求作家以社会写实的心态去从事文学创作，所以"实写"等于"真文学"的观念构成了文学真实论的理论基础。不过，"五四"文学对于

---

① 金岱：《文学作为生存本体的言说——百年来中国文学的反思》，《学术研究》2002 年第 3 期。

反映论的认识与阐述比较单纯化，其主观目的还在于文学有用于社会实践，具有文化启蒙和思想革命的实际效用。

及至 40 年代毛泽东的《在延安文艺座谈会上的讲话》虽然在某种程度上对列宁式反映论进行了本土化转换，但同时也是对"五四"文学中反映论的合理延伸与自然进化；沟通两者之间联系的恰好是中国传统文化的实用理性精神和"五四"写实主义文学的社会实践品性。在《在延安文艺座谈会上的讲话》中毛泽东对 20—30 年代的反映论文艺思想作了系统总结并上升到新的辩证高度，明确提出"作为观念形态的文艺作品，都是一定的社会生活在人类头脑中的反映的产物。革命的文艺，则是人民生活在革命作家头脑中反映的产物"；另一方面又指出，"文艺作品中反映出来的生活都可以而且应该比普通的实际生活更高，更强烈，更有集中性，更典型，更理想，因此就更带普遍性"。这些论述奠定并标志着 50—70 年代反映论文艺观的确立。

事实上，50—70 年代文学反映论仍然坚守"主体—客体"二分的认识结构模式，并将之提升为普适性思维原则；其思想理论原型是马克思主义辩证唯物论的反映论。之所以说是"辩证唯物论"的反映论，是因为这种反映论并不是被动的纯镜像式再现，而是具有主观能动性的反映；纯镜像式被动反映论将主体的经验与客体的属性混为一谈，两者之间建立的是因果关系的链条，或者说是经过修正的线性因果关系；它把认识主体感受到的体验归之为对象中实存的属性，将内涵十分丰富复杂的现象过程简单化为人心以镜子般映射外物的过程；用更能自圆其说的话语则是，设想人心就像一面凹凸不平的镜子有所改造地反映着外在世界。在这里，世界是独立于作家而存在的，而作家只不过是这个独立而存在的外在世界的观察者和摹仿者，看待一个作家才能的重要标志之一，莫过于他是否善于观察和再现。

构建于辩证唯物论基础上的文艺反映观认为，创作主体在科学的世界观指导下完全可以真实地反映客观世界，主体认识完全可以与客观规律的发展达到一致。这种能动性反映论可以表述为以下逻辑推理的三段式：文艺是客观生活的反映——强调文学内容的再现性，导致生活决定艺术的结论；文艺是社会生活本质的集中概括的反映——强调文学的认识性、真理性，导致思想先行、内容第一的结论；文艺是按照一定的阶级利益和政治路线对生活的能动反映——强调文学的社会意识形态性，导致世界观决定创作的结论。严格地说，强调文学反映论中的创作"能动性"促使创作者不仅从认识论出发而且从实践论出发，从文学主体与现实的辩证、互动关系出发来探究文学反映过程的复杂性，并给予文学反映的感知性、创造性、情感性等心理活动更多的关注和重视；与此同时，也对反映对象与创作主体之间相互联系、作用和转化的复杂、动态关系有了更深入的理解。

　　一个范例就是《白毛女》从民间传说到歌剧、从歌剧到芭蕾舞剧的演变史。根据李杨先生的分析，民间故事"白毛女"在延安文艺圈内存在多种可能的改编主题。假设由赵树理来改编，则可能会出现一个"破除迷信"的故事，或者他会注意到故事中隐含的爱情线索为人们留下另一部《小二黑结婚》；假设由李季来创作，则可能会出现类似《王贵与李香香》那样表现革命与爱情的故事；如果在没有"改造"好的"五四"作家笔下还可能被处理成一个批判现实主义的故事；而表现喜儿和黄世仁之间的情爱纠葛同样可以有"王子与灰姑娘模式"、"痴心女子负心汉模式"、"诱奸模式"、和类似《雷雨》的"命运模式"。然而，所有这些可能的主题都没有被当时主持改编的周扬所采纳，他选择了一个全新的主题："旧社会把人变成鬼，新社会把鬼变成人。"为了表现新旧社会的对立，也为了让新社会的出现获得合法性。[①] 文学反映论中创作主体的"能动性"于此可见一斑。50—70 年代的作家都信奉建立于唯物论哲学观上的反映论，并以此作为文艺创造的美学原则。

　　人类艺术史上的反映论源自古希腊的摹仿论，并总是与写实论、再现论绞合一体。应该说，柏拉图发现了摹仿论的许多混乱，亚里士多德修正

---

① 　参见李杨：《〈白毛女〉——在"政治革命"与"文化革命"之间》，载《50—70 年代中国文学经典再解读》，山东教育出版社 2003 年版，第 278—281 页。

了摹仿论，而文艺复兴以后摹仿论又与科学结合起来，从达·芬奇的绘画到 19 世纪的写实主义文学的辉煌成果，使得反映论成为迄今为止最具支配性的艺术理论。至于"写实"作为一种严格意义上的创作方法——作为"现实主义"的完善和确立是晚近的事情，是从 19 世纪的库尔贝（法国现实主义画家）到 20 世纪的苏联以及现代中国这样一个历史跨度中逐渐完成的。在 20 世纪中国文学中，"社会主义现实主义"最终使"现实主义"成为一种有着明确的哲学认识论和方法论基础的文艺理论话语谱系。50—70 年代的作家更是把"社会主义现实主义"作为践履文学反映论的基本艺术原则和创作方法。

　　问题还在于，唯物辩证法不仅是文学反映论的哲学基础，也是"社会主义现实主义"的思想根源，它为"社会主义现实主义"文学提供了合法性依据：当它反映的是本质的、必然的现实时，这种描写就具有真理性。而作为反映历史逻辑或客观规律的艺术真实性要求便构成"社会主义现实主义"的价值前提和基本原则。在创作方法上具体表现为以写实形式对现实生活作如实的反映，所谓"写真实"或"再现生活"；至于"真实性"原则也有其本质论的理论基础。在黑格尔那里，历史是"绝对理念"展现自我和自我实现的过程；他以辩证法思考历史，认为现象与本质是对立统一的，现象是本质的表现，本质则必然表现为现象。马克思把黑格尔"用头立地"的"现象—本质"框架颠倒过来，变绝对精神为客观规律，为现实主义强调反映生活现象的真实性提供了理由。只有首先以写实形式如实地反映生活现象，才有可能通过现象的客观再现揭示潜藏其中的本质或客观规律。

　　不仅如此，唯物辩证法还为"社会主义现实主义"文学提供了一套分离现实的技术与话语。在唯物辩证法的逻辑思路中，整个现实的构成是二元的：时间维度上的必然／偶然，空间维度上的本质／现象。而在时间上必然发展到未来某种状态的事物，也就是在空间上诸事物中本质的事物或本质的现象（比如唯物史观提供了人类社会的美好远景：人类社会发展是有客观目的性的——资本主义终将被社会主义所代替，后者是通向地上天国——共产主义的必由之路)，反之则是纯偶然的现象。基于这种二元区分，唯物辩证法建立了一种有等差的现实秩序并预定了某种现实(所谓"本质的现象")的优越性；换言之，唯物辩证法为认识主体宣称自己所认识的事物是必然而本质的现实，别的异己的认识是偶然的现象之认识提供了话语口实——文学写出事物的"本质"就是"真实地去表现现实"。

　　"社会主义现实主义"文学中的"真实性"亦可分成高、低两个层次，低层次的真实是琐碎的、局部的、非本质的；高层次的真实才是整体的、全面的、本质的。周扬在《第一届电影艺术工作会议上的总结报告》中以自然主义为例说："社会主义现实主义创作方法的基本基础是马列主义……自然主义不是这样，所以自然主义者所描绘的现实，尽管他写得详细，各个局部也可能很真实，但作为社会力量的本质的东西，却没有表现，而且往往以这些局部的真实，掩盖了代表社会力量的本质的事物。"这是一种意识形态化（社会主义化）了的现实主义，意识形态化的现实主义必然要强调另一个根本原则——典型化原则。冯雪峰就此指出："现实主义的方法……其实就是典型化方法"。"这个典型化原则和方法，也就是我们要从过去现实主义学习和继承的最中心的东西，但如果说在这个原则和方法上，社会主义现实主义也有自己的特征，不能不有自己的特征，那么就是更肯定典型化的原则，更有意识地作为文学艺术的战斗任务和教育方法来肯定，把它和现实认识的唯物辩证的高度正确性相结合，和无产阶级的历史实践任务相结合，和党性原则相结合。"[1] 比如，《创业史》对梁生宝形象的典型化，"梁生宝是作者从生活出发，经过高度的艺术创造，塑造的一个既平凡又崇高、既脚踏实地又富于理想的社会主义新人形象。作者在塑造这一形象时，既着力刻划了作为梁生宝性格核心的共产主义优秀品质：大公无私，对党无限忠诚，甘于自我牺牲；又以充满感情的笔触，描写了他作为一个普通人的纯朴善良、喜怒哀乐。……作者在梁生

---

① 冯雪峰：《中国文学从古典现实主义到无产阶级现实主义的发展的一个轮廓》，《文艺报》1952年第14—20号。

宝的身上集中了当代英雄的先进事迹，创造了一个比生活原型理想化的人物。作者创造主人公的过程是一个从生活原型提炼、升华的过程。……这个形象的成功与否，直接关系到《创业史》的成败。塑造社会主义新人的形象，比塑造其他人物具有更大的难度，一些新人的优秀品质和精神在生活中往往还只是以一种萌芽状态潜存于人物身上，必须依靠作家敏锐的发现。梁生宝占有如此重要的位置，是因为他是一个全新的形象"①。

于是，在文学典型中所谓现象与本质、个别与一般的辩证关系才能得到艺术上的解决，文学通过典型创造把偶然性和必然性、个性和共性都融为一体。也只有这样，"本质性"的"真实"才能得到充分的艺术表述；而真实地再现典型环境中的典型人物必然会使艺术回到社会历史过程以便忠实地反映现实生活。

问题的实质在于，典型化思维模式仍然是由"对立而统一"的辩证唯物法演化的。钱理群先生在谈到《暴风骤雨》和《太阳照在桑乾河上》时说道："小说中所有的人物都纳入对立的两大阵营（压迫者与被压迫者，革命与反革命），展开你死我活的生死斗争，并根据党的政策把人物作'进步（依靠对象）、中间（团结对象）与反动（打击对象）'的三等划分，阶级斗争（土改）的发动—展开—高潮—胜利，构成了小说情节发展的基本模式。小说的结构也是模式化的：都是以土改工作队的进（村）与出（村）的开端与结束，从而形成一个封闭性的结构，从外在情节上说，这自然是反映了土改的全过程；从内在的意念看，则是表现了一个带有必然性的历史命题（腐朽的封建制度与阶级统治必然被共产党领导的农民的阶级斗争所推翻）的完成，同时又蕴含着（或者说许诺着）一个乌托邦的预言；取而代之的将是一个'人民当家作主'的新社会与新时代。这样，整个小说在几乎是摹拟现实的写实性的背后，却又显示出演义'历史必然规律'的抽象性，进而成为一种象征性结构。"②

---

① 旷新年：《社会主义现实主义经典〈创业史〉》，《湖南大学学报》（社会科学版）2004年第 5 期。

② 钱理群：《天地玄黄》，山东教育出版社 1998 年版，第 204—205 页。

　　既然典型化的二元对立思维是哲学认识论上主客二分模式的"反映"，二元对立思维的认识论资源主要是黑格尔的主观辩证法和马克思主义在吸收、整合黑格尔辩证法基础上创设的唯物辩证法；而辩证法本身是从"异化"学说出发对主观世界（精神意识）/客观世界（物质存在）、主体（自我本体）/客体（自然客体）以及由此衍生的种种对立性范畴的辨析和解释；总之，在对立基础上的统一是辩证法的精华。

　　其实，典型化的二元对立思维模式除了有其哲学认识论的理论资源外，还有现实层面的话语来源，最直接最明显的话语来源为"五四"以来中国文学"现代性"的叙事传统。安东尼·吉登斯对"现代性"作出如下解说，"现代性产生明显不同的社会形式，其中最为显著的就是民族——国家"，"这种民族——国家体系在今天已具有全球化的特征"，因此，"民族——国家"在世界范围内的现代化运动中，常常被看成"能动者"和"代理人"。① 哈贝马斯也断言，"民族国家"是解决现代社会一体化的方案。公民国家需要"民族国家"作为其共同体的形式，如果自主的公民们缺乏民族的框架，共和政体就会缺少活力。民族使得国民们有了归属感，有了自己的历史文化共同体。② 问题的实质却是，"现代性作为从启蒙运动发展出来的一种文化逻辑，其核心成分即是一种二元对立的结构关系"③。

　　情况的确是，20世纪以来以建构现代民族国家为旨归的中国现代性叙事一开始就处于极端矛盾和紧张的叙述情境中：现代/传统、西方化/民族化、现代性（中国）/反现代性（西方）。对非西方的中国而言，要通过救亡图存的方式来建立起民族的主体性和竞争力，就必须拥有现代民族国家的本质；而在民族国家的建构中又只能以确认西方式现代性为范本和准则来完成。可以说，在"反抗"西方式现代性的基础上要建构一个具

① 参见［英］安东尼·吉登斯：《现代化与自我认同：现代晚期的自我与社会》，赵旭东等译，生活·读书·新知三联书店1998年版，第16—17页。

② 参见［德］尤尔根·哈贝马斯：《包容他者》，曹卫东译，上海人民出版社2002年版，第131—134页。

③ 李扬：《抗争宿命之路》，时代文艺出版社1993年版，第262页。

有主体性的现代民族国家，首先应该确定中国社会的性质以及居于其中的"自我"与"他者"。这个中国现代性叙事的首要问题引起了 20 世纪中国思想文化界持续的论争；当中国的现代性叙事在"救亡"主题的强化下转化为社会政治革命形态时，毛泽东将其简化为"谁是敌人和朋友"的话语形式，即《中国社会各阶级的分析》中定义的："谁是我们的敌人？谁是我们的朋友？这个问题是革命的首要问题。"这样绝对性的思维方式使得无论哪种形式的话语表述都必须遵循着"非此即彼"的方法论；其实质是把作为"革命的首要问题"的政治斗争、阶级斗争的逻辑情感化、审美化，并因此构成文学创作的基本叙述规则——使政治斗争的法则在文学叙述形式中秩序化、结构化。在这个意义上，回顾 50 年代末 60 年代初文学界批判邵荃麟提出"写中间人物"论，以及这场争论被确认为一个实实在在的意识形态立场问题；再将其与哲学界批判杨献珍的"合二而一"论就很清楚：所谓意识形态立场无非是说，"中间人物论"这种"合二而一"的思维方式违反了"社会主义现实主义"文学必须反映本质真实的辩证唯物论的哲学认识论基础。这意味着，以上所有的论述又回到了问题的逻辑起点。

第三节　历史诗学上的"否定性"同构

50—70 年代文学对存在主义文学在历史诗学上的"否定性"构成，表现在乐观主义精神与悲观主义倾向的互"文"见证。

"怀疑精神和批判意识是以非理性主义为根基的存在主义的价值立场和思想倾向。……在社会历史发展观上存在主义者们几乎都具有反历史进化论和文明进步论的'虚无主义'意识。"[1] 尼采"重估一切价值"是"因

---

[1]　杨经建：《存在与虚无——20 世纪中国存在主义文学论辩》，人民出版社 2011 年版，第 20 页。

为我们对现代性已无可奈何"。① 转而对"理性"和"文明"的怀疑和否定，也是一种对被异化的现实和对稳固秩序、完满状态（和谐形式）的破坏和瓦解。根据哈贝马斯的解读，尼采的酒神既是艺术家又是哲学家，这使尼采对现代文明的批判分化为两条潜在的路线：艺术批判通过怀疑主义的重估后生成反形而上学的历史科学，即后来巴塔耶、拉康和福柯所追随的路线；而哲学的批判试图从哲学内部揭示形而上学的思想根源，这是海德格尔所继承的路线。②

所谓海德格尔继承的路线，是指海德格尔和萨特都从个体的人出发把异化理解成人的生存的普遍形式。而当萨特和海德格尔都认为异化是人的永恒的存在状态时，其怀疑精神和批判意识便具有了虚无主义质素。"'虚无主义'这个名称表示的是一个为尼采所认识的、已经贯穿此前几个世纪并且规定着现在这个世纪的历史性运动。"③ 而存在主义意义上的虚无主义特指一种由存在的异化所造成的缺失地基（传统信念）的世界状况——虚无主义是一种对既有的生存世界之地基予以否定的精神或态度。这种否定针对的是理性主义思想基础上的本质论——历史进化论和文明进步论，所以它是一种对历史进化论和文明进步说的怀疑和否定。

很明显，在社会历史发展观上存在主义者几乎都具有反历史进化论和文明进步论的虚无主义态度。"重估一切价值"的尼采迷恋前苏格拉底时代的古希腊；海德格尔的"诗意地栖居"实质上与尼采一样——对古希腊文明的回归。因此，海德格尔将时间性的历史放置到"存在"、"存在发生"、"存在历史"、"天、地、人、神的游戏"与"命运"中来思考，将真理、意义与价值思考为"存在历史"中发生的事件来摆脱以往的历史形而上学或本质论立场。在海德格尔近乎隐晦的述说中，天、地、人、神的游戏有

---

① 参见［德］于尔根·哈贝马斯：《现代性的哲学话语》，曹卫东等译，译林出版社2004年版，第99页。

② 参见［德］于尔根·哈贝马斯：《现代性的哲学话语》，曹卫东等译，译林出版社2004年版，第113页。

③ ［德］海德格尔：《林中路》，孙周兴译，上海译文出版社1997年版，第219页。

本真与非本真之分，即"诗性的"与"非诗性的"之分。在诗性的游戏中天、地、人、神既是平等独立的，又是一体不可分的，其间没有"中心"而只有"之间"，在游戏中确立的真理、意义与价值是诗性的；海德格尔另一种说法"诗性的"就是"正当的"，这只能发生在古希腊人和真正的诗人那里。如此，海德格尔便将人以及他赖以生存的真理、意义与价值交给了神秘莫测的存在发生与存在历史，一种类似于希腊神话时代的命运。萨特五六十年代曾转向了所谓"存在主义马克思主义"，在《辩证理性批判》等著作中萨特把个体的人放置到历史发展和社会环境中考察并提出了历史总体化的构想，认为在人的实践中包含着历史的总体化。但是，萨特认为历史的总体化同时又是人的异化，历史的发展和社会的进步无非是历史的总体化和人的异化无限循环的空间。他的小说《恶心》（《烟雾》）对一个落魄文人安东纳·洛根丁在各种具体环境的行为进行了富有哲学意味的形象探讨，作品描述了洛根丁对世界、自我、存在一系列问题的感受和看法，即世界是荒诞的，人是被偶然抛到这个世界上的，人由于不能左右这个世界而感到恶心。萨特的剧作《禁闭》中有一句存在主义的名言："他人就是（我的）地狱。"萨特以存在主义哲学家和文学家的双重身份告诉人们：人生是无意义的，面对荒谬的世界人只能产生"恶心"。贝克特则借《等待戈多》的两个流浪汉之口阐明，在人类的荒诞处境中社会历史只能消逝在虚无的期盼中。存在主义者都以历史虚无主义试图澄明这个世界的本质，提醒人们对现存秩序与现世状态的怀疑和批判。在这个意义上，所有的存在主义者都是悲观主义者。

有论者指出："卡夫卡的艺术一方面是建立在十九世纪叔本华的极端悲观主义的基础之上；另一方面又出自尼采对生活和艺术的想象，而这种想象又源于对叔本华悲观主义的认可。"[①] 卡夫卡发现人在现代社会中被消灭，发现人变成非人、变成"甲虫"，发现人创造了剥夺自身、奴役自身

---

① ［英］马·布雷德伯里等：《现代主义》，胡家峦等译，上海外语教育出版社 1992 年版，第 110 页。

的概念、主义、工具、牢房，还发现一个正常的生命个体却无端地到处被拷问，为天地人所不容，现实世界又恰如那个若有若无的"城堡"，说有却进不去出不来，说没有它又时时刻刻纠缠你。卡夫卡冷静地观看世界且意识到这个世界的本质是"无"：无价值，无意义，无处安生，无处安神，无处可以安放自己的身体与心灵。加缪在《鼠疫》中假借海滨城市奥兰爆发的鼠疫为背景，描述了人类在这场瘟疫中所经历的灾难；在鼠疫式生存中，居民遭受着死亡的威胁，人们日夜忍受着与亲人生离死别的痛苦；城市被关闭，与自由世界只有隐约的联系而只剩下回忆和想象。

现代中国的存在主义文学亦如此，比如《野草》时期的鲁迅。鲁迅是中国近现代史上第一位对"原来如此"（《狂人日记》）的整个民族的存在状况和国人的生存境遇产生怀疑与否定的人。当他在《野草》中决意勘察这种存在状况、追问这种生存境遇后，便对自身亦沉沦于此的生存真相有一种形而上的体认，最终证实了"反抗绝望"的人生哲学之特质——那是一种既不与绝望妥协、也不对虚幻的"希望"抱任何幻想的态度，所谓"于天上看见深渊，于一切中看见无所有"（《墓碣文》）。"这种反抗从根本上说并不包含战胜和超越实在世界之荒谬与虚无的希望，也并不意味着人能最终克服其不确定性和有限性，相反，它倒是确信胜利和超越之不可能，而失败和虚妄则不可避免。"[①]

与此迥异，50—70 年代文学的乐观主义建立在马克思主义世界观和社会发展观上，具体表现为政治浪漫主义和文学理想主义。

哲学话语层面的世界观关注的是存在与意识的问题。马克思主义世界观的核心是社会存在决定社会意识。马克思坚信人类历史的发展是一种从低级到高级的发展、进化史，他把历史的进步和人的解放当作同一个过程，热情讴歌新的社会形态对旧的社会形态的革命。在对资本主义社会现实"存在"予以否定的前提下，马克思主义建构了自己的社会发展的"意

---

① 解志熙：《生的执著——存在主义与中国现代文学》，人民文学出版社 1999 年版，第110 页。

识形态"：对社会前景的来世瞻望（共产主义社会）的理想主义色彩和人类社会总是在进步中发展的历史观，其终极价值指向一个代表着最大限度的社会正义与公正的、集社会形态和精神理想为一体的共产主义"乌托邦"。当它与现代中国的"革命"实践进程结合之后就构成了一种有关社会发展的神话。这种神话的存在形态与具有历史终极目的或形而上意义的主题"只有解放全人类，才能解放自己"糅合在一起。

20世纪的中国将马克思主义与中国社会实际相结合的"革命"，实现了省略资本主义阶段而直接进入社会主义的百年梦想，这种百年激进的理想在"我们正在做我们的前人从来没有做过的极其光荣伟大的事业"（毛泽东语）的鼓动下朝着共产主义的目标奋进。"而新中国的成立，全国各族人民无不为之扬眉吐气，其间虽有'左'倾错误带来的曲折，但50年代初国家的欣欣向荣，新时期20年社会主义现代化建设的高速发展，全国人民在共产党领导下始终目标坚定，斗志昂扬，充满革命的乐观主义和英雄主义，这一基本的现实趋势和精神状态，也就决定了新中国文学基本风格与旧中国迥然有别。50年中优秀文学作品始终响彻高昂的进行曲的主旋律，沉雄、豪迈、奔放、乐观、欢快而明朗。……因为，从根本上看，社会主义作为新生事物正具有不可战胜的强劲生命力，尽管在其生长的过程中不无曲折和失误，人们还是深刻相信它有着伟大的光明的前途。广大作家怀有这样的理想信念，自然不能不影响到他们的基本情绪，影响到他们对于题材的选择和处理，乃至影响到他们在艺术表现中的色彩选择和形式创造"①。

就其本质而言，以革命乐观主义为价值取向的文学是人对世界与现实的一种理想主义的艺术把握，它排除了人和社会的对立并呈现出"一元化价值"的文学世界，在话语内涵上则以社会理想取代了个人情感。这种乐观主义的审美情趣不仅是感受主体对外在客体是否符合自己需求而作出的肯定（或否定）的心理反应及价值评判，它还具有把世界美化的功能。总

---

① 张炯：《开创崭新的文学时代——新中国文学五十年概览》，《求是》1999年第19期。

之，在"只有解放全人类，才能解放自己"的无产阶级革命的终极目标和政治浪漫主义的乌托邦式追寻上，50—70年代中国无视物质生产的极度贫乏而将（纯粹的）精神高扬作为一种广义的审美解放。茅盾在《关于革命浪漫主义》中有云："今天我们国家的生活，就是有史以来从没有过的壮丽的革命浪漫主义的时代。我们做着我们的先人从来没有做过的、甚至也没有梦想过的大事，我们破除迷信，大胆创造，使我们国家的工农生产、文化活动，一天一天飞跃地除旧布新，创造着奇迹，我们祖先的最美妙的幻想，在今天我们国家里，都变成了现实。"[1]

对此我以为，并非一些论者所说的当时的作家是在政治高压下"违心"地创作。在相当大的程度上，众多作家其实是自觉地持有乐观主义的内心激情和灵魂冲动。萧功秦先生有恰如其分的解说："深受传统压抑的中国知识分子，在一个开放伊始的时代，也许比任何其他民族的知识分子更难拒绝浪漫主义诗情梦幻的诱惑。因为他们有太多的焦虑与愤懑，需要经由某种'登仙般的飞扬感'来释放，来表达他们对公平理想的渴求。他们必然要抓住某些抽象的理念，以亢奋的激情来体现自己的价值。"[2]的确，20世纪五六十年代的中国社会主义革命是一个激情洋溢的年代，人们渴望一个又一个奇迹在一夜之间诞生。比如当时文坛上最为昌盛的"革命历史题材"作品对已逝的"激情燃烧的岁月"的描述和表现，便是对现实心理的一种提炼与催化：往昔那些艰难困苦已经褪尽了它的悲剧性原色，存留下来的只是英勇与信心以及崇高、壮美的艺术形象。它们使历史的"理想"基调复活，最终的胜利是属于革命者的，历史变得无比壮丽。

所有这些都意味着，马克思主义世界观和社会历史观本身所包含的对生活、对社会、对人生的解释也转换为一个意识形态模式提供给作家；作家把握了这一创作模式，其乐观主义精神就发挥到了审美极致——革命浪漫主义。

---

[1]　茅盾：《关于革命浪漫主义》，《处女地》1958年第8期。

[2]　萧功秦：《历史拒绝浪漫》，（台北）致良出版社1998年版，"自序"。

乐观主义精神之所以与革命浪漫主义有内在联系，在于两者都立足于超出现实存在范围的主观想象（理想）——凭想象创造现实。只不过，"革命"是要在地上的生活范围内创造新的现实，"浪漫"是要在语言的王国创造新的现实；两种"创造"活动的内在联系就表现为文学的理想主义与政治浪漫主义的结合，抑或，一场目的性与超越性、形而下与形而上双向互动的系统化运作。问题在于，一方面，"政治"与"浪漫主义"的结合本身就是一个畸形的怪胎——"政治"的实用理性精神和功利主义效应的价值取向恰恰与浪漫主义的超越性、理想主义的本质相悖，所以建立在否定世俗人生基础上的政治浪漫主义的精神力量显然是可疑的、空幻的，而被政治化激发的审美激情无可避免地带着盲目和幼稚；但另一方面，当代中国的政治浪漫主义在本质上强调一种"精神革命"，其目的直指人的感性及其现实社会的审美解放，而审美的力量能帮助人洞明现实的美好趋向，使人能窥见乌托邦精神中的同一性之光，就像傅立叶、欧文和圣·西门的科学社会主义乌托邦构想与共产主义理想化人间天堂的联系，从内在性质上来看，它们都是一种浪漫主义的追求。20 世纪 50—70 年代的中国也因物质生产的相当贫乏愈益将（纯粹的）精神高扬作为一种广义的审美解放。正是通过这个接合点，毛泽东适时提出革命浪漫主义和革命现实主义相结合的创作方法。

革命浪漫主义不同于一般浪漫主义是因为它的理想是从必然的现实发展中引申出来的，是有现实根据的。于是乎，它的理想就是现实，现实就是理想，这实际上仍然是"存在决定意识"的世界观使然，也是它不同于经典浪漫主义的地方（也是与革命现实主义"结合"之处）。经典浪漫主义的本质是以理想和诗意来批判、对抗世俗的生活，它的理想是纯粹虚构的，它的诗意更多的来自个人意念的审美升华，往往是鲜明的个人化的主观浪漫；革命浪漫主义则被要求按照某种想象的共同体的理想去浪漫。如果说，革命浪漫主义同样具有浪漫超越精神，那么这种超越是个体的有限超越与共同体的无限超越的熔铸。50—70 年代中国文学中的"典型形象"何以总是被人贬责为"扁平型"形象，其缘由就是作家个人的创作超越必须以共同体（阶级、人民乃至共产主义）的理想为前提，正是在某种共同体理想的"审美"虚构的无限预设中，《红旗谱》将只为"公理和正义"的民间信仰与现代革命追求自由、平等和人类的解放的理想嫁接起来，变为一种对超越现实的"理想境界"的追求，一种对人类整体解放的远大目标的信仰。

如果说经典浪漫主义彰显出对现实、对世俗人生的批判精神，那么革命浪漫主义也蕴含着批判意识：以对"消极"浪漫主义的否定来弘扬"积极"浪漫主义，尽管这两种批判之间存在着意义层面的差异。李欧梵先生曾认为西方浪漫主义的两种典型形象——维特型（消极的感伤）和普罗米修斯型（充满活力的英雄）深刻影响了中国早期现代文学的两类浪漫主义，这就是以郁达夫为代表的"消极浪漫主义者"与以郭沫若为代表的"积极浪漫主义者"。[1] 也许，正因为"我们正在做我们的前人从来没有做过的极其光荣伟大的事业"，所以"这个世界必须浪漫化，这样，人们才能找到世界的本意。浪漫化不是别的，就是本质的生成。低级的自我通过浪漫化与更高、更完善的自我同一起来。……把普遍的东西赋予更高的意义，使落俗套的东西被披上神秘的外衣，使熟知的东西恢复未知的尊严，使有限的东西重归无限，这就是浪漫化"。[2] 当人们确认社会主义的现实催生了新的审美理想，由这种审美理想而激发的乐观主义精神成为文学创作的风格基调，文学的浪漫主义也改变了风花雪月、缠绵悱恻的"消极"浪漫主义那一面，尽情抒写出旧时代的"终结"、革命的"胜利"、社会的"进步"和人民的"解放"，同时也衍生了诸如激昂、壮美、崇高、热烈、乐观的美感基调；而在那些普罗米修斯式的革命殉道者如江姐、许云峰身上，充分展示了非同凡响的意志品格与人格魅力。文学创作在这些形象身上寄寓的是无产阶级只有解放全人类才能解放自己的崇高的共产主义理想。

---

[1]　参见贾植芳主编：《中国现代文学主潮》，复旦大学出版社 1990 年版，第 85—86 页。

[2]　参见刘小枫：《诗化哲学——德国浪漫美学传统》，山东文艺出版社 1986 年版，第 33 页。

第四节　人文话语上的"否定性"互证

50—70 年代文学与存在主义文学的"否定性"关系也体现在以人道主义为话语机制的伦理叙事上。

存在主义起因于西方现代文明困境。海德格尔把现代称为"技术时代":技术标明了当代的本质;技术的本质是人类极端自负而推出的无条件的建制,当通过技术将世界建立为一个客体时人就阻断了自我存在的开放之路——"存在"被技术"遮蔽"了,人作为独立的存在者失去了存在的意义;现代人就在日益加剧的"无家可归的世界命运"中漂泊不定。

然而,人的生命存在的本质方式是一种"向心"的生活,人们是在"向心"的精神体悟和灵魂勃动中获得了生命存在着的感受,享受到充实和幸福。进而言之,一种诗意的生存是人类"向心"的生活的本质,即便一切生活方式和人类表达方式都可以技术化,人在感受和思想时寻求的仍然是能证实自己存在着的东西。当技术日益成为现代生活的主导力量之后,人们便发现"向心"的生活越来越困难。在一种"离心"的生活中技术成为强大的异己化力量。所谓"技术化生存"或"数字化生存"正在成为决定人类祸福的力量,它改写了人的观念。在此意义上,正是对"技术化生存"的焦虑激发了当代人的存在的危机感。存在主义作为一种现代人本主义哲学便深刻地反映了这种普遍存在的精神危机感。

萨特在《存在主义是一种人道主义》中宣称:"存在主义的人道主义,就是把人当作人,不当作物,是恢复人的尊严。"[①]统观海德格尔和萨特的存在论哲学,其共同的价值取向显然是:把个体性存在作为哲学研究的根本出发点;他们对传统哲学关于存在的研究持有激烈的批判态度,因为以往哲学最根本的缺陷就在于没有抓住存在这个根本问题,或者对存在没有

---

① ［法］让·保罗·萨特:《存在主义是一种人道主义》,周煦良译,上海译文出版社 1982 年版,第 2 页。

作出正确的解释；他们主张从人本身的存在去理解存在及其意义；因此，对人的存在状态的揭示是存在论哲学的重要特点；人的超越和自由成为所有的存在主义思想家的共同主题。"存在主义的某些核心问题——如人为什么活着？人生的价值和意义是什么？个体如何达到本真的自我获得完美而丰富的存在？以及生命、死亡、自由、孤独等对人来说到底意味着什么——事实上是一些古老而常新的人本问题，是人类普遍关心的问题，对人类具有普遍的永恒的意义。而存在主义则在新的历史文化背景上，以前所未有的深度和强度重新提出了这些问题，作出了深刻、严肃和独到的解释。"①准确地说，存在主义的人道主义言说本质上是一种伦理叙事。这里所说的伦理实际上是指以某种价值观念为经脉的生命感觉，反之亦然；而伦理叙事探究的是生命感觉的一般法则和人的生活应遵循的基本道德观念；存在主义（文学）的伦理叙事是讲述个人经历的生命故事——有关个体性存在的价值观念构成特定的叙事逻辑，且通过独特的个人命运的叙事提出关于生命感觉的问题，营构具体的道德意识和伦理诉求。

　　50—70年代中国文学当然也离不开对人的存在的关注和表现，不过由于特定的时代语境特别是其意识形态本色，其伦理叙事的运思逻辑只与政治文化领域的革命人道主义或社会主义人道主义产生意义关联。革命人道主义在本质上是马克思主义将"空想社会主义"和"共产主义"相结合的思想结晶。"马克思是拥有着真正的人道主义观念和思想的，他的人道主义思想不是西方哲学中的人道主义哲学的历史观的抽象构建，而是对现实的人的发展历程的伦理关怀和价值诉求。在他的人道主义思想中，他时刻都希望能够把他的观念和思想真正地付诸于社会生活和世界中去。这就是被马克思赋予在无产阶级身上的革命的人道主义的任务。……马克思不仅一直秉承着他青年时期的人道主义思想和观念，而且也一直维护并践行着他的人道主义的世界观和伦理价值原则。马克思把这种观念贯穿于他的

①　解志熙：《生的执著——存在主义与中国现代文学》，人民文学出版社1999年版，第241页。

整个哲学思想，并希冀无产阶级能够作为这种彻底的人道主义观念的实践者之主体，实现对资本主义社会抑制人性的否定以建立真正符合人性和人类发展的社会。"①

其实早在"五四"时期，中国的社会主义思想奠基者如李大钊的政治理想中就包含了人道主义的质料。李大钊认为，第一次世界大战的胜利是"人道主义的胜利，是平和的胜利，是公理的胜利，是自由的胜利，是民主主义的胜利，是社会主义的胜利……"②他还从"历史是人间普遍心理的纪录"的基本立场出发，将 18 世纪的法国革命与 20 世纪俄国革命都无一例外地看作是"全世界人类普遍心理变动的表征"。在这篇宣传社会主义理想的重要文献中李氏将人道主义与社会主义相提并论，从而表明了社会主义与人道主义是同等程度的概念——信仰社会主义也必信仰人道主义。

50—70 年代文学的革命人道主义诉求作为哲学伦理观在消解西方式人道主义（如存在主义）中，重构起一种新的、革命的、实践的人道主义思想，一种不同于以往的观察历史、解释历史、展望历史的唯物主义原则和观念。它的"革命"意义显现为：人道主义诉求建构在群体性或阶级性原则的价值立场上——无产阶级只有解放全人类才能解放自己。相对而言，50 年代巴人的《论人情》是当时对革命人道主义最富学理价值、也最为持平的阐发。他肯定文艺必须为政治的、阶级的利益服务，但却由此推导出了这样的结论，即："文艺必须为阶级斗争服务，但其终极目的则为解放全人类，解放人类本性。""描写阶级斗争为的是叫人明白阶级存在的可恶，不仅要唤起同阶级的人去斗争，也应该让敌对阶级的人，看了发抖或愧死，瓦解他们的精神。这就必须以人人相通的东西做基础。而这个基础就是人情，也就是出于人类本性的人道主义。本来所谓阶级性，那是人类本性的'自我异化'。而我们要使文艺服务于阶级斗争，正是要使人

---

① 周峰：《人道主义的超越：马克思的人道主义思想研究》，《合肥联合大学学报》2002 年第 3 期。

② 李大钊：《布尔什维主义的胜利》，《新青年》第 5 卷第 5 号（1918 年 11 月 15 日）。

在阶级消灭后'自我归化'——即回复到人类本性，并且发展这人类本性而且日趋丰富。"①

如果说存在主义人道主义强调的是个体性存在的本体论——对个体"此在"本相的敞开，那么，革命人道主义注重的恰恰是社会关系本体论——对群体"共在"世相的再现。后者在文学创作实践过程中又被强化成工农兵大众的人性标范（人民性与阶级性的结合）和有缘有故的爱和恨（毛泽东的"世界上没有无缘无故的爱，也没有无缘无故的恨"）。比如《白毛女》从一个民间传说到歌剧、电影、舞剧的改编，在某种意义上也就是将世俗化或民间化的善 / 恶伦理、私人间的恩怨情仇，通过"旧社会把人变成鬼，新社会把鬼变成人"的主题提升为革命人道主义的价值取向。

即如上述，对个体"此在"本相的敞开和对群体"共在"世相的再现固然是存在主义人道主义与革命人道主义之间否定性关系的识别标志，对问题进一步追究便可以发现，这种关系形态更为实质性的展示则是现实批判理性与现世建构意识之间的反证对应。

马克思在论述人的本质时，特别提及"有意识的生命活动把人同动物的生命活动直接区别开来。正是由于这一点，人才是类存在物"②。广义的人应该是指相对于物而存在的有意识和思维的"类"，以此可以将其划分为"类的个体"、"类的群体"及"类的整体"；三者在具体的语境中常常有不同的表述，譬如"人人都有追求幸福的权利"中的"人"往往特指"类的个体"之人；"人们"中的"人"常代称"类的群体"的众人；"人与自然"中的"人"则一般是指"类的整体"之人，在此"人"的概念具有高度的抽象性和概括性，常常泛指人类。

而"此在"个体本真状态的敞亮和自由意志的选择是存在主义人道主义的价值追求。自由从根本上是个人的自由，它起源于个人对社会、国家、政府、宗教等外在限制力量的反抗，个人的自由合乎人性存在的基

---

① 巴人：《论人情》，《新港》1957 年 1 月号。
② 《马克思恩格斯文集》第 1 卷，人民出版社 2009 年版，第 162 页。

础。与自由相关的民主、平等、权利等在深层上都渊源于个人，自由始终是和个人联系在一起的。在存在主义视域中个人和群体是二元对立矛盾，个人自由始终和群体自由构成冲突，存在的自由意志就是在这种冲突和矛盾中演进和发展。存在主义人道主义以"类的个体"的视角，从不同的层面展示现代人的困境、人的存在及本质、对人的终极关怀。要言之，存在主义人本主义思想表现为对现代西方文明的文化批判与工具理性批判意识，承担的是个体关注与社会批判功能。

还要看到，存在主义本身是现代西方文化危机意识的体现，这种危机意识可以表现为卡夫卡式焦虑、陀思妥耶夫斯基式绝望、加缪对人性的透彻解剖或贝克特的荒诞。存在主义人道主义对于危机意识的基本出发点就是异化，并将异化视为人的存在的永恒状态。卡夫卡以自身的生存体验来写异化下的孤独，这种孤独已成为了另一种变形的存在，如《变形记》。不过"在卡夫卡看来，异化的世界，这是不受人控制的世界，即没有舵，也没有帆的世界，这也就是我们唯一的世界，而且任何时候，也是唯一的，因为我们不配得到好一些的"①。陀思妥耶夫斯基则敏锐把握住了异化下个体的心理特质，把灵魂的孤独抒发得淋漓尽致并让其在"复调"或"对话"中徘徊、惶恐，以至分裂；在《地下室手记》中痛苦而孤独的灵魂发出了绝望的哀鸣："人们孤零零地在世界上——苦就苦在这里！据说太阳赋予万物的生机。太阳升起来了，可是看着它，难道它不是死人么？一切都死了，到处都是死人。只有一些人，而包围他们的沉默——这就是世界。"存在主义人道主义的异化论是对现存制度与现实存在状态的一种文化批判；所谓艺术是人性在异化状况下复归，它表达的正是存在主义人道主义对现存文化秩序的批判精神。

50—70 年代文学的革命人道主义是审美观与伦理观的两位一体，文学再现与政治文化理性的交融。一方面，与存在主义人道主义的批判理性意识相反，它在理论上是马克思谓之的"人的自我异化的积极扬弃"和"对

---

① ［苏］扎东斯基：《卡夫卡和现代主义》，洪天富译，外国文学出版社 1991 年版，第 70 页。

人的本质的真正占有"①的社会形态的审美反映；它以社会群体（反映在文学上则是具有阶级性和人民性的"人"的典型形象）为"权力主体"来构设人道主义现实性的价值内涵，并在审美浪漫主义与道德理想主义的融合下完成乌托邦式人道主义诉求：马克思预言的共产主义社会的人的本质的全面发展。严格地说，这样的人道主义诉求并不具有现实的可能性，更多的属于一种空想的或审美的境界；因此，它才与存在主义人道主义的批判现实的精神相反，所言说的是一种"盛世恒言"：旨在文化建设或创世意识；而且，因为革命人道主义文学是对群体"共在"世相的再现，阶级性和人民性也便成为"类的群体"的实然属性。

革命人道主义的社会关系本体论固然源于马克思主义的"人的本质并不是单个人所固有的抽象物。在其现实性上，它是一切社会关系的总和"，所以也才能说："人就是人的世界"。②但不可忽视的是，中国传统的"仁"、"群"、"社稷"所构成的话语系统同样对革命人道主义思想具有深层影响和潜在制约。"群"是中国文化的重要话语概念。严复曾把西方的"社会学"翻译为"群学"，并把"自由"翻译为"群己权界"，致使"群"作为思想范畴开始和西方的社会、自由、个人、国家、民族等思想融合在一起。由于中国传统话语体系以及现代以来建立现代民族国家压倒一切的现实语境的影响，诸如自由、个人、权利、利己这些概念从个体性质的话语变成了集体性质的话语，由纯粹的个人范畴变成了个人与群体关系的范畴，由主要是个人自由概念变成了主要是国家自由、民族自由和群体自由的概念，从而具有更多的限制、责任甚至服从的意味。

比如50—70年代文学对典型形象的塑造。在典型化过程中不仅革命与反革命、光明与黑暗、正义与邪恶、进步与落后、正确与错误、美与丑等壁垒森严，黑白分明，鲜明对立，没有过渡（反对写中间人物）；而且集体与个人、公与私、集体主义和英雄主义的"宏大叙事"与个人化的小

---

① 《马克思恩格斯文集》第1卷，人民出版社2009年版，第185页。

② 《马克思恩格斯文集》第1卷，人民出版社2009年版，第505、3页。

叙事，革命理念与个人情欲互不相容。以革命理想与个人爱欲为例，"革命加恋爱"的创作模式在 30 年代一度非常流行。茅盾曾在《"革命"与"恋爱"的公式》一文中精辟地概括了"革命"与"恋爱"这一对立结构中各自功能的转换态势：其第一阶段显示的是，"将'恋爱'写成了主体，而'革命'成了陪衬，——'恋爱'穿了件'革命'的外套"。然而到了第三阶段，"把'恋爱'和'革命'的关系完全从另一新的角度来观察"，即"革命"终于取代了"恋爱"而成为唯一的话语能指。茅盾的这种评断的有效性其实一直延续到 50—70 年代的文学创作中。具有独特意识并值得关注的是《青春之歌》。《青春之歌》讲述的是曾历经了"五四"时代的青年知识分子在爱情与革命之间的选择，其中既有个性解放主题与阶级解放主题转化时期的特定语境，也有知识分子对政治与性爱的不乏浪漫的理解；革命与爱欲在小说中构成了叙事张力推动整个情节的展开；而在林道静的每一个"成长"的关节点和思想转变过程中，革命与爱欲双管齐下，最终在革命的导引下爱欲终成"正果"——促使林道静走上革命的道路。

不仅爱情如此，友情、亲情亦然。高云览的《小城春秋》中李悦的父亲曾在两族械斗中杀死了何剑平的父亲，因而两家相视如仇；当李悦、何剑平在共同的民族事业中遭遇时，彼此之间的私人宿怨随即转化成公开的阶级仇恨；公共空间里的相同身份使剑平不得不以民族的精神血缘来重新定义家族的伦理关系。缘于此，一直发誓要替兄长报仇的、何剑平的叔叔何大雷在沦为汉奸被暗杀之后，何剑平非但没有感到悲伤，反倒是"满心高兴"。他的伯伯埋怨他"竟没一点骨肉情分"。殊不知，家族间的"骨肉情分"早已为民族间的"精神血缘"取代并重新加以认证。

总之，工农兵大众的人性标范以及有缘有故的爱和恨，在肯定文学创作的人性书写的现实合理性中确立了革命人道主义的艺术审美理念，也确证了革命人道主义的社会伦理法则和文化道德秩序。客观地说，"革命"和"人道"在这里无异于一种意识形态，无论两者谁占据主流，而制约着一切的是至高无上的民族国家意志。所以，当以"革命"或"阶级性"作为追求人道主义标准的同时，已经埋下了被人道主义本身解构的伏笔。

第七章　现象学式书写与新时期文学

——以"新写实小说"、"第三代诗"、"晚生代小说"为例

第一节　现象学方法与存在主义语境

张清华先生曾对"新写实小说"作过这样的评判："'现象学'观念可以说是新写实思潮出现的哲学依据或背景，而它同时也是存在主义哲学的近缘，……它是为最基本的生存单位——个人而写作的；……作者所看重的是具体的人的心灵与活动，没有先于存在的本质，没有大于现象的规律。从这个意义上说，'新写实'同存在主义的文学思潮之间，可以说存在着千丝万缕的联系。"① 其实何止是"新写实小说"，上述论断同样可以适用于"晚（新）生代小说"、"第三代诗"中。现象学式书写已成为20世纪晚期中国文学的一种值得关注的创作趋向。不言而喻，存在主义现象学是话题展开的阐释前提。

现代西方哲学通过对黑格尔哲学的批判和对康德哲学关于"科学与价值"二元分析的继承和发展，形成了两大主要思潮或理论倾向：科学主义思潮和人本主义思潮。前者以逻辑实证主义、语言分析哲学、经验批判主义、科学实在论等为代表，批判和改造传统理性、树立和发扬现代理性是科学主义思潮最重要的特征；后者涵盖现象学运动、存在主义、法兰克福学派、

---

① 张清华：《中国当代先锋文学思潮论》，江苏文艺出版社1997年版，第269页。

人格主义和哲学人类学等哲学流派（运动），现代人本主义哲学家大都采取"非理性"或"反理性"的哲学立场。其中，以胡塞尔为创始人的现象学是人本主义思潮中比较早的学派，存在主义就是从胡塞尔的现象学中获得思维方法和理论基础；实际上，现象学亦可归为广义的存在主义哲学范畴。

胡塞尔认为哲学理应成为一门严格的学问，然而事实并非如此；虽然有过苏格拉底、柏拉图、笛卡尔和康德等人的努力，但哲学一直未找到一个真正严格的起点。何以如此？原因在于哲学家们未能摆脱"自然主义"的思想方式，人们习惯于将认识的对象和认识的可能性都看作现成给予的和不成问题的；以至于人们的认识和思考从一开始就处在某种前提规定的框架中，缺少体验和反思的彻底性。在胡塞尔那里，找到一个没有（现成）前提的"开端"就成为拥有严格科学"理念"的哲学探索的最重要的任务；这个"理念"或"观念"（Idee）只有在一门"纯粹的现象学"或"现象学的哲学"中才能实现。

一般认为，胡塞尔早在 1907 年的讲座——《现象学的观念》中就已大致阐述了现象学的目的、任务、方法和研究领域：目的——解决认识何以可能的问题，为自然认识提供基础和说明；任务——对意识现象的本质分析和本质研究，把握意识现象的本质规律；方法——本质还原和现象学还原；研究领域——纯粹意识。而且，胡塞尔的现象学不以任何预先假定为前提，这些假定包括：权威，一切文化传统、科学传统和科学理论，也包括形而上学在内的理论、物理学等所有实证科学的成果。从这个意义上讲，现象学是一门没有预先假定的科学。胡塞尔现象学的根本意图就是澄清各种形而上学和实证科学的前提、偏见或先入之见，提供一种新的哲学思考方法的可能，或一个看待哲学问题的更原初的视野，力图让现象或事情本身直观、忠实和充分地显现出来。

胡塞尔在其现象学著作和演讲中把现象学的核心精神确定为"面向事情本身"①。尽管这并非胡塞尔的独创而是黑格尔的首创，但这毕竟意味

---

① ［德］胡塞尔：《纯粹现象学通论（纯粹现象学和现象学哲学的观念）》第 1 卷，李幼蒸译，商务印书馆 1992 年版，第 75 页。

着，胡塞尔的现象学一开始就接受了一个近代哲学的科学方法论前提：在最直接显现的东西没有得到澄清之前，不得设定任何间接的东西。胡塞尔声称要建立严密科学的哲学必须从这一前提出发。究其实质，"回到事情本身"无非是回到直接自明、不可怀疑的东西；而返回到这一明证性的首要环节便是对一切事物的存在进行"悬置"（epoche）——将其放入"括号"（加括号）中存而不论，即所谓的"现象学还原"。

实际上，人们在日常经验和科学研究中往往已经"悬置"了某种东西，但只是不自觉的和有局限的。例如，逻辑学悬置了它的内容，数学悬置了它的形象物，生物学悬置了物理学……。问题在于，被"悬置"的东西并未被否定而只是处于"事情本身"之外：为了事情的纯粹性而不必谈或不应混入。相对而言，胡塞尔的"悬置"是最普遍、最彻底的——一切事情的存在都在"悬置"之列；而只有通过这样的"悬置"之后，一切事物都由自然存在转变为现象存在，如此方能从一个确定可靠的基础上将被"悬置"的一切事物的存在合理地推导出来，使之得到非独断的解释。所以真正"悬置"的是存在的超验性（超越性），以便最终达到"内在的超验性"：一切事物的存在由意识本身的结构得到解释。

具体说，胡塞尔的"悬置"或"现象学还原"方法有两个层次："本质还原"和"先验还原"。

"本质还原"是把自然科学立场——包括经验心理学立场——进行"悬置"，在剩下的无限广阔的现象学领域再进行"想象力的自由变更"，从而直观到一个变中之不变、稳定有序的结构——现象的客观本质；据此建立起来的就是一门本质现象学或纯粹现象学。但由于这个客观本质是由"我"发现的，因而有可能退回到唯我论或心理主义的理解中去，而为了彻底切断这一退路就需要再进行"先验还原"以到达"事情本身"的目的地。如果说，"本质还原"通过纯粹现象学而指向了一个可能世界，那么"先验还原"则进一步把纯粹现象学及其主体"我"也"悬置"起来，表明这个可能世界是一个先于人的主体或心理的先验主体，这样方能跳出唯我论和人类中心论，人的心灵的主体间性如何可能的难题也上升到先验的主体间性而得到了解决。

"先验自我"是现象学还原的终点，是整个先验理论、客观真理的顶点和核心——先验的世界之所以可能的最高条件，也是一切现实世界、实证科学之所以可能的最终条件；它类似于古典哲学中的"上帝"，但却具有心灵的直接明证性和被给予的此岸性；它更接近于康德的先验统觉，但又摆脱了康德的主观主义、心理主义和人类中心主义（人类学）的残余，而是完全客观的、主体间的、超验（即真正先验）的。①

严格地说，胡塞尔的现象学主要是一种哲学方法论，他把"存在"问题存而不论，力求从本质直观中推出存在，认为有关存在的各门科学（实证科学）都可以通过现象学方法而达到其严密性。同时胡塞尔也承认，现象学也有自己的本体论（即存在论）；"现象学的剩余"（即先验自我）也是有某种存在的，但这是截然不同于现实存在的存在；现象学的存在是一切可意向之物的存在，是一切可能世界的存在；也就是说，世界如何预先被给予的问题，其实和事物是任何被给予的一样，在胡塞尔心目中就是它如何表现出来的问题。至于世界和事物如何表现出来，离开主体的意向性是无法解释的，这是现象学的基本立场，胡塞尔的这个基本立场一直没有变。即使胡塞尔晚年用目的论的历史解释方法研究"生活世界"，其意也是为了开辟通向"生活世界"之前的、更深一层次的纯粹意识的道路。抑或，目的论的历史解释方法无非是对先验还原和本质还原的补充。

综上所述，"胡塞尔的现象学是一种以全新的角度和方法来思考人和世界意义的人本主义，在现代西方哲坛上是一种创造性的学说。首先，它提出了重新理解哲学与科学（知识）关系的重大课题，强调哲学与科学的区别，它一反哲学研究心理主义化和科学主义的传统，力图使哲学摆脱自然思维的影响，成为真正的严密的和科学的哲学。可以说，这一区别是整个人本主义，尤其是存在主义思潮的基本出发点。这一思潮呼吁人们去关心单纯的知识所无法解决的问题，如人的精神、人的意义、人的尊严和人

---

① 参见邓晓芒：《胡塞尔现象学导引》，《中州学刊》1996 年第 6 期。

的自由，等等。其次，它以其还原的方法，把人从已认知的封闭的现实中解放出来，使人们摆脱一切既定的框架和偏见，赋予人以思想解放的超越精神，把真实存在着的一切都推入到主观体验的现象中，并通过意识的意向性原则，极大地突出了主体意识，充分肯定了人的自由精神和创造力量，从而为现代哲学尤其是人本主义哲学的研究和发展提供了广阔的前景"①。

事实上，就"面向事情本身"的现象学精神而言，海德格尔比胡塞尔更像现象学的领袖。这也是海德格尔何以比胡塞尔更受关注的原因。

毋庸赘言，胡塞尔和海德格尔对于"现象学"的相同之处至少有一点是明确的：两人都主张哲学的态度不同于自然（或自然科学）的态度，都强调哲学态度相对于自然态度的深刻性和原本性，都确认哲学态度相对于自然态度的困难性。这意味着，在"面向事情本身"上，海德格尔并没有背离胡塞尔，只是当问题涉及"面向什么样的事情"和"怎样面向事情"时双方的差异性才显示出来。如果说，胡塞尔现象学的基点是内在性与超越性的对立、主体和客体的明确区分，那么，海德格尔现象学的基点是"此在"与世界同为一体，主体和客体不分。正是在这里，海德格尔完成了从意向现象学到生存现象学的转向。

海德格尔在《存在与时间》中的主要意图是澄清存在（Sein）的意义，现象学不过是他用来澄清存在之意义的方法。在现象学的基本原则上，海德格尔与胡塞尔似乎并没有根本差别。譬如《存在与时间》的导言便清楚地指出，现象学"不是从关乎实事的方面来描述哲学研究的对象是'什么'（Was），而是描述哲学研究的'如何'（Wie）"。海德格尔也认为现象学并不关心事物的"本质"、本体或实体（什么），而是关心事物的自身显现（sichzeigen）——现象。这是现象学区别于一切以往哲学或形而上学的关键所在："在现象学的现象背后，本质上就没有什么别的东西。"海德格尔

---

① 王路平：《胡塞尔人本主义现象学探析》，《华中师范大学学报》（哲学社会科学版）1995 年第 4 期。

还通过现象学一词的希腊文构词法指出，现象学的本义就是"使自身显示的东西公开出来让人看"。①

也是通过现象学海德格尔将自己对存在论的理解同传统的存在论或形而上学划清了界限，并在此基础上作出了关于存在和存在者的著名区分：存在就是现象学所要返回的现象、自身显现或事情本身；如此一来，现象学与存在论等同了。既然存在不是现成的存在者，而是纯粹的现象或自身显现，那么它就不可能成为一个具体的认识对象，不可能被对象化；若要澄清存在的意义务必从某一类特殊的存在者入手，这就是作为"此在"（Dasein）的人。海德格尔指出，"此在"的本质就是去存在（Zu-sein）、生存（Existenz）或能在。② 存在作为自身显现的意义恰恰是通过"此在"对其自身存在的理解和筹划得以展开。

对于和胡塞尔的分歧，海德格尔指出，胡塞尔现象学的错误在于，他仍然局限于笛卡儿以来的先验主体性哲学传统，将意识或自我看成一种绝对明证的存在，或看成是现象或事情本身，同时将世界变成了一种相对存在（意识的相关物）。这种做法的结果将导致世界消融在意识之中——世界的去世界化（Entweltlichung）。与之相对，海德格尔认为"此在"的原初存在方式并不是与世界相对的意识或认识，并不是一个孤零零的主体，而是一种具体的、事实性的存在，一种"在—世界—中—存在"（In-der-Welt-sein），也就是操心（Sorge）。与这种在世的存在或操心相比，意识本身则是"此在"的一种外在和衍生现象，一种非本真的存在方式。③

具体说，海德格尔的现象学"还原法"不是要还原到超越前的意识始源上去，而是要还原到超越本身，也就是要还原到"此在"的生存结构。

---

① ［德］海德格尔：《存在与时间》，陈嘉映等译，生活·读书·新知三联书店 2006 年版，第 32、42 页。

② 参见 ［德］海德格尔：《存在与时间》，陈嘉映等译，生活·读书·新知三联书店 2006 年版，第 38 页。

③ 参见吴增定：《〈艺术作品的本源〉与海德格尔的现象学革命》，《文艺研究》2011 年第 9 期。

海德格尔的现象学面对的是事物本身（现象）而不是意识领域；更确切地说，海德格尔的现象学面对的是"此在"在现实世界中存在的领域。这意味着，海德格尔把胡塞尔现象学中的"本质还原"提升到了存在论的地位，同时彻底否定了"先验还原"而实现了现象学的"世俗化"和非理性化。萨特正是依凭海德格尔的现象学提出了存在主义的命题：存在先于本质。从海德格尔到萨特，现象学为存在主义哲学的创立奠定了基础，20世纪西方的主流哲学也实现了由理性主义到非理性主义的转型。

值得一提的是，海德格尔的《艺术作品的本源》以"回到事情本身"和"直接呈现"的现象学方法考察了物、作品、艺术、真理、存在等问题；并通过"物与作品"、"作品与真理"以及"真理与艺术"三重追问构成了完整的现象学结构，即存在者成为其自身——作品的作品性，作为自身的存在者是什么——艺术作为真理的无蔽的设立，作为自身的存在者如何是——艺术创作作为对无蔽真理的显现与保存。皆因在海德格尔那里，艺术是某一个艺术品亲自敞开、揭示出其自身"此在"的生命历程的自我表演；艺术是一切存在中最富有创造生命力的"存在"，它既集中了一切存在的在世过程的奥秘，又能够在自我显现中生动地再现出"源初的现象"的自我显现过程。海德格尔用现象学的方法完成了对艺术本质的考察，作为这样一种考察的一个必然结果就是传统形而上美学在其自身结构中的解构。[①] 尤其是，当海德格尔认定"美乃是作为无蔽的真理的一种现身方式"[②] 时，现象的显现过程、真理的敞开过程与审美存在的形成过程都是一致的。它改变了传统美学中美与真对立的局面，进而推动了哲学与美学的互释——"诗之思"的建构。

无疑，"现象学方法在哲学与美学领域的确具有划时代的突破意义。突破了古希腊以来到近代以实证科学为代表的主客对立的认识论知识体系，开始实现由机械论到整体论、由认识论到存在论、由人类中心主义到

---

① 参见徐萍：《面向艺术作品本身——〈艺术作品的本源〉与传统形而上学美学的现象学解构》，《江汉大学学报》（社会科学版）2003年第1期。

② ［德］海德格尔：《林中路》，孙周兴译，上海译文出版社1997年版，第40页。

非人类中心主义的哲学与美学的革命。现象学方法所特有的通过'悬搁'进行'现象学还原'的方法与美学作为'感性学'的学科性质以及审美过程中主体必须同对象保持距离的非功利'静观'态度特别契合。胡塞尔指出，'现象学的直观与纯粹艺术中的美学直观是相近的'。而且，在海德格尔改造了的'存在论现象学'之中，现象的显现过程、真理的敞开过程、主体的阐释过程与审美存在的形成过程都是一致的。伽达默尔也曾认为，解释学在内容上尤其适用于美学。正是从这个意义上，存在论现象学哲学观也就是存在论现象学美学观。由于存在论现象学哲学观在当代哲学世界观转折中处于前沿的位置，因此，当代存在论美学观具有了当代主导性世界观的地位。它标示着人们以一种'悬搁'功利的'主体间性'的态度去获得审美的生存方式。这就是当代人类应有的一种最根本的生存态度。正如克尔凯郭尔所说，人们应'以审美的眼光看待生活，而不仅仅在诗情画意中享受审美'"①。有理由相信，从存在主义现象学的层面去解读"新写实小说"、"晚生代小说"和"第三代诗歌"，应该是一种行之有效的把握方式。

第二节 "回到事情本身"与"写作的零度"

"新写实小说根本而独特的意义何在？在今天的角度看来，这意义即是它通过对当下此在生存景象的生动地放大式的描写，在可以删除了对所谓存在本质的形而上思考的同时，从另一个方面——通过感性的生存景观揭示出当代知识分子在变化了的社会情境与文化语义中对存在意义的新的思考和理解。为什么在八十年代初王蒙、张贤亮们的小说中曾经书写过以往年代里充满悲剧与苦难的生存，但却仍在那种书写中透出对生存价值与意义的追求，而在新写实小说作家笔下的显然已经大为进步和改观了的生

---

① 曾繁仁：《试论当代存在论美学观》，《文学评论》2003 年第 3 期。

活景象中却充满了无奈、迷惘和放弃思索与问询的情绪？这显然是由于写作者哲学观念与价值立场的深刻转变，是存在主义哲学思想在当代文学中某种渗透和影响的结果。"①

这与"新写实小说"的代表性作家池莉的说法是对应的，她指出创作的原动力"首先不是从书本和学理那里来认识世界，换句话说，不是从人类社会已经规整的、梳理的、逻辑的和理论的地面建筑来认识这个社会，而是从这幢建筑的最底层——地表之下，那最原始最毛糙最真实的生命发端处体会和领教这个社会，这种亲身的体会和领教对于个人生活来说虽然充满了辛酸和苦涩，同时却也充满了文学因素和写作动力。……我是从下面开始的，别人是从上面开始的，用文学界时兴的话说，我是从形而下开始的，别人是从形而上开始的，认识的结果完全不同"②。

之所以如此无非是因为，当主流话语的乌托邦许诺随着新时期的到来而日益遭到人们的冷落，"新写实小说"对传统文学"宏大叙事"模式实施了悄无声息的解构——消解政治话语并用生存话语取而代之，拒绝形而上的乌托邦遐想且以形而下日常经验的平面化叙事为价值归属。所有这些构成了"新写实小说"文本叙事的起点和归宿。在作家们的笔下，生活就是生活本身，在平凡、平庸的生活后面并没有一个抽象的意义存在，现象后面没有本质，它自身就是本质，生活的意义和价值在于每一个具体的可感知可触摸到的瞬间。亦如作家韩少功对方方的评判："文学与生活已没有界限……她拒绝任何理性的价值判断，取消任何超理性的隐喻象征，面对沾泥带土原汁原汤的生活原态，面对亦善亦恶亦荣亦耻亦喜亦悲的混沌太极，她与读者一道，没法借助既有的观念来解读这些再熟悉不过的经验，也就把理解力逼到了死角……好的小说总是像生活一样，具有不可究诘的丰富、完整、强大，从而迫使人的理解力一次次死里求生。"③

---

① 张清华：《中国当代先锋文学思潮论》，江苏文艺出版社 1997 年版，第 274 页。

② 池莉：《创作，从生命中来》，《小说评论》2003 年第 1 期。

③ 韩少功：《方方》，人民文学出版社 1993 年版，"序"。

学界所谓"新写实小说"作家在叙事中淡化自己的价值立场，呈现出对"现实生活原生态的还原"、"完全淡化价值立场"和"压制到'零度状态'的叙述情感，隐匿式的或缺席式的叙述"①的说法，如果从现象学层面理解也就顺理成章了。"零度状态"相当于现象学的"悬搁"或"加括号"——中止判断或将判断搁置起来对一切给予的东西打上可疑的记号，这样做不仅可以获得哲学立场上的独立性和创作思维上的自由性，而且摆脱了各种理性假设的干扰。罗兰·巴特在《写作的零度》曾称"零度写作"根本上是一种直陈式的写作，既无祈愿也无命令形式，作者只做报道不做任何道德善恶的评判，文中不具有写作主体"感伤的形式"；并认为加缪的创作（如《局外人》、《鼠疫》等）实现了一种作者不在的风格，一种不渗入感情和判断、不介入观念意识的"零度写作"。

同理，"新写实小说"的"零度状态"使作家们同时以局内人和局外人的双重身份察觉平庸，体验平庸，感叹平庸，人物的内心、激情、奇思异想或者诡异感觉都被"悬搁"。在众多的小说文本中，叙事话语是浑然天成、不可更改的，它已经同现实融为一体；於可训先生所言极是："池莉的作品是以对世俗人生的深切关注和'原生态'的展示为读者所熟知的。她的'人生三部曲'系列作品（《烦恼人生》、《不谈爱情》、《太阳出世》）是这方面的突出代表。以这个系列作品为中心，池莉在这期间的创作，构造了一种注重当下体验的人生模式。这种人生模式的特点，是将现世生活的一切甜酸苦辣、喜怒哀乐，都看作是世俗人生的一些无法回避同时也是不可或缺的构成要素和基本内容，从中去体验人生的意味，了悟人生的真谛。"②简言之，这既是一种坚硬无比的存在本相，又是一种微妙的审美感受和独到的艺术体验。

"新写实小说"的写作实际上就是要通过"新"的"写实"建立另一种意义上的真实，用池莉的话说是在"用汉字在稿纸上重建仿真的想象

---

① 陈晓明：《反抗危机：论"新写实"》，《文学评论》1993 年第 2 期。

② 於可训：《在升腾与坠落之间——漫论池莉近作的人生模式》，《当代作家评论》1998 年第 1 期。

空间"①，一种存在主义现象学意义上的"事实"。在刘震云的小说中，对日常琐碎生活的描述占据了《一地鸡毛》大部分篇幅。"小林家的一斤豆腐变馊了"是小说开篇首句，接下来便是一种不紧不慢、不厌其繁的叙述流程：起早排队买豆腐，豆腐馊了跟老婆吵架，侍弄孩子以及对付保姆，为了让老婆调一个离家近一些的单位如何费尽周折，怎样应付老家来人，怎样求人让孩子入托，排队买冬贮大白菜……。无所用心的流水账似的叙述在构成文本情节的同时，也将种种琐碎繁杂的事情指派为小林的生活世界的全部含义。于此，刘震云小说所展露的已不是现实生存的特例，而差不多是所有像小林那样生活着的群体所要面对的存在本相。而在池莉的《太阳出世》中生小孩的"事实"也可以洋洋洒洒写实下来当小说读，因为它对凡俗的个体性生命存在来说其重要性不亚于"太阳出世"。就此而言，"新写实小说"所提供的无非是小市民阶层的如"好好过日子"之类的存在意识和生存想象，是在平凡人生况味和日常生活烦恼中对人生本相的艺术勘探。问题在于，庸常的生活本就缺乏激情的跃动，激情的遁逸恰恰赋予作家冷静的眼光。这不单是"感情零度介入"的操作问题，其冷静的观照方式或许本身就构成对庸常生活的超越。

以现象学的审美方式观照，人是对象性的存在，日常性生活是最接近本真存在的生存方式和对象形式，在海德格尔的"存在于世"的处境中每个生命个体都在尽情地演绎着究诘着自身的生存方式。刘震云的《单位》和《一地鸡毛》中的那种"一地鸡毛、度年如日"的生命景观，以及在"还是从馊豆腐开始吧"的貌似肯定的声音里蕴含的是有关存在意义的灵魂喟叹。昆德拉称小说家为"存在的探究者"："小说审视的不是现实，而是存在。而存在并非已经发生的，存在属于人类可能性的领域，所有人类可能成为的，所有人类做得出来的，小说家画出存在地图，从而发现这样或那样一种人类可能性。……存在的领域意味着：存在的可能性。至于这

---

① 池莉：《写作的意义》，载《池莉文集》第 4 卷，江苏文艺出版社 1995 年版，第 244 页。

一可能性是否转化成现实，是次要的。"①"新写实小说"以平民化立场和世俗化原则去体认日常生活本真状态，在对庸常性生存经验和世俗化存在状态的书写中营造一种关乎"存在"的文学景观，日常性存在体验和物质性生存诉求直接成为文学写作的表达方式和创作冲动，更成为存在"何以是"和"可能是"的艺术表述——审美化的日常生活被提升到了存在本体论的地位，"我们判断世界的标准，也成了我们赖以生存和进行生存证明的标志"②。

毋庸讳言，"新写实小说"以"悬搁"形而上的本质论为要旨，实际还是沿袭了形而上的（存在）本体论的思维方式，对世俗化存在状态做了纯粹个性化的规定：只有"日常生活"或"事情本身"才是唯一的存在，才可能拥有存在本义和真实人生。这恐怕就是海德格尔所说的艺术作品使"存在者的真理自行设置入作品"③之意。文学写作经过一种现象学的还原方法和经验化的表现方式，如愿以偿地使被"宏大叙事"所遮蔽的日常生存经验和存在情境自我显示出来。或许，"烦恼人生"、"一地鸡毛"般的庸常的存在既轻于鸿毛又重于泰山：琐碎、凡俗、困窘的生存状态与生命的朴质、顽强同在。人在此所面对的本体性存在不是规律、本质和永恒，而是有限性、偶然性与现实性。

循着这一逻辑思路便可发现，20 世纪末的"第三代诗"也是一种现象学意义上的创作，因为它揭示了一种新的诗学态度——服膺于现象学"回到事情本身"的艺术理念，其中又以"非非主义"、"莽汉主义"和"他们"诗派为甚。

这首先体现在，"第三代诗"的诗人们以其"反文化"或"非文化"的态度立场，力图重建一个真实的本体世界。在诗人们看来，"所谓文化，这里主要是指一种观念形态的理性积淀，它是既有的人类生存方式、行

---

① ［捷］米兰·昆德拉：《小说的艺术》，董强译，上海译文出版社 2004 年版，第 54—56 页。

② 刘震云：《磨损与丧失》，《中篇小说选刊》1991 年第 2 期。

③ ［德］海德格尔：《林中路》，孙周兴译，上海译文出版社 1997 年版，第 27 页。

为方式等诸种主体活动的精神产品和范型，……人始终生存在文化之中，说到底不过是一个文化的动物罢了"①。"非非主义"以"前文化还原"来反文化，而"前文化还原"的途径是"三逃避"——逃避知识，逃避思想，逃避意义和"三超越"——超越逻辑，超越理性，超越语法。②于坚在谈到人之存在被遮蔽时说："历史的方向是形而上的，而生活则遵循着形而下的方向前进。"相对于无意义的生活现象历史"只择取那些所谓本质的部分，来构成我们的意识形态和知识结构。历史的形而上方向遮蔽着人们对活生生的生活的意识。"③既然世界已是一个文化语言化、数理逻辑运算化了的异化的世界，只有通过"悬搁"或中止传统的价值理念以及既定的逻辑思维范式对事物的"遮蔽"而回到事物本身，使事物呈现出本原的"此在"状态，才能"直指生生不息的前文化领域"④，抵达本真的存在及创造之源始。

　　比如蓝马的《世的界》诗题就暗示了某种还原倾向，"谁来看／石头在石头上／水在水上／向海鸥／帆在帆上／而鸽子／在鸽子上……"，诗中的"我"被置于一个"前文化"的空间：成为一个纯然的"在"，而"石头"、"水"、"帆"、"鸽子"等事物则成为了"世界"的意义显现。在周伦佑的《想象大鸟》中，"从鸟到大鸟是一种变化／从语言到语言只是一种声音／大鸟铺天盖地／但无从把握／突如其来的光芒使意识空虚／用手指敲击天空／很蓝的宁静／任无中生有的琴键／落满蜻蜓／直截了当地深入或者退出／离开中心越远／和大鸟更为接近"。凭借直觉和想象诗人以一种"现象还原"和"走向过程"的写作方式，用"大鸟"意象代替传统文化积淀以恢复事物的原初形态。还有一些诗作仅从诗名亦可见出端倪，诸如《餐桌上剩下的一把鱼骨头》、《晚餐，有牛肉及其它》，《那是一声怎样的喷嚏》，《没有开水的安眠药》，《一只蚂蚁躺在一棵棕榈树下》，《下午，同事走过

---

① 孙基林：《文化的消解——第三代诗的意义》，《青年思想家》1990 年第 6 期。
② 参见胡安定等：《"非非主义"反文化游戏及其价值重估》，《社会科学研究》2007 年第 6 期。
③ 于坚：《棕皮手记》，东方出版中心 1997 年版，第 37 页。
④ 蓝马：《前文化导言》，《非非》1986 年创刊号。

一角阴影》,《干完活的园丁捡回自己的工具》,《想起一部捷克的电影想不起片名》,《当酒瓶银色的头盔被吹落》,《喝一口水》……。举凡日常生活每一细微乃至缝隙处都可在生活与存在中找到"位置";诗人们纷纷逃离了观念束缚和意义先置,只需在"现象"中漫游就能够获得一种本真诗意。

"他们"诗派更是宣称:"我们是在完全无依靠的情况下面对世界和诗歌的,虽然在我们身上投射着各种各样的观念的光辉。但是我们不想、也不可能用这些观念去代替我们和世界(包括诗歌)的关系。世界就在我们面前,伸手可及。我们不会因为某种理论的认可而自信起来,认为这个世界就是真实的世界。如果这个世界不在我们的手中,即使有了千万条理由,我们也不会相信它。相反,如果这个世界已经在我们的手中,又有什么理由让我们认为是不真实的呢?"①正因为这样,同样是面对大雁塔,朦胧诗人杨炼的《大雁塔》是民族命运、人文历史的凝固与隐喻,在一种深度象征与悲壮、高昂语调里杨炼的忧患情怀勃然可见;而韩东的《有关大雁塔》却以淡漠姿态指向文化的神秘与不可知,在无动于衷的叙述中以对平凡物相的抒写取代了对大雁塔的膜拜,"有关大雁塔 / 我们又能知道些什么 /…… / 有关大雁塔 / 我又能知道些什么"。前者有关民族命运、人文历史以及忧患情怀已经荡然无存,诗人爬上去也就是想看看风景,"我们爬上去 / 看看四周的风景 / 然后再下来"。其实,"反文化也是文化,它是诗人心灵与读者文艺心理潜能的双重释放。它直接的后果是使诗从美丽的白天鹅变成了一只平和普通的灰麻雀,告别了优雅的士大夫情调,更本质地接近了人类生存状态本身"②。

不仅如此,"现象还原"和"走向过程"的写作方式使得诗人们像"新写实小说"作家那样以情感"零度状态"正视世俗生活,没有事物关系打破后的再造,没有意象的主观变形,甚至比喻与象征也被完全淡化。比如斯人的《我在街上走》:"我在街上走 / 其它人也在街上走 / 起初我走得慢 /

---

① 韩东:《〈他们〉,人和事》,载《中国现代主义诗群大观(1986—1988)》,同济大学出版社 1988 年版,第 52 页。

② 罗振亚:《后朦胧诗整体观》,《文学评论》2002 年第 2 期。

走快的超过了我／走不快的没超过我／后来我想走快点／走快了就超过了／一些刚才超过我的人……"诗中已找不出通常所谓的"诗意"提炼和腾升，作者似乎只注重表达原始体验，犹似局外人的冷漠旁观。客观地说，这种与"新写实小说"相似的"零度抒情"，把世界还原为无法再还原程度甚至表现为一种物性过程的还原，它促使诗人重视存在的经验而不求缥缈的未知情境，致使一些动作、行动的事态细节上升为结构性主角，普通或清新的生活细节和琐碎片断占据了诗人的兴趣热点；同时，它又强化了诗的叙述性效应，那种物性过程的还原把诗演绎成一个个片断或还原为一种种现象，它以对抗文化积淀的姿态赋予诗歌文本别样的创造力。于坚的《对一只乌鸦的命名》可以视作其中的范本："我要说的　只是一只乌鸦　正像当年／我从未在一个鸦巢中抓出过一只鸽子／从童年到今天　我的双手已长满语言的老茧／但作为诗人我还没有说出过一只乌鸦……它不是鸟　它是乌鸦／充满恶意的世界　每一秒钟／都有一万个借口以光明或美的名义／朝这个代表黑暗势力的活靶开枪……它是一只快乐的大嘴巴的乌鸦／在它的外面　世界只是臆造。"这首诗的"命名"与通常意义上的"命名"反其道而行，毋宁看作是对"乌鸦"的"还原"；通常意义上的"命名"是符号化过程——将任意的所指意义施与无辜的能指的文化行为，于坚的"还原"却有意剥离主观臆断加上去的种种所指意义或象征的隐喻的内涵而回到"乌鸦"本身：在乌鸦这儿乌鸦纯粹的"物性"凸显出来。正如在海德格尔那里，物的因素构成了艺术作品的一个重要维度——大地（Erde），大地在本质上是自行锁闭的；它拒绝一切哲学的解释和科学的计算；只有在艺术作品中自行锁闭的大地才进入敞开域之中。于坚的诗歌因而"回到内心，回到生存的现场，回到常识，回到事物本身，回到记忆中和人的细节里，一直是于坚写作的一种内在愿望……重建日常生活的尊严，就是重建大地的尊严，让被遮蔽的大地重新具象露面"①。

---

① 谢有顺：《回到事物与存在的现场——于坚的诗与诗学》，《当代作家评论》1999 年第 4 期。

　　其次，在第三代诗那里"回到事情本身"是将生命本相设为言说本体，而以生命为本体的存在论诗学自然十分关注"此在"的生存状态——原生相的生命情态与充满生命意味的感觉、行为。诗人蓝马说："我们的生命，业已被开发成了活生生的文化软件。我们的生命工作着，努力运转着，耗用着精力以及生命自身。但这种工作的性质揭穿了却是——我们的生命执行着文化，我们的生命成了传统生物性替身。……那个'真我'的丧失，就是'创造者'的丧失。保留下来的'假我'，恰恰只是一个'执行者'。"必须对文化的遮蔽性进行一场"自我澄清"，甚至对心跳方式、呼吸方式、感觉方式和体验方式等进行审理才能"迎接只属于自己的那个'真我'复活式地到来"。①"第三代诗"与之前的"朦胧诗"最明显的质变也在于，他们的心灵世界持有的不再是憧憬、正义与人性的理想光环、伟大的人格和艺术良知，而嬗变为个体自我意识与潜意识的冲突纠葛以及由此滋生的压抑、恐惧、无聊、荒诞、焦躁、悖谬等现代人灵魂原态的躁动不安，从另一角度进入了生命原生态境地，"向人的既艰难又平庸的生命更真实的靠近了一步"②。一如杨黎笔下的《冷风景》中，生命以感觉的形态呈现事物，事物又是生命存在的一种对象和形式，二者只是从不同视点切入宇宙中本原的"此在"自身，因而并没有质的区别。韩东的诗歌则擅长从日常生活场景切入瞬间感受，或者将众多物象客观罗列，让生命情态在缄默中隐现，如《剪刀》："一个男人从理发店里出来 / 头上带着剪刀的印痕 / 他走过一块刚刚休整过的草地 / 小贩过来，向他兜售刷子 // 他看见豪猪越过稻田 / 将军被箭矢所伤 / 星光和锯齿，他回到 / 窗台上的仙人球。"一次理发引发了诗人巧妙的联想（休整的草地、践踏的稻田、锯齿、仙人刺），庸常的生活里自有生命遮蔽 / 敞亮的真义。

　　这些年轻的诗人们不约而同地选择隐微的低语，运用一种便于挖掘、宜于内省的言说姿态在个人困境及时代窘境中不断敞开种种可能的"遮

---

① 蓝马：《走向迷失——先锋诗歌运动的反省》，《作家》1990 年第 10 期。

② 徐敬亚：《生命：第三次体验》，《诗歌报》1986 年 10 月 21 日。

蔽"。庞培的《下午》、《恐怖的事物》、《码头上的风景》、《夏日摇篮曲》等诗作都表现为从感觉过程的描述特征，转向内心的冥想和无名的沉思；所言说的无非是，人每时每刻都生存于自己的生命感觉之中，因而，"此时此地"绵延着的感觉过程是生命的本相和存在状态，也是诗歌创作本体论的根性所在。韩东的《下棋的男人》以冷态的口吻描述着两个在灯下下棋的男人，诗中的人物似乎只是把此刻自我的生命呈现于日常情景的感觉描述中，无须去索求什么意图；而读者从中看到了日常生存的模样和姿态，感觉到生命有节奏的呼吸和起伏，获得了一次有关存在的亲历性体验。

罗振亚先生曾就"第三代诗"的"口语化"表述与对生命本相的言说的内在联系作出评价："后朦胧诗人语言意识高度自觉，极力倡导'诗歌从语言开始'、'诗到语言为止'，语言成了他们诗的目的与归宿。他们以为朦胧诗精致华美的语言与平民普通人的生命隔着一层；而语言理应把权力从外在意义之核处夺回，消除与诗人生命的派生关系以求与其统一。"[1]"他们派"诗人韩东就曾直白："我们关心的是诗歌本身，是诗歌成其为诗歌，是这种由语言和语言的运动所产生的美感的生命形式。我们关心的是作为个人深入到这个世界中去的感受、体会和经验，是流淌在他（诗人）血液中的命运的力量。"[2]于坚说得更透彻："在诗歌中，生命被表现为语感，语感是生命有意味的形式，读者被感动的正是语感，而不是别的什么。诗人的人生观、社会意识等多种功利因素，都会在诗人的语言中显露出来。直觉会把心灵中这些活的积淀物化合成有意味的形式。"[3]即如于坚的诗歌《远方的朋友》，"远方的朋友／你的信我读了／你是什么长相／我想了想／大不了就是长得像某某吧／想到有一天你要来找我／未免有些担心／我怕我们无话可说／一见面就心怀鬼胎／想占上风……"纯粹

---

[1]　罗振亚：《后朦胧诗整体观》，《文学评论》2002年第2期。

[2]　韩东：《〈他们〉，人和事》，载《中国现代主义诗群大观（1986—1988）》，同济大学出版社1988年版，第51页。

[3]　于坚、韩东：《现代诗歌二人谈》，《云南文艺通讯》1986年第9辑。

的口语化表述将个体生命的直觉体验在语言与心理中勾连起来。尚仲敏的《关于大学生诗报的出版及其它》中诸如"关于这份报纸的出版说来话长 / 得追溯到某年某月某日某个夜晚……",其叙写随意洒脱,内心与语言的高度统一使诗歌径直走进生命存在本身——用语言自动表陈生命感觉状态。杨黎的《高处》以率直的语感出之,"A/ 或者 B/ 总之很轻 / 很微弱 / 也很短 / 但很重要 /A,或者 B/ 从耳边传向远处 / 传向森林 / 再从森林 / 传向上面的天空",透明的语境与客观描述将情感倾诉置换为畅达的语言流,语感上升为诗之灵魂并闪现着生命深处的内在空寂。于坚的《下午》描写一位同事在五秒钟内穿过一条马路的琐事:穿过狭长阴影的日子,踌躇三步或四步,手中的信差点掉下……。细碎得不能再细碎,没有人留意和记住,只会在客观冷静的还原状态中留给人们对生命瞬间的怀想与追索。在"第三代诗"诗人那里,这恰恰是诗与生命得以存在的基本方式。或者说,审美化的言说方式既是一种存在本体,又是一种语言本体:一方面,它是语言中的生命感、事物感,是生命或事物得以呈现的存在形式;另一方面,它又是一种纯粹的语言形态或称元语言,它在消解了意象的观念或理念之后还原并最终指向本真语境——在本原的生命或事物中的一种言说形式。

而与以往诗歌的意象化、象征、隐喻路径迥然不同,"自觉的口语化向度,则促成了语言和事物单纯、本原性的回归"[①]。它导致诗歌变得异常细屑、缠绕、相互析释、综合杂芜,并且形成"叙说"与"混沌"互为表征的诗风;问题更在于,文化上的锐意推进使诗歌付出了诗性削减的代价。可以说,"口语化"在某种程度上蜕变为拖沓繁缛和失却诗意的语言狂宴。

与此有关的还有 20 世纪末崛起的"晚(新)生代小说"。"显然,小说与'存在'和小说与'世界'的关系无疑正是我们考察、审视和阐释新生代作家群体的一个重要视角。实际上,新生代小说的全部独特性和'个

---

① 罗振亚:《后朦胧诗整体观》,《文学评论》2002 年第 2 期。

人性'也自然首先表现在他们对于'存在'的态度以及对于'存在版图'的体认、言说和'绘制'上。"① 很明显，与"先锋小说"相比，"经验化"书写对"晚生代小说"的影响更为直接和具体。在"晚生代"作家的叙述中，作家们把凡庸事物置于具体的时代语境，拒绝对彼岸乌托邦世界无望的叩问和等待，将过程、感性、欲望这些当下"事物"纳入生存的绵延之中。如果说"先锋小说"在阐释世界时总是以对"生活"和"世界"本身的架空与扭曲为代价，那么"晚生代小说"首先维护的是"生活"和"世界"的原生态和日常性，乃至所有的原生态和日常性都直陈当下现场并隐露无限契机。"生活"和"世界"就不再是生活之外、个体之外某种"寓言之物"和"象征之物"，而是个体生命能量的展开和张扬，一种在主人公"经验"范围内切切实实可触可感的东西。这意味着，"晚生代小说"从"先锋小说"极端的叙事实验向朴素的"经验化"叙述还原，在对具有边缘"经验"的发现和言说中凸显了个体的生命存在。

这种"见素抱朴"的还原思路，使人类的一切"经验"都得到了敞开并从容而堂皇地进入了文学的领地。"实际上，虽然'新生代'小说家把我们时代精神沉沦、家园迷失的'废墟'景象展现在我们面前，但作家们却是有着自己鲜明的精神立场和诗性立场的。'遥望废墟中的家园'可以说是新生代作家的一个共同的叙事形象。而在世俗的生存之痛的体认中向往超世俗的诗性理想，可以说是新生代小说的共同主题。"②"晚生代"作家们也清醒地意识到"自觉的小说家必须对小说有某种与其说新的不如说更个人化的理解"。③ 他们乐于使用不加修饰的、逼真性的、现象拼贴式的叙事，倾向于表现个人的当下体验和转瞬即逝的感受。

比如，何顿的叙事从来都是限定在与生活息息相关的体验和感觉之中，带着生活原生态的热烈和躁动，那些粗疵的日常现实在他的笔下变得生气勃勃而无法拒绝。邱华栋的《环境戏剧人》等小说绘写了城市多余人、

---

① 吴义勤：《在边缘处叙事》，《钟山》1998 年第 1 期。
② 吴义勤：《在边缘处叙事》，《钟山》1998 年第 1 期。
③ 韩东：《小说的理解》，《作家》1992 年第 8 期。

空心人、流浪者的放荡漂泊的欲望化生存表象，使人看到深受挤压的现代人生命存在的盲目、无聊、焦虑、厌倦及其卑微的本质。韩东的《障碍》、《西安故事》、《房间与风景》、《前面的老太婆》、《去年夏天》等小说无一例外地展现了人类生存场景的琐碎性与虚幻性，韩东在一种"经验化"讲述中要么津津乐道于欲望的满足，要么喋喋不休于生活的屑末。在诸如此类的小说创作中，存在的意味是偶然的、若断若连地处在叙事的隐层，让人难以把握又使人在不经意间触摸到生存的卑微、细琐或者残酷、荒谬。"新潮小说（笔者按："晚生代小说"的另一种称谓）使'世界'成为一种极端的寓言借此传达哲学化的思索，伪现代派小说则以观念化、概念化的世界观传达一种'移植'而来的生存观念与生存情绪，而新生代长篇小说则把它的主题植根在生活的日常性、当下性和世俗性之中，他们追求的是对生活的溶入、体验与理解，而不是高高在上的超越、理念化的批判以及作秀式的否定姿态。从这个意义上说，新生代长篇小说所呈现的'生活'是一种真正'有我'的生活，世界虽在崩溃，但新生代作家并未逃离它，而是有着同流合污的快感以及对新生活的肯定，欲望、身体、财富、金钱、时尚、性……，在新生代长篇小说中都已不再是简单的否定性词汇，而是具有了合法性的内涵。"① 客观地说，"晚生代小说"的"经验化"还原本质上指向了小说家的生命存在和自我实现，昭示着由个人化"经验"升华而成的审美创造对于小说技术和观念的价值所在——作家们在"经验"的帮助下完成了创作主题的意义重构。

总之，一方面，"晚生代小说"试图通过形而下的"经验化"诉求来规避"意义"的虚无，这固然表明中国社会已经或正在完成世俗化的文化转型；但另一方面，小说家们在世俗化的氛围中自觉而不自觉地对人的卑琐异化的存在方式的正视，其潜文本中仍然具有不乏深刻的存在论主题，然而它又不断受到自身的解构和颠覆。应该说，这既是作家们的创作困惑，也是辨别"晚生代小说"的症候性标识。"新生代作家与其说是以他

---

① 吴义勤：《在边缘处叙事》，《钟山》1998 年第 1 期。

们的文本在九十年代独树一帜，倒不如说是以他们对于小说与存在关系的个人化的理解以及与这种理解相伴的他们的独特的写作姿态使他们与流行的写作区别了开来。"[①]

第三节　身体现象学与文学的身体叙事

在论及"晚生代小说"时，"身体写作"或"身体叙事"是一个难以回避的话题。有研究者干脆以《以"身体"代主体的写作——晚生代小说家非观念化写作的态度和立场》[②]直陈其状。

而"身体现象学"的话语表述，使人联想到胡塞尔现象学最好的解释者、法国著名哲学家梅洛·庞蒂宣称"世界的问题，可以从身体的问题开始"[③]。这无形中开启了从"身体现象学"层面重新考量、评估"晚生代小说"的思路。

如前所述，胡塞尔的现象学是先验论现象学或意识现象学，因为在他那里，"现象"其实就是"意识"。胡塞尔把先验自我的意向性构造作为知识的根源，由此衍生出个体认识如何具有普遍性的问题；同时为了摆脱"唯我论"的困境，胡塞尔开始考察认识主体之间的关系——主体间性问题。他意识到仅仅从"经验自我"走向"先验自我"是不够的，只有从主体间性出发，从"自我"走向"他人"这个问题才有可能得到解决。所以，在处理自我与他人的关系时，胡塞尔需要首先解决我的先验意识与别的先验意识之间的关系，为了避免重新堕入"灵魂与灵魂对话"的柏拉图模式或者像笛卡尔那样对肉体中止判断，导致自我作为心灵完全坠入心理主义的深渊，胡塞尔明确地提出了"躯体"（Leibkorper）和"身体"（Leib）

①　吴义勤：《在边缘处叙事》，《钟山》1998 年第 1 期。

②　耿传明：《以"身体"代主体的写作——晚生代小说家非观念化写作的态度和立场》，《理论与创作》1998 年第 3 期。

③　参见艾云：《用身体思想》，江苏人民出版社 2003 年版，第 165 页。

的区分，"（身体）构成了'躯体'和'心灵'的结合点"，"躯体的构造问题还属于事物的感知的范围，而身体的构造则已经是在陌生感知中进行的构造了"。① 这意味着，胡塞尔关于"主体间性"、"生活世界"等一系列与传统哲学旨趣迥异的概念的提出，为传统哲学中早已"山穷水尽"的身/心关系问题开辟了一条新的哲思之途。

尽管"身体"在胡塞尔那里只是先验还原的一个中间环节，但他对"身体"在先验还原过程中的评价是相当积极和正面的，"身体永远以完全是唯一的方式，完全是直接地处于知觉领域之中，处于一种完全是唯一的存在意义中，即正是处于用'器官'……这个词表示的存在意义之中的，因为在这里我作为有感受和有行动的我，以一种独一无二的方式完全直接地存在着，在其中我完全直接地通过运动感觉进行支配——我被分解为一些特殊的器官，在其中我以与它们相对应的运动感觉进行支配，或可能支配"。"只有我的身体是以原初的有意义的方式作为'器官'，并作为被分解为分器官的器官给予我的；我的身体的诸部分中的每一部分都有其特征，由此我可以以特殊的方式对每个部分直接进行支配：用眼睛看，用手指触摸，等等……只有这样，我才有关于世界的知觉，然后是其它的体验。所有其它的支配，以及一般而言，所有我与世界的关联，都是由此中介的。"② 胡塞尔认为，我的一切感知与体验，我与世界的一切关联都与我的"身体"对世界的支配有关，都以这一支配为中介，而且应该区分"意识"的支配（意指）与"身体"的支配。胡塞尔关于"身体"问题的探讨集中于生前未刊稿《观念二》和《观念三》中，他的弟子们通过对这些手稿进行创造性的读解，或隐或明地创设了"身体现象学"。

从胡塞尔的身体现象学得到的启示是，只有通过对"身体"的体认现象学才可以从苍白、抽象的自我世界步入生机无限的"生活世界"，现象学作为对"世界的问题"的一种把握方式自然也应该从对"身体"的思

---

① 倪梁康：《现象学概念通释》，生活·读书·新知三联书店 1999 年版，第 277 页。

② ［德］胡塞尔：《欧洲科学的危机与超越论的现象学》，王炳文译，商务印书馆 2001 年版，第 130、260—261 页。

考开始，"身体问题是现象学的首要课题，身体现象学占据着支配性的地位。……如果说叔本华和尼采的意志哲学在'身体行为乃是意志的直接体现'之名下为身体向心灵造反提供了无意识支撑的话，胡塞尔的意识现象学所面临的困境则直接把身体推到了前台。意识现象学被身体现象学所取代，这表明身体哲学在 20 世纪大陆哲学中逐步占据了主导地位，由此导致了意识哲学的逐步解体。身体现象学是最典型的身体哲学，它关心的是物性和灵性在身体中的结合……海德格尔、萨特和梅洛·庞蒂等人的存在论或生存论现象学，伽达默尔和利科所代表的解释学现象学，列维纳斯的他者现象学以及亨利的生命现象学大体上都可以归属于身体现象学之列"①。

海德格尔的基础存在论作为对人的存在方式的研究，在某种意义上也只有在触及"身体"维度的情况下才能保持诠释的有效性，诚如《存在与时间》所言："此在在它的'身体性'——在这个'身体性'里隐藏有它自己的一整个问题，然而在这里我们将不讨论它——中的空间化也是依循这些方向标明的。"② 虽然海德格尔在《存在与时间》中只有一处提到"身体性"，但在 1924 年的题为《亚里士多德哲学中的基本概念》的讲座中却明确地将"身体"命名为人在世界之中存在的根本方式："人类的整体的存在方式只能以这样的方式来把握，它必须被把握为人的身体式的在世界之中的存在。"③ 这个讲座最重要的洞见便是认为"身体性"存在的根本形式是通过情绪而整个地生存在外的，被抛入存在者整体中。

事实上，在海德格尔哲学中真正成问题的从来不是"此在"有没有"身体"，而是"身体性"是否参与到"此在"存在的本质方式中。海德格尔曾明白无误地指出"身体"维度在其整个哲学中所起的这种枢纽地位："人

---

① 杨大春：《从身体现象学到泛身体哲学》，《社会科学战线》2010 年第 7 期。

② ［德］马丁·海德格尔：《存在与时间》，陈嘉映等译，生活·读书·新知三联书店 2006 年版，第 126 页。

③ Heidegger, *Grundbegriffe der Aristotelischen Philosophie*, Frankfurt am Main: Vittorio Klostermann, 2002, p.199.

区别于一切其它存在者……他拥有双重的性质……一方面他把自身置于澄明之中，另一方面他又被闭锁在澄明的隐蔽的根据中"，而"这一点只有通过身体现象才是可理解的"，"通过身体和感官，人接近于大地"。^① 美国学者 Levin 的《肉身化的存在论维度：海德格尔的存在思想》指出："除非是对有身体的存在者而言，亦即除非对被赋予了眼睛、耳朵、手臂和手，喉咙和嘴唇的存在者而言，否则《存在与时间》中的存在论既不可理解，也不可实现。"^② 故而，海德格尔不可能在他的存在论里忽略对"身体"的探讨，相反，"身体"在存在论中扮演了一个中心角色：它是区分"此在"式存在者和非"此在"式存在者的界限，基础存在论的一切构想都建立在这个区分之上。"身体"参与构成存在领会的"Da"，海德格尔并非不追问"身体"现象，而是在存在维度中追问的。Levin 的这种阐释方式毋宁说是打开了通向海德格尔的"身体现象学"的"林中路"。遗憾的是，海德格尔这一思想的积极意义还没有被清楚地认识到。^③

梅洛·庞蒂的"知觉现象学"既是对胡塞尔现象学的继承，更是对其极具独创性的发展。梅洛·庞蒂在巨著《知觉现象学》的前言部分开宗明义地说："现象学也是一种将本质重新放回存在，不认为人们仅根据'人为性'就能理解人和世界的哲学。"^④ 它凸显了梅洛·庞蒂的哲学旨趣：通过对唯理性主义的批判回归到前逻辑的"意义发生地"。如果说胡塞尔的"面向事情本身"把直观经验或直觉的原则宣布为认识论的最高原则，那么梅洛·庞蒂的《知觉现象学》中则将这一现象学的最根本原则发挥得尤为彻底，将"先验自我"最终还原到了"身体"知觉上，还原到"先于

---

① Heidegger & Fink, *Heraclitus Seminar*, tr. by C. Seibert, Evanston: Northwestern University Press, 1993, p.145.

② Levin, "The Ontological Dimension of Embodiment: Heidegger's Thinking of Being", in *The Body: Classic and Contemporary Readings*, ed. by Donn Welton, Oxford: BlackWell Publishers, 1999, p.128.

③ 参见王珏:《大地式的存在——海德格尔哲学中的身体问题初探》,《世界哲学》2009年第 5 期。

④ [法] 梅洛·庞蒂:《知觉现象学》, 姜志辉译, 商务印书馆 2001 年版, 第 1 页。

任何判断的感觉事物自身的意义"，"通过作为世界可能性的我的身体的作用，我将世界看作未完成的个体，通过身体的位置我有物体的位置，或者相反，通过物体的位置我有身体的位置。这一切不是在逻辑蕴涵中……而是在实质蕴涵中，因为我的身体是朝向世界的运动，因为世界是我的身体的支点"①。

质言之，梅洛·庞蒂在坚守海德格尔的"在世"的本体论立场——"在世"才是"源始现象"的基础上，将"现象之身"提升到哲学本体论的高度，"身体现象学"的问题相应地成为"身体"如何在世界中显现、如何成为意义世界开显的场所："身体是我们拥有世界的总的媒介。有时，它受限于生命保存的必要行动中，因而它在我们周围设定了一个生物学的世界；另一些时候，在阐释这些基本的行动并从它们的字面意思上升到寓意的过程中，它又通过它们开显出一种新的意义之核：跳舞中的习惯性运动就是如此。最后，有时，身体的自然手段无法达到要求的意义，它就必须为自己建造工具，并因而在自己周围筹划出一文化的世界。"②正是通过对知觉的现象学描述，梅洛·庞蒂把现象学从意识的意向性改变为身体的意向性，并通过身体的意向性实现了主体与客体、自我与对象的统一，完成了海德格尔意义上的人真正的在世存在。

无独有偶，"晚生代"小说家朱文在《什么是垃圾什么是爱》中有云："所有身体上的问题，也就是生活的问题。"这完全可以视为对梅洛·庞蒂所谓"世界的问题，可以从身体的问题开始"的审美转述。抑或，现象学作为对"世界的问题"的一种把握方式应该从对"身体"的思考开始，而"身体"的复杂性和重要性也伴随着"晚生代小说"的写作冲动前所未有地出现在文学创作中。

其实，有关"身体现象学"的写作在晚生代小说之前就呈现了某种胎动般征兆，比如 30 年代"新感觉派"的穆时英，以及 80 年代"先锋小说"

① 舒红跃：《从意识的意向性到身体的意向性》，《哲学研究》2007 年第 7 期。

② Merleau-Ponty, *Phenomenology of Perception*, translated by Colin Smith, Routledge & Kegan Paul, 1962, p.146.

作家的莫言、残雪。

穆时英时称"新感觉派圣手"，其小说大多是男性视角下对女性"身体"的书写。如，《白金的女体塑像》文如其名，作品不厌其详地展示了一个女患者身体——"白金的女体"在男性医生注视下的裸露和呈示，"窄肩膀，丰满的胸脯，脆弱的腰肢，纤细的手腕和脚踝，高度在五尺七寸左右，裸着的手臂有着贫血症患者的肤色，荔枝似的眼珠子诡秘地放射着淡淡的光辉，冷静地，没有感觉似的"。当女患者解开胸襟男医生触摸到她胸脯时，"简直摸不准在跳动的是自己的心，还是她的心了"。在男医生的要求下女患者最终袒现了全部胴体，"她的皮肤反映着金属的光，一朵萎谢了的花似地在太阳底下呈着残艳的，肺病质的姿态。慢慢儿的呼吸匀细起来，白桦似的身子安逸地搁在床上，胸前攀着两颗烂熟的葡萄，在呼吸的微风里颤着"。面对着这尊"白金的女体塑像"的蛊惑，无法自控的男医生向救世主发出了求救的呼声，"主救我白金的塑像啊"。在穆时英的笔下，男性被压抑的性本能被不断诱惑，人物复杂的深层心理得到逐步敞现。《被当作消遣品的男子》中的"我"是这样感受着交际花式女学生蓉子："她有一个蛇的身子，猫的脑袋，温柔和危险的混合物。""她的红嘴唇像闭着的蚌蛤"……正是在"动物"、"蛇"、"猫"、"蚌蛤"这一系列繁复的拟物修辞中，蓉子作为女人的"人"的内涵已经消失殆尽，其光鲜、魅惑的躯体蜕变为喻指现代都市文明符码的"尤物"。

穆时英的小说将都市女性身体化，同时又让身体在都市中物化——"尤物化"。而当小说家如此这般地将"身体叙事"放置在一种发达的商业文化和物质文明语境时，从中透现的是传统中国"自然人"的衰落和"现代人"在都市文明之初所遭遇到的生存困境和精神蜕变。

莫言和残雪对"身体现象学"的艺术表述在"先锋小说"中或许只是个例，但对"晚生代小说"来说却预示了一种新的创作的可能。

莫言的小说一贯张扬原始生命力，这种原始生命力的载体就是没有被现代文明规约的身体。在《红高粱家族》、《透明的红萝卜》，也包括 90 年代的《丰乳肥臀》等作品中，莫言调动一切感官、感觉并采用高调、无节制的叙事强化人的身体能量和生命本能。《红高粱家族》凭借的正是"我爷爷"的"身体"之"叙事",才表现出一种生命"自然"存在状态和生命意志的"自由"展示。作家毕飞宇曾经说过,莫言的小说是真正的和发挥到极致的"身体写作",中国当代小说叙事中"身体的解放"是从莫言开始的——不仅是写身体,而且是用身体去写。此言甚是!在莫言的笔下,身体是感性和本能的载体,更是生命本身;身体同时为莫言及小说中的主人公带来了不可遏止的活力。莫言得以在人物的"神经末梢"上展开他的写作,甚至他小说中活跃的无处不在的潜意识,都不是在"大脑"而是在"身体"中展开的。在某种意义上,身体的道德比形而上学的道德更具有真实感,更诚实可爱,这是莫言小说阅读快感的源泉,也是他笔下的人物之所以鲜活丰满的缘由。[①]

由此观之,莫言小说中的那些"感官"的爆炸、"血"的奔放和"性"的本能,无异于巴赫金所谓民间文化狂欢——物质／身体的狂欢:"在拉伯雷的作品中,生活的物质—肉体因素,如身体本身、饮食、排泄、性生活的形象占了绝对压倒的地位,而且,这些形象还以极度夸大的、夸张的方式出现,有人称拉伯雷是描绘'肉体'和'肚子'的最伟大的诗人。"[②]莫言的小说以生命的狂放来对抗种性的退化,并构建了独特的"身体诗学"——用身体的能量去开辟生命存在的路径。法国人类学家列维·施特劳斯在《野性的思维》中提出了"野性的思维"这个概念,以区别于"驯化的思维"。他认为在人类社会生活中,"野性的思维"在一些特殊的领域仍然保存着并且在继续发展。在一定意义上,莫言小说的"身体叙事"对于《野性的思维》是一个恰如其分的文学诠释。

如果说,莫言的小说属于恣意、通彻的身体写作,那么残雪的创作则是阴暗的灵魂写作。不过残雪的灵魂写作也是凭借"身体现象学"完成的。也可以说,残雪的每篇小说都是其精神自传,由于身体是精神生产的

---

① 张清华:《叙述的极限——论莫言》,《当代作家评论》2003 年第 2 期。

② [苏]巴赫金:《拉伯雷研究》,李兆林等译,河北教育出版社 1998 年版,第 429 页。

基础，因而通过身体来表达精神就成为残雪小说的叙事策略。实际上，残雪的小说善于用直白的语言营造出诡异的梦境，日常的逻辑链条在梦境中扭曲变形，这使得残雪小说中的情节始终处于断裂状态；面对如此支离破碎的仿梦叙述，读者试图进入故事并和人物一起走向故事终点显然是不可能的。一个显而易见的事实是，"疾病"是残雪小说的叙述常用语，她笔下的人物大多数都患有不同程度的疾病——精神疾患或肉体病症。尼采认为，"身体本来是没有病的，但身体内部因为有了深度，有了灵魂以及与灵魂相伴的各种心理事实、各种内疚和罪恶感，本来健康的身体因此而生病了"①。灵魂深度导致了身体的疾病，灵魂的层次越深身体与灵魂的矛盾越尖锐；灵魂的言说要挣脱肉体的束缚，但又离不开实在的身体，于是身体的疾病也越明显。从这个角度来看，疾病是身体的基本表征和症候，是连接肉身与灵魂的桥梁。残雪借此内观自己的身体，并把病痛理解为身体存在的一种方式。"原来'痛'便是我的身体显示其存在的主要方式，它用这种方式来迫使我一刻不停地意识到它。它是一个障碍，一个巨大而黑暗的、抹煞不掉的存在。"②

问题的实质也在于，残雪的小说的难以理解并不在于语言本身而是有关身体的意象。这种意象是非物质化、非理性或潜意识的，它创造的情境如同地狱：人类在非理性情状下所表现的丑恶、怪诞、卑陋、阴冷和诡异被描述得淋漓尽致。残雪的小说因而造成了一种阅读习惯上的震惊：以丑对美的亵渎来体现，而人的心理复杂性和混乱性、自我分裂和残缺状态，依凭身体感受乃至地狱般肉体景观来传达。这对于想从中找出所谓"意义"的人来说无异于缘木求鱼，它需要的仅仅是参与：暂时离开现实进入梦境。残雪自己也认为："现代艺术型文学的创作与评论中的一个有趣的现象便是作者们可以运用文字这种最靠不住的工具来突破世俗的表达，进入那种深层的、理性难以直接把握的混沌世界，在那种地方将感觉的作用

---

① 汪民安：《尼采与身体》，北京大学出版社 2008 年版，第 249 页。
② 残雪：《趋光运动》，上海文艺出版社 2008 年版，第 177 页。

发挥到极限，使之重新上升到新的理性。整个过程真是如履薄冰又十分神秘。经历了这种历程的人便是经历了一次灵魂的洗礼，连作者自己也会觉得奇怪自己怎么会写出那种东西来，同时又深信那些东西正是只有自己才写得出来的。"① 在某种意义上，对身体的解读更能接近残雪小说的内核。

　　莫言和残雪的小说不过是新时期小说"身体叙事"的前奏，真正成气候的"身体叙事"出现在"晚生代小说"中。

　　在其本质上，"晚生代小说"已不再是一种所谓观念更新式写作，任何"主义"话语对他们来说已不太重要，而是强调要回到个体存在的本源来进行写作——忠实于自己最本真的生命感受，拒斥任何来自外在观念的扭曲和遮盖。"人们倾向于强调一种'肉体化主体的共同性'（梅罗·庞蒂），以'身体'来取代既往的虚拟的偏狭的主体，实现躯体与精神的结盟，这在晚生代小说家中已形成共识。"②

　　林白在小说《致命的飞翔》中倾诉着："在这个时代里，我们丧失了家园，肉体就是我们共同的家园。"韩东则认为每一个人都毫无例外地"居住在自己的身体里。"③ 陈染的陈述更富于诗意："那个附着在我的身体内部又与我的身体无关的庞大的精神系统，是一个断梗飘蓬，多年游索不定的孩子。"④ 朱文在小说《弟弟的演奏》中这样表白："和我的智力相比，我更信任我的身体。"刁斗则索性以《身体》命名小说并宣称："肉身是活着的唯一证据"。

　　在上述生命感受和审美体认中，"晚生代小说"区别于其他创作的不再只是精神观念上的差异，而是小说家们各自拥有的独一无二的身体。他们被身体欲望的满足和快乐以及为身体的挫折和匮乏所纠缠，所有的自

---

① 残雪：《为了报仇写小说——残雪访谈录》，湖南文艺出版社 2003 年版，第 53 页。

② 耿传明：《以"身体"代主体的写作——晚生代小说家非观念化写作的态度和立场》，《理论与创作》1998 年第 3 期。

③ 韩东：《〈他们〉，人和事》，载《中国现代主义诗群大观（1986—1988）》，同济大学出版社 1988 年版，第 53 页。

④ 陈染：《写作与逃避》，载《陈染文集》第 4 卷，江苏文艺出版社 1996 年版，第 267 页。

信、失落、快乐和沮丧也都建立在身体之上。"小说家在写作的时候，首先想到的不再是四书五经、诸子百家、儒道释等思想传统，也不再是如何传达和承载这些思想，而是想到具体的故事、细节、场面、人情风俗、人物的欲望和情感起伏，等等。——写作者在这里获得了面对日常生活时的第一性的感受，它不是赋、比、兴，不是兴、观、群、怨，不是转喻，不是抒情言志，而是写作者本人的身体的全面参与，是说出一批接一批的事实，直至这些事实把小说中活动的那些人的身体都完全充满。"① 身体此时不再是作为意识对象或生物学意义上的诸器官的组合，作家们意识到只有通过身体才能在世界中存在，才能知觉这个世界，从而将身体置于一种"世界处境"当中并将"身体图式"与"世界图式"合二为一，"身体现象"已经成为本体论上的审美存在。"写作对于晚生代来说不是智力的竞赛而是身体的延伸，写作表达他们在这个世界的身体性存在，同时写作也构成了他们的身体性存在的一部分。"②

相对而言，林白、陈染等女性作家的"私人化"写作体现了对"身体现象学"最为彻底的艺术覆盖，比如《私人生活》里的倪拗拗声称，"只有我的身体本身是我的语言"。这固然因为女性作家对于身体具有特殊的敏感，所以她们的写作对身体感觉与身体描写带有强烈的唯美色彩；另一方面，她们对于身体的书写脱离了"民族"、"国家"、"阶级"、"意识形态"、"启蒙理性"等宏大叙事与公共话语，转而关注、表现女性私人经验。林白说："对我来说，个人化记忆建立在经验与个人记忆的基础上，通过个人化的写作，将那些曾经被集体叙事视为禁忌的个人性经历从受到压抑的记忆中解放出来，我看到它们来回飞翔，它们的身影在民族、国家、政治的集体话语中显得边缘而陌生，正是这种陌生确立了它的独特性。"③ 学界据此将林白、陈染们的小说视为"私人化"写作，而在这样的"私人化"

---

① 谢有顺：《文学身体学》，《花城》2002年第1期。

② 葛红兵：《世纪末中国的审美处境——晚生代写作论纲（上）》，《小说评论》1999年第4期。

③ 林白：《记忆与个人化写作》，《花城》1996年第2期。

写作中身体往往成为探测女性隐秘欲望的一个切入口，作家热衷于一些精神分析的主题：自恋、同性恋以及其他各种"异常"心理，其小说文本因而常常有大量关于人体器官感觉的描写，这些器官感觉不是平面的而是有深度的，它们常常是无意识心理的探测器，以及一种强烈的拒绝公共空间与公共领域的倾向。

林白的《一个人的战争》从身体的叙述角度讲述了女性的觉醒与成长——从主人公多米的女性成长历程中传达出关于身体的经验。其中有关"躯体"的非理性叙事有效地冲决了对人性的压抑，在此，身体以及与之相关的欲望、快感、臆想、潜意识等成为关注的焦点。"晚生代小说"甚至渴望以身体的欲望性来对垒意识形态话语，乃至将"身体叙事"简化为欲望化书写并寻找写作的意义。"在韩东、朱文和邱华栋这些作家那里，欲望往往有着本体性的存在，它指涉了人的现实存在维度的二重性——有限与无限。欲望无限，而生存所能提供的满足确实有限的，由此导致存在的虚无之感。……存在即虚无——这是以韩东、朱文为代表的一批晚生代作家写作的基本立场。这一立场首先来自对欲望性质的体认。"而朱文的困惑——"我始终无法肯定那是哪一个季节。也许，那不是我的身体所切实体验到的可以用时间去抵达四季中某一个。为什么没有第五个季节？"（《什么是垃圾，什么是爱》题记）表征着这样的现实："这样，欲望便成为一个独立存在之物，在'晚生代'那里获得了新生，自然换一个角度来看，未尝不可认为这同时也是一种毁灭。……也就是说，在'晚生代'这里，欲望是被当作文本书写的本体来看待的，因此它不需要其他的任何附属说明，它自身就可以成为书写的唯一对象与核心。"① 情况的确是，一方面存在赋予了身体非常重要的意义，另一方面身体也给予存在独特的形态；存在不再只是抽象的、一般的概念，而是具有肉身性、富有生命力的冲动。这便是"晚生代小说"有关"身体叙事"给出的文化和审美的双重含义。

---

① 丁帆等：《中国新时期小说新潮》下卷，人民文学出版社2002年版，第703、705、673、675页。

　　身体的文化意义当然是很重要的，但是，如果作家的写作省略了肉体和欲望这一中介而直奔所谓的文化意义，那这具身体一定是知识和社会学的躯干，而不会是感官学的，这样的作品也就不具有真实的力量。① 对身体的"欲望化"表达无疑是非理性主义的创作言说：它来源于生命个体在存在焦虑的压抑下欲望能量的爆发，身体于是体验着焦虑，焦虑又表现为身体的敏感、冲动和激情。尼采极力张扬"身体的力学乃是审美的根据，正如审美的领域决定于生命的光学一样。……在审美的过程中，身体始终是出发点、中心、目的，以其力学和光学创造美学。发挥作用的有感官、肢体、情欲，当然还有思想，亦即，审美乃是身体各部分机能（包括'意志之手'）整体协作的结果，此时感性即是神性，自我肯定的意志贯穿于人所是的身体，自豪、忘情、放纵的快乐充盈于其中，并向世界流溢乃至喷射"②。精神的独立其实不过是身体的自设计功能，身体乃是能动的实践者，它把世界人化了并在其中看见美，所以，人直观和言说美的根据存在于人化世界的感性生命活动中；回到人的肉体其意在于摒弃对生命的抽象论断，而控制肉身之欲只会让生命枯萎，灭绝肉身的欲望便意味着生命的死亡；这是对生命本源的确定。"梅洛·庞蒂讲'挺身于世界'，世界的意义就在身体知觉的感知中不断的拓展、延伸，身体和世界联系的范围也不断扩大，最终成为一种休戚相关的关系，也就是梅洛·庞蒂的'世界之肉'。"③ 以身体为生命叙事的本源是一种指向反抗"理性主体的人"的路径，这也是存在主义现象学的基本思路。

　　以文学史角度观之，很多经典化写作在某种意义上都是作者身体"在场"的写作。这是因为，身体是不可复制的，而处于叙事状态中的身体具有复杂的功能：既是主体肉身又是知觉对象，以自身为媒介来讲述对象，

---

① 参见谢有顺：《文学身体学》，《花城》2002 年第 1 期。

② 王晓华：《身体美学：回归身体主体的美学——以西方美学史为例》，《江海学刊》2005 年第 3 期。

③ 李重：《身体的澄明之途——对西方哲学中的"身体性"问题的思考》，《西安交通大学学报》（社会科学版）2006 年第 5 期。

而这个对象恰恰就是身体本身——自我叙事；它能体现出身体作为叙事者的最重要的特点和意义，能够引发人们对生与死的思考，对生命意义的引渡。"事实上，文学（以及文化）与身体一直是紧密联系的。我们不能设想任何没有身体在场（通过不同的方式）的文学（以及文化），也不能设想任何没有身体在场的写作，不能想象脱离身体的一切人类活动。即使是对身体的回避也是一种文化的征候，是一种创造性的不在场，一种有意味的缺席——因而也就是另一种意义上的在场。我们应该谈论的不是是否存在没有身体或脱离身体的文化与文学，也不是是否存在处于文化之外的身体，而是不同时代的文化（包括文学）是如何处理与呈现身体的，以及身体是以何种方式在场的。因而，考察不同时期的文学文本想象、处理、呈现身体的方式，可以揭示出丰富的文化与历史内涵。"[①]

以往学界将林白、陈染之类的"身体叙事"或作为大众消费文化语境中的审美表达，或视为以女性主义话语为价值诉求的性别政治文化的文学转载，我以为问题远非如此。严格地说，"身体叙事"首先是发现身体、回到身体，以消除身体和存在的割裂为创作旨归。对身体的感觉是人的本质力量对象化的产物，身体已被等同于生命存在——海德格尔意义上的"此在"本身，审美的价值正是从身体感觉的"此在"中生发出来。而面对自己的身体，忠诚于身体感觉并对身体经验进行创造性的语言处理，在身体的叙述中或许才会实现"语言是存在的家园"（海德格尔语），或梅洛·庞蒂指出的："身体是这种奇特的物体，它把自己的各部分当作世界的一般象征来使用，我们就是以这种方式得以'经常接触'这个世界，'理解'这个世界，发现这个世界的一种意义。"[②]

在西方文明进程中，作为非理性主义对传统理性主义突围的身体话语的凸显可谓哲学现代性转向的一种征兆。"对肉体重要性的重新发现已经成为新近的激进思想所取得的最可宝贵的成就之一。"[③]在西方传统文化

---

① 陶东风：《中国当代文学中身体叙事的变迁及其文化意味》，《求是月刊》2004 年第 6 期。

② ［法］梅洛·庞蒂：《知觉现象学》，姜志辉译，商务印书馆 2001 年版，第 302 页。

③ ［英］伊格尔顿：《审美意识形态》，王杰译，广西师范大学出版社 2001 年版，第 7—8 页。

中，身体曾一度作为形而下的东西而必须被压抑，必须被精神的追求和灵魂的升华所取代。希腊哲学家贬低身体，柏拉图就认为不灭的灵魂可以脱离身体而独立存在，而身体是短暂的且总是充满低俗、污秽、愚蠢、罪恶。中世纪的教会压制身体并反复地解释为何不能让其放任自流，为何要对其实施苦行的态度以及怎样实施苦行。对身体的压制和遗忘是西方漫长的文化进化过程，而意识完全取代身体起始于笛卡尔。在笛卡尔那里身体已不是被刻意地遭到压制而是逐渐地在一种巨大的漠视中销声匿迹了："我思"才"故我在"；知识的讨论——如何获得知识，知识的限度何在，知识和自然的关系——慢慢地占据着哲学的中心。总之，知识的探讨使意识和身体的长久结盟——尽管是对立的结盟——解开了，它使意识和外界、和现世性的外在自然世界发生了关系，知识和真理就诞生在意识和自然世界的良性互动中且日益培植了一套复杂的理性工具。意识逐渐地变成了一个理性机器。在日益理性化过程中身体被消蚀了。

"20 世纪的一系列理论故事纵深演变的时候，'身体'成为一批风格激进的理论家共同聚焦的范畴。快感、欲望、力比多、无意识纷纷作为'身体'之下的种种分支主题得到了专注的考虑。从萨特、梅洛·庞蒂、福柯、罗兰·巴特到巴赫金、德勒兹、弗·詹姆逊、伊格尔顿，他们的理论话语正在愈来愈清晰地书写'身体'的形象及其意义。身体与灵魂二元论的观念以及蔑视身体的传统逐渐式微，身体作为一个不可化约的物质浮现在理论视域。'身体'这个范畴开始与阶级、党派、主体、社会关系或者政治、经济、文化、意识形态这些举足轻重的术语相提并论，共同组成了某种异于传统的理论框架。"[1] 如前所述，在存在主义现象学中不是理性而是存在规定人的身体——存在赋予身体重要的价值意义，而身体也给予存在独特的价值形态。存在于是不再只是抽象的、一般的概念，而是具有肉身性、富有生命力的本体性存在。

进而言之，"身体现象学"的非理性特质决定了其广义的感性审美主

---

[1]　南帆：《双重视域》，江苏人民出版社 2001 年版，第 184 页。

义的话语立场：美和艺术都置于存在之中。美就是对人的身体的肯定，丑就是对人的身体的否定，此乃尼采美学最基本的原理。尼采所谓的审美无非是人作为身体在征服世界过程里的自我观照。美学状态不是灵魂超离肉体时升华的欣悦，不是精神在回忆起理念时的陶醉，而是肉体的生命被充分肯定时的恣意狂欢——肉体的节日；身体在陶醉于自己的强力感时便会进入美学状态。海德格尔与笛卡尔一样要为自己的美学寻找一个牢固的根基，但其以"此在"为中心的存在本体论认为美学奠基于"此在"而不是"我思"；世界总是"此在"个体的世界，因而个体对世界的建构乃是他拥有世界的前提。在《艺术作品的本源》中海德格尔以梵高的绘画来阐释艺术的本性是"存在者的真理将自身设入作品"，而"凡·高的作品之所以能够呈现存在者的真理，是因为凡·高作为在世的存在者在创造作品时创造着自己的世界。所以，人在超人本主义语境中仍是美和艺术的创造者；对美和艺术的创造是他创造世界的一部分；只有实在者才能创造实在的世界，故而人作为能动的身体是美和艺术具体的源泉；存在者只有通过这个实在者的实践才能敞开，让其真理进入广义的作品——包括桥梁、房屋、葡萄园——之中。由此可见，通过身体的生存实践这个概念，我们可以将海德格尔的前后期的美学连接起来"。[1]

由是，"身体现象学"带给艺术审美的意义在于，身体能见而又被看见，感觉而又被感觉，置于事物之中而又组织着事物，属于世界并使世界向其敞开。在以身体为中心的因缘结构中感觉者和被感觉者是密不可分的。须知，能感——可感的这种奇妙关系是艺术的直接源泉，因为艺术归根结底诞生于以身体为中心的交换体系中。从这个角度看，破解艺术之谜也就是破解身体之谜。尼采之所以说"健康，完善而方正的肉体""在谈论大地的意义"，[2]其美学意蕴无非是：身体本身就是健康、完美、方正的，是个体的整体性存在，精神属于肉体而非相反；"大地"（现实世界）是身

---

[1]　王晓华：《西方生命美学局限研究》，黑龙江人民出版社 2005 年版，第 20 页。

[2]　［德］尼采：《查拉斯图特拉如是说》，尹冥译，文化艺术出版社 1987 年版，第 27 页。

体的家，身体的实践实现着"大地"的意义，指向"大地"本身。"大地"和身体是美的，身体是美的创造者，世界的美源于身体的创造，对世界的任何审美都可以回到身体且还原为对身体的审美；人作为身体同时是审美主体和审美客体。

"晚生代小说"尤其是陈染、林白们的作品存在着一种将身体无限放大的冲动。客观地说，从来没有人像她们一样对女性的肉体进行精致的绘写和完美的展示；她们将各种飘忽不定的情绪、欲望与变态心理物化为特定的情景，那些生命活动的敏锐细节和隐秘部分都被叙事——收纳，身体成为存在的哲学根基。在此，文学写作的意义不在于传达符号化的"思想"，而是捕捉身体性的感受。对"身体现象学"的审美实践无异于以感同身受的方式对人的生命感觉作全方位的提取与把握，似如林白在《一个人的战争》中多米以半裸身体的写作状态："这是我打算进入写作状态时的惯用伎俩，我的身体太敏感，极薄的一层衣服都会使我感到重量和障碍，我的身体必须裸露在空气中，每一个毛孔都是一只眼睛，一只耳朵，它们裸露在空气中，倾听来自记忆的深处、沉睡的梦中那被层层的岁月所埋葬所阻隔的细微的声音。"①这无疑是在生命存在中体验着身体所包含的"存在"的意义和奥秘。存在主义者就认为，人的本体性存在是不能通过认识的途径达到的，对生命存在结构的体认也就是对人的存在方式的描绘；故而，孤独、恐惧、忧郁、烦恼、绝望和死亡等非理性的体验是人的存在基本状态。

实际上，"体验"的汉语语义本来就包含亲历性和实践性的话语层面，而亲历性和实践性又决定了"体验"必须是以"体"（身体）"验"之——在价值世界中"以身"感觉、品味、探寻对象的意义。在某种意义上，中国哲学话语范畴里的身体是一种自我与非我、肉体与灵魂、主体与客体"浑然天成"的"原始统一"状态。与西方传统哲学那种作为纯粹物理对象的躯体不同，中国传统哲学的身体之"身"除了作为物理对象的躯体之

---

① 林白：《一个人的战争》，《长城》1994 年第 2 期。

外——古汉语"身"的字义所表明的那样，还兼有突出"亲自"、"亲身"和"亲自体验"等内涵。亦即，中国哲学是一种"行"——"体验"的哲学：以"体"悟"道"。"成吾身者，天之神也。"（张载：《正蒙·大心》）中国哲学之把握世界的方式其实是"身体思维"："体验"、"体悟"成为致知的最主要的路径。而这种"体验"、"体悟"的"肉身性"意味着，对世界的把握是"立象以尽意"般把世界当作普遍象征的体系。

中国传统文化的基本精神——"天人合一观"即以内在的心灵和生活去体验、去直觉事物，重心在于主体的情感生活以及对世界人生真谛的彻悟，而不在于考察研究客观事物的内在普遍规律。"中国哲学之独特性，除表现为其为我们奠定了身体在宇宙中的中枢地位外，还表现为其由身体出发，以一种'挺身于世界'（梅隆·庞蒂语）的方式，也即一种孟子所谓的'践形'的方式，为我们构建了一种别具一格的世界图式。"①

唐力权先生在《蕴徼论》中这样陈述："所谓'体验'就是通过根身经验、意识之灵明觉慧来证验本身。"② 在"体验"中事物的本体与现象已不再被肢解为两种东西，而是以身体为中介恢复了其原始的生动的统一；这同时也说明了为什么不是本质渐观的知觉性思维而是本质直观的直觉性思维或审美体验，始终在中国传统的认识论中居有不可让渡的地位。严格地说，这是一种"类主体间性"哲学思维范式。

主体间性的含义是主体与主体之间的统一性，存在主义则是一种偏重于本体论的主体间性。本体论的主体间性关涉到自我与世界的关系，这种关系是主体与主体之间的共在关系。本体论的主体间性指向的是生命活动中的人与世界的同一性，它不是主客对立的关系，而是主体与主体之间的交往、理解关系。海德格尔的存在论哲学提出了"此在"的"共在"问题已经涉及了本体论的主体间性问题，但仍限于"此在"的范围没有进入存在本身。他后期提出了"诗意地栖居"、"天、地、神、人"和谐共在的思

---

① 张再林：《作为"身体哲学"的中国古代哲学》，《人文杂志》2005 年第 2 期。

② ［美］唐力权：《蕴徼论》，中国社会科学出版社 2001 年版，第 146 页。

想，这就建立了本体论的主体间性。问题的关键在于，艺术创造原本就是自由的生存方式和超越的体验方式，因而能够真正地实现主体间性。存在论的主体间性解决了艺术审美的根本问题，即艺术创造作为生存方式的自由性问题——艺术创造作为生存方式的超越性问题。在文学活动中作家由于超越了世俗的观念深入到人类生存层次探求审美的意义，在对象中体验了自我的同时也便在自我中体验了对象，而世界的意义、生命存在的意义亦由此得以领悟。

不难发现，在上述的"身体叙事"创作中，审美"体验"不仅来自视、听觉，也不仅仅来自触、味、嗅，它所展示的其实就是以"体"去"验"的创作思维方式。比如陈染、林白的大多数作品都是以身体穿透灵魂的生命体验、有关身体的叙述作为生命不可规避的实在成为叙事的重要内容；女性身体——生命存在的自我凭据不再构成善、恶之分的道德试金石，而是女性生命"此在"与"共在"存在与否的依据。"在伽达默尔的论述中，体验具有过去时、回忆性、整体感和过程意味的精神特征，它和生命存在的意识流动有着潜在的关联。……因此，体验是使现象达到理想性之可能的心灵方法，也是引导精神进入虚无化审美境界的手段或工具。狄尔泰认为对生命的理解不能依赖于理性而只能凭依于体验（Erlebnis），惟有它可能穷尽生命意义，只有体验才能将人带入自我生命之流中，领悟存在的本质和价值。……在此意义上，审美活动是生命存在对以往心灵活动的回忆或追忆，它既不沉湎于生命的感性层面的本能欲望，也不局限于生命的理性层面的逻辑目的，而是向往生命存在的诗性冲动和智慧生成。……体验是精神主体对于传统哲学与美学的主客两分问题的悬搁，它强调了'现象即本质'或'现象即存在'的一体化的思维原则。"[1]

概言之，"身体叙事"的结果是，身体的存在保证了自我拥有一个确定无疑的实体，任何人都存活于独一无二的躯体之中不可替代。如果说，叙事或写作的形成包括了一系列语言秩序内部的复杂定位，那么，身体将

---

[1]　颜翔林：《怀疑论美学》，上海人民出版社 2004 年版，第 46、238—239 页。

成为叙事或写作含义之中最为明确的部分。于是，人的身体与文学互相打开、互相交汇、互相支持，进而在文学之中重建"身体叙事"话语：让人的身体按照自己的愿望述说自己的形象。当身体成为审美体验的主体而人作为肉体存在的物性时，必然最大限度地克服其精神性，将人与自然之间人为设置的鸿沟填平；这种人与对象同时作为自然存在的无差别性，是使物我交融成为可能的哲学基础，也是存在主义审美体验既敞开自身又不遮蔽对象的最后保证。其中，人只有充分放弃自己作为审美者高高在上的姿态才能缓解对于审美对象的巨大压迫，并使自己获得心理的松弛感；人对其主体性的放弃是使对象摆脱人化钳制的途径，也是自我解放的途径。在审美活动中，人将自己的全部身心交给对象，对象将其最本己的深度交给人，由此达成的审美体验就是尼采式陶醉，或者中国古典美学中的物我两忘。

如前所述，中国传统的天人合一观关注的是主体与主体的关系即人际关系，属于一种"类主体间性"或"古典式主体间性"的哲学认知范式。孔子的仁学、孟子的"民胞物与"思想、庄子的人与自然和谐同一的逍遥理想、禅宗的物我相通的体验，都基于这一主体间性。而中国的文学理论不认为文学活动是一种主客间的认识活动，也不认为艺术创造是主体对客体的征服，而是将文学活动看作是自我主体与对象主体间的交流和融合，即人与自然的会通，人与人间的契合，"天人合一"便成为最高的审美境界和道德境界。诸如诗歌中写景抒情手法的运用，文学理论中的"感兴论"、"顿悟说"和"意境说"皆根源于此。因此，主体间性是中国哲学和文学理论重要而有价值的精神资源。之所以称其是"类主体间性"或"古典式主体间性"，是因为"中国美学和文学理论的主体间性建立在主体性没有充分发展，主体与客体没有充分分化的基础上，因此是古典的主体间性。而西方美学和文学理论的主体间性则建立在主体性充分发展，主体与客体分化、对立的基础上，因此是现代的主体间性。由于中国美学和文学理论的主体间性的古典性，所以其美学范畴、审美理想以及美学思维方式与现代西方迥然不同。而且，中国现代美学和文学理论的建构，除了必须继承其主体间性传统之外，还必须对其进行现代转换，变古典主体间性为现代主体间性"①。相对而言，以"体验"为基本艺术思维方式的"身体叙事"创作在某种程度上就可以视为"现代主体间性"的文学表征。

毋庸讳言，"晚生代小说"在文化取向和艺术价值上展陈出"片面"的深刻或深刻的"片面"，其"片面"性表现在晚生代小说颇似一种"问题"小说，作家们"更象是一种'问题中人'、'生活中人'，他们的写作多是从现实生活感受出发，并强调自我身心的投入。这表明文学开始走出'纯文学'的圈子，其社会文化价值开始超过文学价值，作家以对现实的关注表现出他们在社会转型时代丰富深刻的人生感受"②。由于过分沉湎于对"问题"的"经验化"表达和"姿态化"演示，致使"晚生代小说"的大多数作品出现了对"现世主义"的平面化叙事，"晚生代身上有着强烈的过渡性，矛盾、犹疑，渴望实在又有表演性、姿态性，……对于他们来说存在就是一种'飘移'——没有方向的、被动的、犹疑的、缭乱的"③。要言之，在"晚生代小说"营构的"身体乌托邦"中留下的依然只是存在的"空虚"和创作的"虚妄"，其具体症状便是显露出相当虚浮的思想根基，很多作品在审美意蕴的开拓上始终暧昧不定。毕竟，文学光有"身体叙事"是远远不够的，它必须完成对"身体性"的诗学转换，建造出一个具体、坚实、深邃而有活力的文学境界——在身体中诗意地栖居；唯独如此，海德格尔所谓"诗人何为"的追问才会得到回应。

① 杨春时：《中华美学的古典主体间性》，《社会科学战线》2004 年第 1 期。
② 耿传明：《以"身体"代主体的写作——晚生代小说家非观念化写作的态度和立场》，《理论与创作》1998 年第 3 期。
③ 葛红兵：《世纪末中国的审美处境——晚生代写作论纲（上）》，《小说评论》1999 年第 4 期。

第八章 "先锋小说"：存在主义的 "思" 之 "诗"

第一节 由存在本体论到审美本体论

在 20 世纪中国的文化发展进程中，启蒙主题与现代性叙事一直处于必然性关联中。

按照韦伯的观点，西方文明的现代性是从原始宗教一元化图景向世俗自身的合法化不断分化的过程，西方现代性的历史就是祛魅与世俗化的历史，其显明特征是迥异于传统社会的整合统一性，现代社会经过合理性分化而形成了科学、道德、艺术三大各自独立的价值领域——真、善、美的相对分离。现代性所追求的理想形态就是使经过理性启蒙的现代个体从"上帝之城"中解脱出来，统摄这三大领域并在其中实现自由的存在。哈贝马斯继承了韦伯的现代性思路提出了启蒙现代性规划的理论，"指出了启蒙现代性规划的三个主要发展：第一，传统的宗教——形而上学世界观的统一被打碎了，科学、道德和艺术构成了现代性的三个领域；第二，这三个领域都有各自独特的问题，即是说，科学要解决的是真理问题，道德要解决的是规范的正义与本真性问题，而艺术面对的是广义的美，这就形成了现代性的三种理性结构：认知—工具理性结构，道德—实践理性结构，审美—表现理性结构。……第三，哈贝马斯注意到，由于这三个领域逐渐被制度化，出现了相应的专家主义和专家化"①。

①　周宪:《审美现代性批判》，商务印书馆 2005 年版，第 121—123 页。

20 世纪中国的现代性恰恰相反，无论是思想层面上的立人还是现实层面上的立国，都力求调动政治、经济、道德、宗教、审美等整个社会文化的一切层面与力量来共同完成这个目标。"五四"新文化运动的三大主题——"德先生"（民主）、"赛先生"（科学）与"莫小姐"（道德），无论在时人心目之中还是在后来的阐释者那里，都无意使它们分别在各自领域与范畴之内去完成现代性转型；"五四"新文化运动的两大任务——"提倡新道德，反对旧道德"与"提倡新文学，反对旧文学"同样是互为里表、相互为用。由于这种非但不走向"分化"反而明确追求"统一"的交叉性，"五四"新文化运动在某种意义上更多地表现为一场新文学运动。

从 20 世纪 30 年代到 70 年代，中国的启蒙现代性出现明显的变奏乃至裂变迹象，其表征是以构建"现代民族国家"或"新中国"的民族主义价值目标为取向，以政治化运转为社会实践方式，将其他一切价值领域都归属、统摄于大一统的体制中，这种体制既包括同一化的意识形态体系又包含稳固的社会运行机制。即便是极端化如"文化大革命"，亦如刘小枫先生所言，作为"中国现代性问题的集中而且极端的表达"，文化大革命是一场现代化的运动，"中国的社会主义建设是现代性方案之一，'文化大革命'是在这一建设方案的社会实践中发生的，因此，'文化大革命'是一个现代化事件。显然，不能把英美自由资本主义视为现代化的唯一样式"[1]。实际上，"文化大革命"表现出了极为明确的理想主义特征：通过阶级斗争解决一切问题，以文化的方式解决政治、经济的问题，在极短时间内赶超英美的目标，"全国山河一片红"的唯美向往，等等；加上以诉诸感性的解放以达到颠覆传统（理性）的目的，在本质上不外乎是现代性异化的结果，所谓"审美现代性"的产物。

霍克海默和阿多尔诺的"启蒙辩证法"在某种程度上有效地解释了这个问题。他们认为启蒙过程中的理性最初是作为神话的解毒剂出现的，由于理性是靠一种充满感情色彩的膜拜仪式来增加自己的吸引力，因此理性

---

[1] 刘小枫：《现代性社会理论绪论》，上海三联书店 1998 年版，第 388 页。

又变成了新的神话和新的蒙昧。无疑，"文化大革命"也"如同神话已经实现了启蒙一样，启蒙也一步步深深地卷入神话"①。一旦启蒙目的理性本身（以启蒙运动形态出现）在现代社会中得以制度化便成了一种新的神话，体制的力量外化为个体所生活在其中的大小不等的"集体"并全面把控着他的生存空间，进而成为一种弥散的权力，正如弥散于神话世界的超验魔力，体制的权力无异于这种魔力的世俗体现（可以理解为与韦伯的"祛魅"相反的"施魅"）。它在将现状合理化、神话化的同时也使"个人被贬低为习惯反映和现实所需要的行为方式的聚集物"②。其目的是对人类的经验进行全方位的总体化、理性化或物化。这种新神话的信条将被重新当作毋庸置疑的、自我证明的东西而接受。据此，霍克海默和阿多尔诺在《启蒙辩证法》得出结论：现代极权主义的兴起既不是现代社会的自然发展过程中某种不幸的和前所未有的混乱，也不是某些当代社会由于道德上的不谨慎或缺乏警觉所造成的后果，而是现代历史的启蒙运动工程从一开始所蕴含的一种单面性的自然结局；其结论无非是，极权主义不过是已经成为新神话的启蒙运动基本目标的延伸。

在此，所谓"启蒙辩证法"，就是曾经旨在征服自然、打破禁锢理性的神话枷锁从而解放理性的启蒙精神，由于自身内在逻辑的运行而转向其反面：它本想破除迷信但实际却陷入迷信；它本想提倡自由、博爱但现实却走向统治和压迫；它意图反对专制、极权但自己却成了极权主义；它本身是手段而最终却偶像化了；它本想进步但实际上则导致了退步。总之，"启蒙"的"辩证法"也就讲述了启蒙的自我否定与自我毁灭。

无疑，启蒙的建设以（暂时）牺牲某些永恒价值为代价，在这种暂时的牺牲完成其历史使命之后对终极价值的寻求和依赖又将成为文化的主流。20 世纪 80 年代"新启蒙主义"的倡导者张光芒先生认为："在中国，'人

---

① ［德］马克斯·霍克海默等：《启蒙辩证法——哲学断片》，渠敬东等译，上海人民出版社 2003 年版，第 9 页。

② ［德］马克斯·霍克海默等：《启蒙辩证法——哲学断片》，渠敬东等译，上海人民出版社 2003 年版，第 25 页。

的解放'的首要命题仍然是'立人',绝非像西方后现代思潮那样打碎一切,解构一切,使一切都边缘化。只是这一命题在今天理应赋予符合时代内在需求的新的内涵,它既需要夯实现代性的人性论基础,更要切实获得现代性的信仰维度,从而通往人的自由和超越。从这一意义上说,这不仅仅是对'五四'、'文革'进行现代性反思的永恒保证,而且是关系到将来能否走出文化的迷乱状态、能否完成启蒙这一'未竟之事业'的根本前提。"①

真正上承"五四"启蒙精神、重开"人的叙事"的是 20 世纪 80 年代初期。80 年代初的"重返五四"在某种意义上就是重造以"五四"为源头的启蒙精神。"80 年代以来,中国重新开始了被中断的现代性启蒙。……跟八十年前那场启蒙运动不同的是,在这一轮新的运动中,美学一度成为显学,成为中国 80 年代现代性启蒙的理论和思想源泉。事实上,这次的现代性启蒙是由李泽厚的一部哲学著作——《批判哲学的批判》拉开序幕的。……李泽厚所阐述的一些观念,如主体性,历史唯物论就是实践论,文化—心理结构和物质生产方式之间的'积淀'关系,审美作为一种自由直观和自由选择对认识和伦理的帮助,等等,成为最热门的话题。……由此而来的是,美学再度成为学术思想界和整个社会涌动的人文思想解放思潮所关注的焦点,成为 80 年代重新开始的现代性启蒙的思想理论基础。"②问题的实质在于,引领 80 年代启蒙思潮"显学"的李泽厚的"实践论美学"在某种程度上正是对马克思主义的重释和对存在主义再译。

李泽厚的"实践论美学"被称为"主体论实践哲学"或"人类学本体论哲学",③其要点在于人的实践活动不再是与人无关的生产力和生产关系、经济基础和上层建筑的自我运动,人也不再是某种历史规律或某个社会生产系统中一个无关紧要的齿轮——只能被动消极地被决定被支配,不

---

① 张光芒:《现代性的信仰维度——论近年思想界对五四、文革的反思及误读》,《郑州大学学报》2004 年第 4 期。

② 徐碧辉:《美学与中国的现代性启蒙——20 世纪中国的审美现代性问题》,《文艺研究》2004 年第 2 期。

③ 朱立元:《美学与实践》,广西师范大学出版社 1999 年版,第 25 页。

再是某种历史规律或某个社会系统机器中一个无关紧要的齿轮，而是行动着、实践着、有意志、有目的的主体，每一个主体都是一个独特的存在，都是不可代替的。

其次，"实践论美学"以主体性学说为核心，作为历史和实践的主体的人所具有的最突出的特性就是主体性。而人性结构的主体性包括两个"双重"内容和含义：第一个"双重"是外在的工艺—社会结构面和内在的文化—心理结构面；第二个"双重"是人类群体的性质和个体身心的性质。这就不再把个体看作是巨大的历史运动机器上一个无足轻重的螺丝钉而是充分重视个体的作用和价值，而是将个体的心理、情感、意志、欲求等作为历史的主体。在此意义上，"主体性"学说的本质是为了给个体的感性生命存在提供有效的理论依据，以及在历史的普遍性和必然性中、在社会整体的文化心理结构中给个体、感性留下发展空间，使个体本身的生命存在的意义充分地凸显出来。这在当时是具有前瞻性的存在主义意识，因而产生了极大的思想震撼力。

在此，不妨参阅一下海德格尔的学生、被称为"存在主义马克思主义"思想家的马尔库塞在《审美之维》中对马克思主义有关"主体性"的阐述。马尔库塞在书中特别分析了苏联马克思主义美学在政治上忽视与低估主体领域所带来的问题。他说：正统马克思主义美学"不仅低估了作为认识的自我（ego cogito）的理性主体，而且低估了内在性、情感以及想象；个体本身的意识和下意识愈发被消解在阶级意识之中，由此，革命的主要前提条件被削弱到最低程度。即这样的事实被忽略了：产生革命变革的需求，必须源于个体本身的主体性，植根于个体的理智与个体的激情、个体的冲动与个体的目标。马克思主义理论也跌进了它曾向整个社会揭露和抨击过的那个物化过程中，它把主体性当成客体性的一个原子，以至于主体即使在它反对的形式中，也屈从于一种集体意识"。他进一步强调主体问题的复杂时说："正是伴随对主体的内在性的认可，个体才跳出了交换关系和交换价值的网络，从资产阶级社会的现实中退走，走进了生存的另一维度。的确，个体在这种从现实撤离中获得了一种经验，这种经验必定（而且已经）成为一种强有力的力量，去瓦解实际居支配地位的资产阶级价值，这即是说，使个体把自身实现的重心，由施行原则和利润动机的领域，转移到人类内在源泉：激情、想象、良心。而且，个体的退出和撤离并非到此为止，其主体性还将奋力冲出它的内在性，进入到物质和知识的文化中去。在今天这一极权统治的时代，主体性已成为一种政治力量，作为与攻击性的和剥削性的社会化相对峙着的反对力量。"①

最后，与长久以来只讲集体不讲个体、只讲社会不讲个人、只讲历史必然性和历史规律而不讲人在历史中的活动、人在历史中的位置和价值的做法截然相反，李泽厚提出了"积淀说"，并根据康德的知、情、意三结构说，从认识、伦理和审美三个方面试图解决"主体性"学说中群体与个体、历史总体的必然性与个体生命存在的偶然性之间的具体连接：一方面充分重视群体、社会、历史的第一性地位，指出历史的普遍必然性在历史过程中的优先地位；另一方面努力提高个体、感性、偶然性的地位，指出历史唯物论必须以个体的感性存在和感性活动为出发点。尽管，就中国现代哲学和美学的发展历程而言，李泽厚的"实践论美学"也存在着明显缺失，"然而，无论李泽厚的实践美学有多少缺陷，作为一种人文学说，它所蕴含的人文主义思想曾对整个中国80年代的现代性启蒙产生广泛而深刻的影响"②。换言之，"实践论美学"实质上是对马克思主义的重释和对存在主义的再译。

当以"实践论美学"来考量20世纪80年代启蒙思潮的思想资源时，其中一个关键性话语概念是"本体性"问题。不难发现，一部西方哲学史始终离不开对本体论问题的求索。以亚里士多德为代表的古典本体论是一种知性化的实体本体论，它所指的是这样一种观念：人们的感官观察到的现象并非存在本身，隐藏在它后面作为基础的那个超感性的"实体"才是真正的"存在"，构成了"在者"之所以"存在"的根据；而本体论的任

① ［美］马尔库塞：《审美之维》，李小兵译，上海三联书店1989年版，第35页。

② 徐碧辉：《美学与中国的现代性启蒙——20世纪中国的审美现代性问题》，《文艺研究》2004年第2期。

务就是运用逻辑理性深入到事物后面去把握这超感性的、本真的"实体"；由于其倾向于采取自然科学（或自然哲学）研究方法，用二元对立的思维把现象与本体、感性与理性、思维与存在、经验与超验、主体与客体非此即彼地抽象对立起来，并确认理性能够获得关于本体（本质）即实体的绝对确定的知识，从而使本体论陷于认识论上的本质主义、基础主义、绝对主义和独断论。这是一种被海德格尔称之在对本体的追问时却遗忘了真正的"存在"的实体本体论。问题还在于，李泽厚的"实践论美学"提出了"积淀说"这一话语概念，所要解决的就是"主体性"学说中理性和感性、社会与自然、群体和个体之间的矛盾关系点。它"将美学从侧重于对客体的研究，引向对主体的研究；从侧重于从客体方面探讨美和美感的根源，引向探讨主体的审美心理结构及积淀的实践基础和历史渊源，强调实践主体对于文化心理结构和艺术文化发生、发展的意义，强调实践主体对于美和审美、文化和艺术发生、发展的能动性"[①]。正是在这里，李泽厚的"实践论美学"实现了对马克思主义实践本体论的美学重释。

马克思主义实践本体论的理论基础是实践价值论。这种实践价值论指出，任何事物的价值根源都是社会实践；在人类的社会实践之中人的需要使得人与现实事物发生了各种关系，从而产生出事物的某种价值，亦即价值的实践生成性。而在实践价值论中，价值的本质是一种关系属性而不是一种实体属性；这是因为，在人类的社会实践中客观存在着的对象事物的某些性质和状态满足了人的某种需要，与人发生了某种肯定性关系也便具备了肯定性价值，反之亦然。在马克思主义实践论视域中，自然是满足人的各种需要的对象且具有各种价值（实用价值、认知价值、审美价值、伦理价值），人也在实践之中满足了种种需要而成为全面实现自己的本质力量的自然（人的自然化）；至于利、真、美、善种种价值形态都是人的感性和理性的统一，是从感性到理性的统一过程的具体表现的不同系列。显而易

---

① 参见汝信等：《美学的历史——20 世纪中国美学学术进程》，安徽教育出版社 2000 年版，第 308—309 页。

见，实践本体论克服了知性化的实体本体论所导致的对人的抽象化和瓦解化。如前所述，知性化的实体本体论面对人的矛盾本性时无法找到将矛盾本性内在统一的基础，只能以一种非此即彼的两极对立的思维方式把人的丰富的矛盾存在本性还原为某一绝对本性。而实践本体论则提供了这种基础：人的多重化矛盾本性在实践活动的基础上，可以达到否定性的统一。因此，马克思主义实践价值论（实践本体论）超越传统的知性化的实体本体论而实现了实践美学话语的变革。可见，李泽厚的"实践论美学"在某种程度上完成了对马克思主义的哲学重释；更重要还是，实践本体论的产生才真正标志着从传统的实体本体论到存在主义的"存在本体论"的革命性转换。

自叔本华、尼采以来由于哲学本体论的转向，感性个体的如何存在成为哲学基本问题的核心，有限生命的历史性生存和超越成为思考的出发点。而且，从尼采到海德格尔本体论的内涵同样在不断发生变化，但不变的则是都紧紧把握住感性个体的存在。不过存在主义本体论之间仍然有着差异。海德格尔认为，传统西方哲学对本体的追问遗忘了真正的"存在"，把"在者"等同于"存在"本身。在他看来，"存在"才是"在者"的最后根据，对"存在"意义的追问只能通过"在者"才能显露出来；这个"在者"并不是一般的"在者"而是特殊的"在者"，即"此在"（人的存在）；因为只有"此在"才会提出"存在"的意义问题；与"此在"的存在相关的"存在"被海德格尔称为"生存"（Existenz）。他认为，"此在"作为对"生存"之领悟的受托者，包含着对非"此在"式"在者"的"存在"的领会。海德格尔把分析"此在"的生存结构的理论称为"基础本体论"，"此在"的生存结构从本质上说就是"在世界之中存在"（"在世"）。海德格尔的"此在在世"思想是"生存论本体论"者最为看重之处，而本体论也就成了关涉世界和人的存在意义、为人类生存活动提供"安身立命"之所的价值性建构；在此，本体问题不再主要的表现为"本体是什么"的问题而是表现为"本体应该是什么"的价值性问题；本体问题不再是一种外在的假设而是生命的价值寻求。

很明显，海德格尔的"存在本体论"的方法论渊源就是胡塞尔的现象学。对于海德格尔来说现象学是一种方法，其精髓体现在胡塞尔著名的"回到事情本身"[①]的命题中。虽然这个命题是由黑格尔而不是胡塞尔首先提出的，但却是胡塞尔使它作为新的哲学目标而广为知晓。只不过，胡塞尔的"回到事情本身"实际上是回到意识本身，而海德格尔的"回到事情本身"却是回到生命本身："这种回归必须呈现人的生存实践即人的感性生命活动，而以人的生存实践为存在本体论的事实依据也就是以人的生命整体为价值原则。或者用克尔凯郭尔的话说，我们不可能走出我们的皮肤之外，又如何会有回到生命本身的问题？"[②]究其本质，"存在本体论"实际上也就是生命本体论。在海德格尔看来，人就在世界中并且与世界息息相关；而现象学的意义就是设法让"事物"替它自己发言；人之认识客体并不是靠着征服式的方法击败它，而是顺其自然，同时让它彰显出它的实际状况。真正的生命活动只能是面向"事物"本身。由此可见，在经历了20世纪的两次世界大战之后，哲学终于开始从世界的本质转向人的生存实践——生命活动的存在，从抽象、理性转向具体、个体。总之，存在主义注意到了现代西方工业文明所引发的价值危机和精神危机，并强调必须通过对当下生存体验的关注来超越世界的荒谬和生存的荒诞。

由此反观李泽厚的"实践论美学"，尽管其中个体与群体、历史必然性与个体偶然性之间始终处于一种紧张、对立状态，但在学理上李泽厚明确地将美学建基在马克思主义的实践价值论或实践本体论上，并以此为基点来界定"人的本质"，将美视作"自然的人化"或"人的本质力量对象化"，在历史的普遍性和必然性中、在社会整体的文化心理结构中给个体、感性留下发展空间，使个体生命的存在意义充分地凸显出来。严格地说，"实践论美学"体现出来的走向"感性生命本体"或"超越的本体"[③]的意义，类似于海德格尔"存在本体论"的中介环节，抑或，"实践美学更多

---

① ［德］胡塞尔：《欧洲科学危机和超验现象学》，张庆熊译，上海译文出版社1988年版，第82页。

② 张汝伦：《论海德格尔哲学的起点》，《复旦学报》（社会科学版）2005年第2期。

③ 李泽厚：《主体性的哲学提纲之三》，《走向未来》1987年第3期。

地可以看成是导向 20 世纪 90 年代生命美学的中介环节。首先，实践美学为 90 年代美学发展提供了'本体论'的参照立场，而'生命美学'的主旨正在于以'生命'取替'实践'的本体基础。其次，实践美学对'主体性'的充分关注，特别是对（与'工艺—社会结构'相对的）'文化—心理结构'、（与'人类群体性质'相对的）'个体身心性质'、'超越的自由'的强调，为内在的、个体的、超越之'生命'的提出铺平了道路。再次，实践美学作为建构'生命美学'（后实践美学）的对立面，其整体上强调的理性主义、物质性和社会性、非个体非本己性、主客的两分等等，成为后者'反向'建构其体系的靶子"①。完全有理由相信，作为引领当时文化、文学的"显学"的"实践论美学"是一种极具现代性和启蒙性的思想，是美学对中国现代性启蒙的一个重大贡献。

"这样，八十年代中后期在中国就出现了很有意思的现象，就是具有单纯和乐观启蒙主义特色的人道主义和主体性思潮，与原本在西方包含了反思与批判乐观、简单启蒙主义思路（但反思和批判不等于全盘否定）的现代主义的中国接受者之间，在写自我抽离出对外在世界责任与思考的自我方面反而有着相同的结论。""所以，在主体肯定方面最果决、最无牵绊、且以之作为面对世界立足点的萨特存在主义思潮风靡一时，决不是偶然的，而是和时代的种种情况凑合在一起有机相关的。……而八十年代中国对西方现代主义的接受，正是时代氛围剪裁、驱导知识和理解的绝好例子。"② 据此可以认为，80 年代文学与"五四"文学颇为类似，既有经典马克思主义的"后启蒙"资源，又有存在主义思想的介入。

问题的关键在于，作为一种审美创造的文学与本体性存在之间具有命中注定的不解之缘：对审美活动的本体论内涵的揭示成为人类生命活动敞亮、澄明的过程。因为，自由是美的本质，文学则是一种自由的审美创造

---

① 刘悦笛：《存在主义东渐与中国生命论美学建构》，《山西大学学报》（哲学社会科学版）2005 年第 4 期。

② 贺照田：《时势抑或人事：简论当下文学困境的历史与观念成因》，《开放时代》2003 年第 3 期。

活动；审美作为独立、自由的精神生产是一种真正合乎人性的存在方式，正是通过它人类能对自我本体的存在进行深刻的体悟和理解。在此意义上，审美活动不啻为人类生命活动的理想形态——人类生命活动中自我进化的最高级形态和成果；而只有进入对人类本体的反思，才能与审美本体谋面；同样，只有从对审美活动的本体论内涵的发掘出发，才有助于揭示人类的超越之维、人类的审美生成的全部奥秘。故而，由存在的本体论范畴可以推导出审美的本体论性质——对于审美活动的本体论内涵的发掘就不仅仅是一个美学问题，也是一个文化哲学问题。

第二节 艺术创造以生命超越为归宿

20 世纪八九十年代之交的"先锋小说"以前卫姿态去探索存在的可能性以及与之相关的艺术的可能性，借此找到人与世界、艺术创造与生命活动的实在关联；并以一种"极端"态度对文学的共名状态形成强烈的冲击。它昭示着文学创作既不"逐物"也不"迷己"，而是回到人的自然——生命存在的本义和人之为人的人性，通过审美活动实现对于生命自由超越性的悟解。这意味着，当文学创作作为生命活动而不是作为认识活动时，艺术创造与生命超越的关系就必然成为文学创作之归宿——完成了存在本体论和审美本体论的融汇。因此，"先锋小说""其基本的写作立场来源于存在主义哲学的启示，从 80 年代中期的残雪到稍后的马原，以及跨越八九十年代的余华、格非、孙甘露等，基本上都是以'寓言'的形式写人的生存状态，有些作品从叙事角度看，除了隐喻式超现实叙述的特点之外，较多地受到结构主义叙事学的影响和启示，所谓马原式的'叙事圈套'和格非式的'叙述迷宫'都是典范的例证"①。

---

① 张清华：《从启蒙主义到存在主义——当代中国先锋文学思潮论》，《中国社会科学》1997 年第 6 期。

事实上，以残雪、马原、莫言以及格非、余华、孙甘露、苏童等为代表的当代"先锋小说"在本质上是将生命的存在状况作为自身的艺术哲学。从这样的艺术哲学出发，"先锋小说"在叙事表达上摆脱日常生存秩序的制约且彻底地放弃经验性逻辑，将创作超越一切常识状态而直逼生命种种可能性存在状态。不断地将叙述话语推向超验化的审美空间去重构文学的真实内涵，在一种诗性叙事中去透析存在状态和生存本相以把握之所以如此的奥秘，使忧郁、绝望、恐怖、焦虑等具有生存本体论意义的情绪体验在获得审美价值后进入叙事过程，其内涵的意蕴由此也成为人的存在状态的本体象征。"它不能逃离写作作为人类精神显现的一种手段和方式，不能逃离文学对人类生命本质及其存在真相的探索目标，更不能逃离以语言的方式重构某种审美理想。"①

残雪的小说可谓"黑暗灵魂的舞蹈"。②"黑暗灵魂的舞蹈"中舞文弄墨的残雪以冷僻的女性气质、怪异尖锐的感觉方式，去逼视庸常或反常的生命形态及其种种畸形的人性异化关系——类似于卡夫卡对异化社会的刻骨感受，将自我内在的精神空间投放到个体生存和人类存在的整体性境域，在对存在的质疑与拷问中究诘生存的荒诞本质、灵魂的痛苦裂变，就此铸造生命沉沦的基本主题。在其早期的《黄泥街》中，"黄泥街"这一核心意象将残雪沉潜的审美之思烘托出地表。阎真先生曾认为残雪的作品"意义轮廓常常显得模糊、游移，处于一种难以穿透的状态"，"读残雪的小说经常有一种茫然感，不但无法确证象征的具体内涵，甚至连情绪性的方向也找不到。阅读过程中，读者始终处于一种读解象征的猜谜状态，很累，但却仍然无法穿透"。③ 其实，残雪一直很清楚自己的臆想世界究竟在指代什么，就像《山上的小屋》中"我"老是在"记忆"中觉得"屋后的荒山上，有一座木板搭起来的小屋"。而"我"的全部工作就是："每天

---

① 洪治纲：《先锋：自由的迷津——论九十年代以来中国先锋小说所面临的六大障碍》，《花城》2002 年第 5 期。

② 参见残雪：《黑暗灵魂的舞蹈：残雪美文自选集》，文汇出版社 2009 年版。

③ 阎真：《迷宫里到底有什么——残雪后期小说析疑》，《文艺争鸣》2003 年第 5 期。

都在家里清理抽屉。"这个有着"脑伤"的"我"于记忆中的"小屋"内无休无止地清理"抽屉"的生命行为具有浓厚的象征寓意，让人联想到贝克特的《终局》的那句话："那些从垃圾箱里发出的无意义的对话标志了一个时代的存在的绝境。"残雪所有的小说都在向着这个深度挺进：它们揭示了人类生存的荒谬性和现实的荒唐性，从而把一种原本只属于作家的个人化感觉提升到对人的生命情态和生存状态的寓言化层面。

有人这样概括余华的写作："没有人比他更善于帮助我们在自己身上把握生命的历史，从童年（《在细雨中呼喊》）到壮年（《许三观卖血记》），然后到老年（《活着》）的过程。所以他的书一旦问世，就成为人类共有的经验。"① 余华的作品对"苦难"主题的掘进已是评论界的共识。如果说他前期的中短篇小说关涉的是孤苦无依的人生经历和忧郁阴暗的情感体验，诸如强烈的被遗弃感、沉重的孤独感，以及无法排遣的恐惧和种种无端的心灵创痛；那么后期的长篇小说，如《在细雨中呼喊》"它以一个对童年生活进行追忆和重新梳理的视角，反复地书写了关于时间、生命、性意识、死亡一类具有生存本质意味的主题，尤其是在多处大段地以一个少年的体验视角正面描写关于死亡的印象和'死亡降临'时的恐惧，……叙事者少年'我'从这样的死亡场景体验中获得了对'存在'的某种认识，以及恐惧中的某种自慰"②。以至于小说中的"我"绝望地申诉着，"再也没有比孤独的无依无靠的呼喊声更让人战栗了，在雨中空旷的黑夜里"。这其实正是海德格尔所谓的"此在"的"被抛状态"：他被无缘无故地抛掷乃至沉沦在世，绝对地孤独无助，不知何处来亦不知何处去但又不得不在此；当生命从根本上没有任何存在的根据和理由，但又不得不把已经在世这一事实承担起来时，那种"在雨中空旷的黑夜"里孤独而绝望的"呼喊"构成的总体意象，便成为作品中人物生存体验的绝妙概括或最高象喻。

① 谢有顺：《余华的生存哲学及其待解的问题》，《钟山》2002 年第 1 期。
② 张清华：《中国当代先锋文学思潮论》，江苏文艺出版社 1997 年版，第 245—247 页。

事实上，"恐惧"与"绝望"这些纯属消极悲观的情绪概念在克尔凯郭尔那里具有生存本体论的意义，克氏认为只有孤独的个体才能在生命体验中领悟到自己的存在，因为只有孤独个人的存在才是真正的存在；他进而指出，这种存在对个人来说也仅仅是瞬间性的，这种瞬间性的"存在"不能为科学认识和理性知识所把握，只会当人内心感到无常的、生命攸关的颤抖、痛苦和绝望情绪时才可望体验到它。因此，"余华的作品总是给读者以十分残酷的'存在的震撼'与警醒"[①]。

格非的《褐色鸟群》、《迷舟》等作品叙述的大都是，个体生命的存在往往被置于历史存在的"不确定性"与"可怀疑性"中，它迷离飘忽、似有若无难以把定。格非尤其擅长写人物的种种非理性预感与悲剧性存在的巧合，写偶然中突发的一系列足以改变人的整个命运的误会，写人心的变幻莫测以表达作者对虚幻人生的感悟。而格非式"叙事迷宫"在其表层维度亦可视为生命存在虚空感的叙述编码方式，这就使得格非众多的小说文本总是设有一个根本性的空缺，文本叙述者在向这个空缺逼进的过程中无限地敞开生命存在之困惑的重重空间，然而到最后连暗示和隐喻都没有，人的生存世界于是充满一种莫名的荒谬感，最终凝聚成"存在"或"不在"的形而上思考——"叙事迷宫"的深层容涵。比如在格非最具代表性的作品《敌人》中，"敌人"的存在以一场莫名其妙、几乎焚毁整个家族的火灾为指代；久而久之"虚幻"或无法证实的外部存在的"敌人"已转变成本体性存在以及文本叙述唯一可以选择的意义：它不仅深深地积存、遗留在赵家人的内心世界，且淤积成历代赵家人的心魔，乃至种种不期而至的灾难都被赵家人强制性地与"敌人"铰合在一起。于是，证实这种虚幻的存在并填补其所致的逻辑意义的空缺已成为历代赵家人唯一的期待，甚至成为他们生存的全部意义之所在——只有当灾难（臆想中的"敌人"）降临时他们才获得了解释存在的先验意义，生存才具有了真正的现实性。最终，当期待已久的劫难没有降临时，赵少忠只好亲手扼死儿子赵龙以补充

---

① 张清华：《中国当代先锋文学思潮论》，江苏文艺出版社 1997 年版，第 248 页。

生存性空缺，被填充了的外部空缺与内心的真实至此才达到统一。对于创作《敌人》的格非而言，"他是一个关于'虚无和非存在'的勘探者，如同萨特一样，他将'物的存有和人的存有互相脱离'的状态以及人的存有本身的互相脱离做了相当传神的描写。在这样的'错位'式的情境中，人物仿佛已变成若有若无的鬼魂，身历的事件则比传闻还要虚渺，人就是生活在这样的'从未证实'而又永远走不出'相似'的陷阱的一种假定状态中"①。

与格非有些相似，孙甘露的长篇小说《呼吸》也呈露了一种迷宫式叙述，小说文本充满了主人公罗克精神漫游般的梦呓和狂想，作者通过这种不确定性的叙述话语给予罗克"此在"状态预设了言说前提；或，作为梦游患者的罗克其实就是文本的结构性符号，文本的表层故事形态——他与五个女性的性爱关系纷呈于其心理流变中，过去、现在、未来交错的心理流变又构成了小说自足的叙事空间。当罗克穿越于城市之中、周旋于女人之间时，罗克的"漫游"并未带来时空意义上理所当然的移步换景，真正在"漫游"中体现的却是他对"呼吸"这种独特的人生存在方式的遐想、回忆和哲思。

不言而喻，孙甘露是用一种优雅而近乎复沓的语言刻录着人物的感觉和潜意识，通过叙事语言悬浮、游走和不规则的溢出来表达生命存在的虚妄主题。所以，苍白、焦虑的罗克只能沉耽在轮番而短暂的性爱中永远无所皈依；用作者的话说，这个"每时每刻经受着内心的慢性虚脱"的人一次次追问存在、探究"此在"，却"在时间中逐渐倒毙"。时间在无意义的连续中已经停顿，自我在记忆淆乱中开始丧失，存在的所指在不确定的个人视野中模糊和消失，人的个体性生存和生命的本真存在也被这一虚无境地所溶释或化解，人变得既自由又无用，这便是"此在"的"慢性虚脱"状态："它本质上完成的只是对存在的一种绝望的言说和命名，由此而揭示的他的本真生存只是充满缺憾的存在，他无力穿越世界之夜的黑暗而达

---

① 张清华：《中国当代先锋文学思潮论》，江苏文艺出版社 1997 年版，第 250 页。

到一种生存的澄明。"① 其实孙甘露在小说的"提要"中已有提示:"通过对言辞的强化而证明他的虚妄。没有家园,包括语言,没有寄宿之地。一切仅是一次脉搏,一次呼吸。"

问题的另一方面是,以对生存本体论进行存在意义追询的不仅限于现实生存维度,一些"先锋派"作家还深入到历史时空中勘探种族生存的既往、人性生成的缘由,将历史过程视为生命流程,把历史心灵化、想象化、体验化;在这样的诗性追思中,历史纵向的流程、事实背景和时间特征都被"空间化"的历史结构、永恒的生存情态和人性构成所替代,"使文学代表人的真正历史意识的恢复,介入与世界的本体论对话"②。这主要表现在"新历史小说"中。

诚如此说,"新历史小说"对历史的理解和把握"产生了根本性的位移。即由原来着眼于主体历史的'宏伟叙事'而转向更小规模的'家族'甚至个人的历史叙事;由侧重于表现外部的历史行为到侧重揭示历史的主体—人的心理、人性与命运;由原来努力使历史呈现为整体统一的景观到刻意使之呈现为细小的碎片状态;由原来表现出极强的认识目的性——揭示某种'历史规律'到凸现非功利目的隐喻和寓言的'模糊化'的历史认知、体验与叙述。"概言之,即是"侧重表现文化、人性、生存范畴中的历史"。③

苏童的《我的帝王生涯》、刘震云的《故乡天下黄花》、《故乡相处流传》、叶兆言的"夜泊秦淮"(《状元境》《十字铺》《追月楼》《半月营》)系列等作品,大都采用了共时态叙事方式和以现在追忆过去的视角展开对历史生态的叙述,而对"历史"言说的混沌化使得小说在化时间为空间的叙述中表现生命沉沦与人性异变情境,进而潜沉到某种更为复杂也更为原初而本真的存在状态。苏童的《我的帝王生涯》不无伤感地叙述了端

---

① 吴义勤:《长篇小说与艺术问题》,人民文学出版社 2005 年版,第 93 页。

② [荷] 汉斯·伯顿斯:《后现代世界观及其与现代主义的关系》,载 [荷] 佛克马、伯顿斯编:《走向后现代主义》,王宁等译,北京大学出版社 1991 年版,第 25 页。

③ 张清华:《十年新历史主义文学思潮回顾》,《钟山》1998 年第 4 期。

白由帝王到庶民、从王宫到逃亡，从人性沉沦到人格复活、直至生命"此在"的敞亮——对精神家园皈依的一生；苏童在小说中把"帝王"作为一个存在角色、当作一种独特的身份状态来表现；实际上，戴上王冠那一刹那就宣告了端白的个体身份必须服从于既定秩序体制的指定，他获得的也许是世俗生存中至高无上的东西，放弃的则是生命存在的本真而自由的境界。因此，搏动于端白灵魂中的那个本真自我从一开始陷入了精神沦亡的痛苦历程；恰恰是灾难——作为失败者被赶下王座拯救了端白，尽管展示于他面前的只是"一条灼热的白茫茫的逃亡之路"，然而这却是一次真正的精神追寻过程：由帝王到庶民的生存角色和文化身份的转换成为其灵魂救赎的前提，只有在这个前提下才能实现被遮蔽的存在向本真性存在的复归——达到"此在"祛蔽和敞亮。小说中写道，正是他以前的仆人燕郎关于"我到底是个什么东西"的质询引发了他对本己的疑问："那么与燕郎相比，我又算个什么东西呢？"这是存在者对自我认同的确证、对生命本真的追究。可以说，至此端白才真正而彻底告别那个异己的世界，失落的自由已经找回，被祛蔽的灵魂愉快地飞扬。苏童在文本最后给端白设计了一种"诗意地栖居"的结局——归宿于苦竹寺：在此白天可以像"真正的自由和飞鸟"般"走索"，"夜晚静读《论语》"——抵赴"一场仪式的终极之地"。

的确，在苏童们的心目中并不存在客观而理性化的历史，历史无非是从被领悟到的"此在"的时间性中派生出来的概念。伽达默尔说："真正的历史对象根本就不是对象，而是自己和他者的统一，或一种关系，在这种关系中同时存在着历史的实在以及历史理解的实在。"[①] 而在格非看来，一切表象的现存实际上是"抽象的、先验的，因而也是空洞的，而存在则包含了丰富的可能性，甚至包含了历史"[②]。皆因，"此在"本真的时间性不是历史的（尽管也不是非历史的和超历史的）过程性演化，相反它却是

———————————

① ［德］伽达默尔：《真理与方法》（上），洪汉鼎译，上海译文出版社1999年版，第384—385页。

② 格非：《边缘》，浙江文艺出版社1993年版，"自序"。

历史性的本源。如果不从"此在"本真的生存性出发，历史对于生存就是一种重负和戕害；如果从"此在"的本真性出发，民族的命运和世界的历史就能被承担起来。

在海德格尔对存在本体的追问中，因为"此在"在"生存"中存在，所以"此在是历史性的，这已被证明是生存论的本体论的基础命题"①。而"此在"作为"在世界中存在"的三种基本状态都统一、归结于时间性："此在"的"存在性"代表着未来，"此在"的"事实性"意味着过去，而"此在"的"沉沦"则是时间的当前状态。这三种基本状态都可以用"操心"（Sorgen）来概括。"此在"与"操心"是同一而不可分离的，"操心"是"此在"的本质，始终贯穿于人的生活；这意味着，"操心"已经蕴含了时间性的概念和内容，"操心"与时间密不可分。海德格尔就此说："时间性使存在性、事实性和沉沦状态能够统一，并以这种原始的方式组建操心的结构的整体性。"②"此在"在过去、当前和将来的三维时间中获得存在意义。不过，"此在"的时间性并不是由日常生活的那种普通的时间状态来规定的，"此在"的时间性就是人的"必死性"所呈现出来的有限的时间性；亦即，只有在生存的自我相关性或者说本己的自身性之中，时间性才原原本本地显示出它属于具体的个体生存的有限性和终结性，只有在"畏"的情绪性体验以及从死亡而来的虚无中，生存的有限时间性或"此在"本真的时间性才体现出来。海德格尔从"此在"本真的时间性来解释历史及其理解其何以可能："此在"的历史性不是思想家通过逻辑、概念、反思做出来的，也并不存在所谓的客观的"历史"，历史性源于"此在"在世的时间性，故历史性就是"此在"在世之本真，"此在"向来就是作为历史性的"此在"而生存："我们越是具体、合乎人性地把握了人的存在的时间性的根基，就越能清楚地看到这一存在本身是彻头彻尾的历史性的。"③

---

① Martin Heidegger, *Sein und Zeit*, Max Niemeyer Verlag Tübingen, 1993. p.332.

② Martin Heidegger, *Sein und Zeit*, Max Niemeyer Verlag Tübingen, 1993. p.328.

③ ［美］威廉·巴雷特：《非理性的人：存在主义哲学研究》，杨照明等译，商务印书馆1995 年版，第 225 页。

换言之，历史的本质重心既不在过去之事中，也不在今天以及今天与过去之事的联系中，而在"此在"生存的本真演历中。历史仅仅是"此在"生存历史性的一种存在论规定性，其存在之根由只能到"此在"生存的根据处即历史性中去寻找。弗雷德里克·杰姆逊在他的《马克思主义与历史主义》一文中曾经论述过"解决历史主义困境"方法之一的"存在历史主义"（existential historicism）。杰姆逊说，"'存在历史主义'完全不预先假定什么目的论"，"存在历史主义并不涉及线状的、进化论的、或本原的历史，而是标明超越历史事件的经验"。"存在历史主义认为，历史经验是现在的个人主体同过去的文化客体相遇时产生的。因此历史经验的所有方面都可以导向完全的相对主义。""事实上它是历史本身的开创基础的经验，……探寻生命遗留下来的痕迹，探寻活跃于所有现存实践模式中同时又随着过去时刻的逝去而绝迹了的东西。经验纠正了过去本身。"正是在历史性"经验"对历史"目的论"反拨的基础上，存在主义历史主义的"意识形态基础，是从德国生命哲学中衍生出来的。德国生命哲学认为人类象征行为的无限多样性表述了非异化的人类本质的无限潜力。虽然我们中间的任何人都没有机会享受这些无限潜力，都是历史性的经验却给现在恢复了一些无限潜力的想象"。所以，"存在历史主义对研究对象所施与的全神贯注的注意力基本上是美学鉴赏和重新创造方式的。存在历史主义的研究对象包括过去历史瞬间或独特和遥远文化的文本。因此，文化和历史时刻的多样性成为巨大的美学激奋和满足的来源"。①

以这样的"美学鉴赏和重新创造方式"来权衡"新历史小说"其结论也是不言而喻的："新历史主义的文学观念实际上深受存在主义的影响。或者甚至可以说，新历史主义也是一种历史空间的存在主义。……新历史主义者继承了启蒙历史主义者即'寻根'作家们对历史执着的热情，同时又放弃了前者不堪重负自相矛盾的，通过重新观照历史文化以为当代的文化重构找到途径的虚妄目的，将历史看成是永恒人性和存在的示演空间，

---

① 张京媛主编：《新历史主义与文学批评》，北京大学出版社1993年版，第24、27—28页。

看作纯粹的审美对象物。"①

客观地说，"新历史小说"借用"历史"隐喻或独特的叙事话语方式把被"本质论"、"规律论"所遮蔽下的"人"释放出来，恢复到其生命状态和生存境遇的本来面目，以便在生命存在的体验上来展示人物的命运，把对现实生命存在的思考放在假定性的历史氛围、历史情调中予以表现。它由过去的表现历史之实、认知之真变成了现在的表现生存之真、存在之切，从而在审美表述上实现了"历史本体论"——"艺术本体论"——"存在本体论"的转化。

第三节　"荒诞"生存中的"孤独"存在

如前所述，"先锋小说"将艺术创造与生命超越的关系作为创作之归宿，而"荒诞"生存中的"孤独"存在便成为其基本主题话语。

"世界是荒谬的，人生是痛苦的"是萨特关于人的生存状态的最基本的观点。"世界的荒谬"是因为客观世界是一种自在的存在，它没有原因和目的，是纯粹的、偶然的、无秩序的、不合理的；"人生的痛苦"是因为人是一种自为的存在，他有独立意志，有个人自由，有主观意识。人生只是由一系列的毫无意义的痛苦的碎片组成的，人们对于自己存在的所有感受原来不过是寂寞无聊中的苦熬光阴，并时刻感到自己是个局外人。萨特《恶心》中的主人公洛根丁感受到外界的荒诞和无意义，企图从周围世界中逃离出去，尽量避免与外界发生联系；但周围的世界依然处处存在，处处让他感到恶心。"恶心"于是成为世界的荒诞实施给存在者的感觉。加缪的《西西弗的神话》的副标题就是"论荒谬"，加缪曾表示作品要表现的主题就是"面对荒谬的赤裸裸的人"；与萨特的直白式表述不同，对于生存的荒诞加缪予以诗意地描述："一个哪怕可以用极不像样的理由解

---

① 张清华：《中国当代先锋文学思潮论》，江苏文艺出版社 1997 年版，第 299 页。

释的世界也是人们感到熟悉的世界。然而，一旦世界失去幻想与光明，人就会觉得自己是陌路人。他就成为无所依托的流放者，因为他被剥夺了对失去的家乡的记忆，热情丧失了对未来世界的希望。这种人与他的生活之间的分离，演员与舞台之间的分离，真正构成荒谬感。"①从加缪的言说中可以看出，所谓荒谬是一种理性的特殊存在状态，但还不是所要到达的目的地；从人与世界既定的荒诞关系出发，探索处于理性的特殊存在状态中人的出路，在原本并不自由的荒谬世界中积极探索人之为人的根本存在方式才是他的价值归宿。

客观地说，世界本无所谓意义，所以不能说世界是荒诞的。意义或者说意义感乃是来自于人与世界的一种价值关联。人是一种先行地寄寓于世的存在，但肉身的寄居并不必然表明灵魂就有所栖居，只有当这寓于世的此身与世界发生一种神圣的相遇时意义才会向人显明，意义产生的过程其实就是人与世界同时向对方开放的过程；一旦这种神圣的相遇中断，意义就会隐匿不现。在此，荒诞不是世界的客观存在，而是一种生命情态，是生命存在与世界的非价值关联；荒诞来自于人与世界的分离，来自于人对奠基其家园的大地的出离，是一种存在本体无意义、无常规的极端呈现；荒诞作为人与世界之间价值关联的断裂对于人而言是本源性的。当处身于这一境况时，人的基本生命情态亦即人对这一境况的心灵感受就是孤独。

与黑格尔同时代的克尔凯郭尔深切地感受到决定论式"本质论"对于人这个孤独个体的自由和存在所施加的压抑；在他看来，抽象的思想形式无法把握具体的生存活动，因为生存活动就其本性而言是碎片的、支离的、充满热情的，它的存在情态不是理性而是激情，是心灵向着无限的可能性涌现或开放的生命流。那么，关于这种个体的真理应该到哪里去寻觅呢？克尔凯郭尔的回答是：信仰，并且只有信仰，才能使人从必然性真理的支配之中解脱出来，只有信仰才能把人带到生存的荒诞性面前，才能强

---

① ［法］加缪：《西西弗的神话》，杜小真译，生活·读书·新知三联书店1987年版，第6页。

健人的内心赋予人勇敢无畏的力量，去正视生存的事实性，即个体存在的偶在性、荒诞性和不可预知性。无疑，克氏的见解带有明显的宗教神学的底色——一种神学存在主义的呈现。海德格尔指出，人是一种可能性的存在——"此在"，人究竟将哪种可能性变成现实，完全取决于"此在"的"在世"方式。"此在在世"的第一个环节是"现身"，现身表现为"情绪"，这是一种与生俱来的情绪体验，通过它"此在"发现自己未被征询、也未经自己同意就被置入这个身体、这个性格、这个历史场面和宇宙中这个位置，并被委托于他自己，这就是"此在"的"被抛状态"：他被无缘无故地抛掷在世，绝对的孤立无援，从根本上没有任何存在的根据和理由，但又不得不把已经在世这一事实承担起来，人便感到无由庇护的恐惧和无家可归的烦忧，感到根本的虚无和存在的荒诞，这正是存在的最大荒谬之所在。至于萨特的哲学，人之存在荒诞性的思想非常明确。萨特在《恶心》中指出，存在是"虚无"的，现实是"恶心"的，人正是在"不是其所是和是其所不是"的状态中荒谬地生存着；萨特将"感到恶心"当作认识到世界荒谬性的觉醒态度和行动表现。而现实社会中的人又无法离开他人而单独存在，人与人之间可能有暂时的"共在"，但由于人本质上是绝对自由的，所以人与人之间的根本关系是冲突——所谓"他人就是地狱"。但他又强调正因为人是自由的，所以应超越荒诞的现实通过行动来创造自己的本质。

由此看来，孤独是"此在"在世的基本感受，它体现为个体对世界的一种出离状态。每一个时代、每一种文化中的个体，当他从所寄身的世界中抽身而出的时候，当他反身自问"我是谁"的时候，都会生发出"念天地之悠悠，独怆然而涕下"的感叹。如果说，孤独感是现代人的一种普遍性情感倾向，那么存在主义所理解的孤独是因为世界的虚无性造成的生命无所依凭的孤独。在荒诞性生存情境中人是赤裸裸的，既没有层层保护他们的宇宙体系，也没有存在的根据和目标，而是被抛在一个荒诞的世界上，裸露在宇宙中。孤独感会使人更加意识到个体性存在的意味——孤独意识彰显了"此在"的个体性需要，存在的生命又会向孤独去寻求意义。

人于是成为这样一种存在，一方面他只有在社会中和他人结成群体才能生存下去，他从感情上便不能接受完全的孤独；另一方面，他即使在社会中也总有自己需要封闭起来的内心世界，这个世界永远也不能与他人的世界相重合，永远有一种偏离他人、与他人保持距离甚至排斥他人的倾向。故"存在主义最引人注目的是关于人的生存的思想。其中，处境意识与生存意识是最鲜明的，也是存在主义的起点"[1]。因为只有在"生存"意识下，周围的客体才不再是与主体对立的客体，而体现为一种"处境"。所以说，生存意识（孤独）与处境意识（荒诞）总是联系在一起的。

20世纪的中国作家遭遇了史无前例的生命存在的尴尬困境：已然逝去的传统价值观使其精神无所皈依，没来得及充分发展就不断暴露危机和弊病的现代文明也难以让知识者安妥自己的灵魂；在某种意义上中国作家是从陀思妥耶夫斯基、卡夫卡、萨特、加缪那里开始获得并懂得以直面存在的方式来打量自己的生活，开始了生存的追问和灵魂的突围。可以说，"荒诞"和"孤独"的体验尽管不仅仅为20世纪中国存在主义作家所拥有，却被他们普遍而敏感地感受到，而且感受是如此的强烈和深刻；如前所述，连世纪初的文化伟人鲁迅也置身于"无物之阵"的荒诞处境和历史"中间物"的孤独感受中，发出"荷戟独彷徨"的慨叹，而"孤独者"形象便是鲁迅及其笔下的先觉者最为基本的生命存在体验；诸如历史的重负、内心的孤独、焦灼的苦闷、复仇的愿望以及面对"奴隶"和"看客"充斥的荒诞世界等等，这些尤其体现在《野草》中。《野草》极力把民族生存中已经被习惯化为"所是"的现实存在还原为荒诞，勾勒了一个腐朽的、昏暗的、冷漠的、绝望的世界，人失去了一切支撑点而被抛入毫无意义的荒诞的存在里。与陀思妥耶夫斯基、加谬、尼采、卡夫卡一样，鲁迅强烈地感受到了存在的不真实感。就如《过客》中的那个"过客"，当"老翁"询问他是谁，从哪里来，到哪里去时，"过客"回答着"我不知道。从我还能记得的时候起，我就一个人。我不知道我本来叫什么……"正是在对

---

[1] 李均：《存在主义文论》，山东教育出版社1999年版，第5页。

于荒诞的生存与孤独的存在上，鲁迅和卡夫卡分别建造了"铁屋子"和"城堡"。乃至于，对荒诞生存的精神化和孤独存在的感觉化正是《野草》表现人类生存困境的一种基本范式和特定视角。

以群体性创作真正传承了《野草》精神的是"先锋小说"。

残雪在小说中以其特有的方式将人类内心深处的梦魇和阴影收集起来，苦心制造了一个自动演示其全部腐败、罪恶、冷酷的生存情境，其中弥散着一种陀思妥耶夫斯基笔下的"地下室"或"死屋"气息，就像《黄泥街》中的"黄泥街"或《突围表演》中的"五香街"，甚至连大自然也参与到环列周遭、充满敌意的人世境况中，以致这个"世界"经常下着黑色的雨，潮湿又可怕，到处是蚊子、苍蝇、蛇、蛆、老鼠和蜈蚣，人们只能在阁楼、屋顶上过着外热内冷的生活。"残雪的小说则把这荒诞的社会存在和精微细致的心理体验完美地融合在一起。同时，也形象化地传达出萨特的'他人即地狱'的存在主义的哲学观念。"[①] 在如此荒谬的生存世界中，残雪的小说中大都有一个以"我"为指称的"屋中人"形象，"我整天大睁着双眼，想要看清一点什么，眼睛因此痛得要命"（《雾》）；"我固守在这个世界里，朋友，我正在向上生长，长成无数通天冰柱中的一根"（《天窗》）；"我老是在关键时刻疏忽了自己，我生成这么一种无可救药的性情"（《关于黄菊花的遐想》之一）；"我仍然很注意任何来人的眼神，不过这种注意是没有伤害力的，大家都可对我放心"（《旅途中的小游戏》）……《山上的小屋》中"我"则完全生活在自己的臆想之中，或者整天收拾永远凌乱不堪的抽屉，或者坐在藤椅里猜想山上并不存在的"小屋"；一旦回归到现实的家庭生活中，"我"与父母、妹妹相互之间就只存在仇视、恐惧、提防和威胁。

简言之，残雪小说中这个孤独的存在者"我"完全是一个"异类"，他漠视规则、拒绝被命名、轻蔑于"权威"的欺骗性。因此，就连"我"的一些日常习惯或思维定势也成了被世人嘲讽的对象，比如在《思想汇报》

---

① 张学军：《中国当代小说流派史》，山东大学出版社2000年版，第210页。

中，"我"成了周围人的耍弄对象，起因只是因为他们说我穿了他们不喜欢的衣服；周围的邻居、"我"的妻子以及那个被他们认可为典范的徒弟，联合对"我"实施了全方位的改造。无疑，残雪在此揭示的是一种在世生存的荒诞感，但这种荒诞感不是刘索拉式自我选择和个人奋斗的无意义，而是个性化生存的根本性危机，这种根本性危机迫使"我"（们）捐弃了觉得无法继续生存的世界，像陀思妥耶夫斯基的"地下室人"那样逃进"死屋"与世隔离地生存。正是凭借"屋中人"——孤独的存在者，残雪以高度象征化的语言展现了个体性存在的恐惧情绪和对自我不断否定、不断挣扎的痛苦经历，并通过袒露和放大个体灵魂中不为人所知的方面，完成了对荒诞生存与孤独存在的书写。可谓存在即绝望，绝望仍存在。

余华的小说往往将人置于某种生存的荒诞或"极限境遇"中去承受、领认孤独的存在，在某种自觉或无奈的选择中寻求存在的意义。在《河边的错误》、《现实一种》、《世事如烟》等为代表的前期作品中，文本所袒露的现实世界荒诞无比，其中的人物也总是处于"此在"被抛状态；在《在细雨中呼喊》中余华更是倾力去触摸弱小生命的心灵绝望感和生存恐惧感，"再也没有比孤独的无依无靠的呼喊声更让人战栗了，在雨中空旷的黑夜里"。小说也变成了对处于荒诞处境中生命存在的追问。人们一般都把《活着》等20世纪末创作的长篇小说视为余华创作的转向，然而万变不离其宗，"个体的无助"——在黑暗世界中绝望地受难是个体生命无法抗拒的悲剧，也是余华所执意表现的主题倾向。在余华看来，有关"文明"的秩序规范总是企图将人的存在纳入到一个可以遵循的体系中，当这种秩序规范被作为生命存在的基本法则时，人的存在真相就必然被遮蔽和消解。因为，这种秩序规范本身就是可疑的：它无法将人的存在一网打尽，也不可能对人和世界构成最后的支配，真正构成支配性的力量的是那些未被规范的存在；余华把这种存在的一部分称为"命运"——一种不断干涉人的存在的无法言说的神秘力量。《活着》中福贵的"活着"就是如此。《活着》虽然是"回忆"往昔的苦痛与悲哀，但是，其所指的"现在"却不具有任何优越于"过去"的地方："过去"与"现在"没有任何差异性，两者完全处在一个平面上；时间无法改变个体生命的悲剧命运，世界始终不渝地以其黑暗性挤压个体生命的存在。正是在对历史"具体性"的淡化书写中，福贵的一生成为一个生存与存在的寓言，他的"活着"不只是触及了当代中国的历史，而是更为广泛层面的时间与存在。

格非的《褐色鸟群》一如既往地建造了一个关于生命如何存在的叙事迷宫，其文本结构类似"埃舍尔怪圈"的系列圆圈。在这样的叙事迷宫中，文本涌现出众多的"似是而非"的细节，叙述总是在迷宫中绕圈子，在似真性与变异之间看不清故事的真相。而唯独明晰的只有一点："我"蛰居在"水边"，由于天天写作使"我"出现幻觉；"褐色鸟群"既是使"我"知道时序嬗递的信号，也是使"我""忧虑"的潜在力量，同时更是"我"在混乱颠倒的主观时间中唯一厘正"我"的时间观念的东西。问题的实质在于，在《褐色鸟群》的叙事中，格非把关于形而上的时间、实在、幻想、现实、永恒、重现等有关哲学本体论的诸般思考，与重复性的叙述结构结合在一起，而"存在还是不存在？"这个本源性的问题便随着叙事的进展漫无边际地扩散开来。也许，作者通过对时间、记忆以及孤独个体的生存境遇带有几分玄学意味或荒诞色彩的描述，表现的是近似萨特的思考：存在是"虚无"的，现实是"恶心"的，人正是在"不是其所是和是其所不是"的状态中荒谬地生存着。

北村的小说明确地质疑了现世的合理性和存在的自足性，他惯于在黑暗无光、沉沦无望的现实世界中发掘人性深处的阴暗与罪恶；强力、金钱、欲望是这个世界的基本要素并驱使现世处于荒诞的自我否定之中。在《施洗的河》、《张生的婚姻》、《伤逝》、《消失的人类》、《孙权的故事》、《玛卓的爱情》等小说中，北村刻画了一颗颗四处流浪无所归依的灵魂，发露出人们渴望脱离苦海的心灵裂变，那是一些既孤独又渴望救赎的灵魂。他们感同身受着生存的苦难，四处寻求生命存在的理由，寻求救赎之道。海德格尔在《诗人何为？》中曾说我们置身的时代是一个"贫困的时代"，它处于世界的"黑夜"，且大地悬在"深渊"中。卡夫卡、萨特和加缪都看到了这样的一个可怕的深渊式现实；这种深渊处境则被北村称为"人类的尽头"（《施洗的河》），无底的深渊呼唤着无限的存在，然而人却是有限的存在。北村创作的独特之处在于，把孤独者放在某种不可理喻的处境中，让主人公面临具有荒诞性的两难化局面，再现孤独者只有面对不可理喻的生存处境时，生命的潜能和可能性才会得到激发，人的意志和尊严才开始显现，人类所面临的真正的生存现状也才能得到呈现。

第四节　返回"民间"和融入"大地"

陈思和先生曾对 20 世纪末中国文学的"民间化"症候做过精辟的阐释。我以为，"民间化"创作症候其实更多地体现在"先锋小说"中。

事实上，在 20 世纪晚期的文学中有关"民间化"的创作的凸显并非创作者们一时的心血来潮，文学的"民间化"之所以浮出缘于社会情境和文化语境的变迁、市场经济浪潮冲击等诸多因素，尤其是当权力话语叙事和真理话语叙事已经面临强势不再的局面时，作家们对新的价值规范尺度和新的安身立命之所作出的探索。即如陈思和之言："本文所用的'民间'，是指中国文学创作中的一种文化形态和价值取向。在实际的文学创作中，'民间'不是专指传统农村自然经济为基础的宗法社会，其意义也不在具体的创作题材和创作方法，'民间'所涵盖的意义要广泛得多，它是指一种非权力形态也非知识分子的精英文化形态的文化视界和空间，渗透在作家的写作立场、价值取向、审美风格等方面。知识分子把自己隐藏在民间，用'讲述老百姓的故事'作为认知世界的出发点，来表达原先难以表述的对时代的认识。"[1]"'民间'问题虽然主要在文学范围被谈论，它的实际指向却不限于文学，而牵涉到整个社会存在的结构，包括社会的权力、话语、道德规范、美学趣味以及整个的价值和行为标准，直至这个社会天

---

[1]　陈思和：《中国当代文学史教程》，复旦大学出版社 1999 年版，第 363 页。

命的运行趋向。"①

由于"先锋小说"作家的特殊的文化身份和价值立场，他们笔下的"民间"在某种意义上也是一种审美化的"想象的共同体"，类似于之前主流文学的宏大叙事对国家—民族的想象。易言之，在"先锋小说"中"民间化"不在于具体的创作领域和艺术方法，而是一种新的视界和新的立场；"民间是这样一种东西，它可能对任何一种主流文化都阳奉阴违。在统治思想的左派或右派之外，民间坚持的是常识和经验，是恒常基本的东西。常识总是被意识形态利用或歪曲，一旦烟消云散，露出水面的乃是民间平庸但实在的面貌，民间并不准备改造世界，它只是一个基础。民间坚信的是世界的常态，而不是它的变态。而文学的基础也是如此。真正有价值的文学必然是民间的。至少它们必须是在民间的背景下创作的。"②"民间"至少包含了这样的含义：作为社会结构的现实民间、作为文化结构的历史民间与作为知识分子精神立场的价值民间。而统摄这三层话语含义的在某种意义上则是海德格尔的有关"大地"（Erde）的言说。

无疑，"世界"（Welt）与"大地"（Erde）是海德格尔艺术哲学中的一对核心概念。它是海德格尔对"生存空间"的双重建构，这种建构后来发展成为"天、地、神、人"的四重建构。在海德格尔的存在论中，"世界"是显露的"意义"领域，"大地"是凭借可靠性得以归属之"非意义"所在。"世界"与"大地"一开放一锁闭，而建立一个世界和制造大地是艺术作品的两大特征，从本质上说也就是作品的完成。从"世界"与"大地"的关系及相向运动可以得出艺术的本质。在对艺术作品本源进行哲学阐释的论文《艺术作品的本源》中海德格尔认为，艺术作品无异于"世界"与"大地"的承受者与体现者，只有从艺术作品入手才能实现对二者的解蔽。"艺术作品之为艺术作品是归于'无'的。因此我们无法直接找到艺术作品的作品存在，而须从作品最直接的现实性——物因素——入手。在分析了传统

---

① 郜元宝：《中国当代文学中的民间和大地》，《文学世界》1995 年第 1 期。

② 于坚：《当代诗歌的民间传统》，《当代作家评论》2001 年第 4 期。

的物的概念以后，发现那不过是对物的扰乱而不能给人以存在意义上的物的概念，它无非是人们将制作器具的过程强加到物上去罢了，但是这却给我们以启示。器具，它具有物因素，但不具有物的自身构形的特性，因此它不是纯然物；它也和作品一样是被制作存在，但又不具有作品的自持。因此在纯然的物与作品之间它是一个处于中间地位的存在者。也许能从器具入手来分析作品中的世界与大地。"①

为了准确地说明问题，海德格尔对梵高的一幅画《农鞋》从"器具"的角度入手来分析作品中的"世界"与"大地"，而"器具之器具存在"在画中之所以达到它的无蔽状态，是因为"器具之器具存在"在乎其"有用性"，但"器具"的"有用性"又植根于更为本质的充实性（"可靠性"）中。"凭此可靠性，农妇被置于大地无声的召唤中去；凭此器具的可靠性，她把握了自己的世界。世界和大地为她而在……"② 概言之，一双鞋子的可靠性就是把农妇带入"大地"无声召唤之中的东西。海德格尔眼中的"大地"不是自然科学所说的宇宙中的一个星球或某种地质集合体，而是类似于古希腊人所谓的"physis"——涌现出万物又将万物收回自身的所在。因此，"可靠性"指的是"器具"不断地沉潜于"大地"、向"大地"的归属性。在这种归属中，农妇才得以把握她的"世界"及"大地"的意义。"世界"与"大地"在这里得以呈现它们自己："世界"是显露出的"意义"领域，而"大地"则是凭借"可靠性"得以归属之"非意义"所在。这里的"非意义"并不是"没意义"，而是一种"无意义的意义"，也即海德格尔所言的"大地"。而"可靠性"指的是器具不断地沉潜于大地、向大地的归属性。在这种归属中，农妇才得以把握她的世界及大地的意义。③

问题更在于，艺术品既不是"物"也不是"器具"，而是对"存在"

---

① 高靖生：《世界与大地——海德格尔艺术哲学的核心概念》，《湘潭师范学院学报》（社会科学版）2002 年第 2 期。

② ［德］海德格尔：《林中路》，孙周兴译，上海译文出版社 1997 年版，第 35 页。

③ 参见高靖生：《世界与大地——海德格尔艺术哲学的核心概念》，《湘潭师范学院学报》（社会科学版）2002 年第 2 期。

的揭示。因为艺术就是让万物与"大地"的本源关系在冲突中敞开,它既是创造性的"诗"也是真正的"思"。在这里,"世界"和"大地"之间构成一种类似"在场"与"不在场"的关系。作为意义的"世界"呈现在人的感性视域中,为人所把握;而"在场"的意义之后却蕴含着"不在场"("大地")的无限可能性。由此,"大地"与"世界"作为一个自我完形的作品的源始要素,它们均反映出整体的面貌与意义——"世界"是"隐"着的"大地"的现实性,"大地"是"显"着的"世界"的"支架"与"底座"。在海德格尔看来,"世界"与"大地"的冲突,现代技术与自然或存在本身的冲突,以及"座架"、"裂隙"、"固定"等异化现象,都是无法消除或扬弃的,但却可以去掉它们的遮蔽和伪装,使之显露出自己的根基(大地)。①

这意味着,海德格尔以抽象化的"大地"作为存在的归所和本体,并引据荷尔德林的诗句"人,诗意地栖居在大地之上",指出了人、艺术家及其作品对"大地"的归属性:"作品把自己置回(set back)之所,以及在作品的这一自行置回的过程中涌现出来的东西,我们称之为大地。大地是涌现者和守护者。大地独立而不待,自然而不刻意,健行而不知疲惫。在大地之上和大地之中,历史的人把他安居的根基奠定在世界中。作品对大地的展示必须在这个词严格的意义上来思考。作品把大地本身移入世界的敞开,并把大地保持在那里。作品让大地成为大地。"②无独有偶,中国当代诗人于坚对"民间"也有过近似的表述:"民间依附的永远只是生活世界,只是经验、常识,只是那种你必须相依为命的东西,故乡、大地、生命、在场、人生。"③

毋庸赘言,"先锋小说"的"民间化"创作彰显出一种激活灵性和返回"大地本源"的精神召唤,让被传统理性主义或专制化的观念形态压迫、

---

① 参见陈海燕:《谢林与海德格尔艺术观念之比较》,《安徽大学学报》(哲学社会科学版) 2009 年第 3 期。

② 郜元宝编译:《人,诗意地安居》,上海远东出版社 1995 年版,第 102 页。

③ 于坚:《何谓日常生活》,《散文》2002 年第 2 期。

被即将来临的技术工业物质文明异化的存在（人）返回民间，融入大地的怀抱。也因此，"先锋小说"中大都先在地潜涵着一个无处不在的大地乌托邦——"民间"，作家们的言说都离不开"民间"/"大地"的依托，于是"民间"与"大地"形成了互为喻指的文化隐喻，构成了"先锋小说"诗意言说的本源与辽阔的语境，而万有之归所的"大地"在艺术创造中具有表象、本体和源泉三位一体的意义。

必须指出，存在主义文学的"民间化"诉求的旨归仍然是存在的问题：它从神圣的宏大叙事、题旨回归到个体生命，并进入到"民间"的文化生态与世俗生存的本真境况。"先锋小说"作家们之所以主动地选择"民间化"的生存立场，一方面是为了从中寻找最为本源的生命情态和存在状态，使自己对人类生存的探索获得更为丰饶的历史文化土壤；另一方面是因为"民间"以其特有的松散和多元的文化结构，为人的生命创造力提供了无限广阔的、自由自在的生存空间。相对而言，存在主义文学的"民间化"叙事与以往文学创作中的乡村民间的情境与概念不同，同传统知识分子所刻画的乡村的浪漫"风情"与破败现实的对比也不同；它的精神内核是在生存论层面上而不是在现实或理想的层面上展开的。皆因，"民间蕴含着巨大的生命活力，这种活力不仅在于给予知识分子以丰富的启示，获得精神自由生长的可能并使其意识到民间大地上存在的文化精髓，而且这活力还体现在他自身难以更改的生活秩序以及对其自足性的顽强坚持和对外部力量的抵制与消解。如果说前者是对人的生命、文化的思考，那么后者则主要在生存的层面上看出民间存在的整体意义。'生命'与'生存'是相关的，但又有所不同，生命对于人而言是内在的，是属于自我的，而生存则更多地指向与人相关的各种社会关系以及生活方式"①。

莫言的"红高粱系列"小说以对民间的皈依情怀构建了一个激荡着生命意志与酒神精神的"高密东北乡"的乌托邦，从而超越了对田园劳作、土地眷念的悲悯而抵达对生命存在本源的追思诘问。莫言将那些同古代英

---

① 王光东：《民间的当代价值——重读〈九月寓言〉》，《文艺争鸣》1999 年第 6 期。

雄侠士、绿林豪杰具有一脉相承的乡野之民的生存意志以及对苦难的抗争，还原为"民间"永恒的悲歌与壮剧，而强健的生存意志是人物形象对自身作为生命存在的一种悟察。这样，大地／民间、生命／自然、人性／诗性等相关因素统一成关于民间存在的文学载体，其间张扬着的是尼采式"酒神精神"。尼采的"酒神精神"是将生命意志加以充分肯定与弘扬的最为典型的审美状态，然而问题还不仅如此。傅道彬先生在《晚唐钟声——中国文化的精神原型》中通过研究《周易》和《诗经》发现了中国文化的兴象系统中隐藏着深刻的生命事实，认为《周易》是对野性的生命恋情的歌颂，《诗经》中的许多诗也绝不是什么"温柔敦厚"的诗教，而是充满蛮荒的自然生命的情趣。这无疑是对《周易》生命哲学别开新意的、不乏启示意义的读解。由此引申出的是，莫言在他的审美沉思中找到了积淀着祖先或民族生命经验的原始意象——"高密东北乡"和"红高粱"，当诸如此类的原始情境在作家艺术虚构过程中奔涌而出时，被正统文化淡化或遮掩了的"酒神精神"鲜活地出现在读者面前，既有种族记忆中集体无意识的心理原型和传统生命哲学的质素，也容纳了尼采的那种高蹈般的生命意识冲动——其实质是一种审美化的生命精神。

季红真在谈到《红高粱家族》时曾指出这部作品渗透着佛教轮回观念的生死意识，重生也重死。① 如果说，艺术是生命的、感性的、自由的，而以"高密东北乡"为指代的乡土民间的生命世界也是一种自为自足、无所畏惧、朴素坦荡的存在形态；那么，生命一旦与感性、自由、解放相联系就具有了审美的意义：不再是乡土民间的自为状态而是自由自在的审美状态。简言之，莫言通过"原型"对乡土民间的自然生命进行艺术性还原，在强化了生命的"酒神精神"中成功地实现了其创作意图：有感于现代人种的退化，竭力寻求现代人与远古自然生命的精神联系，为生命力退化的现代人呼求一种雄强而自由奔放的生命精神。尽管，"红高粱家族"等小说对生命自由的终极指向只能是一种乌托邦式审美期待，然而莫言小说的

---

① 参见季红真：《神话世界的人类学空间》，《北京文学》1988 年第 3 期。

审美意义就在这乌托邦境界中诞生，它为当代"先锋小说"创作贡献了极为难得的"狄奥尼索斯式"典范之作。

与莫言有些相似，山西作家吕新的创作有着丰厚的民间资源和文化体验。其长篇小说《草青》既是一部典型的家族小说，更是对民间文化与乡土生存的玄思、认同与悲悯。"小说的真正的叙事目标是通过这些故事与人物建构一个诗性的'乡土民间'。可以说，小说的真正主体不是故事，不是人物，不是命运，也不是场景，而是一个形态丰满、意象纷呈、众声喧哗的'民间形象'。"《草青》所描述的是经典的民间记忆和极富现场感的民间生存的遇合，"经由经验叙事与超验叙事的这种'合谋'，《草青》所营构的民间就变成了一个魔幻而荒诞的民间，这种魔幻和荒诞既是对于特殊时代的一种寓言，又某种程度上构成了对民间精神现实的隐喻"。[1]无疑，这是一部在世俗化生存与"民间化"叙事中探询人类存在本源的寓言性作品。

余华的《活着》无非讲述着：活着就是为了活着——活着的全部意义浓缩于此；活着是前提，怎么活才是症结所在。小说对"穷人的翻身"必然以"富人的败落"为叙事逻辑所构造的"革命"神话进行了解构，把两者互不相容的"历史"连接起来，从人性和历史两个层面上还原了"人"的生存内涵，使得历史叙事逻辑转向并符合民间思维逻辑和情感倾向，人的生存情状——"活着"便敞露了它的古老而惯常的逻辑——财富是轮回的，人性是随遇而变的，个人在强大的历史面前是无能为力的，生命虽然温馨而生存本身却是苦难的。这正是中国平民大众熟识的"历史诗学"，所谓富贵无常、祸福相生、苦乐相倚的永恒的民间哲学思想。《活着》因此堪称民间化创作的存在主义范本。

《许三观卖血记》在某种程度上也是"在生存的层面上看出民间存在的整体意义"。小说叙事有意借鉴和采用了民间故事的复沓式叙述——无论是徐玉兰坐在门槛上哭诉，还是许三观卖血，大同小异的场面重复多

---

① 吴义勤：《长篇小说与艺术问题》，人民文学出版社 2005 年版，第 163 页。

次。显然，文本的叙事表明许三观们的生存方式不存在任何复杂而激愤的因素，当然，这是相对于陀思妥耶夫斯基、卡夫卡以及残雪的创作而言的；即，《许三观卖血记》中没有曲折的无意识表露，阴暗的勾心斗角，处心积虑的报复，暴烈难抑的仇恨；许三观们显露出的是种种保守与无知，甚至他们的想象力也仅仅滞留在红烧肉与爆炒猪肝之上；不仅如此，许三观们身上保存了一种朴素的人道主义，一种守护生命的温厚；其中看不到灵魂的拷问导致的自杀或者不堪羞辱而泼出一腔热血，诸如仇视、报复、渴念都不会冲决这种温厚的界限。余华就是在这种稳定、停顿、保守、无知之间察觉到生命存在的博大内涵。① 这种人生哲学隐含于民间/大地的宽容而博厚的、最为本源的生命情态和存在状态中，海德格尔所谓"在场"的意义之后却蕴含着"不在场"（"大地"）的无限可能性。

叶兆言的"夜泊秦淮"系列（《追月楼》、《状元境》、《十字铺》、《半边营》四个中篇）分别讲述了中国近代史上四个旧式家族——秦淮人家的故事，叶兆言将叙事放在远离政治争斗的民间底层的市井生活中，作品有意避离那个时代的文化冲突——不再是传统与革新的矛盾并以虚拟的叙述逼近历史，而是秦淮河风雨剥蚀的民间化生存样态，作者津津乐道于各种世态风情，着力于对旧时金陵潇潇暮雨式生存情境的描摹。事实上，"夜泊秦淮"的称谓已直接把一种俗人、俗事、俗情、俗状的民间风貌以隐喻的方式显现出来。因此，读叶兆言的小说常常会沉浸某种极世俗、极风月，却又极舒缓、极清迈的审美意境里。叶兆言认为人生就是身置困境，如同停留在民间秦淮的夜雾中，困境本身构成了存在者去突破困境的诱惑，然而走出一个"楼"或"境"就会进入另一个"营"或"铺"，秦淮人家的世俗性生存注定了人只能在存在困境中徘徊。

"夜泊秦淮"之类的创作实际上直陈"新历史小说"的要义。"新历史小说"往往以个体无常的命运历史替代社会必然性的历史，以日常生活中的随机性与不确定性替代理性社会的规整性。如格非的《敌人》不啻为一

---

① 参见南帆：《民间的意义》，《文艺争鸣》1999年第2期。

种人生兴衰无常的历史的寓言，它呈示了民间文化中关于复仇、报应、生死、财劫等种种原型主题，充满了恐惧、猜忌、宿命以及自我暗示等民间的集体无意识。而所有这些都蕴含于我们这个民族悠久的历史时空中。"某种意义上说，新历史小说讲的不是历史，作家不过是在一个非现实的语境里有所寄托而已。民间是为沟通历史与现实而设的渠道，它也同样可以营造一个非现实的语境来表达当代的情怀。"①

苏童的"枫杨树故乡"小说的"新历史主义"倾向，按苏童自己的话来解释就是一种"历史的勾兑法"："我随意搭建的宫廷，是我按自己的方式勾兑的历史故事，年代总是处于不详状态，人物似真似幻……我常常为人生无常历史无情所惊慑……人与历史的距离亦近亦远，我看历史是墙外笙歌雨夜惊梦，历史看我或许就是井底之蛙了。什么是真的，什么是假的呢？"② 在"历史的勾兑法"中苏童的小说有效地简化历史的同时并切实地丰富它：把政治底色和本质论话语祛魅后还原以不假修饰的凡俗生活场景。如《罂粟之家》在对"红色虚构"的历史叙事重新进行了世俗化的解读与重构后，还原了民间历史中人的生存本相；《我的帝王生涯》"把北方和南方、农人和城镇、市面与黑道、男人和女人种种生存景象连接在一起，复活了一幅幅生动的历史图画。弱肉强食，冤冤相报，悲欢离合，盛极必衰，它的叙事中氤氲着一个古老的文化模型，一种久远又熟悉的色调，一种种族历史所特有的情境和氛围，还有与中国传统的世情小说特别类似的那种怅惘、荒谬、愁绪和诗意"③。《米》中作为"枫杨树故乡"游子孤魂的五龙，其生存挣扎和生命终结的背后隐含的是对生命存在的疑虑和对人生意义的否定。只不过，这种颇具存在主义意味的构思被苏童用"食"与"性"的冲突——最具原生态和世俗化特征的生命困惑来传达和思考。可以说，当苏童的小说将"历史"放归到民间性语境后，有关"枫杨树故乡"的叙事在不经意间被一种悠远和真切的意蕴、凄美和苍凉的情

① 陈思和：《民间的还原——文革后文学史某种走向的解释》，《文艺争鸣》1994年第1期。
② 苏童：《后宫》，江苏文艺出版社1994年版，"自序"。
③ 张清华：《天堂的哀歌——苏童论》，《钟山》2001年第1期。

调所充斥，无可名状却又难以释怀。小说创作这种审美活动也就顺理成章地回归本性，且成为生命个体的通道：被隐匿的价值性存在从中敞亮而出，并抵达生命存在自由解放的境地——诗性栖居状态和体悟美感境界。

综上所述，"先锋小说""民间化"创作的意义在于："在各种虚无主义盛行的世纪，保留这份民间记忆，似乎更能获得某种存在的亲切感。……这样的民间虽然没有当前化的真实性，却包含着一切民间所共有的生存价值的确定性。他们的问题，似乎都导源于某种记忆、某种历史，但真正的思想指向，却并不局限于历史记忆，更针对当代文化与生存状态面临的实际困境。或者说，他们是自民间的立场，对当代世界进行一种整体批判。"①

第五节　悲患精神的审美表述

毋庸讳言，学界之于"先锋小说"还存在着一些不同见解。其中不乏偏见，诸如，"先锋小说"是以解构文学的人文价值向度和摒弃创作的现实关怀精神为旨趣。对此，我则不以为然。尽管，"先锋小说"已经没有了鲁迅那种"寄意寒星荃不察／我以我血荐轩辕"的忧思，更缺乏艾青"为什么我的眼里常含流水／因为我对这片土地爱得深沉"的忧虑；但有一点却十分明确，"先锋小说"创作是以"异端"的姿态表达出类似于"中国，我的钥匙丢了"（诗人梁小斌的一首诗歌名）的忧患，一种忧患精神日益被稀释时代的忧患，一种没有明确的追寻目标而"梦醒之后"又在茫然中寻觅的忧患；或，一种存在价值阙如的本源性焦虑。

它缘于"先锋小说"面临的生存处境：与传统断裂的同时又得承受西方的后殖民文化的压力，同时还必须直面商业化时代人文精神的贬值。在这样的社会文化语境下，世俗化社会价值选择的多元化与碎片化使得个体

---

① 郜元宝：《中国当代文学中的民间和大地》，《文学世界》1995年第1期。

存在的整体性被肢解，个体生存方式便处于零散化的当下状态。于是，如何以个体生存根基和自我存在的意义为基点，对当下文化语境及其困惑进行深切自审成为"先锋小说"的创作价值指向，也成为一种诉说无端忧患的时代症候；"先锋小说"中最具影响的一些作家包括残雪、余华、孙甘露、莫言、格非、苏童等都以"异端"的立场和视点超前性地领受新的存在状态，向现实社会提供了属于自己的那一份思想表达，因而也就履行了自己对于时代所承担的那一份职责。①

众所周知，存在主义是西方现代文明危机的产物。而"存在"的"焦虑"是存在主义产生的精神动机和思想根源。存在主义认为个人的价值高于一切，因此存在的焦虑是个体存在者在"异化"的实存状态中最为基本的心理感受和情绪体验。

问题恰恰在于，这种存在的焦虑起因于生命个体对"存在"的无限性与"此在"的有限性之悖论的体认。神学存在主义哲学家保罗·蒂利希在《存在的勇气》中对存在的"焦虑"如此评说："关于焦虑的性质的第一个判言是；焦虑是一种状态，在这种状态中，存在物能意识到他自己可能有的非存在"，也即，"焦虑是从存在的角度对非存在的认识"。②事实上，"焦虑"、"恐惧"或"畏"、"烦"都是存在主义哲学家喜欢使用的话语概念。克尔凯郭尔曾经将"恐惧"作为"孤独个体"最基本的存在状态，认为它是人存在的本质，而"焦虑"无非是"恐惧"的表现形式。海德格尔特别喜欢使用"烦"这个词，"烦"也正是"焦虑"。在蒂利希那里，"焦虑"和"恐惧"是互为内含的，"恐惧所产生的刺痛就是焦虑，而焦虑则力图指向恐惧"、"成为恐惧"。③蒂利希还对二者进行了区分："恐惧"总有一个确定的对象，如怕某物怕痛苦，怕被某人所抛弃，怕大限之来临，由于

---

① 参见陈思和：《中国当代文学史教程》，复旦大学出版社 1999 年版，第 339 页。

② ［美］保罗·蒂利希：《存在的勇气》，成显聪等译，贵州人民出版社 1988 年版，第33 页。

③ ［美］保罗·蒂利希：《存在的勇气》，成显聪等译，贵州人民出版社 1988 年版，第136 页。

它能与人相遇因而人总可以对之作出一定的反应;"焦虑"则不同,它没有具体的对象,因为发出威胁的正也是威胁本身,即"非存在";因此,对于一个有限的存在物而言要忍受纯粹的"焦虑"是不可能的,只有通过把"焦虑"转变为对某一具体对象的"恐惧",而"恐惧"就能为勇气所遭遇。但是,正如蒂利希所言,"把焦虑转化为恐惧的那些努力最终是徒劳的",因为"有限存在物对于非存在的威胁的焦虑",也就是最基本的"焦虑","是不可能被消除的,这种焦虑属于存在本身"。①

在无神论存在主义那里,只有海德格尔的"向死而在"说才具备了解除存在的焦虑的要径,它是对人类本身的存在不断怀疑、永不满足的精神。海德格尔认为,人可以本真地存在也可以非本真地存在;而存在之真会以更加让人无法拒斥的方式现形,这就是死亡。"死亡是此在的最本己的可能性。向着这种可能性存在,就为此在开展出它最本己的能在。"②人的许多活动都可以由他人代替,唯独死亡不可代替。如果一个人一生都迷失在芸芸众生之中,领悟不到自己的存在,那么在死亡来临之际,他就会在一瞬间领悟到自己的存在。这就是说,人对死的领悟,对死的自觉,对死的恐惧,最能使人从麻木状态中惊醒,从而使人反跳回来,获得生的动力,开拓出自己生命的道路,获得生命的价值。加缪拒绝神性的启示对人的安慰,但是依然看到了现代人的有限规定,他的《鼠疫》和《西西弗的神话》都力图在人的有限性无法克服的现实中扎进荒诞的快乐中。显然,存在的焦虑本身就蕴含着不可抑制的悲剧精神。

由存在的焦虑这一心理感受和情绪体验而淬炼的理性话语表述是忧患意识。后期的萨特曾被认为有马克思主义存在主义的倾向,在其著作《辩证理性批判》中,萨特把个体的人放置到历史发展和社会环境之中进行考察,并提出了历史总体化的构想,认为在人的实践中包含着历史的总体

---

① [美]保罗·蒂利希:《存在的勇气》,成显聪等译,贵州人民出版社1988年版,第37、36页。

② [德]海德格尔:《存在与时间》,陈嘉映等译,生活·读书·新知三联书店1999年版,第289、315页。

化。但萨特所指认的历史总体化同时又是人的异化——所谓历史的发展和社会的进步无非是历史的总体化和人的异化无限循环。因而，当萨特谈论历史的总体化时，他是一个乌托邦的浪漫主义者；当他思考人的不可逃避的异化时，他又是一个忧患深重的存在主义者。唯其如此，存在主义才可能对个体的生存形态、精神指向和存在价值进行无休无止的拷问。

由存在主义的忧患精神衍生出生命的悲剧意识。在具有明显的宗教倾向的存在主义者乌纳穆诺看来，"我们可以说，凡是属于生命的事物都是反理性的，而不只是非理性的；同样，凡是理性的事物都是反生命的，这就是生命之悲剧意识的基础"①。存在主义后期哲学家雅斯贝尔斯则慨叹："生命会腐朽。意识到这件事本身就是悲剧：每一次毁灭及导致毁灭的痛苦都来自一个统摄的基本实在。"②存在主义的生命悲剧意识体现为一种无缘无故的痛苦：你不要想解除它，它根本就没有原因，也无法解除，痛苦就是存在本身。问题其实在于，找回生命的悲剧意识不一定能给予人世俗意义上的幸福，但拒绝正视生命具有悲剧意识的人在人格和精神上必然不幸。这就是生命存在的不可克服的悲剧性。

"先锋小说"的出现同样是时代危机的见证和产物。20世纪初的"五四"运动标志着中国历史文化的"现代性"转换。然而，这种"现代性"转换恰恰是由世纪性危机——中国传统文化衰败的意识危机和民族生存的现实危机促成的。意识危机使构成文化思想核心的基本宇宙观与价值观随之瓦解，人的基本文化取向感到失落与迷乱："意义一旦有了危机，一个人将面临不知所措的局面。所有人的努力被证明是徒劳的，真正的恐惧就产生了，他有了一个旷野的地位，并且试图呼告，但即使走到人类的尽头，也只还有人类的气味，这巨大的尴尬击溃了人最后的自信。"③如前所述，连一代文化伟人的鲁迅也难以摆脱深陷"无物之阵"的存在的焦虑；鲁迅在《野草》中彰显的存在的终极虚无和个人的绝望反抗之间、孤独个体与社

① ［西］乌纳穆诺：《生命的悲剧意识》，王仪平译，北方文艺出版社1987年版，第38页。

② ［德］雅斯贝尔斯：《悲剧的超越》，亦春译，工人出版社1986年版，第101页。

③ 北村：《施洗的河》，花城出版社1993年版，第255页。

会群体的本源性对立之间的悲剧性张力关系，构成了他创作思想中难以化解的焦虑；这种个体存在的焦虑进而与鲁迅对社会群体存在问题的关怀纠结在一起。鲁迅在给许广平的一封信中就此概括为"人道主义与个人主义这两种思想的消长起伏"①。《野草》的独特就在于不是呈现为思想矛盾的统一或精神焦虑的克服，而是对矛盾或焦虑的自觉承担，这恰恰显示了鲁迅的存在的勇气。鲁迅之所以能深谙人生的终极虚无而仍然不懈地反抗，深知个人的本源性孤独却日益坚定地介入群体的生存斗争，其道理正在于斯。"在现代化过程中发生如此严重的意义危机，可以说是中国历史的一种特殊现象。""凡此种种，组成了一个深刻的、全面的意义危机，贯彻了20世纪大部分时期。"② 现代性危机意识以及种种价值意义上的分裂、对立和悖逆促成了作家们普遍的焦虑感和忧患感，作为一种特殊的心理情结和文学诉求支撑着具有存在主义倾向的创作，所有这些熔铸在"先锋小说"里便呈示出一种悲患意识——忧患精神和悲剧意识的融洽，具体说，是对一种"生存之忧（悲）"的审美表述。

从初出茅庐的《山上的小屋》、《苍老的浮云》、《黄泥街》等作品开始，残雪就用变异的感觉展示了一个与日常经验世界相去甚远的超验世界，占据小说中的是一些噩梦般的场景和古怪的故事。换言之，在残雪的小说中文本所叙述的世界往往是一个缺乏连续性、逻辑性的时空体，其中的人际关系极端陌生和反常；生命存在的本真蔽而不显，过去和记忆被搁置，将来也很虚妄，无所依凭的现在成了一切痛苦之源，人在梦魇般世界里迷失了生存的确定性，生命于是在现存中无声无息地消耗殆尽。《黄泥街》中江水英钻进笼子后执意不出来，《苍老的浮云》中虚汝华把自己禁锢在钉上铁栅的小屋里阻挡他人的侵入，《我在那个世界里的事情》中"我"唯一可做的就是待在盖上盖子的大木箱里。当残雪近乎本能地怀疑着所置身

---

① 鲁迅：《两地书·致许广平二四》，载《鲁迅全集》第 11 卷，人民文学出版社 1981 年版，第 212 页。

② 许纪霖：《二种危机与三种思潮——20 世纪中国的思想史》，《战略与管理》2000 年第 1 期。

的时代，并将人的整体生存状态描绘为不可规避的悲剧性处境时，颇似陀思妥耶夫斯基在《罪与罚》中营造的那种"上天无路，入地无门"的深渊情境，整部小说因而充满着阴沉的忧郁，热病似的彷徨和动摇，以及对生活的混乱与黑暗的难以消除的恐惧，它撰写着的是一部伟大而病态心灵的苦难史。这就不难理解，残雪的小说何以从来不提供世俗的愉悦和来生的指盼，而是以冷酷如铁的寓言化写作表达对人类生存悲剧的深切忧患。

在叶兆言的"夜泊秦淮"系列小说中，历史存在的幽晦性和人类生活的自欺性所导致的虚泛化存在状态，既为特定背景中的人物所拥有、所体悟，更为作者所持守、所洞察。只有当创作主体对生命具有透彻的感悟时，他创造出来的人物才可能处在如此状态中。叶兆言在"夜泊秦淮""无人家"的挽歌情调中写出了他对"生存之忧（悲）"的审美体悟。在这些小说中，人生犹如迷失于秦淮烟雨那缥缈般朦胧的幻境，最可悲的就是既感觉不到头也感觉不到尾，个体存在的无常命运的过程替代社会必然性的历史。"夜泊秦淮"提供的这种存在本身，使人在既完整又"无始无终"的秦淮故事和掺揉着缠绵琴曲的人生况味中，领略到一种孤寂苍凉的悲剧意识。如同叶氏的夫子自道："事实上，我们就这么生存着，我们一边感伤地回忆过去，一边平庸地度过现在，同时又不无期待地展望未来。"①

当余华说"现在我似乎比以往任何时候都明白自己为何写作，我的所有努力都是为了更加接近真实"时，他已把笔下的"世事如烟"般的世界坠入苦难和绝望的深渊，似乎谁也逃不脱苦难和绝望——"难逃劫数"，在冥冥中不由自主地向着末日之境走去。实际上，余华在创作之始就感受到了人之生存的苦难以及生命的"向死而在"："从《十八岁出门远行》开始，……弥漫在文字中的杀戮、暴力、血腥、欺诈、阴谋交织出一幅浓重的罪恶黑幕，它不仅让人感到恐惧和不安，更让人感到世界的黑暗和无边的苦难。"② 早期创作的《现实一种》不露声色地述说了一场生命大

---

① 天乐、叶兆言：《用"不爱"，来说爱》，《中华读书报》2005 年 10 月 12 日。

② 昌切等：《苦难与救赎——余华 90 年代小说两大主题话语》，《华中科技大学学报》（社会科学版）2001 年第 2 期。

灭绝，以回避的方式揭示了一种人们早已熟视无睹或视而不见的苦难／死亡的生存现实，所谓"现实一种"。《在细雨中呼喊》一开篇就"残忍"地讲述了一位六岁男孩——"我"对死的印象，"我"目睹着死去的人看上去像是睡着的——"原来死去就是睡着了"。这是因为，当令人窒息的苦难全都附加在一个少年身上后，他似乎无可奈何又只能一劳永逸地陷入到绝望之中；而仅仅是为了寻找某种绝望中的希望，作者为他臆造了一个空洞的精神幻影——"我"的祖父青年时期的英雄时光；以便每当"我"饱受冷遇、虐待的时候就把记忆的链条伸越到祖父的青年时期，这是"我"苦难心灵的避难所，更是存在主义意义的"自欺"；然而对祖父过去的缅怀得到的不是坚实的安慰，面对现实的强大苦难连安慰本身都成为绝望；也许只有死亡或对死亡的向往才是最终摆脱如影随形的苦难相逼的归途。"在他90年代小说转型中，'苦难'这一主题被继承下来，但这并不是简单、低级地重复，而是在形式上显现出新的艺术风貌，在内容上体现了新的意义。"①《活着》上演的其实是一出由死亡连缀的生命悲剧，余华借此把"生存之忧（悲）"渲染得无以复加，痛彻心扉。当福贵的儿子、女儿、老婆、女婿、外孙——死去时，死亡成了一种宿命笼罩了福贵的后半生，最终只留下他与一头老黄牛孤独地生活在这个世界上，死亡对生命的消蚀带给他的是无以复加的苦难和永无休止的心灵折磨。余华之所以痴迷于苦难和死亡——即使是"活着"也是用死亡来演绎，是因为死亡更能显示命运的力量：人在命运面前着实脆弱，除了苦难地生存，默默接受命运为你的安排。其实在《在细雨中呼喊》中就可以找到《活着》的旨意："除了生命本身，我再也找不出活下去的另外理由了。"亦如《世事如烟》中所宣示的："一切都像是事先安排好的，在某种隐藏的力量指使下展开其运动；……如同事先已确定了的剧情。"所有的无非都是"命中注定"。这可以归结到余华对现实人生的存在主义解读："人类自身的肤浅来自经验的

---

① 昌切等：《苦难与救赎——余华90年代小说两大主题话语》，《华中科技大学学报（社会科学版）》2001年第2期。

局限和对精神本质的疏远，只有脱离常识，背弃现状世界提供的秩序和逻辑，才能自由地接近真实。"①

与余华小说相似，苏童小说对"生存之忧（悲）"的思考仍然绕不过苦难与死亡。不同的是，苏童的小说是在唯美和温婉中运行一种命定般叙事逻辑：或悲欢离合、盛极必衰；或荣华正好，无常又到；或世事无常、浮生若梦。读者只能在一种平静的审美愉悦中悲叹生命的脆弱与无奈，其感受就像《妻妾成群》中的颂莲："……她每次到废井边上总是摆脱不掉梦魇般的幻感。她听见井水在很深的地层翻腾，送上来一些亡灵的语言，她真的听见了，而且感觉到井里泛出冰冷的瘴气，湮没了她的灵魂和肌肤。"其实，颂莲第一次走近那口井时就仿佛在死过上代女眷的深井里看见了自己和梅姗的影子，然而她又难以避免而只能固执地滑向罪恶和死亡的深渊。生命在她心目不过是一种存在的形式，人所能把握到的仅仅是噩梦般的苦难，如影随形的死亡却实实在在的让人感触到。"《妻妾成群》这样的小说称得上是一首诗，如同林黛玉的葬花词，红颜少女，落难无助，遭受命运的摧折。这是苏童的挽歌和哀歌中一个格外鲜亮凄美的旋律，它是古代、江南、天堂和地狱的结合体，一件精致的危如累卵的古物瓷器，让人心中泛起无限的担忧与愁绪、无奈与叹息。"②

其实何止是颂莲，在苏童笔下死亡好像随时随地都与人不期而遇；而人却是那样的渺小无力、脆弱易逝，漠然地承受着命运的安排，在突如其来的死亡面前失去了一切可供凭借的基脚，根本无法把握自己而甘愿听凭死神之手的摆布。在此意义上，"他写作，表达美好和思考，表现人的种种存在，那就是他在用自己的良知审视自己的心灵，回味生命，为人们贡献着独到的、用心用力的艺术文本"③。

准确地说，"生存之忧（悲）"既是存在主义文学的特定命题，更是现

---

① 余华：《虚伪的作品》，《上海文论》1989 年第 5 期。

② 张清华：《天堂的哀歌——苏童论》，《钟山》2001 年第 1 期。

③ 张学昕：《"虚构的热情"——苏童小说的写作发生学（二）》，《当代作家评论》2005 年第 6 期。

代人一种普适性的生命体验和存在忧虑；"生存之忧（悲）"在尼采那里被规定为对悲剧精神的艺术拯救："尼采的意图就是要人走向悲剧艺术，通过悲剧意识去开掘生命本能中所有丰富的内涵，特别是通过悲剧艺术去唤醒生命艺术，使两者合为一体，进而提升生命，实现生命最自由自在的活动。"① 而"只有作为审美现象，人世的生存才有充足理由"。唯其如此，文学创作才真正能达到对"生存之忧（悲）"施以"形而上的慰藉"。② 尽管，"先锋小说"缺乏尼采那种对生命的悲剧性存在所实施的艺术拯救和精神提升，但它对"存在之本真"的倔强探询和悲悯情怀仍不失为一种对生命"生存之忧（悲）"的"形而上的慰藉"。

---

① 周春生：《悲剧精神与欧洲思想文化史论》，上海人民出版社 1999 年版，第 139 页。
② 周国平编译：《悲剧的诞生——尼采美学文选》，生活·读书·新知三联书店 1986 年版，第 275、28 页。

第九章 存在主义的"浪漫骑士"与"独行侠"

——王小波与贾平凹（《废都》）

将王小波与贾平凹这两个似乎并不靠谱的作家链接在一起，着眼的是其"浪漫／自由"（王小波）或"独行"（贾平凹曾被称为中国文坛的"独行侠"）的为人、为文的品性上。更准确地说，这种为人、为文的品性在很大程度上与存在主义具有特定的意义关联。需要申明的是，贾平凹被纳入论域所指的作品只有《废都》。对于一个作家而言，其实一部作品就能奠定其创作地位和文学意义，这或许就是当年丁玲主张"一本书主义"的初衷。

第一节 "黑夜"意识与"深渊"体验

19世纪德国哲学家、存在主义先驱谢林曾在他的《艺术哲学》中指出："现代世界开始于人把自身从自然中分裂出来的时候。因为他不再拥有一个家园，无论如何他摆脱不了被遗弃的感觉。"[1] 卢卡奇在《理性的毁灭》中曾将谢林指称为"非理性主义的鼻祖"、"哲学危机的预见者"，并"已经为叔本华规定了前提，就像后来为尼采，再后为狄尔泰的'描述心

---

[1] Shelling，*The Philosophy of Art*，Minneapolis：University of Minnesota Press，1989，p.59.

理学'，现象学的'本质直观'，存在主义的本体论等等规定前提一样。"①
实际上，存在主义的应运而生正是感发于现代人的"离家"状态，并始终
不渝地探寻着"归家之路"。

在存在主义者看来，最基本的生存关系包括人与自然、人与世界、人
与他人的三大关系，本真的生存关系是非权力性的自由关系，"归家"就
是要回归到自由关系状态下的生存世界。"以海德格尔之见，现代世界的
根本危机不是别的什么，而是现代人远离了自己诗意的生存根基，悬于无
底的深渊之中而不自知。更明确地说，现代人不再以诗意的方式聆听命运
的声音，不再响应命运的召唤而进入与天地神的亲密关联之中，他被作
为 Gestell（普遍强制）的现代技术所鼓动，自以为是天地万物中的主宰
者，自以为自己的意志就是一切存在者存在的根据，自以为无条件地贯彻
自己的意志是天经地义的事情，于是，天地人神之间的那种只有平等自由
的'中间'而无任何强制'中心'关系被掩盖起来了。现代人正走在远离
人的命运的途中，如此之'远离'被海德格尔看成'离家'。"② 在《诗人何
为?》中海德格尔指出，无根基性使世界进入了一个"诗意贫困"的时代，
"诗意贫困"不仅是神圣作为通向神性的踪迹仍被遮蔽着，甚至连通向神
圣的踪迹即美妙事情也似乎灭绝了。人对存在的遗忘使他在成为形而上学
的人、政治的人、经济的人、物化的人的同时，丧失了他真正的最内在的
本质，陷入了"世界黑夜"和本源破碎的"深渊"；海德格尔所说的"深
渊"（Abgrund）一词原本指地基和基础，基础乃是某种植根和站立的地
基。丧失了基础的世界和时代悬于"深渊"中；在"世界黑夜"时代诗人
（思者）的天职就是要于"深渊"最深处去探寻本源，向后醒的人们道说
已被遗忘的存在，并命名和召唤神圣。"假定竟还有一种转变为这个贫困
时代敞开着，那么这种转变也只有当世界从基础升起而发生转向之际才能
到来。在世界黑夜的时代里，人们必须经历并且承受世界之深渊。但为此

① ［匈］卢卡奇：《理性的毁灭》，王玖兴译，山东人民出版社 1988 年版，第 126 页。

② 余虹：《艺术与归家——尼采·海德格尔·福柯》，中国人民大学出版社 2005 年版，第
176 页。

就必须有入于深渊的人们。……在终有一死的人中间，谁必得比其他人更早地并且完全不同地入乎深渊，经验到那深渊所注明的标志。"[1] 诗人（思者）入于"深渊"、探寻存在乃是一种为了人类的最大的冒险，作为美妙事情（"美妙事情召唤着招呼神圣"）的歌者，诗人乃是为了他的时代而歌；也因此，冒险更甚者乃是"贫困时代的诗人"。

在此，世界坠入"黑夜"乃至"深渊"并非指一个暗无天日、动荡不堪的世界，恰恰相反，人类面对的是一个由科学理性、权力话语揭示、规制一切的技术性"白昼"，一个权力意志和技术意志确立的真理、意义与价值构成了现代世界的基础——"白昼"。时代的"贫困"并非指因物质财富匮乏所导致，亦非缺乏一般的真理、意义与价值，而是说它缺乏诗性的真理、意义与价值：由权力意志和技术意志确立的真理、意义与价值构成了现代世界的基础，但那不是本真世界的基础，构成本真世界之基础的真理、意义与价值只能是诗性的，是由天、地、人、神之平等自由游戏所确立的真理、意义与价值。而一个缺乏诗性真理、意义与价值的世界不是本真意义上的世界，而是一个没有真正的地基支撑的"深渊"。如此之"缺乏"与"没有"乃是时代"贫困"、世界"黑夜"的真正内容。

按海德格尔的思路而推论，在时代"贫困"与世界"黑夜"之际，诗性真理、意义与价值以三种最基本的方式丧失：一是逻各斯话语霸权的禁锢，以极权政治、唯一性话语、规训社会为其主要表征；二是虚无主义的诋毁，以上帝已死、诸神远遁、价值泯灭、信仰危机为主要表征；三是科学技术理性偏执的遮蔽，以唯科学论、物欲膨胀、人性异化为其主要表征。然而，艺术并不逃避世界而是致力于"诗"与"思"的结合——"诗之思"正是艺术首次从存在失落的飘浮状态中将人带回大地，使人属于这大地并因此而安居；诗（艺术）的创造被海德格尔称为一种"建筑"，"建筑"并不仅仅是通向安居的一种手段和道路——"建筑"本身就是安居。如此，海德格尔便清楚地表明：艺术不是华而不实的奢侈品，也不仅仅是

---

[1] ［德］海德格尔:《林中路》，孙周兴译，上海译文出版社 1997 年版，第 274—275 页。

手段，并非为了某种现实的功利，艺术创造活动和欣赏本身就已经将人们带入一种美妙的持存，一种"诗意地栖居"。比如存在主义作家卡夫卡，他写出了悲剧性地陷入"深渊"与"黑夜"的现代人的处境，呈现的是"现代人正走在远离人的命运的途中"，卡夫卡因而不啻为一个"贫困时代的诗人"。

尽管海德格尔对"黑夜"和"深渊"的表述针对的是当代西方社会，但20世纪是中国历史大动荡、大变迁的时代，绵延几千年的中国传统文化在"五四"时期受到西方文化的强烈冲击，从而加快了中国向现代文明转换的步伐。发生在世纪之初的"五四"新文化运动的中心课题是中国文化的重建和国民性格的再塑。当时一批先觉者以欧洲启蒙精神为思想武器，力倡人的自由和个性解放，试图通过批判和变革传统来改造国民的文化心理结构进而推动中国现代化的历史进程。"五四"运动的领袖人物陈独秀在著名的启蒙宣言《敬告青年》中，通过倡言"人权"和"科学"揭示了人的自由和解放的启蒙主题。"人的觉醒"和"个性解放"是"五四"文学的主题话语，周作人在《人的文学》中一个特殊的话语概念就是"个人主义的人间本位主义"。可见，"五四"文学反对将人的本质定义为理性实体而忽略个体价值、感性存在，倡导由立"文"而立"人"，"人"立而"国"兴——个性独立的启蒙所建构的现代民族国家最终还是"人"之"国"。最具说服力的创作文本就是鲁迅从"孤独个体"的存在体验中升华出来的诗之思——《野草》。

然而，时至20世纪30—70年代由于"救亡"主题的兴起和"革命"运动（包括思想意识形态和社会实践形式）的君临，启蒙话语的历史理性与价值理性出现了内在紧张状态，从而导致了启蒙话语出现了价值裂变并形成了持续了近半个世纪的"启蒙辩证法"演绎：以历史是"革命"或"进化"的线性时间观、具有明确而急切的功利目的的社会实践形式，以及政治实用主义三者结合的启蒙工具理性或目的理性，与虽然也有明确的追求目标、但却以对人之本体进行终极精神关怀为旨归的启蒙的人文（价值）理性之间的否定(肯定）的辩证发展进程。情况往往是，在近半个世纪中，启蒙总是以目的理性"压倒"价值理性的态势演进，长期以来革命、救亡、发展、追求、进步等话语也都被赋予启蒙理想主义色彩，个体的人不是作为启蒙的目标反而成了启蒙的工具。

50—70 年代一度出现了反启蒙（价值理性）的启蒙（工具理性）势态，其极致就是"文化大革命"上演的"启蒙神话"："如同神话已经实现了启蒙一样，启蒙也一步步深深地卷入神话。"[①]一旦启蒙目的理性本身在现代社会中得以制度化便成了一种新的神话，它在将现状合理化、神话化的同时，也使"个人被贬低为习惯反映和现实所需要的行为方式的聚集物。"[②]其目的是对人类的经验进行全方位的总体化、理性化或物化。这种"新神话"的信条将被重新当作毋庸置疑的、自我证明的东西而接受。据此，阿多尔诺甚至把"奥斯威辛"视之为启蒙理性的产物。

要言之，20 世纪中国的启蒙叙事与霍克海默和阿多尔诺的"启蒙辩证法"有着某种同质异构性："异"在前者所指的启蒙目的理性是由唯我独尊的意识形态话语范式、实用理性化的政治道德秩序体制、同一化的社会建构和运行机制等要素构成；后者则体现在把社会科学建立在科学理性基础上：社会发展由绝对的技术理性所统治、人的行为被经济机构、商品价值所规化，个人被日益精密化的科学理性所管理，启蒙（目的理性）变成了一台无所不在的操控机器，将人把控在一个总体，一个单向度的空间。进而言之，启蒙理性造就了技术理性的神话，导致了工具理性的霸权，从而使人文理性遭到了贬抑：这不仅表现为人与自然之间关系的尖锐对立，而且表现为人与人之间关系的恶化。在这里，人与自然之间、人与人之间，以及人本身出现了极度异化。所以说，由启蒙工具理性而衍生的技术理性已经成为对人实行全面奴役和统治的基础，它的目的就是维护现存社会制度。它渗透到了社会生活的各个方面，甚至已经渗透到私人领

---

① ［德］马克斯·霍克海默等：《启蒙辩证法——哲学断片》，渠敬东等译，上海人民出版社 2003 年版，第 9 页。

② ［德］马克斯·霍克海默等：《启蒙辩证法——哲学断片》，渠敬东等译，上海人民出版社 2003 年版，第 25 页。

域。因为"社会的过度成熟，靠的就是被统治的不成熟"①。

事实上，中国当代尤其是新时期文学同样面临着前述的"诗之思"的丧失方式：先是遭到了逻各斯话语霸权的禁锢；随后陷入彻底的虚无主义；当下又沦为技术理性主义制导下的物质（经济）至上的时代生存处境。这意味着，当20世纪中国步入"现代性"历程、置身于全球化的"在世"状态的时候，作家们开始对现代性进程中的时代的"贫困"和世界的"黑夜"有了切身的感受。

置身于20世纪晚期中国文坛的王小波和贾平凹正是以其"浪漫／自由"和"独行"的精神秉性，最为敏感也最为确切地体味到"贫困"时代和"黑夜"情境中的"深渊"境况。

"王小波写作的最重要的特征是他的原创性与非大众性。……或许可以说，就王小波写作的主体而言，他所选取的'不合时宜'的姿态是'背对大众'；而且并不面向'佛'（毫无疑问，王小波拒绝、乃至憎恶任何偶像与偶像膜拜）。……一个有趣的症候点，也是人们谈论得最多的部分，是王小波作品跳出了其同代人的文化怪圈，似乎他一劳永逸地挣脱了同代人的文化、革命与精英'情结'，从而赢得了绝大而纯正的精神自由。"②正是"绝大而纯正的精神自由"使得王小波正视时代的"贫困"，凭借一种充满痛楚与决绝的写作潜入到"黑夜"的"深渊"，通过对个体存在境况的省视和对"沉默的大多数"生存困境的体察，把中国文学从剥离了人之存在的叙述语境中带到了真正关注现代人的存在困境上。在此，驱散世界"黑夜"、唤醒"贫困"时代的人们这一历史性的天命，便责无旁贷地落到了王小波及其创作身上。

王小波的"时代三部曲"（《黄金时代》、《白银时代》、《青铜时代》）展现的是一幅幅荒诞图景：人异化成驴或绿毛水怪，"破鞋"（偷汉的女人）上台被批斗前会自动搭上一双破鞋，大学校园成为"枪林弹雨"的武斗战

---

① ［德］马克斯·霍克海默等：《启蒙辩证法——哲学断片》，渠敬东等译，上海人民出版社2003年版，第33页。

② 戴锦华：《智者戏谑——阅读王小波》，《当代作家评论》1998年第2期。

场，黑铁公寓里人如牲口……。在这样的荒诞生存状况中，王小波透过一个核心性人物符码"王二"表述了有关存在的本源性问题——如卡夫卡所写的悲剧性地陷入"深渊"与"黑夜"的现代人的处境，再现的是"现代人正走在远离人的命运的途中"。问题更在于，王小波笔下的王二无论身份如何变化，也无论地点如何转换都逃不出荒诞的生存情境，"在《黄金时代》里，王二跑到山上，山上的自然世界与山下的世界就构成一种对立和比照。在《革命年代的爱情》里，王二磨豆腐的工作场所，奇怪地在一座高塔上，这显然不可思议。但对于王小波来说，他就需要这样的空间变换，如此高高在上的空间，再次从现实中脱序，这正好是脱序的王二所处境遇的一种象征"[①]。唯其如此，王二才能纵横捭阖地穿梭于过去、现在和未来之间，从容地揭开被纷乱的历史表象所遮蔽的生存真相，这一真相就是海德格尔所谓的"存在被遗忘"。

接下来的问题则是，人是如何遗忘了自己的存在？在一个现代性的、规训式的社会里，人为了延续生存不得不接受社会为其设定的某种身份；人们被迫戴着面具生活，久而久之竟被外在的力量同化，陷入生活和日常思维的惯性，不再知道自己在存在本真的意义上何所是。即前述的，人对存在的遗忘使他在成为形而上学的人、政治的人、经济的人、物化的人的同时，丧失了他真正的最内在的本质，陷入了"世界黑夜"和本源破碎的"深渊"。《黄金时代》中的王二是一个苟活着的"无知者"，"我记得那些日子里……似乎什么也没做。我觉得什么都与我无关"。当整个小说围绕着讨论和考证陈清扬是否"破鞋"的问题时，只有与陈清扬"同是天涯沦落人"的王二明白："别人没有义务先弄明白你是否偷汉再决定是否管你叫破鞋。你倒有义务叫别人无法叫你破鞋。"问题偏偏在于，人们转眼间说王二和陈清扬搞破鞋，王二从"什么都与我无关"变成和破鞋事件相关的人；于是，王二明明知道"实际上我什么都不能证明，除了那些不需证明的东西"。但另一方面又竟然真去"证明"了。质言之，王二并不在乎

---

① 陈晓明：《重读王小波的〈我的阴阳两界〉》，《中国现代文学研究丛刊》2011 年第 12 期。

事情的"真相",而是认定"真相"后一口气走下去。也许,王小波有意使"破鞋"问题成为无法考证的事。这是因为,当人的存在被遗忘后,真相不可能获得检验——根本没有真相。

王小波的第一个长篇《寻找无双》的主题也是探触被遗忘的存在。小说中那个长得很体面、飘飘然有神仙之姿的读书人王仙客到洛阳城寻找青梅竹马的表妹无双,他所去的宣阳坊,诸人先是不承认有这样一个人曾经存在,继而又推出另一个女囚鱼玄机来鱼目混珠;更有意思的是,王仙客所指认的最初无双家的空院子,被大家一会说是尼姑庵,一会说成是道观;至于那个鱼玄机,起初他觉得与这位美女没什么关系,但架不住"别人不厌其烦地把她的故事讲给他听",也便渐渐地认同了,"说自己真是糊涂透了顶,一心以为无双住在这里,其实记错了地方"。王仙客在四周的瞒和骗中逐渐忘却自己行动的目的,进而又对自己的身份产生怀疑。很明显,无处不在的遗忘显示了它的同化力量。当王仙客偶遇无双的侍女彩萍并从她的口中确认了无双的存在,又住进无双家的院子并勾起种种回忆后,这才重拾起原先的寻人线索;但宣阳坊的人仍众口一词加以否认,王仙客忍无可忍设下鸿门宴以武力相威胁才从众人口中探得实情。然而,即便知其无双的下落他最终也不大可能找到:焉知整个世界不就是一个无边无际的宣阳坊?在王小波的"历史狂欢主义"①创作理念下,"历史"和"现实"互为指证,《寻找无双》改写的虽然是唐代故事却大可与当代的"文化大革命"相参照,因为正是在对存在的集体遗忘上二者极其相似!须知,无论是对个人还是一个民族,历史即是记忆,忘记就是不存在;在遗忘开始的一刻历史已然停滞、世界顷刻堕入"黑夜"。王小波以他特有的思维逻辑在对历史人生的重构中洞悉了一个时代的"贫困",在唤起人们记忆的同时提供了一双穿越"深渊"凝视"黑夜"的眼睛。昆德拉说:"遗忘,既是绝对的不公正,也是绝对的安慰。小说对于遗忘这一主题的探讨没有穷尽也没

---

① 李钧:《仰望星空抑或拒绝虚空——王小波论》,《南方文坛》2001 年第 2 期。

有结论。"①

同样是在"历史狂欢主义"的《红拂夜奔》中,王小波改写了风尘三侠——李靖、红拂、虬髯公的历史传奇。小说主人公李靖酷爱发明且硕果累累,他证明了"费尔马定理"却无处发表,只有用隐喻方式写进春宫图中致使后世无人能解;后来他成了大唐功臣奉命修建长安城,最终建成一个"在严厉的控制之下,想入非非都属非法"的长安,严丝合缝地反把自己困在其中。作品中每一个细节都被描写得"妙"趣横生,然而有趣的背后是深深的无奈。王小波化生命的沉重于生存的荒诞中,以艺术去洞悉时代"深渊"的底奥,用智慧去烛照世界"黑夜"中个体生命的荒凉和坚韧。"海德格尔认为,在一个遗忘了'本原性关联'的世界里,只有伟大的诗还顽强地守护和保持着这种关联,思与诗的对话就是要揭示保持在诗之中的本原性关联,聆听那保持在诗之中的本原性关联的言说,并在解释中更明确地回应和传达此一言说,从而唤起更多的人来聆听这一言说,一起重建被历史破坏的本原性关联,回归人们出离的本原性关联——人类生存的基本家园。"②《红拂夜奔》以这样一句话结束:"我只能强忍着绝望活在世界上。面对现实环境的荒诞,个人自然无法改变一切,但人也无法证明这永远不能改变。何况就算绝望,人仍有凭个人智慧脱身而出的窃喜片时。或许就为了这些短暂而有趣的片刻,人就值得度过一生。"

概言之,王小波从"黑夜"和"深渊"——雅斯贝尔斯所谓的"时代的精神状况"中勘探出来的是:"王小波超过其同代人对自己成长的年代与'中国的岁月'着魔般的凝视;如果说他留给了我们一个拒绝的身影,那么他正是在拒绝遗忘的同时,拒绝简单的清算与宣判。他凝视着那段岁月,同时试图穿透岁月与历史的雾障。他尝试以富于试验性的文学形态给出的不是答案,而是寻求答案之路:关于中国、关于历史、关于权力

---

① [捷]米兰·昆德拉《小说的艺术》,孟湄译,生活·读书·新知三联书店1992年版,第141页。

② 余虹:《艺术与归家——尼采·海德格尔·福柯》,中国人民大学出版社2005年版,第187页。

与人。"①可以这么说，王小波的小说昭示出一种由来已久的精神召唤，这一召唤乃是对海德格尔的亲切回应——"贫困"时代的"诗人何为"。

如果说，王小波的小说主要是对以极权政治、唯一性话语、规训社会为表征的逻各斯话语霸权所导致对存在的遗忘的揭示和反思，那么，贾平凹的《废都》则重在对以物欲膨胀、人性异变为表征的存在现状——一种"病相报告"（贾平凹的一小说名）的敞开。

贾平凹曾在散文《人病》中如是说："我们是病人，人却都病了。"《废都》写的其实正是坠入现代文明"黑夜"和"深渊"中"西京"的"病相报告"。所谓"废都"是一个"鬼魅横行的舞台"②。小说一开始就由反常的天象写起，《废都》中诸多诡秘怪诞现象——诸如奇异的四色花、天上的四个太阳、会哲理思考的奶牛、通阴阳两界能见人识鬼的庄之蝶的岳母以及流贯全书的隐语符码等，都分别营造了以"废"（废城、废道、废时、废人、废魂）为主旨的文本氛围，暗示了现代人被外物所占有而精神流离失所的现实状况——"黑夜"与"深渊"的来临。

小说的主人公庄之蝶们其实已经敏锐察觉，但又无可奈何地沉陷到暧昧不明乃至混沌黯淡的境况中。只是，作者无意让庄之蝶们对生命的存在本相达到澄明彻悟的高度，他们因此只能苟活在"深渊"状态和"黑夜"境况中，《废都》因而宣泄了一种末世的狂欢——一种成熟到了腐烂程度的文明，像"酱缸"一样败坏了所有身处其中的人。逞"能"纵"欲"的庄之蝶们并没有在精神贫困时代寻找到一条通达生命本真存在的自由之途，而只能由文人变成"名人"，由"名人"变成"闲人"，又由"闲人"变成"废人"，最终身心淘虚得连出走都没有了可能。海德格尔宣称，现时代的一个本质性理解即是弃神：不仅上帝和诸神被当作虚构出的人格神而取缔，而且上帝和诸神所代表的超感性世界，至善、神性、信仰也被科学、理性的实证、经验的形而下法则所逐一消灭。20 世纪末的中国原本

---

① 戴锦华：《智者戏谑——阅读王小波》，《当代作家评论》1998 年第 2 期。

② 王宏图：《后"文革"时代的欲望复苏》，《当代作家评论》2003 年第 6 期。

就是个无神论世界，人们完全从对精神世界的价值构想中跳将出来，以物欲化的眼光打量一切、算计一切、谋求一切。《废都》亦深陷一种"废墟"般的虚无和缺失之中，"西京"人无论把世界当成构建的图像还是拆解为废墟，皆是以物欲化立场将其观察、规制、毁弃。大家都忙于动作而终止了思考，只好把思考人的退化问题留给那头奶牛，把琢磨阴阳两界的神秘现象交给行将就木的牛老太太。至于庄之蝶的一场"庄生梦蝶"的精神虚空之旅，更是一个意味极浓的象征和隐喻。"《废都》中庄之蝶却始终在文化名人的光环下苦闷地游走，在沉沦中'泼烦'，在'泼烦'中走向更深的沉沦，完全是一个在名利场的角逐中逐渐走向畸形的生命形象。所以，阿城说《废都》的'废'不是颓废的'废'，而是残废的'废'。"①

实际上，《废都》之"废"更是存在主义式异化。它写人之废——人的动物化和动物的人化，城市（西京）之废——社会和时代的异化，文化之废——文人闲人化或非文人化；在此意义上，作者写"废"或异化中人物的形象、心象、欲象、灵象，绘制出海德格尔所谓的"此在"在世的整体性精神状态——"烦"（即庄之蝶口称的"泼烦"），一种在世"沉沦"的生命病相，一种沦陷于"黑夜"之际、"深渊"之处的精神危机。"从这部小说对庄之蝶悲剧性命运与结局的描写中，你可以看出作者陷入'无物之阵'之中左冲右突而找不到生存出口的幻灭心态。"②问题还在于，《废都》的创作基因和审美意识甚至延续到后来的《白夜》——"黑夜"意识与"深渊"体验的再度书写。

《白夜》讲述的仍然是来自于经验世界诸如食色之类日常琐事，但却遮蔽不了作者在精神被拔根、心灵被挂空——"贫困"时代里所复制的痛苦、焦虑、恐惧、绝望等生存体验。以至于，在《废都》与《白夜》中所有沉陷于"西京"这一文明废墟中的人都没有走出去，走出去的人不是死了，就是像《秦腔》和《古炉》中的那个霸槽一样走出去一圈后又回来——

① 洪治纲：《困顿中的挣扎——贾平凹论》，《钟山》2006 年第 4 期。
② 吴秀明：《转型时期的中国当代文学思潮》，浙江大学出版社 2004 年版，第 246 页。

贾平凹其实根本就不打算描写他们走出去生活的意向。也像《废都》那样，《白夜》在一种寓言化叙事中把人们生存所在的"西京"进行"黑夜"式复写，种种怪异、荒诞、颓败诉诸于文本中；作者将笔下的人物予以"深渊"化形塑——写他（她）们的生命的衰败、命运的绝望、个性的孱弱、灵魂的枯窘、人格的沦落；与此同时，小说又加重了神秘化叙事，文本中人鬼不分的目连戏喻指现代人困于生命存在的茧缚：不是在世界的"黑夜"中沉沦便是在时代的"深渊"中沉没，那个"再生人"更是一个绝妙的表征。

诸多研究者都指出贾平凹小说具有神秘（主义）叙事特征，也有人提出贾氏的"精神悲苦说"："贾平凹有理由觉得自己一生悲苦，因为他对现代社会充满了无奈和绝望，对一切病态的东西有着异乎寻常的敏感。"① 这些其实都和从"黑夜"意识与"深渊"景象中生发出的"废都意识"息息相关；犹如艾略特笔下的"荒原"，《废都》中"百鬼狰狞，上帝无言，星茫无角，日月暗淡"的"西京"何尝不是一种整体性氛围和象征性语境？在精神贫困、诗意匮乏的时代，人们在物欲化追求中迷失了自我，并加快了对存在本真之域的遁离和遗忘。"于是，这贫困时代甚至连自身的贫困也体会不到。这种无能为力便是时代最彻底的贫困，贫困者的贫困由此沉入了暗冥。"②

相对而言，贾平凹和王小波的创作区别是：贾平凹过分执迷于"诗"的一面而忽略了"思"的超越；按照海德格尔的说法，这样的诗仍是人为的诗而非本源的、纯粹的诗；任何人造的诗意都必须从本源的诗中汲取，写诗无非是发现并提取诗意进入本源的无限的诗；最终是我们向着诗敞开，让诗占有我们；本源的诗联结存在，假如诗不与思结合，存在者就无法穿透存在之遮蔽，倾听本源的诗意。基于此，海德格尔说："必须有思者在先，诗者的话才有人倾听。"③ 显然，王小波却能在"诗"与"思"的兼顾中达到了"诗之思"的境界。

---

① 　洪治纲：《困顿中的挣扎——贾平凹论》，《钟山》2006 年第 4 期。

② 　[德] 海德格尔：《林中路》，孙周兴译，上海译文出版社 1997 年版，第 274—275 页。

③ 　郜元宝编译：《人诗意地安居》，上海远东出版社 2004 年版，第 87 页。

第二节　"自由"的虚无和"虚无"的自由

　　萨特有关存在主义的理论巨著无疑是《存在与虚无》。在某种意义上，存在的反义词似乎就是虚无。然而在存在主义要表达的哲学意旨中，虚无主义与存在主义并不是两种相对立的思想谱系。这是因为，虚无主义是对当代人类生存境况的深刻揭示，它指出理性主义所证明的人的价值实际上是虚假的；存在主义则试图解决虚无主义所揭示的问题，从理性之外找到人的价值。换言之，虚无主义和存在主义在非理性主义思想根基上互文见义、握手言欢。

　　从语义学角度检视，"虚无主义"一词来源于拉丁文，动词"虚无化"指的是完全毁灭和归于无的过程。依海德格尔之说，对"虚无主义"一词的使用始于雅柯比（Friedrich Jacobi）在 19 世纪初写给费希特的信中，后来这一概念经由屠格涅夫的小说《父与子》而流行开来，成为表示这样一种观点的名称：唯有我们的感官所获得的存在者才是现实存在着的，其余的一切皆为虚无。[①]

　　由此论之，"否定既有的一切信念"，对曾有的生存世界之地基的否定是虚无主义者最为突出的标志。屠格涅夫的《父与子》中的主人公巴扎罗夫就是一个"否认一切"的典型的"虚无主义者"。问题在于，如果将虚无主义者看作极端的反传统主义者，那么虚无主义便主要是一种"现代性"现象。美国学者唐纳德·A.科罗斯比（Donald.A.Crosby）在《荒诞的幽灵：现代虚无主义的来源与批判》中将现代虚无主义一分为五：政治上的虚无主义、道德论的虚无主义、认识论的虚无主义、宇宙论的虚无主义和生存论的虚无主义。其中除"政治上的虚无主义"外，其他四者都可以看作哲学意义上的虚无主义。而哲学视界中的虚无主义是对"绝对真理"、"绝对

---

①　参见陈嘉明：《现代性的虚无主义——简论尼采的现代性批判》，《南京大学学报》（哲学人文社会科学版）2006 年第 2 期。

意义"与"绝对价值"的否定。

虚无主义思潮虽然源远流长，但它凸显为现代西方显学是从尼采宣称"上帝死了"这一命题开始的。尼采说："虚无主义意味着什么？——意味着最高价值自行贬值。没有目的。没有对目的的答案。"这里"最高价值"显然是上帝。"'上帝死了'这句话包含着以下断言：这种虚无展开自身。'虚无'在此意味着：一个超感性的、约束性的世界不在场。"① 在另一处尼采又说："虚无主义站在了大门口：我们这位最不祥的来客来自何方呢？……虚无主义就隐藏在一种完全特定的基督教的解释中。"② 基督教设立上帝为一切价值的根据，一旦上帝被"杀死"，一切具有从属性意义的价值也就随之失去了有效性。正如陀思妥耶夫斯基在《卡拉马佐夫兄弟》中说出的那句著名的话："如果上帝不存在，任何事情都是允许的。"海德格尔认定，只有以时代提出的中心命题——存在的问题为立足点，才能正确阐明尼采的虚无主义："如果就存在本身来看，那种按照价值来思考一切的思想就是虚无主义，那么，就连尼采对虚无主义的经验——即认为虚无主义就是最高价值的废黜——也是一种虚无主义的经验了。"③

海德格尔曾一度将尼采的学说归纳为五个主标题："虚无主义"、"重估一切价值"、"权力意志"、"超人"、"相同者的永恒轮回"。其中"虚无主义"是其整个哲学之前奏，只有先行毁灭传统的虚无价值，才能创建更有利于"生命"存在的价值。对尼采而言，生命存在是人的根本而非传统哲学所倡扬的"理性"，对生命力的推崇、赞美于是构成其哲学的基调；同理，他对虚无主义的理解自始至终也都是从生命价值出发："虚无主义是迄今为止对生命价值解释的结果。"④ 传统理性主义以彼岸的悬设——或

---

① 孙周兴编译：《海德格尔选集》下卷，上海三联书店 1996 年版，第 771 页。

② ［德］尼采：《权力意志——重估一切价值的尝试》，张念东译，商务印书馆 1996 年版，第 280、656 页。

③ ［德］海德格尔：《林中路》，孙周兴译，上海译文出版社 1997 年版，第 264 页。

④ ［德］尼采：《权力意志——重估一切价值的尝试》，张念东译，商务印书馆 1996 年版，第 199 页。

者是基督教的"上帝"，或者是形而上学的"理念"代替和掩盖存在的意
义，将超感性的世界作为最高价值所在，因此它造就的是这样的虚无主义
者——从现存的世界出发断定这个世界不该存在；既然整个现实世界是不
该存在甚至不存在的、虚无的，那么生命包括感觉、意愿和行动就都没有
意义了。在诸如此类的价值之思中尼采接近了虚无主义；由于他将自己的
思想努力概括为"重估一切价值的尝试"，所以其思想亦为生命价值所限，
成为虚无主义在他那里的再度性的自我确证过程，海德格尔才说，尼采关
于虚无主义的概念本身就是一个虚无主义的概念："其意思（也）并不是
说，要为存在者的无价值与虚无而鸣鼓，而是说：反对把存在者主观化为
单纯对象而要把存在的真理的澄明带到思的面前。"①

　　无疑，尼采的虚无主义意味着传统形而上学（最高价值）的终结。不
仅如此，尼采认为虚无主义的发生是另一个时代即将来临的预告，同时也
标示着新的开端：要彻底克服虚无主义就必须重建意义、价值与真理，只
有这样才能消除"上帝之死"所留下的巨大虚空，才能为生存提供新的条
件与基础。而要有效地"重建"意义、价值与真理，就必须彻底改变传统
思想确定意义、价值与真理的方式。这体现为两大原则：一是不再将一切
生命存在的意义、价值与真理关联到一种虚构的超生命存在者来确认，而
是体认并肯定生命存在本身的意义、价值与真理；二是将确立意义、价值
与真理的正当权利交给强健者而不是病弱者，只有强健者才能根据"自然
正义"或命运来确定生命的意义、价值与真理，强健者的意志才是"自然
正义"或命运的体现。可见，尼采对虚无主义的肯定与否定及其克服虚无
主义的方案都不是随意的，而是建立在特定的生命存在论的逻辑基础上。

　　严格地说，虚无主义的本质表现为存在之为存在的悬缺。在尼采以强
力意志为根据的价值之思中，主体性形而上学不假思索地忽略与遮蔽了存
在，以至于它几乎不再认为自己是形而上学，反倒认为自己是对一切形而
上学的摆脱。可以说，围绕着形而上学的争执，不管是颠倒还是捍卫都表

---

① 　孙周兴编译：《海德格尔选集》上卷，上海三联书店 1996 年版，第 392 页。

现为对存在之悬缺的忽略；而围绕虚无主义的论辩则是在虚无主义的非本质区域里进行的。其皆因，在形而上学范畴，即使对形而上学进行颠倒也克服不了虚无主义；对待虚无主义的正确方式乃是直面存在本身之悬缺，并在这种直面中进行沉思；唯有这种直面之思才使人得以经验虚无主义的本质。① 尽管如此，尼采关于虚无主义的"诗之思"仍然感化并影响了现代西方思想文化界，当然也包括 20 世纪中国的知识分子和作家。

至于尼采的虚无主义对艺术的要求大致为，哲学家必须担负起历史赋予他的神圣使命——"重估一切价值"，而艺术是"权力意志"最为明显的体现，因为"艺术比真理更有价值"。② 实际上，尼采的艺术本体论基于如下认知：传统价值所谓"真理"其实是虚幻而背离人本真之现实存在的，是人类虚妄的"理性"之编织物。尼采强调，生命的意义首先为艺术所确立，有着本体论上的优先地位，"无论抵抗何种否定生命的意志，艺术是唯一占优势的力量，是卓越的反基督教、反佛教、反虚无主义的力量。"③ 当西方人的历史命运早已误入柏拉图哲学歧途——用对灵魂与天堂的追求来压迫肉身与尘世、用虚无缥缈的超感性（理念世界）来压迫感性生命（现实世界）时，人类的命运便落入虚无主义的掌握之中。因此尼采宣称，生命永不泯灭的种子存在于"艺术"世界，唯有艺术才能修复和完善人性，在此，生命存在的"虚无"就是由这一"悲剧性"的"诞生"才得以拯救。相对于柏拉图所谓"真理"的虚无价值，尼采所高扬的艺术的价值充分体现在它同时是对生命和感性世界的最高肯定与祝福："艺术的本质方面始终在于它使存在完成（Daseins-Vollendung），它产生完美和充实，艺术本质上是肯定，是祝福，是存在的神化……艺术，除了艺术别

---

① 参见陆月宏：《尼采的虚无主义批判之批判》，《南京工业大学学报》（社会科学版）2008 年第 2 期。

② 周国平编译：《悲剧的诞生——尼采美学文选》，生活·读书·新知三联书店 1986 年版，第 4 页。

③ 周国平编译：《悲剧的诞生——尼采美学文选》，生活·读书·新知三联书店 1986 年版，第 386 页。

无他物！它是使生命成为可能的伟大手段，是求生的伟大诱因，是生命的伟大兴奋剂。"①从而赋予艺术的本体论地位及其崇高使命，即所谓，因为"艺术"的存在，"存在"才得以"如其所是"的呈现（完成、完美、充实），尼采通过极力提升艺术的地位并且用艺术维护生命的价值来对抗虚无主义——通过作为强力意志之最为明晰体现的艺术实现了"价值之重估"。故此，尼采用艺术来拯救无意义的世界，他同时也是在拯救自己虚无主义的灵魂。

在 20 世纪中国作家中鲁迅是一个典型的受尼采影响的虚无主义者，这尤其表现在其《野草》中。《野草》一书开篇即说："当我沉默着的时候，我觉得充实；我将开口，同时感到空虚。"而"绝望之为虚妄，正与希望相同"（《希望》）就是整本《野草》所彰显出的点睛之笔，这也就是为何鲁迅在 1925 年 3 月 18 日写给许广平的信中说的："惟'黑暗与虚无'乃是'实有'，却偏要向这些作绝望的抗战。"鲁迅承认人生的虚无性而又想反抗绝望；问题在于，希望是没有意义的，绝望也是没有意义的，只有希望与绝望所共有的虚妄特质得以永存。此种矛盾无法在鲁迅内心解决，便只能像《影的告别》中的"影"彷徨于黄昏与黎明之间，前者表示过去的黑暗，后者允诺未来的光明。诗人的内心自我也如这"影"一样，在两维的绝境中难于找到出路，失落在"现在"的暂时、空幻的幽冥国土之中，这就是"无地"或无所有之地："我独自远行，不但没有你，并且再没有别的影在黑暗里。"而《过客》中的"过客"当他沿着那条"似路非路的痕迹"从过去走向未来，停在"现在"的荒凉破败的景色中时，面临着是否向前走的矛盾选择："歧路"还是"穷途"？最后，"过客"还是决定继续走；和《影的告别》相比，"过客""走"的决定仍然避免不了那种存在主义的虚无感，不管多么荒诞无意义，即使走向的是"坟"而生命总得"走去"；即使走向的未来也仍是"黑暗"的虚无，也绝不能返回到过去的绝望的"黑暗"中。

---

① 周国平编译：《悲剧的诞生———尼采美学文选》，生活·读书·新知三联书店 1986 年版，第 365、386 页。

"过客"于是听到一种常在前面催促他、使他息不下的呼唤声，它显然不是基督教的"旷野的呼唤"，而是来自于尼采"超人"般的、不无悲剧性的召唤。

如前所述，通过对个体存在"虚妄"境况的省视和对"沉默的大多数"生存困境的体察，把中国文学从剥离了人之存在的叙述语境中带到了真正关注现代人的存在困境上，这一点王小波与鲁迅有着精神血脉的传承。不同的是，他一反鲁迅的忧愤、决绝而以幽默、反讽以及近乎戏谑的方式言说了生命个体的不得不荒谬生存的虚无状态。在回答"我为什么要写作"这一问题时，王小波幽默地以一个登山家的故事作为答案："有人问一位登山家为什么要登山——谁都知道登山这件事既危险、又没有什么实际的好处，他回答道：'因为那座山峰在那里'。"[1] 当王小波以这样的创作思维运行时，其作品便以不断否定和随时质疑的姿态向世界敞开。

《万寿寺》的开头便引用了莫迪阿诺在《暗街店》里的一句话："我的过去一片朦胧……"故事便由这样一个在陌生病房里失去记忆、对自己的过去一无所知，甚至连自己都不知道是谁的人开始讲述。当主人公孑然一身走出了医院时，面对雾气蒙蒙的陌生城市时想到："我既可以生活在这里，也可以生活在别处。"那么，这里是哪里？而别处又是何地呢？《万寿寺》就在一种茫然无措、迷惘虚妄的语境中开始了文本叙述的全部进程。沿着《万寿寺》暧昧不明、迭沓纷杂、互相矛盾的叙述前行便会发现，在元叙事之内的主叙事（也就是薛嵩和他情人们的故事）完全没有统一的、固定的、连续性的情节，这样的叙述逻辑其实正像作品中的主人公所表明的"穷尽一切可能性和一种可能都没有一样，都会使你落个一头雾水"。"繁复本身却是个负担——我现在就陷入了这种困境。"类似《万寿寺》的这种叙述其实是要证明：艺术乃是一种引向存在之不确定性的召唤与探询，它不停地为我们打开一个不断生成的诗与思的世界。不妨看看《万寿寺》的结局："虽然记忆已经恢复，我有了一个属于自己的故事，但我还想回

---

① 王小波：《我的精神家园》，文化艺术出版社 1997 年版，第 135 页。

到长安城里——这已经成为一种积习。"这就印证了昆德拉在《小说的艺术》中所说的,小说探问的不是现实而是存在,小说家的任务就是勘探被人类遗忘的存在;存在说到底就是人类生存于世界的状态及从中展现出来的任何可能性;对这个世界及人类存在的勘探成了昆德拉用小说解开生命存在之谜的全部努力。

由此观之,王小波的《万寿寺》就是通过对生命存在之谜的勘探把世界揭示在模棱两可之中,小说中的人物更像是为了解释存在而存在的"实验性编码",文本的叙述也是围绕着解码这一过程展开。作者一方面以严肃而又戏谑的面貌出现,另一方面依凭对被"遗忘"的"存在"的勘探来敞亮存在的种种可能性——宁可置身于痛苦的价值虚无之中,也绝不皈依于任何一个未经批判的形而上的关怀体系;只有这样才能在不断质询存在、探询生命本真的过程中自由思索并享受思维乐趣。有理由认为,王小波的小说在坚守自由主义立场的同时,又持存着尼采式虚无主义哲思。"在是否一定需要一个归宿或返回某个理想化的过去的问题上,王小波显得死不悔改、决不松口。……比较起来,某种称之为'虚无'的状态对后期海子来说是难以忍受的,对王小波来说却是创造性工作的前提。一个要回家,一个还嫌自己走得不够远,还要走得更远,显然这是不同的冲动,不同的诗意。"① 用另一位研究者的话来说,王小波的创作是"旷野上的漫游。"② 在此,"旷野"相应于"虚无","漫游"意指"自由"。的确,王小波的小说之所以洋溢着虚幻之美和奇谲想象力,其文体实验和叙述探索体现出抛开一切既定的文学成规、无拘无束的自由叙事质地,也与这种"自由"的虚无之境和"虚无"的自由之思相关。

王小波的创作曾被学界称为"反乌托邦写作",而在我看来,所谓"反乌托邦写作"完全可以与虚无主义写作对译:一种反乌托邦的乌托邦写作,一种尼采意义上的虚无主义艺术。如在《未来世界》里,作为作家身份

① 崔卫平:《海子、王小波与现代性》,《当代作家评论》2006 年第 2 期。

② 易晖:《旷野上的漫游》,《北京社会科学》1998 年第 4 期。

出现的"我舅舅"的人生主题就是等待，等待一件使他心脏为之跳动的事情；但"戈多"总是等不来，"我舅舅"在等待中走投无路只有等待死亡，生前没发表一部小说。也许，在对"戈多"完全无知的情况下等待"戈多"是一件冒险的事情，等待者很有可能会为此浪费一生——生命的虚无化；然而对于"我舅舅"来说这是唯一有希望的生存方式，因为只有"戈多"才能给他的虚幻的存在以目标和意义。《我的阴阳两界》讲述某医院的电器维修工程师王二，因患阳痿妻子与其离婚并被人耻笑，他为此离群索居一人住在地下室，过着落寞但也清静的生活。这样的落寞不久就被打破了，年轻未婚的青年女医生小孙主动提出要治疗王二的阳痿病，搬到地下室（"阴界"）与王二同居，最终王二的阳痿被治好了。治好阳痿的王二又不得不回到地面的世界（"阳界"），去医院修理那些仪器并且被要求遵守一切规章制度，这让王二怀念起在地下室的日子。王小波在该作品中构造了一个阴阳世界——现实的阳界（生存的必要）和理想的阴界（存在的本身），以表现王二的总体性存在或"共在"的荒谬、虚妄以及"阴"差"阳"错的存在状态。"很久以来，我们的文学已经没有地下室的写作，地下室的写作就是一项死亡的写作，一项对文学死去的戏拟的活动。地下室不能有美学，如果有美学，那就只能是荒诞与虚无了。他也看透了地下室，地下室并非什么永久的栖居地，地下室也没有退路，它的退路就是到上面阳界去，那是地下室的关闭，因此，它也只能是荒诞与虚无。"①

问题更在于，"时代三部曲"中王二们其实都存活于"阴阳两界"中，王小波将现实存在世界反照乌托邦的面目去写，它所呈现的便是一种整体性荒谬或彻底的虚无：从前提到一切具体结论、细枝末节均为荒谬，但所有的荒谬背后都有一整套"革命时期"的逻辑推理。运用这种证伪方式，王小波重复了鲁迅在《墓志铭》的喟叹："于一切眼中看见无所有，于无所希望中得救"。正是在"反乌托邦写作"中，王二当然也是王小波表明：

① 陈晓明：《重读王小波的〈我的阴阳两界〉》，《中国现代文学研究丛刊》2011年第12期。

在一个诗意贫乏的时代，唯有回到人生的虚无之中，人才能解脱精神无家可归的苦恼而获得自由。

王小波在《红拂夜奔》"序言"中说："这本书和他这个人一样不可信，但是包含了最大的真实性。"而《红拂夜奔》的主人公们（红拂、李靖）不断地在一座城里（洛阳）渴望逃亡，或者渴望着另一座同样将令你失望的城（长安）。人必得生活在某座城中，城是人类不可逃脱的生存际遇，暂时的逃亡也不过是为了滑入另一座本质无异的新城而已。至于置身于一座怎样的城中并非王小波所要表达的寓意，因为它不过是真实生活的象征，王小波在乎的是逃出去的指望。虽然人们不可能逃出拘禁人类自由的城——逃之指望本身就几近于不可能，但人们仍然固守这种没有指望的指望。《红拂夜奔》第六章末尾这样写道："在这个世界上总有一点可能好梦成真，但也可能不成真就到了梦醒时分。我们需要这些梦，是因为现实世界太无趣。我现在已经没有了梦想，但还活在人世上；因此风尘三侠逃出了洛阳城，故事还远没有结束。"它反而照亮了人类生命的真实：因为王二和王小波还没有放弃希望，还在诗与思中沉醉。《万寿寺》中发生的事情又在此处重演了——作者迟迟不愿结束他的故事，或许那已不仅仅是一个故事，它真正意味的是：即使生活果真无法改变，但仍要找寻没有指望的指望，鲁迅所说的"绝望之为虚妄，正与希望相同"。

如前所述，海德格尔所说的"现代"是一个"贫困的时代"并不是说现代缺乏一般的真理、意义与价值，而是说它缺乏诗性的真理、意义与价值。如此之"缺乏"与"没有"乃是现代"虚无"的真正内容，现代人的根本处境就是一种虚无处境，他的命运就是无家可归，此处的"家"显然是指本真的家——本真的世界。[①] 所以王小波在《红拂夜奔》中说："一个人只拥有此生此世是不够的，他还应该拥有诗意的世界。""诗意的世界"在王小波那里就是一个与"无性、无智、无趣的人生"相对的充满智慧、性爱、有趣的生命存在的世界。"灵魂之所以是灵魂，就在于它永远不能

---

① 参见余虹：《虚无主义——我们的深渊与命运?》，《学术月刊》2006 年第 7 期。

在物质世界中找到自己的安妥和归宿，真正自由的灵魂是注定的流浪者，只能居住在虚无之乡。"①

实际上，尼采的虚无主义又可分为积极虚无主义和消极虚无主义："虚无主义它是双义的：一作为精神力提高的标志的虚无主义——积极的虚无主义；二作为精神力的衰落和倒退的虚无主义——消极的虚无主义。"②

积极的虚无主义是尼采对待传统形而上学的态度：它一方面是对传统形而上价值体系进行彻底的逻辑与道德批判，另一方面则是建立以强力意志为核心的新的价值体系。积极的虚无主义因而宣称：不存在真理；不存在绝对的物性，不存在"自在之物"，"它可以是强者的标志：精神力量可能如此这般的增长，以至于以往的目标（信念、信条）已经与之不相适应了……另一方面，它也可能是不充分的强者的标志，目的是创造性地重又设定一个目标、一个为何之故、一个信仰"。尼采从强力意志思想出发，认为这种积极的"'虚无主义'乃是精神的至高权力的理想，最充沛的生命的理想既是破坏性的又是嘲讽性的"。③当尼采从强力意志角度来思考虚无主义时，他更多看到的是积极的虚无主义，而且是为强力意志与超人的出现做准备的积极的虚无主义。他曾举犹太人的例子说明，一个为生存而斗争的民族（比如丧失了家园的犹太人）是不择手段的，因而它在行动上可以完完全全是虚无主义的，但这种极端的虚无主义因为摆脱了一切道德的羁绊，却可以比其他人更具有想象力和创造性，在知识、思想、形式、风格方面都更占上风，以至于反对虚无主义的力量完全不是它的对手。

消极的虚无主义的思想表征在于，以往所设定的最高价值自行贬值之

---

① 邓晓芒：《灵魂之旅——九十年代文学的生存境界》，湖北人民出版社1998年版，第78页。

② ［德］尼采：《权力意志——重估一切价值的尝试》，张念东等译，商务印书馆1991年版，第280页。

③ ［德］尼采：《权力意志》，孙周兴译，商务印书馆2007年版，第405页。

后，人所体验到的无所适从的生存状态。它是精神强力下降和没落的象征：因为弱者的"精神力量可能已经困倦、已经衰竭，以至于以往的目标和价值不适合了，再也找不到信仰"①。大量披着宗教、美学、道德等伪装的伪价值。这些伪价值的作用并不是激活生命强力也不是肯定生命，而是用来安慰与麻醉衰弱的生命。由是，消极的虚无主义也被尼采称为"疲惫的虚无主义"或"弱者"的虚无主义，②它往往与颓废主义、悲观主义之间有着密切的关系，与那种否定性的和消极的轮回思想不无关系，"在这种永恒轮回所造成的沙漠中，一切生命都在呢喃着'徒劳'、'无用'、'空虚'直至'虚无'"③。

很明显，积极虚无主义是对消极虚无主义的否定和超越，尼采认为的要想克服虚无主义就必须要把虚无主义推向极致——积极的虚无主义，在根本上否定一切传统价值的存在，"一切皆虚妄"和"一切皆允许"。可见，尼采所倡导的彻底的或积极的虚无主义是有其特殊内涵的，它把一切都置于虚妄的境地，使人的生存失去了传统思想所虚构的外在的根据，而此时的人也就只能从自身生存的这个世界去寻找意义和价值；当人丢掉了外在的包袱，把人本身归还给了自己时，无疑是对人的生命意义和生存价值的肯定。

如果说王小波的写作更多地表现为积极虚无主义之旨，那么，《废都》明显披露出消极虚无主义之义。

《废都》是在一种荒诞乃至虚无的生存状态中企图通过对"世纪末症候"的掘发，来重新打量、追询存在的意义。从中流露出的是一种对本体性存在的怀疑意识：个体性存在的无方向性与无根性。"在叩问存在意义的维度上，《废都》是最典型和深刻的作品。它通过对虚无、颓废、无聊等精神废墟景象的书写，反证了一个时代在理想上的崩溃，在信念上的荒

---

① ［德］尼采：《权力意志》，孙周兴译，商务印书馆2007年版，第401页。

② 参见［德］尼采：《权力意志——重估一切价值的尝试》，张念东等译，商务印书馆1991年版，第281页。

③ 陆月宏：《尼采思想中的永恒轮回与超人》，《学海》2007年第6期。

凉——它在当时的精神预见性，至今读起来还触目惊心。"①

《废都》之"废"其根本原因在于人之"废"。庄之蝶是"西京"城里"四大名人"之一，也是社会对他的角色"定位"。问题却在于，他为名所累，为名所苦，成了一个真正的"无事忙"：一会儿不得不给101农药厂做广告，一会儿又被迫给市长写宣传材料，再不就是被好友阮之非捉去做了"捉刀吏"，到处都有他的影子，而到头来他却什么也不是。他作为"西京"的一个家喻户晓的作家，人们只知道他一直力图写一部作品，他也的确一直在为此焦虑，最后他终于要去写了，但这部作品将是什么样子恐怕连他自己也不清楚。庄之蝶经常说的一句话是"泼烦"，而他的"泼烦"又并非是由哪一桩具体的事引起的，而是一个现代人的根本性的精神状貌，更是海德格尔意义上的"烦"，一种生命存在的本体性状态。在这个意义上，《废都》写生命的幽晦性和生活的自欺性所导致的虚空化存在状态，它既为"西京"人所拥有、所体悟，更为作者所拥有、所洞察。它无形中应和了尼采对"疲惫的虚无主义"的陈述："精神力量可能已经困倦、已经衰竭，以至于以往的目标值不适合了，再也找不到信仰。"

实质上，《废都》中所有的人都陷入难以解脱的"存在"，即"虚无"的生命困境中。诸如小说中孟云房的算命、测字及牛报应故事等无非都在诉说着：只有难以预测的"此在"（生命）揭示虚无而又无聊的"存在"。贾平凹通过对人走不出生命存在意义之"废"以及当代人难以挣脱的生命困境的描述，赋予了《废都》某种形而上的意义，用海德格尔的话说，"此在"的本真性存在被遮蔽并沉沦于"共在"中。及至小说的结尾，庄之蝶决定走出"废都"去寻求生命解脱的新途径，但就在他即将离开"车站"的一刹那——"车站"在这里有种深刻的象征意味，有车有路却无法走出——"双目翻白，嘴歪在一边了"。在这一具有深邃寓意的细节中，贾平凹把庄之蝶最后一丝希望彻底而无情地掐灭了。严格地说，庄之蝶其实

---

① 贾平凹：《废都》，作家出版社2009年版，第36页。

是只有生存欲望、没有精神目标的知识分子形象。他一方面无力面对和接受眼前的这个充满矛盾和苦痛的现实世界，另一方面又无力构造一个所谓真实的彼岸世界，从而陷入到一种极度悲观绝望的心情之中，走进了一种彻头彻尾同时又是极端虚弱的虚无主义境地。

《废都》从"废人"的角度揭示了人的存在体验，尤其是对"自欺"的存在状态进行了艺术省思。萨特在《存在与虚无》中将人的存在方式分为两种："自在的存在"与"自为的存在"。前者为"是其所是"，后者属"是其所不是"，两者永远不会相同。这种不可能性又为个体获得本真存在提供了可能性："自为的存在"不能离开"自在"独立地存在，没有"自在"的"自为"将流于抽象；"自在"的"在"仅仅"是"，至于"是什么"这是"自为"或意识所赋予的——"自在"只有依赖人的意识才能得以说明，才能成为有意义的真实性的存在。在此基础上萨特声称"自为"是绝对自由的，不受任何东西包括自身的束缚，它不断否定、创造着自己，发展着自己，正因为人是完全自由地造就他自己，人的本质就是自由的。抑或，人处在客观环境中就要作出不断的选择，人没有选择环境的自由，却有如何作出自己的选择的自由，并且人要承担自由选择之后的结果，这就是萨特"自由选择"的原则。大多数人在大多数时间因为承担不了这种令人苦恼而焦虑的自由，因而陷入"自欺"——人是自由的，但人为了逃避自由、逃避责任，拒绝证实不合理的现实且否认自己能改变现状的言行，即为自欺。它意在说明人的真正灭顶之灾不是外在压力，而是存在者的自欺——放弃自己的自由与责任。很明显，"西京"城的庄之蝶们缺乏的正是"选择"的担当和"自由"的意志。作者在小说中不断展开对于这类生命自戕者与生存沉沦者的书写，不断展示本当独立、觉醒的生命却一个个自觉而不自觉地陷入生存困境——世界"黑夜"和时代"深渊"，其实是在咀嚼着他自身的精神危机，他自身的虚无体验。庄之蝶的自戕、自毁也袒露了贾氏内心对于生存荒谬性的迷茫。

"虚无主义的现代性绝不是年代学意义上的，即它不只是发生在通常所谓'现代'这一时期的现象，至少我们在希腊'犬儒主义'那里就看到了它的身影。"① 在此，我并不想追问现代虚无主义与古希腊犬儒主义的价值关联，而是借题发挥——从庄之蝶们的虚无主义式存在中究察《废都》如何滑向犬儒主义的精神之域。

有必要指出的是，由《废都》中庄之蝶们（也包括贾平凹）表征出的"病相报告"是一种"弱者型犬儒主义"："它是一种对现实的不反抗的理解和不认同的接受，也就是人们平时常说的'难得糊涂'。弱者犬儒主义使在下者在并不真傻的情况下，深思熟虑地装傻。"② 坦率地说，这种犬儒主义的根源在作者贾平凹身上。

《废都》的犬儒主义趋向固然与贾平凹幽闭、孱弱的个性，枯滞、颓变的人格有关，但更多地缘于其虚浮、暧昧的文化身份以及价值取舍的混乱性乃至功利性。贾氏曾在《四十岁说》中称，无论"中体"还是"西用"他都想要，但都不清楚如何要；所以一片混乱，无论对于文学还是社会现象，他只得用庄禅来消解某种尴尬和无奈。③ 我倒是觉得孙郁先生的这段话一语中的："贾平凹内心承受着无边的黑暗，自己淹没在这黑暗里。他在精神的十字路口选择的不是向极限挑战的方式，而是以野狐禅的机敏滑向了语言的世界。"④

与庄之蝶相似，贾平凹从来都不缺少才气，其实庄之蝶也是用所谓的庄禅佛来给自己制造一种现代名士风范。问题的关键在于，庄之蝶们在选择性地获取传统精神资源时却没更新自我人格，尤其是，他的心灵是不在场的、灵魂是缺席的。作为一个缺乏精神定力的作家，贾平凹 / 庄之蝶于无奈苟且之中找出安静的闲暇，然而狭窄的心灵通道与苍白的私人经验使他沉浸在无边的困惑、无奈甚至是痛苦之中而不能自拔，最终只能将虚弱的灵魂寄托于对"废都 / 西京"式具有巨大的消解机制的腐旧的名利场的

① 余虹：《虚无主义——我们的深渊与命运?》，《学术月刊》2006 年第 7 期。

② 徐贲：《当今中国大众社会的犬儒主义》，《二十一世纪》2001 年 6 月号。

③ 参见贾平凹：《四十岁说》，《上海文学》1991 年第 12 期。

④ 孙郁：《百年苦梦——20 世纪中国文人心态扫描》，广西师范大学出版社 2006 年版，第 300 页。

凭吊和怀念，他身（心）陷其间固守着生命的感悟，但却除了无奈就是迷茫。所以庄之蝶 / 贾平凹看似超然物外，淡泊明志，其实是明哲保身的"明智"之举。

鲁迅也有过直面"无物之阵"的孤寂与悲凉。鲁迅作为心灵黑暗的在场者，尽管其《野草》被自称为"废弛的地狱边沿的惨白色的小花"[1]，但"抉心自食"始终是鲁迅作品的灵魂所在，致使鲁迅能深具人间情怀和生命忧患，从而对于现实生存具有深切的创痛体验，从而催发出一种充分正视现实的惨烈与缺陷，驱使着他在迷惘与徘徊中挣扎而"走"，并直接以自己的良知面对一个心灵世界。正因为这样，鲁迅的创作才焕发出一种强大的人格力量和独立、自由的精神品格。

然而在《废都》中，贾氏不是将自我的精神空间安置在人类存在的整体性境域中，而是宅放于个体生存经验的猎奇式复述上。当如此这般的生存书写被作家赋予美学意义时，也就自然而然地转化为对现世情状的悠然把玩。从中透露出的是"乡愿哲学"或精神矮小化、灵魂萎缩化的"犬儒症"。"当今中国社会的犬儒主义不只是一种单纯的怀疑戒备心态，而是一种人们在特定的统治和被统治关系中形成的生存方式。"[2]"在这种永恒轮回所造成的沙漠中，一切生命都在呢喃着'徒劳'、'无用'、'空虚'直至'虚无'"，所以《废都》完成的只是对存在的一种失望的言说和命名，因为它无力穿越世界之夜黑暗的遮蔽而达到存在的澄明。

第三节　生存体验与性爱叙事

无疑，将性爱设置为小说叙事的基本话语既是王小波小说和贾平凹《废都》引起争议的缘由，也是其存在主义创作的重要言说方式。

---

[1] 《鲁迅全集》第 4 卷，人民文学出版社 1981 年版，第 346 页。
[2] 徐贲：《当今中国大众社会的犬儒主义》，《二十一世纪》2001 年 6 月号。

性爱作为人类最为基本的生存体验贯穿于文明进程的始终。古希腊人以饮、食、色为人的三大欲望、三种快感，中国则有"饮食男女，人之大欲存焉"之说。毋庸置疑，性而上的"灵"与性而下的"肉"是人类性爱得以实现的两种基本形式，而两者之间的融洽与对立则构成了生命存在的悖论。问题在于，人类总是希望在灵肉一统中把握一个更为真实可感的自我存在。

在存在主义家族谱系中叔本华是最早研究性爱问题的，他曾声称："这个问题时时萦绕在我的脑际，列入我的哲学体系的一环。"[1] 他强调，"性爱表现为至为强劲、活跃的推动力，它仅次于对生命的爱；它持续不断地占去人类中年轻一辈的一半精力和思想；性爱是几乎所有愿望和努力的最终目标"[2]。

在叔本华的生存意志论的思路中，人具有两重性：作为肉体人是表象的存在；作为意志人是意志的客体化、具体化。问题的关键在于，叔本华的意志不是独立存在的精神实体，也不能对它作出确定的判断，它只是一种纯粹的倾向、一种欲求；也即，意志是无意识的，是一种盲目的、不可遏止的冲动，它的特点就是求生存，故又称"生存意志"。欲求意味着缺乏，缺乏导致痛苦。何以如此？因为欲望、冲动是无限的，其满足却是暂时的，一种欲求满足了，新的欲求又会产生，于是欲求就永远得不到满足，这便是痛苦，所谓痛苦根源于欲望。而"两性交合是人类'欲望中的欲望'"[3]，在此意义上，叔本华把人生痛苦归根于爱欲与生命冲动。叔本华之所以把人生痛苦归根于爱欲，在于性爱是生存意志最顽强的冲动，它既肯定了人的个体生命和种族生命，也给个人和种族带来了终生的、无止境的痛苦，摆脱痛苦就要否定生命意志，性爱因此成为人生困惑与痛苦的源泉。正是出于对性爱困惑的描述和痛苦感受，引出叔本华的悲观人

---

① ［德］叔本华：《生存空虚说》，陈晓南译，作家出版社1987年版，第110页。

② ［德］叔本华：《叔本华思想随笔》，韦启昌译，上海人民出版社2008年版，第171页。

③ 陈国庆编译：《叔本华箴言录》，吉林教育出版社1990年版，第146页。

生论。① 简言之，性爱论是叔本华哲学重要的逻辑前提：从作为意志和表象的世界，到悲观主义人生论，甚至到神秘主义的直觉论，在某种意义上叔本华都是用性爱欲求来加以说明的。

至于尼采，他曾在《尼采反对瓦格纳》一书中提出了"艺术生理学"，并手拟了"艺术生理学"的详细提纲准备在《权力意志》中以专门章节讨论，虽然这项计划最终未能实现，然而"艺术生理学"的思想仍散见于他后期的著作中。在尼采的"艺术生理学"中有关性爱的阐述值得注意的有以下几点：首先他认为肉体的活力是艺术的原动力，审美状态有赖于肉体的活力；其次在肉体的活力中性欲的力量占首位，"（从生理学角度看，艺术家的创造本能和精液流入血液的份额……）对艺术和美的渴望是对性欲癫狂的间接渴望，他把这种快感传导给大脑。通过'爱'使世界变得更完美。"大艺术家必是性欲旺盛的人，历史上艺术繁荣的时代植根于性兴趣的土壤，希腊文化就是一个典范。尼采通常用"醉感"表示美感，"醉"作为一种审美状态不但是酒神精神的外化更是强力意志的喷发，"醉"在两性动情时期最为强烈，性爱一方面使爱者更有力，另一方面把被爱者美化、理想化。"随着审美状态的来临，纵欲好色将不会如叔本华所相信的那样被取消，而只是变形、美化，并且不再作为性兴奋那样进入自觉意识之中。"由性爱导致的"醉"，其效果不仅在于感情上的变化，也在于生理上变化所带来的强大的变形力量，因此，性爱为艺术奠定了心理学和生理学的基础。所谓美感就是在创造中实现的爱欲，虽然美感是由动物快感发展而来的，但是动物快感还不是美感，审美能力是人所独具的，在此基础上尼采提出了他的动物性快感混合说：人身上存在着性冲动、醉、残酷等动物性快感状态，当一个对象激起这些快感状态所寓区域的兴奋之时，"动物性的快感和欲望的这些极其精妙的细微差别的混合就是审美状态"。②

---

① 参见杨世宏等：《性爱论：叔本华唯意志哲学的关键环节》，《广西社会科学》2008 年第 5 期。

② ［德］尼采：《权力意志——重估一切价值的尝试》，张念东等译，商务印书馆 1991 年版，第 312、305、253 页。

　　尽管海德格尔的学生、被称为"存在主义马克思主义"的马尔库塞引证得最多的是马克思和弗洛伊德的学说，但是他的艺术本体论和艺术革命论其实与尼采的精神更为接近，当然这是通过弗洛伊德的力比多说为中介来完成的。马尔库塞从来不回避性，同时又把性欲与爱欲严格区别开来：爱欲在他那里包含着性欲，但不能归结为性欲。不仅如此，他还把爱欲扩展为创造文明、创造新的社会关系的力量。然而在发达工业社会这种爱欲不可能充分实现而是备受压抑，且导致了现代人的全面异化。马尔库塞明确地把爱欲定为人的本质并直言：人的本质就是爱欲，由于爱欲是人的本质，所以文明社会对爱欲的压抑，才使人陷入无限的痛苦之中。这种压抑不仅是对人的某种功能的束缚，更主要的是它用现实原则代替了快乐原则，意识活动占据和控制了潜意识，从而整个地改变了人的本质。在这种情况下，为了恢复人的本质，使人从痛苦的深渊中解放出来，就必须解放人的爱欲，把人类本性不断遭歪曲的过程颠倒过来。人的本质（本能）的解放只有凭借艺术—审美的方式才能达到。"想在审美方面调节感性与理性的哲学努力就表现为企图调和为被某一压抑性的现实原则所分裂了的人类生存的两个方面。"①艺术作为人的生命本能升华的最高形式，具有自动对抗并且超越现存社会关系的力量，它使人的生命本能自由发展，解放被理性所压抑的感性，通过创造一个虚构的然而比现实更真实的世界向现代文明挑战。由于这样，存在着的人超越了传统理性主义的主客体对立，不再是追求认识、控制、主宰、征服的人，而是在非压抑性的爱欲文明中回到了整个身体，进而与他人、自然融为一体，在大地之上"自由嬉戏"、"诗意地栖居"。这就是马尔库塞对尼采、海德格尔的呼应之处。

　　当马尔库塞说"在今天，为生命而战，为爱欲而战，也就是为政治而战"②时，性爱已经与政治结盟并成为艺术解放的内在组成部分，在这

---

① ［美］赫伯特·马尔库塞：《爱欲与文明——对弗洛伊德思想的哲学探讨》，黄勇等译，上海译文出版社 1987 年版，第 131 页。

② ［美］赫伯特·马尔库塞：《爱欲与文明——对弗洛伊德思想的哲学探讨》，黄勇等译，上海译文出版社 1987 年版。第 11 页。

里，文学热衷于政治和热衷于性爱是一致的。实际上，一些具有存在主义意识作家早已认识到，性爱与政治仍然是文学的重大资源，也是他们勘探生命存在的本相必须重新开发的资源，因为在两者的张力关系里隐藏着人之存在的本质。比如昆德拉和王小波。

昆德拉通过其小说表述的是，政治是公共生活的核心，性爱为人类最隐秘最私人的部分，两者其实是处于生命存在的两极区域，都体现着对控制的欲望和对自由的追求。昆德拉的小说每每将政治伦理与性爱叙事并举，使"轻浮"的性爱故事与"深沉"的哲学思考为邻，文学创作从政治的公众领域中发掘个人的无意义和荒诞，由性爱的私人领域中寻找到人类存在的意义和真实，最终完成了其存在论视野中的审美建构。正是在这点上王小波与昆德拉神似，"王小波以超出常人的智慧，跳出政治意识形态的包围，对性进行去蔽还原，解开覆盖于历史之上的文化代码，还'历史'以本来面目"①。

王小波曾置身于一个心灵被规训、被异化的时代，作为一个昆德拉那样的对生命存在的勘测者，王小波也敏锐地意识到应该从政治和性爱这两个维度去发掘存在的本相。如果说王小波小说中的"政治"喻示人的集体向度的存在境况，那么，"性爱"便涵指人的个人向度的存在境况。王小波的创作通过对人物的集体存在境况和个人存在境况这两个生存性范畴，写出了现代社会——主要是政治极权时代人的生命存在的荒谬处境和异化状态。

比如，《白银时代》中人们所拥有的生活是机械、单调、乏味的，一切都在"公司"这个权力机构的管辖控制之下，就连夫妻之间的性生活也不例外，成了一件推卸不掉、枯燥无味、规定性的、毫无快感只有无奈的事情。"那些成了家的人说：夫妻生活也有变得越来越简约之势。最早他们把这件事叫作静脉注射，后来改为肌肉注射，现在已经改称皮下注射了。这就是说，越扎越浅了。"当原本隐秘性的房事演变为公式化规定后，

---

① 丁晓卿：《论〈黄金时代〉"性"权力隐喻》，《抚州师专学报》2000 年第 1 期。

政治权力话语的无孔不入乃至无限伸展于此可见一斑。在《未来世界》的下篇，由于"我"犯了"直露"和"影射"的错误而被单位惩罚性的"安置"和"搭配"，公司派女人 F 来表面是"搭配"或陪伴，其实是检查、监视。耐人寻味的是，"我"在性爱方面也随之出现变异：被"搭配"之始因为想不开而没有性欲，随着与 F 的接触频繁两人坠入情网，尤其知道她不是"鸡"后对她"性欲勃发"，不仅如此，"我"的性爱能力还延伸到那个因牵连也被"安置"远走的师妹，临走前"我"也和她做了爱，据说她要去的地方连男人都没有。"我"逐步"改邪归正"，逐渐能够适应公司的"安置"并被提升，最后得回了自己失去的东西——优越的物质生活，而且有了一个漂亮的太太，但这时"她对我毫无用处。我很可能已经'比'（笔者按：是指性欲减退，或从异性恋变成同性恋倾向）掉了"。

在一个无限政治化的时代，权力话语本身就统制了人的"存在"的基本事实或可能。王小波选择了性的压抑或放纵这一最富张力的生命体验方式，把性爱置于生命存在的核心来呈露荒唐、滑稽的人生状态，以性爱作为一种生存智慧来对抗政治极权下的存在的荒谬性，所谓"真正的主题，还是对人的生存状态的反思"①。在如此这般的反思中，对于那些生活在"过去"/"黄金时代"、"现在"/"黑铁时代"、"未来"/"白银时代"的男男女女来说，性爱并不是一个简单的日常生活问题，而是关涉到对存在意义的可能性理解。

《黄金时代》中的王二和陈清扬以狂放不羁的性爱高扬了健康、自然的生命形态，并由此构成对极权政治的蔑视和反抗。小说一开始就是陈清扬要王二证明她不是"破鞋"，以免自己陷入孤独无奈和软弱无力的生存状态，但王二却证明不了。令人感到悖谬的是，王二为了证明自己的"存在"而与陈清扬真正搞起了"破鞋"；于是，王二和陈清扬之间的关系呈现了一种复杂的缠绕：莫须有的"破鞋"罪名先是使得性爱被扭曲，逐渐地性爱却演化为一种试验、交流，或者是心灵"治疗"的方式，甚至是

---

① 王小波：《王小波杂文随笔全编》，中国青年出版社 1997 年版，第 331 页。

一种生存习惯；最后在陈清扬的交代材料中，她将被鄙夷的"性"化成了发自内心的"爱"以击溃"破鞋说"。事实上，当王二成了她的"野汉子"后却没人再称她为"破鞋"。这意味着，政治权力在对性的压抑、压制中走向自身的反面，甚至于源源不断地在小说中演变出性爱的激情、场景和话语。王二和陈清扬以人性的无拘释放和性爱的自由狂放，一种愉悦感和痛苦感交融的精神游戏宣告了神圣、虚伪、庄严的权力专制的无能为力和土崩瓦解。"与其说王小波所关注的是'文革'与'常态'或'病态'的性爱——'革命时期的爱情'，不如说他所关注的是权力的轮盘——它的永恒的运转与它的无所不在。如果说王小波小说的睿智在于它展现了一个禁欲的时代、性欲望的增殖、病态的敏感、种种畸变，以及性话语的多相性的无所不在；那么，更重要的是，在王小波笔下，性别场景，性爱关系，并非一个反叛的空间或个人的隐私空间；而刚好相反，它便是一个微缩的权力格局，一种有效的权力实践。"①

《我的阴阳两界》讲述了一个这样的故事：男人／王二阳痿，妙龄女医生／小孙来治疗，两人日渐生情并建立了性爱关系，男人的阳痿也随之治愈。在小说中，虽然王二反复声称阳痿是他个人的事，但问题的本质却在于，其性能力的丧失并非生理缘由，而是被他的妻子及周围极端压抑非常冷漠的环境——所谓无性、无趣、无智时代异化的结果。阳痿在此显然是隐喻，它暗示着王二从一个阳刚的男人变成了不阴不阳的人，而性能力是一个人确证其生命存在的基本限度的形式。唯其如此，"阴界"（地下室）才使王二获得了自由——步入"阴界"就是抵达存在自由的领地，只有在"阴界"王二阳痿了的身体适得其所。作者非常细腻地描绘了王二与小孙在地下室双修的美好过程。然而，当小孙依凭性爱治愈了王二的阳痿，终偿其愿把王二拉回"阳界"后，却引发了王二心理上的阳痿——精神上呈现出沦落、萎缩、衰退之势。无疑，王小波是想通过"性与政治、社会、革命的关系的剖露，以此透视出了特定年代下生命的顽强存在但却总是陷

---

① 戴锦华：《智者戏谑——阅读王小波》，《当代作家评论》1998 年第 2 期。

进怪诞的情境中，显得虚幻不真、荒诞残酷"①。

王小波在《革命时期的爱情》"序"中感触颇深地指出："性爱受到了自身力量的推动，但自发地做一件事在有的时候是不许可的，这就使事情变得非常的复杂……我要说的是，人们的确可以牵强附会地解释一切，包括性爱在内。故而性爱也可以有最不可信的理由。"的确，《革命时期的爱情》中的青年工人王二酷爱画画，却因男厕所里出现女性裸体素描而被人们理所当然地视为无赖、下流胚子，工厂领导因而指派女团支书X海鹰"帮教"王二；然而，经常发生在封闭小屋里的"帮教"竟然"和平演化"为下流青年王二与进步的团支书X海鹰的性爱活动，"革命时期"特有的"革命"方式——"帮教"却适得其反：女团支书由肩负"拯救"的使命到自觉不自觉地滑向肉体的放纵、沉沦、乃至苟且之欢，这不啻为"革命时期"的一场阴差阳错的爱情。王小波以其屡试不爽的黑色幽默嘲弄了虚拟的"革命"乌托邦，戏谑了伪善的"革命"逻辑对生命存在的扭曲与异化。"无论是作为一种反叛还是一种个人性体验，王小波对性的书写都已纳入了对存在进行沉思探询的范畴，而达到同类作品普遍无法抵达的深度。"②

与此同时也不能忽视，王小波小说中的性爱叙事有时显得过于直率化和随意性，一些性爱场面的描述极尽曲折之能事，尤其是，作者的笔下还会出现某种对性器官本身信手拈来、津津乐道而又细致精确的描绘，类似通俗读物的写实性展示，使人有些难以卒读。

与王小波从性爱与政治互相抗衡又彼此成全中揭示生命存在的悖谬境况不同，《废都》以性爱为生命存在的基本表征，生命个体透过这种表征去寻求自我身份的认同。贾平凹在《废都》写作十年后谈及其中的性爱时说："只是写了一种两性相悦的状态，旨在说庄之蝶一心要适应社会到底未能适应，一心要有作为到底不能作为，最后归宿于女人，希望他成就女人或女人成就他，却谁也成就不了谁，他同女人一块毁掉了。"③我却以

---

① 朱栋霖等：《中国现代文学史》下册，高等教育出版社1999年版，第186页。
② 侯桂新：《论王小波小说的智性书写》，《绵阳师范学院学报》2009年第3期。
③ 贾平凹：《十年一日说〈废都〉》，《美文》2003年4月。

为,《废都》企求以"两性相悦"来拯救庄之蝶们灵魂的枯涩和精神的颓败,然而最终连"两性相悦"也不能。

萨义德在《东方学》中认为:"每一文化的发展和维护都需要一种与其相异质并且与其相竞争的另一个自我(alter ego)的存在。自我身份的建构——因为在我看来,身份,不管东方的还是西方的,法国的还是英国的,不仅显然是独特的集体经验之汇集,最终都是一种建构——牵涉到与自己相反的'他者'身份的建构,而且总是牵涉到对与'我们'不同的特质的不断阐释和再阐释。每一时代和社会都重新创造自己的'他者'。因此,自我身份或'他者'身份绝非静止的东西,而在很大程度上是一种人为建构的历史、社会、学术和政治过程,就像是一场牵涉到各个社会的不同个体和机构的竞赛。"① 萨义德的此番话语实际上关涉到存在主义的基本命题,具体说,对于自我身份的"确认",即回答"我是谁"或认证"此在"本真存在的问题,而与此相关的话题主要由以下互补性话语组成:我曾经是谁? 我想成为谁? 我的自我认同是否获得人们的承认? 人们将我指认为谁? 我的自我认同与社会承认之间具有何种关系? 等等。对此查尔斯·泰勒认为:"我们的认同,是某种给予我们根本方向感的东西所规定的,事实上是复杂的和多层次的。我们全部都是由我们看作普遍有效的承诺构成的,也是由我们所理解为特殊身份的东西构成的。"② 个体存在的认同性焦虑缘于那种能够给予"根本方向感"东西和"普遍有效的承诺"已经缺失。海德格尔从存在论的角度表述为:"当代人的无家可归感来自于他同存在的历史本质的脱离。"③ 质言之,个体存在的认同性不仅包括存在者如何在流变的社会历史发展中保持自身的连续性、完整性及一致性的问题,还包括如何传承、延续传统及接受,尤其是面对现实时能否并如何重新审视

---

① [美] 萨义德:《东方学》,王宇根译,生活·读书·新知三联书店 1999 年版,第 426—427 页。

② [加] 查尔斯·泰勒:《自我的根源:现代认同的形成》,韩震等译,译林出版社 2001 年版,第 39 页。

③ 转引自肖鹰:《九十年代中国文学:全球化与自我认同》,《文学评论》2000 年第 2 期。

自己的文化身份以便对本真的"此在"进行再界定和重塑。由于在不同的文化语境中社会历史转型的方式、形态、目标和本质等各有差异，认同危机所施予个体存在的发生、发展及表现形态也有所不同。因而，追究有关文化身份认同的问题不只是对一己身份——本真性存在进行确证的有效路径，也是通往个体性存在背后的整个时代、社会及历史精神的最佳入口。

心理学家弗洛姆则干脆从性欲的角度殊途同归地阐述了自我身份个体性认同的要旨："一个无安全感的人，有一种强烈的需要，即向自己证明他的价值，向他人证明他的强大，或在性欲方面压倒别人，而使自己处于统治地位。这种人很容易产生强烈的性欲，如果性欲得不到满足，便会产生一种痛苦的紧张。他很容易认为，他那强烈的性欲来自于他身体的需要，但事实上，这些欲望是由他的心理需要所决定的。"①

《废都》以庄之蝶与旧日恋人景雪荫的一场"风月官司"起笔，展示的却是"西京"诸多富有文化寓意的"颓相"，而隐藏在这一叙事表层下面的则是庄之蝶们个体存在的认同性焦虑——一种"无名"的"焦虑"。易言之，"西京"废墟般败落和庄之蝶们身份认同危机之间本身就富于一种对应性的隐喻关系。雷达先生曾用"心灵的挣扎"为题来评论《废都》："到了中篇《废都》再到长篇《废都》，他的精神逐渐被一种面对现实无能为力、无可奈何的沉沦感、悲伤感所左右。从这样的简约回顾中，不难看出他的摇摆幅度之大。这使人真想提出一个问题：到底哪一个贾平凹更真实？"② 可见，庄之蝶的名字化用"庄生梦蝶"的典故自有其深厚的蕴含，它表达出"我是谁"的难以确证，一种自我身份认同的"无名"的"焦虑"。

"无名"的"焦虑"首先体现在庄之蝶的家庭生活——生理上的阳痿和结婚多年没有生育，于是丈夫耶父亲耶？他自己都感到有名无实；其次是以创作而立身的"名作家"却写不出作品来。须知，人生在世无非是安家立业，而庄之蝶无论是在家庭还是在事业上都已完全陷入了"无名"状

---

① ［美］埃·弗洛姆：《为自己的人》，孙依依译，生活·读书·新知三联书店1988年版，第172—173页。

② 雷达：《心灵的挣扎——〈废都〉辨析》，《当代作家评论》1993年第6期。

态——他不知道自己是"谁",就像庄子分不清自己究竟是庄子还是蝴蝶一样。更有甚者,庄之蝶有一次居然在太阳下发现没有了自己的影子,这何尝不是对自我身份质疑乃至自我灵魂丧失的深刻寓示?

美国学者卡伦·荷妮将类似庄之蝶的精神症状表述为"我们时代的病态人格"。① 正是在"时代的病态人格"中,庄之蝶只能深刻地咀嚼着因无法获得的个人身份感所带来的绝望:"他终于悟到,他其实是'名'的仆役。……结果他没有了自己的'时间性',也没有了自己的'空间性',找不到自己了。"② 问题更在于,"庄之蝶"在小说中既是一种个体性或所指性的存在实体,同时亦为一种共名性或意指性的存在符码。

庄之蝶的好友孟云房说,"在这个城里的文化圈里,庄之蝶算是最好的",因为庄之蝶与其他社会"名人"相比,毕竟还残留着走出生命存在自我迷失的冲动,还体现出一种对身份认同自我求证的努力。小说中写庄之蝶得了一套单元房后命名为"求缺屋","求缺屋"之名表达了庄之蝶对于"求缺"的欲望,更反映出他对自我身份认同急需确证的欲望(庄之蝶和唐宛儿、阿灿的一个重要性爱场所便在"求缺屋"),而自我身份确证的唯一有效方式就是贾平凹所谓的"两性相悦"。雷达先生说:"但正像唐宛儿说的,他又是个需要不停地寻找新刺激的人,既然作为生命存在的形式的创作已不存在,怎么办呢?只好到性欲狂潮中去发现自己的生命和力量。这可说是生存性烦恼。……庄之蝶通过性活动所暴露的灵魂的复杂,比之他在现实生活中的流露,要多得多。他的软弱,他的窘迫,他的不无恶谑的情趣,他的自相矛盾的女性观,他的本想追求美的人性却始终跌落在兽性的樊笼的尴尬,全可从他的性史中看到。"③ 这其实也可视为马尔库塞的"爱欲与解放"的另一注释:从性爱中获取证实自我存在的生命力和创造力。

的确,只有在性爱的迷醉中庄之蝶才能感觉到自己的真实性存在。作

---

① [美]卡伦·荷妮:《我们时代的病态人格》,陈收译,国际文化出版公司 2001 年版。
② 雷达:《心灵的挣扎——〈废都〉辨析》,《当代作家评论》1993 年第 6 期。
③ 雷达:《心灵的挣扎——〈废都〉辨析》,《当代作家评论》1993 年第 6 期。

者因而放纵笔墨、极尽能事地描写庄之蝶与几个女性之间的欲海荡舟。诸如，唐宛儿超出想象力的"淫荡"并愿意随时随地满足庄之蝶的性饥渴，阿灿的勇于奉献而毫不粘连，柳月的独特（民间说的白虎）和年轻靓丽等都给庄之蝶注入了新的生命能量。在牛月清那里得不到性爱欢愉体验的庄之蝶于偷香窃玉时的积极主动令人不免诧异，小说浓墨重染了他与唐婉儿的性爱交往，比如对他俩第一次性交后的描述："妇人说：'你真行的！'庄之蝶说：'我行吗?！'妇人说：'我还真没有这么舒服过的，你玩女人玩得真好！'庄之蝶毫不自豪却认真地说：'除过牛月清，你可是我第一次接触的女人，今天简直有些奇怪了，我从没有这么能行的。真的，我和牛月清在一块每次都早泄，我早说我完了，不是男人家了呢！'唐宛儿说：'男人家没有不行的，要不行，那都是女人家的事'。庄之蝶听了，忍不住又扑过去，他抱了妇人，突然头埋在她的怀里哭了，说道：'我谢谢你，唐宛儿，今生今世我是不会忘记你了'。"也是在这次性交后庄之蝶感慨："终日浮浮躁躁，火火气气的，我真怀疑我要江郎才尽了，我要完了……身体也垮下来，连性功能都几乎要丧失了！……更令我感激的是，你接受了我的爱，我们在一起，我重新感觉到我又是个男人了，心里有涌动不已的激情，我觉得我并没有完……"对于庄之蝶，与唐宛儿的性爱已经不是单纯的肉体之欢，而是重新认证自我身份的生命仪式。

综上所述，庄之蝶的个人"身份"一方面需要从性爱中去求证，另一方面却又常常被无所顾忌的性爱所遮蔽。也可以说，"此在"有待"性爱"去澄明，然而又总是沉陷在黯晦不明中。或许，庄之蝶误以为他"爱"那些与他有情感纠葛的女子（包括景雪荫），从他询问唐宛儿自己是"坏"还是"不坏"中也说明，他从未有意识地欺骗或伤害她们其中的任何一个，最终却伤害乃至毁灭了所有女人。在其本质上，庄之蝶从头到尾在乎的就只有他自己：怎样为自己的"名人"身份求证和正名。他将所有女人都作为自己的镜像，从能给女人带来生理快感、能唤起女性的激情，也从女人对他的爱怜和需要中反射出自己生命存在的价值——感到生命力的强悍和创造力的强健。所以贾平凹说："《废都》通过性，讲的是一个与性毫不相干的故事。"①

　　如果说，性爱作为庄之蝶重新确认自我身份认同的转喻，那么从"行"再次回落到"不行"则告示着这种确认最后的失败。小说中写到，庄之蝶与唐宛儿的关系被牛月清发现后，两个人借着柳月婚礼的机会最后一次约会，也许出于一种报复心理，唐宛儿特意选在庄之蝶与牛月清的卧室里做爱，不料庄之蝶的"老毛病"犯了："□□□□□（作者删去六百六十六字）但是，怎么也没有成功。庄之蝶垂头丧气地坐起来，听客厅的摆钟嗒嗒嗒地是那么响，他说：'不行的，宛儿，是我的老毛病又犯了吗?'"在此，性而上的自我身份认同的理想与悲情，简约成性而下的做爱能力的"行"与"不行"——这对庄之蝶无疑是一个巨大的反讽。行文至此，有理由认为《废都》在性爱描写后用"□□□（作者删去 ××× 字）"的写作方式，其实不是"此中有真意，欲辩已忘言"的故弄玄虚，而是以潜文本形态传达出叙事话语的空缺：一种难以补实的"缺憾"——即使是性爱也不能确证"自我身份"的真确存在，所谓"求缺屋"的真实含义也便在此。庄之蝶与众女性在反反复复"□□□（作者删去 ××× 字）"后和自己最"爱"的唐宛儿最终像两个要溺水的人一样，强弩之末、激情尽丧。小说接近尾声前庄之蝶与唐宛儿发生自始至终有哀乐伴奏、疯狂的自虐和施虐式的性爱行为，而性爱过后的庄之蝶与唐宛儿像"两块泡了水的土坯"般颓然无力，性爱终于变成了庄之蝶求证自我的绝唱。当筋疲力尽、声名狼藉的庄之蝶最终猝然倒在火车站座椅上时，小说最后的余音是：拉着铁轱辘架子车的老头站在那以千百盆花草组装成的一个大熊猫下高喊"破烂喽——!破烂喽——! 承包破烂——喽!"庄之蝶的颓然自"废"与此相应，其自我身份认同和生命存在意义已废弃不堪。

　　必须承认，学界以及社会舆论对《废都》性爱描写的非议有其一定的道理。尽管贾平凹本人申明《废都》"讲的是一个与性毫不相干的故事"，然而给人的感受是，虽然庄之蝶不甘心在性爱的放纵中颓败和沦落，但又

_____

① 　贾平凹：《答陈泽顺先生问》，《小说评论》1996 年第 1 期。

自觉地沉湎于"两性相悦"而不是"两情相悦"的情天欲海中。庄之蝶与几个女人的性爱关系，也几乎重复了古典小说中妻、妾、丫环的结构模式，从而再现了所谓风流文人的各种习性、癖好和游戏的生活方式，表现出男人的征服欲和对妇女的狎玩。小说的性爱叙事终究缺乏一种美学的节制和艺术的点化，作者对庄之蝶等人的病态的性事癖好投入了过分的热情，夸张且真确、煽情又隐晦。小说对性事的书写也过度胶着，很多地方失之于浅直化、庸俗化、粗鄙化弊端，很容易使人产生心理上的厌倦和逆反。如，作者不厌其烦地详述每次性行为的过程，从正常的性交到变态的口交都有，有人甚至统计出，《废都》中除了严格意义上的性虐待和兽交以外几乎涉及了全部性活动尝试；类似于对女性肉体乃至生殖器欣赏、把玩的文字也有不少。苛刻地说，《废都》的性爱叙事有一种将"情"趣沦入"性"趣乃至"恶"趣之嫌，其背后呈现出的是精神的失态和艺术的失度。

参考文献

1. [美] W.考夫曼:《存在主义——从陀斯妥也夫斯基到沙特》,陈鼓应等译,商务印书馆1995年版。

2. [美] 威廉·巴雷特:《非理性的人——存在主义哲学研究》,杨照明等译,商务印书馆1995年版。

3. [美] 威廉·巴雷特:《非理性的人——存在主义哲学研究》,段德智译,上海译文出版社2007年版。

4. [法] 让·华尔:《存在主义简史》,马清槐译,商务印书馆1962年版。

5. [法] 让·华尔:《存在哲学》,翁绍军译,生活·读书·新知三联书店1997年版。

6. [法] 保罗·富尔基埃:《存在主义》,潘培庆等译,上海译文出版社1988年版。

7. [法] 雅克·科莱特:《存在主义》,李焰明译,商务印书馆2004年版。

8. [美] 托马斯·R.弗林:《存在主义简论》,莫伟民译,外语教学与研究出版社2008年版。

9. [美] 恩萧:《存在主义(英文版)》,上海外语教育出版社2009年版。

10. [波] 科萨克:《存在主义的大师们》,王念宁译,中央编译出版社2003年版。

11. 贺麟编:《存在主义哲学》,商务印书馆1963年版。

12. 徐崇温编:《存在主义哲学》,中国社会科学出版社1986年版。

13. 高宣扬:《存在主义概说》,(香港)天地图书有限公司1986年版。

14. 熊伟编:《存在主义哲学资料选辑》,商务印书馆1997年版。

15. 劳思光:《存在主义哲学新编(修订版)》,(香港)中文大学出版社2001年版。

16. [美] 巴恩斯:《冷却的太阳:一种存在主义伦理学》,万俊人等译,中央编译出版社2004年版。

17. [匈] 卢卡奇:《关于社会存在的本体论》,白锡堃等译,重庆出版社1993年版。

18. [匈] 卢卡奇:《存在主义还是马克思主义》,阎静先等译,商务印书馆1962年版。

19. [波] 沙夫:《人的哲学——马克思主义与存在主义》,林波等译,生活·读书·新知三联书店1963年版。

20. [丹] 克尔凯郭尔:《非此即彼》,封宗信译,中国工人出版社 1997 年版。

21. [丹] 克尔凯郭尔:《恐惧与颤栗》,刘继译,贵州人民出版社 1994 年版。

22. [丹] 克尔凯郭尔:《致死的疾病》,张祥龙等译,中国工人出版社 1997 年版。

23. [丹] 克尔凯郭尔:《论反讽概念:以苏格拉底为主线——克尔凯郭尔文集》,汤晨溪译,中国社会科学出版社 2005 年版。

24. [丹] 克尔凯郭尔:《哲学寓言集》,杨玉功译,商务印书馆 2000 年版。

25. [丹] 克尔凯郭尔:《论怀疑者 / 哲学片断》,翁绍军等译,生活·读书·新知三联书店 1996 年版。

26. [德] T.W. 阿多诺:《克尔凯郭尔:审美对象的建构》,李理译,人民出版社 2008 年版。

27. [德] 彼·沃得:《克尔凯郭尔》,鲁路译,河北教育出版社 1999 年版。

28. [英] 加迪纳:《克尔凯郭尔》,刘玉红译,译林出版社 2009 年版。

29. [俄] 舍斯托夫:《旷野呼告——克尔凯郭尔与存在哲学》,方珊等译,华夏出版社 1991 年版。

30. 杨大春:《沉沦与拯救——克尔凯郭尔的精神哲学研究》,东方出版社 1995 年版。

31. 林和生:《孤独人格——克尔凯郭尔》,长江文艺出版社 1996 年版。

32. 王奇:《走向绝望的深渊——克尔凯郭尔的美学生活境界》,中国社会科学出版社 2000 年版。

33. [德] 胡塞尔:《现象学的观念》,倪梁康译,上海译文出版社 1986 年版。

34. [德] 胡塞尔:《现象学的方法》,倪梁康译,上海译文出版社 1994 年版。

35. [德] 胡塞尔:《纯粹现象学通论》,李幼蒸译,商务印书馆 1992 年版。

36. [德] 胡塞尔:《现象学与哲学的危机》,吕祥译,国际文化出版公司 1988 年版。

37. [德] 胡塞尔:《欧洲科学危机和超验现象学》,张庆熊译,上海译文出版社 1988 年版。

38. [德] 胡塞尔:《观念:纯粹现象学的一般性导论》,张再林译,陕西人民出版社 1994 年版。

39. 倪梁康选编:《胡塞尔选集》,上海三联书店 1997 年版。

40. [德] 布尔:《胡塞尔思想的发展》,李河译,生活·读书·新知三联书店 1995 年版。

41. 倪梁康:《胡塞尔现象学概念通释》,生活·读书·新知三联书店 1998 年版。

42. 倪梁康:《现象学及其效应——胡塞尔与当代德国哲学》,生活·读书·新知三联书店 1994 年版。

43. 涂成林:《现象学的使命——从胡塞尔、海德格尔到萨特》,中央编译出版社 1994 年版。

44. 叶秀山：《思、史、诗——现象学与存在哲学研究》，人民出版社 1988 年版。

45. [法] 柏格森：《时间与自由意志》，吴士栋译，商务印书馆 1958 年版。

46. [法] 柏格森：《形而上学导言》，刘放桐译，商务印书馆 1963 年版。

47. [法] 柏格森：《创造进化论》，姜志辉译，商务印书馆 2004 年版。

48. [波] 拉·科拉柯夫斯基：《柏格森》，牟斌译，中国社会科学出版社 1991 年版。

49. [法] 吉尔·德勒兹：《康德与柏格森解读》，张宇凌等译，社会科学文献出版社 2002 年版。

50. 陈卫平等：《生命的冲动——柏格森和他的哲学》，生活·读书·新知三联书店 1988 年版。

51. 王理平：《差异与绵延——柏格森哲学及其当代命运》，人民出版社 2007 年版。

52. 吴先伍：《现代性的追求与批评：柏格森与中国近代哲学》，安徽人民出版社 2005 年版。

53. 朱鹏飞：《直觉生命的绵延——柏格森生命哲学美学思想研究》，中国文联出版社 2007 年版。

54. [德] 叔本华：《作为意志和表象的世界》，石冲白译，商务印书馆 1982 年版。

55. [德] 叔本华：《伦理学的两个基本问题》，关文运等译，商务印书馆 1999 年版。

56. [德] 叔本华：《自然界中的意志》，任立等译，商务印书馆 1997 年版。

57. [德] 叔本华：《叔本华论说文集》，范进译，商务印书馆 1999 年版。

58. 李瑜青编：《叔本华经典文存——经典启蒙文库》，上海大学出版社 2006 年版。

59. 任立等编：《叔本华文集——悲观论集》，青海人民出版社 1996 年版。

60. 韦启昌编：《叔本华思想随笔》，上海人民出版社 2008 年版。

61. [俄] 阿·古雷加、伊·安德烈耶娃：《他们发现了我——叔本华传》，人民出版社 2007 年版。

62. [法] 迪迪埃·雷蒙：《叔本华》，宋旸等译，上海人民出版社 2009 年版。

63. 陈铨等：《从叔本华到尼采》，生活·读书·新知三联书店 2001 年版。

64. 陈杰荣等：《从痛苦到超越：叔本华与尼采人生哲学批判》，辽宁教育出版社 1991 年版。

65. 陶黎铭：《一个悲观者的创造性背叛——叔本华的〈作为意志和表象的世界〉》，云南人民出版社 1990 年版。

66. 黄文前：《意志及其解脱之路——叔本华哲学思想研究》，江苏人民出版社 2008 年版。

67. [德] 尼采：《查拉斯图拉如是说》，楚图南译，湖南人民出版社 1987 年版。

68. [德] 尼采：《偶像的黄昏》，周国平译，湖南人民出版社 1987 年版。

69. [德] 尼采：《上帝死了（尼采文选）》，威仁译，上海三联书店 1989 年版。

70. [德] 尼采：《苏鲁支语录》，徐梵澄译，商务印书馆 1992 年版。

71. [德] 尼采：《权力意志——重估一切价值的尝试》，张念东译，商务印书馆1991 年版。

72. [德] 尼采：《论道德的谱系》，周红译，生活·读书·新知三联书店 1992 年版。

73. [德] 尼采：《历史对于人生的利弊》，姚可昆译，商务印书馆 1998 年版。

74. [德] 尼采：《善恶之彼岸：未来的一个哲学序曲》，程志民译，华夏出版社2000 年版。

75. [德] 尼采：《哲学与真理——尼采 1872—1876 年笔记选》，田立年译，上海社会科学院出版社 1993 年版。

76. [德] 尼采：《看哪这人——尼采自述》，张念东等译，中央编译出版社 2001年版。

77. 周国平编译：《悲剧的诞生——尼采美学文选》，生活·读书·新知三联书店1986 年版。

78. [丹] 乔治·勃兰兑斯：《尼采》，安延明译，工人出版社 1985 年版。

79. [德] 海德格尔：《海德格尔论尼采——作为艺术的强力意志》，秦伟译，河北人民出版社 1990 年版。

80. [法] 吉尔·德勒兹：《尼采与哲学》，周颖等译，社会科学文献出版社 2001年版。

81. [俄] 舍斯托夫：《悲剧的哲学：陀思妥耶夫斯基与尼采》，张杰译，漓江出版社 1992 年版。

82. [日] 工藤绥夫：《尼采的思想》，李永识译，（台湾）水牛出版事业有限公司1986 年版。

83. 李石岑：《超人哲学浅说》，商务印书馆 1931 年版。

84. 刘恩久：《尼采哲学之主干思想》，永康书局（沈阳）1947 年版。

85. 周国平：《尼采——在世纪的转折点上》，上海人民出版社 1986 年版。

86. 周国平：《尼采与形而上学》，湖南教育出版社 1990 年版。

87. 陈鼓应：《悲剧哲学家尼采》，生活·读书·新知三联书店 1987 年版。

88. 陆杰荣等：《从痛苦到超越——叔本华与尼采人生哲学批评》，辽宁教育出版社 1991 年版。

89. 杨恒达：《尼采美学思想》，中国人民大学出版社 1992 年版。

90. 成芳：《尼采在中国》，南京出版社 1993 年版。

91. 郜元宝编：《尼采在中国》，上海三联书店 2001 年版。

92. 汪民安等编：《尼采的幽灵》，社会科学文献出版社 2001 年版。

93. [德] 海德格尔：《存在与时间》，陈嘉映等译，生活·读书·新知三联书店1987 年版。

94. [德] 海德格尔：《诗、语言、思》，彭富春译，文化艺术出版社 1990 年版。

95. [德] 海德格尔：《形而上学导论》，熊伟等译，商务印书馆 1996 年版。

96. [德] 海德格尔:《面向思的事情》,陈小文等译,商务印书馆 1996 年版。

97. [德] 海德格尔:《在通向语言的途中》,孙周兴译,商务印书馆 1997 年版。

98. [德] 海德格尔:《林中路(修订本)》,孙周兴译,上海译文出版社 2004 年版。

99. [德] 海德格尔:《荷尔德林诗歌解释》,孙周兴译,商务印书馆 1998 年版。

100. 孙周兴选编:《海德格尔选集》,上海三联书店 1996 年版。

101. [英] 斯坦纳:《海德格尔》,李河等译,中国社会科学出版社 1989 年版。

102. [德] 比梅尔:《海德格尔传》,刘鑫等译,商务印书馆 1996 年版。

103. [美] 约瑟夫·科克:《海德格尔的〈存在与时间〉——对作为基本存在论的此在的分析》,陈小文等译,商务印书馆 1996 年版。

104. 陈嘉映:《海德格尔哲学概论》,生活·读书·新知三联书店 1995 年版。

105. 张汝伦:《海德格尔与现代哲学》,复旦大学出版社 1995 年版。

106. 宣孟:《现代西方的超越思想——海德格尔的哲学》,上海人民出版社 1989 年版。

107. 孙周兴:《说不可说之神秘——海德格尔后期哲学思想研究》,上海三联书店 1994 年版。

108. 宋继杰等:《海德格尔与存在论历史的解构:现象学的基本问题引论》,江苏人民出版社 2008 年版。

109. 刘小枫等:《海德格尔与有限性思想(重订版)》,华夏出版社 2007 年版。

110. [德] 莱因哈德·梅依:《海德格尔与东亚思想》,张志强译,中国社会科学出版社 2003 年版。

111. 张祥龙:《海德格尔思想与中国天道——终极视域的开启与交融》,生活·读书·新知三联书店 1996 年版。

112. 那薇:《道家与海德格尔——在心物一体中人成其人物成其物》,商务印书馆 2004 年版。

113. 钟华:《从逍遥游到林中路——海德格尔与庄子诗学思想比较》,华龄出版社 2004 年版。

114. 刘敬鲁:《海德格尔人学思想研究》,中国人民大学出版社 2001 年版。

115. 王昌树:《海德格尔:生存论美学》,学林出版社 2008 年版。

116. 余虹:《思与诗的对话——海德格尔诗学引论》,中国社会科学出版社 1991 年版。

117. 余虹:《艺术与归家——尼采·海德格尔·福柯》,中国人民大学出版社 2005 年版。

118. 余虹:《海德格尔诗学文集》,华中师范大学出版社 1992 年版。

119. [法] 萨特:《萨特文集》,施康强译,人民文学出版社 2005 年版。

120. [法] 萨特:《存在与虚无》,陈宣良等译,生活·读书·新知三联书店 1987 年版。

121. [法] 萨特:《萨特哲学论文集》,潘培庆等译,安徽文艺出版社 1998 年版。

122. [法] 萨特:《辩证理性批判》,林骧华等译,安徽文艺出版社 1998 年版。

123. [法] 让松:《存在与自由:让·保尔·萨特传》,刘甲桂译,北京大学出版社 2008 年版。

124. [法] 西蒙娜:《萨特传》,黄忠晶译,百花洲文艺出版社 2007 年版。

125. [美] 理查德·坎伯:《萨特》,李智译,中华书局 2002 年版。

126. 柳鸣九编:《萨特研究》,中国社会科学出版社 1981 年版。

127. 徐崇温等:《萨特及其存在主义》,人民出版社 1982 年版。

128. 王克千等:《论萨特》,福建人民出版社 1985 年版。

129. 黄颂杰等:《萨特及其"人学"》,复旦大学出版社 1986 年版。

130. 万俊人:《萨特伦理思想研究》,北京大学出版社 1988 年版。

131. 魏金声:《"探索"人生奥秘:萨特与存在主义》,北京出版社 1989 年版。

132. 李辛生:《自由的迷惘——萨特存在主义哲学剖论》,广东高等教育出版社 1991 年版。

133. 杨昌龙:《存在主义的艺术人学——论文学家萨特》,西北大学出版社 1998 年版。

134. 黄忠晶:《百年萨特:一个自由精灵的历程》,中央编译出版社 2005 年版。

135. 杜小真:《萨特引论》,商务印书馆 2007 年版。

136. 高宣扬:《萨特的密码》,同济大学出版社 2007 年版。

137. 柳鸣九:《自我选择至上——柳鸣九谈萨特》,东方出版社 2008 年版。

138. [法] 加缪:《西西弗的神话》,杜小真译,生活·读书·新知三联书店 1998 年版。

139. [法] 加缪:《加缪文集》,郭宏安等译,译林出版社 2001 年版。

140. [法] 罗歇·格勒尼埃:《阳光与阴影——加缪传》,顾嘉琛译,北京大学出版社 1997 年版。

141. [美] 埃尔贝·R.洛特曼:《加缪传》,肖云上等译,漓江出版社 1999 年版。

142. 袁澍涓等:《卡缪的荒谬哲学》,辽宁人民出版社 1989 年版。

143. [德] 雅斯贝斯:《卡尔·雅斯贝斯文集》,朱更生译,青海人民出版社 2003 年版。

144. [德] 雅斯贝斯:《时代的精神状况》,王德峰译,上海译文出版社 2008 年版。

145. [德] 雅斯贝斯:《生存哲学》,王玖兴译,上海译文出版社 2005 年版。

146. [德] 雅斯贝尔斯:《悲剧的超越》,亦春译,工人出版社 1988 年版。

147. [德] 雅斯贝尔斯:《历史的起源与目标》,魏楚雄等译,华夏出版社 1989 年版。

148. [德] 维尔纳·叔斯勒:《雅斯贝尔斯》,鲁路译,中国人民大学出版社 2008 年版。

149. 周启杰：《历史：一种反思性的文化存在——雅斯贝尔斯视野下的生存历史性研究》，黑龙江人民出版社 2005 年版。

150. [法] 梅洛·庞蒂：《知觉现象学》，姜志辉译，商务印书馆 2001 年版。

151. [法] 梅洛·庞蒂：《眼与心》，刘蕴涵译，中国社会科学出版社 1992 年版。

152. [美] 詹姆斯·施密特：《梅洛·庞蒂——现象学与结构主义之间》，尚新建等译，台北桂冠图书股份有限公司 1992 年版。

153. [西班牙] 乌纳穆诺：《生命的悲剧意识》，王仪平译，北方文艺出版社 1987 年版。

154. [美] 保罗·蒂利希：《存在的勇气》，成穷等译，贵州人民出版社 1998 年版。

155. [美] 保罗·蒂利希：《基督教思想史——从其犹太和希腊发端到存在主义》，尹大贻译，东方出版社 2008 年版。

156. [美] 何光沪选编：《蒂利希选集》，上海三联书店 1999 年版。

157. [美] 马尔库塞：《爱欲与文明》，黄勇等译，上海译文出版社 1987 年版。

158. [美] 马尔库塞：《单向度的人》，刘继译，上海译文出版社 1989 年版。

159. [美] 马尔库塞：《现代文明与人的困境》，李晓兵等译，上海三联书店 1989 年版。

160. [美] 马尔库塞：《审美之维》，李小兵译，生活·读书·新知三联书店 1989 年版。

161.《马克思恩格斯文集》第 1—10 卷，人民出版社 2009 年版。

162. 李兵：《生存与解放——马克思关于人类解放的哲学主题》，人民出版社 2007 年版。

163. [美] 詹明信：《晚期资本主义的文化逻辑》，陈清侨等译，生活·读书·新知三联书店 1997 年版。

164. [德] 恩斯特·卡西尔：《人论》，甘阳译，上海译文出版社 1985 年版。

165. [德] 哈贝马斯：《现代性的哲学话语》，曹卫东等译，译林出版社 2004 年版。

166. [日] 今道友信等：《存在主义美学》，崔相录等译，辽宁人民出版社 1987 年版。

167. [英] 阿诺德·欣奇利夫：《荒诞说：从存在主义到荒诞派》，刘国斌译，中国戏剧出版社 1992 年版。

168. 毛崇杰：《存在主义美学与现代派艺术》，社会科学文献出版社 1988 年版。

169. 李均：《存在主义文论》，山东教育出版社 2000 年版。

170. 张弘：《西方存在美学问题研究》，黑龙江人民出版社 2005 年版。

171. 汤拥华：《西方现象学美学局限研究》，黑龙江人民出版社 2005 年版。

172. 王晓华：《西方生命美学局限研究》，黑龙江人民出版社 2005 年版。

173. 李晓林：《审美主义：从尼采到福柯》，社会科学文献出版社 2005 年版。

174. 朱立元：《走向实践存在论美学》，苏州大学出版社 2008 年版。

175. 寇鹏程：《马克思主义存在根基与实践美学》，苏州大学出版社 2008 年版。

176. 刘泽民：《实践存在论的美学思考方式》，苏州大学出版社 2008 年版。

177. 朱志荣：《从实践美学到实践存在论美学》，苏州大学出版社 2008 年版。

178. 刘旭光：《实践存在论的艺术哲学》，苏州大学出版社 2008 年版。

179. 张辉：《审美现代性批判》，北京大学出版社 1999 年版。

180. 林毓生：《中国意识的危机》，贵州人民出版社 1988 年版。

181. 李泽厚：《中国古代思想史论》，人民出版社 1986 年版。

182. 李泽厚：《中国近代思想史论》，人民出版社 1979 年版。

183. 李泽厚：《中国现代思想史论》，东方出版社 1987 年版。

184. 张岱年：《中国古典哲学概念范畴要论》，中国社会科学出版社 1989 年版。

185. 张世英：《天人之际——中西哲学的困惑与选择》，人民出版社 1995 年版。

186. 许纪霖编：《二十世纪中国思想史论》，东方出版中心 2000 年版。

187. 张光芒：《启蒙论》，上海三联书店 2002 年版。

188. 张宝明：《自由神话的终结》，上海三联书店 2002 年版。

189. 王晓华：《个体哲学》，上海三联书店 2002 年版。

190. 俞吾金等：《现代性现象学——与西方马克思主义者的对话》，上海社会科学院出版社 2002 年版。

191. 张世英：《哲学导论》，北京大学出版社 2002 年版。

192. 高力克：《五四的思想世界》，学林出版社 2003 年版。

193. 张世英：《新哲学讲演录》，广西师范大学出版社 2004 年版。

194. 汪晖：《现代中国思想的兴起》，生活·读书·新知三联书店 2004 年版。

195. 李泽厚：《实用理性与乐感文化》，生活·读书·新知三联书店 2005 年版。

196. 柳鸣九编：《"存在"文学与文学中的"存在"》，社会科学文献出版社 1997 年版。

197. 朱德发等：《20 世纪中国文学理性精神》，上海人民出版社 2003 年版。

198. 谭桂林：《本土语境与西方资源——现代中西诗学关系研究》，人民文学出版社 2008 年版。

199. [美] 夏志清：《中国现代小说史》，刘绍铭等编译，香港友联出版社有限公司 1979 年版。

200. [美] 夏志清：《中国现代小说史》，刘绍铭等译，复旦大学出版社 2005 年版。

201. 杨义：《中国现代小说史》，人民文学出版社 1993 年版。

202. 谢冕主编：《百年中国文学总系》（共 11 卷），山东教育出版社 1998 年版。

203. 杜书瀛等主编：《中国 20 世纪文艺学学术史》（共 4 部），上海文艺出版社 2001 年版。

204. 张桃洲：《现代汉语的诗性空间——新诗话语研究》，北京大学出版社 2005 年版。

205. 罗振亚：《中国现代主义诗歌史论》，社会科学文献出版社 2002 年版。

206. 殷克琪：《尼采与中国现代文学》，南京大学出版社 2000 年版。

207. 黄怀军：《中国现代作家与尼采》，湖南师范大学出版社 2009 年版。

208. 解志熙：《生的执著——存在主义与中国现代文学》，人民文学出版社 1999 年版。

209. 肖同庆：《世纪末思潮与中国现代文学》，安徽教育出版社 2000 年版。

210. 丁帆、许志英：《中国新时期小说主潮》，人民文学出版社 2002 年版。

211. 张清华：《中国当代先锋文学思潮论》，江苏文艺出版社 1997 年版。

212. 吴义勤：《中国当代新潮小说论》，江苏文艺出版社 1997 年版。

213. 吴义勤：《长篇小说与艺术问题》，人民文学出版社 2005 年版。

214. 翟文铖：《生活世界的喧嚣：新生代小说研究》，人民文学出版社 2008 年版。

215. 孙基林：《崛起与喧嚣——从朦胧诗到第三代》，国际文化出版公司 2004 年版。

216. 《鲁迅全集》，人民文学出版社 1981 年版。

217. 闵抗生：《鲁迅创作与尼采的箴言》，陕西人民教育出版社 1996 年版。

218. 王乾坤：《鲁迅的生命哲学》，人民文学出版社 1999 年版。

219. 汪晖：《反抗绝望——鲁迅及其文学世界》，河北教育出版社 2000 年版。

220. 魏韶华：《林中路上的精神相遇——鲁迅与克尔凯郭尔比较研究》，中国社会科学出版社 2005 年版。

221. 彭小燕：《存在主义视野下的鲁迅》，北京大学出版社 2007 年版。

222. 《田汉全集》，花山文艺出版社 2000 年版。

223. 《田汉剧作选》，人民文学出版社 1955 年版。

224. 董健：《田汉传》，北京十月文艺出版社 1996 年版。

225. 刘平：《戏剧魂——田汉评传》，中央文献出版社 1998 年版。

226. 田本相等：《田汉评传》，重庆出版社 1998 年版。

227. 《沈从文文集》，花城出版社、三联书店香港分店 1984 年版。

228. 《沈从文全集》，北岳文艺书版社 2006 年版。

229. [美] 金介甫：《沈从文传》，符家钦译，国际文化出版公司 2005 年版。

230. 凌宇：《沈从文传》，北京十月文艺出版社 2004 年版。

231. 凌宇：《从边城走向世界》，生活·读书·新知三联书店 1985 年版。

232. 刘洪涛：《沈从文小说新论》，北京师范大学出版社 2005 年版。

233. 吴投文：《沈从文的生命诗学》，东方出版社 2007 年版。

234. 钱钟书：《围城》，人民文学出版社 1991 年版。

235. 张泉编：《钱钟书和他的〈围城〉——美国学者论钱钟书》，中国和平出版社 1991 年版。

236. 胡河清：《真精神 旧途径——钱锺书的人文思想》，河北教育出版社 1997

年版。

237. 刘玉凯：《鲁迅钱钟书平行论》，河北人民出版社 1999 年版。

238. 季进：《钱钟书与现代西学》，上海三联书店 2002 年版。

239. 周锦：《〈围城〉面面观》，河北教育出版社 2002 年版。

240.《冯至全集》，河北教育出版社 1999 年版。

241.《冯至代表作：十四行集》，华夏出版社 2009 年版。

242. 蒋勤国：《冯至评传》，人民出版社 2000 年版。

243. 周棉：《冯至传》，江苏文艺出版社 1993 年版。

244. 冯姚平编：《冯至与他的世界》，河北教育出版社 2001 年版。

245. 张辉：《冯至：未完成的自我》，文津出版社 2005 年版。

246. 中国社科院外国文学研究所编：《秋风怀故人——冯至百年诞辰纪念集》，人民文学出版社 2005 年版。

247.《残雪文集》，湖南文艺出版社 1998 年版。

248. 残雪：《灵魂的城堡》，华东师范大学出版社 2008 年版。

249. 残雪：《艺术复仇》，广西师范大学出版社 2003 年版。

250. 萧元编：《圣殿的倾圯——残雪之谜》，贵州人民出版社 1993 年版。

251. 残雪：《残雪文学观》，广西师范大学出版社 2007 年版。

252. 罗璠：《残雪与卡夫卡小说比较研究》，人民出版社 2006 年版。

253. 卓今：《残雪评传（当代湖南作家评传丛书）》，湖南文艺出版社 2008 年版。

254.《王小波全集》，云南人民出版社 2006 年版。

255. 李银河：《王小波十年祭》，江苏美术出版社 2007 年版。

256. 韩袁红编：《王小波研究资料》，天津人民出版社 2009 年版。

257.《余华文集》，作家出版社 2008 年版。

258. 洪治纲编：《余华研究资料》，天津人民出版社 2007 年版。

259. 洪治纲：《余华评传》，郑州大学出版社 2004 年版。

260. 王达敏：《余华论》，上海人民出版社 2006 年版。

261.《苏童文集》，江苏文艺出版社 1996 年版。

262. 汪政等编：《苏童研究资料》，天津人民出版社 2007 年版。

263.《施洗的河》，花城出版社 1993 年版。

264.《公民凯恩：北村小说作品精选》，新疆人民出版社 2002 年版。

265.《莫言文集》，作家出版社 1996 年版。

266. 张志忠：《莫言论》，中国社会科学出版社 1990 年版。

267. 贺立华等：《中国当代文学研究资料·莫言研究专集》，山东大学出版社 1992 年版。

268. 杨扬编：《莫言研究资料》，天津人民出版社 2005 年版。

269. 叶开：《莫言评传》，河南文艺出版社 2008 年版。

索　引